隋·唐演義

수·당연의

{제5권}

淸 저인확(褚人穫) 지음

진기환(陳起煥) 옮김

明文堂

차례

《수·당연의》 제5권

{제5권}

수·당연의

隋·唐演義

제81회

양귀비는 아들 목욕시킨 값을 받았고, 사자 앞에 머리 잘라 군왕을 현혹했다.(縱孌寵洗兒賜錢, 惑君王對使剪髮.)

노래하기를,	詞曰,
살쪄 꼼질대는 미련한 아이,	(癡兒肥蠢)
어미 눈에는 그래도 기특하다.	(娘看偏奇濬)
아기 목욕 값 하사는 웬일인가.	(何意洗幾蒙賜)
황제 아버지 거기에 신명났다.	(更阿父能鞏興)
교만 투기의 심보를 못견디니,	(不堪嬌妒性)
잠시 궁궐서 쫓겨났다.	(暫離宮寢)
싹둑 검은 머리 한 웅큼 잘라서	(一縷香雲輕剪)
더욱 군왕의 총애를 노린다.	(便重得君王幸)
— 곡조 〈상천효각〉	— 調寄 〈霜天曉角〉

사람한테는 칠정육욕(七情六慾)[1]이 있는데, 그중에서 호색(好色)의 욕망을 버리기가 가장 어렵다.[2] 교태를 부리는 미색 앞에서 마음이 움직이지 않는 자는 위대한 성현(聖賢)이거나 뛰어난 영웅, 아니면 어리석은 사나이거나 바보일 것이다.

그래서 예로부터 사람들은 인간의 호색을 금하지는 않았다. 그렇지만 호색에도 예의가 있는 법이라, 남녀의 정욕만을 헛되이 추구하면서 명예와 체통을 뒷전으로 한 채, 음탕하다는 추문만 널리 퍼뜨려서는 안 된다.

---

1 《禮記 禮運(예기 예운)》에는 희(喜), 노(怒), 애(哀), 구(懼, 두려움), 애(愛), 오(惡, 증오), 욕(欲, 욕심)은 배우지 않아도 알아서 할 수 있으니, 이를 칠정(七情)이라 한다. 불교에서는 희(喜), 노(怒), 우(憂, 걱정), 구(懼), 애(愛), 증(憎, 증오), 욕(欲)을 지칭한다.
육욕(六欲)에 대해서는 대체적으로 견욕〔見欲, 視覺(시각)〕, 청욕(聽欲, 聽覺), 향욕(香欲, 후각), 미욕(味欲, 味覺), 촉욕(觸欲, 觸覺), 의욕(意欲, 생각)이니, 인간 감각기관인 눈(眼), 귀(耳), 비(鼻), 설(舌, 혀), 신(身), 의(意)의 욕구를 말한다.

2 여색은 사람을 죽이는 칼이다(色是殺人刀). 色 字(색 자)의 위에는 칼 한 자루가 있다(色字頭上一巴刀). 현량한 사람을 좋아하는 자는 번창하지만(好賢者昌), 여색을 좋아하는 자는 망한다(好色者亡). 여색은 몸을 다치게 하는 칼이다(色乃傷身之劍). 이를 탐하면 틀림없이 재앙을 만난다(貪之必定遭殃). 술은 사람을 취하게 하지 않지만 사람이 스스로 취하고(酒不醉人人自醉), 여색은 사람을 혼미하게 하지 않는데 사람 스스로 빠진다(色不迷人人自迷). —주색에 빠지는 것 모두 자기 탓이다.

개국원훈인 진숙보의 현손(玄孫)인 진국모(秦國模) 국정(國楨) 쌍둥이 형제는 한림(翰林)으로 재직하였다. 진국모가 동생의 장원 자리를 차지하지 않겠다고 말한 것만 보아도 강직하고 뜻이 높은 성품을 갖춘 사람이라는 사실을 쉽게 알 수 있다.

그는 양귀비가 황제의 총애를 독차지하고 양씨들 세력이 크게 횡행하며 안록산(安祿山)이 방종하고 궁궐의 질서가 혼란한 현실을 보자, 사악한 것을 질시하며 아울러 황제를 위해 충성을 다 바치겠다는 마음이 불 붙듯 했다.

국모는 동생 국정과 상의한 뒤 연명(連名)으로 상소를 올렸다.

첫째 조정에서 내시에게 관직을 주는 것은 지나치며, 궁녀를 너무 총애한다고 지적했다. 또 본래 변방의 건장한 사나이에 불과한 안록산에게 절부(節付)와 부월(斧鉞 도끼, 처형 권한)을 주어 더 큰 권세를 부리도록 한 것은 잘못이므로 꼭 변방으로 돌려보내 국경을 지키도록 해야 한다고 주장했다. 그래야만 그 안록산이 제멋대로 궁궐에 드나들면서 빚어지는 물의를 막을 수 있다고 말했다.

진국모의 상소는 자못 절절했다. 그러나 상소문을 읽은 현종은 매우 불쾌했다. 거기에다가 소인들이 번갈아가며 상소문을 비웃고 헐뜯으며, 그들 형제를 엄히 견책해야 한다고 참소했다.

현종은 조정의 중신들에게 진국모 형제의 일을 의론하여 척결하라고 명령했다. 그때 하지장(賀知章)과 오균(吳筠)이 적극 이들 형제를 변호해 죄를 낮추어줄 것을 상소했다.

그러나 현종은 조서를 내려 꾸짖었다.

「진국모와 진국정은 참람해서 망언했으니 응당 치죄해야 하나 공신의 후예이고 관직에 갓 부임한 탓에 무지하다는 사실을 감안하여 파직시킬 뿐, 잠시 그 죄를 추궁하지 않는다. 이후 또 그따위 터무니없이 남을 모독하는 상소를 올린다면 꼭 엄히 처벌하겠다.」

황제의 칙서가 내리자, 조신들은 무서워 눈도 똑바로 뜨지 못하고 곁눈질만 했다. 그때 교활한 재상 이림보(李林甫)[3]는 기회를

---

3 이림보(李林甫, ?－753년)－唐朝(당조)의 宗室(종실)이기에 벼슬을 시작했지만 교활하였으며 口蜜腹劍(구밀복검) 고사의 주인공이다. 이림보는 유순하고 말을 잘했으며 교활한 술수가 많은 사람으로, 환관이나 비빈들의 집안과 깊은 관계를 맺고 황제의 동정을 엿보아 모르는 것이 없었다. 이 때문에 매번 아뢰는 답변이 늘 황제의 뜻에 잘 맞았다. 전에 현종이 이림보를 재상으로 임명하려고 장구령에게 의견을 물었었다. 장구령은 "재상은 국가 안위(安危)와 직결됩니다. 뒷날 틀림없이 사직의 걱정거리가 될 것입니다."라고 반대하였으나 현종은 듣지 않았다. 이후 이림보는 기회 있을 때마다 장구령을 헐뜯었다고 한다. 개원 22년(734년)부터 천보 11년(752년)까지 재상직을 수행했다.

장구령(張九齡) 같은 인재를 이간질하여 폄직케 하였고, 문란한 政事로 안록산의 난이 일어날 수 있는 배경을 만들어 놓은 사람이었다. 이림보는 무식한 사람으로 정평이 나있었다. '弄璋之慶(농장지경, 璋은 홀 장)' 은 得男 축하의 글귀인데, 이림보는 이를 '弄獐之慶(獐은 노루 장)' 이라 썼기에 당시 사람들이 '弄獐宰相(농장재상)' 이라고 불렀다는 이야기도 있다.

노려 황제에게 잘 보여 권력을 쥐어보려고 간관(諫官)들에게 엄포를 놓았다.

"폐하께서는 아주 현명하신 분이오. 신하된 자는 잘 순종해야지 어찌 모든 일을 다 용서받을 수 있겠소. 장독(杖毒)이 나는 게 두렵지 않은가? 3품관 봉록을 받으며 편안하게 잘 지내고 싶지 않단 말이오? 쓸데없는 소리를 한다면 즉각 꾸중 듣고 쫓겨날거요."

그때부터 간관들은 입을 꼭 다물고 말았다.

현종은 천하가 태평무사한 줄 알았다. 또 일찍 국고를 친히 돌아보고 재물이 가득 찬 것을 보았기 때문에 교만해졌다. 그래서 금은과 비단을 마구 뿌렸으며 무작정 상을 주는 데만 정신을 팔았고 모든 국사 처리를 이림보에게 맡겼다.

이림보는 간사하기 짝이 없는 사람이었으므로 속으로 양국충을 몹시 꺼려 했지만 겉으로는 좋아하는체했다. 이림보는 나아가 내사가 영넝한 것이 두려워 늘 양국충과 함께 몰래 폐위시킬 흉계를 꾸몄다.

또 안록산의 마음을 꿰뚫어보는 말을 자주하여 안록산이 탄복하지 않을 수 없게 만들었다. 그렇게 해놓고는 좋은 말로 위로해주어, 안록산이 감히 뜻을 거슬리지 못하게 만들었다. 이렇게 이림보는 간사하고 붕당을 지어 황제 비위를 맞춰, 총애가 끝이 없었다.

현종은 깊은 궁궐에 들어앉아 술과 호색으로 소일하면서 천하가 태평하다고만 여겼으며, 더구나 양귀비와 안록산이 간통하고 있는 줄을 몰랐다.[4]

뚱뚱배 거구의 촌놈 안록산과 (大腹肥軀野漢)
온갖 애교를 부리는 양귀비다. (千嬌百媚宮娃)
그들 둘이는 왜 눈이 맞았겠나? (何由彼此貪戀)
아마 전생에 좋아하는 부부였다. (前生歡喜冤家)

안록산은 아무런 거리낌도 없이 제멋대로 우쭐거렸다. 현종은 또 안록산과 양국충의 형제자매들을 한집 식구로 맺어주었고 마음대로 궁궐을 출입하게 허용했으며, 시도 때도 없이 후한 상을 내렸다.

또 양귀비의 친적 여형제인 한국(韓國), 괵국(虢國), 진국(秦國) 부인에게는 매달 각각 3만 전을 주어 화장품을 마련하는 용돈(脂

4 사실 늙은 현종과 30대의 한창 물오른 여인 양귀비, 그리고 당당한 체구에 코가 큰 안록산－이 세 사람의 관계가 원만할 수 있었던 것은 안록산의 거짓 충성심과 멍청한 아들 노릇 때문에 가능했을 것이다. 양귀비보다 나이가 많은 안록산이 양귀비에게 어머니라며 능청을 떨 때, 현종은 그저 우직한 충정이라고만 생각했다. 본래 남자의 色情을 알만큼 알고 있는 양귀비가 흔들릴 때, 어머니와 아들이라며 궁궐 깊은 곳에 출입하면서 생길 수 있는 일을 현종만은 끝까지 몰랐을 것이다.

粉之資)으로 쓰게 했다. 세 부인 가운데서 괵국부인이 제일 요염해 연지와 분을 바르지 않아도 천성적으로 아름다웠다. 그때 두보(杜甫)[5]가 지은 이런 시가 있었다.[6]

---

5 두보〔杜甫, 712－770, 字는 子美, 號는 少陵野老(소릉야노) 또는 杜陵野客, 杜陵布衣〕이다. 그는 현실주의적 시인으로, 그의 시는 社會의 실제를 기록하였다는 평가를 받고 있다. 西晉(서진)의 장군으로 삼국의 孫吳(손오)를 멸망시켰으며, 左傳癖(좌전벽, 《춘추좌씨전》에 몰입한 사람)이었던 杜預(두예)의 13세 후손이 바로 두보이다. 두보의 조부 杜審彦(두심언, 645?－708)은 則天武后 시기의 유명한 정치인이면서 시인이었다. 중국문학사에서는 두심언, 李嶠(이교), 崔融(최융), 蘇味道(소미도)를 '文章四友'라 칭한다. 두보의 부친 杜閑(두한)은 낮은 지방관을 역임했지만, 두보 대에 와서는 거의 몰락한 가문이었다.
두보는 河南 鞏縣(공현, 지금 河南省 중부 鄭州市 관할 鞏義市)에서 태어났는데, 祖籍(조적)은 今 湖北省(호북성) 襄陽(양양)이다. 杜甫도 "내 할아버지의 詩는 예부터 제일이었다(吾祖詩冠古)."고 말했다. 두심언은 近體詩(근체시)의 형성과 발전에 크게 기여하여 '五言律詩(오언율시)의 기초를 놓은 시인'으로 평가받고 있다. 두보는 이러한 조부의 유전자를 물려받았을 것이다.
杜甫는 어려서부터 好學하였는데 7세에 시를 읊었던 조숙한 수재였다고 한다. 두보는 당 현종 天寶 연간에 장안에서 進士科에 응시하였으나 낙제한 뒤에, 8, 9년간이나 齊와 魯 지역을 유랑했고, 李白, 高適(고적) 등과 교유했는데 〈望嶽(망악)〉, 〈飮中八仙歌(음중팔선가)〉 등은 이 시기의 작품이다. 천보 11년(752), 그의 나이 40세에 參軍 벼슬에 나갔다가 천보 15년에 安祿山이 長安을 차지하였고, 肅宗이 靈武에서 즉위하자(756년), 두보는 숙종이 있는 곳을 찾아가 배알하여 左拾遺(좌습유)에 임명되었다. 숙종 乾元 원년(758년), 안록산의 部將인 史思明(사사명)의 반란이 계속되면서 嚴武(엄무)가

괵국 부인 황제의 은총를 입어, (虢國夫人承主恩)
날이 밝자 말 타고 궁궐로 가네. (平明騎馬入宮門)
지분 바르면 얼굴에 때가 끼니, (卻嫌脂粉汚顏色)
엷게 그린 눈썹 조정을 흔드네. (淡掃蛾眉朝至尊)

어느 날 안록산의 생일이 되자, 현종과 양귀비는 그에게 선물을 주었다. 양씨네 형제자매들도 각기 연회를 열어 축하했다. 이틀간 떠들썩하게 잔치를 마치고 안록산이 사은했는데, 마침 현종이 의춘원(宜春院)에 머물고 있어 안록산은 의춘원에 가서 배알한 후 양귀비에게 인사를 올리려 했다.

현종이 말했다.

蜀(촉)을 평정하고 두보를 檢校工部員外郎으로 초빙하였다.
뒷날 두보는 친우 엄무의 도움과 후원 아래 成都(성도) 서쪽 교외의 浣花溪(완화계)에 초당을 짓고 일생 중 가장 평온한 시기를 보냈다. 그러나 두보는 실의와 곤궁 속에 시름하다가 代宗 大歷(대종 대력) 5년(770)에 湘江(상강)의 배 안에서 당뇨병으로 급작스런 죽음을 맞이하니, 향년 59세였다.
두보는 左拾遺(좌습유), 검교공부원외랑을 역임했기에 후세에 杜拾遺(두습유) 또는 杜工部라고 불린다. 또 장안 성 밖 少陵(소릉)에 초당을 짓고 거주한 적이 있어 杜少陵(두소릉)이라고도 불린다.

6 두보의 〈麗人行(여인행)〉—〈아름다운 여인의 노래〉라는 뜻. 양귀비와 그 자매 여인들의 생활을 빗대어 노래하였다.
여기 기록한 구절은 소설 저자가 당대 시인 장호(張祜, 792?–854?)의 시 〈集靈臺 二首(집영대 2수)〉 중 (其二)를 옮겨 넣었다.

"귀비는 여기 연회에서 시중 들다가 이미 회궁했다. 너는 거기로 가서 배알하거라."

명령대로 안록산은 양귀비의 궁으로 들어갔다. 연회에서 시중 들다가 방금 돌아온 양귀비는 거나하게 취해 있었다. 안록산이 찾아와 사은하자 말끝마다 아들이라고 살뜰히 불러주었다.

양귀비가 농담처럼 말했다.

"사람들은 아들을 낳으면 3일 만에 꼭 목욕을 시켜주더군. 오늘이 바로 자네가 생일 지낸지 3일이 되었네. 그러니 난 꼭 목욕을 시켜주는 풍속을 따라야겠네."

양귀비는 주홍을 빌어 내시와 궁녀를 불러다가 안록산의 옷을 홀딱 벗기고 수를 놓은 비단으로 감싸주었다. 그런 다음 꽃가마를 차려서는 포대기에 싸인 벌거벗은 안록산을 앉혔다. 궁인들은 가마를 둘러싸고 궁전을 돌아다니며 놀았다. 그러자 궁중의 많은 사람들이 배를 잡고 박장대소했다. 그때 현종은 의춘원에서 한가로이 책을 보고 있다가 떠들고 웃는 소리가 들리자, 좌우에게 물었다.

"후궁에서는 무슨 까닭에 저렇게 웃으며 떠드는가?"

"귀비마마께서 아들을 목욕시켜 준다며 놀고 있습니다."

현종은 껄껄 웃었다. 현종은 난여에 앉아 귀비의 궁전에 가서 구경하며 함께 웃고 즐겼다. 그리고 아들을 목욕시켰다는 세아전(洗兒錢)이라며, 귀비에게 금전 1만 전과 은전 1만 전을 주었다.

윷놀이에 점을 치고, (樗蒲點籌)

아기 목욕 돈을 준다. (洗兒賜錢)

가법(家法)이 후대 전해지니, (家法相傳)

시작하면 따라 한다. (啓後承前)

여기에서 이야기는 두 갈래로 갈라진다.

양귀비에 대한 현종의 총애는 날이 지날수록 심해졌다.

한편 매비 강채빈은 외진 상양궁에 거처하면서 적막한 나날을 보내고 있었다.

어느 날 해남(海南)의 역관(譯官)이 장안에 왔다는 소식을 우연히 듣고 궁녀에게 자세히 알아보게 한 뒤에 물었다.

"매화를 진상하러 올라왔겠는가?"

나중에 궁녀는 양귀비 마마에게 진상하는 여지(荔枝, 남방의 과일 이름)를 헌상하러 왔다고 말했다. 원래 매비는 매화를 즐겼는데, 그녀가 총애를 받을 때에는 여러 종류의 매화를 곳곳에서 다투어 진상했지만 지금은 누구도 매화를 진상하지 않았다.

양귀비는 촉(蜀) 사람으로서 여지를 즐겨 먹었다. 해남(海南)의 여지는 촉 땅의 여지보다 훨씬 맛이 좋았다. 그러나 꼭 싱싱한 여지를 진상해야 했으므로 역마다 튼튼한 말을 대기해 놓았다가 수천 리 먼 길을 나는 듯이 달려야만 했다.

두목(杜牧)[7]은 이런 일을 시로 읊었다.

---

7 杜牧(두목, 803-852, 字는 牧之)은 장안 사람이다. 역사 理論書인《通

〈화청궁을 지나며〉 〈過華淸宮〉

장안성 둘러보니 무더기로 쌓인 비단, (長安回望繡成堆)

典》의 저자이면서 재상을 역임한 杜佑(두우, 735－812, 字는 君卿, 京兆萬年縣 출신, 宰相 역임)의 손자이지만 그가 10여 세에 부친이 죽어 어렵게 생활하였다고 한다. 두목은 26세에 진사가 되어 弘文館 校書郞을 지내고 한때 절도사 牛僧孺(우승유)의 막료로 일했었고, 黃州, 睦州, 湖州刺史를 역임하고 中書舍人으로 관직을 마감하였다. 두목은 佳人美酒와 花柳趣味(화류취미)를 마음껏 즐겼던 風流才子로 알려졌지만 그는 원래 강직한 성격과 고매한 정치적 포부를 가지고 있었다. 두목은 兵書에 주석을 달기도 했으며 賦稅(부세)와 治亂(치난)에 대한 政論文을 짓기도 하였다. 지방관으로 오래 근무하면서 포부를 펼 기회도 없었기에 실의 속에 강남의 아름다운 풍경에 취해 살았다. 그가 활동하던 시기는 唐의 국세가 날로 쇠약해지던 시기였으니, 재주는 뛰어났으나 시대를 잘못 만난 격이었다. 때문에 그의 시에는 우울한 정서와 인생에 대한 감상이 강하게 나타나 있다. 두목은 杜甫에 비하여 '小杜' 라 부르는데, 두목은 七言絶句에 특히 뛰어났다. 두목의 古詩는 호방하고 씩씩하며 七言 절구와 율시는 정취가 호탕하면서도 건실하다. 특히 역사적 사실을 읊은 詠史詩(영사시)는 자신의 감개(感慨)를 유감없이 발휘한 우수작으로 널리 애송되고 있는데 〈阿房宮賦(아방궁부)〉, 〈題烏江亭(제오강정)〉, 〈박진회(泊秦淮)〉등은 그의 詠史詩 중 대표작이라 할 수 있다.
杜牧(두목)은 그의 字를 써서 보통 '杜牧之' 라 호칭하는데, 그가 長安의 樊川(번천) 남쪽에 별장을 짓고 살기도 했기에 '杜樊川' 이라고도 부른다. 또 위대한 詩聖 杜甫는 杜牧에게 먼 宗親이라서 杜甫는 老杜, 杜牧은 小杜이라 불리기도 한다. 두보가 율시에 뛰어났다면 두목은 七言絶句에 특히 뛰어났다. 李白과 杜甫를 '李杜' 라고 병칭하는 것처럼 이상은(李商隱)과 杜牧은 '小李杜' 라 한다.

산 같은 큰 대문이 집집마다 열려 있다. (山頂千門次第開)
먼지 속 달리는 기병, 양귀비 웃는다만, (一騎紅塵妃子笑)
여지를 날라온 고생, 아는 이 없어라. (無人知道荔枝來)

매화의 진상이 없어지고 멀리서 여지가 들어온다는 소문을 들은 매비는 슬픔을 금할 수 없어 즉시 고력사를 불러 놓고 물었다.

"고 태감은 날마다 폐하를 시중들면서도 폐하의 마음에 아직 강채빈을 기억하는지? 아니하는가를 모릅니까?"

"폐하께서 마마를 생각하시지만, 귀비마마가 걸림돌처럼 막혀 있을 뿐입니다."

"나도 그 뚱보가 시샘하고 있다는 걸 잘 알고 있소. 폐하께서는 절대 나를 잊을 수 없을 것이요. 나는 한(漢) 무제 때 진(陳) 황후가 아이를 잃고 난 뒤 사마상여(司馬相如, 31회 주석 참고)의 〈장문부(長門賦)〉[8]를 천금에 사서 무제에게 올려 다시 총애를 받았다는 사실도 알고 있소. 지금 시인 중에 사마상여와 같은 사람이 분명 있을 것이오. 그가 나를 위해 부(賦)를 지어 황제의 마음을 움직일 수 없단 말이오? 천금을 내어놓는 걸 아까워하지 않을 테니 고태감이 나를 위해 찾아보오."

고력사는 양귀비의 큰 세력이 두려워 감히 응낙하지 못한 채 부를 잘 짓는 사람을 찾기 어렵다는 핑계를 댔다.

---

8 소명태자(昭明太子)의 《文選(문선)》 16권에 수록되었다.

매비는 한탄을 금치 못하고 말했다.

"지금 사람이 왜 옛사람을 따르지 못할까?"

"마마의 뛰어난 재간은 한조(漢朝)의 모든 황후를 훨씬 능가하고 있습니다. 왜 마마께서 직접 지은 시 한 수를 올리지 못하십니까?"

매비는 웃으며 머리를 끄덕였다. 고력사가 물러가자, 매비는 궁인에게 지묵과 벼루 및 붓을 올리도록 한 뒤 즉석에서 〈누동부(樓東賦)〉 한 편을 지었다. 그 내용은,

「옥거울에 먼지 앉고(玉鑒塵生), 봉황 경대에 향기도 사라졌다(鳳奩香珍).」로 시작하여, 「헛된 장탄식에 눈물 훔치다가(空長歎而掩袂), 주저하며 동루를 걸었노라(步躊躇乎樓東).」로 끝을 맺었다.

매비는 〈누동부〉를 다 쓰자 현종에게 올렸다. 현종이 한숨을 지으며 세세히 읽어보더니 옛정이 생각나 혼자 슬퍼했다.

이런 말을 귀비가 듣고 대노하며, 기세 사납게 달려와 현종에게 말했다.

"비천한 매화 귀신 강채빈 그년이 감히 글을 지어 원망했다 들었습니다. 사약을 내려 죽여야 합니다."

현종이 묵묵부답하자, 양귀비는 거침없이 쏘아대었다.

현종이 말했다.

"그가 심심해서 부를 지었는데 속에 걸릴 말은 한 자도 없소. 그런데 왜 죽여야 하는가? 짐이 마음 두지 않으면 그만 아닌가?"

"폐하께서 매비의 옛정을 잊지 못하신다면, 왜 다시 취화서각에 가시지 않습니까?"

현종은 옛일을 떠올리자 부끄럽고 고뇌에 쌓였지만 그냥 참는 수밖에 없었다.

현종이 제 말을 귀담아 듣지 않고 매비를 축출하거나 벌을 주려 하지 않자 양귀비는 심기가 뒤틀렸다. 그날부터 시중들 때도 좋은 기색이라고는 전혀 찾아볼 수 없었고, 늘 성깔을 부려대며 말조차 하지 않았다.

어느날 현종은 내전에서 친왕(親王)들을 모아 연회를 베풀었다. 여러 왕들이 양귀비를 보자고 하여 현종이 수락했다. 인사가 끝난 뒤 양귀비와 왕들은 모두 자리에 앉았다. 술이 어느 정도 돌아가자, 현종의 형인 영왕(寧王)이 〈염노화곡(念奴和曲)〉을 피리로 분 후 연회를 마치고 헤어졌다. 왕들은 모두 사은하고 물러갔다.

현종도 옷을 바꿔 입으려 나가고 양귀비만 홀로 앉아있었는데, 영왕이 불던 자색 옥피리가 있는 것을 본 양귀비는 집어서 이리저리 만져보더니 방금 영왕이 연주했던 곡조를 불었다. 이 장면은 시인 장호(張祜)[9]가 묘사하였다.

---

9 장호(張祜, 792?-854?, 字는 承吉. 祜는 복 호)는 淸河 張氏 명문인데다가 협객 기질도 있어 그때 사람들이 張公子라 불렀다고 한다. 〈宮詞〉로 명성을 얻었으나 元稹(원진)은 장호에 대하여 '잔재주나 부

깊은 궁궐 고요한 뜰 사람도 없는데, (深宮靜院無人見)
영왕 옥피리를 홀로 조용히 불어본다. (閒把寧王玉笛吹)

귀비가 한창 피리를 불 때 현종이 불쑥 들어와 웃으며 말했다.

"그대도 옥피리가 있지 않은가. 왜 자기 것을 불지 않는가? 이 자주색 옥피리는 영왕 것이오. 방금 불던 것이어서 침도 마르지 않았소. 하필 그걸 부는가?"

그말을 들은 체도 않은 귀비가 옥피리를 놓고 말했다.

"영왕이 분 지 오래됐으니 제가 불어도 무방합니다. 내 발이 남한테 밟혔을 때는 따지지도 않던 폐하가 왜 저를 책망하십니까?"

매비에 비해 시샘이 많은 양귀비가 오만하기 짝이 없는 것을 알고 있는 현종은 정말 불쾌했다. 모처럼 형제들과 술을 마신 후 양귀비와 우스갯말을 했는데 슬쩍 잘못했다고 하기는커녕 도리어 불손하게 쏘아붙이며 매비와 있었던 옛일을 꺼내는 바람에 현

리려 하니 壯夫가 할 짓은 아니다' 라고 평했다고 한다. 《全唐詩》에 그의 시 340여 首가 수록되어 있다. 잘 알려진 시로는, 그의 〈하만자(何滿子)〉가 있다. 〈하만자〉는 歌妓(가기)의 이름. 그녀가 부른 노래 曲調(곡조)이다. 開元(개원) 연간에 宮에 들어온 歌妓 何滿子가 죄를 짓고 사형이 확정되었는데 하만자가 애달픈 이 곡조의 노래를 불러 면해보려 하였으나(臨刑進此曲以贖死), 현종이 허락하지 않았다고 한다. 제목이 〈宮詞〉로 된 책도 있다. 후세에 〈하만자〉는 궁녀들의 원한을 읊은 樂府詩로 자리잡았다.

종은 저도 몰래 벌컥 성을 내고 크게 꾸짖었다.

"뭐라고? 귀비가 어찌 이리 무례한가!"

몸을 일으켜 안으로 들어가는 한편, 그 자리에서 명령하였다.

"고력사는 당장 귀비를 교자에 태워 본가로 돌려 보내라. 입궁해 시중드는 일을 허락지 않는다!"

마음속 질투, 교만한 얼굴이니, (妒根於心, 驕形於面)
말실수 분노, 재앙을 불러왔다. (語言觸忤, 遂致激變)

양귀비는 평소에 응석 부리기가 습관이다 보니 오늘처럼 황제가 이렇듯 진노할 줄은 생각지도 못했다. 이때 사죄하며 애걸해 보려 하였으나 진노한 황제로부터 무슨 화가 떨어질지 몰라 말 한마디 못했다. 하물며 입궁하여 시중들 수도 없으니 다시 황제를 만날 일도 없을 것이다.

귀비는 하는 수없이 눈물을 흘리며 교자에 앉아 출궁했다. 그러면서 고력사한테는 궁중에 있는 물건을 잘 살펴달라고 은밀히 부탁했다.

양국충이 집에 들어서자, 귀비는 자초지종을 말했다. 양씨네 형제자매들은 설명을 듣자마자 너무 놀라 서로 붙들고 울며불며 어쩔 줄 몰랐다.

안록산도 한마디 상주하여 도와주고 싶었지만 오히려 의심을 살까 봐 선불리 말할 수도 없었다. 그뒤에 안록산은 감히 입궁하지도 못했거니와 직접 양씨네 저택에 찾아가 위로할 수도 없었다. 다만 남몰래 사람을 보내 소식을 탐문할 수 밖에 없었다.

한 여인이 황제의 미움 받자, (一女人忤旨)
모든 소인 권세를 상실했다. (群小人失勢)
화복은 본래 근거가 없나니, (禍福本無常)
끝까지 은총 받기 어려워라. (恩寵困難恃)

현종은 일시 노여움이 복받쳐 양귀비를 쫓아버렸으나 처소에 들어오면 적적했다. 그래서 다시 매비를 불러들여 시중들게 했다. 그러나 매비는 양귀비가 죽이자고 참소했다는 말을 듣고는 원한이 더 쌓여 슬픔에 잠겨있다가 병이 들어 며칠 동안 일어날 수도 없었다.

현종은 너무나 적막해 무척 초조하였다. 애꿎은 궁녀와 내시들이 여러 번 채찍에 얻어맞았다.

고력사는 현종의 동태를 살피다가, 암암리에 양국충을 보고 발했다.

"만약 귀비를 다시 입궐시키려 한다면 꼭 조정대신이 상주해야 합니다."

그때 법을 다루는 길온(吉溫)과 전중시어사(殿中侍御史)인 나희상(羅希爽)은 그 법 집행이 매우 엄격한 혹리(酷吏)로 백성들 모두가 두려워했다. 그래서 백성들 사이에서는 나 집게(羅鉗, 鉗은 칼

겸) 그리고 길그물(吉網, 網은 그물 망)이라고 불렀다.

더욱이 길온은 성질이 더 탐욕스럽고 잔인했으며 교활하기 짝이 없었다. 재상 이림보가 그를 몹시 아꼈으므로 역시 현종의 측근이 될 수 있었다. 양국충은 길온에게 많은 폐물을 보내며 도움을 요청하였다.

길온이 편전에서 황제를 뵙는 틈을 이용하여 길온이 말했다.

"귀비 양씨는 교양이 좀 부족하여 폐하의 뜻을 어겼습니다. 귀비가 폐하의 총애를 받았으니, 지금 설령 죽을 죄를 지었다 하더라도 마땅히 궁중에서 죽여야 한다고 저는 생각합니다. 폐하께서는 궁궐의 한자리 땅을 아껴서 귀비로 하여금 궁 밖에서 수치를 당하게 할 수 있겠습니까?"

현종은 그 말을 듣고 슬픔에 잠겨 수긍했다. 현종은 조회를 마치고 내궁으로 돌아왔다. 그리고 환관들이 식사를 올릴 때, 내시 곽도광(郭韜光)을 시켜 황제의 간식거리와 진주 및 옥기물 등 패물을 양씨 집에 가져 가서 귀비에게 하사하게 했다.

양귀비는 사은한 후 흐느껴 울면서 말했다.

"소첩이 지은 죄는 백번 죽어도 마땅합니다. 폐하의 크나큰 은혜를 입어 즉석에서 죽지 않고 본가로 돌아갈 수 있도록 처분하셨습니다. 그러나 무슨 면목으로 구차히 더 살아갈 수 있겠습니까? 지금 당장 죽어도 폐하의 은총에 보답할 수 없습니다. 제가 걸친 옷으로부터 모두가 다 폐하께서 베푸신 하사품입니다. 다만 이 몸둥아리와 머리카락은 부모가 준 것이므로 머리카락 한 줌을

드려 폐하의 은총에 보답하겠습니다."

양귀비는 가위를 들어 자기의 머리카락 한 줌을 잘라 곽도광에게 내주면서 말했다.

"저 대신 폐하께 올려 주십시오. 첩이 지금 당장 죽는다 해도 폐하께서 노심초사하시지 않는다면 다행일 뿐입니다."

곽도광은 즉시 회궁하여 귀비가 한 말을 진술하고 머리카락을 올렸다. 현종은 대단히 애석해하면서 고력사에게 명하여 하루속히 귀비의 교자를 보내 귀비를 궁궐로 데려오라고 분부하였다.

양귀비는 단장하지 않은 채 입궐하여, 엎드려 복죄하면서 말 한 마디 없이 흐느껴 울기만 했다. 현종은 북받치는 감정을 이기지 못해 손수 부축해 일으켰다. 즉시 시녀들을 불러 귀비를 단장시켜 주고 옷을 갈아 입히게 했다.

그런 다음 온화한 말로 위로하였고 측근들에게 잔치를 차리라고 명했다.

귀비는 꿇어앉아 술잔을 올리며 말했다.

"뜻밖에 오늘 저녁 폐하의 존안을 다시 뵈옵니다."

현종은 귀비를 부축해 옆에 앉혔다. 그날 밤 동침하면서 더욱 사랑하였다. 이튿날 양국충 형제자매들과 안록산은 함께 입궁하여 절을 올리고 축하했다. 태화공주(太華公主)와 여러 왕들도 들어와 축하했고 현종은 연회를 베풀어 함께 즐겼다.

그때 양귀비가 죄를 짓고 쫓겨난 이상, 현종이 그때부터 귀비를 잊고 입궐을 막았더라면 여러 소인들도 자취를 감추었을 것이고, 궁궐이 깨끗해졌을 것이니, 뒷날 어찌 그런 환난이 일어나고 나라가 뿌리째 흔들릴 수 있었겠는가?

그러나 현종은 이미 건전한 판단력을 잃어 귀비한테 현혹되었으니 무엇을 기대할 수 있겠는가? 현종의 심리를 살펴 간악한 무리들이 귀비의 환궁을 아뢰었던 것 모두가, 그래서 오히려 출궁 이전보다 귀비에 대한 사랑이 더 깊어졌고, 거기에 따라 더 큰 환난이 싹트고 자라났다.

제 손으로 머리 잘라 성덕에 보답한다니, (手剪靑絲酬聖德)
홀연히 황제의 마음을 크게 현혹시켰다. (頓教心志重迷惑)
고개 돌려 다시 보니 더욱 예뻐 보이니, (回頭再顧更媚主)
이후로 성(城)과 함께 나라를 기울게 하였다. (從此傾城復傾國)

이 모두가 현종과 양귀비의 업보가 아니겠는가! 그런 업보를 자초하여 결과적으로 나라를 기울게 하였다. 양귀비의 형제자매들은 양귀비의 출궁 이전보다 더 크게 발호하며 복을 누렸으니, 이 부분은 더 말할 필요가 없을 것이다.

이후로 무슨 일이 일어날지 알 수 없나니, 다음 회를 읽어 보시라.

제82회

이백(李白)은 어명 받아 외국 국서에 답하고, 고력사(高力士)는 참언으로 좋은 글을 헐뜯다.(李謫仙應詔答藩書, 高力士進讒議雅調.)

노래하기를,	詞曰,
어전에서 붓을 들어,	(當殿揮毫)
국서(國書) 회답에 외국 사신 놀라고,	(番書草就番人嚇)
신발 벗기고 먹을 갈게 하여	(脫靴磨墨)
옛날 유감을 이제야 풀었다.	(宿憾今朝釋)
청평조(清平調) 우아한 시가는,	(雅調清平)
한 글자에 천금이로다.	(一字千金值)
억울하게 당했던 눌림을	(遇屈抑)
술 취해 마음껏 풀어버리니,	(醉鄉酣適)
부귀가 정말 무엇이더냐?	(富貴眞何必)
— 곡조 〈점강순〉	— 調寄 〈點絳脣〉

옛사람이 말했다. 범인(凡人)도 말이나 외모로 평가할 수 없다.[10]

하물며 문인재자(文人才子)는 보통 사람과 더욱 다르니 어떤 제한으로 평가할 수는 없다. 문인이나 재자가 뜻을 얻기 전에는 보통의 안목(肉眼)으로는 그 기재(奇才)를 파악할 수 없는데도 심할 경우 조롱하거나 비웃는다.

그러나 어느 날, 그가 능력을 발휘하여 빛을 발휘하게 되면 그를 따르고 존경하게 된다. 지난 날 비웃고 헐뜯으며 비방하던 사람들이라면 이제는 하나하나 몸으로 때워야 한다.

이를 본다면 재능을 가진 사람을 무시해서는 안 된다. 비록 그런 사람의 운명이나 팔자가 기구했거나 아니면 나쁜 사람을 만나 잠시 억눌렸을 뿐이다. 그가 유능하지만, 그가 억압받고 그 재화(才華)를 다 발휘하지 못하여 그 명성이 잠시 깎였을 뿐이다. 그래서 남을 조롱하고 억울하게 만든 자는 도리어 후세 사람의 비웃음을 사게 된다.

---

10 군자와 소인은 외모로 판단할 수 없다. 또 한두 번 만나고 대화한다 하여 금방 구별하거나 알아볼 수도 없다. 군자의 도량에 대장부의 마음(君子量丈夫心)이 진정한 군자이겠지만, 군자다운 외모에 소인의 마음(君子貌小人心)을 가진 似而非(사이비) 군자가 많은 것도 사실이다.
공자가 말했다. "군자는 말만 듣고 사람을 천거하지 않고, 또 사람의 외모를 보아 그의 말까지 무시하지 않는다."〔《論語 衛靈公(논어 위령공)》 子曰, "君子不以言擧人, 不以人廢言."〕

양귀비가 다시 입궁하여 현종의 총애를 더 많이 받은 것은 말할 필요도 없었다. 이 때문에 각지의 절도사들은 양귀비가 황제의 총애를 독차지하면서 황제만큼 부(富)와 사치를 즐긴다는 현실을 분명히 알게 되었다.

그래서 모두들 황제와 양귀비, 그 일족의 비위를 맞추려 하니 큰길에는 장안으로 올려보내는 공물(貢物)이 끊이지 않았다.

심지어 국경에서 아주 멀리 떨어진 외국에서도 소문을 듣고 그런 바람에 휩쓸었다. 괴상하게 생긴 동물이나 진귀한 보물, 먼 이국의 토산품이나 특산물을 가지고 산을 넘고 바다를 건너 조공하는 행렬이 줄을 지었다.

현종은 한없이 기뻤고, 국내는 물론 외국까지도 모두 일체가 되어 황제에게 복종하고 있다고 생각하였다.

어느 날 갑자기 발해(渤海)[11]라는 나라에서 사신을 보냈다는

---

11 발해〔渤海, 698－926년 존속. 고구려 유민과 말갈족(靺鞨族)〕의 연합 국가. 건국자는 고구려의 장수 대조영(大祚榮, 高王. 在位 698－719년). 한반도 북부와 지금의 중국 동북부, 러시아 동남부를 지배. 숙신(肅愼), 읍루(挹婁) 옛 옥저(沃沮) 물길(勿吉) 말갈(靺鞨) 등 다수의 소수민족을 통합 지배. 도읍은 오동성〔敖東城, 698－742. 中國 吉林省(길림성) 동북 敦化市(돈화시)〕－龍德府(용덕부, 中京, 742－756)－龍泉府(용천부, 上京, 756－785)－龍原府(용원부, 東京, 785－793)－龍泉府(793－926)로 자주 이동했다.

바다 이름으로 발해(渤海)는 중국의 內海, 요동반도와 산동반도로

소식이 들어왔다. 무슨 특산물을 공납하지 않고 입조하여 국서(國書)를 보내겠다는 통보였다. 며칠 후 발해의 사신이 장안성에 들어왔고, 역관에 유숙케 하였다.

현종은 소감(少監) 하지장(賀知章)에게 명하여 역관에 나가 사절을 접대하게 하고 내방한 뜻을 묻게 하였다.

발해에서 온 사절의 통사(通事)가 말했다.

"국왕께서 국서를 올린 뜻을 사신은 잘 알지 못합니다. 중원의 군주가 국서를 보면 그 내용을 알 것입니다."

황제를 알현할 지정된 날에 하지장은 사신을 안내해 입궁해서 황제에게 국서를 올리게 했다. 각문사인(閣門舍人)이 국서를 받아 황제에게 올렸다.

현종은 사신에게 역관에 나가 어명을 기다리게 하고, 당일 선주관(宣奏官)에게 발해국 국서를 뜯어 읽으라고 분부했다. 그날 당직인 선주관은 시랑(侍郞)인 소령(蕭靈)이었다.

소령이 국서를 펴보았지만 국서에 쓰여진 글자가 무엇인지 읽을 수가 없었다.

초서나 전서, 예서 글자도 아니고, (非草非隸非篆)
이상한 형태, 기이한 변형 문자다. (跡異形奇體變)
설령 양자운이 있어도 못 읽으니, (便教子雲難識)

둘러싸인, 今 요녕성(遼寧省), 河北省, 天津市, 山東省 앞의 바다. 평균 수심 200m 내외.

아마 창힐만이 읽을 수 있으리라. (除是蒼頡能辨)

양자운(揚子雲, 揚雄)[12]은 한대(漢代)의 걸출한 석학이고, 창힐(倉頡)[13]은 문자를 처음 만든 사람이다.

소령이 이리저리 뒤집어보았지만 읽을 수 있는 문자가 아니었다.

소령은 고개를 숙여 사죄하며 말했다.

"발해 국서에 쓰인 글자가 거의 올챙이〔蝌蚪(과두)〕 모양인데, 신이 워낙 불민하여 읽을 수 없습니다."

---

12 揚雄(양웅, 前 53－서기 18년)－前漢 말기의 문인, 철학자. 양웅은 어려서부터 호학하였으나 문장을 분석하기보다는 뜻만 통하면 되었고 많은 책을 보아 읽지 않은 것이 없었다. 사람됨이 소략하면서도 초탈하였고, 말을 더듬어 언사가 유창하지 못했기에 말없이 깊이 생각에 잠겼으며, 청정무위하면서 욕심이 없고 부귀에 급급하지 않았으며, 빈천을 서글피 여기지도 않으면서 행실을 닦고 교제하여 당세에 이름을 얻으려 하지도 않았다. 가산이라야 十金이 되지 않았지만 또 부족하여 비축한 것이 없어도 마음이 편했다. 스스로 생각해서 성인의 글이 아니라면 좋아하지 않았고, 내키지 않으면 부귀한 사람일지라도 섬기려 하지 않았다. 다만 젊어서부터 辭賦(사부)를 좋아하였다. 《法言》, 《太玄》, 《方言》의 저서를 남겼다. 班固(반고)의 《漢書 揚雄傳(한서 양웅전)》에 입전.

13 창힐(倉頡, 생졸년 미상)－神話(신화) 속 人物, 黃帝의 史官, 漢字의 創造者, 속칭 倉頡先師(창힐선사. 頡은 곧은 목 힐), 制字先聖, 倉頡至聖으로 불린다. 눈동자가 2개(雙瞳)에 4目으로 그려진다. 중국 거의 모든 학교에 '文字聖人倉頡先師'의 神位가 모셔져 있다.

현종이 웃으며 말했다.

"경은 늘 복랍(伏臘, 臘은 섣달 랍)을 복렵(伏獵, 獵은 사냥 렵)이라 틀리게 읽는다는 말을 들었소. 그래서 동료들을 웃게 만들었다고 하더군. 한자(漢字)도 모르는 글자가 많은데, 하물며 외국 글자야 더 말할 것이 있겠나. 재상에게 보여주시오."

이리하여 이림보와 양국충 두 사람이 어전에 나가 국서를 보았으나 한 글자도 알아볼 수 없었다. 두 사람은 난감해서 얼굴을 붉혔다. 현종은 거듭 전문적으로 외국 문자 번역을 담당하는 관리를 불러서 보게 하고 조정의 모든 문무 대신들에게 돌려보았지만 해독할 수 있는 사람이 없었다.

그러자 현종이 화를 내었다.

"중원(中原) 천자의 조정, 만조 백관 가운데 외국 국서를 해독할 만한 사람이 없다는 말인가? 국서를 읽어야 답서를 보내지! 소국에 웃음거리가 되어서는 안 되지! 3일 내에 해독하지 못한다면 지위 고하를 막론하고 모두 파면하겠다!"

그날 조회를 마친 뒤 대신들은 모두 수심에 잠겨 흩어졌다.

하지장은 역관에서 발해 사신을 접대하면서 국서에 관한 말은 하지 않았다. 저녁에 집으로 돌아온 후에도 우울한 기분이었다. 그때 이백(李白)은 하지장 집에 유숙하고 있었는데, 하지장에게 까닭을 물었다.

하지장은 조정의 일을 모두 말해주었다.

"지금 폐하께서는 날짜를 정해놓고 기다리고 계시오. 급박하기 짝이 없는 판이라 어떻게 아뢰어야 할지 모르겠소. 글자를 알아보는 사람만 있으면 무슨 사람이든 곧바로 천거하겠소. 그래야 폐하의 진노를 피할 수 있소."

그러자 이백은 웃으면서 말했다.

"변방 외국의 글자라 하지만 그렇다고 읽지도 못해서는 안 되겠지요. 제가 관직이 없으니 조정에 들어갈 수 없으니, 저는 구경도 할 수 없습니다. 제가 그저 한 번 보았으면 좋겠습니다."

하지장은 크게 놀라면서, 다음 날 바로 상주하겠다고 말했다.

이백은 웃으면서 다른 말이 없었다. 이튿 날 조회 때, 하지장이 아뢰었다.

"신은 포의(布衣) 한 사람과 막역하게 지내고 있습니다. 촉 땅에서 온 사람인데 박학다재(博學多才)한 사람입니다. 변방에서 통하는 문자를 읽을 수 있다고 말하니 한번 불러다가 국서를 보여주겠습니다."

현종이 수락하자, 내시를 하지장의 집에 보내 서둘러 이백을 불렀다. 그러나 이백은 내시를 만나보고 입궁을 거절하였다.

"나는 먼 변두리에서 장안을 찾아온 미천한 사람이요. 학식이 천박하여 나의 글을 조정 권신들이 읽지도 않아 과거 급제도 못한 사람인데, 어찌 폐하를 뵙겠는가? 그러니 나는 조정에 들어가지 못하겠소."

내시가 돌아와 그대로 황제에게 아뢰었다.

그러자 하지장이 다시 상주했다.

"신이 알건대, 그 사람은 뛰어난 문장가입니다. 제자백가(諸子百家)[14]에 통달한 놀라운 학문을 갖고 있으며 읽지 않은 책이 없습니다. 작년 과거에서 시험관이 그 응답서를 깔아뭉개고 위로 올리지 않아 급제를 못했을 뿐입니다. 지금은 포의(布衣)이니 조정에서 폐하를 알현할 수 없기에 입조할 수 없습니다. 만약 폐하께서 황은을 베푸시어 조복과 관대를 하사하시고 조신을 보내어 어명을 전한다면, 현명한 인재를 구하시는 폐하의 큰 뜻을 백성에게 알릴 수 있고 이번 국서 문제를 해결할 수 있습니다."

양국충과 고력사가 하지장의 말을 듣고 거짓을 꾸며 이백의 입조를 막으려 했다. 그러자 여양왕(汝陽王) 이진(李璡)과 좌상(左相) 이적지(李適之),[15] 경조윤(京光尹) 오균(吳筠), 집현원 대제(集賢院

---

14 諸子百家 – 제자백가는 중국 先秦 시대의 學術과 思想에 관련한 人物과 유파를 종합한 총칭이다. 諸子는 先秦 時期의 老子, 莊子, 孔子, 孟子, 荀子(순자), 墨子(묵자), 列子, 申子, 韓非子 등 사상과 학문으로 유파를 대표하는 인물을 지칭한다. 春秋 시대 후기 이후로 道家, 儒家, 法家, 墨家, 兵家, 名家, 陰陽家(음양가) 등 學問學術의 流派가 형성되어 여러 학파가 각각 자기주장을 내세웠으니, 이를 百家爭鳴(백가쟁명)이라 표현하며 여러 학문이 크게 발전하여 중국 사상의 기본 바탕을 공고히 다졌다. 이를 많은 꽃이 한꺼번에 피었다는 뜻으로 百花齊放(백화제방)이라는 표현도 흔히 볼 수 있다. 춘추시대 이후 諸子百家를 보통 '九流十家' 라고도 말하는데, 이는 班固의 《漢書》〈藝文志〉에서 나온 말이다.

待制)인 두보(杜甫) 등이 함께 아뢰었다.

"이백이 뛰어난 인재라는 사실을 신들은 오래전부터 알고 있었습니다. 폐하께서 곧바로 불러주옵시오."

현종은 여러 사람들이 이구동성으로 이백을 추천하자, 이백에게 5품관의 관대를 하사하고 하지장을 보내 입궐하라는 어명을 전하게 했다. 때문에 양국충과 고력사는 감히 더 말을 할 수가 없었다.

하지장이 어명을 받들고 집에 돌아와 이백에게 말하고 황제의 진정을 구체적으로 설명하였다. 이백이 더는 사절할 수 없어 하사받은 관복을 입고 하지장과 함께 말을 타고 입궐하였다.

현종은 이백의 뛰어난 풍채를 보고 대견해하면서 이백을 위로했다.

"경이 뛰어난 재능을 가지고도 급제하지 못했다니 안타깝소. 그러나 짐이 볼 때, 경은 언제까지나 눌려있지는 않을 것이요. 지금 동북의 발해라는 나라에서 국서를 보내왔는데 괴이한 글자라서 읽을만한 사람이 없소, 경은 박학다문하니 짐을 위하여 힘써주기 바라오."

그러자 환관이 발해의 국서를 이백에게 보여주었다.

---

15 이적지(李適之, 694－747年)－一名, 李昌, 唐朝 宗室, 唐太宗 三代孫, 唐 太宗 廢太子(폐태자) 이승건(李承乾)의 孫子. 天寶 元年 5년(742－746) 까지 左丞相(좌승상) 역임.

이백이 받아 한 번 보고서는 바로 말했다.

"외문(外文)이라 나라마다 문자가 다른 것은 사실입니다. 이는 발해국의 문자입니다. 하지만 옛 법에 의거하면, 변방의 나라에서 황제께 국서를 올릴 경우 모두 중국 글자를 쓰도록 되어 있습니다. 그렇지만 자국의 문자로 쓴 국서라면 중국의 글자로 한 부(部) 더 써서 대조해 볼 수 있게 동봉했습니다. 지금 발해국에서는 역문(譯文)도 없이 동등한 입장에서 황제께 국서를 올렸으니 아주 무례한 짓입니다. 더구나 국서의 언어가 거만스럽기 짝이 없으니 참으로 가소롭습니다."

현종이 말했다.

"그들이 어떤 일을 요구하고 있는가? 무슨 내용인지 경이 모두 말해보시오."

이백은 어명에 따라 어전에서 중국의 당음(唐音)으로 하나하나 뜻을 옮겨 큰 소리로 읽었다.

국서를 요약하면 아래와 같았다.

「발해국 대왕(원문 大可毒)은 당나라 군주한테 국서를 보낸다. 당신들은 그간 고구려(高句麗)를 점령한 이후 우리나라 변경을 침공해 왔다. 변방의 군사들이 여러 번 우리 영토를 침략하였는데, 이를 보면 당나라 주군의 뜻이라고 본다. 나는 지금 더 참을 수 없어 당의 군주에게 국서를 전하려고 사자를 보낸다. 그간 침탈한 고구려의 176개의 성을 우리나라에 돌려준다면 우리의 특산품을 보내주겠다.

그 특산품은 태백산(太白山)의 토끼(兎), 남해(南海)의 다시마(昆布), 책성(柵城)의 북(鼓), 부여(夫餘)의 사슴(鹿), 교합(郊頜)의 돼지〔豕(돼지 시)〕, 솔빈(率賓)의 말(馬), 옥야(沃野)의 무명(綿), 하타미(河沱湄)의 붕어(鯽), 구도(九都)의 자두(李), 낙유(樂游)의 배(梨) 등이다. 1년에 한 번씩 공납하면 당신에게 다 돌아갈 것이다. 만약 이를 거절한다면 우리는 즉시 군사를 일으켜 쳐들어갈 것이고 승부는 두고 보아야 할 것이다.」

문무백관 모두는 이백이 발해의 국서를 청산유수로 읽는 것을 보고 놀라지 않는 사람이 없었다. 현종이 국서에 쓰여 있는 내용을 듣고 불쾌한 마음으로 여러 대신에게 물었다.

"변방의 소국이 너무 무례하다. 고구려의 강토를 가지고 발해와 다투게 되면 많은 재력을 탕진해야만 하는데, 어떻게 대응하면 좋겠는가?"

그러자 이림보가 상주했다.

"발해국이 아무 근거도 없이 큰소리는 쳤지만 그 병력을 놓고 보아 어찌 천조(天朝)와 맞설 수 있겠습니까? 변방의 장수들에게 지시하여 엄밀히 대비하게 한다면 됩니다. 뒷날 발해가 침범한다면 그때 군사를 일으켜 토벌해도 늦지 않을 것입니다."

그러자 양국충도 아뢰었다.

"고구려는 워낙 강토가 넓은 나라였습니다. 우리의 통치력이 미치지 못하는 먼 곳을 쟁탈하느라 전쟁의 재난을 겪기보다는 먼 곳의 몇몇 성곽을 버리고 힘을 기울여 가까운 변방을 잘 수비하는 것이 더 쉬울 것입니다."

그때 삭방절도사(朔方節度使)인 왕충사(王忠嗣)가 마침 조정에 있었으므로 두 사람의 말을 듣고 반열에서 나와 말했다.

"옛날에 태종 황제께서 세 차례에 걸친 고구려 정복에 재력을 많이 탕진했습니다. 또 고종황제 때 설인귀(薛仁貴, 614-683년) 대장이 수십 만 대군을 거느리고 대소 수십 차례의 전투를 벌여 겨우 동방을 안정을 시켰습니다. 그러니 지금 어찌 그리 쉽게 포기할 수 있겠습니까? 하지만 지금은 태평한 세월이 오랫동안 지속되어 사람들은 전쟁을 거의 잊고 있습니다. 만약 다시 싸움을 하게 되면 작은 나라라고 적을 무시해서는 안 될 것입니다."

여러 신하들의 의론이 같지 않아 현종이 깊은 생각에 잠겨 결정짓지 못하고 있을 때, 이백이 상주했다.

"이 일은 폐하께서 크게 신경 쓰실 일이 아닙니다. 신의 생각으로는 발해왕이 무례한 국서를 보내었지만 천조의 동정을 살피는데 불과합니다. 내일 사신을 입조시키면서 제게 답서 초안을 마련하게 하시면 별지에 발해문자로 국서를 짓겠습니다. 은혜와 위엄이 섞인 말로 국서를 보내면 발해 군왕의 건방진 그 마음을 꺾어놓을 수 있습니다. 그러면 발해 국왕이 두 손을 들고 틀림없이 순종할 것입니다."

현종이 아주 흡족해하며 물었다.

"가독(可毒)이라는 말이 발해 국왕의 이름인가?"

이백이 대답했다.

"발해국은 그 왕을 가독이라고 부릅니다. 돌궐은 가한(可汗)이라 부르고, 토번(吐蕃, 吐番, 투르판)은 찬보(贊普)라 호칭하고, 남만은 조(詔)라 하며, 가릉(訶陵)에서는 실막위(悉莫威)라 부르는 것과 같습니다. 각기 자기네 풍속에 따라 다르게 부를 뿐입니다."

현종은 이백의 대답이 청산유수처럼 막히는 데가 없는 것을 보고 크게 기뻐하며 즉석에서 한림학사(翰林學士)로 발탁했다. 또 금화전(金華殿)에 연회를 베풀어주고 교방(敎坊)의 악사들을 불러 술을 권하게 했으며, 그날 밤 별궁에서 쉬게 했다.

여러 대신들은 이백이 이렇듯 성대한 대우를 받는 것을 보고 여간 부러워하지 않았다. 다만 양국충과 고력사만은 불쾌하게 생각했으나 어쩔 수 없었다.

이튿날 아침 현종은 정전의 용상에 높이 앉았고, 문무백관이 다 모였다. 하지장이 발해 사신을 안내해서 입조한 뒤 황제의 칙명을 기다리게 했다. 이백은 사모(紗帽)에 자줏빛 관복을 입고 금어(金魚) 모양의 홀(笏)을 들고 전각 계단 아래 정위치에 당당히 서있었다. 그 표연한 모습이 마치 신선이 구름 위에 서있는 것 같았다.

이백은 손에 발해에서 보낸 국서를 들고 사신을 보자, 꾸짖었다.

"소국의 국서에 무례한 말이 많아 어찌 국격을 갖춘 국서라 하겠소. 마땅히 군사로 토벌해야 하나, 지금 우리 폐하의 흉금이 하늘처럼 넓은지라 잠시 따지려 하지 않는 거요. 여기에 답서를 내렸으니 귀를 씻고 잘 듣기 바라오."

사신은 전전긍긍하면서 붉은 계단 아래 조용히 서있었다. 현종은 칠보로 자개를 박은 탁자를 용상 옆에 놓아두고 그 위에다 문방 용구를 다 갖추게 한 뒤에 이백에게 비단 방석에 앉아 발해 군왕에게 보내는 황제의 조서를 짓게 했다.

그러자 이백이 아뢰었다.

"신의 신발이 깨끗하지 못해 주단을 더럽힐까 걱정됩니다. 폐하께서 은덕을 베풀어 신발을 바꾸어 신고 올라가게 해주십시오."

현종은 신발 코에 구름무늬가 있고, 오(吳) 땅에서 나오는 비단으로 만든 붉은 신발을 내시가 가져다가 이백이 신을 수 있게 했다.

이백이 머리를 숙이며 말했다.

"폐하께서 방자한 신을 너그럽게 관용하신다면, 제가 한 말씀 더 드리고자 합니다."

현종이 수락했다.

"경은 하고 싶은 말을 해보아라."

"그전에 소신이 과거 고시에 응했을 때 우상 양국충과 태감 고력사한테 호된 꾸중을 듣고 쫓겨난 일이 있었습니다. 지금 보니 그 두 분이 모두 반열에서 저를 응시하고 있어 신의 기운이 크게 위축될 뿐입니다. 그런데 지금 신은 명을 받아 폐하의 조서를 기초해야 합니다. 작은 외국에 보내는 국서이지만 다른 일과 달리 소홀히 할 수 없습니다. 그러니 양국충이 먹을 갈게 하고, 고력사가 소신의 신을 벗기고 새 신을 신을 수 있도록 지시하여 주시길 바랍니다."

현종에게 이번 국서의 작성은 당장 눈앞의 일이고, 이백이 아니면 지금 누구도 할 수 없는 일이었다. 현종으로서는 이백의 재능을 크게 인정하고 등용해야만 했기에 즉석에서 고력사와 양국충에게 이백의 말대로 시행하라고 지시하였다.

그러자 양국충과 고력사는 마음속으로 생각했다.

'전날 시험장에서 각박하게 대했더니 오늘 기회를 보아 보복하는구나. 분하고 창피하기 짝이 없다. 하지만 만조백관 가운데 외국 말을 아는 사람이 하나도 없고, 폐하께서는 저자에게 의지하고 있다. 그러니 성지를 거역할 수는 없어!'

하는 수없이 고력사는 이백의 신발을 벗겨주고 새 신발을 신겨주었고, 양국충은 먹을 갈았다. 이백은 이런 모습을 물끄러미 바라보다가 흔연히 자리에 앉아 토끼 꼬리털 붓을 잡았다. 이백은 막힘없이 국서를 써 내려갔다. 그리고 다시 별지에 발해 문자로 한 장을 더 써서 황제에게 보였다.

현종이 읽어본 뒤에 아주 흡족해하며 지시하였다.

"국서의 글이 당당하고 훌륭하다. 이방인의 혼백을 놀라게 할 것 같다."

그리고 발해에서 보내온 국서와 이백이 쓴 발해 문자와 마치 한 사람이 쓴 것처럼 필체가 거의 똑같았다. 이를 돌려본 몇몇 대신도 모두 놀랐다. 이백이 어탑(御榻) 근처에서 국서 작성을 모두 마치고 신하의 자리로 돌아오자, 고력사는 이백에게 다시 신발을 신겨주었다. 이백은 발해국 사신을 불러 국서를 읽어주었다.

국서 내용은 다음과 같았다.

「대당(大唐) 황제가 발해의 군왕(君王)에게 말한다. 본조는 천명을 받아 건국하였고 천하를 안정시켰다. 은혜와 위엄으로 중외(中外)를 막론하고 모두 순종케 하였다. 그동안 힐리가한(詰利可汗)이 천조(天朝)와 맺은 맹약을 어겼다가 즉각 포박되었었다. 그래서 신라에서는 비단에 대당 황제의 은덕을 칭송하는 글을 올렸고, 천축국(天竺國)에서는 앵무새를 공납했으며, 페르시아(波斯)에서는 쥐잡이 뱀을 진상했고, 비림(沸箖)에서는 말몰이 하는 개(曳馬之狗)를 해마다 헌납하고 있다. 흰 앵무새는 가릉(訶陵)에서 보내왔고, 야광주는 임읍(林邑, 占婆, 캄보디아)에서 헌납했으며, 명마는 골리간(骨利幹)이 헌납했고, 진귀한 해산물은 니파라(泥婆羅)에서 보내왔다. 아무리 먼 이국이라 하여도 모두 해마다 또는 계절에 따라 특산품을 조공하고 있다. 이것은 모두 대당 황제의 위엄에 눌리고 덕망에 감화되어 화평과 태평을 희구(希求)하기 때문이다. 옛날 고구려는 천명을 거역하였기에 천명에 따라 소멸하였다. 그래서 9백 년을 지속한 왕업이 일조에 멸망한 것이다. 그러니 하늘에 높이 걸려있는 크고 밝은 거울이 비춰지는 죄과를 짓지 말아야 할 것이다. 하물며 이제 고구려의 지배를 받았던 소국인 너희가 어찌 오만방자할 수 있겠는가. 중국에 비교하면 한 개 군(郡)에 불과한 바 인재와 물산은 대당의 1만분의 1도 안 된다. 사마귀가 수레 바퀴에 맞서려 하고〔螳螂拒轍(당랑거철)〕 달걀로 바위를 치려 한다면〔以卵擊石(이란격석)〕, 천조(天朝)의 군사가 한번 움직여 휩쓸어버려 발해 군왕은 힐리가한처럼 생포될 것이고, 번국의 조정은 고구려의 전철을 그대로 밟게 될 것이다. 지금 짐은 하늘이 창생을 사랑하는 마음을 헤아려 너희 무례 방자한 짓을 일단 용서하노니, 즉시 뉘우치고 그 마음을 깨끗이 씻고서 근면하게 부지런히 농사짓고 가축을 길러먹고 사는 일에 힘쓰도록 하라. 멸망의 굴욕을 당하지 않도록 미리 예방해야 하고, 선량한 생령(生靈)의 목숨을 지켜주는 것이 발해 군왕의 할 일이 아니겠는가? 나중에 정벌 당하여 후회하거나 다른 종족의 웃음거리가 되지 말아야 할 것이다. 발해 군왕이 올린 국서에 천조의 문자를 쓰지 못한 것은 그만큼 황량한 나라이고 무지한 관리뿐이기 때문이리라. 너희 나라의 글자로 된 부본을 한 장 더 써서 보내니 모두 읽을 수 있으리라 생각한다. 잘 읽고 태만하지 말지어라.」

이백이 발해 군왕에 보내는 국서를 선독(宣讀)할 때 그 목소리가 당당하고 우렁차기에 발해국 사신은 꿇어앉아 들으면서 감히 올려다볼 수가 없었다. 사신은 다 듣고서는 조서를 받아들고 물러갔다.

하지장이 사신을 도성문까지 전송하자, 사신이 가만히 물었다.

"학사가 무슨 자리라서 우상(右相)이 먹을 갈아야 하고, 태감이 신을 벗겨줘야 합니까?"

하지장이 대답했다.

"우상은 대신이고 태감은 친신(親臣)이니, 모두 중신이요. 그 학사는 하늘에서 귀양온 적선(謫仙)입니다. 우연히 인간 세상에 내려와 천조(天朝)를 돕고 있습니다. 응당 특별한 대우를 받아야 합니다."

발해국 사신은 한탄을 금치 못하고 작별했다. 그리고 귀국하여 발해 군왕을 만나 있었던 일의 자초지종을 모두 말했다. 국왕은 조서와 부본의 글자를 보고 크게 놀라며 여러 신하들과 협의했다.

"중국은 신선이 돕고 있으니, 어떻게 그들과 대적할 수 있겠소?"

이리하여 당 황제에게 굴복한다는 글을 지어 사신에게 보내 사죄했다. 제때에 조공하고 감히 딴마음을 품고 맹약을 어기지 않겠다고 하였다. 이는 뒷날의 이야기이다.

병기를 쓰지 않고도 적국을 굴복케 하니, (干戈不動運人服)

한 장의 국서 십만 대군보다 훨씬 강하다. (一紙賢於十萬師)

현종은 이백을 존중하고 아껴주었다. 많은 금, 은, 비단과 진귀한 골동품을 선사하였고, 이백의 벼슬을 높혀주려 했으나 이백은 사양하고 받지 않았다.

"신은 평생에, 다만 자유자재로 살기를 바랍니다. 동방삭〔東方朔, 前 154－93년. 字는 曼倩(만천), 76회 주석 참고〕이 한(漢) 무제를 섬겼던 것처럼 가까이서 모시고 싶습니다. 날마다 좋은 술을 마음껏 마실 수만 있다면 더 바랄 것이 없습니다."

현종은 광록시에서 이백에게 상등의 어주(御酒)를 공급하게 하였고, 그가 직분에 관계없이 마음대로 유람하면서 술을 마시고 시를 지을 수 있도록 특별히 허용했다. 또 때때로 불러들여 꽃을 감상하거나 연회를 베풀어주었다.

그때 궁중에 있는 가장 큰 작약은 양주(揚州)에서 진상한 것인데, 곧 오늘의 모란[16]꽃이다. 새빨간 빛, 짙은 자줏빛, 담황색, 분홍색, 흰 빛 등 각색의 모란이 모두 다 심겨져 있었다. 모두 홍경

16 모란(牧丹)－唐代에는 모든 사람들이 부귀를 상징하는 모란꽃을 애호했다. 한편 현종의 총애를 독차지한 양귀비는 풍만한 미인이었다. 현종은 모란(牡丹)과 짝을 이룬 양귀비를 함께 보며 미소를 지었을 것이다. 현종의 사랑을 독차지하며 낮에는 歌舞(가무)와 宴樂(연락)에 분주했고, 밤에는 雲雨(운우)의 정을 나누었을 것이니 미인은 피곤하였을 것이다.

지(興慶池) 동편과 침향정(沈香亭) 주변에 심어 놓았다.

마침 하늘이 맑고 날씨가 화창한 계절이라 꽃이 만발했다. 현종은 정자 안에 연석을 차리라고 내시한테 명하고 양귀비와 함께 감상하며 노닐었다.

양귀비가 꽃을 감상하며 말했다.

"이 꽃은 꽃 중의 왕이라, 폐하께서 감상하기에 알맞은 꽃이라 생각합니다."

현종이 웃으며 말했다.

"꽃은 보기 좋아도 말할 줄 모르는데, 귀비가 꽃 대신 말하니 더 훌륭하오."

한창 담소하고 있을 때 악사(樂士) 이귀년(李龜年)[17]이 새로 선

---

17 이귀년(李龜年, 생졸년 미상) – 현종 때의 樂工(악공)으로, 춤을 잘 추었던 李彭年(이팽년), 노래를 잘했던 李鶴年(이학년)과 삼형제가 함께 명성을 떨쳤었다. 이귀년은 어린 나이에 梨園(이원)에 들어가 노래도 잘하고 각종 악기를 다루어 玄宗(현종)의 인정을 받았으며, 이귀년 형제는 장안에 큰 저택을 짓고 살았다. 이귀년은 安史의 亂 이후 각지를 유랑하다가 代宗(대종) 大歷(대력) 연간(766–779)에 湘潭(상담)에서 병사한 것으로 알려졌다. 만년에 두보가 이귀년을 만나 지은 시를 여기 소개한다.

〈강남에서 이귀년을 만나다〉	〈江南逢李龜年〉
岐王의 저택에서 자주 만나보았고,	(岐王宅裏尋常見)
崔九의 집에서도 몇 번 들렀었지요.	(崔九堂前幾度聞)
지금은 강남의 멋진 호시절이지만,	(正是江南好風景)
꽃 지는 시절에 다시 그대를 만났소.	(落花時節又逢君)

발한 16명의 이원제자들에게 악기를 들려 함께 거느리고 들어왔다.

황제와 양귀비가 술을 들며 명령하자, 노래를 시작했다.

현종이 말했다.

"가만, 오늘 나의 귀비가 꽃을 감상하는데, 어찌 옛 곡만 연주하겠나!"

그리고 즉석에서 이귀년에게 영을 내렸다.

"짐이 타는 명마 옥화총을 가지고 가서 얼른 이백 학사를 데려와라. 새 노래 한 수를 지어 축하합시다."

이귀년이 명령을 받고 서둘러 말을 타고 옥화총을 이끌고 몇몇 동료들과 함께 곧장 한림원 동헌에 들어가서 이백을 부른다는 어명을 전했다.

한림원 통인이 나와 대답했다.

"이 학사는 벌써 오늘 아침에 평복으로 퇴조했습니다. 혼자서 장안 거리에 있는 술집을 찾아갔습니다."

이귀년은 한림원에서 일하는 하인을 불러 이백의 의관과 홀을 들게 하고 함께 시가에 나가서 여기저기를 돌며 이백을 찾았다. 그런데 어느 술집에서 목청 높여 부르는 노랫소리가 들려왔다.

석 잔 술은 大道를 깨우치기 족하고, (三杯通大道)
한말 술도 自然의 도리에 부합된다. (一斗合自然)
다만 술의 흥취를 알기만 한다면, (但得酒中趣)

각성했다 누구도 말하지 않으리라.　　　　　(莫爲醒者傳)

이귀년이 들어보고 말했다.

"틀림없이 이백일 것이다."

이귀년은 주루의 이층에 올라가 이백을 만났다. 이백은 꽃병에 꽂은 한 송이를 마주하고 술을 마시고 있었다.

이귀년이 앞으로 가서 말했다.

"이학사께서는 즉각 침향정으로 들어오라는 어명입니다."

2층에 있던 여러 사람은 노래 부르며 떠들던 사람이 이백이라는 사실을 알았다. 그리고 어명이라는 한 마디에 모두 한쪽으로 몰려섰다.

그러나 이백은 이런 것에는 전혀 아랑곳하지 않고 손에 든 술잔을 내려놓고 이귀년에게 도연명(陶淵明)[18]의 시 한 구절을 읊었다.

---

18 도연명〔陶淵明, 365－427년, 名은 潛(잠). 字는 元亮(원량), 自號 五柳先生(오류선생). 私諡 靖節先生(정절선생)〕－젊어 江州祭酒(강주제주), 鎭軍參軍(진군참군), 建威參軍(건위참군) 같은 말단 武官職(무관직)을 떠돌았다. 彭澤縣令(팽택현령)으로 근무하다가 '五斗米 때문에 향리 소아에게 허리를 굽힐 수 없다.' 하여 집으로 돌아온 것은 晉 安帝 義熙 2년(서기 406년)이었다. 그 후 벼슬에 뜻을 버리고 농사와 시를 지으며 일생을 보냈지만 생활은 매우 곤궁했다. 거기에다가 다섯 아들이 하나같이 글을 좋아하지도 않고 총명하지도 않았기에 아버지 도연명의 마음은 매우 울적했을 것이다.
도연명의 시는 현재 120여 편과 문장 10여 편이 전해오고 있다. 梁나라의 昭明太子 蕭統(소통)은 도연명의 시를 모아 《陶淵明集》을

"나는 취해 자려 하니 그대 가려면 가게나!(我醉欲眠君且去)"[19]

이렇게 읊고는 술에 완전히 취한 듯 잠을 자려고 했다. 이귀년은 별 수 없이 뒤따르는 여러 사람들과 함께 이백을 들고 내려와서는 명마 옥화총에 태우고 여러 사람들이 좌우에서 부축했다. 귀

편찬하였는데, 이를 통해 도연명의 시가 후세에 전해졌다. 도연명의 詩는 당시에는 별로 높이 평가되지 않았으나 唐과 宋(북송, 남송)을 거치면서 당시의 시인들에게 큰 영향을 끼쳤고, 매우 긍정적인 평가를 받아 지금은 중국 제일의 田園詩人(전원시인)으로 알려졌다. 특히 北宋의 文豪(문호) 蘇東坡(소동파)는 도연명의 시의 화답하는 109편이나 되는 〈和陶詩(화도시)〉를 남겼는데, 이를 본다면 소동파가 얼마나 도연명을 존경했는지를 알 수 있다.

도연명의 시로는 〈雜詩〉, 〈飮酒〉, 〈擬古〉 등의 연작시가 잘 알려졌으며, 그의 〈歸去來辭〉, 〈五柳先生傳〉은 짧은 명문장으로 누구나 좋아한다. 그리고 〈桃花源記〉는 도연명이 그리는 이상세계를 묘사한 글로 널리 읽혀지고 있다. 중국인들이 생각하는 이상향은, 곧 도연명이 묘사한 '桃花源(도화원)' 으로 생각하고 있다.

도연명은 술(酒)을 좋아했고 국화(菊)를 사랑했으며, 시(詩)를 읊었다. 지금도 많은 사람들이 '도연명' 과 술과 국화와 시를 함께 연상한다. 그리고 국화라면, 곧 '은자(隱者)의 꽃' 이라 생각하는 것도 모두 도연명의 영향이라 할 수 있다. 도연명이 서거한 뒤에 生前의 벗이었던 顔延年(안연년)이 도연명을 추모하는 〈陶徵士誄(도징사뢰)〉라는 글을 지었는데, 여기서 도연명을 靖節先生(정절선생)이라 불렀다.

19 我醉欲眠君且去(아취욕면군저거) – 비슷한 구절은 李白의 〈山中與幽人對酌〉이라는 칠언절구에도 나온다. 兩人對酌山花開, 一杯一杯復一杯. 我醉欲眠卿且去, 明朝有意抱琴來.

년은 말을 채찍질하며 뒤를 따랐다. 오봉루(五鳳樓) 앞에 이르자, 내시가 나와 기다리다가 이백은 말을 탄 채 입궁하라는 명령을 전달했다.

귀년은 말을 태운 채 이백에게 관복으로 갈아 입히라고 했는데, 관복의 옷깃도 제대로 여밀 수가 없었다.

곧장 홍경지를 지나 침향정에 이르러 이백을 부축하여 말에서 내리게 했으나 이미 취할대로 취한 이백은 인사불성이었다. 현종은 무늬 있는 모직물 담요를 한 자락 정자에 펴놓게 한 뒤 이백을 누워있게 했다.

양귀비가 말했다.

"냉수를 얼굴에 뿜으면 술이 깰 것입니다."

내시한테 명해서 홍경지 샘물을 길어와 궁녀가 입으로 물을 이백의 얼굴에 뿌렸다.

이백은 꿈결에 놀라 깨어나 황제를 보고는 안간힘을 쓰며 바닥에 엎드려 말했다.

"신은 백 번 죽어 마땅하옵니다."

현종은 아직 이백이 여전히 술이 덜 깬 것 같아 내시들에게 명하여 이백을 부축해 정자 앞에 앉혔다. 그리고 광록시의 요리사에게 남방 월 땅에서 공납한 생생한 해파리로 술을 깨게 하는 국을 세 사발 만들어 가져오게 했다.

이윽고 내시가 사발에 담긴 국을 가져왔다. 현종은 더운 김이 솟는 국을 상아 젓가락으로 저어 식힌 다음에 이백에게 마시게 했다. 이백은 마시자마자 정신이 드는지 머리를 조아리며 사은했다.

현종이 이백에게 말했다.

"오늘 경을 여기에 부른 것은 특별한 일이 있어서가 아니오. 몇 그루 모란이 활짝 피었기 때문이오. 짐과 귀비가 감상하며 놀자니 연주하는 낡은 곡이 귀에 거슬렸소. 그래서 악사들에게 연주하지 말라 하였고, 경이 와서 새 노래를 짓도록 기다리게 했오."

이백은 명을 받들고는 생각을 가다듬지도 않은 채 청평조(清評調) 한 수를 읊었다.

〈청평조〉(1/3) 〈清平調三首〉(一)

구름은 귀비의 옷이요 모란은 얼굴이니, (雲想衣裳花想容)
봄바람 난간을 스치면 진한 이슬 맺힌다. (春風拂檻露華濃)
혹시나 군옥산서 만난 귀인이 아니라면, (若非羣玉山頭見)
틀림없이 요대의 달 아래서 만났으리라! (會向瑤臺月下逢)

현종이 듣고 희색이 만면하여 칭찬했다.

"이학사는 실로 신선의 재능을 지녔소!"

그리고는 이귀년과 이원(梨園)의 제자들에게 명해 즉각 이 노래에 새 곡을 붙이라고 했다. 이모(李謨)가 강적(姜笛)을 불었고, 화노(花奴)가 갈고(羯鼓)를 치고, 하회지(賀懷智)가 방향(方響)을 때리고, 정관음(鄭觀音)이 비파(琴)를 뜯고, 장야호(張野弧)가 피리

(觱栗)를 불고, 황번작(黃幡綽)이 박판(拍板)을 두드리며 반주에 맞추어 노래를 부르는데 자못 듣기 좋았다.

한참만에 연주가 끝나자, 현종이 이백에게 말했다.

"경의 새 노래가 아주 오묘하오. 그러나 한창 홍이 오를 때 그만 끝나버렸소. 학사의 뛰어난 재능으로 짐을 위해 다시 한 수 더 지어주었으면 하오."

이백이 말했다.

"신은 천성적으로 술을 좋아합니다. 폐하께서 저에게 술을 내려 주옵소서. 그래야 시를 짓는 홍취를 돋울 수 있습니다."

현종이 술을 내리자, 이백은 사은하고 잔을 받아서는 단숨에 쭉 들이킨 뒤, 붓을 들더니 또 한 수 써 내려갔다.

〈清平調〉(2/3) 〈清平調 三首〉(二)

붉고도 고운 꽃가지 향기로 맺힌 이슬이니, (一枝紅豔露凝香)
운우가 되는 무산신녀 공연히 애만 태운다. (雲雨巫山枉斷腸)
묻노니 한궁의 그 누가 귀비와 닮았는가? (借問漢宮誰得似)
가련한 조비연 단장을 마치면 이 같으리! (可憐飛燕倚新妝)

현종이 보고서 만족하며 칭찬했다.

"이 시는 더욱 청신하고 훌륭하오. 이렇듯 우아한 노래에는 여러 악사들의 잡음을 섞을 필요가 없소."

그래서 현종은 염노(念奴)에게 명해 청아한 목청으로 노래 부르게 한 뒤 자신이 손수 옥피리로 반주했다.

"짐이 한창 흥취가 올랐으니 학사는 한 수 더 지어 오늘의 환락한 기분을 고조시키면 어떻겠소?"

이리하여 황제 전용의 단계(端溪) 벼루〔硯(벼루 연)〕를 쓰게 하고 양귀비가 직접 붓을 들어주며 이백에게 한 수를 더 청했다.

이백은 물러서며 사양하다가 잠시 새 붓에 먹을 흠뻑 찍어 또 한수를 써서 올렸다.

〈청평조〉(3/3) 〈清平調 三首〉(三)

모란과 경국[20]의 미인은 함께 즐거우니, (名花傾國兩相歡)

---

20 경국(傾國) – 사실 시인의 우수한 두뇌와 글 솜씨로 타인을 격려하고 칭찬도 하지만 풍자하거나 심하다면 조롱할 수도 있을 것이다. 다른 표현은 그만두고서라도 여기서 '傾國(경국)' 이란 말이 그러하다. 傾國之色(경국지색)은 미인임에는 틀림없다. 역사적으로 미색에 빠져 나라를 거덜 낸 군왕도 많이 있었다. 양귀비가 미인이라는 것을 표현하는데 꼭 '傾國' 이외에 다른 표현은 없었을까? 사실 실제로 뒷날 당나라를 기울게 한 사람이 양귀비였다. 양귀비 – 사촌인 楊國忠(양국충) – 절도사 안록산 – 재상이며 간악한 李林甫 이런 사람들이 모두 다 고리처럼 연결되어 있었다. 현종은 60이 벌써 넘은 노인이었다. 사리 판단의 능력은 많이 쇠퇴해진 상태였고 너무 오랫동안 태평했었다. 이백은 이미 나라가 기울수도 있다는 조짐을 보았을 것이다. 그래서 풍자의 뜻으로 아니면 칭찬하면서 비꼬는 의미로 새길 수 있는 악부시를 지어 올렸을 것이다. 이백의 두뇌라면 충분히 그러고서도 남을 것이다.

군왕은 언제나 미소를 띠고 바라본다. (長得君王帶笑看)
춘풍의 무한한 근심을 풀어주면서, (解釋春風無限恨)
침향정 북쪽의 난간에 기대 서있다. (沈香亭北倚闌干)

현종은 대단히 흡족했다.

"이 시는 꽃모습과 사람 얼굴을 대비시켜 재치있게 썼으니 오묘하기 그지 없군. 이번에 노래할 때에는 귀비도 꼭 반주하시오."

이리하여 염노가 함께 노래 부르게 하고, 현종이 옥피리를 불고, 양귀비는 비파를 뜯어 반주했다.

노래가 끝나자 이귀년더러 노래 세 수를 관현악 반주로 합주하면서 한 번 더 부르게 한 뒤, 이것을 양귀비를 위한 권주가로 삼았다.

현종은 곡에 맞추어 옥피리를 불었다. 노래마다 곡조를 바꾸어 그 가락을 느리게도 빠르게도 뽑으니 더 듣기 좋았다.

곡이 끝나자 양귀비가 재배하며 사은하니, 현종이 웃으며 말했다.

"짐한테 감사하지 말고 이학사에게 감사드리시오."

양귀비는 유리잔을 들고 술을 가득 부어 이백에게 올리면서 옷섶을 여미며 그 시 뜻에 사의를 표했다. 현종은 이백을 옥화총 명마에 태워 한림원으로 돌려보냈다.

이로부터 이백의 재능은 더욱 널리 소문이 났다. 현종이 그를 아꼈을뿐더러 양귀비도 이백을 중히 여겼다.

고력사는 이백의 신발을 벗겨주고 신겨준 일에 대하여 생각할수록 원한이 짙었다.

'나는 황제의 총애를 받는 몸이라 위세가 당당하다. 황태자까지 날 형님(兄丈)이라고 부르지 않는가. 왕이나 작위를 가진 귀족도 나를 대공(大公, 公에는 할아버지라는 뜻도 있다)이라 부르거나 나으리(爺, 나리, 어르신)라고 부른다. 그런데 그 심보를 알 수 없는 이백 같은 학사 벼슬아치가 지난 날의 일을 잊지 않고 황제 앞에서 모욕을 주다니 괘씸하다. 지금은 황제가 자못 그를 아끼고 귀비마마도 그 재능을 아주 중히 여기고 있으니 어쩔 수 없다. 그러나 이 사람이 만일 중용된다면 우리한테 대단히 불리하지. 어쨌든 방법을 써서 그가 중용되는 길을 막아야만 한다.'

고력사는 한걸음 더 내짚어 생각했다.

'이백의 청평조에서 흠집을 들춰내어 귀비마마의 마음을 들쑤셔 놓아야 한다. 그렇게 되면 황제가 이백을 중용하려 해도 귀비마마가 중간에서 훼방을 놓을 터이니, 그 놈이 며칠 가지 못해 밀려날 것이 뻔하지.'

계책이 정해진 뒤 어느 날 입궁해서 보니 양귀비가 홀로 난간에 기대서서 꽃구경을 하고 있었다. 고력사는 입속말로 이백의 〈청평조(淸平調)〉를 읊어보다가 "그렇지!" 하고 머리를 끄덕이며 득의양양했다. 사방을 살펴보니 아무도 없는 지라 틈을 보아 아뢰었다.

"마마께서 이백의 시를 듣고 하늘에 사무치는 원한을 품었으리라고 저는 생각했습니다. 그런데 무슨 영문으로 오히려 그렇듯 살갑게 구십니까?"

귀비가 깜짝 놀랐다.

"원한 살 것이 뭐가 있소?"

"이백의 〈청평조〉 두 번째 노래에 '가련한 조비연(趙飛燕) 단장을 마치면 이와 같으리!' 라고 하지 않았습니까. 이건 조비연을 마마한테 비긴 것입니다. 생각해 보십시오. 미천한 출신인 조비연이 漢나라 성제(成帝) 그 당시에 무슨 일을 저질렀습니까. 마마를 조비연에 대고 비유한 것은 그 풍자가 너무 지독합니다. 마마께서는 아직 느끼지 못하십니까?"

원래 현종이 그전에 《조비연외전(趙飛燕外傳)》을 읽은 적이 있었다. 조비연의 몸매가 바람을 마주하면 날려갈 정도로 날씬하다는 것을 알고 있었다. 그래서 어느 날 양귀비를 보고 농조로 말했다.

"그대의 경우라면 큰 바람이 아주 세게 불어야 날려갈 것이오?"

이는 양귀비의 육신이 풍만한 것을 칭송한 말이었으나 당사자인 양귀비에게는 더군다나 조비연과 함께 언급하니, 이는 뚱뚱하다는 조롱이라고 생각했었다. 거기다가 매비(梅妃)까지도 귀비의 살집이 좋아서 '뚱보년〔肥婢(비비)〕' 이라고 내리 깎았었다. 그래서 양귀비는 누가 자기를 뚱뚱하다고 하면 제일 미워했다. 그런데 이백만은 자기를 조비연에 비겨 주니 속으로 여간 기뻐하지 않았다. 하지만 지금 고력사가 나쁘다고 설명하며, 이는 칭찬하는 척 깎아내리기라고 설명하자 은근히 부아가 치밀었다. 그리고 조비연이 연(燕)나라 적풍(赤風)과 사통한 일을 들고 나오니, 이백이 암암리에 안록산과 사통한 일에 다 둘러 맞추었으므로 풍자의 뜻이 있다는 설명이었다.

고력사의 그런 말은 양귀비의 아픈 데를 적중(的中)하였으므로 노기가 충천하여 원한을 품게 되었다.

소인이 지어낸 참언에 따라, (小人讒譖)
말로서 마음에 병을 만든다. (道著心病)
당신이 아무리 총명하여도, (任你聰明)
믿지 않을 수 없으리라. (不由不信)

이때부터 양귀비는 현종 앞에서 언제나 '이백은 제멋대로 술을 마시고 분별없이 노래 부르는 방탕한 골칫덩이로서 신하의 예절을 모른다.' 고 헐뜯었다.

현종이 여러 번 이백의 관직을 올려주려고 하였으나 그때마다 양귀비가 방해했다.

양국충도 먹을 갈아준 일을 수치스럽게 여기고 기회만 있으면 이백을 헐뜯었다. 현종이 이백을 아주 총애했지만 주위에서 꺼리자 궁전 연회에 부르지도 않았고 궁전에서 잠을 자도록 만류하지도 않았다.

이백은 소인들이 자신을 중상모략하고 있다는 사실을 꿰뚫어 보고는 상소하여 관직을 사퇴하겠다고 주청하였다. 현종은 애당초 이백을 놓아주려고 하지 않았기에 부드러운 말로 위로하며 사직을 허용하지 않았다. 그러자 이백은 이후부터 더욱 폭음하고 제멋대로 행동했다. 그야말로,

산중의 천일주를 어디서 얻었는가, (安得山中千日酒)
술 취한 그날만은 태평한 세월이다. (酩然直到太平時)

뒤에는 무슨 일이 일어날지 모르니, 다음 회를 읽어 보시라.

제83회

이백은 뛰어난 안목으로 영웅을 알아보고, 현종은 거짓 충성 믿어 절도사로 임명하다.(施靑目學士識英雄, 信赤心番人作藩鎭.)

노래하기를, 詞曰,

재앙을 만난 영웅 거의 죽을 지경에, (英雄遭禍身幾殞)
다행히 천재를 만나, (幸遇才人)
기인을 살려주어, (留得奇人)
다른 날 그가 혼란을 평정하였다. (好作他年定亂人)

주군은 거짓을 믿고 따라갔으니, (巧言能動君王聽)
간신의 말을 쉽게 믿어, (輕信奸臣)
절도사 임명해 보내니, (誤遣藩臣)
뒷날의 반역이 눈에 보인다. (眼見將來大不臣)
— 곡조 〈채상자〉 — 調寄 〈採桑子〉

예로부터 훌륭한 공적과 큰 업적을 남긴 영웅호걸은 높은 작위와 많은 녹봉을 받아 행복한 말년을 누렸다. 그러나 그런 사람 중에서도 가끔은 곤경에 빠졌다가 죽음을 당하지만, 처음에 봉착한 위험에서 벗어나면 높은 지위에 오르게 된다.

그래서 하늘이 큰 임무를 내리려면, 영웅이 하려는 일을 꼭 흔들어서 어렵게 만들기도 한다. 그럴 경우에 큰 인물은 대개 재능을 발휘하지 못하고 낮은 자리에 머무는 치욕을 겪거나, 심지어는 까닭도 없이 큰 재앙에 얽히거나, 아니면 목숨을 잃을 지경에 처하기도 하지만, 오히려 그런 위기와 목숨을 잃을 절대적인 위기에서 벗어나게 된다. 그런 경우 안목이 뛰어난 사람이나 큰 뜻을 가진 사람의 적극적인 도움을 받아 무사할 수도 있다. 대개 그런 위기를 겪고 이겨내면 운이 트이고, 큰 공을 세워 높은 지위에 오르게 된다.

후대의 세상 사람은 그런 영웅의 일생을 칭송하지 않는 사람이 없으며 인신(人臣)으로서 최고의 지위에 오른 그를 부러워하게 된다. 그럴 경우, 그런 영웅은 옛날에 위기에 처한 자신을 알아보고, 인재를 아껴 주었던 은인, 그래서 나라를 지키고 조정의 위기를 지켜 구원하게 도와준 은인의 은공(恩功)을 어찌 잊을 수 있겠는가!

만약 그가 소인이었다면 아마 처음에 상대의 은덕을 입었더라도 나중에 기피하고 질투할 것이다. 처음에는 우리 몸의 악성 종기(腫氣)마냥 점점 커지고 곪아가다가, 나중에는 풀려난 호랑이나 사냥매처럼 은인을 잡아먹기도 한다.

그러면서 오로지 간악한 말로 주군을 현혹케 한다. 그런 소인은 자기 이득을 위해 남을 해치거나 뒷날 나라에 큰 해악으로 남으니 정말 가슴 아프고 통탄할 일이 아닐 수 없다.

고력사가 양귀비에게 이백을 참소하는 바람에 이백은 양귀비의 미움을 받게 되고, 현종마저 이백을 더는 연회에 부르지도 않았다. 이백은 기회를 보아 관직을 떠나려 여러 번 주청하였다.

그러나 현종은 그의 재능을 매우 아껴 좋은 말로 위로하며, 이백의 주청을 받아들이지 않았다. 그러자 이백은 더욱 폭음하였지만 혐의나 원한을 사지 않으려 노력하였다.

이백처럼 그 당시에 술을 즐겨 유명한 사람으로는, 하지장[21] 이외에도 여양왕(汝陽王) 이진(李璡)[22]과 좌상(左相)인 이적지(李適之)[23], 그리고 최종지(崔宗之)[24]와 소진(蘇晉)[25] 다음에 장욱(張旭)[26]

---

21 賀知章(하지장, 659－744)－秘書監 역임, 별호 사명광객(四明狂客).

22 汝陽王 李璡(이진, ?－750)－현종의 조카. 汝陽王에 被封(피봉).

23 左相 李適之(이적지)－당의 宗室, 태종의 증손, 天寶 元年(742)에 左丞相(좌승상) 역임, 李林甫(이임보)에 밀려 자살했다.

24 崔宗之(최종지)－崔日用의 아들, 齊國公(제국공)의 작위 계승.

25 蘇晉(소진)－太子左庶子(태자좌서자) 역임.

26 張旭(장욱, ?675－750, 658－747, 字는 伯高)－吳郡 吳縣(今 江蘇省 蘇州市) 사람이며, 유명한 서법가로 특히 초서를 잘 써서 '草聖' 이

과 초수(焦遂)[27] 등 8인을 꼽을 수 있었다.[28] 이들은 모두 술을 아끼고 좋아하며 통 크게 마셨다. 곧 호주호음(好酒豪飮)하였으니 이백은 늘 이들과 교유하고 왕래하였다.

이들의 호음과 음주는 두보(杜甫)가 지은 〈음중팔선가(飮中八仙歌)〉를 통해 알 수 있다.[29]

라 불렸다. 개원 연간에 상숙위(常熟尉), 金吾長史(금오장사)를 지냈기에 '張長史(장장사)'라 호칭한다. 장욱은 豪飮(호음)으로 소문났었다. 장욱은 대취한 다음에 소리를 한바탕 지른 다음에야 붓을 들고 초서를 썼기에 그의 초서를 '狂草(광초)'라고 불렀다. 장욱의 시는 지금 6首가 전해 온다. 唐朝에서는 이백의 시, 장욱의 글씨, 裴旻(배민)의 검무를 '三絶'이라 하였다. 이백도 배민에게 검무를 배운 적이 있었다.

27 焦遂(초수)－개인 전기 미상. 布衣(포의).

28 이 시에 등장하는 인물들의 生平을 종합할 때, 天寶(천보) 5, 6년(746－747) 경에 지은 시라고 알려졌다. 이들 중에는 두보가 직접 교제한 인물도 있지만, 직접 교제가 없어도 행적을 전해듣고 친밀감에서 서술한 경우도 있다.

29 〈음중팔선가(飮中八仙歌)〉－《全唐詩》 216권 수록되었다. 여기 등장하는 八仙(팔선)의 공통점은 기본적으로 愛酒하면서도 세속적 禮敎(예교)의 속박에서 벗어나 자유분방한 생활을 즐겼다. 이를 통해 그들의 소탈한 인품을 볼 수 있다. 두보가 그런 인품에 호감을 갖고 있었다는 것은 두보의 인품 또한 그러했다는 뜻이다. 시에 일정한 형식적 제약이 없는 칠언고시(七言古詩)라는 사실 또한 이 시의 특징이 아니겠는가? 전체적으로 생동감 있는 묘사가 등장인물의 개성을 돋보이게 한다.

〈술을 즐긴 팔선을 노래하다〉 〈飮中八仙歌〉

하지장은 말을 타고도 배를 탄 듯 흔들거렸고, (知章騎馬似乘船)
몽롱하게 취하면 우물 바닥서도 잘 수 있었다. (眼光落井水底眠)
여양왕은 서 말 술을 마셔야만 황제를 뵙고, (汝陽三斗始朝天)
누룩 실은 수레를 보면 길에서 침을 흘리며, (道逢曲車口流涎)
봉지를 주천군에 옮길 수 없다고 한탄하였다. (恨不遣封向酒泉)
좌상 이적지는 날마다 1만 전을 소비하면서, (左相日興費萬殘)
고래가 온 강물을 다 마시듯 술을 마셨는데, (飮如長鯨吸百川)
청주를 잘 마시면서도 탁주도 함께 즐겼다. (銜杯樂聖稱進賢)
최종지는 소탈한 미소년과 같았으니, (宗之瀟灑美少年)
술잔을 들고 백안으로 청천을 바라다보는데, (擧觴白眼望青天)
바람을 마주한 옥수마냥 교교(皎皎)하였다. (皎如玉樹臨風前)
소진은 소식하며 수놓은 불상에 빌면서도, (蘇晉長齋繡佛前)
취하면 참선한다고 가끔 즐겨 핑계 대었다. (醉中往往受逃禪)
이백은 한 말 술에 시 백 편을 읊었으며, (李白斗酒詩百篇)
장안의 저잣거리 술집에서도 잠을 잤고, (長安市上酒家眠)
천자가 불러도 배를 오르지 못하면서도, (天子呼來不上船)
자신은 술 취한 신선이라고 자칭하였다. (自稱臣是酒中仙)
장욱은 삼배를 마셔야 초성이라 불리었고, (張旭三杯草聖傳)
왕공 앞에서 관모를 벗고 맨머리를 내보이고, (脫帽露頂王公前)
붓을 종이에 대어 휘호하면 풍운이 일어났다. (揮毫落紙如雲煙)
초수(焦遂)는 닷 말 술에도 끄떡 없었으며, (焦遂五斗方卓然)

고담과 웅변으로 만좌한 사람들을 놀랬다. (高談雄辯驚四筵)

이백은 날마다 몇몇 술 친구들과 함께 술을 마시고 시를 짓느라 장안에서의 나날이 그런대로 잘 흘러갔다. 어느 날, 술을 마시고 우연히 궁궐 앞에서 이백은 안록산을 만났다. 안록산은 이백이 술에 취한 것을 보고 버릇없는 말을 했고, 이백은 술이 취한 김에 안록산한테 한바탕 욕설을 퍼부었다. 안록산은 상당히 분했으나 황제가 아끼는 사람인지라 어쩌지 못했다. 해치기 어렵다면 참는 수밖에 없다.

이백은 여인과 소인들의 미움을 잔뜩 사고 있다는 것을 피부로 느끼고 있었다. 만약 일찍 벼슬을 그만두고 은거하지 않는다면 꼭 후환이 있을 것이라 생각했다. 또 양국충이나 이림보 등이 각기 당파를 만들고 권세를 부리며 황제를 미혹시켜 날마다 정사가 엉망이되어 가는 꼴을 지켜보았다. 그 자신은 간관(諫官)이 아니었기에 상소하여 폐정(弊政)을 바로잡을 상황도 아니었다.[30]

그리고 국정이 어떻게 흘러가든, 조정 대신의 입방아에 오를

30 李白이 취중에 궁중으로 불려가 당시 최고의 권력을 행사하던 환관 고력사로 하여금 신발을 벗기게 하고 양국충에게 먹을 갈게 시켰으며, 양귀비가 벼루를 들고 서있게 했던 이야기는 전설처럼 지금까지 전해오고 있다. 이백은 3년을 장안에 머물렀지만 결국 황제의 흥을 돋우는 광대에 불과했으며 정치적 포부를 논할 수 있는 여지도 없었다. 이후 이백은 유랑생활을 계속했고 안록산의 난을 겪으며 정치적 좌절을 경험한 뒤 62세에 病死(병사)했다.

필요도 없다고 생각하여 사직하겠다고 간곡하게 상주하였다. 현종은 이백이 사직하려는 뜻이 확실한 것을 보고, 이백을 불러 말했다.

"경(卿)이 기어이 짐 곁을 떠나겠다고 하니 억지로 만류할 수도 없으니, 경이 잠시 강호(江湖)로 돌아가도록 허락하겠다. 하지만 경이 국서를 잘 써서 발해 군왕의 야심을 꺾어버렸고 나라에 큰 공훈을 세웠으니, 어찌 빈손으로 돌아가게 하겠는가? 짐은 고아(高雅)한 경의 품성을 잘 알고 있소. 그래서 경에게 필요한 것은 오직 술뿐 아니겠는가!"

그러면서 현종은 이백에게 특별한 황제의 명령을 글로 써 주었다. 일종의 음주편의를 제공하라는 증명서였다.

「칙명으로 이백을 자유자재 소요(逍遙)하는 학사로 임명한다. 이백이 가는 곳마다 현지 관원은 주전(酒錢)을 지급해야 하나니, 문무관원이나 군민(軍民)은 절대로 태만하지 말라. 만약 나라에 상주할 일이 있다면, 관에서는 이백의 의견을 급서로 상주하여야 한다.」

이백은 절을 하고 칙명을 받았다. 현종은 이백의 행장을 꾸리도록 비단 이불과 금대(金帶)와 명마와 수레를 하사해 주었다. 이백은 사은하고 궁궐을 나왔다.

이백은 본래 장안에 하인만 거느렸고 가족이 없었기에 그 날로 여러 벗들과 두루 작별하였다. 조정의 많은 신하들이 장안 밖 10

여 리 되는 곳까지 나와 전별하였다.

다만 양국충과 고력사, 그리고 안록산 등은 원한이 있었기에 이백을 전송하지 않았다.

특히 하지장은 100여 리 밖까지 나와 이백을 전송했다.

이백의 신분은 여전히 관리였다. 다만 근무하지 않고 마음대로 소요할 수 있으며, 가는 곳마다 관아에서 술값을 지급받을 수 있기에 술값 걱정은 없었다.

이백은 고향으로 돌아가려 하지 않았다. 명산과 절경이 있으면 가고 싶은대로 떠돌았으니, 먼저 장안에서 동북으로 길을 잡아 유주(幽州)와 연주(燕州) 일대를 마음대로 유람했다. 각 주(州)와 현(縣)을 지날 때마다 관아에서 술값을 받았고, 명승지에서는 시를 지었으며 아무데서나 술을 마실 수 있어 언제나 늘 흡족하였다.[31]

---

31 李白의 詩와 술 - 이백 시의 題材는 유선(遊仙), 山水, 飮酒, 변새(邊塞), 풍자(諷刺), 艶情詩(염정시) 등등 아주 다양하며 그의 詩風은 호방, 표일, 평담, 청신하여 그야말로 天馬가 하늘을 나는 것과도 같았다. 그의 詩에는 어디에도 작거나 궁색한 데가 없고 막히거나 좌절하지도 않았으니, 이를 '과장이 심하다' 고 평하는 것은 아마도 그의 性情과 詩情을 모르기 때문에 하는 말일 것이다. 이백의 별칭으로 '하늘에서 쫓겨 온 신선' 이란 뜻으로 '謫仙(적선)' 이라고도 하는데, 이 말은 이백의 시를 읽고 감명을 받았던 시인 賀知章(하지장)이 한 말이다. 詩仙이면서 酒仙이었던 李白의 詩는 짧은

곽자의(郭子儀)

어느 날 병주(幷州, 太原)를 지나가는데, 병주의 관원들이 많이 나와 모두 이백을 영접했다. 그러나 이백은 지방관의 접대를 사절하고 보통 객점에 행장을 풀었다. 그리고 하인과 함께 말을 타고 교외로 나가 그곳 산천을 유람하려 했다.

가는 도중에 한무리 군사가 창검과 곤봉을 들고 죄인 수레를 압송하며 빠르게 달려왔다. 그들은 이백 앞에 이르러 길 한 편으로 비켜 섰다. 이백은 그 죄수 수레 속의 사나이를 눈여겨보았다.

말(斗) 만큼이나 큰 머리에 네모지고 커다란 얼굴이었다. 머리카락은 모두 흩어졌지만 눈 빛은 무섭게 빛이 났다. 비록 포박당해 꿇어앉았지만 일어서면 9척은 될 것 같은 장신이었다. 그렇듯 당당한 풍채의 사나이가 무슨 큰 죄를 지었는지 궁금하였다.

인생, 시름 많은 세상살이이니, 술이라도 마시며 즐기자는 뜻의 詩가 많아 酒客(주객)들이 좋아하는 詩이다.

본래 그는 화주(華州, 今 陝西省 남부 渭南市 華州區) 사람인 곽자의(郭子儀)[32]였다. 그 사람은 기골이 장대한데다 병법에 밝았으며, 평소에 큰 공훈을 세워 황제에게 충성하고 나라를 사랑하겠다는 큰 뜻을 품고 있었다.

그러나 때를 잘못 만나 잠시 농서(隴西) 절도사인 가서한(哥舒翰)[33]의 휘하에서 낮은 직위의 편장(偏將)으로 재직하고 있었다. 군령을 받아 부대의 군량을 옮기다가 부하의 실수로 군량이 모두 불에 타자, 참수형에 해당하는 벌을 받게 되었다.

그때 가서한이 병주 지역으로 순찰하러 떠났기에 군정사(軍政

---

32 郭子儀(곽자의, 697－781년)－과거(武科)에 장원급제한 장수로 안사의 난을 평정하는데 공을 세웠다. 현종(玄宗), 숙종(肅宗, 재위 756－763년), 대종(代宗, 763－779), 덕종(德宗, 780－805년)을 섬기면서 2차례 재상을 역임하였으며, 85세까지 長壽(장수)했고 그의 8명의 아들과 7명의 사위가 모두 출세를 했기에 唐代(당대)에 가장 유복한 사람으로 알려졌다.
곽자의는 자신이 천하의 안위를 책임지는 자리에 30년이나 있었다. 그의 공적은 천하에 제일이었고, 황제도 의심하지 않았으며 지위가 신하 중 최고였으나 백성들은 그를 질시하지 않았다. 곽자의는 중서령이 된 이후 24번의 근무평정 고과(考課)에서 우수했다. 노비가 3,000명이었고, 그의 8명 아들과 7명의 사위〔八子七婿(팔자칠서),《新唐書 列傳 第 62권》稱 郭子儀 '八子七婿'〕가 모두 현관(顯官, 요직)이었다. 여러 손자가 수십 명이라서 매번 문안을 받을 때마다 손자를 구별하지 못해 그냥 턱만 끄덕일 뿐이었다.

33 가서한(哥舒翰, 699－757년)－돌궐족 출신 唐의 장군. 安史(안사)의 난 진압에 공을 세웠다.

司)가 그를 지휘부로 압송하여 형을 집행할 예정이었다.

이백은 곽자의의 의연한 모습을 보자마자 말을 멈춰 세우고 무슨 일로 죄를 범했고, 지금 어디로 압송되는가를 물었다. 곽자의는 죄수 수레 안에서 사연을 간단히 말했다. 그 목소리는 마치 큰 종이 울리는 듯했다.

이백이 생각했다.

'사람의 풍채가 이렇듯 당당하다면 영웅호걸이 틀림없다. 지금 천하가 어지러우니 조정에서 인재를 써야 할 때이다. 이런 성품과 모습이면 나라의 기둥으로 쓸 수 있는데, 어찌 함부로 죽일 수 있단 말인가?'

이백은 압송해 가는 사람들에게 부탁했다.

"당신들은 절도사 지휘부에 이르러 잠시 알리지 말고 대기하시오. 내가 직접 절도사를 만나 죽이지 말라고 사정해 보겠소."

여러 사람들은 이백의 부탁을 굳이 거역할 필요도 없어 그렇게 하겠다고 대답했다. 이백은 곧 가던 방향을 바꿔 죄수 수레와 동행했다. 가면서 곽자의에게 군사전략에 관한 일을 하나하나 물어보았더니 그 대답에 막힘이 없었다. 이백은 곽자의에게 더욱 호감이 갔다. 어느 새 가서한의 주둔지에 이르렀다.

이백은 하인을 시켜 명함을 군문을 지키는 장수에게 전달케 하였다. 가서한은 그 당시 명장으로 어느 정도 이름이 있었다. 가서한도 이백의 명성을 들어 알고 있었다.

가서한은 이백이 직접 군문으로 찾아온 것을 큰 영광이라 생각하면서 즉각 이백을 모시게 하며 좌정하고 인사를 나누었다. 차를 마시고 난 이백이 곽자의의 죄를 관대하게 다스려달라고 요청했다.

가서한이 듣고는 한참 생각하다 말했다.

“학사 어르신의 깨우침을 받고 마땅히 따라야 지당한 줄로 압니다. 하지만 저는 평소에 부하 장수들을 거느릴 때 상벌을 중시하였습니다. 곽자의가 부하의 실수라지만 군량이 불타 없어졌으니 용서를 받기는 어려울 것입니다. 그렇지만 중대한 일이니 꼭 황제께 상주하는 것이 마땅할 것 같습니다. 저로서는 지금 석방 여부를 단언할 수 없습니다.”

이백이 말했다.

“그렇다면 제가 어찌 감히 군법을 무시할 수 있겠습니까? 단지 형벌을 늦추어 주십시오. 절도사께서 상소문을 써서 올려 보내고 칙명을 내려달라고 하십시오. 저는 폐하의 칙령을 지니고 있습니다. 급히 상주할 일은 급한 문서(急章)로 상주할 수 있습니다. 지금 저도 상주문을 올려 곽자의에 대한 폐하의 관용을 요청하겠습니다.”

가서한은 흔쾌히 수락했다. 이백은 인사하고 나왔다. 가서한은 상주문을 자세히 써서 올리고, 이백도 상주문을 지어 올렸다. 이백은 곽자의가 영웅의 자질을 고루 갖췄고, 전략에도 밝으니 근위(近衛) 장수로 적임자라고 크게 칭송했다. 부하의 단순 실수에 의한 군량 상실이니, 일단 목숨을 살려주면 훗날 크게 유용할 것이라고 강조하였다.

긴급 문서가 올라간 뒤에 이백은 병주(幷州)의 객점에서 칙령을 기다리면서 자유롭고 한가하게 소일하였다. 가서한과 휘하의 문관과 무장 및 병주의 관리들은 날마다 연회를 준비하여 이백을 접대했다.

이백은 술을 마시고 시를 지으며 즐겼는데, 어느 날, 현종의 칙명이 내려왔다. 이백이 상주한대로 처리할 것과 큰 실수를 한 부하를 크게 징치하라는 내용이었다. 곧 곽자의의 죄는 사면하니, 뒷날 전공(戰功)으로 속죄하라는 분부였다.

곽자의는 목숨을 살려준 이백의 은혜에 감격하면서 그 은혜에 꼭 보답하겠다고 맹세했다. 이백은 곽자의와 가서한 등 여러 관원들과 작별하고 유람을 떠났다. 떠날 무렵에 이백은 재차 가서한에게 곽자의에 대한 호의를 거듭 당부했다. 이후로 곽자의는 군공을 많이 세웠고 점차 승진하였는데, 이는 훗날의 이야기였다.

이백이 사직한 뒤에 하지장도 관직을 물러났다.[34] 좌상 이적지는 이림보와 갈등이 있어 재상을 그만두고 낙향하였다. 이림보가 이적지를 모함하였으므로 핍박에 못이겨 자진해서 물러났다.

---

34 하지장은 天寶(천보) 3年(744)에 사직하고 귀향했다고 하였으니 늙어도 너무 늙었을 때였다. 鏡湖(경호)는 하지장의 고향인 今 浙江省(절강성)에 있는 호수이다. 하지장이 辭職(사직)할 때, 玄宗이 '鏡湖'라 특별히 賜名(사명)해 주었다고 한다.

이제 이림보가 황제의 신임을 근거로 권력을 장악하였기에 안록산마저 이림보를 몹시 두려워했다. 양국충도 질투심이 많았으나 이림보의 세력이 두려워 서로 의지하지 않을 수 없었다. 현종이 이전에 여러 아들을 죽여버린 뒤로, 이림보가 수왕(壽王) 모(瑁)를 태자로 옹립하려 했으나 현종은 고력사의 의견대로 충왕(忠王)[35]을 태자로 봉했다.

이림보는 이를 몹시 꺼려 음모를 꾸며 고력사를 해치려 했다. 그때 호조관(戶曹官) 양신긍(楊愼矜)이 양국충에게 아부하며 스스로 양씨와 동족이라고 큰소리를 쳤다. 또한 그는 나희석(羅希奭) 및 길온(吉溫)과 더불어 모두 이림보의 사냥개 노릇도 스스럼없이 했다. 이림보는 그들과 함께 계책을 꾸며 양국충으로 하여금 비밀리에 고력사를 모함하게 사주하였다.

형부상서(刑部尙書) 위견(韋堅)과 절도사(節度使) 황보유명(皇甫惟明)도 함께 음모를 꾸며 황제를 폐하고 태자를 황제 자리에 앉히려고 하였는데, 양국충이 이를 증명할 수 있다고 하였다. 원래 위견은 태자비 위씨(韋氏)의 오빠였다.

황보유명은 변방의 절도사로서 우연히 장안에 올라왔다가 태자를 배알한 적이 있었다. 또 황제 앞에서 재상이 권력을 남용한

35 충왕(忠王, 李亨, 711－762년)－唐 玄宗(당 현종)의 三子. 肅宗(숙종)으로 등극(재위 756－762년).

다고 상주하기도 했다. 원한을 품은 이림보의 속셈은 사건을 조작하여 모함하면서 동궁의 자리를 흔들어놓자는 의도였다.

현종이 이를 보고 진노하였지만 고력사가 이것은 모함이라고 극구 변명한 탓으로 두 사람의 죄를 공개하지 않고 칙령을 내려 좌천시켰다. 태자가 소문을 듣고 경악 실색하여 글을 올려 위씨와 이혼하겠다고 주청했다. 현종은 이 역시 고력사가 간쟁하는 바람에 태자의 상주를 수락하지 않았다.

이림보는 또 비밀리에 상주하여 이번 사건을 양신긍과 나희석 그리고 길온 등이 조사 심문하게 하고, 양국충이 감독할 수 있도록 해달라고 청구했다. 현종은 칙명으로 위견과 황보유명에게 사약을 내린 다음 이 일을 더 추궁하지 말라고 하였으므로 태자는 겨우 안심하게 되었다.

얼마 후에, 마침 동연광(董延光) 장군이 어명을 받들고 투르판〔吐蕃(토번)〕을 토벌하게 하였으나 성공하지 못하자, 삭방절도사 왕충사(王忠嗣)가 전략을 방해했기 때문이라고 죄를 덮어 씌었다.

이림보는 이 기회를 이용하여 양국충으로 하여금 왕충사가 군사를 동원하여 태자를 즉위시키려 했다고 무고하게 했다.

현종은 왕충사에게 입조하라고 소환하면서 삼사(三司)에 명령하여 심문하게 하니, 태자가 이 소문을 듣고 다시 경악 실색했다. 다행하게도 왕충사는 가서한이 추천하였고, 현종은 가서한의 인품을 아주 중히 여겼다. 가서한은 평소에 위망이 높았다.

그러나 현종은 가서한을 직접 만나본 적이 없었으므로 특별히 그에게 입조 알현하라고 명령하여, 직접 만나서 왕충사 문제의 허실을 알아보려 했다. 가서한은 부름을 받고 서둘러 장안으로 오려고 했으나, 막료들이 모두 가서한에게 많은 금은이나 비단을 가지고 올라가 쓰면서 왕충사를 구해야 한다고 권고했다.

그러자 가서한이 말했다.

"내가 금은이나 비단을 아끼지 않습니다. 공정하게 처리한다면 황제께서는 꼭 그 사람을 죽이지 않을 거요. 공정하지 못하다면 많은 금은 비단이 있은들, 무슨 소용이 있겠소."

가서한은 간편하게 준비하고 장안에 들어와 황제를 배알했다. 현종이 변방의 일을 먼저 물었고, 가서한이 상세하게 설명하자 현종은 매우 기뻐했다. 가서한이 극력 왕충사의 억울한 사정을 설명하였고, 태자는 아무 상관도 없는데 모함 당한 것이라고 역설했다.

그 말이 어찌나 간절한지 현종도 깨달은 바가 있어 말했다.

"경은 잠시 물러가라. 짐이 잘 생각해 보겠소."

이튿날 현종은 삼사의 대신들을 불러놓고 말했다.

"태자는 깊은 궁궐에 있는데, 어찌 밖에 있는 절도사들과 내통할 수 있단 말인가? 이런 모함은 허무맹랑한 말이니 경들은 더 추궁하지 말라. 왕충사가 전략전술을 저해하였다니, 사실이라면 좌천시키면 끝이다."

그래서 왕충사는 한양태수(漢陽太守)로 좌천되었고, 동연광 장군도 벼슬이 강등되었다. 가서한은 다시 병주를 지키러 갔으며, 태자는 어전에 엎드려 흐느끼면서 머리를 숙여 사은했다. 현종은 태자를 위로했고, 부자 사이는 이전과 다름없었다. 태자는 여러 번 옥사를 일으킨 이림보가 가증스럽기 짝이 없었다. 또 양국충은 후궁의 친척이라는 것을 이용하여 태자와 조금이라도 연계가 있는 사람에 대해서는 탄핵하자는 상주를 올리거나 입증한다고 나서기도 했다. 다행히 태자는 고력사가 천거해서 옹립했기에, 고력사는 늘 현종 앞에서 태자를 두둔하였다.

또 태자는 인자하고 효도하며 근신하였기에 감히 양귀비에게 죄를 지으려 하지 않았다. 그런 덕분에 무사할 수 있었다. 하지만 양씨네 형제자매들은 날이 갈수록 부화(浮華)하고 횡포하였다.

어쨌든 양귀비의 세력에 의지하였기에 백성들 사이에서는 이를 풍자하는 노래가 유행하였다. 곧,

아들 낳았다 기뻐 말고, (生男勿歡喜)
딸을 낳았다 슬퍼 말라. (生女勿悲酸.)
아들 아닌 딸은 왕비되니, (男不封女作妃)
그대 가문 빛낼 딸을 보리라. (君看女卻是門楣)

양국충과 귀비의 사촌 오빠인 양섬(楊銛),[36] 그리고 한국부인,

36 양섬(楊銛, 銛은 가래 섬. 농기구) — 楊貴妃의 再從兄(6촌 오빠).

괵국부인, 진국부인의 저택은 모두 의양(宜陽) 거리에 모여 있었는데, 크고 넓으며 멋진 저택이라서 거의 궁궐과 비길 수 있었다. 양국충은 이 세 부인들과 원래는 친남매가 아니었다. 그리고 세 자매 가운데서도 괵국부인이 제일 방탕하고 사치스러워서 새 건물을 지을 때마다 거금을 낭비하였다. 또 누가 새로 집을 지었는데, 그 집이 자기 집보다 나으면 즉시 허물어버리고 다시 지었기 때문에 토목공사가 그칠 날이 없었다.

괵국부인의 저택은 양국충의 집과 연접했기에 왕래가 아주 편했다. 결국은 오누이라면서 서로 사통했다. 양국충이 입궐할 때 때로는 괵국부인의 가마와 나란히 동행하였으므로 길 가던 사람들이 보고 비웃었으나 두 사람은 전혀 수치스럽다고 여기지 않았다.

안록산도 틈을 노려 괵국부인과 아주 밀접히 왕래했다. 괵국부인은 남모르게 자신이 제일 아끼는 옥연환(玉連環)을 안록산에게 정표로 주었다.

안록산은 대단히 기뻐하며 몸에 지니고 다녔다. 그러나 연회 때 조심하지 않아 옷을 바꾸어 입을 때 그만 양국충의 눈에 띄었다. 양국충은 근래에 괵국부인이 자기를 대하는 품이 태만한 것을 보고 속으로 몹시 괘씸하게 여기던 차에 안록산이 지닌 옥연환을 보고 곧바로 두 사람의 관계를 의심하면서 안록산을 극도로 증오하게 되었다.

그때부터 양국충은 기회가 있을 때마다 넌지시 안록산이 양귀비와 간통한 사실을 내비치면서 과격한 언사로 안록산을 협박하기도 했다. 그러면서 한편으로는 양귀비에게는 안록산이 행동을 조심하지 않으니 궁 밖의 민심이 나빠지고, 만일 황제가 눈치채게 되면 어떤 재앙을 당할지 모른다며 양귀비에게 귀뜸하면서 은근히 협박도 하였다.

이런 양국충의 말을 양귀비는 반신반의 하였다.

귀비는 절로 고귀하지 않았으며, (貴妃不自貴)
비난은 높은 사람들이 싫어한다. (難爲貴者諱)
백성의 비판 겁을 내지 않았으나, (無怪人多言)
소문은 정말 두렵다고 여겨야지. (人言大可畏)

어느 날, 현종이 소경궁(昭慶宮)에 혼자 한가롭게 앉아있고, 안록산이 옆에서 시중을 들었다.

현종은 안록산의 배가 무릎까지 처져있는 것을 보고 희롱했다.

"저 사람 배는 항아리보다 더 큰데, 그 속에 뭐가 들었을까?"

그러자 안록산은 즉석에서 두 손을 잡고 대답했다.

"별다른 것이 아니고 폐하께 바칠 충성뿐입니다. 신은 본래 이 몸과 적심(赤心)을 다 바쳐 폐하를 섬길 뿐입니다."

현종은 안록산의 재치에 기뻤다. 그러나 누가 안록산의 속셈을 알 수 있겠는가!

현종은 안록산을 심복이라 생각하였다. 그러나 안록산은 현종을 모실 때 순전히 적심(賊心)과 흉심(凶心)뿐이었다. 개 같은 심보(狗心)를 적심(赤心)으로 꾸며대었고, 현종은 그대로 적심(赤心)이라 생각했으니, 어찌 한심하지 않은가?

그날 현종은 안록산과 한가롭게 한동안 앉아있다가 좌우 내시들에게 물었다.

"귀비는 어디에 있는가?"

지금은 봄이 한창이라서 따뜻한 날씨지만, 그래도 귀비는 후궁에서 덥힌 따뜻한 꽃물로 목욕을 하고 있었다.

궁녀가 이를 현종에게 아뢰었다.

"귀비께서 방금 목욕을 마쳤습니다."

현종이 웃으며 말했다.

"미인이 목욕을 하고 나면 물 위에 떠 있는 부용꽃과 같다고 하였지! 귀비에게 아무런 단장도 하지 말고 그대로 나오라고 전하라."

양귀비가 몸단장도 하지 않고 빨리 나왔다. 그 모습은 더욱더 풍만하면서도 요염했다. 현종이 보고 좋아서 웃음이 피어났다. 때마침 외국에서 조공한 유달리 진한 향기의 향수가 있어 양귀비에게 주게 했는데, 현종은 경대 옆으로 옮겨 앉아 양귀비가 거울 앞에서 치장하는 모습을 바라보았다. 양귀비가 대충 화장을 마친 뒤에 향수를 손과 팔에 발랐다. 부드러운 앞가슴이 조금 헤쳐지고 옷섶이 갈라져 두 젖꼭지가 약간 드러났다.

현종이 보고서는 "절묘하도다! 부드러운 살 위에 닭머리(鷄頭)가 얹혔구나."라고 말했다.

그러자 안록산이 옆에 있다가 자신도 모르게 흥얼거렸다.

"윤기나는 가슴은 연유〔酥(연유 수)〕처럼 부드럽구나."

안록산은 순간 아차! 했다. 평소에 안록산이 더듬은 귀비의 젖가슴은 다른 어느 여인 것보다 더! 정말 그 감촉은 부드럽고 몰랑몰랑했다. 양귀비도 안록산의 실언에 순간 가슴이 철렁했다. 곁에 있던 궁녀들도 그 말에 경악했지만 현종은 전혀 개의치 않고 오히려 기뻐하며 안록산을 가리키며 말했다.

"오랑캐의 개들은 연유를 좋아하는가!" 말을 하고는 그냥 지나가듯이 웃었다. 그러자 양귀비도 웃으면서 위기를 넘겼고, 귀비가 웃는 것을 보고 궁녀들도 따라 웃으면서 그냥 수습되었다.

만약 직접 손으로 더듬지 않았다면, (若非親手撫摩過)
어찌 연유처럼 매끈한 줄 알았으랴? (那識如酥滑膩來)
다만 충성심이 가득찼다 말했지만, (只道赤心眞滿腹)
한번 웃어넘겨 의심받지 않았었네. (付之一笑不疑猜)

이는 안록산이 평소에 현종 몰래 양귀비와 제멋대로 놀아나다 보니 오늘 같은 실언이 무의식중에 나온 것이었다. 그래도 현종이 의심하지 않았으니 정말 다행이었다. 하지만 양귀비는 이미 양국충한테서 안록산이 조심성이 없어 말을 함부로 한다는 귀띔을 받았던지라, 안록산이 이후로 무슨 일을 저지를까 걱정하였다.

그런 일이 있은 후부터 안록산을 만날 때마다 앞으로 말할 때마다 조심하고 출입을 삼가라고 간곡히 부탁했다. 안록산도 양국충이 노여움을 품고 있다는 사실을 잘 알고 있으므로 자기를 해칠까 봐 두려웠다. 그것쯤은 약과라 여길 수 있지만 남의 은밀한 곳을 잘 엿보는 이림보는 만만치가 않았다.

더군다나 지금 양국충과 이림보가 합세하고 있으니, 만약 두 사람이 힘을 모아 자신을 해치려 든다면 이로울 것이 하나도 없다고 느꼈다. 안록산은 차라리 외직(外職)을 맡아서 잠시 화를 피하고 천천히 큰일을 획책하는 것이 더 나을 것이라는 생각도 했다.

하지만 양귀비와 괵국부인이 놓아주지 않을까 봐 걱정하며 결정하지 못하고 있었다.

양국충도 속으로 생각했다.

'안록산은 앞으로 꼭 나와 권력을 다투게 될 것이다. 때문에 마땅히 그놈을 제거해 버려야 한다. 하지만 그가 한창 황제의 총애를 받고 있으며, 또 귀비와 괵국부인 등이 도와주고 있으니 서둘러 처리하기는 어려울거야. 어쨌든 장안에 남겨두지 말아야지. 하여튼 변방으로 쫓아버리고 천천히 대처하면 되는 거야.'

바로 이런 계산을 하고 있을때, 때마침 이림보가 오랑캐 출신의 사람을 변방의 절도사로 쓰자는 상소문을 올렸다.

원래 당조 변방의 절도사는 모두 재능과 지략을 겸비하고 위망이 있는 문관이 도맡았었다. 그래서 공적이 높은 자는 내직으로 옮겨 재상 자리에 오르곤 했었다. 그러나 이림보가 대권을 틀어쥐고 있다 보니 변방의 절도사들이 재상으로 될 수 있는 길은 막혀버렸다. 그는 문관들이 절도사를 맡으면 병장기를 두려워해서 외침을 막기 어렵다고 상주하였다.

또 절도사를 모두 이민족을 등용하면 용감하고 실전에 습관이 되어있어 나라를 잘 지킬 수 있다고 말했다.

현종은 이림보의 상주를 수용하면서 변방 지역의 절도사들을 모두 이민족 출신으로 교체하였다. 양국충은 이 기회를 이용하여 안록산을 장안에서 방출하고자 상주하였다.

「하동(河東)은 군사요충지이므로 꼭 이민족 출신을 골라 절도사로 보내야 합니다. 하지만 이민족 출신 가운데서도 지략과 위망이 있는 사람을 골라 임명해야 합니다. 그러자면 안록산이 아니고는 그 중임을 맡을 사람이 없습니다.」

현종이 상주문을 읽고 아주 지당한 건의라고 여겨 안록산을 불러 말했다.

"네가 한배 가득한 단심으로 짐에게 충성을 바치는 줄 알고 있다. 마땅히 장안에 남아 짐의 측근으로 보필하여야 하지만, 하동은 군사요충지이니 네가 아니면 안 될 것 같다. 그러니 잠시 변방의 절도사로 나가있거라. 물론 아무 때나 입조하여 아뢸 수는 있다."

이리하여 칙령으로 안록산을 평로(平盧), 범양(范陽), 하동(河東)의 삼진절도사(三鎭節度使)로 임명하고 동평군왕(東平郡王)[37]이라

---

37 忠直하고 멍청한 척하기 – 안록산은 3개 절도사를 겸직했을 뿐만 아니라 玄宗으로부터 어사대부라는 중앙관직을, 東平郡王이라는 작위를 받을 만큼 현종의 신임을 얻었다. 안록산이 현종의 신임을 얻을 수 있었던 것은 양귀비의 신임을 얻을 수 있었기에 가능했었다. 안록산이 양귀비의 신임을 얻을 수 있었던 것은 안록산의 재능이었다. 안록산의 재능은 '멍청하면서도 충직한 사람인 척하기', 곧 '완전한 僞裝(위장)' 에 있었다.
현종이 안록산을 양귀비에게 처음 인사를 시키면서 "이 사람이 張守珪의 養子였으니, 곧 나의 양자인 셈이다."라고 말했다. 그러자 안록산은 얼른 몇 걸음 물러나 땅에 이마를 조아리며 "이 아들은 어머님의 千歲를 축원하옵니다."라고 말했다. 그러자 현종은 "녹산! 자네는 지금 잘못했네! 모친에게 절을 올리기 전에 부친한테 절을 올려야 하네!" 그러자 안록산은 "저는 본래 塞外(새외)의 胡人입니다. 호인은 모친에게 먼저 하고 부친에게는 뒤에 올립니다."라고 말했다. 이런 위트와 변신할 수 있는 재능이 바로 안록산의 능력이었다. 현종과 양귀비는 부부 이전에 시아버지와 며느리의 관계였다. 일반인의 도덕관념으로는 도저히 수용할 수 없는 관계였고, 이는 현종과 양귀비의 치명적 약점이기도 했다. 그러나 안록산의 이 재치는 두 사람의 걱정을 완전히 날려 주었다. '뱃속에 가득 찬 것은 충성심' 이라고 둘러댈 수 있는 위트도 그렇고, 생일 다음날에 아기 목욕시킨다고 큰 포대기를 덮을 때 멍청한 척 분장하면서 100% 다 받아들여 양귀비를 기쁘게 했고 덩달아서 현종의 신임을 얻었다. 아들보다 나이가 어린 어머니는 세상 어디에도 없다. 그러나 안록산은 어리고 충성스러운 아들로 철저하게 분장하고 양귀비의 희롱을 받아들였다.

는 작위까지 제수한 뒤에 기한 내에 부임하라고 명령했다. 안록산은 칙령이 자기 생각과 일치하기에 바로 사은했다.

칙령을 받들고 그날로 입궁해서 서로 떨어지기 아쉬워하며 양귀비와 먼 훗날을 기약하고 작별 인사를 나누었다.

양귀비는 안록산을 밀실로 불러들여 손을 꼭 부여잡고 속삭였다.

"그대가 나가게 된 것은 모두 양 재상이 꺼려한 탓이오. 첩과 그대가 오랫동안 즐기다가 일단 멀리 떠나게 되니 섭섭한 마음을 어찌 참아낼 수 있겠소. 그렇지만 그대가 장안에 오래 머물러 있으면 사람들의 의심을 삽니다. 그러니 변방으로 나가는 것이 오히려 다행일 수도 있습니다. 마음 놓으시고 가세요. 첩이 심복을 파견해서 그대와 연락을 취하겠소. 조만간 내가 천자 앞에서 마음먹고 당신을 두둔하겠소."

둘이 한창 애무를 즐기는데, 궁녀가 들어와 전달했다.

"세 부인께서 입궁하였습니다."

양귀비는 그들을 접견하고 인사를 나누었다. 안록산도 그들과 인사를 나누었다. 괵국부인은 안록산이 멀리 떠나게 되었다는 말에 몹시 섭섭해했다. 하지만 황제의 칙명이니 별 수가 없었다. 안록산은 궁중에 더 오래 머물 엄두를 못내고 즉시 작별 인사를 나누고 출궁했다.

현종은 편전에서 연회를 베풀어주었다. 이림보 등도 연석을 차려 전별했다. 술을 마시며 이림보가 술잔을 들고 권하면서 부탁했다.

"안공이 절도사가 되어 넓은 변계를 지키게 되었으니 그 책임이 가볍지 않소. 무슨 일이나 심사숙고하고 사리에 맞게 처리하오. 나 이림보가 조정에 있는 몸이나 여러 절도사들의 옳고 그름을 밤낮으로 살필 것이오. 또 절도사들의 일거수일투족을 손금보듯 할 거요. 지금 안공은 세 곳의 절도사를 겸임하였소. 그러니 조정을 보위하는 산으로 만든 병풍과 다름없소."

이 몇 마디는 농락과 협박이 분명했다. 안록산은 평소에 이림보를 두려워하였으므로, 지금 그 말을 듣고는 "예! 예!"라고 대답했다.

안록산이 말했다.

"저는 재능도 모자라고 미숙합니다. 넓은 지역을 지키러 가는지라 소임을 감당하지 못할까 몹시 두렵습니다. 재상의 명철하신 훈시를 어찌 받들지 않을 수 있겠습니까? 매사에 생각이 미치지 못한 데는 재상께서 보살펴주옵소서."

말을 마치자 읍하고 인사를 나눈 뒤 길을 떠났다.

그전 어느 날 양국충이 잔치를 마련하고 전별을 요청했지만 안록산은 일이 있다고 핑계 대며 가지 않았었다. 때문에 이날 양국충은 마지못해 나와서 전송하는체했다.

안록산은 원한을 품은지라 오만무례하게 대했다. 그러자 양국충이 대노하였고, 이때부터 속으로 더 큰 원한을 품게 되었다.

안록산은 부임지에 도착하자마자, 군마와 군자 및 군량을 점검

하고 군사를 훈련시키며 군량과 마초(馬草)를 산처럼 쌓아놓았다. 그리고 범양에 주둔하면서 평로와 범양과 하동 지역을 통제했다. 안록산은 영평(永平)부터 서쪽으로 태원(太原)에 이르기까지 무릇 동북 일대의 요충지를 모두 총괄했다. 그 세력이 강성해지자 안록산은 날로 교만방자했다.

갑자기 안록산이 변방 장악해 막강한데, (番人頓使作强藩)
오로지 간신의 한마디 건의 때문이었다. (只爲奸臣進一言)
오늘 호랑이를 가벼이 풀어줘버렸으니, (今日虎狼輕縱逸)
이젠 뒤집혀진 하늘과 땅을 보게 되리라. (會看地覆與天翻)

제84회

병풍 속의 선녀가 춤추는 환상과, 풍악 속에 하늘을 잠깐 유람하다.(幻作戱屏上嬋娟, 小遊仙空中音樂.)

노래하기를,	詞曰,
보석 병풍 속 미인이 나와서	(寶屏歷現嬌容)
이름을 말하고서,	(姓名通)
보석 치장한 멋진 정원에서	(絕勝珠圍翠繞)
온몸으로 감싸준다.	(肉屏風)
멀고 먼 청운의 길,	(淸雲路杳)
오작교 올라 하늘을 질러간다.	(鵲橋可駕任行空)
밝은 달밤 황홀한 환상 속,	(明月恍然疑想)
아직도 꿈꾸는듯하네.	(如在夢魂中)
— 곡조 〈상견환〉	— 調寄 〈相見歡〉

예부터 신비롭고 괴이(怪異)한 일이 늘 있지는 않았지만, 그렇다고 없지도 않았다.

오직 정인군자(正人君子)만이 괴이한 일을 보아도 괴이하다고 여기지 않기에, 그런 사람에게는 괴이한 일이 다시 일어나지 않는다. 이는 곧은 마음(直心) 바른 기운(正氣)이 괴이(怪異)를 이기기 때문이다.

공자는 괴이하고 신비한 일을 말하지 않았다.[38]

38《論語 述而》子不語怪力亂神.
공자가 살던 시절에는 괴이한 짐승이나 자연현상, 사건 등이 많았다. 과학적 지식이 저급했기에 그럴 수밖에 없었을 것이다. 공자는 괴이한 일은 사람을 미혹하게 하기에 언급을 회피했을 것이다. 또 무력이나 폭력은 仁德에 反하기 때문에 언급하지 않았다. 혼란이나 난신적자들은 사람을 불안하게 만들기에 그에 대한 말도 꺼렸을 것이다. 神은 鬼神(귀신)이나 神異(신이)한 일을 합리적인 설명이 어렵기에 공자가 언급하지 않았을 것이다. 그러나 공자가 이들의 존재를 부정하지는 않았다. 공자가 입에 올리지 않았던 怪力亂神(괴력난신)의 상대적인 개념은 아마도 常, 德, 治, 人일 것이다. 이러한 공자의 합리성과 현실성, 인간중심과 인문주의는, 곧 仁사상과 휴머니즘의 바탕이라고 평가할 수 있다.
귀신에 대해서 공자는 언급을 적극 회피했다. 제자인 樊遲(번지)가 知에 관하여 질문하자, 공자는 "귀신을 공경하되 멀리하는 것이 지혜라."고 말해주었다.(《論語 雍也》樊遲問知. 子曰, "敬鬼神而遠之, 可謂知矣.") 또 자로가 귀신 섬기는 방법을 묻자, 공자는 "사람도 제대로 못 섬기는데 어찌 귀신을 섬길 수 있겠느냐?" 고 말했다. 자로가 죽음에 대해 묻자, 공자는 "삶도 알지 못하면서 어찌 죽음을 알겠느냐?" 고 말했다. (《論語 先進》季路問事鬼神. 子曰,

이는 아마도 괴이한 일은(怪) 말로써 모두 설명할 수 없고, 신령한 일(神)은 설명이 필요 없기 때문일 것이다.

사람이 옳은 이치를 좇아 행동한다면(正道而行) 요괴가 나에게 해악을 끼칠 수 없다. 다시 말하면, 귀신도 나의 정도(正道)를 이길 수 없다.

간사한 자들이 평소에 저지른 일은 모두 사람을 놀라게 하는 괴상한 일이다. 바로 그들이 나라의 요물들이다. 그러니 요괴가 갑자기 나타났다 하여 괴이하게 생각하겠는가? 이를 본다면 요괴는 사람이 만든 것이고, 죄악은 스스로 짓는다고 말할 수 있다.

천자가 되어서 실질로 백성을 다스리지 않고 신선(神仙)이나 요괴(妖怪)에 관한 이야기에 빠져든다면, 방술(方術)에 능통하다는 사람이 찾아와 천자의 정신을 빼놓을 것이다.

그런 자들은 고상한 척하며 이상한 말이나 장생불사(長生不死),

"未能事人, 焉能事鬼?" 曰, "敢問死." 曰, "未知生, 焉知死?") 이처럼 공자의 思考는 현실적이면서도 합리적이었다.

본래 사람은 나약한 존재이기에 어려움이나 곤경에 처하면 귀신이나 神을 믿게 된다(人到難中信鬼神). 그러나 '귀신을 부르기야 쉽지만 보내기는 어렵다(請神容易送神難).' 는 말처럼 한 번 섬기기 시작한 신이나 종교를 버리거나 바꾸기는 쉽지 않다. 그렇지만 이런 귀신도 재물 앞에서는 힘을 못 쓴다. 그러기에 '돈이 있으면 귀신과도 통할 수 있다(有錢可以通神).' 고 하였으며, '손에 권력을 쥐고 있으면 신선도 세배하러 온다(手中有權 神仙來拜年).' 는 중국 속담이 있다.

아니면 괴이한 거짓 술수로 신령과 소통할 수 있다고 유혹할 것이다. 이런 말이나 유혹은 남을 홀릴 수는 있지만, 심신(心身)에 아무런 실익이 없다.

바로 진시황이나 한 무제(武帝)가 바로 그런 전례(前例, 殷鑑)일 것이다.

양국충은 기회를 잡아 안록산을 조정에서 변방으로 내보냈으니, 그와 권력과 총애를 다툴 사람이 줄어든 셈이었다. 이제 양국충의 앞자리를 차지한 사람은 이림보 하나 밖에 없었다. 그러나 이림보는 양국충이 마음대로 휘두를 수 있는 인물이 아니었다.

이림보는 천성적으로 음흉한 데다가 현종의 절대적인 신임을 받고 있었다.

현종은 어느날, 1년 사이에 상서성(尙書省)으로 진상된 공물(貢物)의 총수를 종합하고 검사한 뒤에 결과를 보고하라고 지시하였다. 그런 다음 현종은 그 해에 진상된 모든 것을 수레에 실어 이림보의 집에 보내라고 하였다.

이를 통하여 현종이 이림보를 얼마나 총애하는가를 짐작할 수 있다. 이림보의 아들 임수(林岫, 岫는 암혈 수)도 관직에 있었는데, 임수는 아버지와 달리 너무 가득차는 것〔盈滿(영만)〕을 두려워하고 있었다.

어느 날, 아버지를 따라 뜰을 한가롭게 거닐다가, 어떤 일꾼이 나무 그늘 밑에 누워 쉬는 모습을 보았다. 아들이 아버지에게 말했다.

"아버님께서 오랫동안 나라 권력을 쥐고 계셨기에 천하 사람의 원한을 많이 샀습니다. 언젠가, 일단 재앙이 갑작스레 닥친다면, 저 일꾼처럼 편히 누워 쉴 수도 없습니다."

이림보는 아무 말도 없었다.

그러나 그후로는 늘 자객이나 협객이 해치지 않을까 걱정이 되어, 집을 나설 때마다 기병 1백여 명이 좌우에서 호위하게 하고, 수백 보 밖으로 길을 치우게 하였다. 또 거처에는 여러 개의 출입문이나 방벽으로 막아, 남의 접근을 예방하였다. 하룻밤에도 침실을 여러 번 옮겨 아내마저 이림보가 잠자는 곳을 몰랐다.

그러나 양국충은 그렇지 않았다. 그는 외척이라는 신분을 믿고 우상(右相)이라는 존엄을 뽐내며 사치한 생활에 교만 방종하며 남의 비난이나 비웃음도 상관하지 않았다.

마침 상사일(上巳日, 3월 삼짓날 전후)이 되자, 양국충은 어명을 받아 그의 동생 양섬과 여동생들을 거느리고 함께 곡강(曲江)[39]에

39 곡강(曲江) – 장안 동남쪽의 名勝地로 장안 사람들의 행락지로 유명하였다. 곡강은 강이 아니고 연못이 구부러져 있어 '曲江' 이라는 이름이 붙었다고 한다. 당 현종 때에 이곳에 자운루, 부용원, 杏園(행원), 慈恩寺가 있어 현종이 양귀비와 같이 와서 큰 잔치를 벌이기도 했던 곳이다. 자은사는 진사과 합격자들을 위한 잔치를 벌였던 곳이었다. 樂遊原(낙유원)도 그곳이었는데, 정월 보름, 상사일 또는 九月九日에, 이곳에 많은 사람들이 모였었다. 지금은 모두 메워져 육지가 되었다. 唐詩에 자주 등장하는 지명이다.

나가 액운을 풀어버리는 푸닥거리를 하였다.

양국충은 식구를 다섯 무리로 나눠, 각 무리마다 옷 색깔을 다르게 입혔다. 수많은 시녀나 하인들도 모두 눈부신 새 옷으로 꾸미게 하여 백화가 만발한듯했다. 말을 탔거나 수레에 앉아 일산(日傘)으로 햇빛을 가리지도 않아서, 길가에 구경하는 인파가 인산인해를 이루었다. 그중에서도 양국충과 괵국부인은 말을 나란히 타고 가면서 희희낙락하며 제멋대로 행동했다. 그들은 해가 진 다음에야 돌아왔는데, 거리에는 그들 일행이 술에 취해서 버린 비녀와 머리장식과 신발 등이 널려있었다.

두보(杜甫)가 지은 고시(古詩) 〈여인행(麗人行)〉[40]에 상사일 장안 귀부인들의 행락이 잘 묘사되었다.

〈아름다운 여인을 노래하다〉	〈麗人行〉
삼월 삼일 날씨도 청명한데,	(三月三日天氣新)
장안의 물가에는 미인도 많네.	(長安水邊多麗人)
농염한 자태 속내 깊고 정숙 차분하며,	(態濃意遠淑且眞)
살결이 곱고 통통하며 잘 빠진 몸매다.	(肌理細膩骨肉勻)
수놓은 비단 의상이 늦봄에 빛나는데,	(繡羅衣裳照暮春)

40 〈여인행(麗人行)〉 – 〈아름다운 여인의 노래〉라는 뜻. 양귀비와 그 자매 여인들의 생활을 빗대어 노래하였다. 두보가 창작해낸 新樂府詩이다.

금실의 공작새와 은박의 기린이라네. (蹙金孔雀銀麒麟)
머리엔 무얼 썼는가? (頭上何所有)
푸른빛 머리장식 귀밑머리 드리웠네. (翠微匌葉垂鬢唇)
뒷모습은 어떤가 보면, (背後何所見)
구슬 박은 허리띠 몸에 딱 어울린다네. (珠壓腰衱穩稱身)
구름 휘장 안에는 귀비의 친척들이니, (就中雲幕椒親)
이름하여 큰 괵국과 진국 부인이라네. (賜名大國虢與秦)
자색 낙타 혹 요리를 비취 솥에서 꺼내, (紫駝之峰出翠釜)
수정 쟁반엔 새하얀 생선회가 담겼네. (水精之盤行素鱗)
무소 젓가락도 싫어, 오래 집지 않지만, (犀箸饜飫久未下)
주방 요리사는 가늘게 썰려고 바쁘다. (鑾刀縷切空紛綸)
내시 탄 말이 달려도 먼지 아니 일고, (黃門飛鞚不動塵)
실을 나르듯 황궁에서 산해진미 보내온다. (御廚絡繹送八珍)
풍악 소리 슬프고 귀신도 흐느끼는데, (簫鼓哀吟感鬼神)
主人 從者 뒤섞여 높은 사람들이네. (賓從雜遝實要津)
뒤에 수레 탄 사람은 어찌 뽐내는가? (後來鞍馬何逡巡)
휘장 앞에 내려서 비단 자리에 들어앉네. (當軒下馬入錦茵)
버들개지 눈처럼 날려 흰마름을 덮었고, (楊花雪落覆白蘋)
파랑새 날며 붉은 수건 물어다 준다네. (青鳥飛去銜紅巾)
손을 델 듯 뜨거운 권세 비할 데 없으니, (炙手可熱勢絕倫)
삼가 앞에 가지 말라 승상이 분노한다. (愼莫近前丞相嗔)

그날 양국충 일행은 즐겁게 놀고 다음날 모두 입궁하여 황제께 사은했다. 현종은 궁궐에서 다시 연회를 베풀어주었다.

양국충이 아뢰었다.

"신들이 어명을 받들어 상사일에 액운을 없애는 제사를 지낸 것은 연회를 차려 즐기려는 뜻이 아니었습니다. 신성한 폐하와 궁중의 권속들을 위하여 재(災)를 제거하고 복을 빌기 위한 일이었습니다. 어제 곡강으로 나갈 때 차림새가 위엄 있어 만백성이 우러러보고 대단히 기뻐하였습니다. 나라의 태평한 경상(景像, 모습)을 다 보여주었으니 신들도 그지없이 기뻤습니다."

양국충의 말에 현종은 아주 흡족했다.

"경들이 놀면서도 짐을 잊지 않았으니, 그 충성심은 칭찬받을 만하오. 꼭 상을 내려야 하겠소."

현종은 연회가 끝나자 황궁 안 창고에서 주옥과 골동품을 꺼내 여러 사람들에게 상을 주었다. 야광주는 한국부인에게 주고, 상하사방이 막힌 휘장은 괵국부인에게 하사하였으며, 칠엽관(七葉冠)은 진국부인에게 하사했다.

그러자 양귀비가 아뢰었다.

"폐하께서 전에 첩에게 자개를 박은 병풍을 하사하였습니다. 병풍에 새겨 넣은 전대(前代)의 미인들의 용모와 첩의 모습을 대조해 보니 제가 못한 것 같았습니다. 지금 폐하께서 그 병풍을 첩의 오빠에게 하사하는 것이 어떠하겠습니까?"

현종은 그냥 웃었다.

"짐은 양 재상 저택에 미인이 아주 많다는 말을 들었소. 매년 동짓달만 되면 피부가 고운 미인을 선발해 뒤에다 줄을 세워 사람 병풍으로 바람을 막는다 하더군. 지금 이 병풍을 주면 꼭 그 집의 사람 병풍보다 퍽 나을 것이요!"

원래 그 병풍은 '홍예병풍(虹霓屛風, 虹은 무지개 홍, 霓는 무지개 예, 屛은 가릴 병)' 인데 수나라 궁중의 유물이었다. 그 병풍에 전대의 유명한 미인의 모습을 새겨(雕鏤) 놓았는데, 완연히 살아있는 미인 그 모습 그래로였다. 수정 바탕에 의복과 패물들은 보석을 박았으며, 사람은 세 촌(三寸) 높이로 조각하였다. 사람의 힘으로 만들었다고는 볼 수 없을 정도로 아주 정교하여 귀신이 통곡할 지경이었다.

이를 어떤 사람이 시로 읊었다.

병풍은 무지개를 닮아서 환상인데, (屛似虹霓變幻)
그림은 필묵으로 그리지 않았다네. (畫非筆墨經營)
여러 개 보석들을 섞여서 꾸몄는데, (渾將雜寶當丹靑)
정밀한 새김들은 같은게 없었다네. (雕刻精工莫並)
여인의 화장하는 모습도 제각각에, (試看冶容種種)
절경을 그렸는데 전부가 진짜였다. (絶勝妙畫眞眞)
만약에 미인들의 이름을 불러대면, (若還逐一喚嬌名)
불러낸 사람마다 나직이 대답하네. (當使人人低應)

현종은 이 병풍을 양국충에게 하사하면서 내시에게 명하여 귀비가 한 말까지 전달하게 했다. 국충은 사은하고 받아서는 안방에다 펼쳐놓았다. 친척과 벗과 가솔들이 볼 때마다 아름답다고 감탄하면서 부러워하지 않는 사람이 없었다.

어느 날, 양국충이 홀로 누각에 앉아 더위를 피하면서 병풍 속에 있는 여러 미인들을 바라보며 생각했다.

'세상에 정말 저렇게 어여쁜 미인이 있을 수 있겠는가? 내가 만약 이런 미인 한두 사람을 얻기만 한다면 그 쾌락이 무한하리라!'

양국충은 이런저런 생각을 하다가 졸음이 밀려와 자리에 누웠다. 방금 베개를 베고 누웠는데 갑자기 병풍 속에 있던 여러 미인들이 고개를 움직이고 눈을 돌리며 홀연히 땅에 내려서 침상으로 다가오는 동안 실제 사람만큼 키가 커졌고 각각 자신의 별명이나 이름을 말했다.

어떤 미인은 "저는 비단을 찢는 사람(裂繒人)입니다."라고 말했고, 저는 비단을 빨래하는 여인(浣紗人, 西施), 또는 술을 빚는 여인〔當罏人, 麻姑仙人(마고선인)〕[41]이고, 또는 허리띠를 푸는 여

41 마고선인(麻姑仙人) — 삼월삼일, 즉 삼짇날이 바로 서왕모의 생신인데 마고선인은 그날 강주하(絳珠河) 가에서 영지로 술을 빚어 서왕모에게 축수(祝壽)한다는 전설이 전해온다. 중국의 민화(民畵)에 마고헌수(麻姑獻壽)라는 그림이 있는데, 이는 마고선인이 서왕모에게 영지술을 바치는 그림이다. 바로 이런 이유로 중국에서는 마

인(解珮人), 또는 비취를 모으는 여인(拾翠人), 또는 허비경(許飛瓊),[42] 또는 설야래(薛夜來),[43] 또는 도원의 선녀(桃源仙子), 또는 무산신녀(巫山神女) 등등이었는데, 이루 다 기억할 수가 없었다.

양국충은 눈을 뜨고 미인을 하나하나 눈여겨 볼 수는 있었으나 몸을 전혀 움직일 수 없고, 말 한마디도 할 수 없었다. 여러 미인들은 의자에 줄지어 앉았다. 이윽고 허리가 날씬하고 곱게 단장한 십여 명의 미인이 병풍에서 내려오더니 초장(楚章), 화답(華踏), 요랑(謠娘) 등등 자신의 이름을 말하고서 나란히 서서 손을 잡고 노래를 불렀는데 목소리가 매우 아름답고 청아했다.

노래가 끝나자, 무산신녀라고 말하던 미인이 양국충에게 말했다.

"네가 재상이라면서 권세를 부리지만 사실은 나라를 망치는

고가 여수선(女壽仙)으로 자리잡게 되었다. 마고는 수명 장수(長壽)를 기원하는 상징이 되어 회화나 공예 심지어 각종 상표의 주요 소재가 되었다. 마고는 선녀처럼 예쁜 모습으로 때로는 구름이나 학을 타고 아니면 푸른 솔밭 사이에서 사슴을 타고 있다. 또 손으로 쟁반과 잔을 받들어 헌수하는 모습도 있다.

42 허비경(許飛瓊) – 만당의 시인 許渾〔허혼, 791–858, 渾은 흐릴 혼, 字는 用晦(용회)〕이 객점에서 자다가 꿈에서 만났다는 달에 산다는 선녀의 이름.

43 설야래〔薛夜來, 본명은 薛靈芸(설령운)〕 – 삼국시대 魏 文帝〔위 문제, 曹丕(조비)〕의 宮人(궁인). 미인이며 바느질 솜씨가 뛰어났다. 중국 여인들이 숭상하는 바느질의 신〔針神(침신)〕.

비열한 사람이야. 감히 무엄하게 우리와 놀아보겠다고 우리를 쳐다보는가? 망상을 해도 유분수지. 정말 가소롭고 가증스럽기 짝이 없군!"

그러자 여러 미인들이 박장대소하였다.

"양옥환이란 년이 눈알이 삐었지. 삼랑(三郞, 셋째, 玄宗)도 귀가 얇아서 남의 말을 잘 들어 홍예보병(虹蜺寶屛)을 이런 용렬한 놈에게 주어 우리를 욕보이다니. 이놈은 장차 큰 재앙을 당할 거야. 우리가 이런 놈과 무슨 말을 하겠어! 자, 이제 우리 모두 돌아가자!"

미녀들은 한 명씩 다시 병풍 속으로 들어갔다. 양국충은 방금 꿈속에서 깨어난 듯 놀라서 식은땀이 온몸에 흥건하였다. 급히 아래층으로 내려간 양국충은 하인을 시켜 자개 박은 병풍을 걷어치우고 누각의 문에 자물쇠를 채웠다.

그 이후로는 시원한 바람이 불거나 달밝은 밤이면 누각에서 많은 미인들의 기척 소리가 나고, 노랫소리와 웃음소리가 그치지 않고 들려왔다. 집안의 남녀노소를 막론하고 그 누구도 감히 누각에 올라가려고 하지 않았다.

양국충이 입궁하여 미인들에게 욕을 얻어 먹은 일을 숨기고는 일의 자초지종을 양귀비에게만 은밀하게 말했다. 양귀비는 양국충의 괴이한 말을 듣고 몹시 놀라 즉각 현종에게 그 병풍을 부숴버리자고 말했다.

현종이 대답했다.

"병풍에 조각된 여인들은 당나라 이전의 유명한 미녀들이고, 신녀(神女)와 선인들도 그 속에 들어있소. 그러니 어찌 쉽게 부숴버릴 수 있겠는가? 짐이 통원(通元) 선생과 섭존사(葉尊師)에게 물어보면, 무슨 요물인가는 쉽게 알아낼 수 있소."

통원선생과 섭존사는 어떤 사람인가?

원래 현종은 신선(神仙)[44] 사상과 불로장생(不老長生)에 흠뻑 빠

---

44 신선(神仙) – 춘추전국시대에 노자와 장자의 사상을 바탕으로 道家 사상이 형성되었는데, 이 도가사상이 여러 민간 신앙과 신선사상들과 합쳐져 종교적 형태로 발전한 것이 도교(道教)이다.
이 도교의 이상(理想)을 실현한 사람이 바로 신선(神仙)이니, 신선은 곧 도(道)를 체득하여 불로장생을 실현한 사람이다. 《장자 逍遙遊(소요유)》편에는 막고야(藐姑射)라는 산에 사는 신인(神人)이 있고, 《장자 齊物論(제물론)》편에는 지인(至人)이, 《장자 大宗師》편에는 진인(眞人)이 나오는데, 이들은 모두 신선의 또 다른 이름이었다.
신선은 굶주리지도 않고 죽지 않으며 그 모습을 마음대로 숨기고 변형할 수 있으며, 고상한 인품을 바탕으로 그 가슴에는 정의와 자애를 가진 아름답고도 완전한 인격체였다. 이러한 신선사상은 먼저 민간신앙과 결합하였고 도가에서 이를 채용하면서 도가사상에 지대한 영향을 끼쳤다. 도(道)를 깨우쳐 신선이 된다는 것은 도교의 이상이었고 신선사상이 배제된 도교는 존재할 수도 없었다.
중국에는 신선에 관한 이야기가 많이 전해오는데, 이를 특별히 선화(仙話)라고 한다. 신선은 한두 명이 결코 아니다. 신선이 된 사람은 굉장히 많이 있지만, 그중에서도 가장 잘 알려진 대표적 신선 8명을 특별히 팔선(八仙)이라고 한다. 팔선은 중국인에게 가장 인기 있는 신선 집단이다. 중국 민간전설에서 말하는 팔선(八仙)은 이철

져있었다.

예전에 당(唐) 건국 이래 황실에서는 백성들에게 도교(道敎)[45]를 권장하였다.

고종은 태상노군(太上老君, 老子)을 현원황제(玄元皇帝)로 높이 모셨고, 현종은 태상노군의 그림(遺像)을 얻어 아주 존중하였다. 천하 곳곳에 도관(道觀, 도교의 사원)을 짓고, 도사(道士)가 받들어 모시게 했다. 그러다 보니 방사(方士)[46]들이 혈안이 되어 날뛰었다.

괴(李鐵拐), 종리권(鍾離權), 장과로(張果老, 張果), 여동빈(呂洞賓), 하선고(何仙姑, 여자 신선), 남채화(藍采和), 한상자〔韓湘子, 韓愈(한유)의 조카〕, 조국구(曹國舅) 등을 지칭한다. 이들이 팔선이라고 통칭되지만 그들이 살았던 시대가 서로 다르고, 그 행적도 당·송 문인들의 글 속에 산발적으로 나타난다.

45 도교(道敎) — 중국에서 발생하고 성장한 중국인의 종교. 중국 고대의 鬼神과 원시종교의 여러 관념, 방사(方士)들의 신선사상, 도가의 철학이 도교의 근원이라 할 수 있다. 後漢 順帝(후한 순제, 서기 재위 126－144년) 때, 장릉(張陵)이 오두미도(五斗米道)를 만들면서 老子를 敎祖로, 《老子道德經》을 주요 경전으로 삼은 것이 道敎의 시작이다. 後漢 末 장각(張角)은 太平道(태평도)를 만들어 부적과 주문으로 병을 치유할 수 있다며 황건적(黃巾賊)의 난을 일으켰다. 東晋 사람 갈홍(葛洪)은 《포박자(抱朴子)》를 저술하여 도교의 사상 내용을 충실히 하였고 북위(北魏) 태무제 때 구겸지(寇謙之)는 교단 조직을 강화하며 신천사도(新天師道)를 시작했으며, 南朝 宋의 육수정(陸修靜)은 남천사도를 조직하여 발전시켰다. 道敎는 唐과 宋代에 많은 발전을 이룩하였으나 明, 淸代를 거치면서 쇠퇴하였다. 그러나 도교는 중국 민간 신앙의 주류로 중국인의 생활과 문화에 절대적인 영향을 끼쳤다.

어떤 사람이 당대의 신선이라고 일컫는 장과로(張果老)[47]를 추천했다. 현종은 예의를 갖춰 그를 장안으로 불러들이고 은청광록

46 방사(方士)－方術之士(방술지사). 仙道(선도)를 말하며 신선이 되기 위하여 仙丹을 제조(煉丹術)하고 仙藥으로 不老長生을 추구하는 사람. 占卜, 占星, 觀相者도 방사라 불렀다.

47 장과로(張果老)－당나라의 도사였고, 이름은 장과(張果)였다. 늙을 노(老)자는 후세 사람들이 존칭으로 붙여준 것이다. 당 초기에 그는 장생비술(長生秘術)에 의해 이미 수백 세(?) 된 신선이었다. 장과로에 대한 이야기는《구당서(舊唐書)》,《명황실록(明皇實錄), 明皇은 唐 玄宗》이나《신당서 방기전》같은 사서(史書)에 실려 있다. 장과, 그는 자칭 요임금의 시중으로 당나라 초기 항주(恒州)의 중조산〔中條山, 山西省(산서성) 永濟縣(영제현)〕에 은거하고 있었다. 장과는 완구 선생이나 이철괴 등 여러 신선의 인도로 신선이 되었고 산서성 일대를 왕래하면서 장생불노했다. 장과가 출입할 때는 매번 하얀 나귀를 거꾸로 타고 다녔는데 하루에 수만 리를 갈 수 있었다고 한다. 그런데 희한하게도 그 당나귀의 다리나 몸을 마치 종이를 몇 겹 접은 것처럼 만들어서 두건 상자 속에 넣고 다닐 수 있었으며, 만약 나귀를 탈 때면 거기에 물을 뿌려 살아 있는 나귀로 만들었다고 한다.

당 태종(太宗)과 고종(高宗)이 장과를 불렀지만 장과는 가지 않았다. 고종이 죽은 뒤 측천무후(則天武后)가 초빙하니 중조산에서 하산을 했지만 도중에 거짓으로 죽은 척하고 또 가지 않았다. 당 현종은 배오(裵晤)를 사신으로 중조산에 보내 장과를 다시 초청하였다. 현종은 다시 중서사인(中書舍人) 서교(徐嶠)란 사람을 보내 장과를 모셔오라고 했다. 현종은 장과 신인(神人)임을 알고 은청광록대부(銀靑光祿大夫)란 작위를 제수하고 통원선생(通元先生)이란 칭호를 하사했다. 현종은 자신의 옥진공주(玉眞公主)를 장과에게 시집보내려 했으나 장과는 끝내 사양했다.

대부(銀青光錄大夫)로 모시고 통원선생(通元先生)이라는 존호를 하사했다.

또 어떤 사람이 둔갑술에 달통했고 부적에 능숙하다는 방사 섭법선(葉法善, 葉은 성씨 섭)[48]을 추천했다. 현종은 역시 예의를 갖추어 그를 장안으로 불러들이고 존사(尊師)라고 칭했다. 물론 다른 방사들이 많이 있었지만, 이 두 사람이 가장 유명했다.

현종은 양국충의 집에 있는 병풍 속 미인들이 나타났던 이야기를 말하며 그 까닭을 묻자, 장과로가 대답했다.

"요물은 사람 때문에 나타납니다. 이건 필경 재상께서 병풍 속 미인들의 어여쁜 모습을 보고 망령된 음심(淫心)을 품은 탓에 요물들이 앙갚음으로 장난을 친 것입니다. 이 정도는 섭방사도 충분히 다스릴 수 있습니다!"

그러자 섭법선이 말했다.

---

48 섭법선(葉法善, 616－720)－실존 인물로 唐 高宗(당 고종), 中宗(중종), 玄宗(현종)의 신임을 받았다고 한다. 섭법선은 백마산(白馬山)의 한 동굴 속에서 두 신선을 만나 도교(道教) 정일파(正一派)의 수련법인 정일이삼법(正一二三法)을 전수받았으며 부적으로 귀신을 부리고 각종 재액을 물리칠 수 있다고 사람들 사이에 소문났었다. 정일파(正一派)는 도교 종파의 하나. 후한 장릉(張陵)의 후손을 천사(天師)로 내세우기 때문에 천사도(天師道)라고도 부른다. 송－원－명－청 역대 왕조를 거치면서 가장 중요한 종파로 꾸준히 발전해 왔다. 섭법선은 그가 기(氣)의 변화를 알고 음양의 이치에 통달하였기에 천기(天機)를 예측할 수 있고 그 때문에 각종 재난을 미리 막을 수 있다고 주장하였다.

"무릇 보물은 요정(妖精)으로 쉽게 변합니다. 더구나 인심이 감응되어 통하게 되면 스스로 괴이한 영험을 보입니다. 신이 부적을 써서 병풍 앞에서 태우기만 하면 제압할 수 있습니다. 이후로는 이 병풍을 구경하는 사람들은 음심을 품지 말아야 합니다. 그리고 음력 초하룻날과 보름날마다 향불을 올려 모시면 아무런 탈도 없을 것입니다."

현종은 섭법선에게 정을영부(正乙靈符) 하나를 써달라고 했다. 그런 다음에 내시를 파견하여 양국충에게 전달하고 섭법선과 장과 두 사람의 말까지 알려주었다.

양국충은 사람이 사악한 마음을 품으면 요물이 나타난다는 말을 듣고 자신도 모르게 모골이 송연(悚然, 두려움)해졌다. 그 즉시로 누각에 올라가서 병풍을 펼쳐놓고 그 앞에서 부적을 태웠더니 다 탈 때까지 집안에 번갯불 같은 것이 번쩍거렸다. 그 후부터 누각 안은 안정되고 아무 소리도 다시 들리지 않았다. 그리고 이상하게도 초하루와 보름날 향불을 올릴 때마다 병풍 속의 여러 미인들의 미모는 더더욱 빛이 났다.

그러나 이전과는 유별나게도 미인들이 단정한 태도로 바뀐 것 같다는 느낌이 들었다.

정도로 사도를 다스리지만, (正能治邪)
사도는 정도를 이길 수 없다. (邪不勝正)
정도로 사도를 다스리면, (以正治邪)

사도 역시 정도로 돌아온다. (邪亦反正)

현종은 소문을 듣고 섭법선의 신묘한 술법을 더욱 믿게 되었다.

어느 날, 현종은 섭법선에게 조용히 물었다.

"장과 선생이 도(道)를 체현(體現)한 수준이 아주 오묘해서 짐은 늘 그의 행적을 물었으나 장과 선생은 웃기만 하고 대답이 없었소. 무엇 때문이오?"

그러자 섭법선이 말했다.

"그의 일에 대해서는 다른 신선일지라도 자세한 내력을 모르고 있습니다. 단지 그가 요제(堯帝) 때 시중(侍中) 벼슬을 하였다는 것만 알고 있을 뿐입니다. 솔직히 말씀드리면, 그분의 출처와 이력은 저 혼자만이 알고 있을 뿐, 다른 사람들은 전혀 모르고 있습니다."

그러자 현종이 반색하며 물었다.

"존사는 짐에게 말해주오."

"신은 화를 입을까 걱정되어 감히 사실대로 여쭈지 못하겠습니다."

"존사는 신선인데 화(禍)가 왜 두렵겠소? 그런 핑계로 비밀을 짐에게 감추지 마오."

섭법선은 한동안 깊이 생각하다가 말했다.

"폐하께서 신에게 꼭 말하라고 하시지만 제가 말하면 어김없이 즉사하게 됩니다. 폐하께서 신을 불쌍히 여기신다면 신이 죽고난 뒤 재빨리 장선생을 불러서 황제의 존귀한 신분을 낮추시며 섭법선을 살려달라고 장과에게 사정해 주십시오. 그러면 혹시나 신이 되살아날 수 있을는지 모르겠습니다."

현종이 연이어 그렇게 하겠노라고 응낙했다.

섭법선이 좌우의 환관들을 모두 물러나게 한 뒤에 조용히 아뢰었다.

"그는 이 땅이 생기던 초기의 흰(白) 박쥐〔蝙蝠(편복)〕의 정령(精靈)이었습니다."

그러나 섭법선이 말을 끝맺기도 전에 섭법선은 갑자기 입에서 피를 쏟으며 바닥에 넘어져 인사불성이 되었다. 현종이 내시를 불러서 장과를 즉시 입조하라고 명령하였다.

영문도 모른 채 장과가 지팡이를 짚고 찾아오자, 현종은 그에게 자리를 권하고 말했다.

"엽존사가 선생에게 죄를 짓게 된 것은 모두 짐의 잘못 때문이요. 짐이 그를 대신해 사정하니, 짐의 얼굴을 보아 용서해 주시오."

말을 마치자 현종이 무릎을 꿇으려 하자, 장과가 급히 부축하며 말했다.

"어찌 폐하께서 무릎을 꿇을 수 있겠습니까? 하지만 이놈은 가볍게 혀를 놀렸습니다!"

그리고는 지팡이로 섭법선을 세 번 내리쳤다.

"곧 소생할 것입니다."

그러자 섭법선이 벌떡 일어나며 깨어났다. 그는 일어나 옷깃을 여미고 현종에게 사은하고는 이내 장과에게 사죄했다.

장과가 말했다.

"내 지팡이는 그리 쉽게 쓰는 물건이 아니다."

법선이 다시 두 번 세 번 허리를 굽혀 인사했다. 현종은 크게 기뻐하며 다과를 대접하고 돌려보냈다.

며칠이 지났다. 마침 어떤 나라에서 바다를 건너 사신을 보내 독성(毒性)이 아주 강한 독초를 가지고 왔다. 그 사신은 신선이라고 하여도 이 풀을 먹기만 하면 즉사한다고 말했다.

현종이 섭법선을 불러 독초를 보여주면서 "알고 있는가?" 라고 물으니, 섭법선이 말했다.

"이 풀은 오근초(烏菫草, 菫은 제비꽃 근)라고 부르는데, 아주 조금으로도 사람을 중독시킬 수 있습니다. 신이 맛을 본다면 얼마간 앓게 됩니다. 그러나 다른 신선은 중독되어 금방 목숨을 잃게 됩니다. 장과 선생만은 아무 탈이 없을 것입니다."

현종이 그 독초를 몰래 술에 타 놓고 장과를 연회에 참석하라고 불렀다.

먼저 다른 명주(名酒)를 마시면서 현종이 장과에게 물었다.

"선생의 주량은 어떻소?"

"몇 잔에 불과합니다. 신의 집에 동자 제자가 있는데 한 말 술은 마실 수 있으나 조금이라도 넘으면 큰 실수를 저지릅니다."

"불러올 수 있겠소?"

"바로 불러오겠습니다."

장과가 공중을 향해 불렀다.

"동자야, 어서 들어와서 천자를 뵙거라!"

말이 끝나자마자 한 동자가 금방 어전 계단 앞에 서있었는데, 나이는 열너댓 살 정도였다. 두상은 도토리 모양이나 배가 컸으며, 단정한 옷차림이었다. 동자는 어전에 올라와 배례하였다. 현종이 놀라면서 딱 한 말이 들어가는 큰 술 그릇에 술을 부어 동자에게 주어 마시게 했다. 동자는 사은하고 술을 받더니 그 자리에서 단숨에 마셔버렸다.

현종은 동자가 통쾌하게 마시는 것을 보고 큰 잔으로 더 따라주며 마셔보라고 분부하였다. 동자가 받아서 두세 모금 마시자마자 먹은 술이 이마에서 흘러내렸다.

장과가 웃으며 말했다.

"너의 주량에 한도가 있는데, 왜 더 많이 마셔서 이런 추태를 보이는가?"

장과는 탁상에서 복숭아씨 하나를 집어던졌다. 딸가닥하는 소리가 들리면서 동자는 넘어졌고, 한 말이나 되는 술이 모두 땅 위로 쏟아졌다.

사람들이 놀라 살펴보니, 대두 한 말의 물이 들어가는 어전 앞에 있는 방화용 물통이었다.

현종은 재미 있어 크게 웃으며 말했다.

"통원 선생의 유희는 정말 신통하고 오묘합니다. 내가 주는 술을 한 잔 더 드시오."

그리고는 내시에게 가만히 오근주를 부어 올리게 시켰다.

장과는 사양하지 않고 단숨에 마셔버렸다. 한참 후 장과는 고개를 숙이고 눈을 감더니 자리에서 깊이 잠들었다. 현종은 내시들에게 장과가 실컷 자도록 깨우지 말라고 말했다.

한 시각이 지나자, 장과는 기지개를 켜며 일어나 웃었다.

"제가 마신 술은 궁궐의 명주가 아닙니다. 다른 사람이 이 술을 마셨더라면 깨어나지 못했을 것입니다."

장과는 소매 안에서 작은 거울을 꺼내더니 제 얼굴을 비추어보았다.

"독주가 저의 치아를 못 쓰게 만들었습니다."

현종이 바라보니, 과연 장과의 치아가 모두 새까맣게 변했다. 장과는 서둘지 않고 두 손으로 양편의 턱을 툭 치고 입안의 검은 치아를 모두 뱉어내었다. 그러자 금방 백설 같은 새로운 치아가 생겨났다. 현종이 보고서는 그저 놀랄 뿐이었다. 현종은 신선 장과의 술법을 더욱 신뢰하였다.

독초를 가지고 신선을 희롱했는데,	(戱將毒草試神仙)
다만 박식한 선생을 잠들게 했다.	(只博先生一覺眠)
그 육신은 죽지 않고 그대로인데,	(不壞眞身依舊在)

치아가 빠지고 새 치아를 얻었다. (齒牙落得換新鮮)

정월 보름날 저녁, 현종은 내정(內庭)에 오색 비단으로 꽃대문을 세우고 등롱을 매달고서 연회를 베풀었다. 대신을 불러 같이 술을 마시면서 장과와 섭법선도 초청했다.

그러나 마침 장과는 공교롭게 외출 중이라서 바로 오지 못하고 섭법선은 먼저 왔다. 현종이 그를 상석에 앉히고 함께 대작했다. 밝은 등불과 밝은 달빛이 함께 비추는데 가무를 즐기니 분위기가 아주 환락스러웠다.

현종이 많이 취하자, 등불을 매단 꽃대문을 가리키며 웃었다.

"여기서 우리가 즐기는 등불놀이는 성황을 이루었지만 다른 곳에서야 어찌 이렇게 할 수 있겠소."

그러자 섭법선이 눈을 치켜뜨고 사방을 살피는 듯하더니 손가락으로 서쪽을 가리키며 말했다.

"서량부(西涼府)[49] 성에서도 등불놀이가 성대합니다. 장안에 못지않은가 합니다."

"존사의 눈에는 서량부가 보이는가? 그런데 짐은 왜 볼 수 없는가?"

"폐하께서 보시겠다면 어려울 게 없습니다."

49 서량부(西涼府) – 治所는, 今 甘肅省(감숙성) 중부 武威市(무위시). 관할 지역은, 今 張掖市(장액시) 동쪽에서 蘭州市(난주시) 이북, 寧夏回族自治區 固原市 서쪽.

"존사는 어떤 법술로 짐이 그런 풍경을 볼 수 있게 하겠는가?"

"신이 지금 폐하를 모시고 바람을 타고 서량부에 다녀올 수가 있습니다."

그 말에 현종은 당장 나가려고 자리에서 일어났다.

그러자 옆에 있던 고력사가 다가와서 엎드려 말했다.

"섭존사께서 묘법이 있다 하지만, 폐하께서 몸소 시험해 볼 것까지는 없습니다. 섣불리 거동하시면 안 됩니다."

"존사가 짐을 그르치게 하지는 않을 테니, 태감은 여러 말하지 마오. 태감은 여기서 기다리고 있게나!"

"장안에서 서량부는 말을 타고도 몇 일간 달려야 합니다. 폐하께서 어찌 며칠간 조정을 떠나실 수 있겠습니까?"

그러나 현종이 아무 말 없이 고력사를 바라보자, 고력사는 감히 더 입을 놀리지 못하고 물러섰다. 섭법선은 현종더러 잠시 연회상을 물리고 옷을 바꾸어 입으라고 했다. 나이 어린 환관 두 명도 옷을 바꾸어 입게 한 뒤에 뜰 한가운데 서서 두 눈을 꼭 감으라고 말했다.

그랬더니 몸이 하늘로 솟구치는듯하더니 구중천(九重天)을 날아가는 기분이었다. 얼마 지나지 않아 발이 땅을 디디는 느낌이 들었다. 귓전에서는 떠들썩한 말소리가 들려왔는데 모두 서량부의 사투리였다.

섭법선이 눈뜨라고 하자, 현종이 감았던 눈을 뜨고 눈앞의 정경을 바라보았다. 등롱이 몇 리에 걸쳐 쭉 매달려 있고 등불놀이를 구경하는 사람들이 오가느라 인산인해를 이루었다. 현종은 놀랍고도 기뻐서 사람 속에 끼어 마음껏 돌아보며 가만히 법선에게 물었다.

"존사가 요술을 피운 게 아닌가?"

법선이 아뢰었다.

"폐하께서 오늘 밤의 유람을 믿지 못하시겠으면 물건을 남겨놓아 증명하시는 것이 좋겠습니다."

그러자 법선이 젊은 환관에게 물었다.

"너희들이 몸에 지닌 물건이 없느냐?"

어린 환관이 대답했다.

"폐하께서 늘 손에 쥐고 노시는 여의보주(如意寶珠)가 있습니다."

법선은 현종과 함께 객점에 들어가 술을 청해 함께 마셨다. 잠시 새 술을 다 마신 후 여의보주를 술값으로 내어놓고는 주인에게 증표를 쓰게 하고 며칠 후 사람을 보내서 찾기로 약속했다. 그런 다음 객점을 나왔다. 법선은 성 밖으로 나와 모두들 눈을 감게 한 후 하늘로 솟구쳐 잠깐 사이에 돌아와 곧장 궁전 앞의 뜰에 내렸다.

고력사가 머리를 조아리고 만수무강을 외치며 황제를 맞이했다.

연회석의 금련 촛대는 절반도 타지 않았다. 현종이 놀라와 어리둥절해 있는데, 좌우의 시위가 장과 선생이 도착했다고 알리자, 모셔들이라고 했다.

장과가 말했다.

"신이 때마침 밖에 외출 중이었기에 이내 부름에 응하지 못하여 죄송합니다. 폐하께서 신의 죄를 용서하십시오."

"선생들은 학을 타고 구름 속을 나는 한가한 분들인데, 어찌 세속의 법에 얽매이겠소. 그러니 무슨 죄가 있겠소. 그런데 선생은 어디에 갔었소?"

"신은 광릉(廣陵, 郡名, 今 江蘇省 남부 揚州市)에 있는 벗을 찾아보러 갔었습니다. 폐하의 부름이 있으리라고 생각지 못한지라 이렇게 늦었습니다."

"광릉은 아주 먼 곳인데, 선생은 대단히 빨리 다녀왔군요!"

장과가 의미심장하게 웃었다.

"아침에 북해(北海)를 유람하고 저녁에 곤륜(崑崙)의 창오(蒼梧)에 가서 쉬는 것은 신선들한테 흔한 일입니다. 서량이나 광릉쯤이야 한 발을 내딛는 것처럼 순간의 일입니다."

장과가 법선에게 물었다.

"서량부의 등불놀이가 어떠하던가?"

"장안과 비슷했습니다."

현종이 물었다.

"선생은 마침 광릉에서 왔다니 거기 등불놀이는 어떠했소?"

"광릉의 등불놀이도 지금 한창 고조에 다달았습니다."

법선이 덧붙여 말했다.

"신이 감히 여쭈지는 못하겠습니다. 그러나 여흥이 사라지지 않은 때에 거기에 가서 구경하신다면, 폐하의 즐거운 심경을 더 더욱 기쁘게 해드리고도 남으리라 생각합니다."

현종이 기뻐하며 말했다.

"아주 좋은 일이지."

현종이 장과에게 물었다.

"선생이 함께 가겠소?"

"신은 어가를 따르겠습니다. 하지만 이번 길은 하늘에 솟구치거나 바람을 잡아타거나 할 것도 없거니와, 거리나 시장을 구경하려 할 것도 없습니다. 신이 자그마한 술법을 펴보이면 오르고 내릴 것 없이 폐하께서 마음대로 구경하실 수 있습니다."

"그렇다면 더욱 묘한데, 어서 신술(神術)을 보여주오."

"폐하께서는 아주 화려한 의관으로 차려 입으십시오."

고력사와 이원(梨園)의 광대 몇 사람까지 합하여 모두 화려한 비단옷과 꽃 모자를 갖춰 입었다. 그러고 나서 장과가 허리에 두르고 있던 명주띠를 풀어 공중에 던지자 화려한 다리(橋梁)로 변했다. 그 다리는 궁전에서부터 직접 하늘에까지 놓여졌다. 기이한 그 다리의 모양새를 〈서강월(西江月)〉이라 부르는 곡으로 노래했다.

눈부신 백옥으로 만들었구나, (白玉瑩瑩鋪就)
붉은 난간 구불부불 이어졌다. (朱欄曲曲遮來)

구름에 은하 지나 요대에 오니,　(凌雲駕漢近瑤臺)
꽃구름 일망무제 펼쳐졌구나.　(一望霞明雲靄)
천천히 걸으며 돌아볼 것 없고,　(穩步無須回顧)
편안히 걸어서 알아볼 것 없네.　(安行不用疑猜)
아래를 보니 놀랄만한 풍경이,　(臨高視下歎奇哉)
이 몸이 하늘에 있듯 황홀하다.　(恍若身居天界)

장과와 섭법선이 안내하는 대로 현종이 천천히 다리에 오르고 고력사와 이원 자제들도 모두 뒤따랐다. 장과는 절대로 뒤를 돌아보지 말고 앞만 보라고 부탁했다.

수백 걸음쯤 나아가자 장과와 법선이 걸음을 멈추고 말했다.

"폐하께서 걸음을 멈추십시오. 광릉에 왔습니다."

성안에 설치한 많은 등불들은 그 성세가 장안에 못지 않았다. 등불을 구경하던 남녀들은 갑자기 허공에 꽃구름이 나타나자, 하늘의 신선이 출현했다고 모두 우러러보았고 절을 올렸다.

둘러선 그들의 옷차림은 각양각색이었으나 대단히 화려했다. 현종과 고력사 등은 다리에 서서 은하수를 바라보았다. 휘황한 달빛이 대낮처럼 밝았다. 모두들 광릉 시가의 등불을 내려다보며 대단히 기뻐했다.

법선은 악사들에게 예상우의곡(霓裳羽衣曲)을 연주하라고 했다. 연주가 끝나자 장과와 법선은 현종과 고력사 및 여러 이원 자제들을 이끌고 다리에서 내려 궁궐로 돌아왔다.

내려서자마자 장과가 즉시 소매를 한번 휘젓자 다리가 순식간에 사라졌다. 그리고 장과의 손에는 원래의 명주 띠가 쥐어져 있었다. 그는 그것을 다시 허리에 띠었다.

고력사와 광대들이 모두 몹시 경이로워하니, 현종이 말했다.

"선생의 신통한 법술(法術)은 신묘하기 그지없구려."

장과가 대답했다.

"이거야 신선의 하찮은 유희에 불과해서 부러워할 바가 못됩니다."

현종은 술자리를 재차 차리게 하고 술을 권했다. 날이 밝을 무렵에야 연회를 파하고 각기 흩어졌다.

신선이 노는 유희는 역시 신통하니,	(仙家遊戲亦神通)
군왕에게 바람 타기를 배우게 한다.	(卻使君王學御風)
만승 지존이신 천자는 자중해야 하니,	(萬乘至尊宜自重)
어찌 술사를 따라 허공을 걷겠는가?	(怎從術士步空中)

다음 날 현종은 몰래 사람을 파견하여 곧장 서량부로 달려가 술집 주인이 써준 증표를 가지고 돈을 치른 후 여의보주를 찾아오게 했다. 보낸 사람이 며칠 만에 과연 그 여의보주를 찾아오자, 보름날에 있었던 놀이가 요술이 아니라 진짜였음을 믿게 되었다.

다시 반 달쯤 지나자 광릉 지방관의 상주가 올라왔다.

「정월 대보름날 저녁 이경(二更)이 좀 지나 이곳의 하늘에 갑자기 상서로운 꽃구름이 피어나더니 구름 속에 신선들이 나타났습니다. 그들의 모습을 역력히 볼 수 있었고 인간 세상의 노래 가락과는 완연히 다른 맑고 구성진 선계(仙界)의 풍악이 들려왔습니다. 이것은 실로 태평성세의 길한 상징이기에 마땅히 상주해야 한다고 생각했습니다.」

현종이 다 읽고 속으로 참으로 신기하다고 여겼다.

원래 그 예상우의곡은 개원(開元) 시기의 악곡이었다. 현종이 꿈에 월궁(月宮)을 유람한 적이 있었는데, 꿈속에서 수십 명의 선녀들이 품이 넓은 명주옷을 입고 패옥을 찰랑거리며 광한궁(廣寒宮)에서 가무를 벌였다. 그 가락이 인간 세상의 음악과는 달리 아주 묘하고 아름다웁기에, 현종이 물었다.

"이 가락의 이름이 무엇이오?"

여러 선녀들이 대답했다.

"예상우의곡이라 부릅니다."

현종이 꿈속에서 그 가락을 몰래 기억해 두었다가 깨어난 뒤 빠짐없이 기록하여 악사들에게 보여 곡을 만들게 하였더니, 과연 인간 세상의 곡조와는 달랐다.

이리하여 현종은 더욱더 장과와 섭법선 두 사람이 신선이라는 사실을 굳게 믿었다.

현종은 장과가 밖에 나갈 때마다 꼭 흰나귀를 거꾸로 앉아 타고 다닌다는[50] 말을 들었다. 그 속도가 나는 듯한데 돌아와서 이 나귀를 종이를 접듯 접어서 모자 상자에다 넣어 두었다가 탈 때면 나귀에 물을 뿜기만 하면 의연히 나귀가 된다는 것이었다.

현종은 더더욱 그 술법을 기이하게 여겨 옥진(玉眞)공주를 그에게 시집보내 부마로 삼으려 하자, 장과가 사양하면서 말했다.

"신에게는 왕옥산(王屋山)[51]에 별장이 있습니다. 제가 일찍 30만 전을 주고 위씨의 딸한테 거기서 장가를 들었습니다. 그런데 어찌 다른 여자를 얻을 수 있겠습니까? 더구나 신은 야성(野性)에 물든 사람이라 영달과 녹봉을 바라지 않습니다. 장안에 들어온지 오래되어 저는 왕옥산을 간절하게 그리고 있었습니다. 돌아가도록 은혜를 베풀어주신다면 실로 다행한 일로 알겠습니다."

"선생이 짐을 모시려 하지 않는다면 감히 억지로 강권하지 못하겠소. 어째서 짐을 버리고 떠나려 하오! 선생과 섭존사는 함께 짐의 좌우에 머물면, 짐이 조석으로 가르침을 받자고 했소. 한 사

---

50 이를 두고 지은 시가 있다.

온 세상 많은 사람 중에, (擧出多少人)
그 같은 노인 없었다네. (無如這老漢)
거꾸로 탄 나귀가 아니고, (不是倒騎驢)
고개 돌려 세상을 보았다. (萬事回頭看)

51 왕옥산(王屋山, 天壇山, 해발 1,715m) ─ 今 河南省 북부 濟原市(제원시) 서쪽에 있는 산. 황제 헌원씨(黃帝 軒轅氏)가 하늘에 제사한 곳으로 알려졌다. 道教 十大洞天의 첫째. '天下第一洞天.' 우공이산(愚公移山) 故事(고사)가 여기서 나왔다는 전설이 있다.

람이 없어서도 안 되지요. 왜 갑자기 떠날 생각이 들었소?"

장과는 황제의 성의에 감화되어 섭법선과 함께 장안에 남게 되었다.

섭법선은 이전에 송양(松陽)에 은거하면서 이옹(李邕)[52]과 결의형제를 맺은 적이 있었다. 이옹은 재간이 많아 글도 잘 지었고 서예도 잘했다. 섭법선은 일찍이 그에게 할아버지의 비문을 써달라고 했었으므로, 섭법선이 입조하라는 부름을 받았을 때 이옹도 승진하여 장안으로 올라왔다. 이옹은 법선이 술법을 피우는 것을 속으로 좋아하지 않았고, 또 황제를 미혹시킬까 걱정했다.

섭법선이 전에 부탁한 비문을 써달라고 하였으나, 이옹은 재삼 거절하며 말했다.

"그대를 위해 일해준 걸 후회하고 있는데, 어찌 다시 비문까지 써 주겠소?"

섭법선이 웃으며 말했다.

"나를 위해 그동안 도와주었는데, 왜 이제는 비문을 써줄 수 없습니까? 지금 다짐할 필요가 없으니 후에 다시 부탁하겠소."

그때 그들 두 사람은 웃으며 헤어졌다. 그날 저녁 섭법선은 밀실에서 지묵과 붓과 벼루를 준비해놓고 삼경 때 검을 잡고 북두

---

52 이옹(李邕, 674－746년, 字는 太和)－北海太守 역임 李北海로도 불림. 唐朝의 명필. 특히 李邕 行書 碑法의 大家. 그가 쓴 〈麓山寺碑〉, 〈李思訓碑〉 등이 현존한다.

칠성에서 거닐며 부적을 태우고 입속으로 중얼거렸다. 패(牌, 부절) 한쪽을 탁 치자 이옹이 벽 사이에서 걸어 나왔다.

섭법선이 말도 없이 검으로 지휘하자, 이옹이 붓을 들어 비문을 썼다. 그는 동자 보고 불을 켜 먹을 갈게 했다. 얼마 지나지 않아 이옹은 비문을 다 썼다. 섭법선이 다시 부적을 써서 태우며 주문을 외우고 검을 빼들며 소리치자, 이옹은 흔적도 없이 사라졌다. 원래 낮에 써달라고 하였으나 써주지 않자, 밤에 그의 혼을 불러 쓰게 한 것이었다.

이튿날 법선은 몸소 찾아가 인사하고 그가 쓴 글을 보이면서 웃었다.

"이형이 어젯밤 꿈속에서 쓴 글이 여기에 있소."

이옹이 보고서는 눈이 휘둥그레져 경악 실색하며 온몸에 식은 땀을 흘렸다.

법선이 말했다.

"이형 글을 받들다 보니 다른 사람의 손을 빌지 않고 이형의 손을 빌고자 하였소. 이형이 거절하길래 제가 장난을 쳤으니 죄를 많이 지었소. 버릇없이 군 것을 용서해 주오."

이옹은 놀랍고 분해서 한 마디도 응대하지 않았다. 법선이 후한 예물로 그의 수고에 보답하려고 하였으나 이옹은 받으려 하지 않았다.

현종이 그 말을 듣고 경탄했다.

"신선과는 본래 맞서지 말아야 하겠군!"

이옹이 쓴 비문을 당시에 추혼비(追魂碑)라고 불렀다. 그로부터 조정에서는 신선을 더 믿게 되었고 방사들이 더 많이 찾아왔다.

어느 날, 악주(鄂州, 鄂城, 今 湖北省 동부, 長江 南岸. 동쪽의 鄂州市)의 지방관이 상주문을 올려 아주 영험하고 특출한 술법을 부리는 나공원(羅公遠)이라는 방사를 추천하면서 장안에 올라가 입조하여 황제를 뵙게 하겠다고 말했다.

조정의 신선이 돌아가지도 않았는데, (朝裡仙人尚未歸)
먼곳의 또 다른 신선이 또 찾아온다. (遠方仙客又來到)
신선이 왜 이리 많은가 말하지 마오. (莫道仙人何太多)
천자가 현혹되어 좋아하기 때문이다. (只因天子有酷好)

후사(後事)가 여하(如何)한 지 알 수 없나니, 하회(下回)를 분해(分解)하여 들어보시라.

제85회

나공원은 촉 땅의 당귀를 미리 보냈고, 안록산은 이민족 등용을 요청했다.(羅公遠預寄蜀當歸, 安祿山請用番將士.)

노래하기를,	**詞曰,**
선객이 천자에게 올린 글에는	(仙客寄書天子)
몇 자 되지 않는데,	(無幾字)
약 이름은 오래 생각난다.	(藥名兒最堪思)
이민족이 국경 지키게 갑자기 바꿔도,	(漢戍忽更番戍)
군왕은 의심하지 않았다.	(君王偏不疑)
안씨(安氏)들을 마구 죽여,	(信殺姓安人)
도리어 위험을 망각하였다.	(好卻忘危.)
— 곡조 〈정서번〉	— 調寄 〈定西番〉

예로부터 사람들이 제일 꺼리는(忌) 것은 탐욕(貪)과 분노〔嗔

(성낼 진)], 그리고 멍청한 짓〔癡(어리석을 치)〕 세 가지였는데, 천자에게는 더 말할 것도 없다.

상고의 고대부터 위대하거나 편명한 제왕(帝王)은 언제나 자신을 바로잡아(正己) 만백성을 다스렸고, 환난이나 재난을 미연에 예방하였으며, 정치에 힘쓰면서 이단의 잡설이나 미묘한 말에 현혹되지 않도록 힘썼다.

만약 천자로 즉위했다면 부귀(富貴)로는 더 바랄 것이 없으니, 다음으로는 불로장생을 생각한다.[53] 그래서 먼 바다 가운데 삼신산의 신선을 찾고, 심지어는 만승천자의 존엄으로 다른 술사들의 요술을 배우려 애를 썼다.

그러나 그렇게 배우려는 것을 성취할 수가 없으니, 원망하고 화를 내다가 함부로 살육을 저지르니 이 어찌 탐욕과 분노가 아니겠는가? 그런데 만약 황제가 죽일 수가 있다면 그 사람은 분명히 신선은 아닐 것이다.

만약 신선이라면 죽지도 않거니와 죽일 수도 없다. 신선은 죽을 수도 없거니와 뒷날에 일어날 일을 미리 알아가지고 사람들에게 수수께끼 같은 알쏭달쏭한 말을 한다. 그러니 보통 사람은 물

---

53 가난뱅이는 부자가 되고 싶고(窮想富), 부자는 관리가(富想官), 관리는 황제가 되기를 바라고(官想做皇帝), 황제는 상천하기를 생각한다(皇帝想上天). 부자는 약단지 곁을 떠나지 못하고(富不離藥罐), 가난뱅이는 점쟁이 곁을(窮不離卦攤), 부자도 가난뱅이도 아닌 사람은 전당포를 떠나질 못한다(不窮不富不離當鋪).

론 황제일지라도 깨우치질 못하고 여전히 간악한 말에 현혹되어 옛 제도까지 변경시킬 뿐만 아니라, 후세에 큰 해악을 남길 뿐만 아니라 악인을 호인이라 생각하니, 이 어찌 바보같이 멍청한 짓의 극단이 아니겠는가![54]

현종은 장과(張果, 張果老)와 섭법선(葉法善)을 붙들어 두고 산으로 돌려보내지 않았다. 악주의 지방관이 도술이 신통하다며 나공원(羅公遠)을 추천하는 상주문을 올리고 장안으로 보냈다.

나공원은 그가 어느 시대 어떤 사람인지 알 수 없다. 그 얼굴 모습이 늘 16이나 17세쯤 된 소년 같았고, 종적을 찾을 길 없이 여기저기를 마음대로 떠돌아다녔다.

어느 날 악주에 이르렀는데, 때마침 그곳에 가뭄이 들어 스님과 도사들을 청해 사직단을 쌓고 법사(法事)를 벌려 기우제를 지내고 있었다.

그곳에는 기도를 드리는 사람들이 매우 많았다. 그 가운데 흰 옷을 입은 사람이 거기에서 한가롭게 이런 광경을 바라보고 있었다. 그 사람은 키가 9척이 넘었고 눈빛이 예리하여 여러 사람들의 이목을 끌었다.

---

54 남자의 어리석음은 한때의 착각이지만(男子癡 一時迷), 여자의 어리석음을 고칠 약이 없다(女子癡 沒藥醫). 멍청한 사내가 마누라를 무서워하고(癡人畏婦), 현명한 여자는 남편을 두려워한다(賢女畏夫).

어떤 사람이 그에게 성명을 물었다.

"저는 용씨(龍氏)로서 본 지방 사람입니다."

바로 그때 마침 나공원이 그곳에 왔다. 나공원은 그 키 큰 사내를 보자마자 눈을 부라리며 꾸짖었다.

"이런 큰 가뭄에 어서 비를 내려 사람들을 구제하지 않고, 왜 여기서 빈둥거리는가!"

그 용씨라는 사람은 바로 정색하고 읍(揖)하며 말했다.

"천부(天符)를 받지 못해서 물을 얻을 수 없습니다."

그러자 나공원이 말했다.

"너는 어서 가거라. 내가 널 도와줄 테다."

용씨가 그러겠노라 대답하고 물러가자, 여러 사람이 이상하다며 나공원에게 물었다.

"저 사람이 누구입니까?"

나공원이 대답했다.

"그는 이곳 수부(水府)의 용신(龍神)입니다. 제가 어서 비를 내려 가뭄을 해결하라고 명령하였으나 상제의 명령이 없기에 제 마음대로 물을 얻지 못한다는 겁니다. 지금 제가 물을 얻도록 그를 도와주면 이곳의 곡식을 살려낼 수 있습니다."

나공원은 사방을 휘둘러보다가 스님과 도사들이 경을 읽는 탁자 위에 네모난 큰 벼루를 보았다. 기우제 제문을 방금 쓰다보니 벼루에는 아직도 먹물이 얼마간 남아있었다.

나공원이 다가가 벼루의 먹물을 입으로 빨아들여 공중에 대고 뿜으면서 소리쳤다.

"어서 비를 내려라!"

그러자 삽시간에 구름이 피어나며 해를 가리고 세찬 바람이 불었다.

나공원은 여러 사람들에게 말했다.

"곧 비가 올 것입니다. 옷이 젖지 않도록 서둘러 피하십시오."

나공원의 말이 끝나기도 전에 갑자기 빗방울이 후드득거리더니 금방 물동이로 퍼붓듯, 비가 쏟아져 땅에 물이 한 자쯤 되자 멎었다. 이상한 것은 땅이나 옷에 떨어진 빗물이 칠흑처럼 검었다. 원래 용신이 신력을 몽땅 기울여 그 한 모금 먹물을 빗물로 만들어 가뭄을 해결하려 했기에 그 빗물이 까맣게 되었다.

사람들이 이상하다고 감탄하며 누구 할 것 없이 기뻐했다. 그리고 나공원의 성명을 묻고 그를 에워싸고 태수가 있는 관아를 찾아가 사실대로 말했다. 태수가 은과 비단을 수고비로 주려 하니 나공원은 웃으며 받지 않았다.

그러자 태수가 말했다.

"황제께서는 신선을 존경하고 크게 신뢰하십니다. 이런 도술을 갖고 계시니, 내가 조정에 천거하면 틀림없이 황제의 존경을 받을 것입니다."

"저는 제왕의 궁궐에 출입하기를 본래 좋아하지 않습니다. 하지만 지금 황제 곁에 장과와 섭법선 두 신선이 있다는 말은 들었습니다. 제가 그들을 만나보고 싶어했는데, 이번 기회에 그들을 만나보는 것도 괜찮다고 생각합니다."

이리하여 태수가 상주하였고 사람을 보내 모시게 하였다. 나공원이 입경하자 파견된 관리가 상서하였다. 현종이 상서를 읽고서 즉시 불러들이라고 지시하였다.

그날 현종은 경운정(慶雲亭)에 앉아 장과와 섭법선과 함께 바둑을 두고 있었다. 내시가 나공원을 안내하여 정자 앞에 왔다.

현종이 장과와 섭법선 두 선인에게 말했다.

"악주에서 천거한 기인 나공원이 왔소. 두 분은 그와 이야기를 나누어보시오."

두 사람이 멀리서 걸어오는 나공원을 보았다. 몸이 약하고 애들처럼 애티 나는 얼굴이었다.

약관에도 이르지 못한 것을 보고 웃으며 말했다.

"애들이 뭘 안다고 기인이라고 하십니까?"

나공원이 정자 아래에 이르자, 현종은 배례를 생략하고 올라오라고 지시하였다.

현종이 장과와 섭법선 두 사람을 가리키며 말했다.

"경은 여기 두 선인을 알고 있소? 이분은 장과 통원 선생이고, 저분은 섭법선 존사요."

나공원이 말했다.

"성함은 익히 들었으나 안면은 아직 없습니다. 다행히 오늘 뵙게 되었습니다."

그러자 장과가 웃으며 말했다.

"나이가 어린 사람이야 물론 나를 알 수가 없지."

그러자 섭법선도 장과로의 말을 거들었다.

"신선 중에 장과 선생을 모를 사람이 어디 있나?"

그러자 나공원이 그냥 넘어가지 않았다.

"세상에 겸양(謙讓)의 예의를 모르는 신선은 없습니다. 하물며 두 분 선생이 이렇듯 오만무례하니, 저는 일찍 사귀지 못한 것을 한으로 생각할 필요가 없습니다."

그러자 장과가 껄껄 웃었다.

"내가 자네와 깊은 이야기를 나누고 싶지는 않네. 사람마다 자네를 기인이라 말하니, 생각건대 기이한 술법이 있는 것 같군. 내가 지금 극히 간단한 술법을 내어 놓을테니 알아 맞추면 괄목상대(刮目相對)하겠네."

장과는 법선과 함께 각기 바둑돌 몇 개씩을 양손에 쥐고 물었다.

"우리 두 사람의 손안에 바둑돌이 몇 개가 있는가?"

그러자 나공원이 바로 대답했다.

"한 알도 없습니다."

두 사람은 어이없어 하하 웃었다. 하지만 손바닥을 펼쳐보니 과연 한 알도 없었다. 그러자 나공원이 자기 소매 속에서 두 손을 펼치자, 바둑돌이 손아귀에 가득 들어차있었다.

나공원이 가소롭게 보고 말했다.

"바둑돌은 벌써 제 손에 들어와있습니다. 두 선옹께서 어린이를 만나자마자 손에 아무것도 쥔 것이 없는 빈털터리가 되셨습니다."

두 사람은 그제서야 몹시 놀라 일어나 인사를 나눴다.

배움에 전후 없고 먼저 깨우쳐야 선배니,	(學無前後達爲先)
나이가 많다고 젊은 사람을 깔보지 말라.	(莫恃高年欺少年)
혼돈(混沌) 초기의 장과로(張果老)이지만,	(混沌初分張果老)
여전히 젊은이와 함께 신선이라 불린다.	(還同小輩並稱仙)

현종은 매우 기뻐하며 경운정에 연회석을 마련하고, 나공원에게 의관과 저택을 하사하고 나선사(羅仙師)라고 존칭했다.

그로부터 나공원은 늘 장과와 섭법선과 함께 선가(仙家)의 종지(宗旨)를 담론하며 피차 탄복을 금치 못했다.

며칠이 지난 뒤에, 장과와 섭법선 두 사람은 다시 입산하겠다고 다시 상주했다.

"나공원의 도술은 신들보다 퍽 월등합니다. 그가 장안에 있으면 폐하께서는 얼마든지 문의할 수 있습니다. 신들은 산을 떠난지 오래되어 돌아갈 생각이 매우 간절합니다. 폐하께서는 저희들을 돌려 보내 산림에 조용히 머물수 있도록 도와주시기 바랍니다."

현종은 그들의 돌아갈 뜻이 굳어진 것을 보고 억지로 붙들어 둘 수 없다는 사실을 알아 산속으로 돌아가는 것을 허락했다. 그러면서 물을 일이나 할 일이 있으면 다시 부르겠다고 말했다. 두 사람은 사은하고 장안을 떠났다. 두 사람은 현종이 하사한 물건이나 여러 대신들이 선물한 진귀한 보물들을 하나도 가져가지 않고 표연히 떠났다.

떠도는 구름 들판 두루미,　(閒雲野鶴)
드넓은 바다 탁트인 하늘.　(海闊天空)
마음대로 오고 또 가나니,　(來去自由)
아무런 제약도 아니 받다.　(不受樊籠)

그로부터 장안에 있는 방사들 가운데서는 나공원만이 현종의 신임을 받으면서 늘 불려 다녔다.

현종이 장생불로의 은밀한 처방을 묻자, 나공원이 말했다.

"장생불로에 비법은 없습니다. 마음을 맑게 하고 욕정을 절제하면 병을 물리칠 수 있고 장수할 수 있을 뿐입니다."

현종은 그의 말을 따라 때때로 홀로 궁전에 있으면서 비빈이 시중도 들지 못하게 했다. 연회도 이전에 비해 드물었다. 양귀비는 마음속으로 몹시 불쾌했다.

중추(中秋, 8월) 보름 날에도 현종은 비빈들을 청하지 않고, 다만 나공원과 함께 달 구경을 하면서 한담을 나누었다.

현종은 작년 정월 대보름날에 장과와 섭법선 두 신선과 함께 하늘에 올라 유람하던 말을 들려주며 아주 신기했다고 말하며 물었다.

"선생도 그런 도술을 아시오?"

나공원이 대답했다.

"어려울 것이 없습니다. 폐하께서 전에 월궁을 꿈속에서 거닐었으나 친히 목격하지는 못하셨습니다. 신이 지금 폐하께 월궁의 정경을 직접 보시게 하면 어떻겠습니까?"

현종은 정말 기뻤다. 그러자 나공원이 일어나 뜰 앞에 나가 계수나무 몇 가지를 꺾어 오색실로 묶어매고는 뜰 가운데 놓았다. 거기에 바람을 훅 불자, 나뭇가지는 멋진 수레(輿)가 되었다. 그리고는 현종에게 난여(鸞輿)에 조용히 올라 앉으라고 말했다.

나공원은 손에 들고 있던 여의주로 크고 흰 사슴을 만들어 난여를 끌게 하고 월궁 구경을 떠나려 했다.

그때 고력사는 어명을 받고 밖에 나가 있었고, 황제의 총애를 받던 태감(太監) 가운데 보무림(輔繆琳)이란 환관이 있었다. 이 정경을 보고 그가 머리를 조아리며 아뢰었다.

"전에 장과와 섭법선 두 분 선인이 어가를 모시고 유람할 때에는 내시들을 거느리고 동행했습니다. 지금 저희들도 어가를 따라야 할 것 같습니다."

그러자 나공원이 말했다.

"월궁은 다른 곳과 다른데, 당신들이 어디라고 구경하려 하오. 나 혼자서 어가를 모셔도 되오!"

말을 마치고 "끌어라!" 하고 외치자, 흰 사슴이 황제의 난여를 이끌고 하늘로 솟구치더니 하늘 높이 올랐다. 나공원은 하늘길을 걸으며 바싹 뒤따랐다. 그리고 현종 보고 달만 바라보고 절대 뒤를 돌아보거나 다른 곳을 봐서는 안 된다고 당부했다.

순식간에 월궁에 이르자, 나공원이 난여를 멈춰세웠다. 현종이 똑바로 바라보니 달 속에 궁전이 겹겹으로 솟아있는데, 모든 대문은 활짝 열려져 있었다. 안에는 기이한 갖가지 화초가 보였는데, 옛날에 꿈속에서 보던 바와는 달리 눈이 부셨다.

현종이 물었다.

"들어갈 수 있겠는가?"

"폐하께서는 황제의 고귀한 몸이나 세속 사람이라 무턱대고 들어갈 수 없습니다. 밖에서 바라보는 수밖에 없습니다."

이윽고 기이한 향내가 진하게 퍼지더니 어디선가 우렁차고 맑은 풍악소리가 울렸다. 귀를 기울여 다름 아닌 예상우의곡이었다.

현종이 듣고 낮은 소리로 물었다.

"인간 세상에서는 미모의 여자를 꼭 월궁의 항아(嫦娥)한테 비교하오. 지금 항아가 가까운 곳에〔咫尺(지척)〕 있으니, 짐이 그 아리따운 모습을 한번 볼 수 없겠는가?"

나공원이 말했다.

"옛날에 목천자(穆天子)[55]와 서왕모가(西王母)[56] 만난 것은 일찍

---

55 周 목왕(穆王, 繆王, 姬姓, 周氏, 名은 滿, 周 昭王의 子, 5代 天子. 재위 약

선계(仙界)의 인연이 있었기 때문입니다. 폐하께서 그런 인연이

55年, 前 976−922년) − 8마리의 준마가 끄는 수레를 타고 서쪽을 원정했다. 《목천자전(穆天子傳)》−《주목왕유행기(周穆王游行記)》− 전국시대에 쓰여진 책으로 알려져 있다. 그 내용은 주 목왕이 서쪽 지역을 여행하면서 서왕모(西王母)와 만난 일을 중심으로 서방 여러 부족과의 왕래 사실과 산천 및 진기한 새나 짐승과 꽃이나 나무 등에 관한 사실도 기록하였다. 대략 기원전 1100년경에 건국된 주(周)의 5대 왕인 목왕이 서왕모란 부족장을 실제로 만났는가는 확실치 않지만, 목왕이 서쪽 지역을 원정한 일이 있기에 서왕모와 상견했다는 전설이 만들어졌을 것이다. 물론 「목천자전」의 서왕모는 반인반수의 괴신이 아니고 점잖고 품위 있는 통치자였다. 주 목왕이 흰 옥과 검은 옥을 예물로 주자, 서왕모는 재배하고 그것을 받았다. 목왕은 서왕모의 요지(瑤池)를 빌려 연회를 베풀었고 서왕모도 흥겨워하며 목왕을 위해 노래를 불렀다. 《목천자전》은 비록 전국시대에 쓰여졌다지만 오랜 세월동안 망실되었다가 서진(西晋) 초기 무제(武帝) 때(281)에 지금의 하남성 급현인 급군(汲郡)에서 급총서(汲塚書, 戰國時代 魏 襄王 墓를 도굴하여 얻은 수십 수레의 竹簡書)의 일부로 출토되어 비로소 세상에 알려진 책이라고 한다. 이렇듯 「목천자전」이 도교의 신선설에 이용되면서 육조(六朝)시대에는 《한무고사(漢武故事)》, 《한무제내전(漢武帝內傳)》, 《한무동명기(漢武洞冥記)》 등 지괴소설(志怪小說)이 유행하였다. 이에 따라 서왕모 설화는 이제 선화(仙話)로 개작되었고 서왕모의 모습도 수복(壽福)을 내려주는 신의 모습으로 탈바꿈하였다.

56 서왕모(西王母)는 지금의 甘肅성이나 청해성(青海성) 일대에 거주하는 부족의 지도자로 중원(中原)의 주(周)와 왕래가 있었다. 전국시대 작자 미상의 《목천자전(穆天子傳)》에 의하면, 주 목왕이 서쪽을 순수할 때, 서왕모를 만나 즐겼다고 하였다. 이런 서왕모와 관

없지만, 지금 이곳에 이르러 궁전을 바라볼 수 있는 것만 해도 큰 은덕일 것입니다. 그런데 어찌 경망하게 항아를 꼭 만나고 싶다는 음탕한 생각을 하십니까?"

나공원의 말이 끝나자마자 갑자기 월궁 문이 닫히고 광채가 사

련한 역사 전설은 점차 신화로 바뀌면서 서왕모는 인간에서 점차 신으로 변해갔다. 후한 말기, 도교가 성립되면서 도교측에서 주나라 목왕이 만났다는 서왕모를 신선과 비슷한 인물로 각색하면서 도교의 울타리 안으로 끌어와 신으로 만들었다. 漢 초기에 서왕모는 불사약을 가지고 있다는 전설이 퍼졌었다. 활 잘 쏘는 예(羿)가 서왕모로부터 불사약을 얻었는데, 그의 아내 항아(姮娥, 嫦娥)가 그것을 훔쳐먹고 신선이 되어 달로 도망가 월정(月精)이 되었다는 것이다. 이런 전설에 의한다면, 서왕모는 전한대에 이미 신선으로 널리 인정받고 있었다고 볼 수 있다. 이후 서왕모는 복과 수명과 아들을 주고 위험을 멀리하고 재앙을 없애주는 여선(女仙)으로 변모하였다. 그러다 보니 서왕모는 불사약과 함께 반도(蟠桃) 또는 왕모도(王母桃)라 하는 신선의 복숭아(仙桃)를 갖게 되었다.

이후 도교에서 서왕모를 받들게 되자, 자연 그녀의 출생 신분을 높여야만 했다. 이에 서왕모는 도교의 제일신인 원시천존의 딸이라는 신화가 창작되었다. 도교에서는 女仙의 최고로는 서왕모를, 男仙의 우두머리로 옥황대제(玉皇大帝, 東王公)라고도 부르는데, 두 존신이 음양의 부모요, 천지의 근본으로서 온갖 신령을 화생(化生)케 하며 만물을 양육한다고 생각하였다. 따라서 신선이 되어 처음 등천하면 먼저 서왕모를 뵙고 나서 동왕공을 알현하고 그런 뒤에 삼청(三淸)에 나아가 태상(太上)에게 인사를 올린다고 하였다. 그리고 서왕모는 곤륜산 부근에 거처하는데, 그 지역이 천리이며 옥루 12채가 있다고 하였다. 또 삼계십방(三界十方)에서 득도하여 등선한 여선은 모두 서왕모의 휘하에 있다고 보았다.

라지며 찬바람이 휘몰아쳤다. 나공원이 재빨리 흰 사슴을 불러 끌게 하고 깃털 부채로 바람을 막으면서 귀로에 올랐다. 이윽고 땅에 닿는 소리가 가볍게 들리면서 나공원이 말했다.

"폐하께서 자칫 상아의 노염을 살 뻔했습니다. 무사히 돌아왔으니 기쁩니다."

현종이 난여에서 내려보니 타고 갔던 수레는 계수나무 가지로 변해 있었고 흰 사슴은 보이지 않았다. 나공원의 손에 여의보주가 그대로 들려있을 뿐이었다.

현종은 놀랍고도 기뻤다. 나공원은 인사하고 집으로 돌아갔다.

현종은 홀로 넋을 잃고 생각하다 탄식하였다. 내시 보무림이 자기를 데리고 가지 않은 나공원을 괘씸하게 생각해 헐뜯었다.

"이건 요술로 사람을 유혹하는 것인데, 뭐 기이할 게 있습니까? 폐하께서는 경솔히 믿지 마십시오."

"요술(妖術)일지라도, 짐도 신선의 술법 한두 가지라도 배운다면 즐길 수 있지."

그러자 보무림은 현종의 비위를 맞추려고 말했다.

"요술 가운데서도 은신술(隱身術)만은 배울 필요가 있습니다. 폐하께서 은신술에 통한다면 내외 사람들의 은밀한 생활을 가만히 관찰하실 수 있습니다."

현종도 좋아했다.

현종은 다음 날 나공원을 불렀다.

은신술을 배우고 싶다는 뜻을 말하자, 나공원이 말했다.

"은신술은 신선들이 세속 인정에 얽매지 않으려 할 때나, 우연히 닥치는 위험에서 탈출하여 자신을 보호하자고 쓰는 술법입니다. 폐하는 천하의 주인으로서 양(陽)으로 다스려야 합니다. 《역경(易經)》에 이런 말이 있습니다. 「성인의 행동거지는 만민이 보고 있다(聖人作而萬物覩).」[57] 그러니 은신술을 배워 어디에 쓰겠습니까?"

"짐도 은신술을 배워 나를 지키자는 뜻이요."

"폐하께서는 황제의 자리에 있으며 만인이 받들고 있습니다. 태평성세이니 어가가 이르는 곳마다 안전하게 보호를 받고 있으니 근심할 일이 없습니다. 그러니 하필 은신술로 자신을 보호할 까닭이 없습니다. 폐하께서 은신술을 배워 어쩌다 궁중에서 한번 시험해 본다 하여도, 그것은 안될 일입니다. 만일 이런 일이 자주 반복되면 옥새를 차고 남의 집에 들어가기 마련인데, 절대로 있을 수 없는 일입니다. 만일 방술가가 폐하의 정체를 알아본다면, 그럴 경우는 마치 옛날 어떤 백룡(白龍)이 남몰래 다녀보자고 물고기로 변신했다가 어부에 잡혀 곤경을 당한 일과 마찬가지입니다."

"짐이 은신술을 배워낸다면 궁중에서 유희 삼아 즐길 뿐, 절대

---

57 《周易 文言傳》 乾卦 九五 爻(효)의 구절.

경솔하게 밖에 나가 적용하지 않을 것이요. 가르쳐준다면 다행으로 알겠으니, 선생은 절대 거절하지 마시오."

나공원은 현종의 거듭되는 간곡한 요청을 물리칠 수 없어 부적(符籍)과 주문(呪文) 등 비결을 하나하나 가르치고 그것을 익히는 방법까지 전수했다. 현종은 더없이 기뻐하며 궁중에서 가르쳐준 대로 연습도 했다. 익숙해졌다고 여겨 시험해 보니 처음에는 몸을 절반 밖에 감출 수 없었다. 온몸을 감추었다 하더라도 완전히 그 흔적을 감추는 정도까지는 이르지 못했다. 가끔은 신발 한 짝이 보이거나, 머리에 쓴 관이 보이거나, 옷자락이 보여 궁녀들의 눈에 띄었다. 현종은 다시 나공원을 불러들여 자기 앞에서 은신술을 해보이라고 했다.

나공원이 손을 들어 공중에 부적을 쓰고 주문을 외우자 금방 형체가 사라졌다. 좀 지나서 보니 그는 궁문 밖에서 걸어 들어왔다. 현종은 나공원처럼 공중에 부적을 쓰고 주문과 구결(口訣)을 외웠으나 몸은 감출 수 있어도 의관은 감출 수 없었다.

내시들도 보고 모두 조금씩 웃었다.

현종이 물었다.

"같은 부적을 쓰고 같은 주문을 외웠는데, 짐은 왜 안 되는가?"

나공원이 말했다.

"폐하는 속세의 몸으로 갑자기 신선 도술을 배우려 하니, 어찌 잘될 수 있겠습니까?"

현종이 은신술을 시험했지만 잘 되지 않아 좌우 내시들의 웃음을 받게 되자 굉장히 부끄러운 생각이 들었다. 거기에 나공원이 여러 사람 앞에서 황제를 세속의 몸이니 뭐니 말하자, 매우 불쾌하였다.

"신선도 결국은 세속인이 아닌가. 세속의 몸이라고 왜 신선의 도술을 배워내지 못하겠는가? 틀림없이 도술을 전수하는 사람이 그 비결을 모두 전수해 주지 않는 거야!"

말을 마친 현종은 불쾌한 기분으로 처소로 돌아가며 나공원에게 물러가라고 했다. 이로부터 현종은 마음속으로 서운한 마음을 갖게 되었다.

때마침 이림보의 부인이 중병에 걸려 목숨이 위급하였다. 이림보는 나공원이 늘 부적을 써주거나 약을 써서 위급한 병자를 고쳐준다는 말을 듣고 몸소 찾아가 병을 치료해 달라고 청했다.

나공원이 말했다.

"부인의 운수가 다했으므로 치료할 수 없습니다. 하물며 부인께서는 남편 앞에서 탈 없이 임종을 맞게 되었으니 다행입니다. 살아서 영화를 누렸고 죽어서 애도를 받게 되니, 그 복이 상공(相公)보다 열 배나 더 많다고 생각합니다. 무엇을 더 바라겠습니까?"

이림보는 나공원이 괘씸하다 생각하며 원한을 품었다. 그날 밤에 과연 이림보의 아내가 운명(殞命)했다.

며칠이 지나 진국부인도 별안간 중병에 걸렸다.

양국충이 양귀비의 명을 받고 나공원을 찾아와 진국부인을 치료해달라고 요청하자, 나공원이 말했다.

“신선이 치료해주는 사람은 연분이 있거나 수양에 힘쓰는 사람입니다. 부인은 전생에 선계(仙界)와 인연도 없거니와 이승에서 미덕(美德)도 없으면서 과분한 복을 누렸습니다. 그 점을 모르기에 수양에 힘써 깨달으려 하지도 않았습니다. 악습을 뉘우치고 참회하며 고치려는 뜻도 없었습니다. 지금 자기 집에서 운명하게 된 것도 여러 자매들과 비교해 보면 다행입니다. 그러니 어찌 방술(方術)로 무슨 치료를 할 수 있겠습니까? 이레가 지나면 귀적(鬼籍)에 오르게 됩니다!”

이에 양국충은 분개하며 말했다.

“살릴 수 없다면 그만이지 망령되게 웬 훼방인가?”

양국충이 돌아가 양귀비한테 말했더니, 양비가 대노하며 흐느끼면서 현종에게 상주했다.

“나공원이 황친을 헐뜯고 저주하였습니다. 폐하께 불경해도 보통 불경이 아닙니다.”

이림보도 기회를 노려 나공원이 요망한 술법으로 사람들을 미혹시킨다고 아뢰었다.

현종은 이미 나공원에 대해 불쾌히 생각하고 있는 데다 안팎에서 헐뜯는 말을 듣자 크게 노했다. 그래서 즉각 나공원을 네거리에 데려다 참수하라는 어명을 내렸다.

나공원은 자기 집에서 이 말을 듣고 크게 웃었다. 나공원은 포박당하지 않고 곧장 서쪽 네거리로 달려가 목을 내밀고 사형을 받았다.

처형하는 형리의 큰 칼이 나공원의 목을 잘랐으나, 나공원은 피 한 방울도 흘리지 않았다. 다만 머리끝에서 푸른 기운이 하늘높이 솟구치는 것이 보였다.

서역 계빈국[58]의 국왕처럼, (如罽賓國王)
스승인 화상을 참수했다. (斬師子和尙)
그 역시 선지식이었으니, (是亦善知識)
피살이 곧 공양이 되었다. (以殺爲供養)

현종은 일시적 분노를 참지 못하고 나공원을 처형하라 했지만, 곧 생각해 보니 도술이 있는 사람을 경솔하게 죽여서는 안 되겠다고 느껴, 내시를 불러 처형하지 말라는 특명을 전하게 했다. 그

58 계빈국(罽賓國, 罽는 고기 그물 계, 융단. 罽賓, 劫賓, 羯賓) ― 古代 西域國名(고대 서역국명), 힌두쿠스(興都庫什) 산맥 남쪽, 지금의 아프카니스탄(阿富汗) 동북쪽 카스미르(喀什米爾) 일대에 있던 나라. 班固의 《漢書 西域傳》에 기록이 있다.
선지식(善知識)은 善友(선우), 良朋(양붕), 良師(양사)의 의미. 중생을 악에서 인도하여 불법으로 안내할 수 있는 사람. 부처나 보살(菩薩), 고승대덕(高僧大德)을 지칭.
공양(供養, 法供, 供奉, 供養法會)은 佛法僧 三寶를 받드는 일. 행위.

러나 명령이 전달되기 전에 이미 처형이 끝났다.

현종은 후회막급이라 그 시신을 향나무 관으로 잘 매장하라고 명했다. 7일 만에 진국부인도 병사했다. 현종이 부음을 듣고 한탄을 금치 못하며 부의를 상당히 많이 내려보냈다.

세 자매가 마치 솥의 세 발 같더니, (三姨如鼎足)
진국부인 수명은 어찌 이리 짧은가? (秦國命何促)
죽음이 생존보다 더 나을 것이니, (死或賢於生)
천수를 누린 죽음이 오히려 복이다. (壽終還是福)

현종은 진국부인이 죽자, 나공원의 말이 틀리지 않았다는 것을 더 믿었다. 현종은 장과와 섭법선이 그리웠으나 지금 어디 있는지도 알 수 없었다.

그리하여 환관 보무림에게 명령하여 왕옥산(王屋山)에 가서 장과를 데려오라고 명했다. 그러면서 장과가 오지 않는다면 섭법선을 찾아 데려오라 하면서 두 사람 가운데 꼭 한 사람은 모셔와야 한다고 명했다.

보무림은 어명을 받고서 하인을 거느리고 길을 떠났다.

며칠을 여행했는데, 가는 도중에 "장과 선생이 양주에서 돌아가셨다."는 소문을 들었다.

보무림이 한창 의아해하는데 양주에서 올려보내는 소식을 들었다. 곧 장과가 금년 모월 모일에 경화관(瓊花觀)에서 단정히 앉아 죽었다는 상주문이었다. 거기에는 장과의 시신을 염습(斂襲)하기도 전에 썩어 형체가 사라졌다는 것이다.[59]

보무림이 이 소식을 듣고 왕옥산으로 가서 섭법선의 거처를 찾아 길을 나섰다. 보무림은 찾아가면서 섭법선을 묻고 물었다. 마침 촉(蜀)의 성도부(成都府)에서 본 적이 있다는 사람이 있어서 보무림은 하인들과 함께 촉으로 찾아갔다.

촉 땅에 들어서니 산길이 몹시 험해 걷기가 여간 나쁘지 않았다. 갑자기 산꼭대기에서 한 젊은이가 산길을 따라 내려오며 큰 소리로 노래를 불렀다.

산길이 기구하니 어떻게 가야 하나,	(山路崎嶇那可行)
신선이 온다 해도 영접도 힘들구나.	(仙人往矣縱難迎)
사자(死者)가 벌써 왜 죽은지 알아야지,	(須知死者何曾死)
생자(生者)는 오래 못 산다고 걱정하네.	(只愁生者難長生)

59 도사들의 죽음을 보통 시해(尸解)라고 한다. 마치 매미가 껍질을 벗듯, 육신을 벗어놓았다는 의미이다. 다른 말로는 해화(解化), 시화(示化), 시졸(示卒)이라고도 한다. 《운급칠첨(雲笈七簽)》이란 책에 의하면, 시해의 종류는 매우 다양하다. 몸이 칼로 변하는 검해(劍解), 지팡이로 변하면 장해(杖解) 외에 불로 변하는 화해(火解), 물로 변화하여 모습을 감추는 수해(水解) 등 다양한 예가 있다. 그러나 같은 시해라도 한밤중의 시해보다 한낮에 승천하는 백일시해(白日尸解)를 상대적으로 높게 평가한다.

노래하며 내려오던 사람이 보무림의 말 앞에 왔다. 보무림은 자세히 살펴보고 깜짝 놀랐다. 그는 다른 사람이 아니라 바로 나공원이었다.

보무림이 즉각 말에서 내려 읍하면서 물었다.

"선생께서는 그간 무고하셨습니까?"

나공원이 웃으며 말했다.

"천자께서 신선을 떠받든다고 해놓고, 왜 나를 그렇게 희롱하였답니까? 지금 장과 선생은 살해될까 두려워 죽음을 가장했소. 섭존사도 죽일까봐 멀리 해외로 유람을 떠났소. 어디에 가도 찾을 수 없으니, 어서 장안으로 돌아가는 게 좋을 거요."

보무림이 말했다.

"폐하께서는 이전의 잘못을 회개하셨습니다. 선생께서 함께 입경하여 알현하기를 바랍니다. 그래야 폐하의 마음을 위로해 드릴 수 있습니다."

"내가 장안에 가기보다 폐하가 오는 것이 어떻소? 보무림은 더 말하지 마오. 내가 서신과 증거물을 폐하께 보내겠소. 그리고 나 대신 안부나 전해주오. 나공원은 사거리서 목이 잘렸지만, 지금 이렇게 잘 지내고 있다고 말해주시오!"

그리고는 미리 서신을 준비했는지 소매 안에서 서신을 꺼냈다. 안에는 무슨 물건이 들어있었고, 겉봉은 단단히 봉해져 있었다. 나공원은 서신을 보무림에게 넘겨주었다.

보무림이 말했다.

"천자께서 말씀하셨습니다. 선생께 물어볼 말씀이 있다고 모시라며 초청했습니다."

"나는 할 말이 없소. 다만 궁중의 여인들과 변계(邊界)의 여인을 멀리 하시라고 전해주시오. 그러면 천하가 태평합니다."

보무림이 조용히 조정 여러 대신들의 길흉이 어떠한 가를 물었다.

나공원이 대답했다.

"이림보 재상은 온갖 못된 짓을 다했으므로 죽을 때가 박두했소. 또 죽은 후에도 화를 입을 것이오. 양국충은 아직 몇 년간 분수에 넘치는 복을 누리겠으나 뒷일은 그 본인도 뻔히 알고 있을 것이요."

보무림이 자신의 장래 길흉을 물으니, 나공원이 말했다.

"무릇 사람이 탐욕하지 않으면 재앙을 당하지 않습니다."

나공원은 말을 마치자 손을 들어 인사하더니 공중으로 사라졌다.

보무림과 그의 하인들은 정말 이상하다고 감탄하지 않는 사람이 없었다.

'섭법선을 찾기 어려우니 장안으로 돌아가 상주하고 어명을 기다리는 것이 낫지.'

보무림은 이렇게 생각하며 장안으로 돌아갔다. 궁궐에 들어가 나공원을 만났던 일을 현종에게 상세히 말하고 나공원의 편지를

나공원이 당귀를 보내다

올렸다. 현종이 아주 이상하게 여겨 겉봉을 뜯고 속지를 꺼내어보니, 무슨 사연이 적혀있는 것이 아니었다. 글자 몇 자에, 그 밑에 작은 글씨로 한 마디를 추가했다.

「평안할 때, 위기를 잊지 마시오!(安莫忘危!) 촉(蜀)의 당귀(當歸)를 삼가 보냅니다.」

현종은 서신과 약재를 보고 생각에 잠겨 말이 없었다. 보무림은 이어 '궁중의 여자와 변방의 여자' 라는 말을 아뢰었다.

현종은 속으로 생각했다.

'그는 늘 날 보고 마음을 맑게 가지고 욕정을 절제하면 장수할 수 있다고 했지. 지금 또 여자를 멀리하고 위기를 잊지 말라는 말은 그런 뜻일 거야. 그 촉 당귀는 장수를 위한 약재인지도 몰라. 하지만 나공원이 피살된 것은 틀림없지 않은가? 죽은 그가 어떻게 거기에 있단 말인가?'

그는 내시를 시켜 속히 죽은 나공원의 관을 꺼내 열어보라고 명령했다. 그러나 그의 관 속에는 아무것도 없었다.

현종이 한숨을 쉬며 말했다.

"신선의 기이한 변화가 이러하니, 짐은 헛되이 남의 웃음거리가 되었구나!"

나공원이 말한 궁중 여자란 틀림없이 양귀비를 지적한 것이다. 그러나 변방의 여인은 갓머리(宀)에 계집 여(女)의 성씨, 곧 안록산을 가리킨 말이었다. 촉(蜀)의 당귀(當歸)는 꼭 촉(蜀) 땅으로 돌아온다, 피난 간다는 뜻이었다. 평안(平安)할 때 위기를 잊지 말라는 말로 안록산의 성을 똑똑히 말해주었지만 현종은 전혀 알아차리지 못했다.

이때 안록산은 범양과 평로, 그리고 하동 등 3개 군진의 절도사를 겸하고 있었다. 그는 거기에 웅거하며 대군을 오랫동안 거느리다 보니 지방의 대군벌(大軍閥)이 되었다. 또 조정에 끄나풀이 있었기에 세력을 믿고 교만해져 그 횡포를 이루 다 말할 수가 없었다.

그러나 속으로는 늘 그때 태자에게 인사를 올리지 않은 것을 생각하고는 앞으로 태자가 꼭 보복할 것이라고 걱정했다.

이런 불안 속에서 안록산은 늘 딴 생각을 했다. 안록산이 평소에 두려워하고 꺼린 사람은 이림보였다. 그는 언제나 이림보를 그의 형제 항렬에 따라 '열째〔十郞(십랑)〕' 라고 불렀다. 장안에서 내려온 사자를 만나면 꼭 '열째한테서 무슨 말을 들었느냐?' 고 물었다. 사자가 자기를 칭찬하는 말을 했다고 말하면 몹시 즐거워했고, 이승상이 '안절도사는 각별히 주의해야 한다.' 는 말을 하더라고 말하면, 오만상을 찡그리고 한숨을 쉬면서 안절부절 못했다. 이림보는 때때로 서신을 안록산에게 보내왔다.

서신에서 안록산의 마음을 추측하거나 그의 생각을 밝히기도 했다. 또한 안록산을 절도사로 보낸 것도 사전에 계획했던 것이라고 말해서 안록산이 제멋대로 힘을 행사하지 못하도록 단속하였다. 하지만 이림보는 아내가 죽은 후부터 이림보도 시름시름 앓기 시작했다. 때마침 보무림이 입경하였을 때는 침상에서 몸도 가누지 못했다.

이림보는 병상에서 나공원이 죽지 않았다는 말을 듣고는 정말 크게 놀라며 마음속으로 생각했다.

'내가 일찍이 그를 탄핵했었지. 그런데 알고보니 그 사람은 틀림없는 신선이었구나. 죽어도 죽지 않는 사람이니, 지금 찾아와 복수한다면 보통 사람들로는 막을 수 없을 거야! 그러니 어떻게 방비해야 하나?'

그후부터 날마다 밤만 되면 공포에 떨다 보니 병이 더 위중해져서 며칠 뒤, 죽고 말았다.[60]

---

60 李林甫의 죽음 – 천보 11년(752), 이림보는 황제 측근에게도 아첨을 잘해서 황제의 뜻에 잘 영합하여 총애를 독차지하면서 언로를 막았고 황제의 귀와 눈을 가렸다. 일찍이 어사들에게 "의장(儀仗)

천자의 전각을 떠나간 간악한 재상은, (天子殿前去奸相)
염라왕 누각에 나라의 원흉이 되었다. (閻王臺下到凶國)

이림보는 재상의 자리에 올라 황제에게 아부하며 비위를 맞추어 총애를 받았다. 사람들이 황제에게 접근하거나 말할 수 있는 기회를 막아버리고 소식을 단절하는 등 교활하고 간악하게 황제를 고립시켰다.

현명하거나 재능있는 사람들을 투기하고 자기보다 월등한 사람을 배척하여 자신의 지위를 공고히 했다. 그리고 여러 번 옥사를 크게 일으켜 현명한 신하들을 죽이거나 쫓아버려 자신의 권위를 세우고 권력을 강화하였다. 태자를 포함한 많은 사람들이 그에게 잘못 보일까 봐 두려워할 정도였다. 또 19년간 재상으로 있으면서 천하에 난리가 일어나도록 만들었다.

용으로 서있는 말(馬)을 보지 못했는가? 한번 울었다면(쓸데없는 소리) 바로 끌어내버린다."라고 말했다. 현명하고 유능한 사람을 질투했고 자신보다 나은 사람을 배척하거나 억제하였고, 성질이 음험하여 사람들은 입에 말은 달콤하게 하지만 뱃속에는 칼이 있다(口蜜腹劍)고 하였다.
매일 밤에 언월당(偃月堂, 서재 이름)에 홀로 앉아 깊은 생각을 하면 그 다음날 틀림없이 사람들을 죽였고 여러 번 큰 옥사를 일으켰기에 태자로부터 그 아래 모두가 이림보를 두려워하였다. 재상의 자리에 19년을 있으면서 천하대란의 싹을 키우고 있었으나 현종은 깨닫지 못했다. 또한 안록산도 이림보의 술수를 두려워하여 이림보가 죽을 때까지 감히 대들지를 못했다.

현종은 끝내 이림보의 간악한 면목을 알아보지 못한지라, 그가 죽었다는 말을 듣고 몹시 애통해하였다. 태자는 동궁에서 이림보가 죽었다는 말을 듣고 탄식했다.

"내가 이제야 발을 뻗고 잠을 자게 되었구나!"

양국충은 본시 이림보를 뼈에 사무치도록 미워했다. 하지만 황제의 총애를 독차지하고 있어 그와 권력을 다투기 어려웠다. 그래서 오랜 세월 동안 쌓이고 쌓인 원한을 그가 죽은 이 기회에 풀어 분풀이를 하려 했다.

양국충은 현종에게 이림보는 생전에 집안에 많은 군사를 양병(養兵)하면서 반역 음모를 시도했다고 탄핵하는 상주를 올렸다. 또 음흉한 심보로 태자를 여러 번 모해하고 나라의 근본을 뒤흔들고자 꾀했다고 아뢰었다.

나아가 양국충은 조신들을 인도하여 연달아 이림보를 탄핵하는 한편, 죄상을 열거한 글을 올리게 했다. 양귀비는 그가 안록산을 협박한 것을 괘씸하게 여겨 현종 앞에서 이림보의 간악한 소행을 많이 역설했다.

현종은 그제서야 깨닫고 그의 죄상을 밝힌 조서를 내려 전국에 알렸다. 또 벼슬을 박탈하고 무덤을 파고 시신을 꺼내 형벌을 가했으며, 모든 재산을 몰수했다. 그의 아들 이수에 대해서는 시랑 벼슬을 삭탈하고 영원히 다시 등용하지 못하도록 했다. 과연 나공원이 예언한 대로 죽은 후에도 화를 입는다는 말이 맞아 떨어졌다.

살아서 권력과 간악으로 재앙을 일으켰는데, (生作權奸種禍殃)
죽어서 꺾이고 비난받을 줄 어찌 알았겠나? (那知死後受摧戕)
나라의 공론을 장악했기 때문이 아니라, (非因爲國持公論)
사익을 위하여 정도를 가로막았기 때문이다. (各快私心借憲章)

이림보가 죽은 뒤에 양국충은 좌, 우 재상을 겸했다. 조정 대권을 독차지하고 세도를 부리고 향락을 누리게 되자, 내외의 문무백관들이 두려워하지 않는 사람이 없었다. 다만 안록산만은 양국충 아래에 머물려고 하지 않았다.

안록산은 이림보의 교활함 머리가 자신보다 훨씬 뛰어났기에 꺼리고 무서워하였지만, 양국충과는 평소에 서로 희롱하면서 그를 깔보았다. 양국충이 지금 권력을 독차지하고 있었지만 안록산은 자신의 마음에 들지 않았다. 사방의 절도사들이 모두 사람을 파견해 예물을 보내 축하했지만 유독 안록산만은 그렇게 하지 않았다.

양국충이 대노하며 현종에게 은밀히 상주했다.

"안록산은 본시 오랑캐 출신입니다. 지금 삼진(三鎭)에 웅거하는 자체가 본래 잘못된 조치였으니, 이제는 그의 반역을 염두에 두고 미리 방비해야 합니다."

그러나 현종이 새겨 듣지 않자, 양국충은 농우(隴右) 절도사인 가서한(哥舒翰)과 결탁하여 함께 안록산을 따돌리려 일을 꾸몄다. 당시 농우절도사 관할 지역은 천하에서 가장 부유한 곳이었다. 장안성 정북 대문인 안원문(安遠門) 서쪽이 몽땅 당나라 강토로서 1만 2천여 리나 되었다. 마을과 마을이 서로 바라보였고 뽕나무와 삼밭(桑田)이 모든 들에 무성했다. 양국충은 현종에게 이것은 모두 절도사 가서한이 잘 다스린 공로라고 말하면서 그의 벼슬을 높여줘야 한다고 말했다.

이리하여 가서한은 하서절도사(河西節度使)를 겸한다는 조서를 내려 농우와 하서 두 군진을 통제하게 했다. 안록산은 이런 소식을 듣고, 이는 틀림없이 양국충이 자기 세력을 넓히기 위한 수작이라고 생각하며 크게 화를 내었다.

그래서 안록산은 술에 취하기만 하면 늘 사람들 앞에서 양국충에게 대한 욕설을 퍼부었다. 양국충의 귀에도 그런 소문이 들어가지 않을 리 없었다.

양국충은 화를 내면서 또 현종에게 은밀히 아뢰었다.

"안록산은 예전부터 이림보와 단짝이 되어 악랄한 책동을 벌렸습니다. 지금 이림보가 죽고 이림보의 죄가 만천하에 계속 드러나자, 안록산은 불안하여 안절부절 못하고 있으니 틀림없이 다른 음모를 획책할 것입니다. 폐하께서 믿지 않으시면 사람을 파견하여 입조하라고 불러보십시오. 안록산은 절대로 소환에 응하지 않을 터이니, 그의 속셈을 알 수 있습니다."

현종이 침소에서 깊이 생각하였지만 결정을 내리지 못했다.

양귀비가 물었다.

"무슨 일로 폐하께서 속을 썩이고 계십니까?"

"재상이 안록산이 반역할 것이라고 여러 번 상주하였소. 짐은 그리 믿지는 않소. 그러나 재상의 말에 의하면 지금 짐이 사자를 보내 입조하라고 그를 소환하라고 하였소. 안록산이 들어오지 않는다면 그의 속셈을 알 수 있으니 마땅히 문죄해야 한다는 주장이요."

그리고도 현종이 더 말했다.

"안록산은 짐의 은덕을 많이 입은 지라, 짐을 저버리지 않으리라는 생각이 들기에 아직 결정을 짓지 못했소."

그러자 양귀비가 놀라 말했다.

"재상이 왜 갑자기 안록산이 꼭 반란할 것이라고 생각하겠습니까? 재상이 그만큼 의심하고 있다면 측근을 보내 안록산을 소환하여도 무방할 것입니다. 안록산이 입조한다면 재상의 의심에서 벗어날 수 있고, 재상도 의심이나 오해를 풀 수 있을 것입니다."

현종은 귀비의 권유에 따라 안록산에게 입조하라는 칙령을 내려 환관 보무림에게 주고 범양에 가서 안록산에게 전달하게 했다. 보무림이 칙명을 받아 가지고 떠나려 할 때 양귀비가 그에게 남몰래 황금과 비단을 하사하고 서신 한 통을 안록산에게 은밀히 전해주라고 했다. 또 어명이 전달되면 "모든 일은 내가 여기서 주선할 테니 일체 우려하지 말고 망설일 것 없이 와서 황제의 의심을 풀어드려야 한다."고 알려주라고 말했다.

보무림은 밤낮을 가리지 않고 범양으로 달려갔다. 안록산이 칙명을 받들려 땅에 엎드리자, 보무림이 즉시 선유(宣諭)를 읽었다.

「황제가 동평군왕인 범양, 평로, 하동절도사 안록산에게 명한다. 경은 이전에 짐의 측근으로 봉사하였다. 짐은 한 집안 식구처럼 대하고 이야기를 나누며 즐겼다. 그러나 경이 멀리 변방절도사로 부임하며 잠시 헤어지게 되었다. 짐이 경을 몹시 그리고 있으니, 경도 필시 짐을 그리워하고 있으리라. 경이 그리워한다면 짐이 부르는 이상 무슨 연고로 입조하지 않을 수 있겠는가? 칙령을 받는 즉시로 잠시 입궐했다가 곧 돌아가면 되느니라. 짐이 면대하여 변방 일을 물을 것이 있으니, 칙명을 받는 즉시 지체 말고 입궐토록 하라.」

안록산은 칙명을 받고 연회를 베풀어 현종이 파견한 사자를 환대하며 물었다.

"무슨 뜻에서 폐하께서 나를 입조하라 하시는가?"

"몹시 그리워하시기 때문입니다!"

안록산이 한참 생각하다 물었다.

"양재상한테서는 무슨 말이 없었소?"

"폐하의 생각으로 부른 것이지, 재상의 뜻과는 무관합니다."

그러자 안록산이 웃으며 말했다.

"폐하의 뜻이자, 바로 재상의 뜻이오."

보무림은 좌우 사람들을 물리치고 양귀비가 손수 쓴 편지를 가만히 전해주고 귀비가 한 말을 전달했다. 안록산은 비로소 기뻐하며 그날로 길을 떠나 밤낮을 달려 입궐해서 현종을 배알했다. 그러자 현종이 여간 기뻐하지 않았다.

"사람들이 말하기를, 경이 꼭 올 것이라 장담할 수 없다고 하였소. 그러나 짐만은 꼭 올 것이라고 믿었는데 정말 틀림이 없군!"

현종과 안록산은 집식구들처럼 인사를 나누었다.

현종이 연회를 베풀었더니 안록산이 흐느끼며 말했다.

"저는 본시 이민족 출신입니다. 폐하의 총애와 발탁해 주신 은혜는 다 갚을 수가 없습니다. 어쩔 수 없이 양재상의 미움을 받게 된 신은 죽을 날이 멀지 않은 것 같습니다."

현종은 안록산을 다독거려주었다.

"짐이 장군을 믿으니 아무 걱정 말라."

현종은 안록산을 내전에서 숙식케 했다. 다음 날 양귀비한테 인사를 올렸고 연회를 베풀고 서로 간의 그립던 깊은 정을 새롭게 나누었다.

안록산이 말했다.

"이 아들이 그리워하지 않은 게 아니라 형세가 오래 머무를 수 없게 하니 내일 꼭 떠나야 합니다."

"저도 더 붙들어 두지 않을테니, 내일 폐하께 인사한 뒤에 지체말고 떠나시오.”

안록산은 동의했다. 이튿날 안록산은 현종에게 변방의 중임 때문에 돌아가겠다고 아뢰었다. 현종은 허락하고 몸소 곤포를 벗어 하사하니, 안록산은 흐느껴 울며 받고 그날로 사은하고 본거지로 출발했다.

길을 떠나 양국충의 부중을 지나며 한번 눈여겨보고는 즉시 출경했다. 밤낮을 가리지 않고 달려 며칠이 안 되어 범양에 당도했다.

안록산은 양국충이 자신의 귀대를 막을까 염려하여 서둘러 돌아왔다.

그 이후로 현종은 안록산을 더욱 친신(親信)하였다. 어떤 사람이 안록산이 반역하려 한다고 상주하자, 현종은 그를 포박해 범양으로 호송하고는 안록산에게 넘겨주어 처리하게 할 정도였다. 그러자 더는 진언하는 사람이 없었으며 안록산은 그 이후로 더욱 방자하였다.

안록산은 생각했다.

‘삼진 가운데 요새지를 지키는 장수는 모두 한인(漢人)이다. 만약 뒷날 내가 거사한다면 나를 위해 일하지 않을 것이다. 그렇다면 이민족 출신의 장수로 교체해야 한다.’

그래서 안록산은 상주했다.

「변방의 요새는 무장을 지내지 않은 사람이 아니면 안 됩니다. 한인 장수는 연약해서 이민족 출신 장수보다 용감하지 않고 겁이 많으며 나약합니다. 한인 장수를 이민족 출신 장수 31명으로 교체하고자 합니다.」

상주문이 올라오자 동평장사(同平章事) 위견소(韋見素)[61]가 진언했다.

"안록산은 오래전부터 딴 생각을 품고 있었습니다. 지금 올려 보낸 상소문을 보니 반역하려는 뜻이 명백합니다. 그의 상주를 들어주어서는 절대 안 됩니다."

현종이 불쾌한 표정으로 말했다.

"종래로 변경의 정무는 모두 문신들한테 맡겼었다. 그에 따라 방비가 소홀해지게 되었소. 그런데 지금 이민족 출신의 절도사로 바꾸었더니 변방의 방비가 일신되었소. 이렇게 놓고 보면 이민족 출신으로 한인 장수를 대체시키는 것이 나쁜 점이 무엇인가? 안록산이 나라를 위한 계책으로 신중하게 변방을 지켜보겠다고 이런 상주를 한 것이다. 그런데 경들은 왜 그가 반역할 것이라고 말하는가?"

이리하여 위견소의 의견은 받아들이지 않고 안록산의 상주를 결재하였다. 이로부터 이민족 장수가 요새를 차지하게 되었고 안록산의 세력은 더욱 강대해졌다. 이에 따라 변방의 일은 더 물을

61 위견소(韋見素, 697－762년, 字는 會微)－進士 출신, 여러 관직 역임. 현종이 안록산을 신임하자, 안록산을 지지하는 의견을 여러번 제출했다. 안록산 난 이후에도 줄타기를 잘 하면서 살아남았다.

필요도 없었다.

이민족 장수가 한인(漢人) 땅을 수비하나니, (番人使爲漢地守)
한인 땅은 이민족 장수가 차지하였다. (漢地將爲番人有)
황제 혼자 간악한 모의를 신뢰하였고, (君王偏獨信奸謀)
모든 신하 도리어 입 막고 말이 없다. (枉卻朝臣言苦口)

뒷일은 어떠할 지 모르나니, 다음 회를 읽어 보시라.

제86회

장생전에서 한밤 몰래 맹세하고, 근정루에서 밤새 연회를 즐기다.(長生殿半夜私盟, 勤政樓通宵歡宴.)

노래하나니,	**詞曰,**
은애의 정은 깊고,	(恩深愛深)
애정도 진실하나니,	(情眞意眞)
마침 칠석날 은밀한 맹서였다.	(巧乘七夕私盟)
견우 직녀성이 증명하노라.	(有雙星證明)
세상 태평한 시절,	(時平世平)
서로 마음을 안다.	(賞心快心)
근정루(勤政樓)는 이름뿐이니,	(樓存勤政虛名)
군왕(君王)은 왜 정사에 게으른가?	(奈君王倦勤)
— 곡조 〈취태평〉	— 調寄 〈醉太平〉

각설(却說)하나니, 불교의 가르침에는 한 마디의 맹서(誓願, 서원)도 매우 중요하다고 말했다. 만약 어떤 사람이 하나의 서원을 말하고 꼭 그렇게 하겠다고 맹서했다면, 아무리 어둠 속일지라도(冥冥之中) 귀신이 듣고 알아서 증명해 줄 것이다. 이승(現生)이나 내세(來世)에서라도 말한 그대로 이뤄진 다음에야 끝난다.

이렇게 저렇게 말했든 간에, 합리적이던 비합리적이든, 따를 수 있든 없든 간에 그가 맹서한 말대로 지켜야 한다. 그러나 불합리하거나 따를 수 없는 서원이든 그가 말한 대로 이뤄지지 않는다면 어떻게 해야 하나?

대체로 인생의 서원은 남녀간 애정에서 가장 많다. 산이나 바다를 두고 맺은 맹서나 어둠 속에서 사랑의 밀약, 그리고 바르거나 바르지 않은 맹서가 있고, 변할 수 있거나 변할 수 없는 서원도 있다.

그런데 그런 서약을 한 사람이 천자라면 어떻겠는가? 그런데 천자는 6궁(六宮)의 비빈을 언제든지 마음대로 거느릴 수 있기에 정정당당해야 하며, 사적으로 은밀한 서약을 할 필요가 없다. 그러니 어찌 산이나 바다를 두고 맹서를 하겠는가!

다만 여색을 지독하게 밝히거나 애욕에 빠졌다면, 아니면 많고 많은 3천 명 여인 중에 오로지 한 여인에게만 사랑을 쏟으며, 이승의 사랑과 환락을 다하지 못했다면, 저승에서도 사랑하고 즐기자고 맹서할 수가 있겠는가?

다만, 지금의 이런 만남이 사실은 전생(前生)의 의리나 숙세(宿

世)의 연정 때문이라는 사실을 모르기 때문에 현생에서 또 망상을 불러온 것이다.

또 이미 여인에 대한 치정(癡情)에 현혹되어, 또는 여인의 말에 따라 사치와 향락에 빠진 것을 풍류나 멋으로 생각하는 어리석음 때문에 국정이나 안위를 돌보지 않는다면 앞으로 얼마나 많은 일이 일어나겠는가?

그러나 아직은 나라가 태평하기에 극도의 환락에 빠져도 나쁜 줄을 모르고 있었으니, 이는 곧 무너질 집의 처마에 깃든 제비나 참새와 무엇이 다르겠는가!

현종은 안록산의 상주를 그대로 믿고 안록산 휘하 3개 절도사 주요 군진의 지휘를 이민족 출신의 장수로 교체하도록 허용하였다. 안록산의 상주에 위견소(韋見素, 697－762년, 85회 주석 참고)가 진언하여 반대했지만 현종은 받아들이지 않았다.

어느 날, 위견소와 양국충이 함께 황제를 모셨고, 고력사가 황제 곁에 시립하고 있었는데, 현종이 말했다.

"짐은 나이가 점점 많아지고 정사에는 싫증이 났소. 지금 조정의 정사는 재상한테 맡기고 변방의 방위는 각 지역별로 절도사들에게 맡긴다면 무슨 근심거리가 있겠는가?"

그러자 고력사가 아뢰었다.

"폐하의 말씀을 따른다 하여 무슨 걱정이 있겠습니까? 다만 남조(南詔)[62]가 자주 반란을 일으켰고 그들에게 관군이 패배한 일이 한두 번이 아니라는 말을 들었습니다. 또 변방의 장군이 너무 많은 병력을 장악하고 있어 조정에서 꼭 절제하여야만 후환이 없을 것입니다."

"태감이 말하지 않아도 재상이 잘 처리할거요."

남조란 지금 운남(雲南) 지방의 남만인들을 가리키는 말인데, 그들은 왕을 조(詔)라고 불렀다. 모두 육조(六詔)가 있었는데, 그 가운데 몽사조(蒙舍詔)가 있었다. 그들이 제일 남쪽에 있었으므로 남조라 했다. 5조는 모두 쇠약해졌지만 남조는 점차 강대하였다.

남조의 왕 피라각(皮邏閣)은 당나라 변경의 관원에게 뇌물을 뿌렸고, 남방의 6조를 통합하겠다고 요청하였다. 조정에서는 이를 허락하며 귀의(歸義)라는 이름을 하사하였고 운남왕(雲南王)으로 책봉하였다.

후에 그들은 점차 강대해졌다가 나중에 거병하여 반란을 일으켰다. 검남(劍南)절도사[63] 선우중통(鮮于仲通)[64]이 군사를 거느려

---

62 남조(南詔, 738－902년)－8세기에 흥기한 中國 서남부의 나라 이름. 피라각(皮羅閣, 皮邏閣)이 738년 건국. 今 雲南省(운남성) 전부와 貴州省(귀주성) 서부를 지배, 전성기에는 四川省(사천성) 남부, 버마 북부, 월남 서북부까지 차지.

63 검남절도사(劍南節度使)－검문관(劍門關)의 남쪽이란 뜻. 현종 天寶 연간 十節度使의 하나. 治所 益州(今 四川省 成都市). 관할 지역이 매우 광대하였다. 안사의 난 이후 東川節度使와 西川節度使로 분할되었다. 四川省 綿竹市 劍南鎭(사천성 면죽시 검남진)에서 생산되는 농향(濃香)의 특산 고량주 '劍南春'의 이름은 검문관 남쪽.

출전했으나 패배하고 많은 병졸이 죽었다.

양국충은 선우중통과의 옛 우정을 생각하여 패전을 덮어감추고 승리했다고 말했다. 후에 또 검남 유수 이밀(李密)에게 명하여 7만 대군을 거느리고 출전하게 하였으나 패전해 전군이 몰살 당했다. 양국충은 또 이밀의 패전을 숨기고 승리했다고 아뢴 뒤에 더욱 많은 병력을 투입하여 토벌했다.

전후로 죽은 사람이 부지기수였으나 누구도 감히 말하는 사람이 없었다. 고력사가 어쩌다 한마디 하자, 양국충이 재빨리 덮어 감추었다.

"남만이 배반하였기에 관군이 토벌하여 평정했습니다. 폐하께서 근심할 일이 아닙니다. 변방의 장군들이 너무 많은 병력을 갖고 있다고 한 고력사의 말이 옳습니다. 안록산이 삼진을 통제하고 병력이 강대해 세력이 커지자 딴 생각을 품고 있는 것 같습니다. 그러니 방비에 조심하지 않을 수 없습니다."

현종이 양국충의 말을 듣고 깊은 생각에 잠겨 말이 없자, 이번에는 위견소가 아뢰었다.

劍南道에서 유래되었다.

64 선우중통(鮮于仲通, 693－755년. 名은 向, 字는 仲通, 以字行)－天寶 十載(751년), 거병하여 남조(南詔)를 공격하였으나 노남(瀘南, 今 雲南省 姚安縣)에서 대패하며 6만 명이 전사했다. 楊國忠은 패전을 덮어주었다. 양국충의 천거로 入京(입경)하여 司農少卿(사농소경)하여 이 되었고, 경조윤(京兆尹)으로 승진도 하였다.

"신한테 한 가지 계책이 있어 안록산이 딴 마음을 가지지 못하게 할 수 있습니다."

현종이 어떤 계책이냐고 묻자, 위견소가 말했다.

"지금 조서를 내려 그를 입궐시킨 뒤 평장사 벼슬의 내직에 옮겨 발탁하시면 됩니다. 범양과 평로, 하동 삼진의 절도사는 세 명의 대신이 나누어 맡게 하면 안록산의 병권을 빼앗게 됩니다. 그러면 그의 교활한 음모는 끝나게 됩니다."

그러자 양국충이 말했다.

"위견소의 대책이 옳을 것 같습니다. 그러니 폐하께서 채납하시기 바랍니다."

현종이 겨우 응낙했으나 속으로는 결정을 짓지 못했다.

거처로 돌아온 현종은 그날 조정에서 논의한 내용을 양귀비에게 알려주었다.

양귀비는 속으로 안록산을 입궐시키고 그와 다시 정을 나누고 싶은 생각이 많았지만, 안록산이 장안에 들어오면 양국충에게 모해받을까 두려웠다.

그래서 현종에게 아뢰었다.

"안록산이 반역하려는 기미가 보이지 않는데, 무엇 때문에 조정 신하들은 자꾸 안록산이 반역할 것이라고 말합니까? 그가 얼마 전 장안에 왔다가 다시 변방으로 돌아가서 대군을 거느리고 있는데 까닭없이 자주 부른다면 오히려 그의 의심을 살 수 있습니다. 먼저 사자를 파견해 그의 거동을 살펴보는 것이 좋을 듯합니다. 의심스러운 점이 있다면 그때 불러도 어쩌지 못할 것입니다."

현종은 양귀비의 말대로 내시 보무림(輔繆琳)을 보내기로 하고, 아주 좋은 여러 과일을 보내 안록산을 만나 하사한 후 그의 거동을 암암리에 잘 살피라고 명령했다. 보무림은 현종의 명령을 받고 곧장 범양으로 출장갔다.

안록산은 벌써 궁중으로부터 소식을 들었기에 보무림이 찾아오는 뜻을 알고, 보무림을 환대했다. 그리고 그에게 많은 금과 은이나 비단, 그리고 보석과 골동품 등을 주고 잘 주선해 달라고 부탁했다.

보무림은 뇌물을 받고 밤낮을 부지런히 돌아와 복명했다. 안록산은 변방에서 나라를 위해 충성을 다하여 열심히 업무를 수행하며 딴 마음을 품고 있지 않다고 적극 변명했다.

현종이 듣고 그럴 것이라 믿으면서 양국충을 불러 말했다.

"나라는 안록산을 아주 후대했소. 안록산도 충성으로 나라에 보답할 것이며 절대로 배반하지 못할 거요. 짐은 그가 딴 마음이 없다고 보증하니 경들은 더 의심하지 마오."

국충은 감히 더 따지지 못하고 물러나왔다.

간악한 자가 후궁의 지원을 받았고, (奸徒得奧援)
뇌물은 이미 신통한 효과를 보았다. (賄賂已通神)
변방의 군사 걱정할 필요가 없다며, (莫漫愁邊事)

황제는 이미 안록산 보증인 되었네. (君王作保人)

이후로 변경이 무사하다고 생각한 현종은 안심하고 제멋대로 향락을 즐겼다. 점점 늙어간다고 생각한 현종은 지금 한 시간이라도 더 향락을 즐기기 위하여 밤낮으로 비빈과 내시와 이원(梨園)의 악사들과 함께 노래와 춤을 즐겼다.

양귀비와 한국부인, 그리고 괵국부인 등은 더욱 사치하고 음탕해졌다.

화청궁(華淸宮) 안에 지극히 아름답고 정교하게 향초(香草)를 풀 수 있는 온천수 목욕탕을 16개나 마련한 뒤, 비빈과 시녀들이 불편없이 목욕을 즐길 수 있게 하였다. 황제가 은혜를 베풀어 만든 목욕탕은 모두 무늬 있는 보석으로 꾸몄다.

그중에서 옥련(玉蓮) 온천에는 오리와 기러기, 그리고 원앙 등을 나무로 만들고 수놓은 비단으로 감싸 욕탕 물위에서 갖고 놀았다

날이 따뜻하거나 술이 취하면 현종과 양귀비는 속옷으로 갈아입고 따뜻한 못 속에 작은 배를 띄우며 놀았다. 그러다가 아늑하고 사람들이 보이지 않는 곳에 가서는 보기에 민망할 정도로 놀아댔다.

양귀비는 궁녀의 부축을 받으며 도처에서 목욕했으며, 황실의 친척이 목욕한 뒤에는 그때마다 온천탕의 물을 도랑으로 빼었다. 그러면 떨어뜨린 보옥(寶玉)이나 머리꾸미개와 귀걸이가 도랑으

로 흘러나가 때때로 길 가던 행인이 주울 정도였으니, 그 사치를 가늠할 수 있었다.

양귀비는 살이 많고 뚱뚱한 편이라서 더위를 제일 싫어했다. 여름만 되면 날이 고운 명주 옷만 입은 채 시녀들이 교대로 부채질을 해주었으나 땀이 줄줄 흘러내렸다.

그런데 이상하게도 귀비의 몸에서 나는 땀은 다른 사람과 달랐다. 약간 붉은색이 돌고 미끈미끈하며 향기가 났다. 수건으로 닦으면 복숭아 꽃물이 묻어나는 것 같았다. 정말 타고난 팔등신 미인인지라 다른 사람들과 같을 수 없었다.

귀비는 또 폐가 마르는 고질이 있어 늘 옥으로 만든 물고기를 입안에 물고 침을 내어 폐에 수분이 들어가게 했다.

어느 날 양귀비는 우연히 치아에 통증이 생겨 옥으로 만든 물고기도 입에 물 수 없어서 손으로 볼을 받치고 한가롭게 창문가에 앉아있었다.

현종이 보면 볼수록 아름답고 귀엽고 사랑스러웠다. 또 가련한 생각이 들기까지 했다.

현종이 말했다.

"짐이 그대 아픔을 덜어주지 못하는게 한이요!"

후세에 〈치통 앓는 양귀비〉를 그린 풍해속(馮海粟)이란 사람이 거기에 글을 써넣었다.

화청궁에서 치통을 앓았지만, (華清宮一齒動)

마외파에선 온몸이 아팠도다. (馬嵬坡一身痛)

어양(漁陽) 북소리 천지를 뒤흔들자, (漁陽鼙鼓動地來)

천하가 아팠다. (天下痛)

천보(天寶) 10년(751년) 여름, 현종과 양귀비는 여산궁(驪山宮)[65]에서 피서(避暑)했다. 거기에 장생전(長生殿)이라는 큰 건물이 있었는데, 그곳은 높기도 하거니와 아주 시원했다.

7월 칠석날이었다. 백성의 여인들은 하늘의 직녀(織女)에게 길쌈 솜씨가 좋아지기를 비는 날이었다.

날씨가 더워 현종과 양비는 장생전에 앉아 땀을 식히고 있었다. 줄곧 그렇게 앉아있다가 이경이 넘어서야 침실에 들어가 함께 누웠다. 마침 궁녀들도 모두 돌아가 쉬었다.

귀비는 더위 때문에 잠들 수 없어 현종을 깨워 함께 뜰에 나가

---

65 여산궁－화청궁(華清宮)－今 陝西省 西安市(섬서성 서안시) 동쪽의 秦嶺山脈(진령산맥) 한 줄기인 驪山(여산, Líshān)은 동서 약 25km, 남북 14km, 해발 최고 1,302m의 큰 산이다. 여산의 이름은 멀리서 보면 黑色의 駿馬(준마)처럼 보인다 하여 검은 말 여(驪)로 이름이 지어졌다. 이 여산 아래에 현종과 양귀비 사랑의 무대인 유명한 온천 화청지(華清池)가 있다. 화청지는 수려한 풍경과 질 좋은 지하 온천수 때문에 역대 제왕들의 관심을 받아왔다.
西周의 유왕(幽王)은 여기서 봉화 불을 올려 제후들을 농락했었고, 진시황이나 한 무제(漢 武帝)도 모두 이곳에 행궁(行宮)을 설치했었다. 여기에는 태종의 목욕탕인 星辰湯(성신탕)과 현종과 귀비의 침소인 飛霜殿(비상전), 蓮花湯(연화탕) 등 유적이 남아 있다.

몸을 식혔다. 궁녀와 시녀를 부르지도 않았다. 두 사람은 밤 깊도록 앉아서 가볍게 부채질을 하며 별들을 올려보았다. 이때 온 천지는 적막하고, 야경은 맑고 아늑해 한동안 앉아있으니 시원하였다.

한밤 장생전의 맹서

현종이 귀비에게 속삭였다.

“오늘 밤 견우와 직녀 두 별이 만나는데, 견우와 직녀는 얼마나 좋을까?”

“까치가 다리를 놓아 은하수를 건넌다는 말이 있으나 과연 그런 일이 있겠습니까? 정말 그러하다면, 하늘에서의 즐거움이 인간 세상과는 비길 수 없이 클 것입니다.”

현종이 웃으며 말했다.

“짧은 만남에 긴 이별이니, 그들의 기쁨보다 매일 조석으로 함께 있는 우리의 즐거움만 못할 것이요.”

그러자 귀비가 말했다.

“인간의 기쁨은 언제가는 헤어지는 끝이 있으니, 어찌 하늘의 견우와 직녀처럼 영원히 부부가 될 수 있겠습니까?"

그러면서 귀비는 자신도 모르게 슬피 탄식하였다. 그러자 현종은 귀비의 말에 애틋한 생각이 나며 말했다.

"우리 둘이 이처럼 사랑하고 있는데, 차마 어찌 떨어질 수 있겠소. 지금 저 별빛 아래에서 우리 남들 몰래 맹세를 합시다. 마음 속으로 우리는 살아서나 죽어서도 영원한 부부가 되자고 맹서합시다."

귀비가 현종의 말을 듣고 끄덕이며 말했다.

"저 옥환(玉環)도 이 자리에서 맹세를 다짐하겠습니다. 하늘의 저 견우와 직녀가 우리 맹서의 증인이 될 것입니다."

현종은 귀비의 다짐을 듣고 정말 기분이 좋아서 마음으로 맹서를 몇 번이고 되뇌었다.

뒷날 백거이(白居易)[66]가 〈장한가(長恨歌)〉[67]를 지어 두 사람의

---

66 백거이〔白居易, 772－846, 字는 樂天(낙천). 號(호)는 香山居士(향산거사), 醉吟先生(취음선생)〕－中唐의 대표 시인. 백거이가 활동하던 시기는 安史의 난 이후 사회 풍조가 바뀌어 낮은 계층 출신도 고관으로 승진할 수 있는 기회가 열려진 시대였다. 때문에 백거이가 중앙정부의 고관까지 승진할 수 있었다.
백거이는 德宗(덕종) 貞元(정원) 16년(800)에 진사과에 급제한 뒤 한림학사, 左拾遺(좌습유) 등을 역임하였다. 백거이는 牛李당쟁에 휘말리지는 않았지만, 한때 忠州刺史(今 重慶市 忠縣)로 좌천되었다가 복귀하여 형부상서 등을 역임하고 75세에 죽었다.
백거이는 특히 長詩(장시)에 능했으며, 中唐(중당)을 대표하는 시인으로 그의 시 3,000여 수가 전한다고 하니 多作(다작)의 작가임에

맹서를 읊었다.

한황은 미인을 좋아해 경국지색을 찾는데, (漢皇重色思傾國)
천하를 다스린 지 오래지만 얻지 못했다. (御宇多年求不得)
양씨 가문의 딸이 막 장성하였는데, (楊家有女初長成)
깊은 안채에서 자라 남들이 알지 못했다. (養在深閨人未識)
천생 아름다운 자질을 그냥 버릴 수 없어, (天生麗質難自棄)
어느 날 뽑혀 황제 옆에 있게 되었다. (一朝選在君王側)
고운 눈짓 한번 웃어 온갖 교태가 나오니, (回眸一笑百媚生)
육궁 미인 모두 그 미모를 잃었다. (六宮粉黛無顔色)

는 틀림이 없다. 낙양 근교에 우리나라 관광객이 많이 찾는 龍門(용문) 석굴이 있고 그 앞의 하천을 하나 건너면 香山(향산)인데 그 향산에 白居易의 묘와 초당이 있다.

67 〈장한가(長恨歌)〉 - 唐 玄宗(재위 712-756)과 楊貴妃의 사랑과 비극을 읊은 장편서사시이다. 安祿山(안록산)의 난을 피해 蜀(촉)으로 피난 가던 도중 馬嵬坡(마외파)에 이르자, 현종의 근위병들이 양귀비의 사촌인 楊國忠을 죽이고 이어 양귀비마저 처단할 것을 강력히 요구하였다. 안록산에게 쫓기는 몸인 현종은 어쩔 수 없어 거부를 하지 못하고 머뭇대자 환관 高力士가 貴妃에게 비단한 필을 전한다. 귀비는 마외파 驛館(역관) 내 배나무에 목을 맨다. 그때 현종의 나이는 71세였고, 양귀비는 38세였다. 그 후 난이 진압되고 다시 환궁한 늙은 현종은 비탄에 젖어 몽매간에도 양귀비를 연모했다. 이렇듯 애절했던 현종의 슬픈 사랑이야기를 백거이가 漢武帝와 李夫人의 故事에 가탁하여 생생하게 그렸다.

봄날 춥다고 화청지에 목욕하라 했는데, (春寒賜浴華淸池)
온천 물이 매끄럽게 고운 피부를 씻겼다. (溫泉水滑洗凝脂)
시녀 부축받아 걸을 때 힘없어 예쁘니, (侍兒扶起嬌無力)
처음 새로 은총을 받기 시작할 때였다. (始是新承恩澤時)

(중략)

칠월 칠일 장생전에서, (七月七日長生殿)
한밤 아무도 모르게 속삭일 적에, (夜半無人私語時)
하늘이라면 비익조가 되고 싶다며, (在天願作比翼鳥)
땅에서라면 연리지가 되길 빌었네. (在地願爲連理枝)
천지가 오래 간다지만 다할 때 있으나, (天長地久有時盡)
우리의 한은 이어져서 끝날 날 없으리! (此恨綿綿無絶期)

뒷날 어떤 사람은 현종의 총애와 편애를 풍자하며 망령된 글을 지었다.

황후가 무단히 폐출을 당한 뒤, (皇后無端遭廢斥)
이승의 잘못된 부부가 되었다. (今生夫婦且乖張)
어이해 귀비가 은총 차지했나. (如何妃子偏承寵)
저승의 부부가 되자 다짐했다. (來世還期莫散場)

그리고 또 양귀비를 풍자한 이런 시가 있다.

장생전 다진 맹세 끝내 한이 되었고, (長生私語長成恨)
수포로 끝난 견우 직녀 앞의 맹세다. (空自盟心牛女前)
현종과 부부 되어 영원할 수 있다면, (若與三郞永配合)
녹산과 몰래 사랑 어찌 연분 없는가? (祿山密約豈無緣)

이후로 현종은 양귀비를 더 총애했다. 그해 9월 가을이 되자 봉래궁(蓬萊宮)의 감귤이 열매를 맺었다. 개원(開元) 연간에, 강릉(江陵, 今 湖北省 남부)에서 공납한 감귤은 맛이 아주 달고 좋았기에 현종이 봉래궁에 감귤을 몇 그루 심으라고 명령했었다. 그런데 꽃은 계속 피었지만 열매를 맺지 못하거나 어떤 때는 꽃마저 피지 않았다.

그런데 어찌된 영문인지 올해는 2백여 개의 귤이 달렸는데, 강남이나 촉 땅에서 진상하는 것과 그 맛이 조금도 다르지 않았다.

현종은 기뻐서 따다가 조신들에게 나누어주라고 명했다. 양국충은 여러 신하들과 함께 글을 올리고 섬돌 아래 엎드려 경하했다.

양국충의 글은 아래와 같은 내용이었다.

「삼가 생각해 보건대, 예로부터 하늘이 생육하는 초목은 그 고유한 특질을 고칠 수 없습니다. 예로부터 전례없던 일이라 대단한 길조로 생각하지 않을 수 없습니다. 귤은 자라는 곳 남북에 따라 이름도 귤(橘, 귤나무 귤)과 유자(柚, 유자 유)로 이름도 다릅니다. 폐하의 큰 덕과 바른 기강으로 만천하가 이제는 한 집이 되었습니다. 오랜 세월에 걸친 풍우가 조화되어 온 천하가 그 은혜를 입었습니다. 초목은 제각기 특성이 달라서 그 지역의 토질과 관련이 있습니다. 그럼에도 불구하고 강남의 진귀한 과일이 황궁에서 좋은 열매를 맺었습니다. 녹색 잎과 꼭지에는 서리(霜)가 내렸지만 향기가 궁궐에 가득하며 햇빛을 받은 황금빛은 붉은 누각을 곱게 꾸몄습니다. 널리 고루 베푸신 폐하의 은덕을 기쁘게 받고 보니 보답할 길이 없어 부끄럽기 짝이 없습니다. 우리 모두는 기꺼이 폐하를 우러러 경모의 마음을 다하여 삼가 글을 올립니다.」

현종은 표문을 보고 흐뭇하여 비답(批答)하였다. 그 감귤 가운데 쌍둥이가 있어서 측근 내시가 황제에게 바쳤다.

현종이 보고 크게 기뻐하며 양귀비와 함께 가지고 놀다가 말했다.

"이 과일은 일찍 사람의 생각을 알아 맞히었소. 짐과 경이 동심일체(同心一體)이니 귤도 이렇게 하나로 큰 것이요. 우리 이것을 같이 먹어야 하오."

그러면서 한입씩 교대로 먹으면서 화공을 시켜 〈합환감귤도(合歡柑橘圖)〉를 그려 보관케 하였다.

양국충은 다시 아부하는 글을 올렸다.

"이 또한 대단히 좋은 징조〔길상(吉祥)〕이므로, 폐하께서 조서를 내려 백성이 모여 술 마시며 축하할 수 있도록 허락하십시오."

굴질이란 풀이 황제(皇帝) 때 자랐는데, (屈軼曾生黃帝時)
아첨 신하 지칭해 정말 기이했다. (自能指佞最稱奇)
당 시절의 감귤은 무슨 일을했나? (唐家柑橘成何用)
아첨하는 신하가 아부하도록 했다. (翻使諛臣進佞詞)

고대 황제(黃帝) 시절에 궁궐 구석에 상서로운 풀인 굴질(屈軼, 軼은 번가를 질, 바뀌다)이 자라났다. 그런데 아부하는 신하가 입조하면 굴질이 아부하는 신하를 가리켰다. 그래서 성왕(聖王)은 아첨하는 신하를 알 수 있었다고 한다.

현종은 양국충의 아첨하는 말에 따라, 이를 천하에 널리 공표하며 백성들이 모여 술을 마셔도 좋다고 하였다.

그러면서 현종도 길일을 골라 모든 비빈과 여러 왕과 함께 근정루(勤政樓)에서 굉장한 가무 대회를 벌였다. 여러 놀이를 공연하고 술과 춤과 노래를 마음껏 즐겼다. 장안의 남녀 백성과 사인(士人), 장졸이 근정루에 모여 이들의 술판, 놀이판, 춤판을 구경하였다.

교방(教坊)에 왕언니(王大娘)란 여인이 있었는데, 그는 한 장 여덟 자(18尺)나 되는 긴 참대나무막대를 머리에 세우고 춤추는 재능이 있었다. 긴 장대의 끝에는 신선이 산다는 영주(瀛洲)의 방장산(方丈山) 모양의 나무 집을 올려놓고, 진홍색 옷을 입은 소년이 나뭇가지를 들고 그 집을 드나들며 노래를 불렀다.

왕언니가 끊임없이 빙빙 돌며 춤을 추는데 그 동자의 노랫가락과 딱딱 맞았다. 현종과 비빈과 왕들은 구경하면서 그 절묘한 기예에 혀를 찼다.

그때 유안(劉晏)이라는 신동이 있었는데, 아홉 살이었다. 너무 총명하여 조신의 천거를 받아 비서성 정자(秘書省 正字)란 관직을 받았다. 그날 현종은 유안을 불러 근정루에서 베푼 연회에서 시중을 들게 했다. 현종은 유안에게 명하여 왕언니의 대나무 장대 춤을 시로 지으라고 말했다. 유안은 명을 받아 즉석에서 시를 읊었다.

누각 앞 여러 놀이 재주를 다투는데, (樓前百戲競爭新)
장대 춤추며 정말 신묘한 재능이다. (惟有長竿妙入神)
비단옷 입은 여자 장사힘 칭찬하나, (說說綺羅偏有力)
거기 또 아이 얹어 멋대로 가볍다네. (猶嫌輕便更著人)

현종과 비빈 및 여러 왕은 유안이 재빠른 응대에 놀라면서 시구(詩句)에 가벼운 은유까지 포함한 것을 보고 기뻐 찬탄하였다. 귀비가 유안을 안아 무릎에 앉히고 직접 머리를 빗겨 주었다. 머리를 다 빗기자, 현종이 앞에 불러다 놓고 유안의 손을 잡고 농담을 했다.

"어린 네 관직이 정자(正字)이니 몇 글자나 바로잡았느냐?"

그러자 유안이 재치있게 대답했다.

"여러 글자를 바로잡았으나 한 글자 붕(朋)만은 바로잡지 못했습니다."

이 말은 일부 조신들이 붕당을 짓는 행태를 바로잡기 어렵다는 지적이었다. 또 붕자 자체가 한쪽으로 쏠려 써지기에 글 획이 바르지 않다는 뜻과도 맞았다.

현종이 듣고 연이어 훌륭하다 칭찬하고는 측근을 돌아보며 말했다.

"이 아이가 특별히 총명할뿐더러 통찰하는 능력이 대단하구나! 앞으로 관직이 높아지면 정말 대단한 일을 할 것 같다!"

여러 사람들은 조정에서 훌륭한 인재를 발굴했다며 현종에게 칭송의 말을 쏟아냈다. 현종도 대견해하며 상아 홀과 홍포를 하사하라고 명했다.

"짐은 네가 훗날에 꼭 자립(自立)할 것이며, 남의 뒤에 서지 않으리라고 믿는다."

후세 어떤 사람이 이런 시를 지었다.

동도(同道)면 붕우인데 파당은 무엇인가,	(同道爲朋何有黨)
분명히 정사(正邪)따라 가는 길 나눠진다.	(正因邪正兩途分)
붕자(朋字)를 바로잡기 잘못된 말이거니,	(誤言朋字終難正)
황제가 바르다면 신하도 바르다네.	(欲正臣時先正君)

본래 붕우에게는 책선(責善)의 도리가 있다.[68] 진정한 붕우는 벗에게 정도(正道)를 함께 걷자고 권해야 한다. 곧 바른 뜻, 좋은 뜻을 권장해야 한다. 나쁜 뜻, 곧 사악한 길－사도(邪道)를 권유한다면 진정한 붕우가 아니다.

그날의 환락과 잔치와 놀이는 밤늦게까지 이어졌다. 누각에 여러 꽃 등불까지 걸어 눈이 부시었다. 현종이 여러 신하들과 한

---

68 《論語 學而》의 첫 구절은 子曰, "學而時習之, 不亦說乎? 有朋自遠方來, 不亦樂乎? 人不知而不?, 不亦君子乎?"

朋(붕)은 또래(同類)이다. 나이가 비슷한 사람, 같은 마을의 동갑내기, 이웃 마을에 알고 지내는 또래, 그리고 학교의 동기동창이나 1, 2년 선후배가 모두 朋이다. 그런 朋(붕) 중에서 마음을 주고받는 사람이 友(우)이다. 知己之朋이라 말하지 않고 知己之友(지기지우)라고 한다. '朋情(붕정)을 잊지 말자' 고 말하지 않으며, '友情(우정)을 변치 말자' 고 약속한다.

또래나 벗 사이에 신의를 지켜야 하는 것이 붕우유신(朋友有信)이다. 朋朋有信이 아닌 점에 유의해야 한다. 곧 벗이라도 朋과 友를 구분한 것이다. 그리고 벗과는 신의로 교제해야 한다는 것이 交友以信(교우이신)이다.

위 《論語》 원문에서의 朋은 同道(동도)의 求學(구학) 歷程(역정)을 걷는 사람이다. 위 원문에는 학문의 길이 3가지 있다는 설명이다. 곧 學而時習之는 스스로의 탐구이다. 有朋이 自遠方來하여 같이 학문을 논하면서 배우고, 마지막으로 학문이 완성된 뒤에 남이 알아주지 않아도 성을 내지 않고(不慍) 평온을 유지하며(人不知而不慍) 혼자서 더욱더 심오한 추구로 학문을 완성한다.

창 즐기고 있을 때 근정루 앞에서 사람들이 떠들었다. 즐거워 웃는 사람, 시비를 가리자며 말다툼을 벌리고, 서로 부르고 대답하며 온통 시끄러운 소음뿐이었다.

현종이 까닭을 묻자, 여러 내시가 말했다. 근정루 아래에 백성들이 꽃 등불을 보자고 밀고 당기며 떠드는데 아무리 호령해도 흩어지지 않는다고 하였다.

그러자 현종이 말했다.

"관리에게 엄격히 단속하게 하고 호위 무사로 짓눌러 보내라. 그래도 안 되면 몇 사람을 잡아다가 혼을 내어 쫓아버려라."

그러자 유안이 말했다.

"너무 많은 백성들이니 섣불리 죄책할 수 없습니다. 하물며 폐하께서 백성과 동락하는 장소이고 시간이니 여러 사람들이 볼 수 있게 만들어야 합니다. 저의 우견에는 이원 악사를 시켜 누각에서 악곡을 연주할 터이니 조용히 들어달라는 어명을 내리십시오. 그러면 떠들지 말라는 말을 안 해도 저절로 조용해질 것입니다."

현종이 머리를 끄덕였다. 그리고 내시에게 먼저 어명을 전하여 백성들에게 알리고, 이원 자제들을 백성이 잘 볼 수 있는 누각 위로 올려보냈다. 이원 자제들은 백성들 앞에 줄지어 서서 인사를 했다. 그러자 소음은 크게 줄어들었다.

고력사가 현종에게 말했다.

"이원 자제 중 이모(李謨)의 강적(姜笛) 연주를 백성들도 잘 알고 듣고 싶어합니다. 이모를 시켜 먼저 연주하면 곧 조용해질 것입니다."

현종은 고력사의 말에 따라 이모에게 먼저 피리 독주를 명했다. 이모가 어명을 받아 백성들에게 손을 흔들어 주목케 한 다음에 말했다.

"저 이모가 어명에 따라 여러분에게 먼저 한 곡조를 들려 드리겠습니다. 가락을 아는 분은 조용히 들어주십시오."

이모(李謨)가 피리를 불다

말을 마치고, 보라색 꽃 무늬를 장식한 운몽죽(雲夢竹) 강적을 두 손에 들고 연주를 시작했다. 애달프고 서러운 가락이 높게 낮게, 천천히 급하게 이어졌다. 누각 아래 수천 백성들은 모두 눈을 크게 뜨고 귀를 귀울였다. 이 모습을 본 현종은 크게 기뻤다.

소란을 금하기 어렵다 말하지 말라, (莫道喧嘩難禁止)
피리 한 가락에 온갖 소음 재운다. (一聲可息萬千聲)

이모의 피리 연주가 어찌 그리 감동을 줄 수 있는가? 그 이유는 현종이 음률에 정통하였고 여러 악기의 특징을 잘 파악하고 있기 때문이었다.

현종은 여러 악기 중에서도 비파(琴)를 제일 싫어했다. 다른 사람이 타는 비파 연주를 들으면 꼭 또 다른 악기 연주로 귀를 씻었다. 마치 귀에 앉은 오물을 씻어내는 것 같았다. 현종이 제일 좋아하는 악기는 갈족의 장고(鼓), 곧 갈고(羯鼓)와 피리였다. 이는 8음(八音)의 영수(領袖, 으뜸, 先導)로 삼았기에 어떤 악곡을 연주해도 꼭 끼어야 했다.

궁중에서 소규모 연회가 있을 때 이원 악사들이 연주를 하면 현종은 몸소 북을 치거나 옥피리를 불어 반주했다. 양귀비도 옥피리를 잘 불었다.

퍽 오래전 천보(天寶) 초년(742년)의 2월 초순의 일이었다.

아침에 일어나 세수를 마친 뒤, 머리를 빗고 나니 어젯 밤비가 막 멎은지라 날씨가 맑고 수려했다. 내전의 뜰에 버드나무와 오얏나무가 새 눈이 트려 했다. 현종이 한가롭게 앉아 사방을 둘러보다가 찬탄을 금치 못하고 일어섰다.

"이렇듯 아름다운 경치를 두고 감상하지 않을 수 없지!"

현종은 귀비에게 먼저 옥피리를 불게 하고[69] 자신이 직접 난간

69 천보 초년에는 양귀비가 현종과 만나지도 않았다. 양귀비는 천보 4년(745년)에 입궁했다. 이 정도 착오는 연의 소설에서 흔히 볼 수 있다.

에 기대 앉아 북을 연주하였다. 그리고 그 곡을 〈춘광호(春光好)〉라고 불렀는데, 역시 현종이 지은 명곡이었다.

북채를 놓고 뜰에 있는 버드나무와 오얏나무를 돌아보니, 과연 파란잎 사이로 꽃이 피었다. 현종은 대단히 흥겨워 여러 비빈을 불러 둘러보게 하고 웃으며 말했다.

"이를 보더라도 내가 하늘의 조화처럼 곡을 짓지 않을 수 있겠는가!"

여러 사람들이 머리를 숙여 치하하고 만세를 불렀다.

또 어느 날, 현종이 옥청궁(玉淸宮)에서 낮잠을 자는데, 갑자기 선녀 몇 사람이 공중에서 내려오는 꿈을 꾸었다. 선녀들은 각기 손에 악기를 들고 있었는데 모두 용모가 아름다운 미인들이었다. 현종 앞에서 가무를 벌였는데, 그 곡조가 그지없이 절묘했고 그 가운데서 피리 소리가 더욱 좋았다.

"이는 신선의 음률인데, 〈자운회(紫雲回)〉라고 부릅니다. 폐하께서 음률에 정통하시니 세상에 널리 전파할 수 있을 것입니다."

선녀의 말소리에 깨어난 현종은 그 음률이 그대로 귓전에 쟁쟁히 울렸다. 그리하여 옥피리로 익혔더니 그 절주를 다 맞출 수 있었다. 2, 3일 지난 뒤 현종은 달 밝은 밤에 고력사와 함께 평복으로 갈아입고 궁 밖에 나가 곳곳을 걸어다녔다.

몇 곳의 거리를 지나 궁 밖에 있는 큰 다리에 올라 달을 구경하는데 어디선가 맑은 피리 소리가 은은히 들려왔다. 자세히 들어보니 다름 아닌 〈자운회〉 곡이었다.

현종이 의아해하며 말했다.

"이 가락은 내가 꿈속에서 전수받은 곡이야. 내가 새 곡을 달았고 누구에게도 가르쳐주지 않았는데, 어찌 궁 밖에서 이런 곡을 들을 수 있나?"

이상하게 여긴 현종은 고력사에게 조용히 말했다.

"내일 저 피리를 분 사람을 찾아 데려와라. 그 사람을 놀라게 하지 말고 조용히 안내하여 나한테 데려 와라."

고력사가 어명을 받고 이튿 날 아침 여러 사람들을 데리고 나가 어제 저녁 피리 소리가 들리던 곳부터 차례로 집을 따라가며 조사했다.

"여기에 성이 이씨라는 젊은이가 있습니다. 그가 피리를 아주 잘 붑니다. 어젯밤에 피리를 불었다면 틀림없이 그 젊은이입니다."

고력사는 그 젊은이를 데리고 입궐했다.

현종이 젊은이에게 물었다.

"어젯밤의 그 피리 곡조는 어디서 배운 것인가?"

젊은이가 말했다.

"저는 이모(李謨, 謨는 꾀 모)입니다. 어려서부터 피리 불기를 좋아하여 나름대로 묘리에 통했습니다. 2, 3일 전 밤에 우연히 궁성 밖의 큰 다리를 거닐며 달 구경을 하는데, 궁궐에서 피리 소리가 들렸습니다. 귀 기울여 들어보니 그 절주가 인간 세상에서는 들어볼 수 없는 아주 새로운 곡이어서 속으로 기억하고 손톱으로 그어 표시해 놓았습니다. 집에 돌아와 곡에 따라 불어보았더니 더욱 절묘한 느낌었습니다. 어젯밤에 연습한 것이 그만 폐하의 심경을 어지럽힐 줄은 몰랐습니다. 제가 백 번 죽어도 마땅하나 폐하께서 용서해 주기 바랍니다."

현종은 음률을 아는 이모의 슬기가 마음에 들어 이원의 연주자로 임명하고 언제나 좌우에서 시중들게 했다. 이는 바로 원진(元稹, 779-831年)[70]의 〈연창궁사(連昌宮詞)〉의 줄거리이다.

---

70 원진〔元稹, 779-831, 字는 微之(미지)〕는 洛陽人(낙양인)이며 排行(배행)이 9번째이므로 元九라고도 부른다. 백거이(白居易)와 나란한 명성을 누린 시인이다. 백거이의 명문장인 〈與元九書〉는 원진에게 보낸 장문의 편지글이다. 원진은 백거이와 함께 '新樂府' 운동을 제창하였기에 대개의 경우 백거이와 나란히 '元白' 으로 불린다.
원진과 백거이는 거의 30년간 친교를 맺고 있으면서 詩歌의 통속화와 대중화를 주창하여 대중의 환영을 받았으며, 이들의 이러한 시풍을 특히 唐 헌종(憲宗, 재위 806-820)의 연호를 따서 元和體(원화체)라고 불렀다.
원진은 8歲에 아버지를 여의고 모친을 따라 鳳翔縣(봉상현)의 외가에서 성장하였다. 15세인 德宗 貞元 9년(793)에 급제하여 校書郞(교서랑)이 되었다. 德宗 貞元 15년(799) 河中府에 근무하였고, 元和 5년(810)에 환관과 싸운 일로 江陵府(강릉부)로 폄직되었다. 관직 생활의 풍파를 겪으면서 知制誥(지제고)를 역임하며 詔書(조서)의 초안을 마련하는 일도 하다가 穆宗(목종) 때 재상에 자리에 올랐고 裴度(배도)와 뜻이 맞지 않아 지방 郡의 자사로 나가기도 했다가 나중에 무창군절도사로 있다가 임지에서 죽었다.
원진은 艷詩(염시)와 죽은 자를 추도하는 悼亡詩(도망시)를 잘 지었는데 情意(정의)가 진지하여 자못 감동을 준다. 李紳(이신)에 화답한 〈新題樂府(신제악부)〉 12수와 〈古題樂府(고제악부)〉 19수는 모두 그 이후로 이모는 황궁안의 새 곡을 모두 습득하여 그 기예가 더욱 정채로웠다.

그날 밤 근정루에서 강적을 연주하여 만백성이 즐겨 듣게 하였고, 황제의 치하를 받았다. 피리 연주가 그치자, 각종 악기의 연주가 일제히 시작하였다. 연이어 맑은 노래와 기묘한 춤이 시작되어 근정루 누각 아래 수많은 백성은 조용히 듣고 구경하느라 더욱 조용하였다. 현종은 새벽 닭이 울 때까지 연회를 즐기다 회궁했다.

모두가 누각을 보며 악곡을 즐겼나니, (俱向樓頭勸取樂)
황제가 언제 이렇게 정사에 근면했나. (何嘗肯把政來勤)

이후로는 무슨 일이 일어날지 모르니, 다음 회를 읽어 보시라.

사회 현실을 반영하고 있는 시이다. 이 밖에 장편의 악부시 〈연창궁사(連昌宮詞)〉는 노인의 입을 빌려 安史의 난 전후 사회 상황과 權貴(권귀)들의 황음부패를 묘사하였다. 하여튼 품행이란 면에서 볼 때 문제가 있었던 것은 사실이고, 특히 여색에 대해서는 후세인들의 도덕적 질책을 받기도 했다.
원진은 傳奇 소설 〈鶯鶯傳(앵앵전)〉의 작가로도 유명하다. 원진이 자신의 여성편력을 변명하기 위해 썼다는 전기인 〈앵앵전〉은 〈會眞記〉라고도 불리는데, 뒷날 王實甫(왕실보)의 元曲 〈西廂記(서상기)〉의 원전이 되었다. 그의 저서로 《元氏長慶集》 60권이 있다.

제87회

앵무새가 불경을 외워 극락에 가고, 안록산은 황제를 속여 위세 부렸다.(雪衣女誦經得度, 赤心兒欺主作威.)

노래하기를,	詞曰,
死生이 유명하여 서로 어찌 못하니,	(死生有命不相饒)
새들도 달아나서 피할 수 없다.	(禽鳥也難逃)
아무리 부처의 자비가 있어도,	(還仗慈悲佛力)
갑자기 껍질을 벗어버릴 수 없다.	(頓教脫去皮毛)
養子를 날뛰게 만든 귀비 비웃고	(笑他養子飛揚拔扈)
작은 새들을 눌러버린다.	(惡勝鷗鶻)
충성심이 가득한 배라고 했지만,	(向道赤心滿腹)
지금에야 거짓인 줄을 알았다.	(而今漸覺蹊蹺)
— 곡조 〈조중조〉	— 調寄 〈朝中措〉

성인(聖人)도 '사생(死生)은 명(命)에 달렸고, 부귀(富貴)는 하늘의 뜻' 이라고 말씀하였다.[71] 이 말은 사람의 사생유명(死生有命)

---

71 공자의 제자 司馬牛(사마우)가 근심하면서 말했다.
"다른 사람은 모두 형제가 있지만 나만 없습니다." 그러자 子夏〔자하, 卜商(복상)〕가 말했다. "나는 '死生(사생)은 有命(유명)하고 富貴(부귀)는 在天(재천)하다.' 고 알고 있소. 君子가 공손하며 나쁜 짓을 않고, 다른 사람을 위하며 예를 지킨다면 四海 안에 사는 모두가 형제와 같거늘, 군자가 어찌 형제가 없다고 걱정하겠소?"
〔《論語 顔淵(논어 안연)》 司馬牛憂曰, "人皆有兄弟, 我獨亡." 子夏曰, "商聞之矣, 死生有命, 富貴在天. 君子敬而無失, 與人恭而有禮, 四海之內, 皆兄弟也, 君子何患乎無兄弟也?"〕
司馬牛(사마우)의 형 司馬桓魋(사마환퇴)는 宋에서 반란을 일으켰고, 공자를 죽이려 했던 일도 있었다. 사마우는 공자를 찾아와 배웠는데, 사마우는 늘 두렵고 불안했다. 자하는 사마우를 안심시키려 이런 뜻으로 설명했을 것이다.
하늘에는 예측할 수 없는 風雲(풍운)이 있고(天有不測風雲), 사람에게는 오고가는 時運이 있다(人有時來運轉). 인간의 삶에서 死生이나 災殃(재앙), 富貴(부귀)와 禍福(화복)은 인간이 예측할 수 없기에 하늘에 달렸다고 말하는 것이 가장 나을 것이다. 이렇게 생각한다면 길흉화복에 대하여 不怨天(불원천)하고 不尤人(불우인) 할 것이다. 그러면서 大富는 하늘이 낸다지만, 부지런하면 小富가 될 수 있다니, 나도 노력하면 잘살 수 있다고 믿을 것이다.
이를 宿命論(숙명론)이라면서 진보적, 적극적이지 못하다고 비난할 필요가 없다. 아무리 능동적이고 진취적인 사람도 뜻밖의 사고를, 아니면 예상치 못한 실패를 겪고 나면 자신의 노력에 懷疑(회의)가 일어나게 된다. 적당한 선에서 운명이라 생각하며 체념하는 것도 정신건강과 再起(재기)를 위한 다짐에 이로울 것이다. 곧 길흉화복

뿐만 아니라 만물의 성쇠나 홍망과 전환 역시 운명적이라는 뜻을 포함한다.

인간에게 죽음이 가까워지면, 가끔 어떤 예감이나 전조 같은 것이 나타난다. 이를 통하여 추론한다면, 일체의 모든 중생은 느낌이나 인식이 있기에 죽음에 임박하면 틀림없이 어떤 징조가 나타나게 된다. 비록 사람들이 그런 징조를 인식하지 못하거나, 아니면 놀라며 인식하더라도 말로 구체적으로 표현을 못할 뿐이다.

대체로 인간의 생사는 어떤 한계가 있고 또 정해진 운명 같은 것은 주거나 뺏을 수도 없으며 태어나거나 죽는 일 자체가 주어지고 받는 것이니, 모든 것을 자연(自然)으로 인식하게 된다.

다만 나중에 어떤 결과를 얻기 위하여 다만 자신의 복을 조금 마련하거나 비축할 필요는 있을 것이다. 부귀는 사람들의 공통된 욕망이지만 억지로 사람의 욕망이나 힘으로 얻을 수 있는 것이 아니다.

만약 어떤 사람의 큰 부유나 고귀한 지위를 두고 말한다면, 이는 하늘이 주관한다고 생각해야 한다. 한 개인의 성장이나 돈벌이 역시 하늘이 주재하지 않는 것이 없다고 생각할 수 있으니, 모두를 사실상 하늘이 조절한다고 생각하면 마음이 편한 것이다.[72]

을 천운으로 돌리고 생활하면서, 예를 지키고 잘못이나 악행이 없다면 남도 나에게 공손하고 예를 지킬 것이다. 그렇다면 세상 사람 모두가 형제와 같을 것이니(四海之內皆兄弟), 형제가 없는 것을 어찌 걱정하겠는가?

이런 줄을 모르고 어떤 사람이 과도한 욕심을 부리거나 무리한 일을 벌리면서 억지로 부귀를 기어이 이루겠다면, 그저 가소로울 뿐이다.

이런 욕망을 가진 사람은 지금 자신이 누리는 부귀나 안락한 생활도 자신의 몫이 아닐 수도 있다는 생각을 하지 않기에, 지금의 모든 것은 당연한 내 몫이니 좀 더 많은 것을 가지려 욕심을 내는 것이다.

만약 어떤 사람이 천명을 거역하면서, 아니면 주군을 속이면서 위세를 부린다면, 그러는 동안에 하늘에 죄를 짓게 되고, 그러면 뒷날 자신에 닥칠 재앙이 결코 작지 않을 것이다.

현종은 근정루에서 연회를 열어 백성들과 함께 술을 마시며 밤새워 즐긴 후 온 천하가 흉사가 없이 태평하다고 생각하였다.

---

72 큰 부자는 타고난 팔자지만(大富由命), 작은 부자는 부지런하면 된다(小富由勤). 작은 부자는 사람이 이루지만(小富由人做), 큰 부자는 하늘의 뜻이다(大富天之數). 부귀한 집이 관대하지 않다면(富貴家不肯從寬), 필히 뜻밖의 화를 당할 것이다(必遭橫禍). 부귀와 빈천은 모름지기 바른길로 얻어야 한다(富貴貧賤須以道得之). 차라리 청빈할지언정(寧可淸貧) 지저분한 부자는 안 되겠다(不可濁富). 더러운 부자는 깨끗한 가난만도 못하다(濁富不如淸貧). 복 많은 사람에게는 하늘의 도움이 있다(福人自有天相). 나무가 크면 그림자도 크고(樹大影大), 담력이 크면 재복도 크다(膽大福大). 배짱이 커야 큰돈을 번다.

양국충은 조정의 정사를 맡아보면서 한사코 현종에게 아부하고 황제를 속였으며, 권세를 믿고 뇌물을 받아 먹었다.

권력자 편에 붙어 벼슬자리를 얻어 국록을 탐하는 자들은 양국충의 저택을 뻔질나게 출입하였다. 섬군(陝郡)의 진사 장단(張彖)은 장안에서 등용을 기다리며 이런 정경을 보고 개탄하였다.

'이 사람들이 우상 양국충을 태산같이 믿고 있지만 내가 보건대는 빙산(氷山)에 불과하다. 밝은 해가 솟아오르면 따르는 자들은 붙들 것이 없어진다. 그러니 나는 자리를 털고 피해야 하겠다. 그렇지 않으면 그 해악이 나에게도 미칠 것이다. 그러니 어찌 함께 일할 수 있겠나!'

장단은 관직을 단념하고는 바로 장안을 떠나 숭산(崇山)에 들어가 은거했다. 그때 시세를 아는 사람들은 모두 천하에 난리가 터질 것이라고 생각하였다.

하지만 현종은 무사태평하다 믿고 아무런 우려없이 밤낮으로 궁중에서 즐기는 데 정신을 팔았다. 양귀비도 더더욱 건방지게 놀았다. 왕궁에는 양귀비에게 소속되어 비단을 짜고 수를 놓으며 기물에 조각하는 일을 맡아보는 사람이 수백 명이 있었다. 그들은 생일을 축하할 때 진상하는 물건을 공급하는 일꾼으로 쓰였다.

현종은 늘 사자를 파견하여 신기하고 좋은 물건을 여러 지방에서 진상하게 했다. 여러 곳의 지방관청의 관리들 가운데서 정교한 진주나 구슬 또는 골동품이나 의복을 양귀비에게 진상한 사람들은 모두 여러 차례 승진했다.

현종은 여러 곳으로 드나들며 노닐 때마다 양귀비와 함께 대부분 연(輦)에 앉아 행차하였다. 그러나 양귀비는 늘 말타기를 좋아하며 연에 앉는 것을 싫어했다. 그래서 어마감(御馬監)에 명령하여 좋은 말을 골라 준마로 키워 귀비가 타도록 했다. 말을 탈 때마다 여러 궁녀와 시녀들이 부축해서 오르게 하고 고력사가 고삐를 잡고 견마잡이로 나섰다.

전후 좌우에서 시중을 드는 궁녀만도 수십 명이나 되었다. 양귀비는 아름답게 치장하고 몸에 딱맞는 좁은 저고리나 가벼운 적삼을 입었다. 채찍을 들고 말을 천천히 달릴 때면 그 자태가 사람의 정신을 홀릴만 했다. 현종도 말을 타고 채찍질을 하며 달리기를 좋아하였다.

양귀비가 보고 웃으며 말했다.

"첩이 연을 싫어하고 말타기를 겨우 배웠으니, 사냥과 말타기에 익숙한 폐하를 따를 수 없습니다. 저는 폐하처럼 달릴 수 있더라도 응당 폐하께 양보하고 뒤를 따르겠습니다."

현종이 농담을 했다.

"기마(騎馬)야 짐이 좀 나을 것이요. 그러나 우아한 풍류야 짐이 그대를 따르질 못하오."

그러자 귀비가 농담을 받았다.

"그래도 노익장(老益壯)[73]이라는 말이 있지 않습니까?"

그들은 서로 돌아보며 웃어댔다. 후세 사람이 쓴 이런 시가 있다.

---

73 노익장(老益壯)－후한(後漢)의 장군 馬援(마원, 前 14－서기 49)은 12살에 부친을 여의었으나 젊어서도 큰 뜻을 품어 여러 형들이 기특하게 여겼다. 큰형 馬況(마황)이 동생 마원에게 말했다.
"너는 재주가 뛰어나니 대기만성(大器晩成)해야 한다."
마원은 젊어 역경에 처했지만 "丈夫(장부)가 뜻을 세웠다면 곤궁하더라도 더욱 굳세어야 하며〔궁당익견(窮當益堅)〕 늙더라도 더욱 당당해야 한다(老當益壯)."라고 말했다.
우리가 흔히 쓰는 '노익장(老益壯)'은 老當益壯(노당익장)의 축약이다. 이는 신체 건강을 의미하는 말이 아니고, 의지의 실천력을 강조하는 말이다. 또 마원은 가는 곳마다 농사와 목축에 힘써 큰 재산을 모았다. "재산을 늘렸다면 그것을 베풀 줄 알아야 하나니, 그렇지 않다면 수전노(守錢奴, 守錢虜)가 될 뿐이다." 그리고는 그 재산을 형제나 지인들에게 모두 나눠주었고, 자신은 羊 가죽 웃옷이나 가죽 바지를 입고 살았다.
마원은 後漢의 유명 장군으로, 후한 개국에 큰 공을 세웠다. 후한 光武帝(광무제) 때 복파장군(伏波將軍)이었기에, 보통 마복파(馬伏波)로 통칭한다. 마원의 딸이 後漢 明帝의 馬皇后(?－79)이다. 후한 말 三國 초기의 馬騰(마등)과 馬超(마초)는 마원의 후손이었다.
마원이 조카들에게 보낸 편지에서 말했다.
「점잖은 사람을 본받으려 노력하면 꼭 그와 같지는 못하더라도 비슷한 사람이 되는데, 이는 고니를 만들다가 잘못되면 오리와 비슷한 것과 같다(刻鵠不成이면 尙類鶩者). 그러나 남을 비평하기를 좋아하는 사람을 본받으려 하다가 그렇지 못하면 천하에 경박한 자가 될 것이니, 이는 마치 호랑이를 그리다가 잘못 그리면 오히려 개가 되는 것과 같다(畫虎不成反類狗者也).」(南朝) 宋 범엽(范曄)의《後漢書 馬援列傳》참고.

괵국부인 아침에 말타고 입궐하는데, (虢國朝天走馬來)
엷은 화장 희미한 눈썹은 자만감이다. (蛾眉淡掃見驕才)
살찐 귀비는 말을 타고 거드림 피니. (今看肥婢喬乘馬)
뒷날 마외파 목매 죽을 전조와 같다. (預兆他年到馬嵬)

그로부터 궁중에서 연회가 있으면 풍류진(風流陣) 놀이를 했다. 풍류진 놀이는 어떻게 하는가? 현종과 양귀비는 술이 거나하게 취하면, 양귀비가 1백여 명의 궁녀를 거느리고, 현종은 나이어린 내시들을 거느린다. 궁궐에서 양쪽으로 진을 치고 높은 휘장과 비단 이불을 깃발로 삼는다. 징과 북소리가 울리면 색칠한 짧은 죽봉을 들고 희희낙락 웃으며 돌격을 외친다. 두 편이 서로 희롱하며 격투를 벌인다. 궁녀들이 이기면 어린 내시들이 큰 술잔에 술을 마시는 벌을 받고, 또 현종이 먼저 술을 마셔야 한다. 내시들이 이기면 궁녀들이 합창하고, 양귀비가 비파로 반주한다.

그때 사람들은 비록 궁중의 놀이였지만 갑자기 전쟁하는 모양으로 변한다 하여 불길한 조짐으로 보았다.

이런 시가 있었다.

궁인이 싸움터 병졸을 흉내내니, (宮人學作戰場人)
풍류진 다툼이 즐거운 놀이란다. (陣號風流樂事新)
뒷날에 범양의 북소리 들려오니, (他日漁陽鼙鼓動)
슬프다 놀이가 결국은 사실이다. (堪嗟嬉戲竟成眞)

어느 날, 풍류진 놀이에서 궁녀들이 이겼다. 양귀비가 전례대로 내시들에게 두 말 술을 마시게 하는 벌을 내리고, 금잔에 술을 부어 현종에게 올리며 먼저 마시게 했다.

현종도 금잔을 귀비에게 주며 말했다.

"그대도 짐과 함께 한 잔 꼭 마셔야 하오."

"그렇지만 이는 제가 마실 술이 아닙니다. 은혜로운 술이니, 첩과 폐하께서 골패를 던져 승부를 갈라 폐하께서 이기면 첩이 마시겠습니다."

현종이 웃으며 허락했다. 고력사가 골패를 가져왔다. 현종과 양귀비가 한 번씩 던졌으나 승부가 나지 않았다. 세 번째 던져서 양귀비가 이기는 빛깔의 골패를 던졌으므로 현종이 질 가능성이 많아졌다. 중사(重四)가 나와야만 판을 돌려 이길 수 있었다. 이런 판국에 현종이 골패를 던질 차례가 되었다.

현종은 던지면서 소리쳤다.

"중사가 나오너라."

골패가 빙그르 한참 돌다가 멈추는 것을 보니 쌍쌍이 중사였다.

현종은 좋아서 크게 웃으며 양귀비에게 말했다.

"짐이 '나와라!' 하는 재주가 어때? 이제는 마셔야지!"

양귀비가 술잔을 들고 말했다.

"폐하께서 하늘만큼 많은 복을 가졌으니 첩이 술을 못해도 마시겠습니다."

"짐은 미인과 함께 하고, 미인은 술을 마시니 복을 함께 누리는 것이야!"

양귀비는 고맙다 인사하고 마신 후 만세를 환호했다.

현종이 고력사를 돌아보며 말했다.

"이번에 중사 골패가 짐의 뜻대로 되었으니 붉은색을 칠하라!"

고력사가 명령대로 골패의 제4색에다 몽땅 붉은 연지를 발랐다. 지금 골패의 홍사(紅四)는 이때부터 시작되었다.

골패짝도 황은을 입어 붉게 칠하니, (骰子亦蒙賜緋)
황제 은택이 골패까지 미쳤다 하리. (可謂澤及枯骨)
이를 충성심에 비유한다면, (如以赤心相托)
주군 은택이 지금껏 살아있구나. (君恩至今不沒)

그날 현종은 골패 놀이서 이기자, 마음속으로 자못 흐뭇하여 양귀비와 함께 몇 잔 더 마시고 많이 취했다. 현종은 주흥을 빌어 다시 골패를 놀았는데, 골패를 힘주어 던지다 보니 골패 하나가 땅에 떨어졌다. 고력사가 재빨리 땅에 꿇어앉아 주우려 했다.

현종은 고력사가 땅에 엎드려 골패를 주우려 하는 모습을 보고, 웃기려는 생각에 골패 판을 고력사의 등에 올려 놓았다. 그리고 양귀비를 끌어 땅에 앉아서 그의 등에 다 대고 골패를 던졌다. 두 사람은 교대로 골패를 던지면서 "6이 나와라", "4가 나와라" 하며 계속 던졌다. 고력사는 두 무릎을 꿇었다가 두 손으로 바닥을 짚고는 꼼짝도 못하고 그 자세를 유지하느라 고생 좀 했다.

그때 방 안 용마루 쪽에서 말소리가 들렸다.

"황제폐하와 귀비마마께서는 '4 나와라', '6 나와라' 라고 말하시지 말고, 고력사도 일어나 허리를 '쭉 펴게(直直腰)' 하십시오."

그가 말한 것은 허리를 쭉 펴라는 것이 아니라 '2가 나오도록 던지라는 뜻' 인 줄은 아무도 몰랐다. 2가 나오도록 던지게 하라는 말 가운데는 허리를 쭉 펴게 하라는 말이 숨겨져 있었다. 현종과 양귀비는 모두 통쾌히 웃으며 내시 보고 말판을 치우고 고력사를 일으키게 했다. 고력사는 머리를 조아리며 물러났다. 현종과 양귀비는 함께 침소로 들어갔다.

그러나 용마루에서 들려온 소리는 사람이 아니라 흰 앵무새인 줄은 아무도 몰랐다. 이 앵무새는 안록산이 처음 입궁하여 양귀비를 배알할 때 진상한 새였다. 궁중에서 키운 지 오래여서 아주 잘 훈련시켜 놓았다. 제멋대로 날아다닐 수 있게 새장에 가두지 않아서 앵무새는 언제나 양귀비의 곁을 떠나지 않았다. 사람의 뜻을 알아차리고 말을 아주 잘하였는데, 매우 총명했기에 양귀비는 보배처럼 아끼면서 설의녀(雪衣女)라는 이름을 지어 주었다. 앵무새가 하루는 양귀비의 경대 앞에 날아와 말했다.

"제가 어젯밤 꿈을 꾸었는데 불길했어요. 꿈에 새매한테 쫓겼어요. 명이 길고 짧은 것은 팔자라, 그래서 아마 마마 곁에서 늘 시중들 수 없어요."

말을 마치자 앵무새는 깊은 슬픔에 잠긴 것 같았다.

양귀비가 앵무새를 위로했다.

"꿈이 꼭 맞지는 않으니 걱정하지 말라. 불안하면 반야심경(般若心經)[74]을 늘 읽어라. 그러면 재앙이 물러가고 복을 받을거야."

앵무새가 종알거렸다.

"좋아요, 마마의 교시를 따르겠습니다."

양귀비는 시녀에게 명하여 향로에 향을 피우고, 평소에 써놓은 반야심경을 꺼내 합장하고 낭랑하게 두 번이나 읽었다. 앵무새가 옆에서 귀담아 듣더니 모두 똑똑하게 기억하고 그대로 암송했다. 한 자도 틀리지 않았다. 양귀비는 아주 기뻐했다.

그 뒤로 앵무새는 아무데서나 반야심경을 암송했다. 어떤 때는 눈을 감고 중얼거리기도했다. 이렇게 석 달이 지났다. 어느 날 현종과 양귀비가 후원에서 거닐다가 탄궁(彈弓)으로 놀이 삼아 까치를 쏘았다. 양귀비는 한가롭게 망원루(望遠樓)에 앉아서 구경했고 앵무새도 날아와 창문 턱에 앉았다. 이때 사냥 짐승을 기르는 내시가 새매를 치켜들고 누각에서 내려왔다. 그 새매가 어느새 앵무새를 보고 날아올라 창문으로 덮쳤다.

앵무새가 깜짝 놀라 소리쳤다.

"아이쿠, 큰일났구나!"

---

74 《반야바라밀다심경(般若波羅蜜多心經)》 – 大乘佛教(대승불교)의 공성(空性) 이해를 위한 불경.

앵무새는 급히 누각 안으로 날아들었다. 이때 먼지털이개를 쥐고 있던 궁녀가 먼지털이를 휘둘러 앵무새의 눈을 치니 앵무새는 되돌아 날아와 누각 앞에 떨어졌다. 양귀비가 한 걸음에 달려가 앵무새를 보니 땅바닥에 죽은 듯이 엎어져 있다가 한참만에 깨어났다.

양귀비가 위로해 주었다.

"설의녀야, 몹시 놀랐지!"

앵무새가 대답했다.

"꿈과 맞아 떨어져 크게 놀랐습니다. 아마 다시 살아나기 어려울 것 같습니다. 그 사냥매한테 잡히지 않은 것만도 다행입니다. 불경을 외운 덕을 봤습니다."

그리고는 두 눈을 감고 먹기도 말도 하지 않았다. 그 뒤로 양귀비는 틈만 나면 앵무새 설의녀를 보살펴주었다.

3일 후에 앵무새는 눈을 바로 뜨고, 양귀비에게 말했다.

"저는 불경을 외운 덕분에 다행히 몸을 벗어나서 극락에 가려 합니다. 마마께서 부디 자애하십시오."

말을 마치고는 몇 번 울더니 서쪽을 향해 몸을 곧바로 폈다. 그리고 눈을 감았다.

모든 사람은 본래 불성을 지녔으니, (人物原皆有佛性)
인간은 우매해도 동물도 똑똑하단다. (人偏昧昧物了了)
앵무는 말하고 깨우칠 수도 있다니, (鸚鵡能言更能悟)

사람이 어찌 앵무만 못하겠나. (何可人而不如鳥)

앵무새가 죽자 귀비는 몹시 슬펐다. 내시를 시켜 앵무새를 비단으로 감싸서 땅에 묻었다. 양귀비도 이후 반야심경을 자주 읽으며 죽은 앵무새의 혼령을 위로하였다.

현종도 전해 듣고 거듭 탄식했다. 그때 궁중에서 기르는 앵무새 수십 마리가 새장에 갇혀있었다.

현종은 앵무새들을 모두 가져오게 한 뒤에 새장의 앵무새들에게 말했다.

"앵무새들아, 너희도 본 고향이 그리울 것이다. 내가 오늘 너희들을 모두 풀어주겠다."

앵무새들 모두가 찍찍대며 소리를 내었다. 현종이 내시에게 명하여 새장을 광남산(廣南山)에 가져다가 풀어준 것은 더 말하지 않겠다.

한편 양귀비는 앵무새 설의녀가 죽은 것을 생각하며 가끔 눈물을 흘렸고, 눈물을 흘리는 귀비의 얼굴은 차분하여 또 다른 매력이었다. 그래서 궁중의 비빈과 시녀들은 모두 그 모양대로 하느라고 단장을 마치고는 두 볼에 다 흰 분을 살짝 발라 눈물을 흘린 흔적처럼 만들고 서로 아름다움을 자랑했다. 그러나 분별력을 가진 사람들은 이러한 풍조를 불길한 조짐으로 받아들이기 충분했다.

눈물이 없는 두 줄 눈물 자국 거짓이니, (無淚佯爲淚兩行)
그렇게 고운척 꾸미니 길조는 아니로다. (總然娬媚亦非祥)
다른 날 슬프고 처량한 마외파 마지막에, (馬嵬他日悲淒態)
눈물자국 그리는 화장을 할 수 있겠나? (可是描來作淚妝)

귀비는 평소에 설의녀 앵무를 좋아했다. 물론 앵무새가 귀여운 이유도 있었지만, 그 앵무새는 안록산이 가져온 선물이었다.

우리나라 속담에 아내가 좋으면 처갓집 소말뚝을 보고도 절한다고 하였다. 중국에는 아내가 고우면 처갓집 지붕의 까마귀도 이뻐보인다고[75] 하였다.

귀비가 지금 앵무새 죽음을 슬퍼하는 것은 물건을 보자 옛 정이 그리워지는 격이었다.

안록산은 범양에서 늘 양귀비와 괵국부인을 그렸지만 양국충이 투기하는 바람에 옛정을 잊기가 어려웠다. 안록산은 나라를 빼앗거나 황제의 자리를 찬탈하지 않고서는 다시 귀비와 괵국부인과 즐길 수 없다고 생각했다.

안록산은 밤낮으로 군사를 일으켜 반역하려 하였으나 현종이 자신을 아주 후하게 대우하였기에 그 은덕을 생각해서라도 현종이 붕어한 뒤에 거사하려 하였다. 그러나 그런 심보를 헤아릴 수

75 옥오지애(屋烏之愛)라는 말이 있다.

없는 양국충은 수시로 안록산을 자주 괴롭혔다. 양국충은 안록산을 자극하여 반역하게 한 뒤에 자신의 예측이 옳았다는 사실을 증명하려 하였으니, 말하자면 고의로 반역을 도발케 하는 것과 다르지 않았다.

이에 안록산도 안록산 나름대로 머리를 굴렸다. 안록산도 한 가지 사단을 만들어 조정을 한 번 떠보려고 변방의 말(馬)을 조정에 진상하겠다고 상주했다.

「신 안록산이 변방의 일을 맡은 이곳에는 준마(駿馬)가 많이 납니다. 신이 이번에 상등 준마 3천 필을 골라 조정에 헌납하겠습니다. 신이 진상하는 말이 왕모중(王毛仲, ?－731년, 현종의 신하, 78회 주석 참고)이 예전에 변방에서 길러낸 말보다 못할 수 있으나, 이 말들을 어마(御馬)로 쓸 수 있습니다. 이후 어가가 태산에 올라 봉선(封禪)[76]을 하거나 교외에서 교제를 올릴 때 또는 사냥에 도움

---

76 封禪(봉선)－고대 제왕이 天地에 제사를 올리는 중대한 의식. 封墠(봉선), 封禮(봉선)으로도 표기. 封은 천자가 단을 쌓고 祭天하는 의식. 封. 또는 登封으로도 표기. 泰山의 동쪽에 조성한 壇(단)은 길이 1丈2尺(1丈은 231cm, 1尺 = 23.1cm) 높이 9尺이라는 기록이 있다. 後漢 光武帝는 建武中元 元年(서기 56년) 封泰山하고 梁父山에서 禪祭를 올렸다. 광무제는 輦(연)을 타고 升山(승산)하여 壇南(단남)에 北面하여 자리하고 尙書가 바친 玉牒(옥첩)에 광무제가 직접 국새를 찍어 봉한 뒤, 땅에 묻고 돌로 덮고서 광무제가 再拜(재배)했다고 하였다. 옥첩의 문장은 비밀이었고 그 刻石의 文辭가

이 될 것이라 생각합니다. 말 한 필에 몰고가는 사람을 두 사람씩, 그리고 이민족 출신의 장수 24명을 파견하여 군마를 헌상하겠습니다. 길일을 택하여 기다렸다가 즉시 떠나고자 합니다. 바라옵건대, 지나야 할 그곳 지방의 각 관원들은 군량과 마초를 미리 마련해 놓고 공급하도록 지시를 내려 주십시오. 삼가 상주합니다.」

안록산이 이런 상주를 한 것은 말을 진상한다는 핑계를 대고 군사를 움직여 지방을 점령하려는 틈을 타자는 속셈이 있었다. 현종은 상주문을 읽은 뒤 깊은 생각에 잠겼다.

'안록산의 준마 헌상은 좋은 일이야. 그런데 왜 그리 많은 장수를 보내는가?'

현종은 그 상주를 중서성(中書省)에 보내 의론케 하였다. 양국충이 이튿날 입궐하여 아뢰었다.

"변방의 지방관이 조정에 말을 진상하는 일은 늘 있었습니다.

많아서 수록하지 않았다고 하였다. 곧 封에는 印封과 埋葬(매장)의 의식이 포함된다.

禪於梁父 – 梁父(양보)는 縣名. 今 山東省 泰安市 관할 新泰市. 태산 아래의 小山 이름, 양보(梁甫)로도 표기. 封은 흙을 쌓아(聚土) 壇을 만드는 것, 禪(墠, 제터 선)은 땅을 깨끗하게 쓸고(除地) 올리는 제사. 이는 山川의 제신에 대한 제사를 의미. 진시황은 始皇 28年(前 219)에 泰山에 봉하고, 梁父山에서 禪한 이후 漢 武帝는 元封 원년(前 110) 封泰山하고 숙연산(肅然山)에서 禪했다.

그러나 지금 안록산이 고의로 3천 필의 말을 헌상한다는 핑계로 장수를 파견하려 획책하고 있습니다. 견마잡이까지 총 6천 명이나 됩니다. 24명 이민족 출신 장수들이 각기 이민족 병사와 한인 병사를 거느리고 올 터이니, 그 숫자가 엄청나게 많아 합하면 1만여 명이나 됩니다. 이 정도의 병력이면 싸움을 하거나 성지를 함락하려는 것과 무엇이 다르겠습니까? 그 심보를 알 수 없고, 경솔히 믿을 수가 없습니다. 마땅히 엄한 칙명으로 문책하여 그의 교활한 음모를 밝혀야 합니다."

현종이 말했다.

"그가 준마를 헌상하겠다고 상주하였으니, 그 상주문만 가지고 거짓 뜻으로 상주했다고 문책할 수야 없다. 또 말을 몰고 오는 병졸이 많다고 해도 꼭 다른 뜻이 있다고 말할 수도 없다. 급하게 문책 말고 말 모는 인부를 줄이라고 어명만 내리면 되는 것이다."

"진상한다는 이름을 걸고 실제로는 반역하자는 뜻입니다. 엄한 문서로 문책하지 않는다면, 그 자는 조정에 인재가 없다고 생각할 것입니다."

"너무 서둘러 처리하지는 마시오. 짐이 더 깊이 생각해 보겠소."

양국충은 앙앙불락(怏怏不樂)하며 물러 나왔다.

현종이 망설이고 있을 때 하남윤(河南尹)인 달해순(達奚珣)[77]이

---

77 달해순(達奚珣, ?－758년, 達奚는 복성)－낙양 출신. 玄宗의 신하. 禮

긴급 문서로 은밀히 상소했다. 예전에 진국정과 인연을 맺었던 달해영영(達奚盈盈)의 숙부였던 그는 안록산이 말을 헌상하겠다고 상주한 불길한 소문을 듣고 아주 이상하게 여겼다.

「안록산이 말을 진상하겠다고 상주한 글에서 장병을 많이 파견하겠다고 한 것은 그 저의가 의심스러우니 일단은 온화한 말로 제지하십시오.」

현종은 달해순의 밀주(密奏)를 읽고서도 생각에 잠겨 결단을 내리지 못했다. 그날 편전에 차린 연회석에 앉은 현종은 섬돌 아래에서 시중들고 있는 고력사를 보자, 가까이 불러 물었다.

"짐은 안록산에게 아주 후한 총애를 베풀었다. 안록산도 짐의 후한 총애를 느끼고 있으니 배반하리라고는 생각하지 않는다. 그 전에 짐이 보무림을 보내 은밀히 살펴 보고하라고 하였는데, 보무림은 안록산이 다른 심보를 품지 않고 충성을 다할 것이라고 했다. 그런데 지금 그 안록산이 갑자기 변심했단 말인가?"

그런데 원래 보무림은 평소에 현종의 총애를 믿고 방자해져 고

部 시랑으로 근무 중 양국충의 아들 양훤(楊暄)이 급제, 吏部侍郎을 거쳐 河南尹(하남윤)이 되었다. 안록산의 난이 일어나고 반군이 낙양을 점거하자 달해순은 안록산에게 투항, 안록산의 신하로 시중(侍中)이 되었다. 숙종 至德(지덕) 2년(757年), 곽자의가 長安을 수복한 뒤, 안록산에게 협조했던 2백여 명이 양국충의 옛집에 죄수로 갇혔다가 달해순 등 17명은 참수되었다.

력사와 사이가 좋지 않았다.

고력사가 아뢰었다.

"사람의 마음은 짐작하기 어렵습니다. 폐하께서 안록산이 다른 뜻이 없다고 지나치게 믿을 바도 아닙니다. 신이 들은 바에 의하면, 보무림이 두 차례나 어명을 받들고 사자로 범양에 가서 안록산이 주는 뇌물을 몰래 많이 받았다고 합니다. 그래서 좋은 말로 덮어 감추고 복명하였을 수도 있습니다. 어찌 보무림의 말을 전부 믿을 수 있겠습니까?"

현종이 놀라서 물었다.

"그런 일이 있었단 말인가? 보무림이 뇌물을 받았다고 어떻게 아는가?"

"제가 이전에 그 일을 들어 얼마간 알고 있었으나 많이 믿지는 않았습니다. 보무림이 어명을 받들고 물건을 구입하러 갔다가 돌아왔기에 제가 문안하러 간 적이 있었습니다.그가 목욕하고 있었기에 앉아서 기다리는데, 마침 탁자 위에 사사로이 보내온 안록산의 서신이 있었습니다. 서신에는 조정의 거동과 근자 궁중의 일을 물었습니다. 또 그에게 무슨 일이 있으면 여러모로 잘 감추어 주선해 달라 하였고, 가만히 알려 달라는 말도 있었습니다. 그때 제가 채 훔쳐보지 못했는데 보무림이 갑자기 들어와서 대뜸 그 서신을 감추어 버렸습니다. 이로 보건대, 그가 결탁해서 뇌물을 받아먹고 밀통하니 그런 일이 있다는 것을 믿게 되었습니다. 제가 이를 폐하께 은밀히 말씀드리려던 참인데, 지금 물으시기에 말씀드렸습니다."

현종은 대노했다.

"보무림, 그놈이 어떻게 부탁한 일이라고 간도 크게 뇌물을 받아먹고 짐을 속였단 말인가? 가증스럽기 짝이 없구나!"

현종은 즉시 명령하여 보무림을 불러다 심문케 하였다. 또 고력사를 시켜 어림군 장수를 거느리고 보무림의 저택에 찾아가 밀서와 뇌물들을 수색하게 했다. 얼마 지나지 않아 보무림은 불려왔고, 그가 받은 밀서와 뇌물도 모두 압수하여 황제께 보고하였다.

보무림과 안록산 사이에 오고 간 밀서가 매우 많았는데, 고력사는 그 가운데서 양귀비와 관계되는 말이 있는 것을 찾아내어 없애버렸다. 그리하여 궁중의 은밀한 일은 다행히 드러나지 않았다.

천둥처럼 대노한 현종이 당장 보무림을 끌어내 죽여버리라고 하자, 고력사가 조용히 아뢰었다.

"폐하께서 보무림을 눈앞에서 당장 박살을 내려 처벌하시더라도 꼭 다른 구실을 대고 징벌해야 합니다. 폐하께서는 절대 밀서와 뇌물 받은 일들을 비밀에 부쳐야 합니다. 그렇지 않으면 급변이 있을까 걱정됩니다."

현종은 즉시 보무림이 칙령대로 물품을 구매하지 않아 국고를 축내었기에 처형한다고 발표했다. 초라한 보무림은 탐욕에 뇌물로 목숨을 잃었다. 애당초 나공원 선사가 그에게 귀띔한 것처럼 재물을 탐하지 않았더라면 화를 면할 수 있었을 것이다. 하지만 그는 스스로 깨닫지를 못했다.

탐욕이 없다면 그게 보배이니, (不貪乃爲寶)
뇌물은 틀림없이 몸을 망친다. (有賄必焚身)
신선의 부탁을 잊어버렸다면, (忘卻仙師語)
언제나 재앙을 끼고 살게 된다. (時時與禍鄰)

현종은 평소에 안록산은 가슴에 충성심이 가득한 신하라고 인정했었다. 그런데 그런 안록산이 지금 보무림에게 뇌물을 먹여 결탁하고, 조정과 궁궐의 일을 염탐했다는 말을 듣고서야 비로소 의심을 갖기 시작했다.

이런 상황에서 양귀비도 더 이상 안록산을 위해 변호할 수가 없었다. 다만 몰래 한숨을 내쉬며 탄식할 뿐이었다. 현종은 달해순이 상주한 의견대로 온화한 말로 안록산이 말을 헌상하려는 뜻을 제지했다. 현종은 사자로 환관 풍신위(馮神威)를 보내 조서를 가지고 안록산 군진에 가서 전달케 하였다.

「경이 조정에 준마를 헌상하겠다고 올린 글을 보고 그 충성심을 알 수 있어 짐은 대단히 기뻤노라. 하지만 많은 준마를 이동하는 일을 겨울이 편리하다고 생각하노라. 지금은 초가을 한창 추수철이고 농사일에 분주한만큼 마초나 군량 조달과 백성 사역도 쉬운 일이 아니다. 그러니 경은 잠시 대기하며 짐의 다음 명령을 기다리는 것이 좋을 것이다. 그리고 변경에서는 준마가 많이 필요할 것이고, 겨울철 이민족의 변방 침입에 대한 방비도 결코 소홀히 할 수 없는 일이다. 변방의 장졸을 장안까지 오게 하는 것도 한편으로는 변방 전력의 손실이 될 수 있어 쉽게 판단할 수는 없다고 생가하니 보다 신중하기를 바란다. 이번 일로 변방을 잘 방어하는 장군의 노고를 다시 한번 치하하노라.」

풍신위가 조서를 가지고 밤낮을 달려 범양에 도착했다. 안록산은 벌써 조정의 뜻과 또 양국충이 여러 말을 하였다는 것까지 탐지하고 마음속으로 여간 분해하지 않았다.

조서가 이르렀다는 말을 들었어도 안록산은 영접하러 나가지도 않았다.

풍신위는 안록산이 조서를 받으러 나오지 않는 것을 보고 조서를 가지고 그의 저택으로 찾아갔다. 안록산은 먼저 자신의 저택에 많은 병장기와 무장한 장졸을 볼 수 있도록 전시하였다. 풍위신은 이런 정경을 보고 속으로 몹시 놀랐다.

안록산은 북방 이민족의 탁상에 앉아 풍신위가 조서를 가져오는 것을 보고서도 일어나 받지도 않았다. 풍신위가 조서를 펼치고 다 읽자, 녹산은 만면에 노기를 띠고 말했다.

"귀비께서 근일 궁중에서 말타기를 배운다는 말을 들었소. 나는 폐하께서도 꼭 말을 좋아할 것이라 예상했소. 그래서 여기에서 가장 좋은 말이 있어 몇 필 진상하려고 했던 거요. 지금 조서의 의향이 이러니 진상하지 않겠소."

풍신위는 그가 제멋대로 위세를 부리고 태도가 교만할뿐더러 말투도 당돌한 지라 좋은 마음을 품은 것이 아니라고 단정했다.

그래서 풍신위는 굳이 안록산과 논쟁할 필요도 없다고 생각하였다. 안록산은 연회를 베풀어 천자의 칙사를 대접할 생각도 하지 않고 사처에 나가 있으라고 말했다.

며칠 지나서 풍신위가 장안으로 돌아가 복명하기 위해 녹산을 찾아보고 폐하께 아뢸 말이나 올릴 글이 없는가 하고 물었다.

그러자 안록산이 말했다.

"조서에 말을 보내는 일은 겨울이 될 때까지 기다리라고 하였으니 10월까지는 말을 진상하지 않겠소. 앞으로 직접 장안에 올라가서 조신들의 정사를 살펴보려 하니, 지금 글을 올릴 필요는 없소. 나의 말을 전달하여 주면 그만이오."

풍신위는 더 말할 수도 없어 그만 돌아서 작별했다. 길을 다그쳐 장안으로 돌아와 황제를 뵙자, 그의 무례한 언행의 자초지종을 보고하였다.

현종이 듣고서 놀랍고 부끄럽고 분해했다. 양귀비가 그 옆에 동석하였는데, 현종은 양귀비를 돌아보며 노기를 띠고 말했다.

"짐과 그대가 그 놈을 너무 후하게 대접했소. 그런데 지금 무례하기 짝이 없으니 반역하려는 의향이 똑똑히 밝혀졌소. 그러기에 사람들의 말이 많았지. 지금부터 사람들의 말을 믿지 않을 수 없군!"

말을 마친 현종은 탁자를 짚고 탄식했다. 양귀비도 머리를 숙이고 똑같이 그러나 다른 뜻의 탄식을 금치 못했다.

오늘서야 배신자를 알아 탄식하나, (今日方嗟負心漢)
그전에는 충성이라 잘못 알았었다. (從前誤認赤心兒)

과연 뒷일을 어떻게 되겠는가! 다음 회를 읽어 보시라.

제88회

안록산은 범양에서 반란을 일으키고, 봉상청은 동경에서 신병을 모집하다.(安祿山范陽造反, 封常清東京募兵.)

노래하나니, 詞曰,

고약한 여인, 끝내 돌볼 수 없고, (野心狼子終難養)
크게는 군왕을 배신하고, (大負君王)
여인의 행실도 아니 하며, (不顧娘行)
싸움을 야기해 미친 짓을 한다. (吵起干戈太逞狂)

간신은 자신의 짐작을 뽐내었고, (權奸還自誇先見)
강자를 격분시켜 반역케 했으나, (激反强梁)
반역자 크게 창궐하자, (勢已披猖)
신병 모집해 어찌 막겠는가. (縱募新兵那可當)

— 곡조 〈추노아〉 — 調寄 〈醜奴兒〉

예로부터 역적〔亂臣賊子(난신적자)〕은 모두가 힘써 토벌하고 죽여버려야 한다. 황제에게 아부하는 역적을 알아내어, 세력이 커져 토벌이 어렵기 전에 재빨리 제거해야 한다. 조정의 권신(權臣)일 경우 더욱 그렇게 해야 한다.

진실된 마음으로 나라를 위하여 간신을 알아내어 고약한 종기〔악종(惡腫)〕를 제거해 버려야 한다. 반역을 미연(未然)에 예방하고 장래의 걱정거리가 커지기 전에 없애야만 확실히 안심할 수 있다.

황제가 간악한 자를 충신이라고 여기고, 역적을 옆에 두고도 알아내지 못한다면, 처음에는 종기를 곪게 방치한 것과 같으나 나중에는 풀어놓은 호랑이처럼 해악을 끼치게 된다.

조정의 대신은 나랏일을 뒷전으로 하고 인정에 얽매여 국법을 어긴다. 처음에는 붕당(朋黨)을 만들어 간악한 일을 저지르다가, 나중에는 서로 미워하고 질투하게 된다.

역적이 아직 반란을 일으키기 전에는 개인적인 원한 때문에, 그가 틀림없이 반역할 것이라고 말한다. 그리고 자신의 말을 실제로 증명하고 쾌감을 얻고자 온갖 방법을 다 만들어 사단(事端)을 일으키며 자극한다.

그러나 반란을 유발할 수는 있지만, 반란을 평정하지는 못한다. 오로지 큰소리만 치면서 황제를 속이고 국정을 그르친다. 적을 얕잡아보고 경솔하게 진공하다가 패전한다. 그러면 상황을 제대로 파악하지도 못하면서 쓸데없이 용병(用兵)을 논의한다.

그러면서 지금 군사로는 부족하다며 새로운 군사를 모집을 주장한다. 그러면 신병 모집에 관한 논의가 분분하게 일어나며 논쟁만 일으키니, 어찌 통탄하고 한스럽지 않겠는가!

현종은 안록산이 조정의 칙사가 갔어도 조서를 받으려 영접하지도 않고 오만무례했다는 태감(太監) 풍신위(馮神威)의 보고를 받고 대노했다.

풍신위가 이어 더 보고하였다.

"그 자가 하는 행위를 볼 때, 신은 호랑이 굴에 들어간 것과 다르지 않아 제가 폐하의 존안(尊顔)을 다시 볼 수 없을 것이라 걱정하였습니다."

이렇게 말하고 눈물을 흘리며 흐느껴 울자, 현종은 더더욱 분노하였다. 그 이후, 현종은 밤낮으로 궁중에서 안록산이 양심 없이 은혜를 저버린 놈이라고 모진 욕설을 퍼붓는가 하면, 깊은 생각에 잠겨 침울하기도 했다. 양귀비가 하는 수없이 나서서 현종의 불안한 마음을 풀어주어야 했다.

"안록산은 본래 이민족 출신이라 예의를 모릅니다. 그 자는 평소에 폐하의 지극한 총애와 아들 같은 대우를 받았습니다. 그래서 교만하고 건방지며 자만하는 지난 날의 나쁜 습성이 그대로 나타나 아무 거리낌 없이 발광하는 것이니, 폐하께서는 그리 심란해 하지 마십시오. 그 자가 전날에 글을 올려 준마를 진상하겠다고 한 것은 본시 반역의 뜻이 없을 수도 있습니다. 지금 그의 아들이 장안에 있으며, 또 황실과 결혼하였습니다. 그가 밖에서 반역 음모를 꾸민다면 자식의 목숨도 생각하지 않는 것입니다."

본래 안록산에게는 열한 명의 아들이 있었다. 큰아들 이름은 경종(慶宗)[78]이고, 둘째 아들은 경서(慶緖)[79]였다.

안경종은 현종의 종실인 영의군주(榮義郡主)를 아내로 맞았다. 때문에 안록산이 범양을 지키려고 나갔을 때 장안에서 혼례식을 올린 뒤에 범양으로 가지 않고 그대로 남아있었다. 이런 사정을 알고 양귀비가 현종의 마음을 위로하려 했다.

현종은 그 말을 듣고 깊은 생각에 잠겼다가 말했다.

"전날에 경종과 영의군주가 결혼식을 올릴 때 짐이 예관(禮官)을 시켜 장안에 올라와 결혼식에 참가하도록 안록산을 부르는 명령을 전하게 했지. 그러나 안록산은 변방의 업무가 바쁘다는 구실을 대고 오지 않았어. 지금 안경종을 시켜 아비에게 올리는 편지를 쓰게 하고 입조해서 사죄하라고 해봐야겠소. 오는가? 오지 않는가에 따라서 그 자의 마음을 가늠해 볼 수 있을 것이요."

---

78 안경종(安慶宗, ?－756년)－安祿山의 長子(장자). 안록산의 반란 전에 태복시 경(太僕寺, 卿)으로 재직했다. 안록산이 반역하자 장안에서 잡혀 죽었다. 아들 죽음에 대한 복수로 안록산은 곳곳에서 무자비한 살육을 자행하였다.

79 안경서(安慶緖, 723－759년)－唐 東平郡王, 東北三鎭節度使 安祿山의 次子, 初名 인집(仁執). 현종이 경서(慶緖)라는 이름을 하사했다. 아버지 안록산을 죽이고 즉위. 757－759년 재위. 연호 天成. 部將 史思明(부장 사사명)에게 피살되었다.

현종은 고력사에게 명하여 안경종에게 현종의 뜻을 전달하게 하고 신속히 편지를 써서 범양에 보내도록 사자를 파견하라고 했다. 또 '황제가 근래 화청궁에 온천탕을 새롭게 마련해 놓았는데, 이는 안록산이 목욕하도록 한 것이다. 그가 어찌 짐이 옛날에 목욕시켜준 일을 잊을 수 있는가.' 하는 뜻도 편지에 써 넣으라고 했다. 안경종은 명령을 받고 편지 한 통을 써서 황제께 올려 읽도록 했다. 현종은 그날로 사자를 파견하여 안경종의 서신을 가져가게 했다. 현종은 안록산이 서신을 읽고 찾아오리라고 믿었다.

그러나 양국충은 속으로 불안했다. 안록산이 아들의 편지를 보고 정말 입조한다면 조정에서는 그를 장안에 남겨둘 것이다. 안록산은 궁중에 뒷받침하는 세력이 있어 이후로 꼭 중용될 것이고, 안록산은 양국충의 총애와 권력을 빼앗으려 할 것이니 양국충 자신에게 불리할 것이라 생각하였다. 그럴 바에는 안록산을 자극해 일찍 반역하게 하면 양국충의 예측을 실증할 수도 있거니와 권력을 다툴 사람을 영원히 제거해 버리게 되니, 이야말로 일거양득이라고 생각했다.

그 시절에 안록산의 막료로 이초(李超)라는 사람이 장안에 있었다. 양국충은 이초를 모해하려고 암암리에 내통하여 사람을 보내 체포하여 어사대(御史臺) 옥에 가둔 후 죄명을 달아 죽여버렸다. 안록산이 위기를 느끼고 안절부절 못하게 하자는 의도였다.

양국충은 또 현종에게 은밀히 상주했다.

"안경종이 어명을 받들고 서신을 썼다지만 틀림없이 몰래 다른 편지도 썼을 것입니다. 신이 생각건대, 안록산은 입조하려 하지 않고 머지않은 장래에 거사할 것입니다."

양국충은 심복 밀사를 파견하여 암암리에 범양으로 가는 지역에 달려가서 유언비어를 퍼뜨리게 했다.

"황제는 안절도사가 조서를 태만하게 대하고, 조정의 사자를 욕보였으며, 또 몰래 궁중의 끄나풀과 밀통한 사실을 알아내었으므로 아주 대노하였다. 벌써 그의 아들 안경종을 궁궐에 가두어 놓고, 그 아비를 입조하여 사죄하라는 편지를 쓰게 명령하였다. 이는 그들 부자를 일망타진하자는 뜻일 것이다."

안록산은 이런 소문을 듣고 몹시 두려워했다. 며칠 지나지 않아, 과연 안경종의 편지가 도착되었다.

안록산이 편지를 보니, 대략 이런 내용이었다.

「전자에 아버님께서 올리신 준마를 진상하겠다는 표문을 황제께서 보시고 아주 충성스럽다고 치하하셨습니다. 다만 말을 몰고 오는 사람이 많으면 소란스러울까봐 좀 늦추라고한 것이지 다른 의도는 없습니다. 사자가 돌아와 아뢰기를, 아버님께서 황제의 말씀을 소홀히 대했다고 나무랬습니다. 그러나 다행히 관대한 은택을 베풀어 그것을 독찰하며 더 이상 따지지 않았습니다. 아버님께서는 반드시 속히 입조해 사죄하신다면 조정 상하 사람들의 의심을 일조(一朝)에 모두 풀어버릴 수 있을 것입니다. 아버님을 헐뜯는 소문도 저절로 자취를 감추게 되어 생명과 명망에 손해가 없을 뿐만 아니라 작위를 오래도록 보장받게 될 것입니다. 제가 어제 또 성지를 받았는데, 화청궁에 온천탕을 새로 마련했다고 합니다. 아버님께서 오시면 목욕할 수 있게 말입니다. 전날에 폐하께서 아버님을 목욕시켜 준 놀이를 떠올리게 합니다. 이는 아버님께서 입은 황은이 더더욱 망극하다 하겠습니다. 더구나 불초자가 혼례를 마치고 오랫동안 아버님께 인사도 올리지 못했습니다. 자애로운 아버님의 존안을 뵙고 싶은 심정이 간절하고 제 아내의 성심도 보여드리고 싶습니다. 불효자 경종의 글을 받아보시는 그날로 어명을 따르시기를 소자는 앙망합니다.」

안록산은 편지를 다 읽고 사자에게 물었다.

"나의 아들이 무사한가?"

"제가 출경할 때까지 나으리께서는 무고하셨습니다. 하지만 길가에서 떠도는 풍문에 막료 이초가 죄를 입어 투옥되었다는 말을 들었습니다. 또 소문에 의하면, 근일 궁중에서 무슨 사건이 발각되어 나으리께서 궁궐에 감금되었다는 말도 있으나 어찌된 영문인지 모르겠습니다."

"여기서도 그런 소문이 도니 근거가 없는 말일 것이오."

안록산은 또 은밀히 물었다.

"떠나올 때 귀비마마께서 가만히 전하라고 부탁한 말은 없었소?"

"저는 경종 나으리의 명만 받들고 편지를 간수하자마자 곧장 여기로 찾아오다 보니 귀비마마의 지시는 받지 못했습니다."

안록산은 사자가 하는 말을 듣고 더욱 의심을 품었다.

양귀비는 특별히 안록산을 돌봐주려고 이따금 몰래 편지를 보내곤 하였는데, 이번에는 왜 없었을까? 아마 경종이 어명을 받자마자 편지를 쓰고 사자를 파견해야 했으므로 양귀비가 개인의 편지를 끼워 보내기가 불편하였을 것이다.

양귀비는 속으로 안록산을 입조시켜 옛정을 나누고 싶었으나 안록산이 옥에 갇혀 암해(暗害)당할까 두려웠던 것이다. 또 안록산이 오지 않는다면 황제가 대노할까 근심하였다. 양귀비는 심복 내시를 몰래 파견하여 절대 입조하지 말고 사죄하는 표문만 올리라고 쓴 편지를 안록산에게 전해주려 했다.

그런데 편지를 다 써놓자, 양국충이 이미 몰래 범양으로 통하는 지역에 포고문을 돌려 긴요한 나룻터와 역참이 있는 곳에서는 변방의 안전을 조심해서 꼭 오가는 행인을 엄밀히 조사함으로써 첩자를 찾아내라고 하였으니, 어찌 하겠는가! 양귀비는 밀서를 발송할 엄두도 못내었다. 이런 소식을 탐문하고 혐의를 받을까 몹시 두려웠기 때문이다. 시비가 한창일 때, 자칫 탄로되면 사소로운 일로 볼 수 없었으므로 망설이며 사자를 파견하지 않았다.

안록산은 양귀비의 밀서가 없자, 궁중에서 밀통한 일이 발각된 것이 사실이라고 믿었다.

"내가 밀통한 일이 발각되었다면 빠져 나올 구멍이 없지. 오늘의 형세를 놓고 보아 반역하지 않을 수 없게 되었어!"

이리하여 안록산은 부하인 심복 공목관(孔目官, 胥吏)으로 태복승(太僕丞)인 엄장(嚴莊)[80] 서기(書記) 업무를 담당하는 둔전원외랑(屯田員外郞)인 고상(高尙),[81] 우장군(右將軍)인 아사나승경(阿史那承慶) 등 여러 사람과 반란 음모를 꾸몄다. 엄장과 고상은 안록산의 반역을 적극 권유하였다.

"주공이 정예 군사를 거느리고 요지를 차지하고 있는데, 지금 거사하지 않고 언제까지 기다리겠습니까?"

"나도 오래전부터 그런 뜻을 갖고 있었다. 그러나 폐하께서 나

80 엄장(嚴莊, 생졸년 미상) – 안록산의 모사(謀士)였다. 고상(高尙) 등과 도참(圖讖)을 날조 유포하면서 안록산을 따라 안사의 난(安史之亂, 755–763년)을 주동하였다. 嚴莊은 안록산 군영의 재물출납을 담당하였다. 안록산은 天寶 14載(755년) 반기를 들었고, 756년 東都(동도)인 낙양(洛陽)에서 칭제(稱帝)했다. 엄장은 어사대부(御史大夫)가 되었고 안록산 반군의 실질적 권력자였다. 나중에 안록산이 실명(失明)하고 다른 질병으로 난폭해지자 안록산 아들 안경서를 황제로 추대했다. 안사의 난이 실패한 뒤, 당조에 귀의하였다.

81 고상(高尙, ?–759) – 고상은 好學(호학)하고 글을 잘 지었다. 平盧節度使 안록산 아래서 書記(서기)를 담당했다. 安祿山 모반 이후 안록산이 칭제하며 대연(大燕) 정권 수립 이후, 모든 문건은 고상이 주도하였다. 안록산 아들 안경서가 제위에 올랐을 때 고상은 시중(侍中)이 되었다. 나중에 사사명(史思明)에게 살해되었다.

를 아주 후대한 은정을 생각하여 붕어한 뒤에 거사하려고 했소."

그러자 엄장이 말했다.

"황제는 지금 늙어 쇠약하고 주색에 빠졌으며, 간악한 권신이 조정의 대권을 잡고 있습니다. 정사는 엉망이 되었고 민심이 흩어졌으니 거사하기 좋은 때이며 성공할 수 있습니다. 황제가 붕어하기를 기다렸다가 새 황제가 올라앉아 현명한 자를 등용하고 간악한 자를 몰아내며 정사에 일심전력한다면 우리가 틈을 탈 수 없을 뿐더러 화를 당합니다."

그러자 안록산의 막료인 아사나승경이 말했다.

"화(禍)를 놓고 말한다면, 새 황제가 올라앉을 때가 아니라, 지금의 당 조정에도 얼마든지 있을 수 있습니다. 지금 거사가 어려운게 아니라 성사하는 일이 어렵습니다. 주도면밀한 계획을 세워 일거에 대업을 이룩하여야 합니다."

그러자 고상이 말했다.

"지금 나라의 병역제도는 날이 갈수록 형편 없어지고 있습니다. 장수들이 많다지만, 조정에서 간신이 권력을 잡고 있어 바른 정사를 시행할 수 없으니 달갑게 나서려고 하지 않을 것입니다. 그러면 일을 망치기 쉽습니다. 우리들이 동심협력하여 나서기만 하면 파죽지세로 관군을 격파하여 성공할 수 있습니다. 이것이 최선의 책략입니다."

이튿날 안록산은 휘하의 모든 장수를 관저에 집합시켜 놓고 말했다. 안록산은 무장을 갖추고 원문(轅門, 軍門) 앞에서 황제의 조서를 꺼내어 여러 장군들에게 보이며 말했다.

"어제 아들 경종한테서 사자가 왔다. 나에게 군사를 거느리고 입조하여 간신 양국충 재상을 토벌하라는 황제의 밀조(密詔)를 전달하였다. 여러분은 꼭 나와 동심으로 협력하여 나의 한 팔이 되어 주어야 한다. 우리는 장안에 들어가서 황제 곁에 있는 간악한 놈들을 쓸어버려야 한다. 성공한 뒤에 여러분에게 작위를 높혀주고 후한 상금을 내릴 터이다. 그러니 모두 일심으로 협력하기 바란다."

여러 장수들은 모두 아연실색하며 아무 말도 못했다. 엄장과 고상, 그리고 아사나승경 세 사람이 칼자루를 잡고 일어나서 여러 사람들을 향하여 호되게 호통쳤다.

"황제 밀조가 여기 있으니 응당 칙명대로 좇아야지, 어느 누가 감히 거역한단 말인가!"

안록산도 칼을 잡고 호령했다.

"거역하는 자가 있으면 당장 군법으로 다스리겠다."

여러 장령들은 평소에 안록산의 흉포한 위엄에 눌려 있었던데다 엄장 등이 도와주려는 것을 보고 모두 다른 말을 꺼낼 엄두를 못내었다.

안록산은 즉각 휘하의 15만 장병을 거느리고 범양에서 반란을 일으켰다. 안록산은 20만 대군이라 소리치며 그날로 장졸에게 잔치를 벌려 위로했다.

범양절도부사(范陽節度副使) 가순(賈循)에게 근거지인 범양(范

陽)[82]을 지키게 하고, 평로절도부사 여지회(呂知誨)에게 평로(平盧)[83]를 지키게 했으며, 별장(別將) 고수암(高秀巖)에게 대동(大同)[84]을 지키게 하였다. 나머지 기타 장졸은 안록산이 모두 거느리고 남하하였으니 그 성세가 더 없이 호탕(浩蕩)했다. 이는 천보 14년(755) 11월이었다.

안록산 반역은 옛날 여럿이 말했지만,	(番奴反相人曾說)
황제는 도리어 충성뿐이라 생각했다.	(天子偏云是赤心)
돼지 용은 비를 몰고 오지도 못하며,	(沒道豬龍難致雨)
금방 땅만 질퍽거리게 만든다.	(也能驟使水淋淋)

원래 장구령(張九齡)이 재상으로 있을 때 안록산에게 반역의 골상이 보인다고 말한 적이 있었다. 지금 제거해 버리지 않으면 나중에 심복(心腹)의 우환거리가 될 수 있다고 하였으나 현종은 귀담아 듣지 않았다.

---

82 범양(范陽) – 今 河北省 중부 保定市(보정시)와 北京市(북경시) 서남부 일대. 范陽은 유주(幽州)로 통용.

83 평로(平盧) – 영주(營州). 今 요령성(遼寧省) 서남부 朝陽市(조양시)에 해당. 안록산 세력의 주요 근거지였다.

84 대동(大同) – 今 山西省(산서성) 북부 위치. 古稱 平城, 雲中. 中國 9大 古都의 하나. 山西省 제2 대도시,

어느날, 근정루 앞에서 여러 가지 놀이를 벌여놓고 안록산을 불러 구경시킨 적이 있었다. 현종이 크고 긴 의자에 앉아서 안록산에게 의자 옆에 앉으라 하니 밖을 향해 앉았다. 이렇게 되니 황태자는 오히려 안록산의 아래 쪽에 앉게 되었다. 이윽고 현종이 일어나 화장실로 나가자, 태자도 화장실로 따라 나와서 아뢰었다.

"고금으로 군신이 다같이 한 의자에 남향하여 놀이를 구경한 적이 없습니다. 부황께서 안록산을 지나치게 총애하지 마셔야 합니다. 많은 사람 앞에서 큰 결례를 범했습니다."

현종이 미소를 띠며 말했다.

"사람들이 모두 안록산에게 반역상이 있다고 말하기에 내가 일부러 떠보느라고 그랬을 뿐이다."

또 언젠가는 안록산이 궁중연회에서 시중을 든 적이 있었다. 그가 취하여 잠든 것을 궁인이 가만히 살펴보았는데, 머리는 돼지 같고 몸은 용처럼 변한 것 같아 이상하게 여겨 현종에게 알렸다. 그러나 현종은 조금도 꺼려 하지 않았다.

"돼지 같은 용, 곧 저룡(猪龍)에 불과하니 비를 몰아올 감이 못되니 두려울 것 없다."

그러면서 비단 휘장을 쳐 가려주게 했다. 그런 안록산이 지금 나라에 큰 재난을 몰고 올 줄은 생각지 못했던 것이다. 이를 후세 사람이 위와 같은 시를 지어 언급했다.

한편 반란을 일으킨 안록산은 대군을 거느리고 남하했다. 정예 기병과 보병이 1천 리에 늘어서다 보니 먼지 구름이 크게 일어났다.

그때 나라에는 오랫동안 태평한 세월이 지속되었으므로 백성들은 몇 대가 지나도록 병란을 겪지 않았다. 그러니 갑자기 범양에서 군사가 반역했다는 소문을 듣자 누구나 크게 놀랐다. 하북(河北) 일대는 모두 그의 관할구역이었으므로 지나는 주와 현은 소문만 듣고도 와해되었다. 지방관들은 성문을 열고 나가 영접하거나 성을 버리고 도망치지 않으면, 안록산 반군에게 붙잡혀 살해되어 어느 한 곳도 항거하고 나서지 못했다.

안록산은 태원(太原) 유수 양광상(楊光翙)이 양국충에게 붙은 동족이라 하여 먼저 죽여버리려 했다. 안록산은 병마를 출동시키면서, 미리 부장(部將)인 하천년(何千年)과 고막(高邈)에게 20여 기병을 거느리고 태원에 가게 했다. 양광상은 그때까지 안록산이 반역했다는 소식을 몰랐고, 범양의 사자가 지나간다는 말만 들었기에 성 밖으로 영접하러 나왔다가 붙들려 안록산의 군영에 끌려갔다가 정문 앞에서 살해되었다.

현종은 안록산이 반역했다는 신하의 보고를 처음 듣고는 그를 모함하기 위한 말이라고 의심했다. 그러다가 태원으로부터 양광상이 살해당했다는 보고를 받고서야 안록산이 정말 반역한 줄 알고 몹시 놀라고 대노했다. 양귀비도 아연실색했다.

현종은 여러 조신을 불러놓고 대책을 의론했다. 꼭 토벌해야 한다느니, 초무(招撫)나 회유해야 한다느니 의견이 분분했다.

양국충만이 득의양양해서 말했다.

"그놈이 반란하겠다는 뜻을 가진 지는 오래되었습니다. 신이 일찍 그 놈의 심보를 꿰뚫어보았던 것입니다. 그래서 여러 번 폐하를 귀찮게 했었습니다. 폐하께서 오늘에야 신의 진언이 틀리지 않았음을 아셨습니다."

현종이 말했다.

"저 오랑캐가 은혜를 저버리다니! 용서 못 할 죽을죄를 저지른 놈이다. 지금 반군의 세력이 강대하니 어떻게 막아야 하겠나?"

양국충이 대답했다.

"폐하께서는 근심하지 마십시오. 지금 반란을 일으킨 자는 안록산 한 놈입니다. 다른 장병들이야 안록산의 핍박에 못 이겨 나선 것이지 반역하려는 뜻은 없을 것입니다. 조정에서 한 개의 부대를 파견하여 그 죄를 성토하면 열흘이 못되어 그놈의 목을 장안으로 보내올 것입니다."

현종은 그 말을 듣고 마음이 가라앉아 별다른 걱정을 하지 않았다.

간악한 양국충의 악행은, (奸相作惡)
결국 지방 반란을 초래했다. (乃致外亂)
큰소리로 황제를 속이고, (大言欺君)

반란을 장난감 취급했다. (以寇爲玩)

한편 안록산의 아들 안경종은 사람을 파견해 서신을 보낸 후에 알록산이 하루 속히 입조할 것이니 상봉할 날이 멀지 않다고 믿었다.

그런데 뜻밖에 반역했다는 말을 듣고는 크게 놀라 스스로 웃통을 벗어 어깨를 드러내고 양팔을 뒤로 결박을 지어 궁궐 안에 가서 처분을 기다렸다. 현종은 안경종이 종실의 사위였으므로 용서해 주려고 했으나 양국충이 반대했다.

"안록산은 오래전부터 딴 생각을 품고 있었는데, 폐하께서 제때에 처단하시지 못했기에 오늘 반역을 초래하였습니다. 안경종은 역적의 자식이므로 법이 용서할 수 없는 바, 왜 또 살려서 후환을 남기려 하십니까?"

현종이 망설이자, 양국충이 또 말했다.

"안록산이 장안에 있을 때 성지를 받들고 신과 친척을 맺었습니다. 평소에 은혜를 베풀어주어 원수질 일이 없는데도 아무런 까닭도 없이 저에게 이를 갈았습니다. 양광상은 신과 동성일 뿐입니다. 안록산은 그마저 원수로 여겨 꾀어내어 살해했습니다. 안경종은 안록산의 친아들인데, 폐하께서 지금 용서하여 죽이지 않으신다면 어찌 천하 사람들의 마음을 휘어잡을 수 있겠습니까?"

현종은 그때서야 양국충의 말을 따라 안경종을 죽이라고 명령했다. 양국충은 또 안종서의 처인 영의군주(榮義郡主)도 사사(賜死)해야 한다고 아뢰어 자결하게 했다.

말장은 원악을 제거해 버렸고, (未將元惡除)
선장은 거꾸로 얼자를 없앴다. (先將逆孽去)
뒷날 부친 안록산을 죽일 자, (他年弑父人)
아들 안경서 하나면 충분했다. (只須一慶)

현종은 안경종을 죽이고 안록산의 죄상을 나열한 조서를 공포했다. 그런 다음 진천리(陳千里) 장군을 하동으로 파견하여 민병을 모집하게 하고 단련사(團練使)를 따라 함께 반군을 방어하게 하였다.

때마침 안서(安西)절도사인 봉상청(封常淸)[85]이 상주할 일이 있어 입조해 있었다. 현종이 봉상청을 불러 반군을 토벌할 방략을 물었다.

---

85 봉상청(封常淸, ?-756年)-唐朝 장수. 安西 지역에 방출되었던 죄인의 가족으로 성장. 모습이 추하고 왜소한 사람이었다고 알려졌다. 나중에 고선지(高仙芝)의 막료로 근무. 고선지를 따라 소발률국(小勃律國, 캐시미르 서북부) 정벌에 공을 세워 안서부도호가 되었다(752년). 754년에 입조하여 어사대부가 되었다. 천보 14년(755) 안록산의 난이 일어나자, 봉상청은 현종의 명을 받고 낙양에서 6만 명의 신병을 모집히여 안록산을 막았으나 3번 연속 패전했다. 고선지 휘하에 백의종군하다가 고선지가 피살된 뒤 봉상청도 처형되었다.

봉상청은 봉덕이(封德彝)[86]의 후예로서 뜻도 컸지만 장담을 잘하는 사람이었다.

그래서 대사를 경솔하게 보고 섣부르게 아뢰었다.

"지금 태평한 세월이 오래 지속되다 보니 세상이 전투를 모르고 있습니다. 장비가 빈약하여 사람들이 적을 두려워하고 소문만 듣고도 혼비백산하여 달아납니다. 하지만 일이 순리로울 때도 있고, 역경일 때도 있으며, 형세가 급변할 때도 있으니, 너무 걱정하지 마십시오. 신이 동경(東京, 낙양)에 나가 창고를 열어 곡식을 나누어주면서 용사들을 모집할 것을 주청합니다. 그리고 말을 몰아 재빨리 황하를 건너가 역적을 친다면 며칠 안 되어 안록산의 수급을 대궐에 헌상할 수 있습니다."

현종은 희색이 만면하여 봉상청을 범양, 평로절도사로 임명하고는 역마로 곧장 동경으로 나가 군사를 모집하고 적 토벌을 편리한대로 집행하라고 명했다.

예로부터 오랜 기간 군대를 양성하는 것은 유사시 하루에 대비하려는 뜻이다.[87]

군대는 평소에 준비해 두어야 쓸 수 있다. 어찌 갑작스러운 변란이 있다고, 그날 겨우 군사를 모집할 수 있겠는가? 그렇다면 조

86 봉덕이(封德彝, 568－627年, 名은 倫, 字는 德彝, 以字 行)－隋朝(수조) 大臣(대신), 唐朝 初年 宰相, 密國公.

87 원문 養兵天日 用在一朝.

정에는 군대가 없었단 말인가?

당(唐)나라는 전국을 10道(按察使)[88]로 나누고, 道 아래 州(刺史)－현(縣, 縣令)을 예속시켜 지방을 통치하였다. 이는 산천의 형세에 따른 것으로 관내(關內), 河南, 河東, 河北, 山南, 농우(隴右), 회남(淮南), 江南, 검남(劍南), 영남도(嶺南道)인데, 이를 '정관(貞觀) 十道' 라고 한다.

이 十道에는 존무사(存撫使) 또는 안찰사(按察使)를 보냈는데, 이는 감찰관(監察官)으로 필요에 의해 파견하였으며 10도의 고정된 치소(治所)도 없었다. 현종 개원 21년에는 전국을 15道로 나누었는데, '開元 十五道' 라 하고 고정된 감찰관인 관찰사(觀察使)를 파견하고 고정된 치소를 두었다.

당은 戶籍(호적)을 마련하여 출생자를 등록하고, 등록된 호적을 바탕으로, 성인 남자에게 국가에서 均田制(균전제)에 의하여

88 10道－이는 山川의 형세에 따른 것으로 關內, 河南, 河東, 河北, 山南, 隴右(농우), 淮南(회남), 江南, 劍南(검남), 嶺南道(영남도)인데, 이를 '貞觀 十道' 라고 한다. 이 十道에는 存撫使(존무사) 또는 按察使(안찰사)를 보냈는데, 이는 監察官(감찰관)으로 필요에 의해 파견하였으며 十道의 고정된 治所도 없었다. 현종 개원 21년에는 전국을 15道로 나누었는데 '開元 十五道' 라 하고 고정된 감찰관인 觀察使(관찰사)를 파견하고 고정된 治所를 두었다. 정관 원년에 10道에 358개 州, 1551개 현이 있었던 기록이 있다.

토지를 지급하고, 토지를 경작하는 대가로 조용조(租, 庸, 調)의 징수체계를 운영하여 국가의 수입을 올리고, 府兵制(부병제)에 의거하여 국방체계를 갖추었다.

당나라 제도 중 가장 핵심은 성인 남자에게 토지를 지급하는 균전제(均田制)이다. 균전제에 바탕을 둔 조(租)·용(庸)·조(調)는 정세(正稅), 곧 기본적인 징세였지만 이외에도 여러 가지 잡세가 많아 농민들의 생활은 언제나 곤궁했다.

또 농민들은 농한기에 부병제에 의거 군사훈련을 받거나, 수도에 가서 위사(衛士)로 근무하거나, 변방에 가서 방수(防戍)의 임무를 수행하여야 했다. 균전제는 세월이 지나면서 나중에는 丁男에게 지급할 토지가 없게 된다.

조용조의 세법은 안사의 난 이후에 양세법(兩稅法)으로 전환되어 운용되지만 농민에 대한 착취는 여전하였다.

부병제의 모순은 절도사(節度使)의 세력 팽창으로 이어진다. 그리고 절도사의 권력 강대는 뒷날 안록산의 난을 초래하게 된다. 안록산의 난 이후에도 절도사 제도에 대한 개혁이 이루어지지 않아 결국 당나라는 절도사에 의해 멸망하게 된다.

원래 당조 초기의 병역제도는 아주 묘하게 운영되었다.

천하를 10개 도(道)로 나누고 군부(軍府)는 634개를 두었는데, 절반이 산해관(山海關) 안에 있었다. 그것을 모두 여러 위(衛)에서 관할했다. 각기 이름을 갖고 있었는데 총부(總府) 또는 절충부(折

衞府)라고 불렀다. 무릇 부병(府兵)은 세 등급으로 나누었다. 1,200 명이면 상등절충부이고, 1천 명이면 중등이고, 8백 명이면 하등 절충부였었다.

백성들은 20세가 되면 종군해야 하는데 60살이 되어야 군역을 면제받았다. 휴가를 받아 복무하지 않는 때가 있었고 동원할 때도 법에 따라 운영했다. 절충부에는 나무를 세워 구리로 만든 물고기 모양 부절을 새겨놓고 상하부(上下府)를 표시했다. 조정에서 동원이 있을 때는 칙서와 함께 물고기 모양의 부절을 내려보냈다. 도독과 군부(郡府)의 부절을 서로 맞추어 정확하게 맞아야 군사를 동원할 수 있었다.

군졸로 징발되는 농민은 갑옷이나 병기를 모두 자비로 마련하기에 나라에는 군비 지출이 별도로 없었다. 징집된 병졸이 임무를 마치면 자신의 고향으로 돌아가기에 절충부의 장수들에게는 평소에 통솔할 군사가 없었다. 종군한 집에서는 병역과 함께 여러 가지 부역(賦役)에도 동원되다 보니 세월이 가면서 점점 빈곤해졌고, 그래서 부병이 된 농민은 고향을 떠나 유랑민이 되었다.

장열(張說)이 조정에 있을 때 건장한 병정을 따로 모집해 장기간 숙식을 제공하며 지방 숙위군(宿衛軍)으로 운영하자는 건의가 있었다. 이렇게 모집된 군사를 확기(彍騎, 彍은 당길 확)라고 하였다. 그러다 보니 본래의 부병제는 세월이 지나면서 완전히 붕괴되었다. 부병이 사망하면 결원인데 그 결원을 보충하지도 않았다. 또 부병이 확기로 뽑혀가면 위관(衛官)은 확기를 노예처럼 부렸다. 그리고 변방의 국방을 담당하는 장수들은 백성들 위에 군림하는 혹리(酷吏)와 거의 다르지 않았다.

그러니 농민들은 군대에서 도망가거나 차라리 죽는 것이 더 낫다고 생각하였다. 결국 현종 때 이림보가 재상으로 재직할 때 절충부에는 군졸이 없고, 절충부의 관리뿐이었다. 천보 연간에는 위에서 말한 확기제도도 거의 폐지되었다. 그러다 보니 안록산의 난이 시작되면서 모집하는 군사에 누가 지원하겠는가? 모두가 시정의 무뢰배들이었다. 그렇게 모집한 군사에 무슨 군기(軍紀)가 있고, 무슨 전투나 공격 방어 기술을 습득하겠는가?

또 태평세월이 지속되다 보니 나라 안의 군대를 없애자거나 줄이자는 의논이 많았다. 민간에서는 병장기를 들고 무관이 된 자식을 부모들이 거들떠보지도 않았다.[89]

이에 따라 용맹한 장군과 정예한 군대는 변방에 많이 집중되었다. 특히 서북 국경지역에 정예군이 많았다.

나라 안의 장졸이 없고 군사 장비가 없었으며, 일단 변란이 있으면 동원할 군사가 없으니 부득불 모집하지 않을 수 없었다. 조

---

89 좋은 사내는 병졸이 되지 않고(好男不當兵), 좋은 쇠는 못이 되지 않는다(好鐵不打釘). 재물을 싫어하는 관리 없고(無官不愛財), 여색을 탐하지 않는 병졸 없다(無兵不貪色). 군대 3년 동안에는, 돼지 같은 여자도 초선이 같은 미인으로 보인다(當兵三年 看見母猪當貂蟬).

상들의 훌륭한 제도를 자손들이 계승하고 발양(發揚) 시키기는 커녕 섣부르게 개변(改變)하였기에 군역 제도를 망가뜨려 놓은 결과였다.

그러나 안록산이 거느린 군대는 워낙 많았다. 이민족 부락인 돌궐의 아포사(阿布司)가 회흘(回紇)에게 격파되었을 때, 안록산은 돌궐인들을 유치하여 군졸로 모집하였기에 안록산의 군사는 많고 강하여 가히 천하무적이었다.

봉상청이 군대를 모집하기 위하여 밤낮을 가리지 않고 동경으로 달려가 창고의 양식과 금전을 뿌리고, 포고령을 붙이고 병사들을 모집했더니 일시에 응모자가 구름처럼 모였다. 10여 일 만에 6만여 명을 모집하였으나 모두 시정의 백수건달들이라 전투에 투입할 수 있는 군졸은 아니었다.

봉상청은 안록산의 병마가 강대하고 만만치 않다는 것을 알고 있었다. 그리고 조정에서 현종 앞에서 호언장담한 것을 후회하였다.

그러나 이미 중임을 맡았고, 미룰 수도 없는 상황이었다. 봉상청은 급조된 장졸을 거느리고 안록산 반군의 진격을 저지시킨다는 방편으로 하양교(河陽橋)를 절단하였다.

현종은 위위경(衛尉卿) 장개연(張介然)[90]을 하남(河南)절도사로

90 장개연(張介然, ?－756년, 本名은 六朗)－안록산의 난이 터지면서 하

임명하고 진류(陳留) 등 13개 군(郡)의 군사를 관할하게 했다. 그러면 봉상청과 서로 연결하고 성원할 수 있으리라 예상했다.

한편 안록산의 군대가 영창(靈昌) 땅에 이르렀을 때는 추운 겨울이었다. 안록산은 군사들에게 명하여 병선과 잡초, 나무토막 등을 긴 밧줄로 묶어 매어 강을 가로막게 했다. 그러자 흐르지 않는 물이라서 하룻밤 사이에 두꺼운 얼음판이 되었다. 안록산의 병마는 아무런 어려움도 없이 도강하여 영창군을 점령했다.

안록산의 기병과 보병들은 종횡무진하면서 지나는 곳마다 잔혹하게 백성에게 살육을 감행했다.

장개연이 진류에 도착한 지 며칠 안 되어 안록산의 군대가 갑자기 들이닥쳤다. 장개연은 재빨리 민병을 독촉해 성에 올라 적병을 막게 했다. 그러나 혹한이라 수족이 얼다 보니 방어할 수도 없었다. 태수 곽눌(郭訥)은 사람들을 거느리고 성문을 열고 나가 투항했다. 안록산이 입성하여 장개연을 붙잡아 군문 앞에서 참수했다.

이튿날 기마 척후병이 보고했다.

"황제께서 천하에 조서를 내렸습니다. '안록산이 반란을 일으켰으니 그 죄가 극악하고 무도하다. 그의 장자 안경종은 이미 장안에서 처단되었다. 문무관원과 군민들 가운데서 안록산의 수급

남절도사로 진류군(陳留郡)에 주둔했다. 성이 함락되며 포로가 되었고 처형당했다. 《新唐書》 191권. 列傳 106권, 忠義 上 張介然傳 참고.

을 베어 바치는 자는 왕으로 봉하겠다. 안록산 한 사람에게 죄가 있으니, 휘하의 장수와 문무관원 및 병졸들이 귀순하면 용서하고 죄를 묻지않겠다.' 고 했습니다."

안록산은 아들 안경종이 장안에서 처형되었다는 소식을 듣고 절치부심하며 통곡했다.

"내게 무슨 죄가 있어 내 아들까지 죽이느냐!"

안록산은 대군을 풀어 투항한 사람들을 닥치는 대로 죽여서 분노를 풀려고 했다.

안록산 자신이 반역하고서, (身親爲叛逆)
내가 무슨 죄가 있냐고 묻는다. (還說吾何罪)
분노로 무고한 백성 죽이니, (遷怒殺無辜)
죄과는 백 배나 더욱 늘었다. (罪更增百倍)

진류군이 함락되고 장개연이 살해 되었다는 소식이 장안에 전해지자, 조정의 모든 사람이 진노했다.

현종은 조회 때 양국충과 여러 대신들을 보고 말했다.

"경들은 모두 안록산의 반역을 걱정할 것이 없다고 말했소. 쉽게 박멸할 수 있다던 반적이 지금 나라를 강점하고, 성지를 함락하고, 장졸을 죽이며, 백성을 해치고 있소. 반적의 기세가 이처럼 창궐하는데 누구를 경시하겠는가? 짐은 지금 늙었지만 어찌 재난을 후세에 넘겨줄 수 있겠는가? 마땅히 황태자가 감국(監國)하게 하고, 짐이 직접 6군을 통솔하고 장졸을 거느리고 출정하여 은혜를 원수로 갚는 역적을 기어이 토벌하겠소!"

천자가 친히 반적을 토벌하고, (天子欲親征)
태자가 나라 정사를 감독한다. (太子將監國)
간신은 놀라 가슴이 터질려니, (奸臣驚破膽)
무능한 신하 아무런 방책없다. (庸臣計無出)

뒷일은 어떻게 되겠는가? 다음 회를 읽어 보시라.

제89회

현종은 꿈속에서 도깨비를 보고, 뇌만춘은 장안에서 형님을 찾다.(唐明皇夢中見鬼, 雷萬春都下尋兄.)

노래하기를, 詞曰,

사람이 약하면 귀신이 놀리니, (人衰鬼弄)
공연히 꿈에 도깨비 나타난다. (魑魅公然來入夢)
여자 얼굴에 남자 육신, (女貌男形)
너와 나 전생의 모습이다. (爾我相看前世身)

누가 더 좋고 나쁜가, (難兄難弟)
오늘 행적이 그때와 다를 뿐. (今日行蹤彼此異)
지조와 충절을 지켜야 (全節全忠)
뒷날 좋은 명성 함께 누리다. (他日芳名彼此同)
— 곡조 〈감자목란화〉 — 調寄 〈減字木蘭花〉

덕행이 돈독한 사람은, 남녀나 부귀와 빈천을 막론하고, 남의 존경과 추앙을 받는 사람이라면 귀신일지라도 우러러 공경하지 않는다. 그래서 '덕행이 뛰어나면 귀신도 존경한다(德重鬼神欽敬).' 는 말이 있다.

그러나 덕행도 없는데 큰 복을 누리며 위세를 부리는 사람이라면 아랫사람이 떠받들기야 하지만 정말 존경받는 것이 아니다. 그런데도 권력으로 약한 사람을 짓누른다.

그런 사람이 한창 권력을 부릴 때는 아주 사치하고 방탕하면서도 마치 자신이 마음대로 바람과 비를 내리게 할 수 있는 듯 거드름을 피운다.

그러다가 일단 시운(時運)이 다하여 기울거나 권세가 사라지면 추종하던 무리가 먼저 떠나가고 친척이나 형제들과도 헤어지며 버림을 받고 세상 인심은 하루 아침에 변한다.

그럴 경우 심지어 일상생활에서도 소소한 불행이 이어지며, 온갖 도깨비나 잡귀들〔魑魅魍魎(이매망량)〕이 나타나 농간을 부리며 못살게 군다. 그래서 '사람이 약해지면 귀신이 농간을 부린다(人衰鬼弄人).' 고 한다.

그렇지만 오로지 변하지 않는 마음과 지조를 지키는 사람이라면, 결코 시운을 따라 흔들리지 않고 성쇠에 따라 그 자신의 뜻이 우왕좌왕하지도 않는다. 미천한 사람의 올바르고 당당한 행실이 비록 다른 사람의 눈에 띄지는 않더라도, 그 지조는 하늘과 땅을 가득 채우고, 잡귀나 귀신들의 망동을 제압하고도 남는다. 그런 사람을 많이 만날 수는 없다지만, 그래도 이 세상에는 그런 사람들이 있기에 가문이 지켜지고 정의가 살아 있으며, 그런 사람들이 세상의 파멸을 막아준다.

현종은 안록산의 반군이 진류군(陳留郡, 今 河南省 중동부 開封市)을 함락하고 장개연도 살해되었다는 소식이 전해져서야 적의 기세가 사납고 쉽게 진압할 수 없다고 생각했다. 그래서 조신(朝臣)을 불러놓고 함께 토의해 보았지만 의론만 분분할 뿐 좋은 계책은 나오지 않았다.

전날에 양국충은 제법 큰소리를 쳐댔지만 지금은 그저 머리를 수그렸고 아무런 대책도 없었다.

현종이 여러 신하들에게 말했다.

"짐이 등극한 지 벌써 40여 년(712－755)이 지났소. 짐은 뒤로 물러앉아 한가히 보내고 싶다는 생각을 가진 지 오래되었으며, 태자한테 제위를 물려줄 생각이었소. 그러나 근자에 수해와 한해〔旱害(가뭄)〕가 많았소, 재난을 어찌 태자한테 넘겨주겠소? 그래서 미뤘던 거요. 그런데 뜻밖에 지금, 역적이 지금 판을 치니 짐이 몸소 군사를 거느리고 토벌하겠소. 잠시 태자가 나랏일을 돌보게 하고(監國), 반란을 평정한 뒤에 황위를 물려주면 짐은 마음 편히 지낼 수 있을 것이오!"

그래서 황제가 친히 반군 토벌에 나설 것이고, 태자가 감국(監國)한다는 칙명을 내렸다. 여러 신하들은 감히 한마디 말도 아뢰지 못했다.

이렇게 되자 양국충은 몹시 놀라 마음속으로 헤아렸다.

'이전에 나는 여러 번, 이림보와 함께 공공연히 계책을 꾸며 태자를 해치려고 했었지. 그러니 태자가 나에게 원한을 품지 않을 수 있겠나? 귀비가 총애를 받고 우상이 국정을 돌보고 있지만 자신은 태자의 신분으로 아직 대권을 못잡고 있으니 참고 있는 거야. 지금 국권을 잡게 되면 필시 보복할 게 아닌가? 그런 날에는 우리 양씨들이 목숨을 부지할 수 없어!'

조회에서 물러 나온 국충은 급히 저택으로 돌아와 울면서 처 배씨와 한국부인, 그리고 괵국부인들을 불러 설명하였다.

"우리들이 죽을 날이 멀지 않았소!"

여러 부인이 놀라 그 까닭을 물었다.

"폐하께서 친히 반적들 토벌에 나서고 태자를 섭정하게 한다고 칙명을 내었소. 그러면 자연적으로 제위를 태자한테 물려주는 것이야. 태자는 평소에 우리 일가를 매우 껄끄럽게 보고 있소. 일단 대권을 잡게 되면 나와 자매의 목숨이 모두 경각에 달려 있게 되니, 어떻게 하면 좋겠는가?"

그러자 양국충 일가는 모두 당황하고 어쩔 줄 몰라하며 이구동성으로 말했다.

"그렇다면 우리는 먼저 죽은 진국부인의 신세보다 못하네."

괵국부인이 말했다.

"우리가 그저 마주보며 흐느낀들 무슨 소용이 있나? 귀비마마와 함께 대책을 세워야 합니다. 황제께서 친히 토벌에 나서는 일을 그만두게 한다면, 태자의 감국이나 지금 당장 제위를 선양하는 일은 저절로 해결될 것 아닌가!"

그러자 양국충이 말했다.

"아주 지당한 말이야. 일이 늦어지면 안 되니, 누이 둘이 어서 입궁하여 귀비마마의 뜻을 묻도록 하게!"

한국부인과 괵국부인은 즉시 입궐할 준비를 갖추게 하였다. 귀비마마를 시중한다는 핑계로 귀비를 만나 국충한테 들은 말을 전했더니, 귀비도 크게 놀랐다.

"이 일은 경각을 다투는 일이니 즉시 여쭈어야 하겠소!"

이리하여 귀비는 옥비녀 등 장신구를 다 뽑은 뒤에 입술에 황토를 칠한 다음에 어전에 엎드렸다.

귀비가 머리를 숙이고 흐느껴 울자, 현종이 이상히 여겨 몸소 부축하며 물었다.

"나의 귀비께 무슨 일이 있는가?"

"폐하께서 친히 싸움터로 나가시려 한다는 말을 들었습니다. 그렇다면 이는 만승(萬乘) 지존의 권위를 무너트리고 겨우 한 장수의 일을 맡는 것과 같습니다. 반란 진압은 전략을 잘 쓰면 이길 수 있는 일입니다. 그런데 폐하께서 위험한 일에 직접 나선다 하시니, 지금 육궁 비빈들 모두가 경악하고 있습니다. 하물며 저는 폐하의 은총을 더없이 받은 몸이라 차마 어찌 헤어져 있을 수 있겠습니까! 어가를 따라 종군하지도 못하는 여자의 몸이 한스러울 뿐입니다 이 섬돌에 머리를 박아 죽기를 바랄 뿐입니다. 그러면 성문지기 후영(侯嬴)이 신릉군(信陵君)[91]의 은혜에 보답한 것과 같을 것입니다."

귀비는 말을 마치고 또 통곡했다. 현종은 정에 못이겨 궁녀를 시켜 부축케 하였다.

현종은 귀비의 손을 잡고 또 온몸을 감싸 안아주며 위로했다.

"짐이 직접 토벌에 나서는 것은 부득이한 사정이 있다. 짐이 출정하더라도 곧 개선(凱旋)할 것인데, 귀비는 왜 이리 슬퍼하는가?"

"저의 생각에는 당당한 천조에 훌륭한 장수 한둘이 없을 리 만무합니다. 나라의 좀도적을 섬멸하는데, 하필 폐하께서 친히 나서야 하겠습니까!"

이야기를 하는데 태자가 보낸 내시가 태자의 상주문을 올렸다. 태자는 부황이 직접 토벌에 나설 필요가 없다고 극력 만류하면서 감국의 명을 받들 수 없다고 하였다. 그러면서 대장이나 친왕(親王) 한 사람이 군사를 거느리고 토벌에 나서면 성공할 수 있

---

91 신릉군〔信陵君, ?－前 243년, 姬姓. 魏氏. 名은 无忌(무기)〕－戰國 四公子(전국 사공자)의 한 사람. 魏 昭王(소왕, 재위 前 295－277년)의 막내아들. 魏 안리왕(安釐王)의 同父異母의 아우. 예현하사(禮賢下士)하고 널리 문객을 초지(廣招門客)하였다. 信陵君 위무기(魏無忌)는 전국시대 魏國의 은사(隱士)로 魏國 국도 대량(大梁)의 守門吏였던 70여 세의 후영(侯嬴)을 존중하였다. 제16회 주석 참고.

는 일이라고 강조하였다. 현종은 태자의 글을 읽고 한동안 생각에 잠겼다가 귀비에게 말했다.

"그렇다면 지금 짐이 제위를 태자한테 물려주고, 토벌에 관한 일도 태자에게 전적으로 맡겨두고, 짐은 귀비와 함께 별궁에서 여생을 보내는 것이 차라리 더 나을 것이야!"

그러나 귀비는 이 말에 더욱 크게 놀라며 진언했다.

"지난 해 가을 황위를 물려주려다 폐하께서는 차마 재난의 시름을 태자한테 물려줄 수 없노라며 중지하셨습니다. 그런데 오늘 역적 토벌을 어찌 태자한테 맡기려고 하십니까? 폐하께서는 대적한 경험이 많으시고, 또 장수들은 폐하의 명에 잘 따를 것이니, 대권을 유지하시면서 이 난국을 수습해야만 합니다. 제위의 선양은 반적을 토벌한 다음에 생각하셔도 늦지 않을 것입니다."

현종이 듣고서 머리를 끄덕이었다.

"귀비의 말이 도리에 맞소." 그리하여 즉시 먼저 내린 어명을 거둬들이고, 황자 영왕(榮王) 완(琬)을 원수로, 우금오대장(右金吾大將) 고선지(高仙芝)[92]를 부원수로 삼아 군사를 거느리고 출정하

92 고선지(高仙芝, ?-756년)-高句麗 유민, 唐朝 장군, 작위는 密雲郡公. 당군을 거느리고 天寶 9載(750年)에 중앙아시아의 아랍(阿拉伯) 제국과 달라스(怛羅斯)의 전투를 치뤘다. 石國(塔什干, 타스켄트) 왕을 포로로 잡아 장안에 보내 처형케 했다. 그러나 새로 흥기한 아랍제국의 압바스(阿拔斯) 왕조 군대와의 전투에서 고선지가 거느린 2만 5천의 安西都護府 軍隊는 751년에 전투에서 밀려 구차(龜茲, 구자) 왕국으로 후퇴했다. 이런 일련의 전투를 통해 당군

라는 특명을 내렸다.

또 고력사가 감군(監軍)하게 하였으나 고력사가 굳이 사절하기에 환관 변령성(邊令誠)을 감군사(監軍使)로 임명했다. 조서를 내리고 나서야 양귀비는 안심하며 사은하였다. 그때 현종은 궁인들에게 명하여 양귀비를 단장시키고 궁궐에 연회를 차려 양귀비 수심을 풀어주게 했다. 한국부인과 괵국부인도 함께 연석에 앉아 술을 마셨다. 후세 사람이 탄식하며 지은 시가 있다.

궁궐 안에서 치장 안한 현명한 황후, (脫簪永巷稱賢后)
진정 군왕의 색욕을 깨우칠 뜻이었다. (爲欲君王戒色荒)
오늘 우리의 귀비가 보인 고육지계는, (今日阿環苦肉計)
화장을 안한 주강(周姜)을 따라 배웠다. (毁妝亦是學周姜)

이 시에서 언급한 주강(周姜)은 주(周) 11대 선왕(宣王)의 왕후인

포로 중 제지공(製紙工)이 있어 아랍지역에 제지술, 그리고 나침반이 전해졌다. 이 전투에서 唐이 영토를 잃지는 않았지만 중앙아시아 각국에 대한 통제력이 약화 내지 상실하는 계기가 되었다.
고선지는 755年 입조하여 右羽林大將軍(우우림대장군)이 되었다. 고선지는 安史之亂 초기에 당군의 부사령관으로 안록산과 맞섰으나 전선(前線)의 패전으로 불리한 상황에서 장안을 지키기 위한 방편으로 동관(潼關)을 지켰지만, 감군(監軍) 환관 변령성(邊令誠)이 군사를 줄이며 군량을 도적질했다는 모함을 받아 고선지와 봉상청(封常淸)이 함께 처형되었다. 제90회 참고.

강씨(姜氏)이다. 주 선왕이 총애하는 후궁과 음락(淫樂)에 빠져 국정을 소홀히 하자, 강후는 비녀와 귀걸이 등을 모두 빼버리고 궁궐에서 군왕이 여색에 빠진 근본은 왕후인 자신에게 있다며 벌을 받겠다고 하였다. 이에 선왕은 자신의 죄과를 뉘우치고 국정에 힘써 주나라 중흥을 이룩했다.

귀비가 얼굴에 황토를 묻히고 현종의 출정을 반대한 것은 선왕의 왕비 강후(姜后)와 전혀 다른 의미였지만, 시인은 그저 좋은 말로 귀비의 고육지계(苦肉之計)[93]라 했다.

그날 연회에서 현종은 양귀비를 위로할 생각이었다. 양씨 세 자매도 현종이 마음놓고 술을 마시게 하고 싶었다. 실로 시름 속에서 쾌락을 맛보려고 서로 술을 권했다. 이원(梨園)의 광대들과 궁녀의 노래와 춤이 어우러졌다.

현종은 흥이 도도해 직접 북채를 잡고 북을 연주했다. 양귀비는 한동안 비파를 뜯더니 옥피리를 불었다. 그들은 밤늦도록 술을 마셨다.

그날 밤 현종과 양귀비가 동침했으나, 어쨌든 마음에 근심이 있어 잠을 자도 불안했다. 비몽사몽간에 현종은 자신이 갑자기

---

93 고육지계(苦肉之計) – 적벽대전 전에, 주유(周瑜)는 고육지계를 자청한 黃盖(황개)를 매질했고, 황개의 거짓 투항 서신을 甘寧(감녕)이 조조(曹操)에게 바쳤다.

화청궁의 탁자에 앉았고, 귀비는 그 옆 의자에 앉아 있다가 탁자에 누워있었다. 귀비가 불던 옥피리는 벽에 걸려 있었다.

현종의 꿈에 잡귀가 나타나다

그때 어디에서 나타났는지 기괴망측하게 생긴 한 도깨비가 곧장 귀비의 몸에 다가서더니 벽에 걸린 피리를 불기 시작했다. 현종이 대노하여 호통치려 했으나 목이 막혀 소리가 나지 않았다. 도깨비는 아무런 거리낌도 없이 피리를 다 불자 귀비 앞에서 히히덕거리며 춤을 추었다. 현종이 쫓아버리려 하였으나 몸을 일으킬 수가 없었다. 좌우를 살펴도 시종이 하나도 없었다. 귀비를 바라보니 탁상에 엎드려 자느라 깨어나지 못했다. 정신이 어지러워 두리번거리는데 탁자에 누워있는 사람은 귀비가 아니었다. 도깨비는 충천건(沖天巾)을 쓰고 곤룡포를 입은 완연한 황제 모습이었으나 그 얼굴은 보이지 않았다.

도깨비는 춤을 추다가 현종 앞에 둥근 거울을 비추었다. 거울에 비친 모습을 본 현종은 깜짝 놀랐다. 현종 자신은 구름처럼 틀어 올린 머리에 수놓은 저고리를 입은 여자인데 아주 예뻤다. 놀라 어쩔 줄 모르는데, 하늘에서 거무튀튀하고 장대한 사나이가 내려왔다. 그 억센 사나이가 한번 크게 소리치니 도깨비가 꼼짝 못하고 웅크리고 앉았다.

그 사내는 닭을 움켜잡듯 도깨비 손을 움켜잡았다.

현종이 급히 물었다.

"경은 무슨 벼슬에 있소?"

검고 큰 사나이가 허리를 굽히며 말했다.

"신은 진사에 급제 못한 종남산(終南山)에 사는 종규(鍾馗, 馗는 광대뼈 규)[94]입니다. 평생 정직하게 살다가 죽어 신(神)이 되었습

---

94 종규〔鍾馗, 종규(鐘馗)〕 — 악귀를 잡아먹고 잡귀를 다스리는 위풍당당한 신이다. 종규는 고대 무관의 붉은 관복을 입고 부리부리한 눈을 가지고 있으며 얼굴에는 용의 수염이 가득하다. 손에는 날카로운 칼을 쥐고 한발로 마귀를 밟고 찌르려는 모습〔종규참귀(鐘馗斬鬼)〕으로 그려졌다.

《역대신선통감(歷代神仙通鑑)》에 의하면, 당나라 개원(開元) 연간(713－741)에 현종은 여산(驪山)을 다녀온 뒤 악성 학질에 걸렸다. 무당과 의원들이 여러 가지로 애를 썼지만 한달이 지나도록 아무런 차도가 없었다. 어느 날 밤, 현종의 꿈에 붉은 옷에 한쪽은 신발을 신었지만, 다른 쪽은 맨발로 그 신발을 허리춤에 매단 조그만 잡귀 한 놈이 나타나더니 양귀비의 분합과 현종의 옥피리 사이를 들락거렸다. 현종은 잡귀를 크게 꾸짖었다. 그때 어디선가 찢어진 관을 쓰고 남색 옷에 가죽띠를 두른 커다란 신장(神將)이 나타났다. 그는 곧 조그만 잡귀를 잡아 손으로 그 눈을 파내고 찢어서 씹어 먹었다.

니다. 상제의 명을 받들어 종남산을 다스리며 전문적으로 악귀를 제거하고 있습니다. 어떤 귀신이라도 인간에게 농간을 부리면 신은 그것들을 다 잡아 먹어치웁니다. 이놈이 틈을 노려 폐하를 놀라게 하는 지라, 신이 폐하를 위해 이 놈을 잡아먹으려고 찾아왔습니다."

말을 마치자 종규는 두 손을 뻗어 도깨비의 두 눈알을 빼더니 삼켜버리고, 이어 도깨비 다리를 움켜쥐고 허공으로 사라졌다.

현종이 놀라 깨어보니 꿈이었다. 한참 정신을 가다듬고서야 꿈이란 것을 알았다.

그때 양귀비도 꿈속에서 놀라 깨어 입속말로 중얼거렸다.

현종이 끌어안고 물었다.

"그대는 무슨 불길한 꿈을 꾸었나?"

양귀비가 정신을 차리듯 대답했다.

현종이 놀라 묻자, 그가 말했다. "저는 종남산 아래 살던 진사 종규인데 여러 번 과거에 실패하고 궁궐 전각의 돌 계단에 머리를 찧어 자결했습니다. 그때 폐하께서 저에게 녹포를 하사하시고 장사 지내주라고 하명하였습니다. 저는 그때 이런 허모(虛耗) 같은 악귀나 요사한 잡귀들을 모두 잡아 먹기로 맹세했습니다."
현종은 꿈에서 깨어났고 금방 차도가 있었다. 종규의 죽음과 누이동생을 출가시키는 또 다른 전설이 있다. 옛날에 두평(杜平)이란 인심 좋은 사람이 있었다. 두평은 종규가 장안에 가서 응시할 비용을 흔쾌히 베풀어 주었다. 이에 종규는 그의 여동생을 두평에게 출가시키겠다고 약속했다. 우여곡절 끝에 종규는 살아서 약속대로 누이동생을 두평에게 시집보냈다고 한다.

"꿈속에서 한 귀신이 궁궐 뒷문으로 들어와 제 앞에서 춤을 추었습니다. 옆에 있던 한 미녀가 손을 저어 제지시켰으나 말을 듣지 않았습니다. 그자는 말끝마다 저에게 폐하라고 불렀지만 저는 응대하지 않았습니다. 그자가 갑자기 나의 얼굴에 흰 비단을 던졌고, 그 비단이 저의 목에 걸려 놀라 깨어났습니다."

현종이 듣고서는 자기 꿈 이야기를 했더니 양귀비가 놀라며 이상하게 여겼다.

현종이 말했다.

"연속 며칠간 마음이 안정되지 않아 불안한 꿈을 꾼 것이니, 이상히 여길 것 없다. 그러나 종규가 꿈에 보인 것은 너무 생생해! 종남산에 정말 그런 사람이 있겠나?"

귀비가 물었다.

"꿈이 허망하다고 하지만 왜 남녀가 뒤바뀌었을까요? 또 첩의 꿈에 웬 여자가 나타나자, 꿈에 본 도깨비가 첩을 폐하라고 불렀던 말은 정말 이상합니다."

"짐과 그대의 사랑이 깊어 구분하기 어려우니 남녀의 형체가 바뀐 것 아니겠는가? 토끼는 암수를 가려내기 어렵지!"

말을 마치고는 함께 웃었다.

원래 양귀비는 수 양제의 후신이요, 현종은 주귀아(朱貴兒, 수 양제의 후궁, 28회 주석 참고)의 현신(現身)이며, 꿈에 나타난 것은 그들 본래의 모습이다. 이 또한 시운(時運)이 쇠약하자, 도깨비가 사람을 가지고 노느라고 꿈에 나타났던 것이었다.

시운이 식으니 기운도 떨어지고, (時衰氣不旺)
꿈속에 잡귀가 멋대로 설쳐댄다. (夢中鬼無狀)
현종과 귀비가 맞바뀐 모습이란, (帝妃互相形)
본래의 모습이 현재에 나타났다. (現出本來相)

이튿날 현종이 조회 때 물었다.

"조신들 가운데 진사과에 낙방한 종남산의 종규란 사람을 아는가?"

그러자 문관 반열에 있던 왕유(王維)[95]가 나서서 아뢰었다.

---

95 왕유〔王維, 692－761년, 字는 마힐(摩詰), 號는 摩詰居士〕－盛唐(성당)의 玄宗(현종) 시대(재위 712－756)는 별만큼이나 많은 시인들이 빛을 내며 文運이 크게 융성한 시기였다. 그 시기에 王維는 李白(701－762)과 杜甫(712－770)와 함께 시단의 큰 별이었다. 호탕한 이백을 詩仙, 유가적 사상을 바탕으로 사실적이고 현세적이었던 두보를 詩聖이라며, 그의 시를 詩史라고 한다. 그리고 불심을 바탕으로 천재적 언어감각과 내면적 성찰로 산수전원시의 전통을 계승 발전시킨 왕유를 보통 詩佛이라 부른다. 왕유는 李杜와는 다른, 詩歌의 새 경계를 개척하고 성취하였다. 山水詩의 조예와 시가의 신운(神韻)을 논한다면, 왕유의 시는 李杜와 마찬가지로 가장 존중받을 만한 전범(典範)이며 의경(意境)의 새로운 개척이라고 말할 수 있다. 소동파(蘇東坡)는 왕유의 이 시에 대해 '詩中有畫, 畫中有詩' 라고 했다. 왕유는 조숙한 천재였다. 詩書畵(시서화)는 물론 음악에도 보통 사람이 생각할 수도 없는 그런 경지에 이르렀다. 그런 천재성에 불교 신앙을 바탕으로 검소하게 생활하면서 자연을 관조했으며 자신을 성찰하였다.

"신이 종남산에 은거한 적이 있었습니다. 그때 종남산(終南山)에 진사로서 종규라는 분이 있었는데, 고조(高祖) 무덕(武德) 연간(618-626년)에 급제를 못하고 머리를 돌에 부딪쳐 죽었답니다. 그래서 사람들이 불쌍히 여겨 그에게 벼슬을 내려달라는 진정서를 올리고, 가짜 홀과 관복을 입혀 장례를 치렀습니다. 그후 종규가 꽤 영험하여 지금도 종남산 주변 사람들을 그를 신으로 받들고 있습니다."

현종은 왕유의 말을 듣고 놀라지 않을 수 없었다. 그래서 그림을 제일 잘 그리는 오도자(吳道子, 吳道玄)[96]에게 꿈에 본 종규의 모습을 알려주고 그리게 했다. 오도자가 그린 그림이 오늘날까지 영정(影幀)으로 전해진다.

현종은 종규에게 장원급제를 추인하고 관복과 홀도 주었다. 속에서 귀신이 궁궐 뒷문으로 들어왔다는 귀비의 말을 들었기에 종규의 화상을 모든 뒷문에 걸어놓게 했다.

그전에 태종이 울지경덕과 진숙보의 화상을 궁문에 붙여 잡귀의 출입을 막았던 일과 마찬가지였다.

---

96 오도자(吳道子, 685-758년, 又稱 吳道元, 字는 道子, 後 改名 道玄)-「百代畫聖」이라 알려졌다. 현종은 대 화가 오도자를 불러 꿈에 본 종규의 모습을 그리게 했다. 종규의 초상화가 완성된 후 현종은 '꿈속에 본 그 모습과 너무나 꼭 같도다.' 하면서 백금을 상으로 주고, 그림에 친필로 사연을 기록했다. 이에 그 그림을 모사하여 전국 각지에 보내 백성들 집안에 걸어두어 요괴의 접근을 막게 했다. 그 이후 종규는 잡귀를 잡아먹는 최고의 신이 되었다.

그때에 진숙보 울지경덕 두 장군은, (當年秦尉兩將軍)
태종을 위하여 잡귀의 출현을 막았었다. (曾爲太皇闢邪穢)
오늘은 장원한 종규의 화상을 그렸으니, (今日還看鍾狀元)
앞문과 뒷문을 서로가 지키는 형상이다. (前門後戶遙相對)

현종은 종규의 화상을 바라보며 옛날에 태종이 진숙보와 울지경덕 두 사람의 화상을 그려 양쪽 출입문에 붙였던 옛일을 생각하고 한숨 쉬며 말했다.

"꿈에 나타난 요괴를 종규가 다스렸지만 지금 천하의 역적은 어느 누가 잡아줄까? 울지경덕과 진숙보 같은 인재를 또 얻을 수는 없을까? 그러면 반란을 평정하고 위기에 처한 나라를 바로잡을 수 있을 텐데!"

현종은 갑자기 진숙보의 증손(曾孫)인 진국모(秦國模)와 진국정(秦國楨) 두 형제가 생각났다.

"그때 그들 형제가 상소문을 올려 안록산을 지나치게 총애하지 말라고 간언했었지. 지당한 말이었다. 짐은 그들 형제의 말을 듣지 않았을 뿐더러 꾸짖고 파직시켜 버렸어. 생각하면 대단한 잘못이야. 그들을 꼭 다시 복직시켜 주어야지."

그래서 어명을 내려 한림승지(翰林承旨) 진국모와 진국정의 직위를 회복시키고 중서성에 알려 그들이 관직을 받고 입조하여 국사를 담당케 하라고 명령했다.

진국모와 국정 두 형제는 파직된 뒤에 장안 교외로 집을 옮겨 두문불출했다. 간혹 벗들이 찾아오면 술상을 차려 옛 정을 이야기하거나 풍월을 읊었을 뿐이지, 조정대사는 입에 올리지도 않았다. 국정은 이따금 집경방(集慶坊)에서 만나 며칠을 함께했던 미인을 떠올렸지만[97] 형님이 꾸중할 것 같아 입에 올릴 엄두도 못 내었다. 그 미인도 어찌 된 영문인지 한 번도 찾아오지 않았다. 때때로 그곳을 지날 때 은밀히 사람에게 물어도 보았지만 소식을 알 길이 없었다.

어느 날, 문득 옛 벗인 남제운(南霽雲)이 찾아왔다. 위주(魏州) 사람으로, 형제 서열은 여덟 번째였다. 굳센 지조도 있고 성격이 강개(慷慨)하였는데 말을 달리며 활쏘기를 잘했고, 큰 담력의 소유자였다.

그의 조상도 군관 출신으로서 진숙보와 교분이 있었으므로 진국모 형제와는 세교(世交)로 맺어져 뜻이 맞는 벗이었다. 유년시절에 할아버지를 따라 진숙보의 집에 두 번 온 적이 있었으나 오랫동안 발걸음이 뜸했었다. 그런데 갑자기 간편한 옷차림에 말을 타고 찾아왔다. 진씨 형제는 매우 기뻐하며 인사를 마치고 안부를 물었다.

진국모가 말했다.

"남형을 뵌 지 오래되어 우리 형제는 늘 그리워했습니다. 오늘

---

97 두 연인의 이야기는 97회에 이어진다.

은 무슨 바람이 불어 여기까지 오셨습니까?"

남제운이 말했다.

"저는 할아버지께서 별세하신 뒤에 영락(零落)한 가문이라 특별히 의탁할 곳도 없어 안정된 거처가 없었소. 앞서 두 분 형제가 높이 발탁되었다는 소식을 듣고 여간 기쁘지 않았소. 그러나 나중에 또 벼슬길이 순탄치 못해 잠시 억울하게 되었다는 소문도 들었소. 하지만 명성은 아주 높아 모든 사람들의 흠모를 받고 있지 않소. 오늘은 제가 우연히 장안에 올라왔다가 통쾌한 마음으로 이야기나 나눠볼까 하였습니다. 이렇게 만나뵙게 되어 여간 참으로 다행입니다."

진국모가 말했다.

"형의 담력과 재능을 보아 꼭 출사(出仕)할 기회가 있을 것입니다. 하지만 세상이 용납하기 어려워하니 남형이 말한 것처럼 도움을 못받고 있소. 이후 남형은 어떻게 하실 생각이오?"

"고요현(高要縣, 今 廣東省의 지명)의 현위(縣尉, 현 군사 책임자, 副현령)인 허원(許遠)은 저의 선친의 벗이었습니다. 그분은 침착하고 절개가 굳을 뿐더러 지혜로운 분이십니다. 또 그분의 절친한 벗으로 장순(張巡)이라는 분이 있소. 남양(南陽, 今 하남성 서남부 南陽市) 사람으로서, 박학하고 재능이 출중한데 병법에 두루 능통한 분입니다. 개원(開元) 연간에 진사에 급제했고 청하현(清河縣)의 현령으로 재직했습니다. 허공이 장순을 찾아가 저를 추천하였습니다. 지금 제가 알기로, 장공이 황제를 배알하러 장안에 올라왔다기에 장공을 뵈러 저도 올라왔습니다."

그러자 진국정이 말했다.

"장공과 허공은 지금 세상에 특출한 인물입니다. 우리 형제들도 그분들의 명성을 들은 지 오래입니다."

진국모가 말했다.

"장순은 문무를 겸비한 특출한 분이라는 소문을 들었습니다. 다른 사람들이 엄두도 못낼 한 가지 재간이 있답니다. 아무리 사람이 많다 해도 그분을 한 번 보면 그분의 얼굴을 잊을 수 없고 오래도록 이름을 기억한답니다. 정말 특출할 인재이지요. 그 허원이라는 분은 허경종(許敬宗, 71회 주석 참고)의 후손이지요. 생각밖으로 허경종한테 이런 현명한 후손이 있을 줄은 몰랐소. 실로 선조의 죄를 미봉해 주었다고 할 수 있습니다."

남제운이 말했다.

"저는 아직 장순 공을 뵙지 못했습니다. 그러나 허원 공의 성품과 재질에 대해서는 제가 오래전부터 잘 알고 있습니다. 정말 나라에서 중용해야 할 사람이오. 애석하게도 아직까지 크게 쓰이지 못하고 있지요!"

진국모가 말했다.

"남형께서 지금 허공의 덕분으로 장공을 알게 되었으니 틀림없이 그 뜻이 맞을 것입니다. 꼭 세상에 나서서 일하면 혁혁한 이름을 날릴 것입니다. 참으로 경하할 일입니다."

진국정이 말했다.

"남형께서 오랜만에 여기에 오시느라 노고가 심하실 텐데, 여기서 며칠 쉬십시오. 그런 뒤에 장공을 만나도 늦지 않을 것입니다."

술상을 차려 환대하고 그립던 정과 마음을 나누었다. 한창 술을 마시고 있을 때 갑자기 하인이 들어와 소식을 전했다. 범양절도사 안록산이 군사를 일으켜 반란했다는 소식이 장안에 전해졌다는 내용이었다.

그러자 진씨 형제가 탁자를 치며 일어나 말했다.

"우리는 그 자가 반역할 뜻을 품은 줄 오래전부터 간파하고 있었습니다. 하물며 교활한 중신들이 잔꾀를 부려 안록산을 격분하게 만들었으니, 이런 일이 왜 일어나지 않겠습니까!"

그러자 남제운도 가슴을 치며 탄식했다.

"천하에 난리가 터졌는데 술을 마시고 있을 때가 아니오. 내 가슴속의 더운 피를 뿌릴 곳이 있게 되었소! 내일 장공을 만나 뵙고 국가 대사를 상론해 볼 테요. 늦출 수 있는 일이 아니지요."

그리고 그날 밤은 그냥 취침하였다. 이튿날 조반을 마치자, 남제운은 명함을 써가지고 허원의 서신을 챙겨 말을 타고 떠났다. 장안에 들어가 장순의 처소를 물었더니 며칠 전에 옹구〔雍丘, 今(오늘날) 河南省(하남성) 중동부 開封市(개봉시) 관할 雍丘縣(옹구현)〕 방어사(防禦使)로 발탁되어 임지로 부임했다고 하였다. 남제운은 큰 기대를 갖고 왔다가 낙망하여 돌아가게 되었다. 말을 끌고 성 밖으로 나오며 생각했다. '진씨 형제와 작별하고 옹구로 가야 하겠다. 옛 친구의 정을 뿌리치고 떠나가기는 서운하지만 거기에 머물러 있다고 일이 해결되지는 않지.'

이런저런 생각을 하다 보니 어느새 진국모, 국정 형제 집에 이르렀다. 말에서 내리려 하는데, 높은 모자를 쓰고 짧은 도포를 입은 사나이가 말을 향해 달려오고 있었다. 그 사내의 기개가 헌앙한 것을 보고 제운은 변방의 군정을 전달하는 군관으로 여기고 말을 세워둔 채, 그가 다가오기를 기다렸다가 손을 들어 멈춰세웠다.

"관원은 기별을 알리는 군관인가요? 범양의 난리는 어떻게 되었소?"

그 사나이는 물음을 받고 말을 멈춰 세운 후 남제운을 아래 위로 훑어보았다.

남제운의 비범한 풍채를 보고서 소홀히 대할 수 없어 읍하며 대답했다.

"저는 노주(潞州)에서 왔는데 한 분을 만나보러 입경하려 하오. 범양에서 일어난 반란 소식을 길에서 얻어듣고 여간 놀라지 않았소. 저는 형씨에게 물어보려던 참이오."

"저도 한 벗을 만나보려고 어제 왔소. 난리 소식을 처음 들은 지라 상세히 모르고 있소. 지금 만나보려던 벗을 만날 수 없어 거처하고 있던 집주인과 작별하려고 여기로 왔소. 옹구로 가려면 이 길이 어떤지 모르겠소."

"거처했던 집은 어디이고, 주인은 누구십니까?"

남제운은 손으로 가리키며 말했다.

"바로 이 진씨 형제 댁이요."

그 사나이는 눈앞에 걸려있는 황제가 하사한 장원 편액을 바라보더니 물었다.

"이들 장원 형제가 진숙보 공의 후손이지요? 기탄없이 간언을 올렸다가 황제한테 파직당하고 집에서 한가히 보내는 분들이지요?"

"그렇소, 형은 국모이고, 동생은 국정이요."

남제운은 말에서 내렸다. 그 사나이도 재빨리 말에서 내리더니 인사를 올렸다.

"저는 그 두 분을 오랫동안 흠모하고 있으나 면목이 없어 한스럽지요. 미안하지만 공께서 소개해 줄 수 없겠소? 너무 급하게 서둘러 명함을 마련하지 못했소."

"두 형제는 의리와 기백을 지킬뿐더러 손님을 좋아하는 기질이라 만나는 데 어렵지 않습니다. 명함은 없어도 되오."

그 사나이는 아주 기뻐하며 통성명하고 함께 집안으로 들어갔다. 진씨 형제를 만나 인사를 나누고 자리를 권했다. 남제운은 장순 공을 만나지 못하고 돌아온 전말을 말해주었다. 우연히 대문 앞에서 이 손님을 만났는데, 형제의 성함을 알고는 아주 흠모하기에 특별히 만나도록 안내했다고 말했다. 진씨 형제는 겸양하며 손님의 본향과 이름을 물었다.

"저는 탁주(涿州, 今 河北省 중부 保定市 관할 涿州市) 사람 뇌만춘(雷萬春)[98]입니다. 어려서 책을 얼마간 읽었으나 공명을 이루지 못하여 글공부를 버리고 무예를 익혔습니다. 외람되지만 나라를 위해 미미한 힘이나마 보태려 했으나 그런 기회를 얻지 못했습니다. 지금 친척을 만나보러 여기로 오는 길에 남형을 만나 두 분 선생을 배알하게 되었습니다. 그래서 평생 흠모하던 분을 뵈오니 무한 기쁩니다."

남제운과 진씨 형제는 그의 말이 의기롭고 기품이 호방한 것을 보고 존경하는 마음으로 물었다.

"뇌형은 누구를 만나보려 하시오?"

---

98 뇌만춘(雷萬春, ?-757년)-唐朝 儒家 名將(당조 유가 명장), 眞源 縣令(진원 현령) 장순(張巡)의 휘하에서 郎將이 되었다. 群書에 박통하고 지략과 용기가 뛰어났다. 天寶 14년(755년) 안록산과 사사명의 반란(安史之亂)에 장순이 저항하며 안록산의 군사를 여러 달 동안 잘 막아내었다. 장순과 뇌만춘은 안록산의 반군을 수차례 격파하며 회양(睢陽)을 지키자, 안록산 반군은 江淮 지역으로 진출할 수 없었다. 숙종 지덕(至德) 2년(757) 5월, 반군 장수 尹子奇가 수만 군사로 회양을 포위 공격하자, 장순과 뇌만춘은 고립무원의 상태에서 끝까지 저항하였다. 그러나 뇌만춘 장순, 허원, 남제운(南霽雲) 등 최후 36인이 성을 지켜 순국하였다. 뇌만춘의 英勇과 공적으로 「威烈忠勇侯」의 작위를 추서 받았다. 대만 민간신앙에서 뇌만춘은 '雷府大王', '雷府千歲' 로 신앙의 대상이 되었다. 《新唐書》, 列傳 117권 〈忠義 中〉에 입전.

"악부(樂府)에 계시는 뇌해청(雷海青)[99]을 만나려 합니다."

그러자 남제운이 듣고 발끈 성을 내며 불쾌해 했다.

"뇌해청은 이원 악사들의 우두머리에 불과하오. 무엇 때문에 배우를 만나려 하시오? 형씨는 악사들에게 굽실거리려 하오? 벼슬을 바라고 그렇게 한다면 될 일도 아니오."

그러자 뇌만춘이 웃었다.

"벼슬을 하려는게 아니라 그는 저의 친형과 같은 의형제 형님입니다. 오랫동안 만나보지 못해서 찾아온 거요."

남제운이 말했다.

"그렇습니까? 제가 그만 큰 실언을 했습니다."

진국모가 말했다.

"뇌형의 형님 뇌해청을 저도 자주 만나 뵈었습니다. 비록 악부에 매여 있는 몸이나 황제께 충성하고 애국하는 큰 뜻을 품은 분이오. 실로 다른 악사들과는 같이 볼 수 없지요. 남형도 그분을 소홀히 보지 마오."

뇌만춘이 남제운에게 물었다.

---

99 뇌해청(雷海青, ?-756년)-唐朝 유명 樂官(악관), 安史之亂에 순국했고, 民間에서는 戱神(희신) '田都元帥'로 추앙받는다. 어려서부터 음률에 정통했고, 특히 비파를 잘 연주하여 현종의 총애를 받았다. 뇌문춘과 의형제를 맺었다. 안록산이 낙양에서 즉위한 뒤, 응벽지(凝碧池)에서 이원 악사를 불러 연주케 하였는데, 뇌해청은 연주를 거부하며 안록산을 꾸짖었다. 결국 순국했다.

"남형, 방문하려던 장공을 만나지 못했다고 하는데, 어느 장공이오?"

"신임 옹구방어사 장순입니다."

"장공은 당세의 기인(奇人)이지요. 노형은 전부터 그분을 알고 있소?"

"아직 상면은 못했습니다만, 고요현 현위 허원(許遠) 공의 천거를 받아 그분을 뵈러 찾아왔소."

"허원 공, 그분도 기인이지요. 남형은 두 분 기인과 교제하고 있으니 남형 역시 틀림없는 기인이십니다. 지금 옹구에 가서 장공의 휘하에 들어가려 하십니까?"

"지금 안록산이 반란을 일으켰으니 그 기세가 매우 사나울 것입니다. 저는 장순 공을 찾아가 역적을 토벌할 일을 함께 도모하려 합니다."

그러자 뇌만춘도 의기가 북받쳐 말했다.

"남형의 뜻이 저의 생각과 딱 같습니다. 버리지만 않는다면 모시고 함께 가려 하오."

이에 진국정이 말했다.

"남형과 뇌형 두 분이 같은 뜻을 갖고 있으니, 결의형제를 맺고 나라를 위해 힘을 다할 맹세를 하시면 어떻겠습니까?"

남제운과 뇌만춘은 매우 기뻐하며 네 번 절하고 생사를 함께할 형제의 의리를 맺고는 나라에 보답하기 위해 환난 속에서도 변심말고 서로 돕겠다는 맹서를 하였다.

친형님을 찾아뵈러 왔다가, (爲尋同胞兄)
뜻 같이한 장사와 벗이 되었다. (得結同心友)
우애 돈독한 형제를 맺었으니, (篤友愛兄人)
事君 충성도 변함이 없으리라. (事君心不苟)

진씨 형제는 당장에 주석을 차려 대접했다.

뇌만춘이 말했다.

"남형은 잠시 여기서 이틀간 있어 주시오. 제가 입성하여 형님을 만나본 뒤에 바로 동행합시다."

"방금 진형께서도 그분을 소홀히 알아서는 안 된다고 하셨소. 저도 뇌형과 함께 그분을 만나 뵈어야 도리인 것 같습니다. 오늘 밤은 모두 여기서 자고 내일 형과 함께 장안에 들어가 형님을 배알하는 게 어떻소?"

뇌만춘도 기꺼이 응낙했다.

이튿날 두 사람은 조반을 마치고는 함께 성안에 들어갔다. 뇌해청의 집 앞에서 말을 내리자 뇌만춘이 먼저 집안에 들어가 형님을 만났다. 그런 뒤에 뇌해청과 함께 나와 남제운을 모시고 안에 들어가 인사하고 앉았다.

뇌만춘은 집안 일과 진씨 형제네 집에서 남제운과 결의형제를 맺고 함께 옹구로 가려 한다는 사연을 대충 말했다.

뇌해청도 기뻐하며 남제운에게 두 손을 맞잡고 읍을 했다.

"진씨 장원 형제는 정인군자올시다. 형께서 그들 형제와 마음이 맞는 걸 보면 비범한 성품을 알 수 있습니다. 저의 동생이 형장과 의형제를 맺었다니 실로 다행한 일입니다."

남제운이 겸양하며 말했다.

"사실은 저는 별다른 재간이 없습니다."

뇌해청이 동생 만춘을 보고 말했다.

"동생, 내 말을 들어보게. 너의 형이 비록 배우의 몸이지만 황은을 많이 입어 천하가 태평하기를 바라고, 황제께서 영원토록 태평복을 누리길 바라고 있었다. 그런데 지금 안록산 그 역적 놈이 성은을 저버리고 군사를 일으켜 반역하였지. 양국충 재상을 주살하겠다는 이름을 걸고 그 기세가 대단히 사납다는 소문이네. 저 양국충 재상도 줄곧 호언장담으로 황제를 기만하였지만, 반란을 평정하고 나라를 안정시킬 계책이라고는 하나도 내지 못할 줄은 몰랐네. 앞으로 나라의 재난이 누구 힘에 제거될는지 모르겠네. 황은을 입고 조석으로 옆에서 시중을 들었으니 응당 이 한 몸 다바쳐 보답해야 하네. 동생은 평소에 큰 뜻을 품었고, 담력과 계략이 남들보다 뛰어나지! 더구나 지금 다행히도, 남형과 깊은 우정을 맺고 장순 공을 찾아간다니, 그분과 함께 참된 충성을 다하여 나라에 보답해주기를 진심으로 바라네! 나는 여기서 내 직분을 다할 터이니, 자네는 자네의 충성을 다 바치게. 지금부터 날 근심할 것 없네!"

말을 마치자 뇌해청은 눈물을 흘렸다. 뇌만춘도 눈물을 금치 못했고 옆에 있던 남제운 역시 깊이 탄식했다. 뇌해청은 사람을 시켜 술과 안주를 갖추게 하고는 세 잔에 술을 가득 채우더니 일어나 말했다.

"내가 날마다 황상을 모신다지만 깊은 이야기를 나눌 수 있는 자리가 아니요. 나라가 한참 어려운 만큼 영웅들이 공을 세우고 절개를 떨칠 때이요. 젊은이의 애정에 묻혀서는 큰일을 할 수 없다오. 부디 건강하시길!"

그리고 뇌해청은 집안의 금전을 모두 모아 옹구에 가는 여비로 쓰라고 내주었다. 그들은 눈물을 흘리며 작별했다. 남제운이 감탄해 마지않았다.

"뇌형, 두 분은 정말 훌륭한 형제올시다. 제가 어제 당돌하게 망발하였으니, 그 잘못은 바로 '소인의 마음으로 군자의 성품을 헤아린 것'[100] 입니다."

그 날로 두 사람이 진씨 형제 집으로 돌아오자 그들 형제가 또

---

100 원문 '以小人之心, 度君子之腹' — 군자의 도량에 대장부의 마음(君子量丈夫心). 군자다운 외모에 소인의 마음(君子貌小人心). 대인은 소인 같은 화를 내지 않는다(大人不生小人氣). 대인은 소인을 원수로 생각하지 않는다(大人不記小人仇). — 소인의 실수나 잘못을 원한으로 생각하지 않는다. 대인은 소인의 과실을 보지 않는다(大人不見小人之過). — 소인의 잘못을 기억하지 않는다. 군자는 신의를 잃지 않는다(君子無失信). 신의를 잃는다면 소인이다(失信是小人).

주석을 차려 대접했다. 술을 다 마시자 두 사람은 길을 떠났다. 진씨 형제가 10리 길을 나와 전송했다. 술을 마시고 전별하며 각자에게 노잣돈을 얼마간 증정했다.

남제운과 뇌만춘은 곧장 옹구로 갔다. 진국모와 진국정 두 형제는 안록산이 반역했다는 소식을 듣고 조정을 몹시 걱정했다. 형제는 조석으로 토벌할 일을 토의했는데, 후에는 관군이 패전하여 지방에서 막아낼 수 없다는 소식을 듣고 아주 분노했다. 상소문을 올려 건의하려고 하였으나 직분에 맞지 않은 말로 문책 받을 일은 그만두기로 했다.

그렇게 주저하고 있을 때 진씨 형제를 복직시킨다는 특명이 내렸다. 진국모와 국정 두 형제는 칙명을 받자마자 입궐하여 황제 앞에 나아가 사은해야 한다는 중서성의 문서도 도착했다.

꿈에 보았던 진사를 떠올리자, (只因夢中一進士)
금방 은거한 장원을 생각하네. (頓起林間兩狀元)

어떤 일이 일어날지, 다음 회를 읽어 보시라.

제90회

충성 다짐한 안진경은 의병을 일으키고, 의심받은 가서한은 패전에 군사를 잃었다.(矢忠貞顔眞卿起義, 遭妒忌哥舒翰喪師.)

노래하기를, 詞曰,

난세를 겪어야 충신을 알 수 있고, (由來世亂見忠臣)
확실한 의지로 요기를 일소한다. (矢志掃妖氛)
안씨(顔氏) 일문(一門) 두 분 대의를 흠모하니, (甚羨一門雙義)
충신 없는 타군(他郡)은 웃어줄만 하다. (笑他諸郡無人)
전적으로 대장에 맡겼더라면, (專徵大將)
시기를 보아 작전을 펴야만, (待時而動)
기특한 공훈을 세울 수 있다. (可建奇勳)
황제의 조서 한 장 때문에, (只爲一封丹詔)
갑자기 삼군 모두 잃게 했네. (頓教喪卻三軍)
— 곡조〈조중조〉 — 調寄〈朝中措〉

예로부터 태평한 시절에는 충신과 의사(義士)의 충절과 의리를 보거나 알 수도 없다. 평소에 높은 지위를 차지하고 잘 살면서 위세를 부리며 입술이나 놀려대던 그런 자들은 일단 전쟁이 일어나거나 혼란한 세월을 만나면 바람따라 쓰러지지 않는 사람이 없다.

다만 한두 명의 충의지사(忠義志士)만이 충성을 서약하고 총칼을 두려워하지 않으면서 나라에 몸을 바치며 온갖 역경 속에서도 뜻을 굽히지 않는다. 그럴 경우 위로는 황제로부터 아래 모든 신하나 서민까지 모두 그런 충의지사의 이름을 알고 공경하고 탄복하면서, 진정한 충의(忠義)의 영웅이라고 생각하게 된다.

그렇지만 처음부터 그렇게 강한 의지를 갖지 않았던 사람일 수도 있다. 그냥 출사할 초기에는 황제에 충성하며 맡은 바 책무를 다하고, 순탄한 관직생활과 입신양명(立身揚名)을 바랐던 평범한 사람이었을 것이다. 그러다가 혼란한 시대가 닥치면서 그들의 충의와 정도(正道)를 지켜가는 모습을 볼 수 있으니 나라로서는 여간 다행한 일이 아닐 수 없다.

나라가 이미 재난에 휩쓸렸으니 부득이 군사를 거느리고 출병한다. 나라의 운명이 그 장군에게 달렸으니 장군은 형세와 전세를 살펴가며 진격하거나 상황에 따라 멈추면서 기회와 시의(時宜)에 따르게 된다.

장수가 명령을 받아 전장에 나갔다면 조정의 명령에 따르지 않을 수도 있으며, 장수 본인의 판단과 결심에 따라 군사를 지휘해야 한다. 그렇지만 늘 그렇지는 않다.

황제나 조정 권력자의 꺼림칙한 말에 미혹되어 근거없이 추측하고 억지다짐으로 출병시켜 진격하게 하였으니, 무슨 전략과 판단이나 의지를 펼 수 있겠는가!

그런 상황에서는 적의 계략에 빠져 패전하고 부대를 잃기도 한다. 그럴 경우 지조와 충절의 기개를 펴보지도 못한 채 형장에서 사라질 수도 있으니 탄식하고 통탄하지 않을 수 없다. 창천(蒼天)을 향해 부르짖고 땅을 치며 통곡할 뿐이다.

현종이 진국모와 진국정 형제를 복직시켜 기용한다는 칙명을 내렸으므로 형제는 입궐하여 황제에게 사은했다. 현종은 온화한 말로 위로하고 형제에게 국적을 토벌할 대책을 물었다. 두 사람은 각기 자신의 견해를 진술했다.

대체적으로 군대 지휘에는 필히 신중하여야 하며, 장수를 재능에 의거 잘 골라써야 한다고 대답했다. 한창 의논하고 있을 때 이부(吏部) 관리가 아뢰었다.

"전에 휴양(睢陽) 태수 자리가 빈틈을 노려 역적 안록산이 자기의 졸개 장통오(張通悟)를 휴양태수로 삼았습니다. 뒷날 선보(單父, 山東省 서남부 菏澤市 관할 單縣)의 현위인 가분률(賈賁率)이 백성을 거느리고 장통오를 죽였습니다. 그래서 지금 꼭 새로 태수를 선발하여 부임시켜야 합니다. 특별히 몇몇 조신을 추천하오니 누가 합당한지 폐하께서 골라주시기 바랍니다."

그러자 상황을 보아 진국모가 아뢰었다.

"휴양은 강회(江淮) 지역의 안전을 지켜주는 곳입니다. 지금 역적이 반란을 일으킨 뒤이니 태수의 직분은 보통 문관이 감당하기는 어렵습니다. 문무를 가리지 않고 적임자를 발탁하여야 합니다. 신이 아는 바, 전에 고요현의 현위인 허원(許遠)[101]은 지조도 있거니와 재략도 출중하니 휴양태수의 적임자라고 생각합니다. 폐하의 처분을 앙망할 뿐입니다."

현종은 진국모의 말을 듣고 옳게 여겨 허원을 휴양태수로 임명한다는 뜻을 이부에 내렸다.

현종이 또 물었다.

"지금 경들은 누가 훌륭한 장수라고 보고 있소?"

진국정이 말했다.

"자고로 천하가 위기에 봉착했을 때는 통수(通帥)를 중요시 해야 한다고 하였습니다. 지금 폐하께서 등용한 봉상청이나 고선지 등은 군사에 유능한 장군이지만, 꼭 훌륭한 장군이라고 말할 수는 없습니다. 그전에 한림학사 이백(李白)이 상주하여 죄를 범한 변경의 장수 곽자의(郭子儀)를 언급한 적이 있었습니다. 그 사람

101 허원(許遠, 709－757년, 字는 令威)－杭州人. 唐朝 地方官. 安史之亂 당시 휴양군(睢陽郡) 태수. 장순(張巡)과 휴양성을 사수하여 안록산 반군의 강회지역 진출을 저지시켰다. 나중에 성이 함락되면서 안록산이 있는 낙양에 끌려가 피살되었다. 장순과 함께 「쌍충(雙忠)」으로 추앙받았다. 특히 민남(閩南)이나 천주(泉州)에서는 향토 보호신으로 숭배된다. 《新唐書 · 列傳 忠義 中》에 立傳되었다.

이야말로 적을 막고 나라를 지킬 적격자이고 의지할 수 있는 충복(忠僕)이라 생각합니다. 폐하께서는 곽자의가 지은 죄를 헤아려주시고 입공(立功)하여 속죄(贖罪)토록 관용을 베푸신 적이 있습니다. 그 이후 곽자의가 여러 차례 전공을 세웠으므로 통수 가서한이 추천하는 표문을 올렸습니다. 이미 그의 관직이 여러 번 바뀌어 지금은 삭방(朔方) 우상병마사(右兵馬使) 겸 구원(九原, 今 내몽고자치구 황하 북안 包頭市 九原區) 태수로 재직 중입니다. 그 사람은 훌륭한 자질을 갖춘 장군입니다. 정말 이백의 말이 틀림없었습니다."

현종은 머리를 끄덕이며 동조하고 물었다.

"장수로서 가서한은 어떠하오?"

진국모가 아뢰었다.

"가서한은 평소부터 명망이 높기는 하지만 군기를 너무 엄히 적용하고 병졸을 보살펴주는 것이 부족하다는 평판이 있습니다. 조정에서 만약 그 직위에서만 쓰고 그가 잘 행사하도록 한다면 소임에 어긋나지 않게 일하리라 생각합니다. 하지만 근자에는 신병(身病) 때문에 직무가 부진하다고 합니다."

"그는 짐을 위해 처사를 바르게 할 줄 아오."

현종은 곽자의를 삭방절도사(朔方節度使)로 승진시켰고, 가서한을 병마부원수(兵馬副元師)로 임명한다는 칙령을 내렸다. 가서한이 병으로 현직에서 물러나겠다는 상주문을 올렸으나, 현종은 허락하지 않고 10만 대군을 거느리고 안록산을 막게 했다.

그때 안록산은 영창(靈昌)과 진류군(陳留郡)을 함락하고 그 기세가 대단했는데 형양(滎陽)을 깨뜨리고 동경(東京, 洛陽)을 위협했다. 봉상청은 무뢰(武牢)에 군진을 설치하고 막으려고 했다. 하지만 휘하의 새로 모집한 관군들이 모두 시정의 백수건달들이고 전투를 겪어보지도 못한지라, 적병의 기세가 사나운 것을 보자 먼저 겁부터 먹고 당황해하니 어쩔 수 없었다.

오늘처럼 승리가 힘든 줄 일찍 알았다면, (早知今日取勝難)
처음부터 큰소리쳤던 일 늦게 후회한다. (追悔當初出大言)

안록산이 중무장을 한 기병으로 쳐들어오니 관군은 막아낼 수 없어 뿔뿔히 도망쳤다. 봉상청은 나머지 군사를 수습하여 재차 반격전을 벌였으나 또 패전했다. 적병은 그 기세로 무찔러 들어와 동경을 함락했다.

하남윤(河南尹)인 달해순(達奚珣, 87회 주석 참고)은 성 밖에 나와 투항했으나 유수(留守)인 이징(李憕), 중승(中丞)인 노혁(盧奕), 채방판관(採訪判官) 장청(蔣清)은 투항하지 않았다. 그들은 성이 함락되자 조복을 입고 동헌에 앉아있었다.

안록산이 사람을 파견하여 군영 앞으로 끌어왔더니 세 사람은 이구동성으로 역적에게 욕설을 퍼붓다가 모두 피살당했다. 봉상청은 패잔 병마를 끌어모아 섬주(陝州)로 패주했다. 그때 고선지는 섬주에 진을 치고 있었는데, 봉상청은 그를 찾아 만나서 흐느껴 말했다.

"저는 연일 혈전을 벌였지만 적의 예기를 당할 수 없었습니다. 동관(潼關)의 병력이 부족하니 적병이 쳐들어오는 날이면 장안이 위험에 처합니다. 섬주에 주둔시킨 병사를 거느리고 동관을 먼저 저항 거점으로 삼고 적병을 막는 것이 좋을 것 같습니다."

고선지는 봉상청의 말에 따라 즉시 봉상청과 함께 군사를 거느리고 동관으로 퇴각하여 지키며 수비에 만전을 기했다.

과연 안록산의 반적이 공격했지만 뚫지 못하고 퇴각했다. 이것은 두 사람이 방어한 공로라 할 수 있다.

한편 감군(監軍)으로 나온 환관 변영성은 늘 고선지에게 뇌물을 요구하였으나 욕심을 채우지 못하자 원한을 품게 되었다. 또 봉상청이 수시로 선물을 올리지 않는다고 괘씸하게 생각했다. 그리하여 그 환관 변영성이 그들을 탄핵하는 밀주(密奏)를 올릴 줄 누가 짐작했겠는가?

봉상청은 적의 기세에 눌려 군심을 동요시키고 싸우지도 않고 도망쳤으며, 고선지는 경솔하게 섬주 땅 1천 리를 포기했을뿐더러 군량을 몰래 빼돌려 사복(私腹)을 채우면서 조정에서 위임한 기대를 여지없이 짓밟았다고 모함했다.

현종은 그 말을 곧이듣고 진노하여 변영성에게 밀지를 보내 즉각 군영에서 두 사람을 참수하라고 지시했다.

변영성은 토의할 일이 있다며 두 장수를 불렀다. 두 장군이 들어와 인사도 나누기 전에 변영성이 손을 저으며 호통쳤다.

"두 분 대장은 죽어야 한다는 성지가 내렸소."

그는 좌우 시위들에게 명령했다.

"두 사람을 생포하라!"

그리고는 칙서를 선독했다.

봉상청이 말했다.

"패전한 장군이니 죽을죄를 지었다지만 안록산의 반란군을 섬멸하기 어렵지 않다는 조정의 모든 의논은 틀렸습니다. 신이 죽은 후에라도 역적을 소홀히 보지 말고, 꼭 훌륭한 장수를 선발하여 중책을 맡겨주고 정예한 군대를 훈련하여 대처하기 바랍니다."

그러나 고선지가 말했다.

"제가 적병을 보고 퇴각했으니 죽을죄를 졌습니다. 하지만 제가 군량을 착복했다는 말은 너무나 억울하다!"

두 사람이 참수당할 때 휘하의 장졸이 모두 억울하다고 외쳐 그 소리가 천지를 진동시켰다.

시인이 시를 지어 탄식했다.

환관 군무 감독에 군사 사기 꺾이고, (宦者監軍軍氣沮)
어찌 이리 경솔히 장수를 처형하나? (何當輕殺而將軍)
한쪽 말만 듣기가 이처럼 심했으니, (此時偏聽猶如此)
어찌 인심 황제께 충성을 다하겠나? (那得人心肯向君)

두 장군이 죽자, 가서한에게 자기 부대와 호인 장수 화발귀인

(火拔歸仁)의 부대까지 인솔해 신속히 동관으로 이동하여 고선지 부대까지 귀속시켜 통합 지휘하라는 명령이 내렸다.

이에 가서한은 20만 대군으로 동관을 지키게 되었다.

안록산은 하남(河南)을 모두 점령하고 자기 수하인 단자광(段子光)에게 이징과 노혁, 그리고 장청의 수급을 주어 하북(河北) 지역 각 군현(郡聽)을 돌아다니며 수급을 보여주면서 군비를 신속히 납부하라고 압력을 가했다.

단자광이 각지를 순행하다가 평원군(平原郡, 今 山東省 북부 德州市 일대)에 이르렀다.

평원군 태수는 임기(臨沂, 今 山東省 남부 臨沂市) 사람으로, 이름은 안진경(顔眞卿)[102]이었고, 자(字)는 청신(淸臣)이었다. 안진경은 서예가로서 이름을 크게 날리고 있었다.

---

102 안진경(顔眞卿, 709－785, 字는 淸臣)－盛唐(성당)의 名筆(명필).《顔氏家訓》을 남긴 안지추(顔之推, 531－590?)의 5대손이다. 안진경은 歐陽詢(구양순), 柳公權(유공근), 趙孟頫(조맹부)와 함께 '중국 楷書(해서) 四大家'로 유명하다. 보통 당나라의 歐陽詢(구양순), 顔眞卿(안진경), 柳公權(유공권), 元나라의 趙孟頫(조맹부)를 楷書四大家(해서사대가)로 일컫는다.

구양순(557－641년)은 왕희지의 필법을 본받고 익혀 자신만의 독특한 서체를 창안하여 태종의 인정을 받았다. 안진경(709－785년)도 書聖(서성)이라는 명성을 누리면서 여러 관직을 두루 거쳤다. 지금 우리나라에서도 많은 사람들이 안진경의 글씨를 배우고 있으며, 안진경의 해서는 다음의 유공권(778－865년)에 안진경은 복성(復聖)인 안회(顏回)[103]의 후손으로 황제께 충성하고 애국하는 마음을 가진 사람이었다. 그는 안록산이 반란을 일으키기 전부터 그가 반역하리라는 것을 예견하면서, 비가 그치지 않고 내리는 것을 이유삼아 성을 높이 수축하고 해자를 깊이 팠다. 장정들을 뽑아 훈련시키고 창고에 군량을 가득 준비하면서 남몰래 만반의 준비를 다했다.

게 영향을 끼쳤다. 안진경은 낭야 안씨로 顏之推(안지추)의 5대손이었다. 안지추는 南朝(남조)의 梁(양)에서 隋朝(수조)에 걸쳐 벼슬을 하면서 유명한 《안씨가훈(顏氏家訓)》을 남겼다(2022년, 진기환 역, 明文堂 간행).

《顏氏家訓》은 7권 20편으로 구성되어 있는데 〈敎子〉, 〈兄弟〉, 〈治家〉, 〈勉學〉, 〈文學〉, 〈養生〉 등 인생과 가정생활 전반에 걸쳐 자신의 경험과 교훈을 말하고 있다. 특히 안지추는 가정교육에서 조기교육을 강조하였는데 '어렸을 때는 정신을 한데 모아 배울 수 있지만 성인이 되면 생각이 분산되어 학습이 쉽지 않다.'고 말했다. 周樹人〔주수인, 魯迅(루신)〕의 동생 周作人(주작인, 1885-1967)은 《顏氏家訓》에 매우 탄복하여 이 중 한 편을 직접 필사했다고 밝혔다.

103 안회〔顏回, 前 521-481년, 字는 子淵, 顏子, 顏淵(안연)으로도 호칭〕- 春秋 시대 魯國人(今 山東省 南部 濟寧市 관할 縣級 曲阜市). 孔子 72 門徒의 첫째. 孔門十哲 德行으로도 첫째. 漢代 이후로 안연은 72제자의 첫째 인물로, 공자 제향 시에 늘 配享되었다. 成均館 大成殿에 공자의 配位에 4인을 四配라 하는데 復聖인 顏子(안자), 宗聖인 증자(曾子), 述聖(술성)인 공자의 손자 子思, 亞聖(아성)인 孟子(맹자)를 지칭한다. 말하자면 聖人(성인)은 공자 한 사람이고, 四配(사배)는 성인에 준하는 경지라는 평가이다.

안록산은 안진경을 서생(書生)으로만 보고 안중에 두지도 않았다. 반란이 일어났을 때 하북의 군과 현들이 모두 함락되었으니, 평원군도 응당 투항했으리라 믿고 안진경에게 명령하여 군사를 거느리고 황하의 나루터를 지키라고 지시했다.

안진경은 거짓으로 그 명령을 받드는체하면서 뒤에서는 심복 밀사를 파견하여 여러 군에 통문(通文)을 돌리고 군사를 일으켜 역적을 토벌하자고 밀약하였다. 또 1만여 명의 용사를 모집하고 흐느끼며 대의를 선양하였더니 모두 분개하며 죽기로 싸우기를 다짐했다.

안록산의 부하 단자광은 그런 내용도 모르고 함부로 세 충신의 수급을 가지고 겁을 주려고 했으나 오히려 안진경에게 포박당하고 성에서 허리가 잘려 죽었다. 안진경은 그를 효수(梟首)했다. 그리고 세 충신의 머리에 몸을 만들어 이어주고 염습해 목관에 넣어 장례를 치렀으며, 제사를 올리고 추모했다.

또한 청지현(淸池縣) 현위(縣尉)인 가재(賈載), 염산현(鹽山縣) 현위 목녕(穆寧)은 안진경이 의병을 일으켰다는 소문을 듣고 적장인 경성(景城)태수 유도원(劉道元)을 죽이고 그들의 병기를 50여 척 분량이나 노획했다. 그들은 수급까지 가지고 장사(長史) 이위(李暐)에게 바쳤다.

이위는 경성 사람인 안록산의 적당 엄장(嚴莊)의 종족 10여 명을 몽땅 붙잡아 죽이고 유도원의 수급과 노획물을 평원태수 안진경한테 보냈다. 요양(饒陽)태수 노전성(盧全誠), 하간군 사법(河間

郡 司法) 이환(李奐), 제양(濟陽)태수 이수(李隨) 등은 안록산이 임명한 태수와 장사(長史)이었기에 모두 살해되었다.

그리고 각기 그 수하에 있던 수천 명 병사들은 안진경을 맹주로 추천했다. 안진경은 하간군 사법 병마사(司法 兵馬使)인 이평(李平)을 파견하여 표문과 반적의 격문을 가지고 사잇길을 통해 곧 장안으로 올라가 현종에게 전과를 보고케 하였다.

처음 안록산이 반란을 일으켰을 때 하북(河北) 일대가 공포에 싸여 반적에 항거하는 사람이 하나도 없었다.

현종은 소문을 듣고 탄식을 금치 못했었다.

"하북 일대 24군에 의사(義士)가 한 사람도 없단 말인가!"

그런데 이평이 올린 표문을 보고 현종은 희색이 만면하여 반기었다.

"짐은 안진경의 모습이 어떻게 생겼지는 모르나 그렇듯 훌륭한 사람이었구나!"

그리고 즉시 성지를 내려 안진경을 하북 채방사(採訪使)[104]로 승진시켜 평원군 일대의 일을 처리하게 하고, 장안에 올라와 배알하는 일을 면제시켜 주었다.

---

104 채방사(採訪使)－관직명. 觀察使(관찰사), 일종의 감찰관. 군사와 행정을 감독하는 임무. 당대에는 부정기적으로 지방에 파견하는 감찰관. 唐 玄宗 開元 21년(733년)에 採訪使를 처음 설치했다. 全稱은 「採訪處置使(채방처치사)」 안사의 난 이후에는 절도사가 채방사의 관직을 겸임했다.

뒷날 송조(宋朝) 충신 문천상(文天祥)[105]은 평원군을 지나면서 시를 지어 안진경의 의기를 읊었다.

당나라 평원태수 안진경은,	(平原太守顔眞卿)
장안의 현종도 그 이름을 몰랐다.	(長安天子不知名)
어느날 어양(漁陽)서 반역 북소리 들렸고,	(一朝漁陽動鼙鼓)
하수(河水)의 북쪽에 버티는 성이 없었다.	(大河以北無堅城)
안진경 형제가 분연히 병기 들었고,	(君家兄弟奮戈起)
이십칠 개 군현이 함께 연맹하였다.	(二十七郡同連盟)
안록산 놀라며 군사를 나눠 보내나,	(賊聞失色分軍還)
군사로 장안과 낙양에 진격 못했다.	(不敢長驅入兩京)
현종 부자는 겨우 서쪽을 지켰으니,	(明皇父子得西狩)
숙종은 영무(靈武)에서 의병을 일으켰다.	(由是靈武起義兵)
당조(唐朝)는 이광필, 곽자의의 도움으로,	(唐家再造李郭力)
역적무리 제압하고 권위를 지켰다.	(逆賊牽制公威靈)
슬프다! 상산(常山)의 적도에 혀가 잘렸고,	(哀哉常山賊鉤舌)
안진경 불려갔고 의기 꺾지 않았다.	(公歸朝廷氣不折)
기구하고 억울하여 갈 수 없었으니,	(崎嶇坎坷不得去)

105 문천상(文天祥, 1236－1283년)－忠烈로 名傳後世, 元 포로가 되었을 때, 元 世祖가 高官厚祿(고관후록)으로 투항을 권유하였으나 끝까지 절조를 지켰다. 육수부(陸秀夫), 장세걸(張世傑)과 함께 '송말삼걸(宋末三傑)'로 칭송되는 漢族의 영웅이다.

사조(四朝)의 황제를 모신 늙은 충절이다.	(出入四朝老忠節)
그해 겨우 안록산을 밀어내었으니,	(當年幸脫安祿山)
늙어 결국은 이희열의 모함 받았다.	(白首竟陷李希烈)
어찌 희열이 안진경을 죽일 수 있으랴,	(希烈安能遽殺公)
재상인 노기(盧杞)는 황제를 속였었다.	(宰相盧杞欺日月)
반란한 도적들이 어디로 가겠는가?	(亂臣賊子歸何所)
망망한 중원 벌판을 태우는 불이다.	(茫茫煙草中原土)
안공이 6백 년 뒤 지금을 보신다면,	(公視於今六百年)
혁혁한 충정(忠精), 우뢰처럼 하늘 가른다.	(忠精赫赫雷行天)

위 시에서 '백수경함이희열(白首竟陷李希烈)'은 안진경이 숙종(肅宗, 재위 756－763년) 지덕(至德, 756－758년) 연간에, 늙어서 간악한 재상인 노기(盧杞)[106]의 질투로 반역한 이희열(李希烈)[107]을 회유하러 나갔었다. 그러나 결국 이희열에게 죽음을 당하는데, 그때 안진경은 77세였다.

'애재상산적구설(哀哉常山賊鉤舌)'이란 구절은 안진경의 사촌형 안고경(顔杲卿)[108]이 겪은 일인데, 안고경의 충의도 안진경과

---

106 노기(盧杞, ?－785年, 字는 子良)－唐 德宗 시기의 재상. 奸臣(간신).

107 이희열(李希烈, ?－786年)－唐 德宗 재위 중 회서절도사(淮西節度使)인 李忠臣의 조카, 나중에 당에 반역하며 안진경에 투항을 요구하였다. 그러나 나중에 자신의 부장에게 속아 독살당했다.

108 안고경〔顔杲卿, 692－756년, 字는 昕(흔), 杲는 밝을 고〕－唐朝 官員.

다름없었다. 안록산이 반란을 일으켰을 때, 안고경은 상산(常山) 태수였었다. 안록산의 군대가 고성(藁城)에 이르고 상산군이 위기에 처하자, 안고경은 부족한 상산의 병력으로는 적을 막아내기 어렵다고 생각했다. 이에 안고경은 장사(長史)인 원이겸(袁履謙)과 대책을 논의한 뒤 잠시 먼저 나가 영접하는 체하며 그 예봉을 피하기로 했다. 안록산은 안고경이 영접하러 나온 것을 보고 기뻐서 자주색 도포와 금대를 주면서 전처럼 상산을 지키게 했다. 안고경은 원이겸과 밀의하고 의병을 일으켰다. 때마침 안진경이 파견한 생질 노광(盧逖)이 상산에 도착하였다. 노광은 안고경과 약속하고 연합해서 안록산의 퇴로를 끊어버리자고 했다.

그때 안록산은 낙양에서 대연황제(大燕皇帝)라 칭하고(756년) 연호를 성무(聖武, 756－757년)라고 하였다. 안고경은 거짓으로 안

天寶(천보) 15載(재, 756)－안록산의 반군이 상산(常山, 今 河北省 石家莊市와 邢台市 지역)을 포위 공격하였는데, 안고경의 아들 顔季明(안계명)을 잡아놓고 안고경의 투항을 요구하였다. 그러나 안고경은 안록산을 욕하며 굴복하지 않았다. 안록산은 안계명을 죽였다. 이어 상산이 적도 史思明에게 도륙당했다. 안고경은 낙양에 압송되어 안록산에게 끌려갔으나 안록산을 계속 욕했고 죽음을 당했다. 안고경 사후에 양국충은 장통유(張通幽)의 참언을 듣고 안고경 부자에 대한 아무런 포상도 없었다. 안진경은 이를 숙종에게 하소연했고 숙종은 현종에게 보고하였다. 현종은 장통유를 장살(杖殺)했다.

록산의 명령을 전하면서 정형(井陘)을 지키는 장수 이흠주(李欽奏)와 그 군대를 소환하였다. 안고경은 이흠주가 들어오자, 안록산의 즉위를 축하한다며 군사들에게 술과 고기를 먹였다. 그러다가 이흠주가 취하자 포박하여 참수하고 부하들을 해산시켰다.

또 적장 고막(高邈)과 하천년(何千年)이 때마침 안록산의 명을 받아 북방에 나가 군사를 모집하기 위하여 상산을 지나가자 잡아 죽여버렸다. 이때 안록산 수하의 장헌성(張獻誠)이라 부르는 부장이 군사를 통솔하여 요양(饒陽)을 물샐틈 없이 포위하고 있었다.

안고경은 먼저 삭방절도사 곽자의가 병마사 이광필(李光弼)[109]과 무봉사(武鋒使), 그리고 복고회은(僕固懷恩)에게 명하여 군사를 거느리고 정형에 진출하게 했다는 소문을 퍼뜨렸다. 장헌성은 소문을 듣고 몹시 놀랐다. 안고경은 사람을 파견하여 그를 찾아 요양의 포위를 풀어야 한다고 말했다. 장헌성은 그 말을 믿고 즉시 군사를 거느리고 철수했다.

안고경은 원이겸을 요양에 파견하여 장졸을 위로하게 하고 여러 군에 격문을 돌렸더니 하북 일대가 호응하고 나섰다. 안고경은 이흠주와 고막과 하천년의 수급을 장안에 올려 바쳤다. 그는 또 자기의 아들 안천명(顔泉明)과 내구(內丘)의 현승 장통유(張通幽)에게 표문을 주어 장안에 첩보를 올렸다. 장통유는 장통오(張

---

109 이광필(李光弼, 708－764년)－거란족 출신 장군. 부친 이해락(李楷洛)이 측천무후 때 귀부. 개원 연간에 삭방절도부사 역임. 안록산의 난 진압에 유공.

通悟)의 동생이었는데, 그는 형이 역적에게 투항하였으므로 화가 가문에 미칠까 두려워 안전대책을 생각했다. 그래서 태원윤(太原尹)인 왕승업(王承業)이 양국충과 교분이 있다는 것을 알고 그의 후원을 받으려 했다.

장통유는 왕승업에게 사정하여 안천명을 눌러 앉히고 공로를 자기가 차지하도록 상주문을 고쳐달라고 했다. 안고경이 의병을 일으킨 지 며칠 후 적장 사사명(史思明)[110]이 군사를 거느리고 성 밑까지 들이닥쳤다.

안고경은 사람을 태원에 파견하여 위급함을 알리게 했다. 그러나 왕승업은 안고경의 공로를 훔치려고 한 이상 그가 죽으면 자기한테 유리하므로, 그를 구할 군대를 파견하지 않았다. 안고경은 힘을 다해 싸웠지만 군량이 다하고 병졸이 지쳐 성이 함락되었다. 그리고 적에게 붙잡혀 안록산의 군영에 압송되었다.

안록산이 호통을 쳤다.

"네 놈이 왜 날 배반하였느냐?"

안고경이 눈을 부릅뜨고 욕설을 퍼부었더니 화가 난 안록산이 안고경의 혀를 뽑아버리게 했다. 안고경은 원이겸과 함께 피살

---

110 사사명(史思明, 703－761년)－돌궐족. 또는 소그디아인(粟特人), 안록산과 동향. 동갑. 안록산은 군사에 무지했으나 안경서는 군사전략에 밝았다고 한다. 안록산이 죽은 뒤 안록산의 아들 안경서(安慶緖)를 죽이고 즉위. 재위 759－761년. 연호 응천(應天), 순천(順天).

당했다.

두 사람은 죽을 때까지 욕설을 그치지 않았다.

장통유는 일가를 생각할 뿐 나라를 버렸다. (通幽顧家不顧國)
왕승업은 공적을 훔치며 더욱 시기하였다. (承業冒功更忌功)
충량한 사람 꺾어버려 죽게 만들었으니, (坐使忠良被兵刃)
공연히 피를 장안 일대에 뿌려버렸다. (空將血淚灑西鳳)

안고경이 절개를 지켜 죽었으나 왕승업이 그의 공로를 덮어감추고 장통유는 터무니없이 그 일을 얼버무렸으며, 양국충은 장통유의 말을 비호하고 나섰기 때문에 조정에서는 안고경 유족에 대한 구휼마저 없었다.

숙종(肅宗) 건원(乾元, 758－760) 연간에 이르러서야 안진경이 숙종에게 상소하여 태상황(太上皇, 현종)에게 사실이 알려졌다. 그때 왕승업은 이미 다른 일로 죄를 받아 죽고 없었다. 장통유는 그때 살아있었으므로 태상황의 명으로 참살해 버렸다.

안고경은 태자태보(太子太保)의 직책을 추증받았고, 시호를 충절(忠節)이라 했다. 안고경의 아들 천명(泉明)은 적에게 붙들렸다가 도망쳐 나왔다. 아버지와 원이겸의 시신을 찾아 염습하고 한관에 넣어 돌아왔다. 돌아와서 보니 무릇 안씨네 가족과 아버지, 수하의 옛 장령 관리들의 식솔이 풍비박산되고 모두 몰락했었다. 사람들은 모두 안천명의 의로운 기개를 칭찬했다. 이 역시 후에 있는 이야기이다.

안진경은 안고경이 죽었다는 말을 듣고 사촌 형님의 죽음을 대성통곡했다. 하지만 상산이 함락되었다는 것은 더욱 놀라웠다. 적이 요충지를 차지한 것이 몹시 걱정이었다.

이때 기마 초병이 와서 소식을 전해 알렸다. 곽자의가 어명을 받들고 동경을 수복하러 간다는 것이었다. 특히 이광필을 하동절도사로 추천하고 1만여 명의 병력을 그에게 주어 정형으로부터 공격해온다는 것이었다.

안진경은 기뻐서 말했다.

"이러하다면 상산(常山)을 수복할 수 있다!"

이때 청하현의 관리와 백성들은 같은 현의 백성 이악(李蕚, 蕚은 꽃바침 악)을 평원군에 보내 군량과 비단들을 군자(軍資)에 충당케 하면서 약간의 군사를 빌려주면 자기네 고장을 지켜낼 수 있다고 하였다.

그때 이악의 나이 20세에 불과했지만 생김새가 훤칠하고 말하는 품이 모두 도리에 맞았다. 안진경은 이악을 기특히 여겨 5천 명의 군사를 보내 주었다.

이악이 진언했다.

"조정에서는 이미 곽구(崞口)로 군대를 파견하였으나 적이 요새지를 차지하고 항거하고 있기에 관군이 전진하지 못하고 있습니다. 공께서 군사를 거느리고 위군(魏郡)을 먼저 격파해버린다면 곽구로 진격하는 관군의 길을 열어주는 셈입니다. 그렇게 하여 급현(汲縣)과 업현(鄴縣) 이북의 여러 군을 수복하고, 그 다음에 여러 곳을 지키는 군사를 연합하여 남쪽으로 진출하여 낙양 근처 맹진(孟津)에 이르면 관군이 요충지를 차지하면서 북으로 도망치는 적의 퇴로를 막아버릴 수 있습니다. 하지만 조정에 표문을 올려 알리고 물자를 소개(疏開)시켜 놓고 잠시 싸우지는 말아야 합니다. 달포 가량 지나 적들의 내부에 붕괴될 조짐이 나타날 때 무찔러야 합니다!"

안진경은 이악의 말을 옳게 여겨 참군(參軍) 이택교(李擇交) 등에게 명하여 군사를 이끌고 청하현(淸河縣)과 박평현(博平縣)의 군사와 함께 당읍(堂邑)에 주둔시키게 했다. 반적 위군(魏郡) 태수 원지태(袁知泰)가 군사를 거느리고 나와 싸움을 걸었으나 관군이 강하게 무찔러 나가니 적들은 도주하였으며 위군이 수복되어 관군의 사기가 충천했다. 북해군 태수인 하란진명(賀蘭進明)이 군사를 거느리고 평원성 남쪽에 진을 쳤다.

안진경이 그들을 후하게 대접하고 당읍의 전과를 그의 공로로 치하해 주었다. 하란진명은 그것을 틀림없는 자신의 공로라고 생각하여 조정에 표문을 올려 알렸다. 그러나 안진경은 그것을 탓하지 않았다. 이광필이 상산(常山)을 수복했다는 소식도 전해졌다. 곽자의와 이광필의 군대가 합세하자, 적장 사사명이 싸움을 걸어왔으나 곽자의의 계책에 걸려든 사사명은 투구와 갑옷과 병기를 내던지고 맨발로 도망쳤다. 이로써 하북의 10여 군이 모두 수복되었다.

옹구방어사 장순이 적과 연속 싸워 여러 차례 승전했다는 소식도 전해졌다. 한창 기쁨에 들뜨고 있을 때 갑자기 조정에서 조서를 내려 부원수 가서한에게 출전을 재촉했다는 소식도 있었다.

원래 가서한은 동관에 주둔하고 있으면서 장안의 안전을 보장하기 위하여 군사를 움직이지 않고 때가 되면 진격하려고 하였다. 하원군(河源軍)부사(副使) 왕사례(王思禮)[111]가 기회를 보아 가서한에게 진언했다.

"지금 천하에 난리가 터진 것은 양국충 탓입니다. 누구나 치를 떨지 않는 사람이 없습니다. 공이 표문을 올려 양국충을 참수하여 천하 사람들의 마음을 풀어주자고 청구하면 모든 사람들이 통쾌해 할 것입니다. 그러면 보통 백성들도 결사적으로 싸우려 할 것입니다!"

그러나 가서한은 머리를 가로저으며 대답하지 않자, 왕사례가 또 건의했다.

"표문을 올리지 않으시겠다면 굳이 꼭 청구할 것도 없습니다. 제가 30명 기병을 거느리고 가서 양국충을 붙들어와 동관에서 참수해 버리면 됩니다."

---

111 왕사례(王思禮, ?－761년)－高句麗(고구려) 출신, 당의 장수. 가서한(哥舒翰)과 왕충사(王忠嗣)의 막료. 安史之亂 폭발 후, 潼關 副使로 장안을 방어했다. 안사의 난 진압에 유공. 《舊唐書, 王思禮傳》. 杜甫의 〈八哀詩〉 중 제1수는 〈贈司空王公思禮〉이다.

그러자 가서한이 아연실색하며 말했다.

"그렇게 한다면 정말 내가 반역한 것이며, 안록산이 반역한 게 아닙니다. 당신이 어찌 이런 말을 할 수 있소?"

왕사례는 감히 더 말할 수가 없었다.

어떤 사람이 적장 최건우(崔乾佑)가 섬락(陝洛)에 있지만, 쇠약하기 짝이 없는 4천 명도 안되는 군사를 거느리고 있는데 아무런 방비도 없는 상태라고 알려왔다. 양국충은 즉시 현종에게 아뢰었다. 그리고 사자를 보내 가서한에게 진격하도록 독촉하고 섬락 지역을 수복하라고 지시했다.

가서한이 기병을 보내 상주문을 올려 아뢰었다.

"안록산은 군사를 잘 지휘합니다. 어찌 무방비 상태일 수 있겠습니까? 지금 그들이 약한 것처럼 꾸미는 것은 우리를 출격하도록 꾀는 수작입니다. 우리가 만약 섣불리 출격한다면, 바로 그들의 위계에 걸리는 셈입니다. 하물며 적은 먼 길을 걸어왔기에 속전이 그들에게 유리합니다. 우리 군은 요새지를 차지하고 있기에 수비에 유리합니다. 더구나 적들은 잔혹하기 짝이 없어 인심을 잃었습니다. 잔혹한 폭행이 날이 갈수록 더 혹심해지고 있으니, 장차 그 내부에서 변란이 일어날 것입니다. 그 틈을 타서 진격하면 싸우지도 않아도 적은 붕괴될 것입니다. 요긴한 것은 승리인데 하필 조급해 할 필요가 있습니까? 지금 여러 도에서 모집한 장졸이 아직 다 모이지 않았으니 좀 기다려 주시기 바랍니다."

곽자의와 이광필도 상주했다.

“군사를 이끌어 북으로 가서 범양 공격을 주청합니다. 그 소굴을 소탕하고 적당들의 처자들을 붙잡아 인질로 삼고 초무(招撫)한다면 적의 내부가 붕괴될 것입니다. 동관의 대군은 방어에 전념해야지 섣불리 출동시켜서는 안 됩니다.”

안진경도 상주문을 올렸다.

“동관은 요충지로서 장안의 안전을 보장해주고 있으므로 고수하는 것이 상책입니다. 적이 약한 군사로 우리 관군을 유인하자는 것이니 절대 허튼소리에 미혹되지 말아야 합니다.”

상주문이 연속 올라왔지만 양국충은 진공해야 한다는 주장을 한사코 우겨대니, 무슨 방법이 있겠는가. 현종이 그의 말을 듣고 조정의 사자를 파견하여 출전을 재촉했다.

심지어 칙서까지 내려 가서한을 질책했다.

「경이 대병력을 장악하고 있으면서 적이 무방비 상태라는 기회를 이용하여 신속하게 주요한 지역을 수복하려 하지 않고, 또 적이 스스로 붕괴되기를 기다리며 출전하려 하지 않는 것은 앉아서 작전의 기회를 잃어버리는 것이다. 짐은 정말 경의 타산을 헤아릴 수 없노라. 만약 오랫동안 출전하지 않고 있다가 무방비 상태였던 적이 준비를 갖추게 만들고 우리 관군이 질질 끌면서 혹시 승전을 올리지 못한다면 국법이 있는데, 짐이 사정을 봐주자 해도 감히 그렇게 할 수 없는가 하노라.」

가서한은 엄정하게 질책하는 칙서가 내려오자 더는 모른체하고 있을 수 없었다. 가서한은 가슴을 치며 통곡했다. 그리하여 대오를 정돈하고 군사를 거느리고 동관을 나가 최건우의 적병과 영보(靈寶) 서쪽 벌판에서 조우하게 됐다.

적은 요충지를 차지하고 기다리고 있었다. 남으로는 산이 막아주고, 북으로는 황하가 흘렀으며, 중간에 좁은 길이 70여 리나 이어졌다. 왕사례의 5만 장졸이 선봉이 되어 앞장섰다. 부장 방충(龐忠) 등이 10만 대군을 거느리고 뒤따랐다. 가서한은 3만 군사를 거느리고 하남의 높은 언덕에서 군기를 흔들고 북을 치면서 사기를 북돋워주었다.

반군 최건우가 거느린 군대는 1만도 되지 않고, 대오가 정연하지 못해서 그들을 바라본 관군은 모두 웃음을 금할 수 없었다. 그러나 누가 알았으랴. 건우는 이미 정예부대를 요새지에 매복해 놓았다. 그리고는 접전도 하기 전에 거짓으로 깃발도 달지 않고 창을 질질 끌며 도망치는 흉내를 내었다. 관군은 아무런 준비나 대책도 없이 해이한 상태에서 입을 벌리고 바라보기만 할 때 천지를 진동하는 큰 북소리가 울리더니 적의 복병이 일어나 높은 곳에서 돌과 한 아름씩 되는 통나무를 내리 던졌다. 길이 좁아 인마가 움직일 수 없고 창을 휘두를 수도 없어 관군은 많은 사상자를 냈다.

가서한은 담요로 덮은 전거(戰車) 10여 대를 돌격대로 내세워 돌격하려고 했다. 그러자 최건우는 마른 풀을 가득 실은 수레 수십 대를 담요 전거 사이에 끼워 넣고 불을 붙여 태웠다. 때마침 동풍이 불어 바람과 불이 기세를 올리며 타면서 화염이 충천했다. 관군은 눈을 뜰 수 없어 맹목적인 격전을 벌렸다.

관군은 적병이 화염과 연기 속에 포위되었다고 일제히 활을 쏘았으나 화살을 다 날린 후에야 비로소 적병이 없다는 사실을 알았다. 최건우는 부장들로 하여금 정예 기병 수만 명을 거느리고 산의 남쪽으로 돌아 관군의 후면에 나타나 앞뒤로 협공했다. 관군이 놀라 혼란에 빠지고 대패하여 도망쳤다. 갑옷을 벗어버리고 골짜기에 달려가 숨는 자도 있고, 창을 버리고 도망치다 강물에 잘못 뛰어들어 빠져 죽은 자도 부지기수였다. 후군은 전군(前軍)이 처참히 패주하는 것을 보고 모두 싸우지도 않고 도주하였다. 강북에 있던 군사들도 그것을 목격하고 모두 도망치니, 일시에 양안의 관군이 텅 비게 되었다.

이 한차례의 격전을 읊은 글이 있다.

「처음에는 유인책으로 관군을 끌어들이느라 띄엄띄엄 나타나 흩어진 채로 교전하였다. 짐짓 적병들이 황망히 숨어버렸다. 잠깐 사이에 후군이 막 들이밀자 갑자기 복병이 뛰쳐나왔다. 포성이 하늘에 울리고 북소리가 진동했다. 격전이 벌어졌으나 길도 좁아 창칼을 휘두를 수도 없었다. 높은 산언덕을 차지하고 적들이 돌과 통나무로 내리쳤다. 바람이 불길을 몰아오니 별안간 연기 때문에 두 눈을 뜰 수가 없었다. 가소롭게도 관군은 화살을 다 날려보냈지만 적병을 한 명도 살상하지 못했다. 방금 전군이 궤멸당했으니 대장이 사로잡히지 않을 수 없게 되었다.」

관군이 패전하게 되자, 가서한은 홀로 휘하의 1백여 기병과 함께 수양산에서 강을 건너 서쪽으로 달려가 동관으로 들어갔다. 나머지 관병들이 도망쳐 동관 밖에 이르렀을 때는 이미 밤이 되었다. 동관 앞에는 원래 세 개의 넓고 깊은 구덩이를 파 놓았다. 이것은 적의 돌격을 방지하기 위한 것이었다. 그때 패잔병들이 도망쳐 오며 앞을 다투어 동관 안으로 들어가겠다고 난잡하게 날뛰다 보니 어둠 속에서 인마가 어느 사이에 구덩이에 수없이 처박히게 되었다. 잠시 동안에 구덩이를 인마로 메우게 되어 후속부대는 평지를 지나듯이 그들을 밟고 지나갔다. 20만 대군이 출전했다가 패배하고, 돌아온 자는 8천여 명밖에 안 되었다. 최건우는 승리한 기세로 일거에 동관을 격파했다. 가서한은 관서역에 물러앉아 포고를 내붙이고 패잔 병졸을 모아 다시 싸우려고 시도했다. 휘하의 이민족 출신 장수 화발귀인(火拔歸仁)이 적에게 투항할 생각으로 적병이 닥친다는 말을 퍼뜨렸다. 그러자 가서한이 화발귀인에게 말을 타고 역 밖으로 나가보도록 했다.

화발귀인이 말했다.

"통수께서는 20만 대군을 단 한 번의 싸움에서 잃었으니, 무슨 면목으로 황제를 대면할 수 있겠습니까? 하물며 권력을 쥐고 있는 재상이 대단히 꺼리고 있습니다. 고선지와 봉상청의 죽음을 목격하지 않았습니까? 동쪽으로 나가셔야만 자신을 지킬 수 있습니다."

가서한이 말했다.

"대장의 몸으로 어찌 적에게 투항할 수 있겠나."

말에서 내리려는데 화발귀인이 병졸들에게 호령하여 가서한의 두 발을 말 배에 묶게 하고 무작정 채찍을 때려 달리게 했다. 따르려고 하지 않는 장수들은 모두 포박했다.

적장 전건진(田乾眞)이 병사를 거느리고 나와 그들을 안내해서 가서한 등을 포박해 안록산의 군영 앞으로 데려갔다.

본래 안록산은 가서한과 화목하지 못했지만 옛날의 원한을 떠나 귀순하라고 권고하자, 가서한은 할 수 없이 투항했다. 화발귀인이 여러 사람들 앞에서 가서한이 투항한 것은 자기의 공로라고 후안무치하게 떠들어대며 자랑을 하자, 안록산이 듣고서 노발대발했다.

"화발귀인이 조정을 배반하고 통수권자를 핍박한 것은 충성심이 없고 의롭지 못한 것이다."

안록산은 즉각 명령하여 화발귀인을 끌어내 참수하고 효수하라고 명령했다. 당년에 안록산은 이민족 장수들로 변방을 지키게 하자고 상주하였고, 후에는 반란을 일으켰는데 그들의 힘을 많이 입었다. 화발귀인은 이민족 출신의 장수라고 우쭐거리며 자기 공로를 떠들며 자랑하다가 안록산에게 살해되었다.

반적은 반적을 포용할 수 없으며, (反賊亦難容反賊)
소인은 스스로 소인이 된 것이다. (小人枉自爲小人)

가서한이 적에게 투항하자, 안록산은 사공(司空) 벼슬을 주고 이광필 등에게 투항하라는 편지를 쓰도록 했다. 이광필 등은 모두 회신하여 가서한을 질책했다. 안록산은 아무런 효과도 보지 못하게 되자 가서한을 후원에 가두어버렸다.

이를 시로 지어 탄식했다.

가서한은 본래 명장이었으니, (哥舒本名將)
대패망은 그의 죄가 아니었다. (喪師非其罪)
권력 쥔 간신이 군권을 행사해 (權奸能制命)
총수는 마치 허수아비였었다. (大帥如傀儡)
해서는 아니 될 싸움이었다면, (戰所不宜戰)
스스로 먼저 욕심을 버려야지, (我心先自餒)
제 몸을 망치고 나라도 망하니, (辱身更辱國)
천년이 지나도 후회만 남으리. (千載有餘悔)

이 한판의 패전은 용서받을 수가 없었다. 패전 소식이 조정에 전해지자 모두 크게 놀랐다. 그야말로,

장군은 변경에서 완패하였고, (將軍失利邊疆上)
천자(天子)는 궁중에서 크게 놀랐다. (天子驚心宮禁中)

다음 일을 알 수 없으니, 다음 회를 읽어 보시라.

제91회

연추문으로 황제와 신하는 도망치고, 마외역에서 양씨 남매는 주살당했다.(延秋門君臣奔竄, 馬嵬驛兄妹伏誅.)

노래하기를,	**詞曰,**
옛날 그렇게 호사하고 사치하더니,	(昔日窮奢極麗)
오늘 황폐한 산비탈 웅덩이 괸 물.	(今日殘山剩水)
궁궐 버리고 마외파까지 허둥지둥,	(拋離宮院陟崔嵬)
누가 모여 웅성대나?	(問團誰)
옛날 황은을 독점했던 그들,	(昔日皇恩獨眷)
오늘 인심이 완전 변했네.	(今日人心都變)
얼음 산에 옥가락지 버려졌고,	(冰山消盡玉環捐)
옛날을 후회한다.	(悔從前)
— 곡조 〈첨자소군원〉	— 調寄 〈添字昭君怨〉

위 노래에서 잔산잉수(殘山剩水)란 패망한 나라의 산천이다. 그 처량한 정경은 사람의 마음을 슬프게 한다. 산천은 절대로 의구(依舊)하지 않다. 더군다나 망한 나라의 산천이라면!

동네의 옛 부잣집은 없어졌고, 그 집터는 수수밭이 되었다. 사람이 떠나간 마을에는 돌로 쌓은 담도 절로 무너지고, 빈집 마당에는 유독 가시풀만 가득하다. 폐가에는 쥐가 없으니 뱀도 모여들지 않는다.

자고로, 현군(賢君)이나 현상(賢相), 현명한 비빈이나 왕후라면 근신(謹身)하고 수덕(修德)하며 검소하거나 근면하지 않은 사람이 없었다. 또 위로는 천심(天心)을 본받고 아래로는 민심에 영합하였고, 재난이 닥치기 전에 미리미리 대비하였으며, 화란(禍亂)을 복덕(福德)으로 전환하였기에 천지사방에 아무런 근심이나 걱정이 없었다. 그러한 시절에는, 모든 백성은 제자리에서 제 것을 즐길 수 있었다.

그렇지 않다면, 윗사람은 교만과 사치에 질탕하게 놀면서 경천(敬天)과 권민(勸民)을 모른다. 아랫사람에게 좋은 뜻을 권하고 열심히 노력하라 가르치지 않는다면, 어떻게 내일을 기대할 수 있겠는가!

아주 악독(極惡)하고 용렬(庸劣)한 신하는 오로지 군주에게만 아첨하여 그렇게 얻은 권세를 믿고 설쳐댄다. 검소와 절약을 모르는 비빈이나 귀족 여인들은 멋대로 위세를 부리며 눈썹이 하늘을 향하고, 비 오는 날에 우산을 써도 빗물이 콧구멍으로 들어

간다.

그런 여인일수록 – 여편네라는 말이 차라리 더 적절하지만 – 일신의 사치와 영화를 생각할 뿐, 남을 전혀 의식하지 않는다. 미움받는 여자에게는 분명 더 미움을 받아야 하는 남자가 있다. 탈법(脫法)을 자행(恣行)하고, 불법한 스스로를 자랑하며 으시대고, 그런 짓거리로 행세(行勢)하며 출세의 발판으로 삼는다. 스스로의 무식을 부끄러워하지도 않고 불법으로 선량한 사람을 선동하며 자신을 따르지 않으면, 바보라고 매도하고 적폐라며 제거하려 한다.

그러다 보니 천인(天人)이 공노(共怒)하고 자타가 공분(共憤)한다. 그 다음에는 치안이 불안해 지방을 지키지 못하고 나중에는 나라와 종묘사직이 기울어진다.

그렇게 나라를 망하게 하거나 팔아먹는 권신(權臣)이 설쳐댄다면 그 군주는 틀림없이 무능하며, 평균 이하의 머리통을 목 위에 무겁게 얹어놓고 아래로는 여인의 치마 속만 더듬는다. 결국 그런 암주(暗主)는 스스로 주변의 여자와 소인을 제거할 생각이나 능력이 아예 없었기에 결국 주륙(誅戮)을 면치 못한다.

그런 주군 때문에 도탄(塗炭)에 빠진 백성은 어떤가? 진흙 수렁에 빠져 천천히 밑으로 빨려 들어갈 때 그 공포를 느껴보았는가? 벌겋게 달궈진 숯불 위를 맨발로 걸어가야 한다면? 그런 다음에 겨우 살았는데, 포악한 자에게 도륙(屠戮) 당하는 백성은 무슨 죄인가? – 시대를 잘못 타고난 자신의 운명을 탓해야 하는가?

장안을 버리고 촉(蜀) 땅으로 도망가는 황제 – 먼지를 덮어쓴다고 몽진(蒙塵)이라고 표현하지만, – 그런 군왕을 불쌍히 여겨야 하는가?

그렇게 산길을 더듬으며 피난가면서 그런 날이 오리라고는 생각도 못했을 것이다. 피난가면서 후회한들 무슨 소용이 있는가? 그러니 그 인간이 불쌍한 것이다. 그러나 조금도 동정할 이유가 없다. 선량한 사람의 동정심을 그런 자들에게 나눠줄 수 없다.

현종이 양국충의 말을 믿고, 나라의 모든 병력을 거느린 가서한(哥舒翰)에게 출전해 싸우라고 독촉하는 바람에 전군이 패전멸망 당하고 총 사령관마저 반란의 수괴 앞에 끌려가 화를 당했다.

장안을 지킬 수 있는 최후의 보루인 동관(潼關)이 함락되자, 하동(河東), 화음(華陰), 풍익(馮翊), 상락(上洛) 등 장안에 가까운 성곽의 수비장들은 모두 성을 버리고 도주했다.

당조의 제도에 의하면, 변방의 읍마다 30리 사이에 봉화대를 만들어놓고 날마다 황혼 때면 불을 지펴 장안에다 무사함을 알렸는데, 이것을 '평안한 불 연기(平安火)' 라고 불렀다. 그러한 봉화가 3일 동안이나 오르지 않아 현종은 몹시 당혹하였다.

그때 갑자기 기마병이 달려와 가서한이 패전했으며, 적병이 승승장구 진격해 오고 있어 당해낼 수 없다는 비보를 전했다.

현종은 크게 놀라 즉각 조정의 대신을 불러놓고 토의했다. 양국충은 사람들이 출전하도록 독촉한 자신의 잘못을 원망할까 봐 오히려 자기가 먼저 큰소리를 쳤다.

"가서한은 워낙 무방비 상태에 있는 적을 무찌르기 위하여 일찍 출전해야 했습니다. 일찍 싸우지 못한 탓에 적이 교활한 계책을 꾸밀 틈을 주었고 그 계책에 빠졌습니다."

동평장사인 위견소가 말했다.

"적을 깔보다가 패전했으니 후회막급입니다. 이후의 대책으로 신속하게 각 도의 군사가 달려와 지원하도록 하여야 합니다. 또 대장에게 명하여 장안에서 모집한 장정들을 거느리고 수도를 지켜야 합니다."

한림승지 진국정이 말했다.

"곽자의와 이광필에게 칙서를 내려 급히 군사를 거느리고 들어와서 적이 장안에 들어오는 길을 막게 하여야 합니다."

양국충은 입을 다물고 말이 없었다.

현종이 물었다.

"재상의 견해는 어떻소?"

양국충이 말했다.

"신병(新兵)을 징발하여 적을 막고 군대를 감독해 도성을 지키는 것이 모두 중요하기는 하지만 동관을 잃어 장안이 큰 위기에 처했습니다. 반적의 기세가 한창 올라있어, 그 승세로 장안에 진군하고 있는데, 지방 군사들은 아직 집결시키지 못한 상태이기에 발등의 불을 끄기에는 미흡합니다. 저의 견해로는, 어가(御駕)가 잠시 서촉(西蜀)으로 피해야 할 것 같습니다. 먼저 폐하의 안전을 도모하자면 기세가 오른 반적의 소란을 받지 않아야 합니다. 그런 후에 지방 병력을 기다리는 것이 만전(萬全)의 대책입니다."

현종이 듣고 입을 열기 전에 한림승지 진국정이 다시 반열에서 나와 아뢰었다.

"역적이 반란을 일으켜 그 기세가 사납다지만, 어찌 천조의 군대를 당할 수 있겠습니까? 지금 곽자의와 이광필, 그리고 안진경, 장순 등은 모두 연전연승하였습니다. 근자에 동평군(東平郡)에서 오왕(吳王)의 아들 이지(李祇)[112]도 의병을 일으켜 여러 번이나 많은 적을 무찔렀습니다. 안록산은 적당들인 엄장과 고상에게 욕을 퍼부었다고 합니다. '너희들은 전에 나더러 반란하는 것이 만전책이라고 했지. 지금 내가 누차 관군의 핍박을 받고 있으니 개 같은 만전책을 어디다 내동댕이쳤어?' 그러면서 엄장과 고상을 죽이려는 것을 좌우 사람들이 겨우 말렸다고 합니다. 이로 보아 적의 기세가 벌써 꺾이고 곧 섬멸당하게 되었습니다. 지금 동관에서의 패전은 여러 사람들의 의논을 무시하고 출전을 재촉한 데 있습니다. 그러니 전부 가서한의 죄로 치부할 수는 없습니다. 만약 지방 병력이 운집하는 날에는 수복의 시기가 도래합니다. 어쩔 수 없는 한차례 패전 때문에 갑자기 멀리 피해 옮겨갈 생각을 하여서는 안 됩니다. 어가가 떠난다면 장안은 누가 지킵니까? 나

112 이지(李祇) – 唐朝 宗室(당조 종실), 唐 太宗(당 태종)의 증손, 吳王(오왕) 이각(李恪)의 손자, 吳王 이곤(李琨)의 아들. 안록산의 반군에 항거. 《新唐書 吳王恪傳(신당서 오왕각전)》 참고.

라의 정권과 운명을 뒷전으로 하고 촉 땅으로 가자는 말은 신의 견해로 보아 가당치 않습니다."

현종은 여러 조신들이 제각기 자신의 의견을 제시하라고 말했건만, 여러 신하들은 그저 "예! 예" 할 뿐 대책을 내놓지 못하다가 아뢰었다.

"신들이 중서성에 모여 좋은 대책을 토의해 보고 다시 아뢰겠습니다."

현종은 불쾌한 기분으로 조회를 마치고 후궁으로 돌아갔다.

그런데 양국충은 무엇 때문에 갑자기 촉 땅으로 피난하자는 의견을 내놓았는가? 그는 원래 검남(劍南)절도사로 재직한 적이 있어 서천(西川)의 길에 익숙했다. 그전에 안록산이 반란했다는 말을 듣고 그는 암암리에 심복을 촉 땅에 파견하여 거기에다 물자를 비축하여 긴급할 때 쓰려고 했다. 그래서 지금 촉 땅으로 가자는 의견을 처음 제시하고 일신의 안전과 영화를 계속 누리고자 했다.

오직 내가 준비한 세 개의 굴을 생각하고, (只因自己營三窟)
억지로 군왕을 말에 태워 데려가려 한다. (强欲君王駐六飛)

옛날 전국시대 孟嘗君〔맹상군, 薛文(설문), ? – 前 279년〕은 식객(食客) 3천 명을 거느렸지만 계명구도(雞鳴狗盜)의 무리도 있었다. 교토삼굴(狡兎三窟)은 날쌘 토끼도 피신할 수 있는 3개의 굴을 파

놓는다. ―곧 위험에 대비한다는 뜻인데, 이는 《전국책(戰國策)》 중 〈齊策 四〉에 나오는 이야기이다. 역사적으로 맹상군에 대한 평가는 그리 좋지 않았다. 그런데 양국충이 맹상군을 생각해서 3개의 굴을 파놓았는가? 자신의 안전대책이 자신의 무덤이 될 줄은 생각했겠는가?

양국충은 여러 사람들의 견해가 통일되지 못하고 황제가 결론짓지 못하는 것을 보자 생각했다.

'그전에 황제가 몸소 토벌에 나서겠다느니, 황제의 자리를 물려주겠다느니 하는 것을 자매들의 힘으로 말린 적이 있었다. 오늘 촉 땅으로 가자는 계산도 그들을 보내 유인하는 것이 상책이다.'

이리하여 기회를 엿보고 곁문으로 빠져나가 괵국부인 집으로 찾아가 함께 밀의했다. 그때 괵국부인은 마침 궁중연회에 참가하였다가 한국부인과 함께 각기 자기 집으로 돌아오고 있었다. 각 집에서 한 줄의 대열을 이루었는데 대열마다 오색 옷으로 치장했다. 수레와 호위 군사는 모두 등롱 불을 환히 밝혀 마치 백화가 만발한듯했다.

허둥지둥 달려온 양국충이 그들과 맞닥뜨리자 다급히 말했다.

"재빨리 떠나는 게 상책 중에 상책이야!"

괵국부인이 물었다.

"무슨 급한 일이오?"

"동관이 함락되고 적병이 밀려오고 있소. 이후 사태를 계산해

보면 어쨌든 폐하께 권고해 신속히 촉 땅으로 피난가야 하오. 우리 가문의 재산이 거기에 있으니 의연히 부귀를 누리며 살 수 있소. 그런데 여러 가지 의논이 분분해 폐하께서 결론을 짓지 못하고 있소. 그러니 꼭 자매들이 급히 입궁해 귀비와 함께 폐하께 권고하는 것이 상책이오. 만약 지연되어 인심이 변하면 우리는 모두 부서지고 말거야!"

괵국부인이 그 말을 듣고 황급히 한국부인을 불러서 함께 입궁했다. 귀비를 만나자 가만히 국충이 하던 말을 되풀이했다. 세 자매가 함께 현종을 찾아가 극구 하루 속히 사천(四川) 땅으로 가야 한다고 권유했다. 내가 한마디, 네가 한마디 하며 흐느끼고 훌쩍거리며 재촉하는지라 현종이 따르지 않을 수 없었다.

이리하여 국충에게 연락하여 함께 토의했다.

양국충은 극구 촉 땅으로 떠나는 것이 이롭다고 말했다.

"폐하께서 만약 촉 땅으로 떠난다고 공개하시면, 조신들의 다른 의논이 많이 생겨 일을 그르치게 될 수 있습니다. 지금 거짓으로 친히 토벌에 나선다는 조서를 내리는 한편, 서쪽으로 떠나셔야 합니다."

현종은 그 말에 좇아 친히 토벌에 나서겠다는 조서를 내렸다. 경조윤(京光尹)인 위방진(魏方進)[113]을 어사대부로 승진 임명하고,

113 위방진(魏方進, ?-756년) - 재상 魏玄同(위현동)의 손자. 楊國忠(양국충)의 친척. 御史大夫. 天寶14年(755) 안록산 난이 일어나고 현종이 촉 땅으로 피난할 때, 마외역(馬嵬驛)에 도착했다. 禁軍의 군

소윤(少尹) 최광원(崔光遠)[114]을 서경유수장군(西京留守將軍)으로 임명하였다. 환관 변영성에게 명하여 궁문의 자물쇠와 열쇠를 장악하게 하고, 용무장군(龍武將軍) 진현례(陳玄禮)[115]에게 어가를 호위할 군사를 정돈하게 했다.

돈과 비단을 나누어주게 하고 어마 1천여 필을 준비하나 밖의 사람들이 알지 못하게 하라고 말했다. 그날 현종은 북편 궁궐로 옮겨갔다. 다음 날 날이 밝자, 현종은 다만 양귀비와 황태자, 궁

사들은 식사를 못했고 흉측한 유언이 돌았다. 양국충이 먼저 죽음을 당하고 그 목이 내걸렸다. 난병들은 양국충의 長子인 호부시랑 양선(楊暄)과 韓國夫人(한국부인), 괵국부인을 죽였다. 위방진이 "너희가 어찌 재상을 해칠 수 있는가"라고 꾸짖었다. 위방진은 현장에서 타살되었다.

114 최광원(崔光遠, ?-761년)-博陵 崔氏(박릉 최씨). 唐朝 官員. 장안현령에서 755년에 안록산 난이 일어나자 경조윤(京兆尹) 겸 어사중승(御史中丞)으로 西京留守 採訪使(채방사)가 되었다. 안록산이 장안을 점거한 뒤에도 안록산 아래서 경조윤의 직책을 계속 수행했다. 나중에 장안을 탈출하여 영무(靈武)에 唐 肅宗(숙종)을 찾아가 귀순했고 여전히 경조윤으로 근무하면서 옛 관리들을 귀순케 했다. 장안을 수복한 뒤 禮部尙書(예부상서)가 되었다. 이후 여러 관직을 거치면서 승승장구했다.

115 진현례(陳玄禮, 생졸년 미상)-將軍, 唐 玄宗의 측근 신하. 蔡國公(채국공)에 봉해졌다. 安史之亂에서 정변을 주도하여 재상 楊國忠을 죽였다. 그리고 현종을 핍박하여 楊貴妃(양귀비)를 사사하는데, 이를 마외지변(馬嵬之變)이라 한다. 현종이 태상황으로 죽을 무렵에 진현례도 병사한 것으로 추정한다.

중에 있는 황자, 비빈, 황손, 양국충, 위견소, 위방진, 진현례 등 근친과 환관, 궁인들과 함께 연추문(延秋門)으로 빠져나왔다.

떠날 즈음에 현종은 매비 강채평을 불러 함께 동행하려고 했다.

그러나 양귀비가 말렸다.

"어가가 먼저 출발하고 나머지 사람은 다른 날에 천천히 떠나와도 무방합니다."

현종이 또 장안에 있는 왕손과 왕비들을 거느리고 떠나려 하자, 양국충이 말렸다.

"그렇게 한다면 시일을 지연시켜 밖의 사람들이 다 알게 됩니다. 어가가 먼저 떠난 뒤 천천히 밀지를 내려 따라오게 하면 됩니다."

이리하여 현종이 먼저 떠나는 것으로 결론을 보았다. 매비와 여러 왕손과 밖에 있는 비빈들은 다 따라가지 못했고 어가가 떠나간 후에도 아는 사람이 없었다. 백관들이 조회에 나왔으나 궁문이 닫혀 있고 물시계의 물방울 소리만 들려왔다.

의장을 담당하는 삼위(三衛) 장졸은 엄연히 서있었다. 궁문을 열자 궁녀들이 쏟아져 나오고 비빈들이 도망쳤다. 안팎에서 어가가 어느 곳으로 떠났는지 모르겠다고 떠들었다.

진국모와 진국정은 현종이 틀림없이 촉 땅으로 떠난 줄 알고 말 타고 좇아갔다. 나머지 관원들과 백성들은 사방으로 피난을 떠났다. 서민들은 다투어 궁전과 대신들의 집에 뛰어들어 재물을 도적질했고 심지어 나귀를 타고 궁궐에 드나들었다.

공자와 왕손들 가운데 미처 도망칠 수 없었던 자들은 길섶에서 통곡하며 울었다. 뒷날 두보가 뒤쳐진 왕족들의 서글픈 모습을 〈애왕손(哀王孫)〉[116]이라는 시로 읊었다.

〈왕손들을 슬퍼하다〉	〈哀王孫〉 杜甫
장안성에 머리 하얀 까마귀가 나타나	(長安城頭頭白烏)
밤새 연추문 위에 날아와 울고 있었다.	(夜飛延秋門上呼)
다시 인가로 날아가 큰 집을 쪼아대니,	(又向人家啄大屋)
집에 살던 고관은 호인을 피해 떠났다.	(屋底達官走避胡)
황금 채찍 부러지고 구마(九馬)도 죽었으니,	(金鞭斷折九馬死)

116 〈哀王孫〉 – 이 시는 757년에 두보가 長安에서 왕손(王孫)들과 같이 있을 때에 지은 시이다. 안녹산의 반란군이 至德 원년(756) 6월, 潼關(동관)을 격파하고 장안에 밀려오자, 당나라 현종은 王子, 王孫 및 양귀비, 귀비의 사촌 楊國忠 등 극소수의 측근들만을 데리고 비밀리에 延秋門(연추문)을 통해 멀리 蜀으로 다급하게 피했다. 그러므로 장안에는 많은 왕손들과 고관대작들이 남아있었으며, 반란군이 장안을 점령하자, 적에게 살해되었다. 당시 두보도 피난을 가지 못하고 장안에서 반란군의 감시를 받고 있었다. 이때에 한 왕손을 만났으며, 그 왕손도 피난을 가지 못하고 들이나 산속을 헤매면서 몸을 숨기고 살아남기 위하여 극심한 고생을 다 겪고 있었다. 두보는 그를 불쌍히 여기고 동시에 조심하고 후일을 기하자고 위안을 해주었다.

골육도 같이 달아나길 기대하지 못했다. (骨肉不待同馳驅)
허리엔 보옥과 푸른 산호를 차고 살았던, (腰下寶玦青珊瑚)
가련한 왕손이 길가 모퉁이에 울고 있었다. (可憐王孫泣路隅)
그에게 물어도 이름을 말하려 않고, (問之不肯道姓名)
오로지 지치고 힘드니 하인이 되겠단다. (但道困苦乞爲奴)
이미 백여 일을 가시덤불 속에 지냈으니, (已經百日竄荊棘)
몸에 성한 살도 살갗도 없다네. (身上無有完肌膚)
고제(高帝)의 후손들은 모두 코가 우뚝하니, (高帝子孫盡隆準)
용종(龍種)은 본래부터 보통 사람과 달랐다네. (龍種自與常人殊)
도적은 성내에 있고 황룡은 들에 있지만, (豺狼在邑龍在野)
왕손은 천금의 귀한 몸을 잘 보존하소서. (王孫善保千金軀)
긴 말을 네거리에서 할 수 없었기에, (不敢長語臨交衢)
그래도 왕손을 위해 잠깐은 서있었네. (且爲王孫立斯須)
엇저녁 동풍에 피비린내가 불어오더니, (昨夜東風吹血腥)
동쪽서 들어온 낙타가 장안에 가득하네. (東來橐駝滿舊都)
북방의 건아들은 건강한 장사들이라서 (朔方健兒好身手)
전날엔 그리 용감하더니 지금 왜 우둔한가. (昔何勇銳今何愚)
소문엔 천자(天子)가 이미 전위를 하였으며, (竊聞天子已傳位)
성덕은 북녘의 남(南) 선우를 감복케 하여, (聖德北服南單于)
설욕을 부탁해 모두 얼굴 뵈어 약속했고, (花門剺面請雪恥)
입 밖에 내지 말고 남의 공격 조심하시오. (愼勿出口他人狙)
슬프다! 왕손은 삼가며 소홀히 하지 마소, (哀哉王孫愼勿疏)

오릉(五陵)의 훌륭한 기운 없어질 날 없으리라. (五陵佳氣無時無)

현종이 갑자기 서둘러 서쪽으로 향해 나라의 창고 옆을 지나는데, 많은 장졸이 각기 손에 풀단을 들고 기다리고 있었다. 현종이 어가를 멈춰 세우고 까닭을 물었더니, 양국충이 아뢰었다.

"창고에는 많은 재물이 쌓여 있는데, 일시에 다 옮길 수가 없습니다. 앞으로 적의 손에 들어갈 수 있으므로 그들의 수중에 들어가지 못하게 몽땅 태워버리려 합니다."

현종이 걱정하며 말했다.

"반적이 들어와 아무것도 얻지 못하면 백성에게 가혹하게 재물을 빼앗아 갈 거니 그들에게 남겨주어 백성을 들볶지 못하게 하는 편이 나을거요."

이리하여 병졸들을 물리치고 수레를 몰아 앞으로 나갔다. 금방 지나온 다리는 추격을 막는다고 양국충이 사람을 시켜 불태웠다.

현종이 그 말에 탄식했다.

"백성들도 도적을 피해 목숨을 건지려 하는데 왜 살길을 끊어 놓는단 말인가?"

그리고는 고력사에게 명령하여 군사를 거느리고 꺼버리게 했다. 후세 사람들은 현종이 환난 속에서 도망치면서도 두 가지 좋은 일을 하였기에 훗날 고향으로 돌아올 수 있었고, 천수를 누릴 수 있었다고 말했다.

어가가 진(秦)의 옛 도읍이던 함양(咸陽)의 망현궁(望賢宮)에 이르렀다. 한낮이 지났지만 지방 관원들이 모두 먼저 도망친 바람에 관아에서도 식사를 얻어 먹을 수가 없었다.

백성들이 보리와 팥을 섞은 조밥을 올렸더니 황손들이 다투어 손으로 쥐어 먹었다. 눈 깜짝 할 사이에 게 눈 감추듯 했다. 현종이 후하게 돈을 치르고 좋은 말로 위로했더니 백성들이 엉엉 우는지라 현종도 눈물을 금할 수 없었다.

백성 무리에 곽종근(郭從謹)이라 부르는 백발노인이 흐느끼며 진언했다.

"안록산이 딴 심보를 품은 지 하루 이틀이 아니었습니다. 그런데 당시 황궁에서 그가 반역할 거라고 말만 하면 폐하께서 죽여 버렸습니다. 그래서 안록산이 반역하고 폐하께서 궁궐을 떠나게 되었습니다. 그러기에 옛 성왕(聖王)은 꼭 충성스럽고 훌륭한 인재들을 불러들여 많이 물어 자신의 총명을 길렀습니다. 송경(宋璟)이 재상으로 있을 때 여러 번 직언을 들어 그 덕분에 천하가 안정되었습니다. 하지만 여러 해를 내려오면서 여러 신하들이 진언하기를 꺼렸습니다. 아첨으로 총애만 얻고자 하다 보니, 폐하께서 궁 밖의 일은 전연 알지 못했습니다. 초야에 있는 사람들은 일찍부터 이런 일이 터지리라 알고 있었습니다. 하지만 엄히 닫힌 궁궐에 보잘 것 없는 생각을 전달할 길이 없어 이 지경에 이르렀습니다. 무슨 면목이 있어 용안을 뵙고 하소연 할 수 있겠습니까?"

현종이 한탄했다.

"이는 모두 짐이 어두웠던 소치이니 후회막급이오."

현종은 온화한 말로 위로하고 돌려보냈다.

종군하는 장졸이 먹을 것이 없어 쩔쩔매자, 여러 마을에 찾아가 밥을 얻어 먹도록 허락하였다.

현종 일행은 그날 밤 금성관(金城館) 역에서 잤는데 여간 불편하지 않았다.

다음 날, 어가가 마외역(馬嵬驛)[117]에 이르렀다. 장졸들은 기아와 피로에 시달려 모두 화가 난 상태였다. 마침 하원군(河源軍)부사의 왕사례(王思禮)가 동관으로부터 달려와 상황을 보고하자, 현종은 그때에야 가서한이 생포당했다는 사실을 알았다. 그리고 즉시 왕사례를 하서(河西) 농우(隴右)[118] 절도사에 임명하고 임지로 달려가 흩어진 장졸을 모아 토벌할 때를 기다리게 했다.

왕사례는 떠나면서 용무장군 진현례에게 가만히 귀띔했다.

"양국충이 안록산의 반역을 초래했으니 그 죄가 하늘에 사무칩니다. 사람마다 통분해 하기에 제가 가서한 장군을 뵙고 황제께 표문을 올려 죽여버리기를 요청하라 하였지만, 애석하게도 가

---

117 마외(馬嵬, 嵬는 산 높을 외) - 陝西省(섬서성) 咸陽市(함양시) 관할 興平市(흥평시). 장안에서 40km 거리.

118 농우(隴右) - 隴山(今 六盤山)의 우측. 농서(隴西)로도 표시. 正向面南하면 동쪽은 좌, 서쪽은 右가 된다. 지금은 일반적으로 甘肅省(감숙성)을 지칭하는 말로 쓰이고 있다.

서한 장군은 내 말을 따르지 않았소. 지금 장군이 군심과 민심의 원한을 풀어주려면 그 역적 놈을 죽이는 수밖에 없소."

진현례가 말했다.

"나도 그런 생각을 하고 있었소."

이리하여 동궁내시(東宮內侍) 이보륜(李輔輪)과 협의하고 태자에게 몰래 상주하려고 했다. 때마침 토번(吐蕃, 투르판) 사신 일행 20여 명이 화의(和議)하자고 찾아왔으므로 어가와 동행했다.

그날 진현례가 양국충이 탄 말 앞을 가로막고 군량이 없다고 하소연했다.

양국충이 대답하지 않자, 진현례가 크게 소리를 질렀다.

"양국충이 토번의 사자와 결탁하여 반역 음모를 꾸미고 있다. 우리들이 이 역적을 죽여버리자!"

군사들이 일제히 떠들기 시작했다. 양국충은 깜짝 놀라 급히 말을 채찍질하며 도망치려 하자, 군졸들이 벌떼처럼 달려가 둘러싸고 난도질하였다. 양국충이 쓰러지자 사지를 토막내 죽여버렸다. 그런 다음 양국충의 머리를 창 끝에 꽂아서 마외역 문밖에 효수했다. 또 그의 아들인 호부시랑 양선(楊宣)도 죽여버렸다.

비록 빙산 높이가 1만 장이 되어도, (任是冰山高萬丈)
일단 동류 물결 타면 견디기 어렵다. (不難一旦付東流)

양국충이 살해되자마자 한국부인이 탄 마차가 도착했는데, 군사들이 달려가 한국부인도 찔러 죽였다. 괵국부인과 그의 아들 비휘(裴徽), 그리고 양국충의 아내와 아들은 모두 진창현(陳倉縣, 今 陝西省 중서부 寶鷄市)으로 도망쳤다. 그러나 현령 설경선(薛景仙)이 관리와 백성을 거느리고 그들을 붙잡아서 모두 죽여버렸다.

옛날, 눈썹도 옅게 그린 미인이 (昔年演掃眉)
오늘, 목에서 피가 흘러내린다. (今日血汚頸)
가련도다 천자의 처제여, (可憐天子姨)
끝내 목숨을 지킬 수 없구나. (卒難保首領)
목욕한 원숭이만도 못해 한이지만, (恨不如沐猴)
환상에 잠시나마 그림자만 쫓았구나. (幼化潛蹤影)

현종은 양국충이 병졸들에게 살해되었다는 말을 듣고 급히 역문에 이르러 좋은 말로 여러 장졸을 위로하고 각기 대오로 돌아가라고 타일렀다. 장졸은 의연히 떠들며 역관의 대문을 둘러싸고 흩어지려 하지 않았다.

현종이 물었다.

"너희들은 왜 돌아가지 않느냐?"

장졸들이 떠들었다.

"역적은 죽었으나 뿌리가 남아 있으니 어떻게 돌아갈 수 있겠습니까?"

진현례가 아뢰었다.

"장졸의 뜻은 양국충이 살해된 이상 양귀비가 더는 황제를 모셔서는 안된다고 생각하니 폐하의 결심만 기다리고 있었습니다."

현종이 아연실색하며 말했다.

"귀비는 구중궁궐에서 양국충의 모반을 모르는데, 무슨 관계가 있는가?"

고력사가 아뢰었다.

"귀비에게 죄가 없다 하더라도 장졸들이 국충을 죽여버렸으니 폐하 옆에 두고서야 어찌 안심할 수 있겠습니까? 장졸이 안정되어야 폐하 안전을 보장할 수 있으니 심사숙고하셔야 합니다."

현종은 말없이 머리만 끄덕이고 역관 안으로 들어가 차마 행궁으로 향할 생각은 못하고 역관 옆의 골목에 지팡이를 짚고 고개를 숙인 채 서있었다. 경조사록(京兆司錄)인 위악(韋諤, 諤은 곧은 말 악)은 재상 위견소의 아들인데, 그때 현종 옆에 시립하고 있다가 꿇어앉아 아뢰었다.

"분노한 장졸과 맞서기는 어렵습니다. 폐하의 안전이 경각에 달려있으니, 폐하께서는 은정을 끊고 미련을 포기해야 나라를 안정시킬 수 있습니다."

현종은 행궁에 걸어 들어가 양귀비를 보았지만 아무 말도 하지 않고 끌어안고서 눈물만 흘렸다. 문밖에서 떠드는 소리가 더욱 소란스러웠다.

고력사가 말했다.

"어서 결단을 내리셔야 합니다."

현종이 양귀비를 데리고 북편 담장에 이르러 흐느껴 울었다.

"짐과 그대는 여기서 영영 결별해야 하오!"

양귀비도 흐느껴 울었다.

"폐하께서는 귀체 보중(保重) 하옵소서. 첩이 죄를 많이 지어 죽어도 한은 없습니다만, 불공을 드린 다음에 죽게 해주옵소서."

현종도 흐느끼며 말했다.

"불력(佛力)을 입어 그대가 좋은데 가서 환생하기 바라오."

현종은 고력사를 돌아보며 말했다.

"불당에 모셔다 잘 보살펴 주시오."

말을 마치자 현종은 통곡하며 행궁 안으로 들어갔다. 양귀비가 불당에 올라 불사를 끝내자 고력사가 비단 한 자락을 내주며 불당 앞에 있는 과일 나무 아래에서 목을 맬 것을 재촉했다.

때는 바로 천보 15년(756년) 6월이었으니, 귀비 나이 38세였다. 슬프다! 이를 백거이(白居易)가 〈장한가(長恨歌)〉에서 그렸다.

여산의 궁궐 높아 구름 위로 솟았고,	(驪宮高處入青雲)
선악(仙樂)은 바람 타고 곳곳에서 들렸다.	(仙樂風飄處處聞)
긴가락 늘어진 춤 음악에 어울리니,	(緩歌慢舞凝絲竹)
온종일 보아도 군왕(君王)은 더 보고 싶었다.	(盡日君王看不足)
어양(漁陽)의 북소리 땅을 흔들며 들어오니,	(漁陽鼙鼓動地來)
예상우의곡은 놀라 멈춰야만 했다.	(驚破霓裳羽衣曲)

구중(九重)의 궁궐은 연기와 먼지 휩싸였고, (九重城闕煙塵生)
천승만기의 황제는 서남으로 떠났다. (千乘萬騎西南行)
푸른 덮개 흔들려 가다간 다시 서니, (翠華搖搖行復止)
서쪽 도성 문을 나서 백여 리 갔었다. (西出都門百餘里)
육군(六軍) 아니 움직이니 어찌할 수 없고, (六軍不發無奈何)
고운 누에 눈썹 미인이 말 앞에 죽었다. (宛轉蛾眉馬前死)
땅에 떨어진 꽃비녀 줍는 사람 없고, (花鈿委地無人收)
비취 금관 장식, 옥비녀도 버려졌다. (翠翹金雀玉搔頭)
현종은 얼굴 가리고 어쩌지 못하더니, (君王掩面救不得)
가다가 돌아보며 피눈물을 흘렸다. (回看血淚相和流)

후세 사람으로 마외파를 읊은 시인이 매우 많지만 그중에서도 두진경(杜眞卿)의 시가 가장 좋다.

흔들리는 버들가지, 냇둑을 때리는 물결, (楊柳依依水拍堤)
봄날 마을 초가에 제비들 서로 날아든다. (春城茅屋燕爭飛)
활짝 열린 해당화 봄바람에 떨어지는데, (海棠正好東風惡)
어지러운 붉은 꽃잎은 말발굽에 밟힌다. (狼藉殘紅襯馬蹄)

양귀비가 죽자, 고력사가 역문 밖으로 나와 여러 사람들에게 알렸다.

"양귀비는 이미 어명을 받고 자결했소!"

병졸들이 믿지 못하자 고력사는 양귀비의 시신을 탑상 위에 얹어놓고 비단 이불을 덮어서 역관의 뜰에 내놓았다. 그리고는 진현례에게 여러 장졸과 함께 들어와 확인하라고 말했다. 진현례가 이불을 절반쯤 제쳐버리고 귀비의 머리를 받쳐들고 여러 사람들에게 보였다. 그제서야 여러 사람들은 정말 죽었다고 믿으며 갑옷과 투구를 벗어던지고 머리를 숙였으며, 만세를 부르며 밖으로 몰려나갔다.

현종은 고력사에게 명령하여 신속히 염습하고 관에 넣어서 서쪽 교외 언덕 아래에 묻게 했다. 귀비의 매장이 끝날 무렵에, 마침 남방에서 진상하는 여지를 실은 기병이 달려왔다. 현종은 여지를 보자 양귀비가 생각나서 한바탕 눈물을 훌쩍거렸다. 그리고 여지를 무덤에 차려 제사를 지내게 하였다.

이를 두고 장우(張祐)란 사람이 시로 읊었다.

호위병 깃발 들쑥날쑥 황제가 어찌하리, (旌旗不整奈君何)
남쪽에 가는 사람 적고 북쪽으론 많도다. (南去人稀北去多)
흙먼지 속에 향분갑도 이미 묻혔는데, (塵土已殘香粉豔)
남방의 여지 속절없이 마외파에 도착했다. (荔枝猶到馬嵬坡)

현종이 고력사를 돌아보며 말했다.

"귀비가 전에 이상한 꿈을 꾸었다더니 오늘 모든 것이 그대로 맞았다."

고력사가 물었다.

"귀비가 무슨 꿈을 꾸었습니까?"

"귀비가 이런 말을 한 적이 있다. 꿈에 짐과 함께 여산(驪山)을 유람하는데, 흥원역(興元驛)에 이르러 짐과 마주 앉아 밥을 먹는데, 갑자기 후원에서 불이 나서 황급히 달려왔더니 역의 대문에 불이 크게 붙었다고 했다. 그러더니 어디서 용 두 마리가 날아와 짐은 백룡을 탔는데, 대단히 빨리 날았고 귀비가 탄 검은 용은 아주 늦었다고 했다. 좌우에는 아무 사람도 없는데, 머리를 풀어헤친 검은 얼굴의 요괴 같은 사내가 나타나 자신이 이 산의 산신이라며 상제(上帝)의 명을 받아 귀비를 익주목(益州牧) 잠원후(蠶院后)로 봉한다고 하기에 놀라 깨어났다고 말했다. 그런데 그런 꿈을 꾼날 동북의 어양(漁陽)에서 반란이 일어났다는 소식이 전해졌다. 그때는 몰랐는데, 지금 생각하면 수수께끼가 풀리는 것 같다."

그러자 고력사가 말했다.

"저는 아직도 무슨 뜻인지 모르겠습니다."

"꿈에 여산을 유람했다고 하였는데, 려(驪)는 말 타고 떠난다〔麗(여)는 떠난다는 離(이)〕로 풀이할 수 있다. 밥을 먹으려고 수저를 들었는데, 불이 나서 결국은 못 먹고 굶주린다는 뜻이고, 불(火)은 병화(兵禍)와 같은 뜻이다. 흥원역의 역(驛)은 역(易)이고 나무 대문의 木을 붙이면 楊이니, 귀비 자신이다. 짐이 탄 백룡의 白은 서방의 색이니 짐이 서쪽으로 간다는 뜻이고, 귀비가 탄 검은(黑) 용은 곧 저승의 색이니, 귀비의 죽음이다. 검은 얼굴 도깨비는 산의 귀신이니, 산(山) 아래 귀신 귀(鬼)는 곧 외(嵬, 높을 외)가 된다. 익주(益州)는 사천 비역이고, 잠원후는 하는 일이 실을 뽑는다. 곧 실 사(糸)에 더할 익(益)을 붙이면 목맬 액(縊)이다. 곧 영관에서 목을 매 죽으니 오늘의 모든 일이 꿈에 다 나타났었다."

고력사가 말했다.

"꿈이 불길한 조짐을 예시했다는 것은 폐하의 해석과 같습니다. 소인이 전에 방술가 이하주(李遐周)를 만났던 일을 기억하고 있습니다."

그때 그가 이런 시를 읊었습니다.

연(燕)의 시장 사람 모두 떠났고,	(燕市人皆去)
함곡관 말은 돌아오지 않는다.	(函關馬不歸)
만약에 산 아래 귀신을 만나면,	(若逢山下鬼)
고리에 비단천을 매게 되리라.	(環上繫羅衣)

이하주는 이 시가 뒷날에 모두 사실로 밝혀질 것이라고 말했습니다. 지금 생각해보니 첫 구절의 연의 시장 사람은 안록산입니다. 그리고 함곡관의 말이 돌아오지 않는다는 말은 사서한의 패전입니다. 산에서 귀신을 만난다는 것은 외(嵬) 자를 파자(破字)한 것입니다. 그리고 마지막 구절의 환(環, 고리 환)은 귀비의 이름 옥환입니다. 비단천으로 목을 매어 죽는 일을 정확하게 시로 읊었

습니다. 어쩌면 이 모두가 다 미리 정해준 하늘의 운수 같습니다. 그러니 폐하께서는 너무 상심하지 마십시오."

이런 이야기를 나눌 때, 진현례가 찾아와 군대의 정돈을 마쳤으니 출발하라는 허락을 내려달라고 하였다. 현종을 출발하라고 명령했다. 그때 이원의 악사인 장야호(張野狐)가 옆에 있었다.

현종은 눈물을 뿌리며 장야호에게 말했다.

"이제 검문(劍門)[119]에 들어가게 되면 까마귀 울고 꽃잎이 떨어질 것이다. 또 청산녹수(青山綠水)도 짐이 귀비를 추모하는 마음을 헤아려 그러할 것이다."

현종은 차마 마외파를 떠날 수가 없었지만 눈물로 뒤돌아 볼 뿐, 말이 없었다.

멋진 경치라도 슬픔으로 볼 수 없나니, (好景不堪愁裡看)
우연히 눈에 보여도 마음 더욱 아프다. (偶然觸目更傷情)

후사(後事)는 여하(如何)할지 미지(未知)하니 하회(下回)를 분해(分解)하시오.

---

119 검문(劍門) — 검문관(劍門關) — 四川省 중부 廣元市 관할 劍閣縣 劍門關鎭 — 고대의 관문. 안문관(雁文關, 山西省 북부 忻州市代縣), 함곡관(函谷關), 선하관(仙霞關, 浙江省 중서부 衢州市 관할 江山市 保安鄉)과 함께 中國 四大 古關口. '劍門天下險' 이란 말이 있다.

제92회

영무에 머물던 태자는 제위에 오르고, 장안이 함락되며 안록산은 살육을 자행하다.(留靈武儲君郎位, 陷長安逆賊肆凶.)

노래하기를,	詞曰,
어가가 서천 땅에 홀연히 옮겨가자.	(西土忽來大駕)
북방에 내일 별이 갑자기 빛을냈다.	(朔方頓耀前星)
모두가 인사(人事)는 하늘의 뜻이라고 말하지만,	(共言人事隨天意)
위급하다고 부친을 잊을 수 있나?	(急難豈忘親)
경솔히 벌한 혈육 홀로 후회하나	(獨恨輕拋骨肉)
보내온 양위 조서 머뭇머뭇 받았다.	(致教並受遭迍)
간신의 권력, 여인 총애가 끼친 재앙	(權奸女寵多貽禍)
가문의 일로 그치지 않았다.	(不止自家門)
— 곡조 〈오야제〉	— 調寄〈烏夜啼〉

나라가 태평하고 정도(正道)가 지켜진다면, 조정의 주군은 주군답고 신하는 신하 역할을 다한다.[120]

궁궐 안에서도 자연히 아버지는 아버지이고, 아들은 아들의 도리를 다한다. 한 뿌리에서 나온 황족이면 구족(九族)에 이르기까지 누구나 다 부귀영화를 누릴 수 있는데, 이는 결국 황제 한 사람의 도타운 은덕을 입은 것이라 할 수 있다.

세월이 흘러 황실이 쇠약해지고 혈연 관계가 멀어지면 황제는 자기 몸조차 바로 가지질 못하고, 신하된 자는 황제를 미혹시키는 일에 전념하게 된다. 그렇게 되니 안으로는 신하 한 사람이나

---

120 원문 君君臣臣 – 齊 경공(景公)이 공자에게 정사에 대하여 묻자, 공자는 "君은 주군의 도리를, 臣은 신하의 직분을, 父는 아비의 도리를, 子는 아들의 할 일을 다해야 한다."고 대답했다. 그러자 경공이 공감하며 말했다. "좋은 말씀입니다. 정말로 人君이 주군답지 않고, 신하가 신하의 일을 하지 않으며, 아버지가 아비 노릇을 못하고 자식이 그 도리를 다하지 않는다면 비록 곡식이 있다 한들 어찌 먹을 수 있겠습니까?"(《論語 顔淵》 齊景公問政於孔子. 孔子對曰, "君君, 臣臣, 父父, 子子." 公曰, "善哉! 信如君不君, 臣不臣, 父不父, 子不子, 雖有粟, 吾得而食諸?")
主君(주군)이나 家長(가장)인 부친은 권위가 있는 존재이다. 특히 주군의 권력은 산천초목을 떨게 할 수 있다. 그러나 위세에 의한 권위가 참된 권위인가? 권위는 그 자리에 걸맞은 책임을 다할 때, 그리고 관용을 베풀 수 있는 곳에 베풀줄 알아야 권위가 설 것이다. 신하가 신하의 직무를 다하지 않고 아들이 아들의 도리를 다하지 않는다면 어찌되겠는가? 그런 나라의 國富(국부)나 개인의 재물이 많다 한들 진정 즐길 수 있겠는가?

여인 하나만을 지나치게 총애하게 되고, 밖으로는 외적이 침입하게 된다.

그러다가 갑자기 변란이 터지고, 황제가 궁궐을 떠나 피난〔蒙塵(몽진)〕하지 않을 수 없게 된다. 그래도 다행히 천명이 바뀌지 않고 인심이 아주 떠나가지 않았다면, 황제가 비록 도주를 했더라도 상황에 따라서는 태자가 등극할 수도 있다.

그렇지만 어쩔 수 없는 상황에서 곧 상황에 따른 핍박으로 갑자기 제위를 물려주다 보면, 물려주는 황제가 그 마무리를 제대로 하지 못하거나, 아니면 물려받는 자가 올바른 시작을 할 수 없을 것이다.

위급한 상황에서 너무 허둥지둥 달아나다 보니 종묘와 사직을 제대로 챙기지 못하고 겨우 총애하는 여인이나 황족들만 데리고 떠났을 뿐이었다. 여러 기록을 볼 때, 현종이 종묘의 여러 신위를 챙겨 먼저 피난케 했다는, 또는 그렇게 해야 한다고 주장하는 신하도 없었다. 양국충의 주장과 양귀비의 말대로 양씨 일족만을 챙겼다.

참말로 기막힌 일이었다. 그 밖의 황족을 모두 버리듯 내던졌다. 버려진 왕손과 공자(公子)들은 모두 흩어졌고, 금지옥엽(金枝玉葉)들은 반적의 창이나 칼에 목숨을 잃었다.

당조(唐朝) 천보(天寶) 말년의 상황은 생각하면 할수록 마음이 아프고, 이런 상황을 말하는 사람은 누구나 머리카락이 하늘로 치솟을 정도로 분노했다.

현종의 어가가 마외파에 이르렀을 때, 현종을 호위하던 장졸들은 양국충과 한국부인, 괵국부인을 타살했다. 분노한 장졸에 둘러싸인 현종은 어쩔 수 없이 양귀비에게 죽음을 내릴 수 밖에 없었다. 현종은 상황을 직접 볼 수 없어 외면하며 고력사에게 부탁했고, 고력사의 보고를 들었다.

용마장군 진현례는 이제 군사 모두가 정비되었으니 출발하겠다며 허락해달라고 말했다.

현종은 수락했다.

그런데 여러 장졸은 양국충의 휘하 부하들이 모두 촉 땅에 있으니 불안해서 촉으로 가려 하지 않았다. 어떤 사람은 농주(隴州, 今 陝西省 남서부 寶鷄市 일대)로 피난해야 한다고 말했으며, 어떤 사람은 산서(山西)의 태원(太原)으로, 심지어 장안으로 되돌아가야 한다고 중론(衆論)이 분분했다.

현종 본래의 뜻은 별다른 생각없이 촉으로 가는 것이었으나 여러 사람의 뜻을 무시할 수 없어 고개를 숙인 채 생각만 했지 어디로 가야 한다고 명백하게 말하지 못했다.

이때 경조사록(京兆司錄)인 위악(韋諤, 재상 위견소의 아들. 諤은 곧은 말 악)이 말했다.

"태원이나 농주는 모두 천자의 행재소(行在所, 行宮)로는 합당하지 못합니다. 그리고 장안으로 돌아가자면 적을 막을 수 있는 준비가 갖추어져야 하는데, 지금 병마가 아주 부족하여 그렇게 할 수도 없습니다. 저는 부풍(扶風)[121]으로 가서 잠시 머물면서 천천히 주변을 정리하고 우선은 안정시키는 것이 옳다고 생각합니다."

현종이 수긍하며 여러 사람에게 지시하였더니 모두 따르며 복종했다. 그날로 마외파에서 어가가 출발하려 했다. 그러나 떠날 무렵에 많은 백성들이 길을 막고 만류하면서 분분히 말했다.

"궁궐은 폐하의 집이고, 왕릉은 폐하 조상의 무덤입니다. 오늘 이곳을 버리고 어디로 가시렵니까?"

현종은 좋은 말로 백성들을 위로하고 달래면서 앞으로 나아갔다. 하지만 백성들은 점점 더 많이 모여 들었다. 현종은 태자에게 명하여 어가 뒤에서 백성들에게 말하여 제지시키게 했다.

그러자 백성들은 태자가 탄 말을 둘러싸고 말했다.

"폐하께서 여기 남으려 하시지 않으니, 우리들은 태자를 따라 형제들을 거느리고 동쪽으로 진출해 적을 무찌르고 장안을 보위하겠습니다."

태자가 말했다.

"폐하께서 위험을 무릅쓰고 떠나시는데 자식된 몸으로 어찌 그 곁을 잠시라도 떠날 수 있겠소?"

여러 사람들이 말했다.

"폐하와 태자께서 모두 촉 땅으로 가신다면, 중원(中原) 백성은

---

121 부풍(扶風) - 扶風縣. 今 陝西省(섬서성) 寶雞市(보계시) 부풍현. 西安에서 서쪽 110km. 보계시와 중간. 漢나라 시대 도읍의 행정구역으로 우부풍(右扶風)이 있었다.

누구를 주군으로 모셔야 합니까?"

태자가 말했다.

"여러분들이 저를 남아 있으라고 말리는데, 아직 폐하께 여쭈지 못했으니 어쩌겠소. 폐하께 아뢴 후 진퇴를 결정겠소."

태자가 말을 마치고 떠나려고 했으나 백성들에게 둘러싸여 움직일 수 없었다.

그때 태자의 아들인 광평왕(廣平王) 숙(淑)과 건녕왕(建寧王) 담(倓, 고요할 담)이 말을 타고 뒤따르고 있었다. 두 왕자는 모두 지용(智勇)이 출중하였다.

건녕왕이 이런 모습을 보고 태자의 안장을 잡고 말했다.

"역적이 황궁을 범하여 천하가 분열되었습니다. 백성들의 정서를 보살피지 않는다면 어떻게 다시 회복시킬 수 있겠습니까? 전하께서 폐하를 따라 촉 땅으로 가신다고 합시다. 만약 적병이 가교를 불살라 끊어버린다면 중원 땅을 두 손으로 적에게 바치는 격이 됩니다. 사람의 마음이 갈리면 어이 마음을 합할 수 있겠습니까? 그렇게 되면 이후로 광복을 이루려 하여도 불가능합니다! 이후를 생각하여 서북 변방을 지키는 군대를 집합시키는 것이 좋습니다. 하북에 있는 곽자의와 이광필에게 알려 그들과 합세하여 동으로 역적을 토벌한다면 장안을 수복할 수 있고 천하를 평정할 수 있습니다. 그런 다음에, 궁궐을 정돈하고 폐하를 맞이한다면 위험에 처한 나라를 태평하게 만들고 훼손된 종묘를 수선하여 보존할 수 있습니다. 이것이야말로 큰 효도가 아니겠습니까? 하찮은 인정으로 효도하는 것은 여인의 연민 같은 소소한 일이라고 생각합니다!"

그러자 광평왕도 옆에서 동조했다.

"건녕왕의 말이 아주 지당합니다. 민심을 잃어서는 안 됩니다. 전하께서 심사숙고하여 주십시오."

동궁시위인 환관 이보국(李輔國)도 태자 말 앞에 와서 머리를 숙이며 여기 남으라고 주청했다. 백성들은 쉬지 않고 소리쳤다. 이에 태자는 광평왕 숙에게 어가에 달려가 아뢰고 황제의 결심을 받게 하였다.

이때 현종은 수레를 멈추게 하고 태자를 기다렸다. 한참을 지나도 나타나지 않으니 사람을 보내 알아보려고 하는데, 마침 광평왕이 폐하를 만나러 왔다.

광평왕은 백성이 만류하는 정경을 자초지종 이야기하자, 현종이 말했다.

"인심이 그렇다면 하늘 뜻이다. 짐이 교량을 태우지 못하게 한 것이야말로 백성과 함께 가자는 뜻이다. 이것이 바로 민심을 잃지 않게 한 것이었구나! 지금 백성의 마음이 태자한테 쏠리고 있으니 짐은 이를 다행으로 생각한다."

그런 다음 현종은 후군 2천 명과 비룡구(飛龍廐, 廐는 마구간 구)의 어마(御馬)를 태자에게 주라고 명령한 뒤에 장졸에게 말했다.

"태자가 인자와 효성으로 종묘를 모시겠다고 하니, 너희들은 태자를 잘 보좌하라."

그리고 태자한테 말하게 했다.

"짐은 서북의 여러 이민족 부족장에게 평소에 후하게 대우하였다. 태자가 그들과 일을 도모한다면, 나는 지금이라도 제위를 태자에게 물려주겠다고 전하거라."

태자는 현종의 말을 전해듣고 서쪽을 바라보며 울먹였다.

광평왕이 백성에게 말했다.

"태자께서 어명을 받들고 뒤에 남아 그대들을 안무하기로 했소."

백성들은 그제야 만세를 환호하고 기뻐하며 흩어졌다. 태자는 비록 남았지만 어쩌면 좋을지 몰랐다.

이보국이 말했다.

"우선, 지금 날이 저물었습니다. 이곳은 오래 머물 곳이 못되는데, 어디로 가실 의향이십니까?"

그러나 아무도 대답하는 사람이 없었다.

건녕왕이 말했다.

"전하께서 그전에 삭방절도사로 계셨는데, 그곳 장수와 관리들이 새해가 되면 배알하러 왔었습니다. 저는 그 이름들을 얼마간 기억하고 있습니다. 지금 하서 농우의 많은 군사들이 패전하여 적에게 투항하였습니다. 그들의 부모형제들이 적의 손아귀 들어있으므로 딴 생각을 품을 수 있습니다. 삭방은 가까운 곳에 있고 병마가 충분하며 하서의 행군사마(行軍司馬)인 배면(裴冕)이 거기에 있습니다. 그는 명문거족 출신으로 두 마음을 절대 가질 수 없으므로 거기로 가서 천천히 대업을 도모하셔야 합니다. 적이 금방 장안에 들어온 이후라서 다른 지방을 공격할 여가가 없으니 이 틈을 타 급히 행군하는 것이 상책이라고 생각합니다."

여러 사람이 모두 옳다고 여겨 삭방으로 가는 길을 잡아 출발하였다. 그런데 위수(渭水)에 도착하여, 동관에서 오는 패잔병들을 만났는데 적군으로 잘못 보고 접전을 벌여 사상자가 많았다. 나머지 장졸을 수습해 위수를 건너려 했으나 배가 없었다. 하는 수 없이 얕은 물길을 찾아 말을 타고 물을 헤치며 건너야 했다. 말이 없는 보병들은 모두 눈물을 흘리며 돌아갔다.

태자가 신평(新平)에 이르렀을 때는 밤을 새워 3백여 리를 달렸기에 병사와 병장기를 절반이나 잃어버렸다.

남아있는 병사가 수백 명에 불과했다.

이로부터 태자가 국정을 감독하였으니,	(從來太子堪監國)
군사를 호령하고 위무하며 장악하였다.	(若使行軍號撫軍)
여기서 떠돌면 나라 지키기 어려웠고,	(此日流離國難守)
지휘할 군사 없으면 태자로 부끄러웠다.	(無軍可撫愧儲君)

한편 현종은 태자를 남겨놓고 서쪽으로 나아가 기산(岐山)[122]

122 기산현(岐山縣) - 陝西省 서남부 寶雞市 관할 기산현. 岐山은 周 왕조 발상지.

에 이르니, 적병의 선봉이 추격한다는 헛소문이 퍼졌다. 현종은 군사를 재촉해 계속 달려 부봉(扶鳳)이란 곳에 와서 숙식했다. 병사들은 연일 피로와 기아에 시달리다 보니 모두 마음속으로 떠나갈 생각만 하고 있었다. 요언이 떠돌고 불손하게 말을 내뱉었다.

진현례가 장졸을 제어하지 못하자, 현종은 몹시 불안했다.

그러자 진국정이 아뢰었다.

"여러 사람이 떠들 때는 위엄으로 다스릴 수 없으니 정(情)으로 감화시켜야 합니다."

현종은 그말을 옳게 여겼다. 마침 성도(成都)를 지키던 신하가 상례대로 봄날에 진상하는 꽃비단 10만여 필이 부풍에 이르렀다.

현종은 그 비단을 뜰에 놓게 하고 장졸들을 불러 모이게 한 뒤에 말했다.

"짐이 근자에 점점 노망이 들어 인재를 잘못 선발하다 보니 역적이 난리를 일으켰다. 그 기세가 하도 사나워 잠시 그 예봉을 피하지 않을 수 없게 되었다. 경들이 창졸히 따라나서다 보니 부모처자들과 작별도 나누지 못하고 이곳까지 오느라 노고가 많았다. 이런 사태는 짐이 불민한 소치이다. 지금 촉 땅으로 가는 길은 멀고 험준하다. 피로한 인마로 먼 길을 간다는 게 쉽지 않으니 경들은 제각기 집으로 돌아가오. 짐은 자손과 최소한 궁녀와 함께 힘껏 나아갈 것이다. 오늘 경들과 작별하면서 이 꽃비단을 여비로 나누어주려 한다. 돌아가 부모처자들과 장안의 백성들을 만나면 짐의 안부를 전해주라. 부디 모두 평안하고 자애하기 바란다."

현종은 말을 마치자 눈물을 흘렸다. 여러 장졸들은 폐하의 말을 듣고 슬픔에 눈물을 흘렸다.

"신들은 생사를 불구하고 일심으로 폐하를 모시겠습니다."

현종도 눈물을 많이 흘렸다.

몸을 돌려 안으로 들어가려다 다시 여러 사람을 바라보며 말했다.

"가거나 남는 것은 경들의 자유요. 차마 강권하지는 못하겠소."

진국모가 뒤에 남아 큰 소리로 말했다.

"황제의 인애(仁愛)가 이러하니, 여러분들이 왜 느끼는 바가 없겠는가?"

이리하여 모였던 사람들은 통곡을 하며 물러갔다. 현종은 진현례를 시켜 비단을 모두 장졸들에게 상으로 나눠주게 했다.

이로부터 요언이 사라졌다.

삼군이 한때 갑자기 돌변할 뻔했으니, (三軍一時忽欲變)
누가 위엄이면 꼭 실천된다고 말했나? (誰說威尊命必踐)
위세로 누르거나 형벌이 아니더라도, (不用勢迫與刑驅)
仁心이 통하면 사람 마음은 돌아선다. (仁心入人心可轉)

군심이 안정되자 현종은 이튿날 출발하여 촉 땅을 향하여 전진했다. 하지(河池)란 곳에 이르렀을 때 촉군(蜀郡)의 장사(長史)인

최원(崔圓)[123]이 어가를 영접하러 나와서 촉 땅에 풍년이 들어 장졸의 군량이나 장비가 넉넉하다고 아뢰었다. 현종이 기뻐하며 어가를 안내하게 했고 촉에 들어섰다. 큰 다리를 지나면서 현종이 다리 이름을 물었다.

최원이 대답했다.

"만리교(萬里橋)[124]입니다."

현종이 듣고 갑자기 생각나는 일이 있어 머리를 끄덕이며 말했다.

"승려 일행(一行)의 말이 사실이 되었구나. 이제 짐은 근심이 없을 것이다!"

승려 일행(一行)의 말이란 무엇인가?

원래 당조에 신비한 승려 한 사람이 있었는데, 법명을 일행(一行)이라고 불렀다. 천문역법에 정통하고 천체 운행을 관측할 수 있는 혼천의복구도(渾天儀覆矩圖)를 만든 적이 있었는데, 아주 신묘했다. 그의 수학적 재능은 원천강(袁天罡)[125]이나 이순풍(李淳

123 최원(崔圓, 705－768年, 字는 有裕)－清河 崔氏. 武職으로 출사. 楊國忠이 西川節度使였을 때, 崔圓을 크게 신임하였다. 안사의 난 이후 최원은 절도사가 되었고 뒷날 재사에 올랐다.

124 만리교(萬里橋)－成都 南門 밖의 교량. 四川 땅 成都 시내를 관통해 흐르는 강이 錦江이다. 萬里橋는 蜀漢의 費禕(비위)가 吳에 사신으로 갈 때 諸葛亮(제갈량)이 그 다리까지 나와 '萬里之行이 始於此橋라!' 라고 말한 뒤로 다리 이름이 만리교가 되었다고 한다.

125 원천강(袁天罡, 573－645년, 袁天綱)－益州 成都縣(今 四川 成都市)

風)[126]과 별반 차이가 없었다.

현종이 일찍이 동도(東都 洛陽)에 갔을 때 그와 함께 천궁사(天宮寺) 서쪽 누각에 올라갔다.

현종이 먼 곳을 바라보면서 느끼는 바 있어 한탄했다.

"짐이 이런 훌륭한 강산을 갖고 있으니 태평한 세월이 장구하고 탈이 생기지 말아야 할텐데~."

현종이 일행 화상에게 물었다.

"짐이 죽을 때까지 이 나라에 환난이 없겠는가?"

"폐하께서는 만리를 떠돌며 만수무강하게 될 것입니다."

현종은 그때 그 말을 듣고 축원하는 말이라고 생각했었다. 지금처럼 멀리 서천(西川)에 와서 이 만리교를 지나게 될 줄은 몰랐다. 다리 이름이 '만리교' 라고 하자, 현종은 옛날 승려 일행의 말을 생각했다. 또 '만수무강(萬壽無疆)' 이란 말이 생각나 자신에게 별 탈이 없으리라 믿고 속으로 기뻐하며 이렇게 말했다.

"이제 짐은 근심할 일이 없게 되었다!"

만리교 이름은 멀리 유람한다는 뜻이니,	(萬里橋名應遠遊)
화상의 묘언은 미리 앞일을 예상했다.	(神僧妙語好推求)

출신. 唐朝 初年 相士, 易學者, 풍수지리의 대가.

126 이순풍(李淳風, 602－670年)－唐朝 初年 정치 인물, 천문학자, 수학자. 젊어 천태산(天台山)에서 수도했다. 隋 煬帝(수 양제)의 司監官(사감관) 역임. 천문 역법에 밝았다.

그래도 천수를 누리며 장수할 것이라니, (幸然聖壽還無量)
앞날에 신중하다면 근심할 일 없으리라. (珍重前途可免憂)

현종이 그때 군사들을 재촉해서 전진하다 보니 하룻만에 성도(成都)에 이르러 발걸음을 멈출 수 있었다. 그곳 전각과 건물 및 가구와 일용품 등이 대충 갖추었으나 만족할 정도는 아니었다. 하지만 산천이 험준하고 성곽이 견고하며 적의 기세에 눌리지 않게 멀리 떠나왔으므로 잠시 편안하게 거처할 수 있었다. 다만 눈앞에 총애하던 사람이 사라졌고 며칠 전 마외역에서 벌어졌던 일을 떠올리며 이따금 비탄을 금치 못했다.

고력사는 재삼 현종을 위로해 주었다. 위견소와 위악 부자, 진국모와 진국정 형제 등은 모두 상소문을 올려 신속히 적을 토벌할 대책을 건의했다.

현종은 조서를 내려 황태자가 총괄하되 즉시 출전하지는 못하게 했다. 또 영왕(永王)인 이린(李璘)[127]을 산남동도,영남,검중,강

127 영왕(永王) 이린(李璘, 720年 전후－757년 2월)－本名 李澤, 唐 玄宗 第 十六子, 母 郭順儀, 封 永王. 肅宗 至德 二年(757년) 반역－체포 처형. 其母 郭順儀, 어려서 모친이 타계하자, 이린은 형인 李亨(숙종)의 보호하에 성장－총명 好學, 외모는 추루. 개원 13년(725년) 永王에 봉해졌다. 안사의 난이 발발한 뒤에 山南東路 및 嶺南, 黔中, 江南西路 4道 節度采訪使에 임명되었고, 江陵郡 大都督으로 江陵을 鎭守했다. 755년 12월 영왕은 군사를 거느리고 순시하다가 九江에 이르러 사람을 보내 여산(廬山)에 은거 중인

남서도(山南東道嶺南黔中江南西道) 절도사로 특명하고, 소부서감(少府西監) 두소(竇紹)를 그의 모사로 임명했다. 장사(長沙) 태수 이현(李峴)을 부도대사(副都大使)로 임명하고 그날로 강릉(江陵)에 나가 주둔하게 했다.

또 태자를 천하병마대원수(天下兵馬大元師)로 임명한다는 조서를 내리고 삭방, 하북, 평로(平盧) 절도사를 거느리고 장안과 낙양을 수복하라고 명령했다.

그런데 이 조서를 내리기도 전에 태자가 이미 황제의 자리에 오를 줄은 아무도 몰랐다.

어떻게 되어 태자는 황제의 자리에 오르게 되었는가?

원래 태자는 그날 위수를 건너 팽성(彭城, 今 江蘇省 북부 徐州市는 분명 아님, 위치 미상)에 도착했는데, 태수 이준(李遵)이 마중을 나와서 의복과 군량을 바쳤다. 태자 일행은 평량(平涼)에 이르러 말을 살펴보고 몇만 필의 말을 얻은 후 용사 3천여 명을 모집하여 군대의 사기를 올렸다.

李白을 불렀고, 이백은 영왕의 막료가 되었다. 이때 이백은 〈永王東巡歌 十一首〉를 짓기도 했다. 영왕은 至德 2년(757)에 숙종의 허락 없이 대군을 모집했다 하여 숙종의 공격을 받아 피살되었다. 이 과정에서 이백은 옥에 갇혔다가 夜郎(야랑, 今 貴州省 중부 安順市 관할 關嶺縣 부근)으로 유배된다. 다행히 곽자의의 보증으로 풀려났는데(759년 3월), 당시 이백은 이미 59세의 老人이었다. 유배 도중에 석방 소식을 듣고 유명한 〈早發白帝城〉을 남겼다.

그때 삭방 유후(留侯)인 두홍점(杜鴻漸),[128] 육성수륙운사(六城水陸運使) 위소유(魏小游), 절도판관(節度判官) 최의(崔漪), 탁지판관(度支判官) 노간금(盧簡金), 감지판관(監池判官) 이함(李涵) 등 다섯 사람이 모여서 의론했다.

"태자께서는 지금 평량(平涼)에 계시오. 평량은 쓸모없는 곳이기에 군대가 주둔할 곳이 못되오. 하지만 영무〔靈武, 寧夏省(영하성) 북부 吳忠市(오충시)〕는 군량이 풍족한 중진(重鎭)이요. 태자를 거기로 모시면 북으로 여러 성의 군대를 집합시킬 수 있소. 또 서쪽으로 하서와 농우 지역의 기병을 동원할 수 있습니다. 이리하여 남으로 중원을 평정하면 만세에 길이 빛날 대업(大業)입니다."

협의가 끝나자 이함이 태자에게 서신을 올리고 삭방의 병마와 병장기, 식량 등 군수품을 바쳤다. 두홍점, 최의가 직접 평량에 가서 태자를 만나 아뢰었다.

"삭방은 나라의 강대한 병력이 주둔하고 있는 곳입니다. 지금 투르판(吐蕃)이 화의(和議)를 요청하고, 안으로는 위구르〔回紇(회흘)〕가 거주하며, 사방의 군현들은 모두 견고하게 방비하면서 반적을 막고 있습니다. 그래서 장안 수복과 국가의 흥성을 기다리고 있습니다. 전하께서 만약 영무(靈武)에서 군사를 조련시키고 천하에 격문을 돌리고 충의지사를 모집하여 말을 타고 장안으로

---

128 두홍점(杜鴻漸, 708－769년, 字는 之選)－進士 급제. 安史之亂 중 肅宗을 迎立, 衛國公, 代宗의 재상 역임. 大曆 4년(769년) 재상 사직, 3일 후 타계. 贈 太尉, 시호 文憲.

진공하신다면 역적을 물리칠 수 있습니다. 신들은 이미 위소유와 노간금에게 그곳에 궁궐을 마련해 놓게 했으며, 군량 등 일체 장비를 갖추어 전하께서 오시기만을 기다리고 있습니다. 광평왕과 건녕왕은 두 사람의 말을 옳다고 여겼으므로, 태자는 군사를 거느리고 영무에 가서 주둔하였다.

며칠 지나 하서 사마(河西 司馬)인 배면(裴冕)이 마침 칙명을 받들고 어사중승(御史中丞)으로 부임하는 길에 영무에 이르러 태자를 배알했다. 그는 두홍점 등과 토의하고 태자에게 표문을 올려 황제께서 마외에서 제위를 물려주겠다던 명(命)을 따라 조속히 제위에 올라 민심을 안정시켜야 한다고 주청했다.

그러나 태자가 허락하지 않았다.

"폐하께서 방금 먼 길을 가셨는데, 내가 어찌 스스로 제위에 오를 수 있겠는가?"

그러나 배면 등이 상주하였다.

"장졸들이 모두 관중(關中) 출신입니다. 어찌 하루인들 돌아갈 생각을 하지 않겠습니까? 험준한 길을 두려워 않고 변방의 사막을 원정한 것은 제왕을 따라 작은 공이라도 세우려는 마음입니다. 만약 전하께서 규정이나 의례만 따지며 융통성이 없으시다면 순식간에 사람들의 마음이 흩어지게 되어 다시 한데 모아 큰 공을 성취할 수가 없습니다. 여러 사람들의 뜻을 어느 정도 따르면서 격려해 주시고 나라의 대사를 고려하여 주십시오."

태자는 그래도 허락하지 않다가 표문이 다섯 번이나 올라와서야 겨우 동의했다.

천보 15년(756년) 7월에 태자가 영무(靈武)에서 등극하였고 뒷날 묘호는 숙종(肅宗)이다. 천보 15년을 지덕(至德) 원년으로 고치고 멀리 있는 현종을 태상황(太上皇)으로 올렸다(尊位).

배면, 두홍점 등은 모두 관직이 승진되었다.

태자가 현종에게 표문(表文)을 올려 알리려 할 때 마침 현종이 태자를 원수로 봉한 조서가 도착하였다. 숙종은 그제야 현종의 어가가 촉(蜀)에 들어가 안정되었다는 사실을 알고 사자에게 표문을 주어 즉시 촉에 들어가 등극을 보고하게 했다.

현종은 태자가 올린 표문을 보고 기뻐 말했다.

"아들이 천심과 인심에 순응했으니, 내가 근심하지 않아도 되겠구나!"

이리하여 조서를 내렸다.

「이후의 상주문에는 태상황이라 고쳐쓰기 바라노라. 나라와 군사에 관한 중대한 일은 먼저 황제의 지시를 받고, 그 다음에 짐에게 알려라. 장안과 동도가 수복되어도 짐은 정사에 더 간여하지 않겠다.」

또 문부시랑 평장사(文部侍郎 平章事) 방관(房琯)[129]과 위견소,

129 방관(房琯, 696－763년, 字는 次律)－開元天寶(개원천보) 연간의 관원. 房琯(방관, 696－763)은 玄宗의 명을 받아 옥새를 가지고 가서 숙종에게 전한 사람이다. 숙종은 그를 재상으로 임명했다. 전에 초토절도사(招討節度使)였던 방관은 진도사(陳濤斜)란 곳에서 소

진국모, 진국정에게 옥책(玉册)과 옥새(玉璽)를 갖고 영무에 가서 제위를 물려주게 했다.

또 여러 신하에게 다시 돌아와 복명할 것 없이 그곳에 남아 새 황제의 명령대로 국사를 담당하라고 지시했다.

가 끄는 수레를 이용한 전투를 벌였지만 안록산 군에게 대패했었다. 그 패전 사실이 다시 논쟁거리가 되었고 두보는 패전한 房琯(방관)을 변호했다 하여, 곧 방관의 黨人(당인)으로 지목받게 되었고 숙종의 미움을 받아 華州 司功參軍으로 좌천된다. 두보의 〈至德二載甫自京金光門出間道~〉 시는 좌천되어 떠나는 과정을 서술하였지만, 이는 두보 인생의 전환점이 되어 궁핍 속에 각지를 떠돌아야만 했다. 솔직히 말해서 從八品의 하위직 두보가 재상을 위해 변호한다는 사실을 지금 사람으로서는 이해가 어려울 것이다. 요즈음 8급 공무원이 국무총리나 부총리 아니면 장관의 일에 왈가왈부하는 것과 비슷한 상황이다.

杜甫와 방관의 관계는 同鄉(동향)이며 두보를 추천한 사람이 방관이었기에 그 의리가 남달랐다고 볼 수 있다. 방관은 두보와 오랫동안 긴밀한 관계를 유지하였는데 두보가 長安(장안)에서 봉상으로 가서 左拾遺(좌습유)에 임명될 때 방관의 추천이 있었다. 그렇다면 두보는 비록 미관말직이지만 자기의 지인을 위한 의리와 정의감에서 나서야만 했을 것이다. 그렇지만 그때 두보가 방관을 변호하지 않았다 하여 두보가 비겁한 사람이라고 평가될 그런 위치는 아니었다. 그만큼 두보는 낮은 지위였었다.

두보의 좌천은 賀蘭進明(하란진명)이란 자의 참소가 있었고 숙종이 결재한 일이었다. 華州(화주)로 좌천된 이후 두보는 다시 장안으로 돌아오지 못했다. 두보는 화주로 가면서 안록산 난의 참상을 묘사한 〈三吏〉와 〈三別〉이라는 명작을 남기게 된다.

숙종은 흐느끼면서 옥책과 옥새를 받아 별전(別殿)에 보관케 하였고 감히 즉석에서 받아 행사하지는 않았다.

보위에 이미 먼저 즉위했고, (寶位已先卽)
보책은 뒷날 늦게 전해졌다. (寶册然後傳)
물리고 받기가 잘못 아니나, (授受原非誤)
그래도 선후에 차이가 있다. (只差在後先)

후세에 송조(宋朝)의 유생(儒生)들은 숙종이 현종의 책명도 없이 갑자기 등극한 것은 위기를 이용한 제위 찬탈이며, 아들이 아버지를 배반한 것이라고 말했다.

말은 그렇게 한다지만 위기 존망의 시각에 인심의 동향에 따라 하는 수없이 그렇게 한 것이다. 더구나 현종이 여러 번 제위를 물려주겠다는 말을 입에 올렸으니, 지금 숙종이 영무에서 등극한 일은 이전에 말한 어명을 따른 셈이다.

그러니 도리로 놓고 보아 양해할 수 있는 일이다. 찬탈했다느니, 반역했다느니 하는 말은 지나치다. 만약 숙종의 잘못을 논한다면, 즉위한 이후에 장양제(張良娣)를 총애하고 군국기무가 그렇게 바쁜 틈에도 그녀와 바둑을 두면서 즐겼으니 약간은 가소로울 수 있다.

하지만 숙종이 즉위하면서 즉시 연호를 고친 것은 현종을 안중에 두지 않은 셈이다.

만약 그때 업후(鄴侯) 이필(李泌)[130]이 있었다면 그렇게 하게 방치하지는 않았을 것이다.

뒷날 어떤 사람이 시로 읊었다.

영무에서 갑자기 제위에 올랐고, (靈武遽稱尊)
여전히 날마다 국사가 다난했다. (猶日遭多故)
즉위한 그해 개원했으니, (本歲卽改元)
이는 진정 큰 착오였었다. (此擧眞大錯)
그때 방책을 결정한 사람 중에, (當時定策者)
잘못 바로잡을 사람이 없었다. (無能正其誤)
이에 업후 이필을 생각하지만, (念彼李鄴侯)
아아! 어찌 이리 늦게 출사했나? (咄哉來何暮)

한편 그날 황제가 서쪽으로 떠나고 태자는 북쪽으로 떠났는데, 왜 반란 적병이 추격하지 않았는가? 안록산은 워낙 어가가 뜻밖에 떠났다는 소문을 듣고 동관(潼關)의 군사들에게 선불리 도성에 들어가지 말라고 명령했었다. 적장 최건우(崔乾佑)는 군사를 주둔

130 이필(李泌, 722－789년, 字는 長源)－숙종이 태자 시절부터 교분이 많았다. 肅宗(숙종) 재위 중 軍國大議(군국대의)에 참여. 나중에 호남성 형산(衡山)에 은거, 도교를 수련했다. 代宗 時에 한림학사(翰林學士), 德宗 貞元(정원) 연간(785－805년)에 中書侍郞平章事 역임 업현후(鄴縣侯)에 봉해졌다.

시켜 놓고 사태를 내내 관망하였다.

현종의 어가가 떠난 지 여러 날이 지난 뒤에야 안록산은 소식을 듣고 비로소 부장 손효철(孫孝哲)을 보내 군사를 독촉하여 입성하게 했다.

적병들은 장안에 입성한 후 재보가 가득한 나라의 창고가 그대로 있는 것을 보고 그 재물을 다투어 차지하고 밤낮으로 연이어 술을 마시며 즐겼다.

그런 다음 낙양에 사람을 보내 첩보를 올리고, 안록산이 오기를 기다렸다. 그러니 사실 군대를 보내 현종을 추격해야 한다고 생각한 적장도 없었고, 그럴 필요도 없었다.

그래서 현종은 안전하게 촉(蜀)으로 들어갈 수 있었고, 태자는 삭방군 쪽으로 아무런 장애도 없이 진격할 수 있었다. 어쩌면 이 역시 하늘의 뜻이었다고 하겠다.

재물 창고를 아니 태워 적에게 미끼였고, (左藏不焚留餌賊)
그때 적병의 추격 면하게 했다고 말하네. (道敎今日免追兵)

안록산은 장안에 들어와 마외파에서 양국충이 살해되었고 귀비가 사사(賜死)되었으며, 한국부인과 괵국부인도 피살되었다는 말을 듣고 크게 낙심하였다.

"양국충이야 죽어도 싸지. 그런데 왜 나의 옥환(玉環)과 자매들을 해친단 말인가? 내가입성한 것은 그녀들과 즐거운 상봉을 생각했는데! 이 원한을 어떻게 풀어야 하나!"

안록산은 아들 안경종 부부를 조정에서 죽여버렸다는 것까지 생각이 미치자 분노가 크게 치밀어 올랐다.

그래서 손효철에게 명령하여 황자(皇子)와 황손(皇孫), 군주(郡主, 郡을 식읍으로 받은 공주)나 현주(縣主), 부마(駙馬, 황제의 사위), 군마(郡馬, 王의 사위) 등 가릴 것 없이 장안에있는 종실과 황친들을 모두 수색 잡아내어 죽여버리라고 했다.

또 종실의 남녀들을 죽인 후 모두 그 심장을 도려내어 제물로 삼아 안경종에게 제사를 지내라고 명령했다. 안록산은 제사 지내는 곳에 직접 나섰다. 그날 숭인방(崇仁坊)에 비단 휘장을 높이 걸어놓고 안경종의 신위와 제사상을 준비했다.

심장을 꺼낼 회자수(劊子手, 사형 집행자)들이 여러 시체를 모아놓고 손을 대려 할 때였다. 이상하게도 갑자기 하늘이 어두워지며 번개가 번쩍이고 천둥이 쳤다. 광풍이 휘몰아치더니 회자수의 손에 들려있던 칼이 몽땅 광풍에 날려가서 모두 성가퀴에 꽂혔다. 벼락치는 소리와 함께 벼락이 안경종의 제단을 박살내고 비단 휘장을 모두 태워버렸다.

안록산은 크게 두려워 떨며 하늘에 절을 하면서 잘못을 빌었다. 그래서 감히 제사를 지낼 엄두를 못내고 시체를 다 매장해 버리라고 명령했다.

세상을 다스리는 것과 혼란은 (治亂雖由天意)
하늘의 뜻에 따르나니,

흉악과 잔인은 천심을 거슬린다. (兇殘大拂天心)

뜻밖에 번개와 천둥이 훈계하니, (不意雷霆警戒)

이런 비참한 슬픔 금할 수 없다. (這番慘痛難禁)

다시 생각해 보면, 현종이 장안을 떠날 때 원래 여러 종실과 일족을 모두 데리고 가려 했다. 그런데 양국충이 몰래 빠져나가야 한다는 말에 현종은 아무 생각도 없이 따랐으니, 황족의 몰살은 모두 현종의 책임이었다.

아무리 늙은 현종이라지만 그렇게 생각을 못했는가? 황제가 버린 도성에 남겨진 종친의 뻔한 앞날을 생각도 못했다면 멍청이고, 예상하고서도 방치했다면 천벌을 받아야 했다. 물론 양국충이 나쁘지만, 그는 본래 제 한 몸만 생각하는 소인이 아니었나. 소인의 잘못을 탓하기 전에 소인이 설쳐대게 만들어준 현종은 정말 따귀를 맞아야 할 사람이었다.

그날 여러 시신의 심장이 도려지는 참화는 면했지만 평소에 안록산이 미워했던 사람들은 모두 피살되었다.

그 말 한마디에 큰 참화가 일어나니, (一言遺大害)

만 번 도려내도 그 죄악을 못가린다. (萬剮不蔽辜)

그래도 성이 차지 않은 안록산이 큰소리로 말했다.

"이백이란 놈은 전에 술이 취해 나에게 마구 욕설을 퍼부었어.

지금 여기에 있다면 꼭 죽여버렸을 텐데!"

그리고 또 양국충, 고력사와 가까웠던 사람들도 모두 피살되었다. 어가를 따라 간 조정 신하들의 가족이 장안에 있기만 하면 모두 붙잡아내어 죽였다.

다만 진국모와 진국정의 가족은 미리 모두 멀리 피난했기에 악해를 받지 않았다. 내시 변영성이 투항하고 육궁의 자물쇠와 열쇠를 안록산에게 바쳤다.

안록산은 사람을 파견하여 여러 관원을 다 찾아내라고 했다. 안록산의 부하들이 매비를 찾아 매비가 거처하던 궁궐에 갔다가 썩은 여인의 시체를 보고는 매비가 이미 죽었다고 생각하며 더 찾지 않았다.

하늘이 매비를 사랑하여 적에게 붙잡혀가지 않게 만들었으므로 태상황이 돌아온 후 함께 해로할 수 있었다. 가소로운 것은 양귀비가 황망히 도망치면서도 매비를 시샘하여 데려가지 못하게 말렸기에 동행할 수 없었다는 점이다.

그런데 마외파에서 변란이 일어나 제 목숨을 먼저 잃을 줄은 생각지 못했다.

자기 집안 자매와 동행하려 해서 (自家姊妹要同行)
천자 비빈 모두를 버려야만 했다. (天子嬪妃反教棄)
마외 모인 일족은 모두 몰살되었고, (馬嵬聚族而殲滅)
애초 괜한 투기심 진짜 웃음거리네. (笑殺當初空妒忌)

안록산이 명령하여 장안에 있는 관원 중 귀부하지 않는 자는 모두 죽여버린다고 하였다.

이리하여 경조윤(京光尹) 최광원(崔光遠), 재상을 역임했던 진희열(陳希烈),[131] 형부상서(刑部尙書) 장균(張均), 태상경(太常卿) 장기(張垍, 垍는 굳은 흙 기) 등이 모두 반적에게 투항했다. 장균과 장기는 연국공(燕國公) 장열(張說, 張說)의 아들이다. 또한 장기는 황실의 영친공주(寧親公主)에게 장가를 들었으므로 국척의 몸으로 대를 이어 황은을 입었다. 명망 있는 신하의 후예로서 뜻밖에 집안을 망쳐도 여간 망치지 않았다.

부친의 작위는 연국공인데, (父爵燕國公)
아들은 거짓 연황제 섬겼네. (子事僞燕帝)
연국공 가문 먹칠해 죽이니, (辱沒燕世家)
정말로 그 형 그 동생이로다. (可稱難兄弟)

---

131 진희열(陳希烈, ?－758年)－玄學(현학)에 정통하여 開元 시기에 황궁에서 《老子》와 《易經》을 강의했고, 신선의 부적을 받았다고 현종에 아부하여 총애를 받았다. 天寶 5년(746), 그 직위가 光祿大夫行門下侍郞, 同中書門下平章事에 이르렀다. 天寶 九年(750年)에 特進으로 行左相兼兵部尙書에 이르렀다. 安史之亂 폭발 후에 安祿山에게 투항하였다. 숙종 至德 2年(757年), 郭子儀가 長安을 수복한 뒤, 12월에 진희열과 달해순 2백여 명이 楊國忠의 저택에 감금 심문을 받았는데, 達奚珣(달해순) 등 18명은 처형되었고, 진희열 등 7인은 대리시(大理寺)에서 목을 매 자살하였다.

안록산은 진희열과 장기를 재상으로 삼고 최광원을 경조윤에 임명했다. 나머지 관원들에게도 벼슬을 주었는데 위관(僞官)을 받은 자들의 그 기세가 대단했다. 그러나 적장들은 모두 거칠고 탐욕스러웠으며 백성과 나라를 위한 원대한 계책이 있을 수 없었다.

장안을 점령하자 득의양양하여 술에 미치고 재물에 눈이 뒤집혀 다시는 서쪽으로 진출할 생각을 하지 않았다. 안록산은 세력 본거지였던 범양과 동경(東京, 낙양)을 그리워하면서 장안에 머물기를 원하지 않았다.

탐욕 잔인에 옛땅 그리는 반적의 모습, (貪殘戀土賊人態)
연황제에 성무(聖武)라는 이름만 도둑질했다. (妄竊燕皇聖武名)

다음 뒷일을 알고 싶다면 아래 글을 읽어 보시라.

제93회

응벽지에서 뇌해청은 절의로 순국하고, 보시사에서 왕유는 시로 칭송하였다.(凝碧池雷海青殉節, 普施寺王摩詰吟詩.)

노래하기를,	詞曰,
忠義를 말하면 사람이 모이니,	(談忠說義人都會)
난세를 만나면 융통해야 한다.	(臨難卻通融)
이원의 자제인데도,	(梨園子弟)
절의 지켜 순국하나니,	(偏能殉節)
광대라며 천시 말라.	(莫賤伶工)
광대의 절의 순국에,	(伶工殉節)
충신 홀로 슬퍼하며,	(孤臣悲感)
하늘 향해 통곡한다.	(哭向蒼穹)
시로 한을 읊었느니,	(吟詩寫恨)
구절마다 눈물이며,	(一言一淚)

하늘에 닿게 호소한다.　　　　　　　　(直達宸聽)

— 곡조〈청삼습〉　　　　　　　　　— 調寄〈青衫濕〉

예로부터 충신과 의사(義士)는 모두 천성적으로 충성과 대의를 지닌 마음을 타고났으며 신분의 귀천을 따지지 않았다. 고관의 신분으로 대대로 많은 봉록을 받고 살면서 평일에도 늘 충성과 의리를 말하면서 강직한 성품을 표출한다.

그렇지만 절의(節義)를 지켜야 할 시기나 나라가 위난에 처해서는 충의의 글자 사이를 빠져 한쪽으로 물러서서 오로지 자신의 육신과 가족만을 지키며 화란은 피하고 복락을 얻으려고 기꺼이 간신을 추종하거나 안면을 바꿔 원수를 섬기기도 한다.

그런 경우에 그들은 자신의 행위가 1만 년 동안 악명과 오명이 남을 것을 예상하면서도 자신의 더러운 행실을 돌아보지 않는다.

그런가 하면 고위 신분으로 명성을 누리는 사람도 아니며, 평소에 주군이 배우로 재능을 익히도록 육성되었고, 배우라 멸시를 받다가 나라에 큰 환난이 닥쳤을 때는 살려고 바둥대며 죽기가 두려워 주군을 배신하고 적에게 투항하는 자도 있다. 그런 미천한 사람에 대해서는 평소에 무슨 충의가 있겠느냐면서 문책하거나 비난을 전혀 받지 않는 부류도 있다.

미천한 신분의 악공(樂工)이나 배우가 차마 눈 뜨고 볼 수 없는 참상을 목격하면, 충의의 단심(丹心)이 가슴에서 끓어올라 삼엄하게 둘러선 칼이나 창을 두려워하지 않고 역적을 엄정하게 꾸짖다가 참혹하게 죽음을 당하는 사람도 있었다.

이런 일이 반적에게 구금된 외로운 신하에게 알려지자, 그는 미천한 사람의 순절(殉節)에 비통과 분개를 느껴 그런 정경을 시로 읊었다. 이런 시인의 시 한 수는 죽은 사람의 이름을 후세에 전했을 뿐만 아니라 막상 자신의 위기에서 자신을 구하는 바탕이 되었다.

당나라의 시불(詩佛)로 알려진 왕유(王維, 89회 주석 참고)가 바로 그 사람인데, 이를 보더라도 충의의 실천은 귀천을 가리지 않는다는 사실을 분명히 알 수 있다. 비록 미천한 신분이지만 충의를 실천하는 본보기를 보여주었기에 후세에 오래도록 많은 사람에게 감동을 주었다.

안록산은 대연(大燕) 황제라 참칭(僭稱)하고, 연호를 성무(聖武)라 하였다(756년).[132] 안록산은 당나라 동도(낙양)와 서도(장안)를 강점하였다. 이는 반역한 역적이 할 수 있는 소행으로서 무슨 원대한 계략이 있어 그렇게 한 것은 아니었다. 안록산은 동경에 머물기를 좋아하고 서경을 싫어했으며 세력 근거지인 범양(范陽, 燕의 공식적 도읍)을 늘 그리워했다.

장안에 입성한 안록산은 조정의 대신과 환관 및 궁녀를 잡아

132 안록산의 燕(연, 大燕) − 756 − 763년 존속. 역사에서는 보통 僞燕(위연)으로 통칭.

병졸을 시켜 범양으로 보냈다. 황실 창고에 있는 금은이나 비단, 궁궐 안의 진귀한 보물과 골동품을 모두 수레에 실어 범양의 창고에 쌓아두게 했다.

또 이원(梨園)의 배우나 악사, 재인들에게 명령하여 이전처럼 자신의 예능을 연습하고 연기하게 시켰다. 물론 그중에서 도주하려는 자, 또는 고분고분하지 않는 자는 즉석에서 죽여버리는 만행을 서슴치 않았다. 어원(御苑)에서 사육하는 길들여진 코끼리나 춤추는 말 등 여러 동물을 이전처럼 사육하며 수시로 연기하게 하였고 장졸과 함께 떠들며 술을 마셨다.

원래 천보(天寶) 연간(742–756년)에, 현종이 미성(美聲)과 여색에 빠져 연회를 벌일 때마다 먼저 태상아악(太常雅樂)을 크게 준비하여 연주케 하였다. 아악의 무대에는 앉아서 연기하는 좌부(坐部)와 서서 공연하는 입부(立部)가 있었다.

좌부의 악사들은 방에 앉아서 연주하였고, 입부의 악사와 예인들은 주로 계단이나 뜰에 서서 연주했다. 아악이 끝나면 계속해서 북을 치고 나팔을 불며 변방 여러 민족의 음악을 연주하게 하였다. 그런 다음에 교방(教坊)의 새로운 악곡과 시부와 관현의 잡곡을 연주하고 잡기를 공연하였다.

때로는 궁녀에게 특별하고 화려한 옷을 입혀 연회장에서 노래가락에 맞추어 기묘한 춤을 추게 했다. 이 모두가 짜여진 계획에 따라 연출했다. 악기를 가지고 오거나 나가며 출연하는 방법에 때로는 대나무로 만든 수레나 비단으로 장식한 배를 이용하였는데, 그런 등장이나 연출 자체가 하나의 공연이고 예술이며 많은 연습을 필요로 하는 기교였다.

더욱 특출한 것은 연회석에서 주흥이 도도해졌을 때 어원(御苑)의 동물을 훈련시키는 궁인이 훈련받은 코끼리를 몰고 와 코로 술잔을 받쳐들고 어전에 꿇어앉아 축수하게 훈련시켰다. 또 몇십 필의 말을 춤추게 훈련시켜 주악이 울릴 때마다 마부들이 말을 끌고 뜰에 등장케 했다. 말들은 악곡이 울리면 고개를 번쩍 쳐들고 발을 구르면서 빙빙 돌아가며 춤을 추었다. 말들의 춤은 음악소리의 절주(節奏)와 맞아 떨어졌다.

이런 연기를 묘사한 송나라 유생의 시가 있었다.

개원 연간의 천자는 태평한 시절에, (開元天子太平時)
밤낮으로 노래와 춤에 미혹되었다. (夜舞朝歌意轉迷)
수놓은 평상에 말이 올라 춤을 추고, (繡榻盡容騏驥足)
비단천 차일에 온갖 꾸밈 무대 바닥. (錦衣渾蓋渥窪泥)
장식된 북을 치며 나와 홍미를 끌고, (纔敲畫鼓預先奮)
연이어 황금 채찍에 줄지은 말떼들. (不假金鞭勢自齊)
다음 날 이원엔 옛 곡을 바꿔 익히고, (明日梨園翻舊曲)
범양의 무장 장졸은 장안을 메웠다. (范陽戈甲滿關西)

이전에 이런 연회가 있으면 안록산이 빠짐없이 현종을 모시고 참석했었다. 그때 옆에서 이원재자나 궁녀를 바라보며 침을 흘렸고 일찍부터 불량한 생각을 가졌다. 그래서 지금 반역의 뜻을 성취하자 그때처럼 즐기고 싶었다.

그러고 보면 성색을 돕는 개(犬)와 말 및 특별한 동물들도 역적의 분에 넘치는 탐욕을 불러일으키는데 한몫을 한 셈이다.

그 시절 천자의 마음은 아주 교만해, (天子當年志大驕)
옆에서 보는 눈, 어지러이 흔들렸다. (旁觀目眩已播遙)
뽐내며 온갖 짐승 춤추게 하였더니, (漫誇百獸能率舞)
그날의 호사, 역적의 도적질 불렀다. (此日奢華卽盜招)

안록산에 소속되었던 이민족의 장수들이 장안을 함락했다는 소식을 듣고, 어느 날 모두 찾아와서 축하했다. 안록산은 신기한 연기를 그들에게 자랑하고 싶어서 편전에 이민족을 불러놓고 연회를 차렸다.

안록산이 여러 사람에게 말했다.

"나는 천명을 받아 제위에 올랐다. 비록 민심이 짐에게 쏠릴 뿐만 아니라 무지한 짐승들마저 모두 감격하며 확실하게 순종한다. 어원에서 기르는 코끼리마저 짐이 잔치에서 술을 마시면 무릎을 꿇고 술잔을 올린다. 마구간 말들도 짐이 울리는 주악 소리에 모두 달려와 기뻐서 춤을 추니 어찌 신기하지 않은가!"

여러 이민족 추장들은 모두 꿇어 엎드려 만세를 불렀다. 안록산이 명령하여, 먼저 코끼리를 훈련시키는 궁인에게 코끼리 재주를 연기하게 시켰다. 이에 궁인이 십여 마리의 훈련받은 코끼리를 모두 몰고 나와 궁궐 앞뜰에 세워놓았다. 이민족의 추장이나 사신들은 코끼리가 어떻게 술잔을 올리는가 보려고 주시했다.

그러나 의외로 코끼리는 편전을 바라보다가 남향해 앉은 자가 예전의 황제가 아니라는 것을 알아차렸는지 노한 눈길로 노려보기만 했다. 궁인이 먼저 술잔 하나를 큰 코끼리 앞에 가져다놓고 무릎을 꿇고 술잔을 올리게 했다. 그 코끼리는 코로 술잔을 감더니 멀리 밖으로 내동댕이쳤다. 좌우의 모두가 아연실색하는데, 여러 이민족들은 입을 틀어막고 웃었다.

안록산은 창피하였고 노여움으로 욕설을 퍼부었다.

"젠장, 요물 같은 것들이 왜 이리 더럽게 굴어!"

안록산은 코끼리를 모두 끌어내어 죽여버리라고 호통쳤다. 결국 연회는 볼 것 없이 싱겁게 끝났고 모두가 흩어졌다. 뒷날 어떤 사람이 이를 두고, 시를 지어 비웃었다.

의로운 거동 있어 코끼리라 불렀지, (有儀有像故名象)
역적 앞 무릎 안 꿇는 정말 강한 뜻. (見賊不跪眞倔强)
국적에게 항복한 사람 가소로우니, (堪笑紛紛降賊人)
짐승에 무릎 꿇고 머리까지 숙이나? (馬前屈膝還稽顙)

안록산이 코끼리에게 망신을 당하자 춤추는 말까지도 그러지 않을까 의심하여 보여주지 않았다. 그래서 훈련받아 춤추던 말들을 모두 각 군영의 기병 의장용으로 배치되었다.

뒷날 춤추는 말 두 마리가 안록산의 부장(副將) 사사명(史思明, 90회 주석 참고)의 군영에 배당되었다.

사사명은 어느 날 장교들에게 연회를 베풀어 주었는데, 방에서 주악소리가 울리자, 뜰에 매여 있던 말 두 마리가 음악소리를 듣자 마주 서서 춤을 추었다.

군사들은 그 연고를 모르고 괴상한 일이라 여기며 채찍으로 모질게 후려 갈겼다. 말은 채찍에 얻어 맞으며 오히려 머리를 흔들고 꼬리까지 휘저으며 더 열심히 춤을 추었다. 군사들이 몹시 놀라 몽둥이 찜질을 해대어 말 두 마리가 그 자리에서 죽었다.

적군 가운데 춤추는 말의 내막을 아는 자가 때리지 말라고 급하게 외쳤으나 말이 죽었으니 가소로운 일이 아닌가?

죽은 코끼리는 지조를 꺾지 않았고,	(象死終不屈節)
말은 춤추다가 몽둥이 맞아 죽었다.	(馬舞橫被大杖)
비록 죽기는 마찬가지이나,	(雖然一樣被殺)
말의 순종은 코끼리 오만만 못했다.	(善馬不如傲象)

여기서 이야기는 나뉘어진다.

안록산은 장안에서 기탄없이 살육을 자행했다. 한편, 백성들은 난리난 틈을 타 황실 내탕고에 소장했던 물건을 훔쳐갔다. 이 말을 듣고 부와 현에 영을 내려 엄히 추궁하고 아는 사람은 고발하게 했다.

그래서 연루되었다고 밀고된 사람을 수색 체포하고 추궁하지 않는 날이 없었다. 또 이런 기회를 이용해 평소 원한 있던 사람을 무고하자 관리들은 연유를 묻지도 않고 무작정 죄를 다스려 걸려든 죄 없는 사람들은 결국 망하게 되었다. 민심이 흔들리다 보니 사람들은 어느 하루라도 당나라 황제를 생각하지 않는 날이 없었다.

태자가 북방에서 강력한 군사를 모았다는 소문도 들렸다. 장안을 수복하기 위하여 군사를 거느리고 며칠 사이에 도착한다는 소문이었다. 때로는 태자의 대군이 이미 도착했다는 말까지 돌았다. 백성들이 앞다투어 성 밖으로 달려나가는 것을 아무도 막을 수 없었다.

심지어 성이 텅텅 빌 때도 있었다. 적장들도 북쪽에서 먼지만 일어나면 서로 마주보며 하얗게 얼굴이 질렸다.

안록산은 장안이 오래 머물 곳이 못 된다고 생각하여 조속히 낙양으로 돌아가려 했다. 그래서 장통유(張通儒)를 서경유수(西京留守)로 임명하고, 안충순(安忠順)을 수비장군으로 삼아 군사를 거느리고 관중을 지키게 하였다. 또 손효철(孫孝哲)은 군사 전반을 지휘하게 했다. 안록산은 아들 안경서(安慶緖)와 함께 근위군과 여러 이민족 장수들을 이끌고 길일을 택해 동도를 향해 출발케 하였다. 그러면서 떠나기 전날 문무 관원을 모아놓고 연회를 크게 벌였다.

연회는 궁궐 안 사의원(四宜苑)에 있는 응벽지(凝碧池)에 준비하였는데, 미리 이원의 자제와 교방의 악공들을 빠짐없이 나와 연기하라고 명령했다. 악사와 재인 중에서 이모(李謨), 장야호(張野狐), 하회지(賀懷智) 등은 현종을 따라 서쪽으로 갔으나 나머지 황번작(黃幡綽), 마선기(馬仙期) 등 여러 사람들은 어가를 따라가지 못해 남아 있었으므로 안록산의 부름에 응하지 않을 수 없었다. 그러나 뇌해청(雷海青)은 병을 핑계로 나가지 않았다.

응벽지 앞에는 연석이 줄지어 차려졌다. 안록산이 상좌에 앉고 아들 안경서가 옆에서 시중을 들었으며, 여러 사람들이 순차에 따라 아래에 앉았다.

술이 여러 순배 돌자, 전각의 섬돌 아래서 먼저 북을 울리고 나팔을 불며 군악을 연주했다. 그 다음 이원의 광대와 교방의 악사들이 패를 나누어 들어왔다.

첫 패는 동방으로 목색(木色)인데, 맨 앞에 선 악사는 청소건(青宵巾)을 쓰고 허리에 벽옥을 박은 연한 띠를 두르고 검은 도포를 입었다. 손에는 검은 깃발을 들었는데, 거기에는 '동방각음(東方角音)' 4자를 주홍색으로 쓰고 붉은 보석으로 장식했다. 불은 나무에서 얻는다는(木生火) 뜻이다. 깃발 아래 20여 명의 악공들은 모두 청사모를 쓰고 꽃을 수놓은 검은 옷을 입었으며 동쪽에 모여 섰다.

두 번째 패는 남방으로 화색(火色)인데, 앞에 선 악사는 적색 두건을 쓰고 허리에는 산호로 장식한 연한 띠를 둘렀으며 붉은 비단 도포를 입었다. 손에 든 붉은 깃발에는 '남방치음(南方徵音, 徵는 음률 이름 치)' 4자를 황색으로 쓰고 황금으로 장식했다. 흙은 불에서 얻는다는(火生土) 뜻이다. 깃발 아래 20여 명의 악공이 있었는데, 모두 붉은 명주관을 쓰고 수놓은 붉은 옷을 입고 서남쪽에 모여 섰다.

세 번째 패는 서방으로 금색(金色)인데, 앞에 선 악사는 머리에 명월건(明月巾)을 쓰고 허리에는 백옥으로 장식한 연한 띠를 둘렀으며 흰 비단 도포를 입었다. 손에든 흰 깃발에는 '서방상음(西方商音)' 4자를 검은색으로 쓰고 오금(烏金, 검은 쇠)으로 장식했다. 물은 금에서 얻는다(水生金)는 뜻이다. 깃발 아래의 20여 명의 악공은 모두 흰 명주관을 쓰고 무늬 있는 흰옷을 입고서 서쪽에 모여 섰다.

네 번째 패는 북방으로 수색(水色, 黑色)인데 앞장 선 악사는 현상건(玄霜巾)을 쓰고, 검은 서각(犀角, 무소 뿔)으로 장식한 연한 띠를 둘렀으며 검은 비단 도포를 입었다. 손에 든 검은 깃발에는 '북방우음(北方羽音)' 4자를 검은색으로 쓰고 비취 깃으로 장식했다. 이는 나무는 물에서 얻는다는(木生水) 뜻이다. 깃발 아래 악공들 20여 명이 있었는데, 조라모(皀羅帽, 검은 비단 모자)를 쓰고 수놓은 검은 옷을 입고 북쪽에 모여섰다.

다섯 번째 패는 중앙으로 토색(土色 黃色)인데, 앞장 선 악사는 황운건(黃雲巾)을 쓰고 밀랍으로 장식한 연한 띠를 두르고 누런 비단 도포를 입었다. 손에 든 누런 깃발에는 '중앙궁음(中央宮音)' 4자를 백은을 바탕으로 하고 오색의 여러 가지 옥으로 장식했다. 이는 금은 토에서 얻는다(金生土)는 뜻으로, 온 세상의 모든 보배는 흙에서 얻을 수 있다는 뜻이었다. 누런 황색 깃발 아래에는 40여 명의 악공들이 있었는데, 누런 비단 모자를 쓰고 무늬를 넣은 누런 옷을 입고 서북판에 모여 섰다.

다섯 사람의 악사가 모두 120명의 악공을 이끌고 정연하게 각기 자기 방위에 가서 섰다.

주악을 울리려 할 때 안록산이 물었다.

"너희들 악부의 사람들이 다 여기에 모였느냐?"

여러 악사들은 뇌해청(雷海青)이 병으로 함께 오지 못하고 집에 남았을 뿐 나머지 사람들은 모두 다 모였다고 알렸다.

안록산이 말했다.

"뇌해청은 악부에서 제일 유명한 사람인데, 그가 오지 않았다면 완전할 수가 없지! 즉시 사람을 보내 불러오너라. 앓더라도 꼭 부축해서 데려오라."

옆에 있던 사람이 명령을 받고 뇌해청을 데리러 나는 듯이 달려갔다. 안록산은 여러 악사들에게 제각기 연주 기예를 보이라고 명령했다. 이리하여 퉁소, 피리, 금종(金鍾), 옥경(玉磬), 진쟁(秦箏), 갈고(羯鼓), 비파(琵琶), 공후(箜篌), 상관(象管), 방향(方響), 수박(手拍) 소리가 일제히 울리기 시작했다. 불고, 뜯고, 치고, 때리니, 우렁찬 소리가 아름답게도 울려왔다. 악기 소리가 고조될 때 다섯 개의 깃발이 일제히 움직이더니 여러 악사들이 엇갈리어 왔다 갔다 하며 춤을 추었다. 온 궁전에 바람이 일고 오색이 눈부신데 노래까지 합창했다.

가무가 끝나 기악 소리도 그친 뒤, 악사들은 의연히 제방 위로 돌아가 섰다. 안록산이 바라보고 몹시 기뻐하며 수염을 쓰다듬으며 좋아했다.

"짐이 전에 이삼랑(李三郎, 현종)을 따라 술을 마시며 이런 가무를 본 적이 있었지. 그러나 옆에 앉아 시중들다 보니 구속당하는 기분이었지. 어찌 오늘처럼 통쾌할 수 있었겠나? 지금 부족한 점이 있다면 양태진〔楊太眞, 楊貴妃(양귀비)〕 자매들과 환락하게 한 자리를 하지 못하는 것뿐이야."

안록산은 큰 소리로 웃었다.

"짐이 군사를 일으킨 지 얼마 안 되어 동서 도성과 허다한 지방을 모두 손에 넣었어. 이삼랑을 쫓아버려 집이 있어도 들어오기 어렵고 나라가 있어도 지키기 어렵게 되었다. 그가 평소 심혈을 기울여 이런 남녀 재인들을 길렀지만, 지금 자신을 위해 봉사할 수 없게 되었고 짐이 넘겨받아 차지하게 했어. 어찌 천명이 아니겠는가? 오늘 우리 군신 부자가 연회에서 이야기를 나누며 아주 통쾌하게 취할수 있도록 여러 악사들은 재차 청아한 곡을 울려 술을 권하도록 하거라."

악사들은 안록산의 그 말을 듣고 슬픈 생각이 북받쳐 올랐다.

목이 메어 목청을 제대로 뽑을 수 없었고, 가만히 눈물까지 흘렸다.

안록산이 얼핏 보고 화를 내며 외쳤다.

"짐이 오늘 즐겁게 술을 마시는데, 너희들은 왜 슬픈 티를 보이는가!"

좌우 시위에게 눈물을 흘린 자가 있으면 찾아내어 즉각 참수하라고 명령했다. 악사들은 깜짝 놀라 재빨리 눈물자국을 닦아버리고 억지로 기쁜 얼굴을 지어 보였다.

그런데 갑자기 궁전에서 어떤 사람이 대성통곡했다. 누구인가? 다름 아닌 뇌해청이었다. 뇌해청은 병을 핑계로 나오지 않았는데, 안록산이 사람을 보내 억지로 데려오게 했다.

뇌해청이 왔을 때 궁궐에서는 가무에 한창 열을 올리고 있었다. 그가 속으로 몹시 분해하고 있었는데 말 같지도 않은 말을 들었고 여러 사람을 협박하는 것을 보자 충의의 격렬한 감정을 억제 못하여 대성통곡한 것이었다. 전각 위에 앉은 사람과 아래에 있던 사람이나 할 것 없이 모두 경악했다.

좌우 시위가 잡아가려 하는데, 뇌해청이 벌써 몸을 날려 전각에 올라가서 탁자에 놓은 악기들을 모두 땅바닥에 집어던지고 안록산을 손가락질하며 심한 욕을 퍼부었다.

"이 역적 놈아! 네 놈이 황제의 은혜를 많이 입고 딴 심보로 배반했으니 살점을 도려낼 만한 죄를 지었다. 그러고서도 무슨 개소리냐? 이 뇌해청이 비록 악사이지만 충의가 무엇인지는 잘 알고 있다. 내가 어찌 반역한 국적을 섬길 수 있단 말이냐? 오늘은 내가 순절하는 날이다. 내가 죽은 뒤 내 동생 뇌만춘이 충성을 다해 나라에 보답하면서 어김없이 너 따위 역적을 참수할 것이다!"

안록산은 몹시 분노했지만 순식간의 일이라 입이 얼어붙었는지 한마디도 내뱉지 못하다가 어서 찔러 죽이라는 말을 했다. 여러 사람이 칼을 들고 난도질했고, 뇌해청은 죽을 때까지 쉬지 않고 욕을 퍼부었다.

옛날에 안전장을 만나보았었고, (昔年只見安全藏)
오늘은 뇌해청을 다시 돌아본다. (今日還看雷海青)
보통의 악공도 이처럼 대의를 지키는데, (一樣樂工同義烈)
조정의 신하들 두 명의 배우에 부끄럽다. (滿朝愧此兩優伶)

뇌해청이 죽었지만 안록산의 노기는 가라앉지 않았다. 연석을 파하고 악사들을 모두 가두어놓고 처분을 기다리게 하라고 명령했다. 이때 갑자기 기마초병이 소식을 전했다.

영무(寧武)에서 태자가 즉위하고 연호까지 고쳤다는 소식이다.

지금 은사(隱士) 이필(李泌)을 모사로 삼고 광평왕과 건녕왕, 곽자의와 이광필에게 명하여 군사를 나누어 거느리고 서경과 동경을 수복하도록 명령했다는 것이다.

또 영호조〔令狐潮, 令狐(영호)는 複姓(복성)〕가 여러 번 옹구(雍丘)를 공격했지만 옹구방어사 장순(張巡)이 방비에 능하고 싸움도 잘해 누차 패배했다는 소식도 전해왔다.

안록산은 이러한 정보를 듣고 그날로 영을 내려 동경(東京)으로 떠나게 하고 한편 장군들을 파견하여 대적할 일을 토의했다. 그리고 서경(西京)에 남아있는 궁녀, 환관과 진귀한 보물이나 골동품, 그리고 일체 악기와 악사들을 모두 동경으로 데려가게 했다.

떠날 무렵에 안록산은 말을 타고 종묘 앞을 지나다가 갑자기 말을 멈춰 세우고 병사들에게 명령하여 종묘에 불을 질러 태워버리게 했다.

병졸들은 명령을 받고 여기 저기 불을 질렀다. 안록산은 말을 세우고 바라보았다.

불이 붙자 한갈래 검은 연기가 곧게 높은 하늘로 치솟아 올랐다. 안록산이 올려다 보고 있는데, 뜻밖에 그 연기가 되돌아 빙빙 돌며 내려오다 곧장 그의 눈 속으로 몰려 들었다.

안록산은 갑자기 두 눈이 어두워지고 눈물이 줄줄 흘러내리므로 말을 타지 못하고 수레를 타고 떠났다. 이로부터 안록산은 눈병을 앓게 되었다.

날이 갈수록 안록산의 눈병은 심해졌으나 아무리 치료해도 완쾌되지 않다가 결국 두 눈이 모두 멀고 말았다. 안록산이 동경에 왔지만 두 눈이 멀었기에 아무런 물건도 볼 수 없어 마음이 몹시 초조해졌다.

역적이 종묘를 불태우자, (逆賊毁宗廟)
선황(先皇)은 두고 볼 수가 없었다. (先皇目不瞑)
연기가 돌아 역적 눈알 뺐으니, (旋即奪其目)
아마도 이는 작은 응보이리라. (略施小報應)

때로 악사들을 불러 노래로 고뇌를 풀어보려 생각했으나 뇌해청의 일이 떠올라 의심이 생기면서 그들과 가깝게 지낼 엄두를 못내었다.

그들을 죽여버릴까 하고 생각해 보기도 했으나 그들의 재능이 아까워 남겨놓고 차차 써 먹기로 했다.

뇌해청이 순절한 일은 사람마다 입에 올라 전해지고 누구라 할 것 없이 모두 그의 의기와 충절을 찬양했다.

그 일은 어느 유명한 조신(朝臣)을 감동시켰는데, 그 조신은 다른 사람이 아니라 전날 현종 앞에서 종규(鍾馗)의 이력을 말했던 급사중(給事中) 왕유(王維)였다. 그의 자는 마힐(摩詰)이고, 태원(太原) 사람이었다. 젊었을 때 종남산에서 공부한 적이 있었고, 개원 연간에 진사과에 급제했는데 천성이 효성스럽고 벗들과 우정이 깊었다. 그는 그의 동생 왕진(王縉)과 함께 모두 재능이 출중했다. 왕유는 박학하고 다재다능했다.

왕유는 소년 시절에 장안(長安)에 이사하였고 유학하면서 시서화(詩書畫)는 물론 뛰어난 음악적 재능으로 일찍부터 왕공(王公)에 널리 알려졌었다. 왕유는 율시(律詩)의 기초를 다졌다고 알려진 심전기(沈佺期)와 송지문(宋之問, 656?-712) 이후의 대 시인으로 알려졌으며, 당시에 왕창령(王昌齡),[133] 저광희(儲光羲),[134] 최호(崔顥)[135] 등과 함께 개원(開元) 시단(詩壇)을 대표했었다.

---

133 王昌齡(왕창령, 698-756?, 字는 少伯)-山西 太原人, 王昌齡은 玄宗 開元 15년(727)에 진사과에 합격하여 관직을 시작했으나 순탄하지 못했다. 그는 高適(고적), 王之渙(왕지환)과 함께 광활한 변경의 풍경을 잘 묘사하여 변새시에 뛰어났었다.

安祿山(안록산)의 난(755-763)이 일어났을 때 고향으로 피난하다가 피살당했다. 그는 칠언시에도 뛰어났는데, 그의 시 180여 수가 남아 전한다. 그중 〈出塞(출새)〉, 〈從軍行〉과 같은 변새시와 〈采蓮曲(채연곡)〉, 〈越女(월녀)〉 등 여인의 생활을 묘사한 시가 널리 알려졌다. 《舊, 新唐書》에 입전되었다.

134 儲光羲(저광희, 706?-762?)-현종 726년에 진사에 급제한 뒤, 小官을 지내다가 종남산에 은거했다. 천보 6, 7년경에 출사하여 감찰어사에 이르렀다. 나중에 安史(안사)의 난 기간 중 안록산의 강요에 의해 관직을 맡았다가 난이 평정된 뒤에 嶺南(영남)에 유배되었고 거기서 죽었다고 한다. 저광희는 왕유나 맹호연과 같은 산수전원시를 많이 썼는데, 그 시풍은 質樸(질박)하고 전원생활의 閒適(한적)을 즐겨 묘사하였다.

135 崔顥(최호, 704?-754, 顥는 클 호)-字나 號는 전해오지 않는다. 최호는 玄宗 開元 11년(723) 進士가 되었고, 天寶 연간에 司勳員外郞을 역임하였다. 현존하는 詩는 겨우 40여 수이고 가장 有名한 시는 물론 〈黃鶴樓〉이다. 최호의 재주는 비상하였으나 음주와 도박을 즐겨 품행은 그에 걸맞지 못했다고 한다. 소년시절에는 閨情(규정)을 소재로 한 시가 많아 浮艷(부염)하고 경박한 느낌이

이렇듯 장안에서 관직과 은거를 계속하면서 문명(文名)을 누린 왕유의 행운은 이백이나 두보보다 훨씬 나았다.

이백이 한때 현종의 적극적인 장려를 받았지만 이백의 일생 전체로 볼 때는 짧은 기간이었고 인생의 대부분을 장안 이외의 지역에서 떠돌았다.

또 두보는 일생 동안 실패와 좌절 속에 각지를 유랑했고 장안에 머물 적에도 그 생활은 여전히 어려웠으며, 개원(開元, 713－741)과 천보(天寶, 742－755) 연간에 두보의 문명(文名)은 널리 알려지지는 않았다. 특히 안사의 난 이후 두보가 겪은 가난과 고생은 후세 독자에게도 슬픔이었다.

이렇게 비교한다면, 왕유의 일생은 비교적 순탄하였고 자신의 큰 뜻을 펴지 못했다지만 그 생활은 여유롭고 평온하였다.

서화(書畫)에도 절묘한 경지에 이르러 명성이 자자해서 여러 왕들과 부마들이 상빈(上賓)으로 모셔다 예를 갖추어 대접했다.

었으나 뒤에 邊塞를 여행한 뒤로는 詩風(시풍)이 雄渾奔放(웅혼분방)해졌으며 각지를 유랑하면서 시에 몰두하여 사람이 수척해질 정도였다고 한다. 최호가 武昌을 여행하며 황학루에 올라 〈黃鶴樓(황학루)〉를 지었는데, 뒷날 李白이 와서 최호의 시를 읽고서는 '눈앞에 경치를 보고도 말로 할 수 없는데(眼前有景道不得), 최호의 시는 머리 위에 있도다(崔顥題詩在上頭).' 라 감탄하고서 시를 짓지 못했다는 유명한 이야기가 전해온다. 李白은 黃鶴樓에서 시를 못 짓고 金陵(금릉) 봉황대에 가서 〈登金陵鳳凰臺〉를 지었는데, 두 시의 장구가 매우 흡사하다.

또 음률에도 정통하여 그가 쓴 악부는 이원과 교방에서 다투어 가며 익혔다.

일찍이 한 벗이 주악을 연주하는 그림 한 폭을 얻었는데, 그 이름을 알 수 없어 왕유에게 보였더니 즉시 대답했다.

"이 그림 제3절 첫 가락을 연주하는 것을 그린 거요."

그 말을 들은 어떤 사람이 악사들을 모아놓고 예상곡을 연주하게 했다. 제3절 첫 가락을 울릴 때 일제히 딱 멈춰 있게 하고는 그 악사들을 자세히 살펴 보았더니 불고, 뜯고, 치고, 때리는 그 손과 손가락 동작이 그림과 딱맞아 떨어졌다. 여러 사람들은 탄복해 마지않았다.

왕유는 조숙한 천재였다.

《신당서 문예전(新唐書 文藝傳)》의 〈왕유전(王維傳)〉에 '왕유는 9세에 글을 지을 줄 알아 아우 진(縉)과 함께 이름이 났었고 우애가 좋았으며 … 초서(草書)와 예서(隸書)에 뛰어났고 그림을 잘 그려 개원과 천보 연간에 명성이 높아 권세가 귀인들이 상객으로 대우하였는데 영왕(寧王), 설왕(薛王) 등 여러 왕이 사우(師友)로 대접하였다.' 라고 기록되었다.

왕유 자신도 악기 연주에 재능을 보였고 악곡을 지었다. 왕유의 시가 중 악부제인 〈송원이사안서(送元二使安西) / 일명 위성곡(渭城曲)〉은 당시의 대중가요로 송대(宋代)까지 유행했다는 사실만으로도 그의 음악적 재능이 얼마나 뛰어났는가를 알 수 있다.

왕유는 그림에 남다른 재주가 있었다. 왕유는 자신이 '전세(前世)에 사객(詞客)이 아니었다면 틀림없이 화원(畵員)이었을 것이라.' 고 말했다. 왕유의 그림으로 지금 전하는 작품은 매우 적고 작품의 진위도 확실하지 않지만, 그간의 여러 기록을 볼 때 신운(神韻)이 넘치는 작품이었다고 짐작할 수 있다.

북송의 대시인이며 시, 서, 화에 두루 능했던 소식(蘇軾, 東坡居士, 1036-1101)은 왕유가 그렸다는 봉상(鳳翔) 개원사(開元寺)의 벽화를 보고 크게 감탄하였으며, 소식은 왕유를 평하여 '마힐(摩詰, 王維)의 시를 음미하면 시 속에 그림이 있고, 마힐의 그림을 보면 그림 속에 시가 있다(味摩詰之詩 詩中有畵 觀摩詰之畵 畵中有詩).' 라고 하였다.(〈東坡題跋 · 書摩詰藍田烟雨圖〉) 일반적으로 왕유는 '남종(南宗) 산수화의 개조(開祖)' 라고 일컬어지고 있다.

왕유는 천보 말년에 급사중(給事中)이 되었다. 안록산이 반란을 일으키고 현종이 서쪽으로 떠났을 때, 그는 미처 어가를 따라갈 여가가 없었으므로 적에게 붙들렸다. 그러나 약을 먹고 이질을 앓는 것처럼 꾸미고는 역적이 내리는 벼슬을 받지 않았다.

안록산도 평소부터 그의 명성을 알고 있던 터라 죽이지는 않았다. 756년 6월에 장안이 함락되자, 피난을 가지 못한 58세의 왕유는 반군에 잡혀 장안의 보리사(菩提寺)에 연금된다. 결국 안록산의 압력으로 원하지 않는 관직(僞職)에 나아가야만 했는데, 왕유는 약을 먹고 벙어리 흉내를 내면서 위장했다가 나중에 낙양으로 끌려가 보시사(普施寺)에 갇히게 된다. 왕유는 불교를 열심히 신봉하는 시인이었다.

절에 갇혀 있으면서도 날마다 염불하기를 일과로 삼았다. 때로는 한가롭게 앉아있으면서 전날 현종이 꾼 꿈을 생각했다. 종규가 도깨비의 눈알을 빼먹는 것을 보았다고 했으니, 지금 안록산의 두 눈이 멀었으니 바로 그 꿈이 증명된 셈이다. 이 꿈대로라면 요괴는 조만간에 박멸될 것이다.

조신으로서 어가를 모시고 따라가지 못하고 도리어 갇혀 있게 되었으니 어느 때야 다시 성안(聖顔)을 뵐 수 있겠는지? 왕유가 슬픈 생각에 잠겨 있을 때 문득 뇌해청이 응벽지에서 순절했다는 소식을 들었다. 그 연유를 자세히 캐어 묻고 자초지종을 안 왕유는 몹시 상심하여 하늘을 쳐다보면서 울었다.

이원과 교방에서 익히는 악장 가운데는 자기가 쓴 가사가 많은데, 지금 역적에게 들려줄지도 모른다. 그러면 나의 시가 더럽혀지는 것이 아닌가라고 생각했다.

또 뇌해청이 머리에 떠올랐다.

뇌해청은 비록 이원에 소속되었지만 평소에도 다른 사람들과 같지 않았다. 그는 충의로운 단심(丹心)을 가진 사람이었다. 역적의 광란의 짓거리와 허튼소리를 직접 목격하고 들었으니 격분한 것은 더 말할 것도 없었다. 궁중에 있는 응벽지는 본래 황제가 노는 곳인데, 지금 역적이 거기에다 연회를 차렸다고 하니 참혹하기 그지 없는 일이라 슬픈 생각이 북받쳤다. 거기까지 생각이 미치자 참을 수 없어 지묵을 찾아 시〔凝碧詩(응벽시)〕[136]를 지었다.

〈응벽시〉는 아래와 같다.

〈응벽시〉	〈凝碧詩〉
천하가 상심하고 들불 연기 피는데,	(萬戶傷心生野煙)
백관은 언제쯤 천자를 다시 뵈려나?	(百僚何日更朝天)
가을 홰나무 꽃이 빈 대궐에 지는데,	(秋槐葉落空宮裏)
궁궐 응벽지에서는 풍악을 연주한다.	(凝碧池頭奏管弦)

왕유는 이 시에 자신의 비감한 생각을 썼을 뿐 뇌해청을 찬양한다든가 다른 사람에게 보여주려는 의도가 아니었다. 그러나 안록산에 의해 동경으로 끌려온 악사들은 모두 오래전부터 왕유의 명성을 잘 알고 있었다. 지금 왕유가 낙양 보시사에 갇혀있다는 말을 듣자 절에 자주 찾아와 문안을 드렸다. 그래서 이 시를 보고 서로 읊다 보니 곧장 숙종의 행재소에까지 전해졌다. 숙종이 전

136 〈凝碧詩(응벽시)〉라고 한다. 원제목은 〈菩提寺禁, 裴迪來相看, 說逆賊等, 凝碧池上作音樂, 供奉七人等擧聲便一時淚下, 私成口號, 誦示裴迪〉이다. 이 뜻은 '菩提寺(보리사)에 연금되어 있을 때, 裴迪(배적)이 찾아와 만났는데, 逆賊(역적, 안록산) 무리가 凝碧池(응벽지)에서 풍악을 연주하게 하였는데, 供奉(궁중 악인) 7인이 연주를 마치고 한때 눈물을 흘렸다는 말을 하여, 나는 몰래 시를 읊어(私成口號) 이를 배적에게 보여주었다.' 이다.

해듣고는 몹시 감격스러워했다. 그래서 이따금 이 시를 읊기도 했다. 시 가운데 응벽지란 말이 있어 뇌해청이 순절한 일을 두드러지게 밝혔다고 보았다.

역적을 평정한 뒤에 숙종이 장안에 들어와 순절한 여러 신하들을 표창하게 되었을 때 뇌해청도 그 명단에 들어 있었다. 숙종은 역적에게 투항했거나 잡혀 있었던 관원들을 분별해서 책벌을 안겼다. 왕유도 적에게 투항하지는 않았지만 붙들려 있었으니 형벌 받기 마련이었는데, 왕유의 동생 왕진이 형부시랑으로 있어서 표문을 올려 자기 벼슬을 좌천시키고 대신 형을 속죄해달라고 요구했다. 숙종은 〈응벽지〉 시를 기억하고 있었으므로 황제를 잊지 않은 왕유의 마음을 가상히 여겨 특별히 책서를 내려 면죄하고 본래의 벼슬에 기용했다.

이것은 뒤에 있는 이야기이다.

어떤 이는 순절할 수 있었고,	(他人能殉節)
시로 왕유 명성은 드러났다.	(因詩而益顯)
응당 처벌 받아야 할 몸인데,	(己身將獲罪)
시 때문에 면죄를 받았구나.	(因詩而得免)

안록산은 두 눈이 먼 이후부터 더더욱 난폭해져 부하를 학대하니 모두가 두려워 떨어야만 했다. 안록산의 잔인한 생각으로 남의 미움을 살 일을 많이 저질러 모든 신하의 마음이 안록산에서 멀어

졌다. 전에 가깝던 사람들도 모두 안록산을 원수로 생각했다.

악관이 이미 가득차버렸으니, (惡罐已將滿)
하늘이 먼저 혼백을 빼앗었다. (天先褫其魄)

이후로 어떤 일이 일어날는지, 다음 회를 읽어 보시라.

제94회

안록산은 환관에게 배를 찢겨 죽고, 남제운은 손가락을 물어 잘라서 구원병을 애걸하다.(安祿山屠腸殞命, 南霽雲齧指乞師.)

노래하기를, 詞曰,

역적은 후덕한 임금의 은혜도 배신하더니, (逆賊負卻君恩重)
친자식 반역에 죽는 응보를 받는다. (受報親生逆種)
가문에 반적이 설쳐대더라도, (家賊一時發動)
늙은 목숨을 그냥 죽여버린다. (老命無端送)
막강한 반적이 군사로 포위하나 (渠魁雖珍兵還弄)
강력한 장군은 도움을 주지 않다. (强帥有兵不用)
열사의 끝없는 눈물에, (烈士淚如泉湧)
손가락 자르나 아픈줄 알겠는가? (斷指何知痛)
— 곡조 〈호도련〉 — 調寄 〈胡搗練〉

주군(主君)의 존엄은 하늘이며, 또 부친과 같다. 하늘 뜻을 거스리고 부친의 뜻을 거역하면 죽더라도 용서될 수 없다. 그러나 제왕의 군사에게 도륙당하거나 국법에 의한 처형은 당연한 것이다. 그런 죽음은 역적이 받아야 할 마땅한 결말이지만 역적 안록산은 그 자식에게 죽었다. 신하가 주군을 배신하고, 자식은 돌아서며 제 아비를 살해했다.

반적의 그런 종결은 사람 마음을 통쾌하게, 또는 사람 마음을 두렵게〔寒心, 戰慄(전율)〕 만든다. 악인에 대한 하늘의 응보(應報)는 다른 사람의 손을 교묘하게 이용한다는 말은 아마 안록산을 두고 한 말일 것이다.

나라의 도리를 어기지 않았다고 말하겠지만, (안록산의 아들) 안경서(安慶緖)는 강력한 군사를 보유하였고, 한 지역을 점유하면서도 국가와 백성의 존망(存亡)은 전혀 생각하지 않았다.

오로지 마음에는 사익만을 생각했고, 남을 해칠 생각을 하고 남의 성공을 질시할 뿐, 고립된 본거지에 곧 닥쳐올 위험을 염려하지 않았다.

(반적과 대항하는) 충신과 의사(義士)는 굶주림 속에 성을 지키면서 온몸을 바쳐 싸웠다. 힘이 다하고 마음은 지쳤으며 크나큰 슬픔에 피눈물을 흘렸으니, 이는 오자서(伍子胥)의 배신에 〔초(楚)의 충신〕 신포서(申包胥)[137]가 (군사적 도움을 요청하며) 진(秦)나

137 신포서(申包胥) – 申包胥(신포서, 생졸년 미상)는 楚의 國姓인 羋姓

라 궁궐에서 통곡한 것과 같다.

그래도 (충신을 도와줄) 군사를 움직이지 않으면서 그저 막연(漠然)히 마음의 기쁨과 슬픔〔休戚(휴척)〕에 상관하지 않았기에 결과적으로 성은 함락되었고 군대는 무너졌고 백성은 재앙을 당해야만 했으며 충신의 열사는 죽어갔다. 그렇다면 그런 사람과 난신적자(亂臣賊子)와 무엇이 다른가! 이를 말하면, 가히 머리카락이 하늘을 찌르는 분노를 느낀다.

안록산은 두 눈이 먼 이후에 그 성질이 더욱 난폭해져 좌우에서 시중드는 사람이 조금만 제 마음에 들지 않으면 모질게 채찍질하고 심지어 잔인하게 죽여버렸다.

안록산에게는 잠시도 옆을 떠나지 않고 시중드는 환관이 있었다. 그는 이저아(李猪兒, 돼지 새끼란 의미)라고 불렀는데, 좌우에서 밤낮으로 시중을 들었다. 그런데도 이저아는 밤낮으로 매를 맞아야 했다.

더욱 가소로운 사람은 엄장(嚴莊, 88회 주석 참고)이라는 가장 충실한 대신이었다(어사대부). 안록산의 생각과 맞지 않는 의견을 내기만 하면 채찍으로 얻어 맞았다. 안록산의 성질이 이러하니, 안팎을 막론하고 모두가 안록산에게 원한을 품었다.

(미성)에 申氏, 名은 포서(包胥), 一作 勃蘇(발소), 또는 棼冒勃蘇(분모발소). 春秋 시기 楚國 대부, 申包胥哭秦庭(신포서곡진정) 고사의 주인공. 제43회 주석 오자서(伍子胥)의 내용 참고 바람.

안록산은 깊은 궁궐에 머물기 때문에 문무관원들은 안록산의 얼굴을 보기도 어려웠다. 안록산은 그전에 안경서(安慶緖)를 태자로 세웠는데, 후에 안록산의 애첩인 단씨(段氏)가 경은(慶恩)이라는 아들을 낳았다.

안록산이 안경은의 어미를 좋아하다 보니, 그 아들도 좋아져 경서를 폐하고 경은을 태자로 삼을 생각을 갖게 되었다. 안경서는 아버지의 사랑을 잃었고 이유 없이 매를 맞다 보니 공포에 두려워 떨었으나 뾰족한 수가 없었다.

마침내 엄장을 가만히 궁궐에 불러들여 좌우를 물러가게 하고 만전지책을 알려달라고 하면서 상론했다. 반역을 권유하는데 능숙한 엄장은 근자에 또 안록산한테서 채찍질을 당했던지라 이를 갈며 안록산을 미워했다. 평소에 경서가 천성적으로 우직한 것을 보고 구슬리기 쉽다고 여겨 속으로 이런 궁리를 했다.

'이놈이 아주 단순무지하니, 황제 자리를 일찍 계승할수록 내 마음대로 권세를 부릴 수 있는 세상이 될 거야.'

그래서 지금 안경서가 제발로 찾아와 매달리며 계책을 알려달라고 요청하는지라, 아버지를 죽여버려야 나라를 오래 유지할 수 있는 길이라고 부추기려는 생각을 했다. 그러나 엄장은 제 입으로 패륜을 권장하자니 말하기가 거북스러워 망설이며 침묵을 지켰다.

안경서가 두 번 세 번 거듭 물었다.

"지금 제가 부황에게 욕을 먹고 매를 맞는 것은 별로 개의할 바가 못됩니다. 그러나 작은 아들(安慶恩)을 편애하여 장차 나를 태자의 자리에서 쫓아내려 할 것이요. 먼저 대책을 세워야 시름을 덜 수 있으니 잘 가르쳐 주시기 바랍니다."

그러자 엄장이 격분하면서 슬프게 탄식했다.

"예로부터 어미가 사랑을 받아야 그 몸에서 나온 아들이 자식이라고 했습니다. 주상께서 왕비 단씨(段氏)를 총애하니, 단씨가 낳은 아들을 사랑하게 마련입니다. 장차 태자를 폐하는 일이 꼭 있을 것입니다. 그러니 전하께서는 황위(皇位)를 이어받을 생각은 하지도 마십시오. 폐위되더라도 목숨을 부지하면 그래도 나을 것입니다. 틀림없이 예상 못한 화까지 덮치는 날엔 목숨마저 건지기 어려울 것입니다."

엄장의 말에 안경서가 경악했다.

"아무 죄도 없는 제가 어찌 그 지경까지야?"

그러자 엄장이 말했다.

"전하께서 글을 읽지 않아 지나간 시대의 이야기를 모르고 있습니다. 자고로 세웠다 폐했다 한 일은 부지기수입니다. 폐위당한 자식이 몇이나 생명을 보전했습니까? 꺼리고 혐의를 두면 제거해 버려야 시름을 놓아요. 그러니 유죄 무죄가 문제가 아닙니다."

안경서는 거의 기절(氣絶)할 지경이었다.

"그렇다면 어떻게 해야 되오?"

"부자간이니 아버지의 뜻에 쫓아야지 거역은 못할 것입니다."

"그렇다면, 피할 방법이 전혀 없소?"

"옛사람이 한 말이 있소. 작은 매는 맞고(小杖卽受), 큰 매는 달아나라(大杖卽走)고 했습니다. 하지만 이는 한 집안 부자간의 일이오. 가르치고 독촉하다 부모가 몹시 노할 때가 있소. 곤장을 안겨 죽도록 때렸을 때는 오히려 부모된 쪽에서 후회하고 불안할 것입니다. 또 부모가 인자하지 못하다는 말까지 듣게 되오. 잠시 피하는 것이 좋지요. 큰 매를 안기면 도망치라는 말입니다.[138] 지

---

138 曾子(증자, 曾參)가 오이밭을 매다가, 실수로 그 뿌리를 잘라버렸다. 부친인 曾晳(증석)이 화를 내며 큰 몽둥이로 증삼의 등짝을 후려쳤는데, 증삼은 땅에 엎어져 사람도 몰라보고, 한참 있다가 겨우 깨어났다. 증삼은 겨우 일어나 아버지에게 말했다. "조금 전에 제가 아버님께 죄를 지었고, 아버님께서는 온 힘을 다하여 저를 깨우쳐주셨는데, 어디 아프신 데는 없습니까?" 그리고서는 제 방에 들어가 금(琴)을 타고 노래하여 아버지가 듣고 자기 몸이 괜찮다는 것을 알게 하였다.

이 일을 공자가 듣고서는 화를 내며 문하의 제자들에게 말했다. "증삼이 오더라도 들여보내지 말라." 나중에 공자를 찾아온 증삼에게 공자가 말했다. "너는 알지 못했느냐? 옛날 고수(瞽瞍, 장님)의 아들이 순(舜)이었는데, 순은 아버지를 섬기면서 아버지가 일을 시키려 하면 언제나 그 곁에 있었으나 아버지가 순을 죽이려고 찾을 때면 찾을 수가 없었다. 작은 회초리로 때리면 끝날 때까지 참고 기다렸지만 큰 몽둥이를 잡아들면 도망갔기에, 고수는 아버지 노릇을 못한다는 죄를 짓지 않았고, 순도 아버지에게 할 수 있는 효도를 다하였다. 이번에 너는 부친을 섬기면서 부친의 분노에 너의 몸을 맡겨두고 죽음도 피하지 않았으니, 만약 네가 죽었다면 부친은 不義(불의)의 죄를 지었을 것이니, 이보다 더

금 아버지가 주상인데, 독한 마음으로 그 아들을 죽이려 하십니다. 말 한마디나 종이 한 장만 내보내는 날이면 끝장이 납니다. 갈 곳도 없게 되니 어디로 도망치겠소?"

"내가 나를 구할 수 없단 말인가?"

"신이 바른말로 간언을 올리면 꼭 몽둥이 찜질을 당할 거요. 또 진노할 경우 그 화가 더 빨리올테니 제가 어떻게 구할 수 있겠습니까?"

"저는 적자로서 주군의 자리를 이어받지 못하는 것만도 한스럽기 짝이 없는데, 왜 목숨까지 잃어야 합니까?"

"전하께서 죽음의 화를 면할 수만 있다면 폐위당하는 일이야 생길 수 없지요!"

"좋은 대책을 가르쳐 주시오. 앉아서 죽음을 기다릴 수는 없습니다!"

엄장은 일부러 한동안 망설이는 체하다가 말했다.

"전하, 죽음을 앉아 기다릴 수 없다고 했지요? 속수무책(束手無策)이면 꼭 죽게 되고, 죽지 않으려면 손을 써야 합니다. 속담에 '군왕이 죽으라면 신은 죽어야 하고, 아버지가 죽으라면 아들은 죽지 않을 수 없다(父要子亡 不得不亡).'는 말이 있소. 말이 그렇다지만 사람이 극난에 처하면 하늘이 무너져도 솟아날 구멍이 있

큰 불효가 어디 있겠는가?" 증삼은 이를 전해 듣고 말했다. "제가 큰 죄를 지었습니다."《孔子家語 六本》

습니다(人極則計生). 주상과 당조(唐朝) 황제 사이는 원래 군신관계가 아니었습니까? 더구나 양귀비의 양아들로 되었으니, 군신관계이자 부자관계였습니다. 후에 너무 핍박하는 바람에 견디다 못해 속수무책으로 죽음을 기다리지 않으려고 군사까지 일으킨 것입니다. 그러니 현종도 어쩔 수 없었습니다. 비단 화를 면했을 뿐 더러 성을 함락하고 땅까지 빼앗아 황제가 되었습니다. 평생의 뜻을 펴게 되었으니 얼마나 통쾌한 일입니까? 그렇게 생각해 본다면 아무 일이나 꼭 시세를 가늠하고 과감하게 행동해야 전화위복(轉禍爲福)할 수 있습니다. 단지 전하께서 부득이 해서 내어 놓는 계책대로 하고 만부득이한 일을 할 수 있을지 저는 잘 모르겠습니다."

안경서는 엄장의 말을 듣고 머리 숙여 한참 생각하다가 말했다.

"어사대부께서 저를 위해 말씀하신 방책을 제가 왜 따르지 않겠습니까?"

"그렇지만 꼭 다른 한 사람의 손을 빌려야 합니다. 꼭 환관 이저아(李猪兒)를 이용해야 합니다. 신이 뒤에 알려주겠습니다."

"모든 일은 어사대부께 맡길 것이니 힘껏 도와 주십시오. 질질 끌다간 변괴가 일어날 수도 있습니다."

엄장이 응낙하고 작별한 후 출궁하다가 곧장 궁문 앞에서 이저아를 만났다. 저녁에 시간이 있는 대로 자기 집으로 와달라고 부탁하며 의논할 일이 있다고 말했다.

밤이 되자 과연 이저아가 찾아왔다. 엄장은 밀실에 술상을 차리고 두 사람이 몇 잔 마셨다.

엄장이 웃으며 물었다.

"자네는 근자에, 또 채찍에 몇 번이나 얻어 맞았나?"

이저아가 분개하며 말했다.

"말도 마십시오. 제가 채찍에 얻어맞은 거야 부지기수입니다. 어느 때 가서야 매를 면하겠는지."

"자네는 그렇다 치더라도 별로 재능 없는 나도 늘 얻어 맞았고, 둘도 없이 존귀한 태자도 여러 번 맞았다. 그래서 성인도 말씀하셨다. 군왕은 신하를 예의로 대하여야 하고(君使臣以禮), 아버지는 자애를 베풀어야 한다(爲人父 止於慈)고 했네. 주상의 그따위 짓이 어찌 신하를 대하는 예의이며, 자애로운 아비의 도리라 하겠는가? 지금 천하를 평정하지 못한 마당에 만일 안팎 사람들의 마음이 갈라지면 만사는 끝장이지! 그렇게 생각하지 않는가?"

"태자께서는 아직 잘 모르시는 것 같습니다! 지금 주상은 장자를 폐하고 젖먹이를 세우려 하고(廢長立幼), 적자를 폐하고 서자를 세울〔廢嫡立庶(폐적입서)〕 뜻을 품은 지 오래됩니다. 앞으로 무슨 일이 벌어질지 누가 예상하겠습니까?"

"태자가 모를 리 없네! 낮에 나와 이런 일을 함께 걱정했네. 내가 보건대, 태자는 아주 어진 사람이오. 그가 일찍 즉위한다면 나와 자네에게 모두 이롭지 않겠는가? 채찍에 얻어 맞는 수치만 면하다 뿐이겠나? 어쨌든 묘책을 세워 주상이 자리를 태자한테 물려주게 하는 것이 상책이다.”

그러자 이저아가 손을 내저었다.

“주상이 잔혹하기 짝이 없는데, 언감생심 누가 진언하겠습니까? 이젠 돌려세울 수도 없습니다.”

“그렇게 하지 않으면 될 것 같은가? 나는 대신이니 주상이 얼마만큼이라도 체면이 남아있다면 여러 번 매를 때리기가 미안할 거요. 자네야 본래 환관으로 들어왔지만 앞으로 매 맞는 일은 약과이고 좋아하다가도 갑자기 화를 내는 일이 보통이니, 언젠가는 자칫 목숨마저 잃을 수 있지 않은가?”

이저아가 듣고 저도 몰래 팔을 걷어 올리며 제 가슴을 탕탕 쳤다.

“사람이 태어나 한 번은 죽기 마련입니다. 하지만 아무 죄도 없이 무고하게 ‘죽여주십소’ 하고 목을 들여밀기보다는 하늘과 땅을 놀라게 할 일을 하다가 사지가 찢기는 편이 낫습니다. 그러면 후세에 이름이라도 남길 것입니다.”

엄장은 이저아의 입에서 이런 말이 나오기를 기다렸다가 손뼉을 치며 일어나 말했다.

“자네가 이번 큰일을 주도한다면 죽지 않을뿐더러 새 주상을 보좌해 준 공신으로 되기에 손색이 없다! 자네는 결단할 수 있겠는가?"

"저는 확실하게 결심했습니다. 단지 태자의 뜻이 아닐 경우 부자의 정을 놓고 보아 어찌 저의 헛된 짓을 용서하겠습니까?"

"내가 자네에게 속일 일이 무엇이겠나? 내가 벌써 태자한테 말씀드렸네. 태자는 아버지의 사랑을 잃고 큰 화가 미칠까 봐 날 보고 말했다. '모든 일을 대부에게 맡깁니다!' 나는 자네가 꼭 나와 같은 생각을 하고 있으리라 믿고 자네를 불러 상의한 것이네!"

"그렇다면 질질 끌 일이 아닙니다. 내일 밤 실행해야 합니다. 주상은 이틀 새 눈알이 아파 여자와 동침하지도 않았습니다. 홀로 편전에서 자고 있으니 손쓰기 좋습니다. 하지만 늘 단도를 침상가에 숨겨둡니다. 내일 저녁 그걸 먼저 훔쳐내오면 걱정할게 없습니다!"

이저아는 말을 마치고 돌아갔다.

다음 날, 엄장은 가만히 안경서와 해질 무렵에 만나기로 약속했다. 안경서와 엄장은 각각 단도를 몸에 감추고 여쭐 일이 있다는 핑계로 곧장 편전 대문 안에 들어섰다.

편전에서 당직을 서던 시위도 감히 막아서지 못했다. 그때 안록산은 이미 휘장 속에서 잠이 들었기 때문에 이저아가 칼을 들고 휘장 안으로 들어오는 낌새를 알아차릴 수 없었다. 그리고 안록산은 눈이 멀어 누구인지도 알 수 없었다. 순식간에 이저아는 이불을 제치고 등불 아래 드러난 안록산의 큰 배를 보았다. 그리고 재빨리 단도로 뚱뚱배를 찔렀다. 안록산은 아픔을 참아가며 급히 손을 뻗쳐 침대가에 놓아둔 단도를 찾았다. 그러나 잡히는 것이 없었다.

안록산은 더듬어 침상 머리 기둥을 잡으며 중얼거렸다.

"틀림없이 집안의 도적일 거야!"

그러나 안록산이 몸을 일으키자 배에서 창자와 피가 밖으로 터져 나왔다. 안록산은 소리를 질렀다. 그리고 몸을 한번, 그리고 다시 한번 뒤틀면서 침상에서 굴러 떨어졌다.

오호라, 슬프다. 안록산이여!

이는 숙종 지덕(至德) 2년(757년) 정월이었다.

주군을 배신하고 반역한 안록산, 충신과 우량한 신하들을 도륙했고 양민을 잔혹하게 해친 안록산, 그 죄악이 하늘까지 넘쳤던 안록산은 다른 사람 아닌 아들에게 시해 당하는 응보를 받았고, 천도는 다시 밝게 빛났다. 뒷날 어떤 사람이 〈괘지아(掛枝兒)〉라는 사(詞)로 이를 노래하였다.

안록산아!	(安祿山)
너는 장수규의 앞잡이였었고,	(你做張守珪的走狗)
죽을 죄를 지어	(犯死刑)
말대가리 아래 죽었어야 했다.	(姑饒下這驢頭)
그런데 어찌 강한 군사를 가져	(卻怎敢持兵强)

용쟁호투를 배우려 했고, (要學那虎爭龍鬪)
너는 승냥이 심보가 아니던가? (你不是狼子野心腸)
돼지 머리에 용신(龍身)의 짐승이라 한다. (人道是豬首龍身獸)
오늘 저용(豬龍)으로 화를 끼치다가 (到今日作孽的豬龍)
이제아 손에 죽어 쓰러졌구나! (也倒死在豬兒手)

안록산아! (安祿山)
너는 당 현종의 총애를 배반하였다. (你負了唐明皇的寵眷)
기억 못하나, 어머니께 절을 올리고, (不記得拜母妃)
황제가 아기 목욕 돈을 내려주었으며, (欽賜洗兒錢)
그런데 어찌 연(燕)이 당을 대신하나? (怎便把燕代唐)
천하 강산을 차지하려고 (要將江山占)
가소롭다, 집안 도적을 때린 무거운 채찍, (可笑你打家賊的鞭何重)
너의 배에 찔린 단도를 어찌 못 막았나. (那禁他斲大腹的刀太尖)
몇 말의 창자와 피가 흘렀는데, (則見你數斗的腸流)
왜 한 조각 적심(赤心)도 보이지 않았나! (爲甚赤心兒沒一點)

안록산이 피살되자 좌우의 내시가 놀라 허둥대었다. 아들 안경서와 엄장은 손에 단도를 쥐고서 소리를 내지 말라고 말했다.

여러 내시들은 평소에 안록산에게 채찍으로 맞았기에 그 죽음을 모두가 다행이라 생각하였다. 거기다가 아들 안경서와 어사대부 엄장이 주동하니 누구라도 명을 따르지 않을 수 없었다. 엄장은 사람을 시켜 참상 아래 흙을 몇 자 깊이로 파낸 다음, 군졸이 사용하는 담요에 안록산의 시신을 감싸서 묻어버렸다. 그리고 모든 내시의 입을 단속하였다.

다음 날 안록산의 병이 갑자기 위독하여 안경서에게 전위한다는 책명을 내렸다고 말했다.

이에 안경서가 즉시 황제로 즉위하였다(757년, 연호 天成).

그리고 비밀리에 안록산의 후비 단씨와 아들 경은(慶恩)을 비밀리에 목졸라 죽였고, 안록산을 태상황이라 올리고, 여러 장수들의 직위와 작위를 올려 그들 마음을 기쁘게 하였다.

그런 다음 며칠이 지나 안록산의 죽음을 공식적으로 발표하였다. 그러나 신하들이 입궁하여 통곡하는 일은 금했다. 안록산의 시신은 이미 부패하였기에 서둘러 염을 한 뒤에 발상(發喪)하고 매장하였다.

엄장은 안경서가 무식하고 모자른 사람인 것을 잘 알기에 관원이 불복할까 염려하면서 안경서와 대신의 만남을 자꾸 말리며 제한하였다. 대신 안경서는 날마다 주색에 빠져 날을 보냈다. 아버지가 뽑아놓고 같이 즐겼던 후궁들을 다 차지하고 모두와 함께 음란한 짓거리를 끝없이 되풀이하였다.

그리고 크고 작은 국정에 관한 업무는 모두 엄장이 처리하였다. 안경서는 엄장을 풍후왕(馮詡王)에 봉했다.

엄장은 안경서의 명령이라면서 변주(汴州, 今 河南省 중동부 開封

市) 자사인 윤자기(尹子奇)[139]에게 13만의 대군을 주어 휴양성을 공격케 하였다. 휴양태수 허원(許遠)은 옹구(雍丘, 今 河南省 중동부 開封市 관할 雍丘縣) 방어사인 장순(張巡)에게 구원을 요청했다.

한편 장순은 옹구로 와서 남제운(南霽雲)과 뇌만춘(雷萬春)을 그의 휘하 장군으로 임명했다.

현종의 어가가 서쪽으로 떠날 때 영호조(令狐潮)[140]가 옹구를 공격했다.

장순은 남제운과 뇌만춘, 그리고 여러 장교들을 거느리고 온 힘을 다해 싸웠다. 본래 영호조는 장순과 함께 공부를 했던 터라 사자를 파견하여 투항하라는 편지를 전했다.

편지에서는 옛 교분을 말한 후에 나라의 존망을 가늠하기 어려우니 성을 지켜봐야 하등 이익이 없다며 일찌감치 투항하는 것이 상책이라고 썼다.

장순의 지휘하에 있는 여섯 명의 장군들도 그에게 투항하자고

139 윤자기(尹子奇) – 안록산과 안경서의 신하. 河南節度使(하남절도사). 휴양을 포위 공격했으나 장순(張巡)에게 여러 차례 패전. 남제운(南霽雲)의 화살에 한눈이 빠졌다. 1년 가까이 포위 공격하여 성을 함락시켰고 장순 등을 죽였다. 윤자기는 뒷날 진류군(陳留郡) 백성에게 살해되었다.

140 영호조(令狐潮, 생졸년 미상, 令狐는 복성) – 唐 玄宗 雍丘 縣令. 安史之亂 후에 안록산이 낙양을 점유하고 大燕 황제를 참칭할 때, 영호조는 안록산에게 투항했고, 안록산 군대의 장군이 되었다.

권했다. 그러나 장순은 대노하며 대청에 황제의 화상을 모시고 수하 사람들을 참배하게 했다. 그가 흐느껴 울며 대의를 선양했더니 모두 감격해 마지않았다.

장순은 영호조의 사자를 참수하고 투항을 권고한 여섯 대장도 모두 참수해 버렸다. 이리하여 민심이 한결 더 진정되었다.

그러나 오랫동안 방어하다 보니 성안에 화살이 떨어졌다. 장순은 짚단으로 허수아비 천여 개를 만든 뒤 검은 옷을 입혀 밤을 이용하여 밧줄에 매고 성 아래로 내려보냈다. 적병들이 놀라 마구 화살을 날렸으므로 얻은 화살이 부지기수였다.

다음 날 저녁, 전처럼 허수아비를 내려보냈더니 적들이 모두 웃으며 아무런 방비도 하지 않았다. 장순은 그제야 장사 5백 명을 성 밑으로 내려보내 적의 병영을 공격케 했다. 적들은 갑자기 습격을 당하다 보니 일시 혼란에 빠져 군영을 버리고 도망쳤는데, 적의 사상자가 부지기수였다. 화가 난 영호조는 직접 군사를 거느리고 성을 공격했다.

장순은 뇌만춘에게 성에 올라가 적정을 살펴보라고 했다. 뇌만춘은 형 뇌해청이 순절했다는 소식을 듣고 더없는 슬픔에 잠겨 통곡을 마친 때였다. 그는 절치부심하며 성 위에 올라 고개를 들고 바라보려다가 연속적으로 날아오는 쇠뇌 화살을 방비하지 못했다. 뇌만춘은 얼굴에 화살을 여섯 대나 맞았으나 계속 버티고 서있었다.

영호조는 먼 데서 바라보다가 허수아비가 아닌가 하며 의심했다. 손으로 화살을 뽑자, 온 얼굴이 피범벅이 되는 것을 보고는 뇌만춘이라는 것을 알고 크게 놀랐다.

허수아비를 병졸로 착각하더니, (草人錯認是眞)
이제 사람을 나무로 의심한다. (眞人反疑爲木)
허수아비라고 모두가 비웃었지만, (笑爾草木皆兵)
겸비한 지혜와 용기를 부러워한다. (羨他智勇具足)

잠시 후 장순이 몸소 성곽에 올랐다.

영호조가 성곽 위를 바라보며 외쳤다.

"장장군, 뇌장군을 보니 귀하의 군령이 어떻다는 걸 알만 하오! 하지만 천도(天道)가 어떻다는 것도 알아야 하지 않겠나!"

장순이 말했다.

"귀하가 인륜도 모르는 주제에 천도를 어떻게 알 수 있겠나? 귀하도 평소에 충의를 말했지만, 지금 충의를 어디에 내동댕이쳤는가? 잔말하지 말고 승부를 겨루자!"

그리고서 장순은 군사를 거느리고 나가 싸웠다. 장졸들이 용맹을 떨쳐 앞다투어 적장 14명을 생포하고 8백여 명의 수급을 베었다. 영호조는 패배하여 진류(陳留)로 달아나버렸고 나머지는 사와(沙渦)란 곳에 진을 쳤다.

장순은 밤에 기습해서 크게 무찌르고는 돌아오는데, 기마 초병이 달려와 보고했다.

"적장 양조종(楊朝宗)이 군사를 거느리고 영릉(寧陵)을 기습해 점령하고 우리 귀로를 끊으려 합니다."

장순은 군사를 나누어 옹구를 지키게 한 뒤 자신은 직접 장졸을 거느리고 밤새 달려와 영릉에 이르렀다. 때마침 허원도 군사를 거느리고 왔기에 합세한 뒤, 밤새 십여 차례의 격전을 벌인 끝에 양조종의 적병 수천 명을 참수하였다.

장순의 첩보가 숙종의 행재소(行在所)에 이르자, 숙종은 장순을 하남절도부사(河南節度副使)로 임명하고 허원에게도 작위를 올려 주며 휴양을 지키게 했다.

그런데 반적 윤자기(尹子奇)가 수양을 공격하자, 병사가 부족한 허원은 장순에게 구원을 청했다. 장순은 요충지인 휴양은 꼭 지켜내야 한다고 여겨 영릉에서 3천 명 군사를 이끌고 곧장 휴양으로 이동했다.

그렇지만 허원의 군사까지 합해도 병력은 불과 7천 명밖에 안 되었다. 장순은 남제운과 뇌만춘 등 여러 장군들과 함께 협력하며 출전하여 여러 번 승전했다.

장순은 적장 윤자기를 활로 쏘려고 하였으나 윤자기의 얼굴을 몰라 알아내려고 쑥대를 쏘아 보냈다. 적병은 성내에 화살이 떨어졌다고 의심하며 쑥대를 윤자기에게 올렸다. 장순은 이렇게 해서 윤자기를 알아낸 후에 남제운에게 살을 먹여 한 대 쏘라고 지시했다. 화살은 곧장 윤자기의 왼쪽 눈을 맞추었다.

안록산은 두 눈이 모두 멀었고, (祿山兩目俱盲)
윤자기는 한 눈을 이미 잃었다. (子奇一目不保)
반적의 주군과 신하의 얼굴에 (相彼君臣之面)
부족한 눈알을 어쩔 수 없구나. (眼睛無乃太少)

이때부터 허원은 수비하는 것은 물론 모든 일에서 장순의 지휘를 받았다.

장순은 문무를 겸비하여 잘 싸울뿐더러 모략도 출중했다. 군사를 운용하며 옛 전법(戰法)에만 구애되지 않고 임기응변과 비상하고 빠른 조치로 승리를 쟁취했다. 그는 천성이 충직하고 열화(烈火) 같아서 전장에서 적을 무찌를 때는 노한 눈에 어찌나 몹시 이를 악다무는지 치아가 많이 부서졌다. 하지만 군무가 바쁜 여가를 틈타 그래도 시 읊기를 잊지 않았다. 장순은 성루에 올랐다가 멀리서 들려오는 피리 소리를 듣고 시를 지었다.

잡초가 무성한 곳 수색했더니, (茹蕘試一臨)
적기병 성벽에 붙어 숨어있다. (敵騎附城陰)
풍진 세상을 가려보지 않고서 (不辨風塵色)
천하 인심을 어떻게 알겠는가? (安知天地心)
열린 성문에 변방 달이 밝고, (門開邊月近)
짙은 먼지는 전쟁의 질고이니, (戰苦陣雲深)
아침 저녁에 성루에 오르면은, (旦夕更樓上)

저쪽 멀리서 피리 소리 들린다.　　(遙聞橫笛音)

허원은 전에 휴양성 안에 백여만 석의 군량을 저장했었다. 그런데 그 이후에 종실 번왕(藩王)인 괵왕(虢王)이 허원이 말리는 것도 듣지 않고 절반이나 다른 군에 주어버렸다. 그래서 휴양성에는 군량이 부족해졌다.

군량이 점점 떨어져가자 날마다 병졸 1인에 쌀 한두 홉에 차를 싼 종이와 나무껍질을 섞어서 밥을 지어 먹게 했다. 적병은 더욱 극성스럽게 휴양성을 공격해왔다.

그들은 무지개 모양의 운제(雲梯, 사다리)를 만들고는 3백여 명의 용감한 병졸을 뽑아 그 위에 서있다가 성곽에 밀어 붙여 뛰어들려고 했다.

그러나 장순은 적의 방법을 미리 알아차리고 사람을 시켜 성곽에 구멍 세 개를 뚫게 했다. 운제가 성곽에 접근하면 구멍으로 통나무 장대 하나를 밀어내 운제가 더 접근하지 못하게 하고, 다른 한 통나무에는 쇠갈퀴를 달아 운제를 옮겨가지 못하게 한 뒤에 철통에 화약을 담아 터뜨려 운제의 가운데를 끊어버리게 했다.

그렇게 되자 사다리 위에 있던 적병이 불타고 땅에 떨어져 죽게 하였다. 적들은 또 나무로 나귀를 만들어 그 속에 들어가 성을 공격해 왔다. 그러자 장순은 쇠를 녹여 퍼붓자, 나무 당나귀는 순식간에 타 버렸다. 이렇게 임기응변으로 막아 내며 방어하자 적들은 그 지혜에 탄복하며 감히 진공하지 못했다. 그러나 성 밖에 군영을 계속 설치하고, 포위하였다.

그때 총 원수(元帥)인 허숙기(許淑冀)는 연주군(兗州郡, 今 山東省 서남부와 河南省 동북부 일대)에 있었고, 하란진명(賀蘭進明)[141]은 임회(臨淮, 今 江蘇省 북단 泗洪縣 남쪽)에 주둔하고 있었는데, 그들은 군대를 보유하고 있으면서도 구원하려 하지 않았다.

임회는 수양과 더욱 가까이 있었으므로, 장순은 남제운을 파견하여 군량을 얻어오고 구원병을 요청하게 했다. 남제운은 명령을 받고 30명 기병를 거느리고 성의 포위를 뚫고 달려나갔다. 적 수만 명이 막아 나섰으나 제운이 무찔러 나가면서 좌우로 쏜 화살이 한 대도 빗나가지 않아 적은 줄줄이 쓰러졌다. 이리하여 끝내 포위를 돌파하고 임회에 이르러 하란진명을 만나 눈물을 흘리며 구원을 청했다.

그러나 하란진명은 평소에 허숙기와 화목하지 않았다. 군사를 나누어 줄 경우 적의 기습을 받을까 봐 두려워한 데다, 시기하는 마음에 허원과 장순이 공을 세우는 것이 달갑지 않아서 구원병은 커녕 군량마저 빌려주지 않았다.

허란진명이 말했다.

"지금쯤 휴양이 함락되었을 텐데, 구원병을 파견하고 군량을 꿔줘도 늦을 것이요!"

---

141 하란진명(賀蘭進明) - 하남절도사. 허숙기(許叔冀)와 불화, 장순(張巡)을 시기하여 도와주지 않았다.

남제운이 말했다.

"지금 우리는 휴양을 사수하고 있습니다. 대군이 재빨리 달려간다면 늦지 않습니다. 만약 함락되었다면, 저 남제운이 죽음으로 절도사께 사죄하겠습니다."

그래도 하란진명은 요지부동(搖之不動)이었다.

남제운이 흥분하여 말했다.

"수양과 임회는 순치(脣齒, 입술과 치아)와 다름없습니다. 휴양이 함락되면 그 화가 임회에 미칠 판인데, 왜 구원하지 않습니까?"

남제운은 말을 마치자 하늘을 보며 통곡했다. 화란진명은 그의 충성과 용맹을 생각하여 남겨두려고 온화한 말로 위로하고 연회를 베풀어 환대하며 술을 권했다.

남제운이 통곡하며 말했다.

"제가 떠날 때 휴양성에서는 한 달 이상 끼니를 잇지 못했습니다. 지금 저 혼자 먹자니 어찌 목구멍으로 넘어가겠습니까! 절도사께서 강병을 거느리고 있으면서 고락을 나눌 뜻이 없다면, 어찌 충의지사라 할 수 있겠습니까?"

그리고서는 모진 마음으로 손가락 한 개를 잘라 보이며 말했다.

"제가 주장의 뜻을 이루어주지 못했으니, 이 손가락을 증거물로 남기고 돌아가 주장께 알린 후 함께 죽는 길 밖에 없습니다."[142]

---

142 '남팔남아종불굴(南八男兒終不屈)' 이란 成語(성어)가 있다. ㅡ南八

눈에서 흐르는 눈물과 손가락의 피가 샘솟듯 하여 좌중의 사람들이 눈물을 뿌리지 않는 사람이 없었다. 구원병을 파견 안 하기로 결심한 하란진명은 남제운을 붙들어둘 수 없다는 것을 알고 그대로 돌려보냈다. 실로 천고에 없는 한스러운 일이었다.

오늘 날, 휴양에 있는 장순사당에는 알몸으로 밧줄에 묶인 채 꿇어앉아있는 하란진명의 모습이 섬돌 아래에 있다. 드나드는 사람 모두가 그의 죄를 질책했다.

후세 사람이 〈괘지아(掛枝兒)〉 두 절로 이를 노래하였다.

하란지명아!	(進明呵)
너도 당(唐)의 국록을 먹지 않았는가?	(你也食唐家祿否)
백성은 네가 위급을 보면은	(人望你拯災危)
위험감수하며 구원할 줄 알았었다.	(冒險的求救)
그런데 강한 군사를 갖고서도	(誰知你擁强兵)
끝내 구원하지 않았었다.	(竟不能相救)
구원병을 아니 보내면서도	(不曾見你興師去)
도리어 용사를 남겨두려 했었다.	(倒要將他勇士留)
가련하구나 남씨 여덟 번째야!	(可憐那南八男兒也)
열 손가락 중 아홉 개만 남았구나.	(十指兒只剩九)

男兒는 남제운이다. 형제 항렬이 南氏(남씨)의 여덟 번째라는 뜻. 종불굴은 끝내 뜻을 굽히지 않다.

하란진명아! (進明呵)
너는 천년이나 남이 침뱉는 줄 모르나? (你不顧千年的唾罵)
남제운이 울면서 구원할 때, (任南八苦求救)
말을 들어주지 않았고, (只不聽他)
부릅뜬 눈, 손가락 자르며 이를 악무니 (眼睜睜看他將指頭兒咬下)
그가 공연히 손가락 잘랐다 했지만, (他當時臨去空咬指)
지금 나도 이야기하며 이를 갈겠나니, (我今日說來亦咬牙)
너는 휴양 묘당에 사슬에 묶였으니, (好把你睢陽廟裡鋼人)
누구든 힘껏 너를 걷어차노라. (也盡力的狠敲打)

남제운은 임회에서 영릉으로 달려가 비장(裨將) 염탄(廉坦)과 더불어 수백 기를 거느리고 포위를 뚫고 휴양성 아래에 이르렀다. 그들은 적들과 격전을 벌여 적의 군영을 짓부순 뒤 성안으로 들어갔다. 성안의 백성들은 하란진명의 구원병이 오지 않는다고 말하니 울지 않는 사람이 없었고 더러는 성을 버리고 떠나자는 말까지 했다.

장순과 허원은 여러 사람들에게 간절한 말로 도리를 깨우쳐 주었다.

"우리 휴양성은 부유한 강회(江淮)의 안전을 보장하는 소임을 다해야 합니다. 우리가 이 성을 버린다면 적이 승승장구하여 동남쪽으로 진격할 것인데, 강회를 어찌 지켜낼 수 있겠습니까? 더욱이 우리들은 굶주리고 지쳐 있기 때문에 얼마가지 못하고 헛되이 적들에게 비참한 죽음을 당하게 됩니다. 임회(臨淮)에서 구원해 주지 않더라도 여러 부대 가운데 의리를 지키려는 사람이 없을 수 없습니다. 그러니 성을 굳게 지키며 기다리는 게 옳습니다. 하지만 성안의 양식이 떨어졌으니, 차마 어찌 굶주림과 추위를 함께하자고 그대들을 만류할 수 있겠습니까? 그대들은 지금 편리한 대로 행동하십시오. 우리 두 사람은 조정에서 임명한 관리이기에 우리 강토를 지켜야 할 의무가 있습니다. 우리는 의리상 성을 사수해야지 언감생심 떠난다는 말은 할 수 없습니다."

그 말을 듣고 여러 사람들은 감격하여 힘을 다해 성을 지키겠다고 다짐했다. 차를 싸는 종이마저 다 먹어버리자 전마(戰馬)를 잡아 먹었다. 말을 다 잡아먹자 참새를 잡고 쥐를 잡아먹었다. 그것마저 더 없게 되자, 장순은 자기의 애첩을 죽이고, 허원은 자기 집 상노 아이를 삶아서 장병들에게 먹였다.

모든 장졸은 더욱 감격하여 꼭 죽어야 한다는 것을 알고 절대 투항하려고 하지 않았다. 또 며칠을 견디었다. 장병들은 모두 병으로 허약할 대로 허약해져 더는 지켜낼 수 없게 되자, 적들이 성을 넘어 들어왔다.

장순은 서쪽을 향해 재배했다.

"신은 있는 힘을 다하였나이다. 성을 지켜 조정에 보답하고자 하였으나 뜻대로 되지 못하니 죽어서라도 사나운 귀신으로 변해 적을 무찌르겠나이다."

성경〔盛京, 遼寧省 성회 瀋陽市(심양시)〕에 자인사(慈仁寺)에는 청소보살(青魈菩薩, 魈는 도깨비 소)의 조각상이 있다. 야차(夜叉) 모양으로 붉은 머리에 푸른 얼굴을 하고, 입에는 큰 구렁이(巨蛇)를 물고 있다. 이것은 장순이 말한 것처럼 그가 사나운 귀신이 된 모양이라고 사람들은 말하고 있다.

성이 함락되자 장순과 허원, 그리고 여러 장수들은 모두 붙들렸다. 윤자기는 허원을 낙양으로 호송했고, 장순과 남제운 등 36명은 모두 피살당했다.

장순은 죽을 때까지 태연자약했으며 뇌만춘과 남제운은 죽을 때까지 안록산과 윤자기에게 욕설을 퍼부었다. 나머지 10여 명도 누구하나 굴복하려 하지 않았다.

장순은 먼저 죽으며 충성을 다하였고, (張巡先殞團盡忠)
허운도 따라 죽으며 충절이 올곧았다. (許運後亡亦矢節)
따라 죽은 이 남제운 뇌만춘 이외에도, (從死不獨有南雷)
삼십육 명 지사의 의열(義烈)은 모두 같았다. (三十六人同義烈)

휴양이 함락된 지 3일 후에 하남절도사 장호(張鎬)의 구원병이 도착했다. 원래 장호는 휴양이 위급하다는 소식을 듣고 달려와 구원하려 하였으나 늦어질까 걱정하여 비마(飛馬)를 보내 초군(譙郡)[143] 태수 염구효(閭邱燒)에게 명령하여 그가 거느린 군사를 먼

143 초군(譙郡) – 박주(亳州). 今 安徽省 亳州市 관할 蒙城縣.

저 가서 구원하게 했다. 그러나 염구효는 성질이 오만하고 모진 사람이라 영을 어기고 군사를 움직이지 않았다. 장호가 도착하였을 때는 성이 함락된 지 3일이나 지난 후였다.

장호는 대노하여 군사들을 시켜 염구효를 체포하여 군영 앞에서 참수해 버렸다.

뒷일은 어떻게 되겠는가? 알 수 없나니, 다음 회를 읽어 보시오.

제95회

악공 이씨는 피리 불어 신선을 만나고, 왕적신은 바둑 두는 선녀를 보았다.(李樂工吹笛遇仙翁, 王供奉聽棋謁神女.)

노래하기를, **詞曰,**

신묘한 소리는 신선에 감동 주니, (聲音入妙感仙家)
달밤에 신선이 배를 타고 왔다. (月夜引仙搓)
피리의 결점에 소리도 나쁘니, (只嫌笛管未全佳)
피리가 터지며 모두가 놀랐다. (吹破共嗟訝)
음률의 이치는 선도(仙道)에 통하고, (更驚奔理通仙道)
승부의 결정에 더할 말 없다. (決勝負數著無加)
일상의 전략과 세력 설명에 (止將常勢略談些)
국수는 이미 자부심 가졌다. (國手已堪誇)
— 곡조 〈월중행〉 — 調寄 〈月中行〉

이 세상 인생살이에, 충효나 절의(節義), 그리고 공훈(功勳), 큰 일, 그리고 도덕이나 문장만이 그 아름다운 이름을 오래도록 후세에 전하는 것은 아니다.

바로 미천할지라도 한 가지 기예에 전심으로 수련하여 그 무리의 어느 누구보다도 뛰어나다면 한때 독보적 지위를 누릴 수 있다.[144] 그 기예가 정묘하여 입신(入神)의 경지에 이르렀다면 군주의 부름을 받을 수도 있고, 또 신선에게도 감동을 줄 수 있다. 그런 사람이 경험한 일은 천추에 걸쳐 아름다운 이야기로 전해질 것이다.

하남절도사 장호(張鎬)는 초군(譙郡) 태수 염구효(閭邱燒)를 참살하고 전임 하남절도사 하란진명(賀蘭進明)에게 서신을 보내 휴양의 위급을 구원하지 않은 일을 질책했다.

때마침 조정에서 책명이 내렸다.

장호가 임회에 주둔하고 하란진명은 다른 곳에 주둔하라는 명

---

144 몸에 한 가지 기술이 있다면(一技旁身), 허리춤에 만 관의 돈을 차고 있는 것보다 낫다(勝過腰纏萬貫). 사람이 변변찮은 기술이라도 갖고 있으면 무시당하지 않는다(人有薄技不受欺). 사람이 한 가지 재주를 갖고 있으면 평생 먹고 살 수 있다(人有一藝 終身可靠). 사람이 한 가지 기능이라도 뛰어나다면(人有一技之長), 집에 양식이 없다는 걱정을 안한다(不愁家裏無米糧). 사람이 많아야 한신 같은 인재가 있고, 재주꾼이 많다 보면 제갈량 같은 사람도 나온다(智多出孔明).

령이었다. 장호는 군사를 인솔해서 휴양을 공격하면서 반적의 장수인 윤자기(尹子奇)와 큰 싸움을 벌였다.

윤자기 군사가 한창 장호의 군사와 전투 중일 때, 갑자기 검은 구름이 사방에서 몰려오고 찬바람이 불더니 난데없이 귀신의 울음소리가 들렸다. 반적의 병졸들은 공중에서 귀신 군대가 돌진해 온다고 생각하여 겁을 먹고 달아났다.

의지의 충신은 죽어 사나운 귀신이 되었나, (死爲厲鬼忠臣志)
충성의 혼백을 믿어 신령한 모습을 보였다. (須信忠魂自有靈)

윤자기의 군졸이 뿔뿔이 흩어져 진류(陳留)성으로 달아나다 보니 휴양성을 버리지 않을 수 없었다. 진류의 백성들은 휴양성을 도륙한 것을 증오하고 충신을 해친 것에 울분하면서 갑자기 윤자기를 습격해서 죽여버렸다. 그리고 바로 성문을 열고 관군을 영입했다.

장호는 백성을 안정시킨 뒤 군사 일부를 남겨 지키게 하고, 장졸을 인솔해 임회(臨淮)의 본영으로 돌아갔다. 장호는 휴양성에서 순절(殉節)한 여러 신하들의 행적을 표문으로 조정에 알렸다.

때마침 순절 충신들을 표창하라는 태상황 현종의 친필 조서가 숙종의 행재소에 도착했다.

촉 땅에서 현종은, 늘 잃어버린 양귀비를 그려 슬퍼하며 수심에 잠겨 있었다. 궁궐 악사들은 절반 이상이 흩어졌고 시중드는 사람도 몇이 없어 더욱 우울했다.

다행히 고력사가 밤낮 곁에 붙어 있으면서 현종을 위로해 주었다.

어느 날 안록산이 중묘를 불사르고 종실을 잡아죽였으며, 충신을 학살하였다는 소식을 듣고는 가슴을 치고 슬퍼했다. 그러다가 안록산이 죽었다는 소식에, 현종은 격분을 참지 못하고 탄식했다.

"짐이 그 역적을 내 손으로 살점을 도려 죽이지 못하는 것이 한스럽구나!"

지난 날, 장구령(張九齡)이 '안록산은 반역할 골상이기에 죽을 죄를 용서하지 말아야 합니다.' 라는 예언을 들었더라면, 오늘 이런 환난이 없었으리라!

이런 생각을 한 현종은 특별히 사자를 장구령의 고향 韶州(소주) 곡강(曲江)에 파견하여 제사를 지내게 하고 현종이 직접 지은 친필 제문을 읽게 했다.

그 제문은 아래와 같다.

「지난 날, 경이 안록산은 반역할 골상이기에 죄를 용서하지 말고 신속히 처단하라고 하였소. 짐이 어리석어 충고를 듣지 않고 오히려 음흉한 간신을 소홀히 놓아주고 죽음을 면해준 이후에, 권력이 더 큰 절도사를 제수하여 큰 재앙을 불러왔소. 지난 일을 되새겨보면 정말 후회막급이오. 경이 지금 살아 있다면 짐이 무슨 면목으로 경을 대하겠는가! 충직했던 경이 그리워 눈물이 비오듯 하오. 특사를 보내 제를 올리고 짧은 제문으로 짐의 잘못을 밝히고 경의 선견지명을 찬탄하오. 상향(尙饗)!」

현종은 제관(祭官)을 보내어 장구령에게 제사 지내게 하고 그 유족을 후하게 도와주었다. 이어 친필 조서를 보내 조신들은 모든 순국 충신들을 찾아내어 새 황제에게 알려 빠짐없이 우대해야 한다고 명령했다.

또 뇌해청이 응벽지에서 순절했다는 소식을 듣고 몹시 감개무량해 했다. 이원의 악사인 장야호(張野狐)가 기회를 보아 아뢰었다.

"이원의 옛사람 황번작(黃幡綽)이 적의 무리 속에 갇혀있다가 동경에서 도망쳐 나와 폐하를 무척 뵙고 싶어 합니다. 하지만 적에게 잡혔던 몸이라 폐하께서 죄를 추궁할까 우물쭈물하고 있습니다."

현종이 말했다.

"너희 같은 광대들 모두가 어찌 뇌해청처럼 순절할 수 있겠느냐? 적에게 잡혔다 해도 추궁할 바가 못 된다. 황번작이 도망쳐 왔다면 뇌해청이 순절하던 정경을 잘 알 터이지! 짐이 듣고 싶으니 어서 불러오게 하라."

어명을 받고 좌우 시종들이 금방 황번작을 불러왔다. 황번작은 섬돌 아래 엎드려 흐느끼면서 사죄했다.

현종이 죄를 용서해 주고 물었다.

"뇌해청이 응벽지에서 순절하던 날, 너도 한 자리에 있었느냐?"

"신이 직접 목격하였습니다."

"본대로 자세히 아뢰거라."

황번작은 안록산이 그날 어떻게 연회를 마련하고 풍악을 울린 전말과 여러 악사들이 어떻게 슬픔의 눈물을 흘렸다는 것을 말하고 안록산이 우는 악사를 죽이겠다고 협박했던 사실을 말했다. 또 뇌해청이 어떻게 대성통곡하며 악기를 내동댕이치고 역적에게 욕설을 퍼붓다 죽었는가 자초지종을 아뢰었다.

현종이 탄식했다.

"해청이 그렇듯 충의를 다 지킨데 비하면, (재상 張說의 아들인) 장균(張均)과 장기(張垍, 垍는 굳은 흙 기) 따위는 개나 돼지보다 못하도다!"

현종이 또 물었다.

"그때 너도 울었느냐?"

"그러한 참상을 보고 어찌 눈물을 흘리지 않았겠습니까?"

곁에 서있던 내시 풍신위(馮神威)는 이전에 황번작과 말을 주고받다 놀림을 당한 적이 있었기에 괘씸하게 생각하며 현종에게 한마디 했다.

"폐하, 황번작의 말은 거짓일 수도 있습니다. 소인이 들은 바에 의하면, 황번작이 적굴에 있을 때 안록산한테 잘 아부하였다고 합니다. 안록산이 창호지가 찢어진 꿈을 꾸자, 사방이 밝아질 조짐이라 해몽했고, 안록산이 긴 장삼을 입은 꿈을 꾸자, 번작은 옷을 늘어뜨린 것은 천하를 다스릴 징조라고 해몽해 주었다고 합니다. 이처럼 아첨한 자가 어떻게 눈물을 흘릴 수 있었겠습니까?"

현종이 황번작에게 물었다.

"과연 그런 말을 했었느냐?"

황번작은 본래 우스갯소리나 농담을 아주 잘하는 사람이었다. 평소에 그는 어전에서 익살을 잘 피워 많은 사람을 웃게 만들곤 했다. 그때 황번작은 풍신위의 고자질에 상당히 당황하였다. 그러니 변명을 해도 결과가 신통치 않으리라 생각하고는 태연자약하게 천천히 아뢰었다.

"안록산이 과연 그런 꿈을 꾸었습니다. 저 역시 그렇게 해몽했습니다. 그러나 안록산이 그런 불길한 꿈을 두 번 꾸자, 신은 안록산이 멸망하리라는 것을 알고 제대로 말할 수 없어서 둘러 말했나이다. 그렇지 않으면 화를 입어 하잘 것 없는 목숨이나마 죽게 되면 어떻게 존안을 배알할 수 있겠습니까?"

"두 가지 꿈이 어떻게 불길하길래, 너는 그 놈이 망하리라는 것을 알았느냐?"

"찢어진 창호지는 풀로 붙일 수 없고, 긴 장삼은 손을 내놓을 수 없기에 망할 징조가 아니고 무엇이겠습니까?"

현종이 듣고서는 그냥 껄껄 웃고는 그전대로 어전에서 시중들게 했다.

들은 이야기 남을 웃길 수 있나니, (聞之旣堪爲解頤)
말을 해서 자신이 무죄를 밝혔다. (言者自可告無罪)

그후 현종은 수시로 황번작을 옆에서 시중들게 하며 동서 양쪽 도성의 이야기를 물었다. 황번작은 현종이 슬픔에 잠길까 걱정하며 가끔 우스갯말을 넣어 늘 현종이 웃도록 만들었다.

어느 날, 갑자기 또 옛 이원 사람이 찾아왔다고 했다. 다름 아닌 피리를 부는 악사 이모(李謨)였다.

이모는 어가가 서행(西行)한다는 말을 듣고 하인과 함께 어가를 뒤쫓아갔는데 늦어서 따라잡지 못하고 뒤에 처지게 되었다. 도중에 그는 가서한의 패잔병을 만나 앞으로 나아갈 수가 없어서 깊은 산골로 피신했다. 거기에 오래된 절이 있었는데, 주지는 이모가 황궁의 악사로 황제의 시중도 들었다는 것을 알고, 어쩔 수 없이 잠시 머물게 해주었다.

어느 날 저녁에, 달이 밝고 바람이 잔잔하자 이모는 잠자리에 누웠다. 그러나 마음이 울적해 잠이 오지 않았다. 한동안 바깥을 걸으며 구경한 이모는 행낭에서 피리를 꺼내 홀로 절문 밖에 나가 큰나무 아래 돌에 앉아 피리를 불었다.

맑고 쟁쟁한 피리 소리가 산골짜기에 메아리쳤다. 한가락 다

불자 멀리 숲에서 엄청나게 큰 사나이가 그를 향해 성큼성큼 걸어왔다. 자세히 살펴보니 머리가 호랑이와 같은 사람이었다. 이모는 크게 놀랐다. 호랑이 머리 사람은 흰 적삼에 짧은 바지를 입어 종아리가 다 드러났고 맨발이었다. 그 괴물이 절 대문 문턱에 다리를 포개고 앉아 말했다.

"피리 소리가 정말 신묘하니 한가락 더 불어 주오."

이모는 불지 않을 수 없어서 마음을 단단히 결심한 뒤, 정성껏 한 가락을 다시 연주했다. 범의 머리를 가진 사람은 곡에 취해 문턱에 가로누워 곤하게 잠이 들었고, 이어 코까지 골았다. 이모는 사찰 대문을 지나 들어가려다가 그가 깨어나면 낭패라고 생각하여 사방을 둘러보았으나 숨을 곳이 없었다. 별 수 없어 피리를 숲 속에 감추어 두고 힘껏 큰 나무에 기어올라가 꼬부리고 나뭇잎 속에 몸을 감추었다.

얼마 후 호랑이 머리를 한 사람이 깨어나 이모가 보이지 않자 몹시 후회했다.

"아예 잡아먹을걸, 아쉽게 놓쳐버렸구나."

그가 일어나서 공중을 향해 "어흥!" 하고 울자, 십여 마리의 큰 호랑이들이 뛰어나와 배알하는 것처럼 머리를 숙이고는 발 아래에 엎드렸다.

범의 머리를 한 사람이 말했다.

"방금 피리쟁이가 내가 잠든 틈을 타서 도망쳤다. 내가 문턱을 막고 잤으니 절 안으로는 들어가지 못했다. 틀림없이 다른 데로 도망쳤을 테니 너희들이 갈라져 샅샅이 찾아보아라. 여러 마리의 호랑이들이 사방으로 뛰어갔으나 범 머리를 한 사람은 제자리에 꼼짝도 않고 앉아 있었다."

오경쯤 지나서 호랑이들이 돌아와 사람처럼 말했다.

"사방으로 다니며 뒤졌으나 흔적도 없습니다."

그때 달빛에 나무 위 사람의 그림자를 본 호랑이 머리를 한 사람이 웃으며 말했다.

"번개처럼 사라졌는가 했더니 겨우 여기에 있었구나."

그래서 여러 호랑이들은 나무를 올려보고 이리저리 뛰어오르며 후려치려 했다. 그러나 다행히 그 나무는 대단히 높아서 닿지 못했다. 이모는 겁에 질려 많이 떨었다.

그때 하늘에서 우렁찬 호령 소리가 들렸다.

"그 사람은 폐하의 어전에서 일하는 사람이다. 몹쓸 짐승아, 무례한 짓 하지 마라."

그 소리를 들은 범의 머리를 한 사람과 호랑이들은 모두 놀라 일제히 도망쳤다. 얼마 후 동이 트자, 절에서 하인이 찾아 나왔다. 이모는 나무에서 내려와 숲에 숨겨둔 피리를 찾았다. 다행하게 피리는 놓아둔 자리에 그대로 있었다. 이모는 너무 놀라 며칠을 앓았다.

통소는 봉황을 불러오고, (簫能引鳳)
피리는 호랑일 데려온다. (笛乃致虎)

어찌 우연(虞延)[145]을 알랴?　(豈學虞延)
온갖 짐승이 춤을 춘다.　(百獸率舞)

병이 나아 떠나려 했을 때였다.

관원 황보정(皇甫政, 字는 公理, 생졸년 미상)이 월주자사(越州刺史, 치소 今 浙江省 북동부 紹興市)로 임명되어 임지로 가던 도중에 절에 들어 하룻밤을 지내다가 이모를 알아 보고는 이야기를 나누었다.

어디로 가는 길인가 묻자, 이모가 대답했다

"서행(西行)한 어가를 따라 가려 하오."

"근자에 서쪽 길이 군사들로 어수선하니 모험하며 갈 필요가 없소. 차라리 나와 함께 월주에 가서 잠시 있다가 좀 안정되면 폐하를 찾아가면 어떻겠소?"

이모는 그것이 좋겠다며 주지와 작별하고 황보정을 따라갔다. 월주에 도착 후, 이모는 자사부 관아 안에서 머물렀다.

월주에는 명승지 경호(鏡湖)[146]가 있었다. 황보정은 정사를 보

145 우연(虞延, ?-71年)-후한 초기 대신. 외척의 범죄에 엄격 대응. 뒷날 太尉(태위), 사도 역임.

146 하지장(賀知章, 659-744, 字는 季眞, 晩年號 四明狂客)은 李白(이백, 701-762)의 詩才(시재)를 제일 먼저 알아주었고 연령을 초월하여 깊은 교류를 했던 사람이었다. 李白이 고향 四川(사천)을 떠나와 각지를 유랑하다가 長安(장안)에 처음 도착한 뒤, 하지장을 만나 자신의 〈촉도난(蜀道難)〉을 보여주었다.
하지장은 李白의 시를 읽고 바로 '그대는 이 세상 사람이 아니네

고 난 후 한가하면 이모와 함께 자주 경호를 유람했다.

이모가 말했다.

"호수의 경치는 달밤이 제격이지요."

황보정이 머리를 끄덕였다.

"나 역시 정월 대보름날 밤에 유람하려던 참이오."

이리하여 황보정은 대보름 날에 달이 뜨자 배에 술상을 마련하고 동료들과 이모를 청하여 술을 마셨다. 달빛은 물빛 위에 반짝였다. 물에 잠기는 달빛을 바라보며 호수 한복판에 배를 띄웠더니, 마치 하늘 한가운데서 유람하는 기분이었다. 말하자면, 뒷날 소동파가 지은 〈적벽부(赤壁賦)〉[147]의 정경과 같다 하겠다.

(公非人世之人也). 태백성의 정령이 아닌가?(可不是太白星精耶)' 라고 감탄했다. 이어 '그대는 인간 세계에 유배된 신선이요(子謫仙人也).' 라고 말했다. 이런 사실은 李白의 시에 사실대로 묘사되었다. 이후 李白은 '李謫仙(이적선)' 이며 '詩仙' 이라 불리게 된다. 하지장은 天寶 3年(744)에 사직하고 귀향했다. 경호(鏡湖)는 하지장의 고향인, 今 浙江省(절강성)에 있는 호수이다. 하지장이 辭職(사직)할 때, 玄宗이 '鏡湖' 라 특별히 賜名(사명)해 주었다.

賀知章은 書法(서법)에도 매우 뛰어나 草書(초서)와 隸書(예서)에 능했고 '縱筆如飛(종필여비), 奔而不竭(분이불갈)' 이라는 평을 들었으며, 또 다른 명필인 張旭(장욱)과 사돈관계였기에 당시 사람들이 '賀張(하장)' 이라 불렀다.

147 〈적벽부〉(前赤壁賦) – 北宋 문호 소식〔蘇軾, 1037–1101, 字는 子瞻, 號는 동파거사(東坡居士)〕 – 〈後赤壁賦〉도 있다. 북송 神宗 元豐 2년(1079), 소식은 黃州(今 湖北省 黃岡市)에 유배되었고, 元豐 五年

계수나무 노로 모란 배를 저어, (桂棹兮蘭槳)
달빛 어린 강을 거슬러 올라간다. (擊空明兮泝流光)

관리들은 술이 거나하자, 모두 이모의 기묘한 피리 소리를 듣자고 청했다.

"전년에 근정루에서 한 곡 불 때에 수많은 사람이 숨을 죽였다는 소문이 파다하게 퍼져 절묘함을 알고 있습니다. 오늘 저녁 요행히 만났으니 부탁드립니다."

황보정이 웃으며 말했다.

"이형이 연주할 피리를 제가 가져왔소."

여러 관원들은 모두 기뻐하며 말했다.

"일이 이루어지려니 묘하게 되었군요."

이모가 사양하다가 피리를 불기 시작했다.

피리 소리가 어찌나 기묘하고 아름답던지 심금을 울려주어 듣던 사람들이 혀를 차며 감탄했다. 한 곡을 다 불었을 때 앞에서 작은 배 하나가 나타났다.

한 동자가 노를 젓고 노인이 뱃머리에 서있었다.

"아주 훌륭한 피리 소리군. 배에 올라가 들어도 되겠소?"

노인이 이렇게 말하자, 여러 사람들의 눈길이 달빛 아래 서있

(1082년) '壬戌之秋 七月旣望～', '蘇子與客泛舟遊於赤壁之下'로 시작하는 〈적벽부〉를 지었다.

는 그 노인에게 쏠렸다. 흰 수염이 바람에 날리고 용모가 훤칠했다.

베옷을 입고 갈건을 쓴 것으로 보아 틀림없는 도사 차림새였다. 옷깃을 젖히고 먼지를 터는 모양을 보니 한결 더 명사의 풍모가 완연했다. 과연 돌아보는 눈길이 비범하고 실로 담소하는 품이 속되지 않았다.

여러 사람들은 그 노인을 소홀히 대할 수 없었다. 첫눈에 보통 사람이 아니라는 것을 알아차리고 배에 어서 오르시라며 예의를 갖추었다.

노인이 말했다.

"산속에 묻혀사는 사람이라 당돌하다고 탓하지 말아 주오."

여러 사람들은 읍하고 자리를 정해 앉았다.

그 노인이 말했다.

"우연히 밤에 달 구경을 나왔다가 울려오는 피리 소리를 듣고 염치 불고하고 찾아와 몇 마디 할까 하오."

이모가 말했다.

"변변치 못한 재간인데 별말씀을 다하십니다. 노인장께서 소리를 듣고 찾아오신 걸 보아 음률에 밝다는 걸 알겠습니다. 그 묘리에 대한 가르침을 받으려던 참이었습니다."

"방금 연주한 가락은 〈자운회곡(紫雲回曲)〉이지요. 천궁에서 나온 이 곡을 관인이 묘하게 익혔소. 하지만 어디엔가 북방인 율조가 섞인 건 무슨 까닭인가요?"

"노인장께서는 율조(律調)에 정통하셨군요. 제가 처음 피리를 배울 때의 스승이 사실은 북방 출신이었습니다."

"피리 소리는 맑아야 하오. 그래야 오물과 사악한 걸 말끔히 씻어버리고 바르고 우아해지는 것이오. 북방 음률이 섞여서야 될 말인가요? 제거해야 옳을 것 같소."

이모가 두 손을 맞잡고 말했다.

"가르침을 달갑게 받겠습니다."

"관인께서 연주한 피리는 평소에 늘 쓰는 것인가요?"

"이 피리는 자문운몽죽(紫紋雲夢竹)으로 만든 것인데, 황상께서 하사하셨습니다."

"자문죽(紫紋竹)은 운몽현〔雲夢縣, 湖北省(호북성) 중동부 孝感市(효감시) 관할 雲夢縣〕 남쪽에서 나는데 해마다 7월 망일(望日) 전에 싹 트오. 가령 올 7월 망일 전에 싹이 났다면 꼭 명년 7월 망일 전에 베어야 합니다. 너무 늦게 베면 소리가 탁 트이지 못하고, 너무 일찍 베면 소리가 들뜨게 됩니다. 방금 피리 소리에 들뜬 데가 있는 걸로 봐서는 너무 일찍 벤 운몽 죽인 것 같소. 그러니 흐느러진 가락은 불 수 있으나 금석(金石)의 힘찬 곡을 불면 피리 끝머리가 터지게 됩니다."

좌중은 이 말을 듣고서도 믿지 못하겠다는 표정이었다. 이모도 입으로는 "예, 예" 했지만 속으로는 반신반의했다.

노인이 말했다.

"그대들이 믿지 않으면 내가 한번 시험해 보겠소."

노인은 이모가 불던 피리를 달라고 해서 힘찬 곡을 불었다. 과연 그 소리가 힘차 물속에 있던 교룡이 춤추고 홀로 된 여인을 흐느끼게 할 수 있었다. 이모와 여러 관원은 피리 소리에 넋을 잃었다.

곡이 고조(高調)에 올라 모두 숨을 죽이는데, 갑자기 귀가 째지는 듯한 소리가 울리더니 피리가 갈라 터져 두 조각이 났다. 그제서야 모두 놀라움을 금치 못하며 믿지 않을 수 없었다.

노인이 웃으며 말했다.

"좋은 피리를 망가트려 어쩌겠소? 마침 내가 피리 두 개를 지닌 것이 있으니 하나를 선사하겠소."

노인은 품에서 긴 피리와 약간 짧은 피리를 꺼내더니 짧은 것을 이모에게 주며 말했다.

"한 번 불어 보시오."

이모가 받아 시험해 보니 불기에 알맞아 자기의 피리가 따르지 못함을 알았다. 이모는 재삼 사례했다.

곁에 있던 황보정이 웃으며 말했다.

"예로부터 보검은 장수에게 선물하고(寶劍贈與烈士), 연지는 미인에게 선물한다고(紅粉寄與佳人) 했습니다. 노인장께서 나의 벗과 지음(知音)으로 사귀셨는데, 왜 남은 피리마저 선물하시지 않습니까?"

"아까워서 그러는 게 아닙니다. 기실 이 피리는 인간 세상에서 불 것이 아닙니다. 선사한다 하여도 연주할 수가 없을 것입니다."

"제가 한번 불어 보겠습니다."

노인이 긴 피리를 넘겨주었다. 이모가 여러 번 불어보려고 하였으나 곡이 되지 않고 소리도 잘 나지 않았다.

노인이 말했다.

"이 피리는 인간 세상에서 쓸 수 없기에 소리가 나지 않는 것이오."

"노인장이라야 이 피리를 불 수 있으시다면, 한번 들려주십시오."

그러나 노인이 머리를 저으며 말했다.

"인간 세상에서 불면 안 되오."

"인간 세상에서 불면 어떠한가요?"

"관인이 전날 산속에서 분 것은 인간 세상의 피리인데도 호랑이 요귀가 소리를 듣고 오지 않았던가요? 오늘 이 호수에서 저 피리를 불면 교룡을 놀라게 할 수 있지 않겠소?"

여러 사람들은 믿지 않았다.

노인이 말했다.

"여러분이 듣고 싶다면 한번 불어 보겠소. 그러나 무슨 변이 있더라도 놀라지 마시오."

노인이 그 피리를 꺼내어 불자, 귀를 찌르는 소리가 나서 나무에 깃든 새들이 모두 놀라 푸드득거리며 날아오르며 시끄럽게 재잘거렸다. 몇 가락을 넘기자, 달빛이 흐려지더니 세찬 바람이 일어나고 호숫물이 파도치며 큰 물고기들이 길길이 뛰어올랐다.

배 안에 있던 사람들이 모두 놀라 말했다.

"그만 부십시오."

노인은 껄껄 웃으며 피리를 간직하고 일어나 작별했다. 그는 누구의 만류도 듣지 않았다.

이모가 말했다.

"아직 성함도 묻지 못했습니다."

노인이 웃으며 말했다.

"그날 밤 공중에서 호랑이 요귀를 호령해 쫓은 사람이 나요. 구태여 이름을 더 캐어 묻지 마시오."

말을 마치자 바람같이 쪽배에 올랐다. 동자가 노를 저으니 노인은 나는 듯이 물을 가르며 나아가 순식간에 보이지 않았다. 여러 사람들은 놀랍고도 희한하여 모두 이모의 피리가 묘하게 신선을 불러냈다고 경탄했다.

피리 소리는 호랑이를 불러오고, (笛既能致虎)
그리고 신선도 만날 수 있다네. (亦復可遇仙)
호랑이 떼 신선 두려워 피했고, (虎團畏仙去)
신선은 이모께 새 피리 주었다. (仙還把笛傳)

신선이 준 피리를 얻은 뒤로 이모의 재주는 한결 더 정묘해졌다. 황보정은 그가 어전의 시종인지라, 오래 머물러 있게 할 수 없어 길이 좀 열렸다는 소식을 듣고는 여비를 주어 떠나보냈다. 이모는 며칠 지나지 않아 촉 땅에 이르렀다.

먼저 고력사를 찾아가서 안내를 받고 태상황 현종 앞에 나가 알현했다. 현종은 간난신고를 무릅쓰고 찾아온 것을 측은하게 여겨 의관을 하사하고 의연히 곁에서 시중들게 했다. 이모는 도중에서 신선을 만난 사연을 이실직고했다.

현종은 신선을 아주 숭상하는지라, 그의 사연을 듣고 몹시 감탄했다.

고력사가 말했다.

"소인이 들은 바에 의하면, 한림원의 바둑 공봉(供奉) 왕적신(王積薪)[148]도 오는 길에 신선을 만났다고 합니다."

현종이 말했다.

"짐은 그걸 모르고 있었다. 왕적신이 지금 가까이 있으니 불러서 물어봐야겠군."

그래서 바로 왕적신을 들어오게 했다.

본래 왕적신은 장안 사람으로 명문거족의 후예였다. 어려서부터 바둑을 좋아해 수가 높은 바둑 명수를 찾아 가르침을 받았다. 그는 네댓 명의 귀족 자제들과 이름 있는 정원의 정자에서 술 놀이를 한 적이 있었다.

148 供奉 – 唐朝 皇帝의 시위를 겸하는 文人 또는 예술가. 바둑 공봉이면 황제와 바둑을 두며 놀아주는 파트너. 왕적신(王積薪, 薪은 땔나무 신. 장작) – 唐朝 중기의 바둑 국수.

술 놀이가 한창일 때 갑자기 말을 탄 사람이 정원의 문 앞에 와서 말에서 내린 뒤, 성큼성큼 걸어서 들어왔다. 문관인지 무관인지 알 수 없는 수수한 옷차림을 한 그는 합장하고 말했다.

"여러분의 흥겨운 모임에 방해를 놓지 말아야 할 텐데, 갈증이 나서 그러니 술로 목을 축이게 한 잔 줄 수 없소?"

기골이 장대한 것을 보아 보통 사람이 아니라고 생각한 왕적신은 다른 사람이 입을 열기도 전에 자리에서 일어나 읍하고 그를 상좌에 모셨다. 그 사람도 사양하지 않았다. 왕적신이 큰 잔에 술을 가득 부어 권하니 받아 마시고는 한 잔 더 달라고 했다.

왕적신은 한 잔 더 따르면서 한편 젓가락까지 건넸다. 다른 젊은이들은 귀공자인지라 평소에 안하무인 격이었다. 방금 갑자기 뛰어든 사람이 거만하게 구는 것을 속으로 아니꼽게 여겼지만, 어떤 사람인지 몰랐으므로 직접 누군가라고 묻기도 난처했다.

그중 한 젊은이가 술잔을 들고 말했다.

"우리 여러 명문 귀족 자제 가운데서 가장 귀한 자가 석 잔 술을 마시도록 합시다. 자, 손님이 먼저 말하시오."

그 사람이 웃으며 말했다.

"내가 석 잔 술을 먼저 마시고 말하겠소."

왕적신은 동자에게 술을 따르게 했다. 그 사람은 석 잔 술을 연속 마시고는 자리에서 일어나 읍하며, 여러 사람들에게 말했다.

"나의 고조부도 황제이고, 증조부도 황제였다. 조부도 천자이고, 부친도 천자이다. 본신(本身)도 물론 천자이다."

말을 마치자 그는 성큼성큼 대문 밖에 걸어 나가 말에 오르더니, 나는 듯이 달려가 버렸다. 여러 사람들은 그제야 서로 돌아보며 깜짝 놀랐다.

그때 내시들과 시종 무사들이 말을 타고 와서 황제의 행방을 물었다. 원래 현종의 자주 있는 미행이었다. 그날 그는 변복하고 성 밖에 나가 돌아보다가 우연히 젊은이들을 만났던 것이다.

현종은 이튿 날 고력사를 시켜 술을 권하던 젊은이가 왕적신이라는 것을 알아내고는 특별히 입궐시켜 후한 상을 주며 말했다.

"명문을 앞세우는 여러 젊은이들이 실로 거지상이나, 유독 너만은 속되지 않게 놀아 기뻤다."

이런 사연으로 왕적신은 한림원에서 글을 읽었다. 후에 그가 바둑을 잘 둔다는 것을 알고는 바둑 공봉으로 임명했다.

술 한 잔의 힘이 아니라면, (不因杯酒力)
어찌 군왕을 모실 수 있나? (安得侍君王)

왕적신에게 이런 사연이 있었기에 날마다 황제를 모실 수 있었다.

안록산이 반란을 일으키고 어가가 서행(西行)할 때 많은 관리들이 수행했다. 왕적신은 늙은 하인 하나만 데리고 여러 사람의 뒤를 따랐다. 촉(蜀)에 가는 산길이 험준하여 주숙할 때면 객점은 모두 권신들이 차지해 왕적신은 길가의 민가에 들어 유숙하는 수

밖에 없었다. 어느 날, 큰길에서 좁은 길로 접어들었다가 개울 옆에 난 길을 돌아가다 보니 어느새 황폐한 산간 마을에 들어서게 되었다. 그리고 날이 저물었다. 마을에는 한 집 밖에 없었는데, 그 초가삼간은 사립문이 반쯤 닫혀있었다.

왕적신과 하인은 사립문을 두드리며 하룻밤 묵어가자고 청했다.

안에서 한 늙은 노파가 나오더니 말했다.

"나와 며느리만 있어 손님을 받을 수 없소. 그러나 이곳에 따로 집이 없으니 탓하지 말고 처마 밑 마루에서 하룻밤 지내시오!"

왕적신이 말했다.

"대단히 고맙습니다."

노파는 차와 밀가루 떡 몇 개를 주고 잘 주무시라는 인사를 하고 안으로 들어가 문에 빗장을 질렀다. 왕적신은 고부(姑婦)가 다른 칸에서 문을 잠그고 잔다는 사실을 알았다. 왕적신과 하인은 마루에 누웠다. 늙은 하인은 벌써 잠이 들었으나 왕적신은 이리 뒤척 저리 뒤척이며 좀체로 잠을 이루지 못했다.

그때 문득 시어머니가 며느리에게 말하는 소리가 들려왔다.

"이처럼 좋은 밤에 소일거리도 없는데 바둑이나 한 판 놀아볼까?"

"그것이 좋겠어요."

왕적신은 이상하게 생각했다.

'향촌의 부녀자가 바둑을 알아? 더구나 두 사람이 다른 방에 앉아있으면서 바둑을 어떻게 두어?

왕적신은 일어나 앉아 문틈으로 안을 들여다 보니 불이 없어 캄캄했다. 두 방에는 일찍 촛불을 꺼버렸었다. 별 수 없이 귀를 문틈에 대고 들었다.

시어머니 말소리가 들렸다.

"약자가 선수(先手)지."

며느리가 말했다.

"동 5남 9에 한 알 놓았어요."

한참 후 시어머니가 말했다.

"동 5남 12에 한 알 놓았다."

"서 8남 10에 한 알 놓았어요."

"서 9남 14에 한 알 놓았네!"

바둑돌을 놓을 때마다 깊이 사색하는 모양인지 밤이 깊어 사경이 되어서야 모두 36알을 놓았다. 적신은 빠짐없이 낱낱이 기억했다.

갑자기 시어머니가 웃으며 말했다.

"자네가 졌네. 내가 9집을 더 이겼다."

"한 알 잘못 놓는 바람에 지고 말았어요."

이윽고 방안은 잠잠해졌다.

날이 밝자 왕적신은 옷매무시를 단정히 하고 출입문을 열었다. 시어머니는 귀밑머리가 하얗게 세었으나 풍채가 늠름했다. 절대 산촌의 늙은 여인으로는 보이지 않았다. 왕적신은 며느리를 볼 수 없겠는가 하고 물었다. 시어머니는 며느리에게 길손을 만나보라며 안을 향하여 소리쳤다.

그 며느리는 어떻게 생긴 모습인가? 시골 부녀이지만 화장이나 미모가 사나이 철석간장을 녹일만 했다. 규방 아가씨 못지 않았고 그 태도가 얌전하고 풍만하고 고운 피부에 외모에서 풍기는 기풍은 온화하고 매우 정숙했다.

초양왕(楚襄王, 재위 前 329－263년)이 보았더라면 어김없이 무산(巫山)의 선녀로 보았으리라. 아니면 남교(藍橋)에서 만날 수 있는 운영(雲英)과 같은 미인의 모습이었다.

왕적신은 인사가 끝나자, 바둑 수를 캐어 물었다.

노파가 말했다.

"고부가 고요한 밤에 소일거리가 없어 한번 놀아본 것이오. 어찌 귀한 길손에게 여쭐만한 것이겠습니까?"

적신이 재삼 가르쳐달라고 하자, 노파가 말했다.

"바둑돌이 작기는 해도 그 속에 묘한 이치를 가지고 있습니다. 귀한 손님이 취미 있어 하는 걸로 봐서는 잘 두시리라 생각됩니다. 지금 손님 생각대로 바둑 수를 써보면 제가 보고 혹시나 할 말이 있겠는지 모르겠습니다."

그래서 바둑판을 가져다 놓고 왕적신은 평생동안 익힌 좋은 수를 다 써서 50여 점을 두자, 그 며느리가 미소를 머금고 시어머니에게 말했다.

"이 손님에게 인간 세상의 보통 수를 가르치면 될 것 같습니다."

그러자 노파는 공격하고 방어하며, 치고 빼앗고, 구원하고 미리 방비하는 수를 간략하게 가르쳐주었다. 하지만 그 모든 수가 왕적신이 평소에 생각이 미치지 못하던 것들이었다.

왕적신이 더 가르쳐 달라고 청하자, 노파가 웃으며 말했다.

"이쯤만으로도 인간 세상에서 당할 자가 없을 겁니다! 어가가 이미 앞에서 가고 있으니 관원은 어서 떠나셔야 합니다."

이에 적신은 사례하고 작별했다. 몇십 보나 간 후에 뒤돌아보니 초가집과 사립문은 온데간데없이 사라졌다.

바둑은 태극과 음양의 이치와 상통하니, (弈通太極陰陽理)
예부터 묘수나 비결은 원래 많지 않았다. (妙訣從來原不多)
그저 사람에게 적대하지 말라 가르치니, (好向人間稱莫敵)
그들의 빈칸은 손에 든 막대라며 웃는다. (笑他空爛手中柯)

그때서야 왕적신은 신선을 만났다는 것을 알고 찬탄을 금치 못했다.

왕적신은 그때부터 바둑 수가 기막히게 높아졌다. 현종은 고력사의 말을 듣고 그날로 왕적신을 불러들여 그 일을 물었다. 왕적신은 이전에 있었던 모든 일을 순서대로 말씀드렸다.

그러자 곁에 있던 황작번이 우스갯말을 던졌다.

"바둑을 손으로 두는 것인데, 입으로 둔다? 그들 고부의 일은 정말 알다가도 모를 일입니다."

현종도 웃었다.

"일반 사람들이야 손으로 두면서 보아야 하네. 그러나 신선은 그렇게 노는 게 아니지. 입으로 노니 보지 않아도 되는 것이네."

왕적신이 말했다.

"신이 늘 고부의 바둑 수를 펼쳐놓고 골똘히 생각해 보았으나 아홉 점을 더 이겼다는 뜻이 무엇인지 도무지 알 수 없습니다."

"인간 세상에서 쓰는 수가 아니니 남겨두면 차차 알 사람이 나타나겠지."

"왕적신은 작년에 술을 마시다 폐하를 만나고, 오늘은 바둑의 기연으로 신선을 만났으니 얼마나 훌륭한 상봉입니까?"

현종이 말했다.

"이모가 피리를 불어 선옹(仙翁)을 만났고, 왕적신이 바둑을 두는 고부(姑婦)를 만났지. 그들은 모두 신선인데, 어디 신선인지 알 수가 없구나. 지금 장과(張果), 섭법선(葉法善), 나공원(羅公遠) 같은 이들이 여기에 있으면 그 내력을 알수 있을 터인데. …."

한창 한담하고 있을 때 숙종이 보낸 사자가 와서 영왕(永王) 이린(李璘, 92회 주석 참고)이 반란하여 강남에서 황제라 칭했다고 보고하였다. 현종은 진노하며 어서 군사를 동원하여 진압하라고 명령했다. 며칠 후에 궁중특사 담정요(啖廷瑤)가 숙종이 올리는 긴급 보고 표문을 가지고 왔다. 광평왕과 곽자의가 적을 여러 번 이졌고, 또 회흘(回紇, 위구르)이 전투를 돕고 나섰기에 서경 장안을 수복하였으며, 지금 동쪽으로 진격해 나가 곧 동경을 수복할 것이라고 보고했다.

현종이 크게 기뻐했다.

기쁜 소문 좋은 소식이 연이어 들어오니, (且喜耳聞好消息)
마침 승첩을 알리는 정기를 눈에 보리라. (會須眼看捷旌旗)

어떻게 서경과 동경을 수복할지 알 수 없으니, 다음 회를 읽어 보시라.

제96회

곽자의는 반대를 물리쳐 보은하고, 광평왕은 양경을 수복해 보고하다.(拚百口郭令公報恩, 復兩京廣平王奏績.)

노래하기를,	**詞曰,**
은덕 알아 보답하니 영웅이고,	(感恩思報英雄志)
평생 소원 성취를 바란다.	(欲了平生事)
그 때문에 원한을 사지만	(因他冤陷)
온갖 비난을 물리치고,	(拚吾百口)
은인을 죽음에서 구했다.	(貸他一死)
붕우의 우의도 이러하거늘,	(友朋情誼猶如此)
하물며 신하라면?	(何況爲臣子)
친왕(親王)의 승리를 보고는,	(親王奏凱)
온전히 대장의 도움이라,	(全虧大將)

충성을 함께 서약하였다. (丹誠共矢)

— 곡조〈가성조〉 — 調寄〈駕聖朝〉

예로부터 은덕을 베푸는 사람은 꼭 보은을 바라지는 않고, 보은을 생각하는 사람은 은덕을 잊지 않는다.

전국시대의 위(魏)나라 성문지기였던 후생〔侯生, 후영(侯嬴)〕은 신릉군(信陵君, 89회 주석 참고)에게 말했다.

"공(公)께서 남에게 덕을 베풀었다면, 공께서는 그것을 잊어버려야 합니다. 그러나 다른 사람이 공에게 덕을 베풀었다면, 공은 그 은덕을 잊으면 안 됩니다. 공이 잊지 않는다면 꼭 보은할 것입니다."

공자도 말했다.

"정직으로 원한에 보답하고, 덕행으로 은덕에 보답하여야 한다."[149]

---

149 원문 以直報怨(이직보원), 以德報德(이덕보덕) – 이는《論語 憲問(논어 헌문)》의 구절이다.
어떤 사람이 "나에 대한 원한과 미움을 내가 은덕으로 갚는다면 어떻겠습니까?"라고 물었다. 이에 공자가 말했다. "어찌 은덕으로 보답해야 하는가? 정직한 행실로 원한을 갚고 덕행으로 은덕에 보답해야 한다."
솔직하게 恩怨(은원)은 분명히 해둘 필요가 있고, 시시비비(是是非非)는 확실하게 구분해야 한다. 저쪽이 나에게 원한을 품고 있는데, 내가 잘못이 없다면 그냥 정직하게 대처하면 그뿐이다. 언젠

공자는 보덕(報德)을 정직이 아닌 은덕으로 갚으라고 말했다. 보덕할 때와 보원(報怨)은 같지 않으니, 원한에 대해서는 각박하거나 철저한 응징이 아니라 그냥 나의 올바른 행동(直)이나 대처만으로도 충분하다.

또 원한에는 응당 갚아야 할 원한과 갚지 않아도 될 원한이 있다. 또 일정한 기간 내에 응징할 원한과 일정한 기간에 응징하지 않는 것이 응징일 경우도 있지만, 어떠한 경우이든 올바른 행동(直)이면 된다.

하지만 내가 받은 은덕은 반드시 갚아야 한다. 갚더라도 반드시 후하게 갚아야 한다. 남이 한 것 만큼만 갚아서는 안 된다는 말이다. 한끼 밥을 천냥으로 갚아야 한다. 은덕의 양이나 질을 따져서는 안 된다.

내가 곤경에 빠졌을 때 그가 선뜻 나서서 구해주었다. 가령 형

가는 원한이 풀릴 것이다. 정직한 대처에서 적극적으로 한 걸음 더 나아가 은덕을 베푸는 것이 원한을 씻는데 더 좋다고 말할 수 있겠는가? 저쪽이 나한테 은덕을 베풀었다면 나도 은덕으로 갚아야 한다. 남의 원한을 산 일이 없지만, 내가 남에게 베풀면 그도 언젠가는 나에게 보답할 것이다. 또 조상이 베푼 은덕에 대한 보답을 후손이 받을 수 있다.

하여튼 군자가 덕을 베풀어도 보답을 바라지 않지만(君子施德不望報), 은혜를 입었으면 은혜로(有恩報恩), 덕을 입었으면 덕으로 갚아야 한다(有德報德). 보이지 않는 덕행에는 틀림없이 눈에 보이는 보답이 있을 것이다(有陰德者 必有陽報).

세의 핍박으로 나에 대한 은덕이 성사되지 않았더라도, 나는 그 고마움을 평생 동안 잊지 말아야 한다.

실제로 나를 곤경에서 구해주었다면, 정말 그 사람은 나에게는 생사를 같이하는 혈친(血親)과 마찬가지다. 내가 훗날에 공훈을 세우게 된 것도 모두 그 사람이 베푼 그때의 은덕이 있었기 때문이다.

이렇듯 큰 은혜라면 몸과 가정을 다 버릴 정도로 보답하여도 결코 과분한 것이 아니다. 은덕에 보답하는 뜻을 군신관계에 모두 그대로 적용할 수는 없다지만 신하는 군왕을 보좌하여 나라를 안정시켜야 한다. 난리를 평정하고 위기에서 구출하여, 절세(絶世)의 공훈을 세우고서도 언제나 황제의 은혜를 잊지 않고 힘을 다하여 보답해야 한다.

숙종은 영무(靈武)에서 등극한 이후 곽자의(郭子儀, 697－781년. 83회 주석 참고)를 무부상서(武部尙書, 兵部)로 임명하고 영무 장사(長史) 이광필(李光弼, 708－764년, 90회 주석 참고)을 호부상서(戶部尙書)와 북도유수(北都留守, 太原) 겸 재상급 직위인 동평장사(同平章事)로 임명했다.

또 특별히 사자를 파견하여 이필(李泌, 92회 주석 참고)을 불러오게 했다. 이필의 자는 장원(長源)이고, 경조(京兆, 長安) 사람이다. 태어나 자라며 남달리 총명했고 선골(仙骨)을 타고났다.

어릴 때, 늘 공중에서 선경(仙境)의 음악이 울리면 몸이 둥둥 떠올라 집사람들이 붙잡지 않으면 안 되었다. 이후에 노랫소리가 울리면 집사람들이 마늘을 찧어 하늘에 뿌렸고, 그 이후 음악소리가 점차 끊어졌다.

아주 총명했던 이필은 7살에 시를 지었다. 현종 개원 연간에 조서를 내려 불교와 도교를 아는 사람들을 장안에 불러다 연구하며 토론하게 한 적이 있었다.

그 가운데 원숙(員俶)이라는 동자(童子)가 있었는데, 여러 사람들과 주고받는 말이 청산유수라 현종이 찬탄을 금치 못해 원숙에게 물었다.

"항간에 너처럼 총명한 아이가 또 있느냐?"

원래 원숙은 이필 고모의 아들이었다. 그러니 이필과는 내사촌간이었다.

물음을 받은 원숙이 대답했다.

"저의 외사촌 동생 이필은 저보다 세 살 어리지만 저보다 열배나 더 총명합니다."

현종은 즉시 사자를 보내 이필을 데려오게 했다. 이필은 예의가 아주 밝았다. 그때 현종은 연국공 장열(張說)과 한창 바둑을 두고 있었는데, 현종은 장열에게 문제를 지어내 이필을 시험해 보라고 말하였다.

장열은 '방(方), 원(圓), 동(動), 정(靜)' 넉 자를 내어놓고 이필에게 시를 지으라고 말했다. 이필은 대충 그 방식을 알려주면 그에 따라 짓겠다고 말했다.

이에 장열이 바둑판을 가리키며 말했다.

“바둑판처럼 네모지고(方), 바둑알처럼 둥글다(圓). 움직이면(動) 바둑알이 살고, 정지하면(靜) 바둑알은 죽는다.”

그리고 장열은 그가 아직 어리기에 이해를 못했을 수 있다고 생각하고 말을 덧붙였다.

“나의 뜻은 바둑을 빌어 ‘방, 원, 동, 정’ 넉 자를 풀어보라는 것이다. 결코 바둑에 얽매이라는 것은 아니다.”

“알겠습니다.”

이렇게 대답한 이필은 어렵지 않은 듯, 그 자리에서 말했다.

“네모는 의리를 행함이오(方若行義), 둥근 것은 슬기의 적용이다(圓若用智). 움직임은 재주를 부림이오(動若騁才, 騁은 달릴 빙), 조용함은 의기양양함이로다(靜若得意).

장열은 깜짝 놀라며 말했다.

“나의 어린 벗님이로다!”

장열은 자리에서 일어나 조정에서 신동을 얻었다고 현종에게 축하했다.

> 노신(老臣)도 동자를 소우(小友)라며 칭찬했고, (堪使老臣稱小友)
> 모두가 성주(聖主)의 신동(神童)을 칭송하였다. (共誇聖主得神童)

현종은 후한 상을 주고 한림원에서 글을 읽게 하여 나이가 들면 벼슬을 주려고 했다. 그러나 이필이 재삼 사절하는 바람에 평민의 신분으로 태자와 벗으로 사귀게 했다.

태자는 이필을 무척 가까이하고 좋아했으나 이림보와 양국충은 이필을 꺼렸다. 이필은 이때 물러나온 뒤에 영양〔潁陽, 今(지금의) 河南省(하남성) 중부 許昌市(허창시) 襄城縣(양성현) 일원〕에서 생활하였다.

숙종은 옛 정분을 생각하여 사자를 보내 이필을 황궁으로 청하고, 상빈(上賓)으로 모셨다. 밖에 나갈 때 나란히 말을 탔으며, 한 침실에서 잤으며, 크고 작은 일을 모두 문의하며 우승상(右丞相)으로 봉하려 하였다. 그러나 이필은 굳이 사양하고 흰옷을 입고는 평민 신분으로 숙종을 모시며 수종했다.

어느 날, 숙종은 이필과 함께 말을 타고 군영을 돌아보았다. 군사들이 귓속말로 속삭거렸다.

"본래 누런 옷을 입으면 성인(聖人)이고, 흰옷을 입은 사람은 은사(隱士)라고 했오."

이런 말을 들은 숙종은 이필을 보고 말했다.

"어려운 때에 벼슬로 벗을 난감하게 하고 싶지 않으나 오해를 풀기 위해 자색(紫色, 자줏빛) 옷을 입어야 하겠소."

이필은 하사한 자색 관복을 받을 수밖에 없었다. 숙종은 좌우 시위를 불러 옷을 갈아 입히게 했다.

이필이 관복을 입고 사례하려 하자, 숙종이 웃으며 말했다.

"잠깐, 관복을 입었으니 직무가 없어서야 되겠소?"

숙종은 소매 안에서 미리 준비한 칙서를 꺼내 이필을 참모군국원수부행군장사(參謀軍國元師府行軍長史)로 봉한다고 선포했다.

그래도 이필이 또 사절하자, 숙종이 말했다.

"짐이 벗을 난처하게 하려는 뜻은 아니오. 함께 지금의 이 어려운 난관을 타개하자는 생각이오. 난을 평정한 후면 높은 뜻을 좇아 마음대로 하오."

이필은 어명을 수용했다. 숙종이 (次子인) 건녕왕〔建寧王, 倓(고요할 담)〕을 대원수로 삼으려 할 때, 이필이 말했다.

"건녕왕은 대원수로 적합합니다. 그러나 광평왕(廣平王 淑, 뒷날 代宗)은 장자(長子)입니다. 건녕왕이 공을 세우면 광평왕을 오태백(吳泰伯)처럼 만들려 하십니까?"[150]

"광평왕은 후계 태자인데, 원수 자리를 중히 보겠소?"

"광평왕은 아직 태자로 정해지지 않았고 때가 비상 시기라 인심은 원수에게 쏠리게 마련입니다. 또 건녕왕이 공을 세웠는데, 태자로 봉하지 않으면 같이 공을 세운 자들이 가만 있지 않을 것

---

150 태백(泰伯, 一作 太伯) — 周(주) 왕조의 윗대 조상인 古公亶父(고공단보, 姓은 姬)의 長子(장자)였는데, 고공단보는 셋째 아들 季歷(계력)의 아들인 昌(창, 뒷날 文王)이 계승하기를 원했다(昌의 아들이 뒷날 周를 건국한 武王 發이다). 그래서 태백은 동생 仲雍(중옹)을 데리고 周를 떠나갔고, 계력이 부친의 지위를 계승했다. 태백과 중옹은 당시에 야만인의 땅인 長江 하류에 자리를 잡고 吳를 건국했다. 공자는 '泰伯(태백)을 至德(지덕)이라 부를 수 있으며, 천하를 세 번이나 말했다. 양보했지만 백성은 그런 내용을 잘 몰라 칭송하지도 못한다.' 고 말했다.(《論語 泰伯》 子曰, "泰伯, 其可謂至德也已矣. 三以天下讓, 民無得而稱焉.")

입니다. 태종 황제나 태상황의 일이 바로 그렇지 않았습니까?"

숙종은 머리를 끄덕였다.

"경의 말이 옳소. 짐이 생각해 보겠소."

이필이 물러 나오자, 건녕왕이 기다리다가 사례했다.

"어전에서 하신 말씀이 저의 생각과 같습니다. 앞으로도 잘 명심하겠습니다."

"전하께서 이렇듯 효성과 우애를 다하니 참으로 나라의 복입니다."

이리하여 숙종은 광평왕을 대원수로 봉하고, 곽자의와 이광필이 거느리는 군사를 통솔하게 했다.

그때 이광필(李光弼)은 태원(太原)에 주둔하고 있었는데, 수하의 정예부대를 삭방(朔方)으로 보내고 남은 병사는 1만여 명 밖에 안 되었다. 적장인 고(故) 안록산의 부장이었던, 사사명(史思明)이 10만 군사를 거느리고 와서 태원을 공격하려고 했다. 수하의 장수들은 모두 성을 높이 쌓고 기다리자고 했다.

그러나 이광필이 말했다.

"태원성은 주위가 40리나 되기 때문에 높이 쌓기도 힘듭니다. 적이 곧장 쳐들어오는데, 성을 쌓는 역사(役事)를 벌인다면 적이 도착하기 전에 우리가 먼저 지치게 됩니다."

이광필은 병사들을 시켜 성 밖에 참호를 파고 보루를 수천 개 만들어 적을 성 밖에서 맞이하도록 했다. 참호에서 파낸 흙은 성의 방어를 튼튼히 하는 데 썼다. 적은 몇 달 동안이나 공격했지만 빈틈을 찾아내지 못했다.

이광필은 돈을 주조하는 장인 삼형제를 찾아 후한 상을 주고는 지하도를 파는 기술로 동료들을 거느리고 적군 가까이 까지 지하도를 파게 했다. 적의 장수 한 명이 머리를 쳐들고 성루의 병졸들을 욕하자, 광필은 병졸을 지하도로 보내 다리를 끌어들여 붙잡아와서는 성루에 올려 참수했다. 그후 적들은 걸음을 옮길 때마다 머리를 숙여 땅을 주시해야 했다.

이광필은 또 대포를 만들어 큰 돌을 쏘아 한번에 수십 명씩 쓰러뜨렸다. 그때마다 적들은 몇십 걸음씩 물러섰다. 광필은 성에 군량이 떨어졌다며 사자를 보내 가짜 항복을 하고 정한 날에 성문을 열겠다고 약속했다.

안록산의 부하 사사명(史思明)은 정말인 줄 믿고 방비를 늦추었다. 한편, 이광필은 남몰래 병졸을 지하도로 보내 나무로 입구를 막게 하고 2천 명의 병졸을 항복하는 것처럼 꾸며 성문을 열고 나가게 했다. 적들은 이것을 보고 기뻐하다가 영채가 무너지는 바람에 수없이 많이 죽었다. 적들이 놀라 어쩔 바를 몰라할 때 이광필은 군사를 풀어 1만여 명을 살상했다.

사사명은 남은 병사를 이끌고 후퇴했다. 이광필은 조정에 승리의 첩보를 올렸다. 태원이 포위되어 공격을 받고 있다는 소식을 듣고 구원병을 파견하려던 광평왕은 첩보가 들어오자 그만두었다.

곽자의는 서경 장안과 동경 낙양 사이에 있는 하동(河東)에 진을 치고 두 수도를 수복하려고 했다. 그때 하동을 점령하고 있는 장수는 적장 최건우(崔乾祐)였다. 곽자의는 비밀리에 하동으로 사람을 보내 적들에게 눌려있는 당 조정의 관리들의 내응(內應)을 약속했다.

최건우는 내외 협공을 막아내지 못하고 성을 버린 채 도망쳤다. 곽자의가 추격하여 수많은 적을 무찌르자 최건우는 홀몸으로 도망쳤고, 하동은 수복, 평정되었다.

예부터 곽자의 이광필은 명장이었으니, (從來郭李稱名將)
이번엔 전투와 방어로 승전을 상주하네. (戰守今朝各奏功)

숙종은 곽자의를 천하병마부원수로 봉하여 양쪽 수도를 수복할 생각을 하고 있었는데, 갑자기 (숙종의 이복 아우인) 영왕(永王) 이린(李璘, 92회 주석 참고)이 강릉에서 반란을 일으켜 황제를 참칭했다는 소식을 들었다.

강릉을 지키고 있던 영왕 이린은 군사력과 재력을 믿고 제멋대로 놀던 차에 영무에서 숙종이 등극했다는 소식을 들었다. 이후 여러 번 장수와 관리들을 불러 "태자가 황제로 자칭하였는데, 장강(長江) 이남을 차지하고 있는 나는 왜 황제가 못 되겠는가?" 라고 의논했다.

한창 반란을 모의할 때 숙종은 영왕이 방종한 것을 꺼려 강릉을 떠나 촉 땅으로 이동하라고 명령을 내렸다. 영왕 이린은 명령을 받들지 않고 반란을 일으켜 황제라 칭하면서 제 딴에는 이름 있는 지사들을 불러 백성들 속에서 명망을 높이려고 했다.

그때 이백은 여산(廬山)[151]에 은거하고 있다는 소문을 듣고 강릉서 멀지 않으니 사자를 보냈다. 이백은 처음에는 부름을 거절했다.

그러자 영왕은 사람을 시켜 이백이 유람하는 틈을 타 길목을

---

151 여산(廬山)－江西省 북부 九江市에 있으며 주위가 250리나 된다. 周 武王 때, 匡裕(광유) 형제들이 도술을 익히며 이곳에 오두막을 짓고 숨어살았으므로 廬山(여산) 또는 匡廬山(광려산)라고 한다.
여산은 '雄(웅장), 奇(기이), 險(험준), 秀(수려)'로 유명하며 보통 '광려기수갑천하(匡廬奇秀甲天下, 광려산의 기이함과 수려함은 天下의 으뜸이다)'로 통한다. 여산은 長江의 남쪽, 중국 최대의 담수호인 鄱陽湖(파양호) 平原의 北部에 자리하고 香爐峯(향로봉) 등 유명한 봉우리가 많으며 가장 높은 漢陽峯(한양봉)은 높이가 1,426미터이다.
廬山은 동시에 文化名山으로 중국 山水文化와 역사의 축소판으로 동진 이래 저명한 文人, 고승, 정치인물들이 여기에 족적을 남겼다. 여산을 읊은 시가가 4,000여 수나 된다는 그들의 자랑이 꼭 과장만은 아닐 것이다. 司馬遷(사마천), 陶淵明(도연명), 王羲之(왕희지), 慧遠(혜원) 이외에 李白, 白居易(백거이), 蘇東坡(소동파), 성리학자 朱熹(주희)는 물론 蔣介石(장개석, 장제스), 毛澤東(마오쩌둥) 등이 모두 여산과 관련이 있다. 李白은 〈望廬山瀑布〉에서 "日照香爐生紫烟, 遙看瀑布挂前天. 飛流直下三千尺, 疑是銀河落九天."이라고 읊었다.

지키다가 잡아오게 하였고 관직을 제수하려 했다. 이백이 한사코 거절하자, 그의 뜻을 꺾을 수 없다는 것을 알고, 영왕 이린은 이백을 연금하고 여산으로 돌아가지 못하게 했다.

숙종은 영왕이 반란했다는 소식을 태상황 현종에게 알리는 한편, 회남(淮南) 절도사 고적(高適)[152]과 부사 이성식(李成式)에게 토벌하라고 명령하였다.

그때 내시 이보국(李輔國)[153]이 궁중에 있었고 숙종의 총비인

152 高適(고적, 706－765, 字는 達夫)－唐의 변새시인(邊塞詩人)으로 岑參(잠삼)과 함께 '高岑(고잠)'으로 병칭된다. 고적은 매우 궁곤하게 출생하여 빌어먹으며 생활한 적도 있었다고 한다. 현종 天寶(천보) 8년(749)에 封丘縣尉(봉구현위)로 관직에 들어선 뒤 주로 변방에서 생활하였다. 고적은 비교적 늦게 시를 짓기 시작했다고 하는데, 변방의 생활 이야기, 병졸들의 감정, 젊은 부녀자들의 소회를 그린 작품이 많다. 〈燕歌行(연가행)〉은 이러한 고적을 대표할 수 있는 작품이다. 고적은 숙종을 거쳐 代宗 때 西川節度使(서천절도사)가 되었는데, 代宗(대종) 廣德(광덕) 원년(763) 이후 吐蕃(토번)의 공격이 있었고 고적은 자신의 병력을 거느리고 출전하였으나 성공을 거두지 못했다. 나중에 형부시랑과 左散騎常侍(좌산기상시)를 역임하였는데 관직 생활이 가장 순탄했다고 알려진 詩人이다.
고적은 李白, 杜甫와 교우하였으며 그의 시는 강개, 호방하며 기상이 높아 기골(氣骨)을 겸비하였다는 평가를 받는다. 고적은 악부시 형식을 즐겨 채용하였는데, 그의 작품을 모은 《高常侍集(고상시집)》이 전한다.

153 이보국(李輔國, 704－762년, 本名 靜忠)－당 숙종 때 국가권력을 장

장양제(張良娣)가 권력을 흔들고 있었다. 적에게 투항한 내시 변영성(邊令誠)은 적의 미움을 받아 도망쳐 숙종의 행재소로 찾아왔다. 그는 이보국에게 얹혀 있으면서 또다시 써주기를 기다렸다.

이필이 이것을 알고 말했다.

"태상황의 신임을 얻어 밖으로는 병권을 장악했고 안으로는 궁궐을 도맡아보던 변영성이 적에게 투항하여 궁궐 내 열쇠를 내놓았으니 그 반역죄를 마땅히 징벌해야 합니다."

숙종은 적에게 항복한 자들에게 경종을 울리기 위하여 변영성을 참수했다.

이렇게 되자, 이보국이 상주했다.

"한림학사였던 이백은 지금 역적 영왕 이린을 위해 계책을 세워주고 있습니다. 형부에 알려 역적으로 지목해 두었다가 나라가 태평해지면 법에 의해 죄를 다스려야 합니다."

무엇 때문에 이보국이 갑자기 이런 말을 상주하였겠나? 그것

악한 환관. 王의 작위(博陸郡王)를 받은 환관. 처음에는 高力士의 시중을 들며 궁중에서 생활. 추한 외모나 文字에 정통했다. 寶應 元年(보응 원년, 762년)에 숙종이 위독할 때, 숙종의 총애를 받던 황후 장량제가 태자를 바꿔치려 하자, 이보국이 환관을 동원하여 황후 장양제를 죽이고 태자를 옹립하니, 이가 代宗이다. 그러나 이보국은 대종의 명에 의거 처형되었다.

은 성품이 고상한 이백이 장안에 있을 때 거나하게 취한 끝에 시 읊기를 좋아하며 내시들은 거들떠보지도 않아 그들의 미움을 샀기 때문이었다.

이보국이 기회를 노려 탄핵을 제출한 것은 첫째로 개인적인 원한을 풀려는 욕심이었고, 둘째로 조정의 역적 징벌의 뚜렷한 뜻에 꿰어 맞춰 자신의 발언권을 키우려 했으며, 셋째로 이필이 변영성을 참수하자는 주장을 괘씸하다고 생각했기 때문이었다.

이보국이 이백을 탄핵하자고 한 일은 문사들이 태상황 현종의 총애를 받았으나 역적을 따른 것은 피하지 못했으니, 내시들만 나쁘다고 할 수 없다는 것이다. 이보국의 말을 듣고 난 그날 숙종은 법사(法司)에 알리라고 명했다.

궁중의 이런 소식을 듣고 곽자의는 크게 놀랐다. 곽자의는 생각했다.

'지난 날 이백이 나의 목숨을 구해준 은혜를 갚지 못했는데, 어찌 오늘 일을 보고만 있으랴?'

곽자의는 그날 밤으로 표문을 작성하고 이튿날 어전에 엎드려 올렸다.

그 표문의 내용은 대략 아래와 같다.

「신이 삼가 아뢰고 싶은 것은 전 한림 시인 이백은 태상황과의 우연한 상봉으로 높이 쓰일 수 있었으나 영화를 버리고 여산에 은거하였습니다. 이것만으로도 그의 사람됨을 알 수 있습니다.

그러나 오늘 불행하게도 역적에 협력했다는 의심을 받고 있습니다. 들리는 말에 의하면, 처음부터 영왕 이린의 초빙을 거절하였으나 붙잡혀갔다고 합니다. 또 여러 번 벼슬을 제수하였으나 모두 거절했다고 합니다. 몸이 연금당했으나 추호도 항복할 마음이 없는데, 이를 아뢴 자는 무턱대고 반역이라고 몰아가는 것은 지나친 조치입니다. 신이 많은 말로 그를 담보하기는 다른 뜻이 없습니다. 이백이 신에게 은혜를 베푼 적이 있지만 신은 사사로운 은혜 때문에 이백을 두둔하는 것이 아닙니다. 난이 평정된 후 많은 사람이 본 것을 증거로 삼아 유죄 무죄를 판단해야 합니다. 신이 말한 것이 사실이 아니라면, 臣은 두말 없이 국법의 징벌을 받겠습니다.」

숙종은 표문을 읽어보고 사법 당국자에게 명령해 곽자의의 상주를 보관하게 했다. 난이 평정되면 사실을 밝혀 처리하기 위해서였다. 후에 영왕 이린은 패전하고 자결했다.

그때 강릉 지역에서는 반역한 사람을 판결하기 전에 잡아 가두었는데, 이백 역시 심양(潯陽, 今 江西省 북부 九江市)의 옥에 갇혀있었다.

조정에서는 곽자의가 담보를 선 바 있었기에 관원을 파견하여 조사하게 했다. 조사 결과 이백은 협박을 받았기에 다른 반역자와 달리 죄를 저감해 주어야 한다는 결론을 내렸다. 어명에 의해 이백은 야랑(夜郎, 今 貴州省 중부 安順市 관할 關嶺縣 부근)으로 귀양을 가게 되었고 다른 반역자들은 모두 참수되었다.

그후 숙종 건원 연간(758-760년)에 특사령으로 이백은 풀려났다.[154] 나왔는데, 당도현(當途縣)[155]에 이르러 배에서 달밤에 술을 마시던 중, 물속의 달을 건지려다가 빠져 죽었다.[156]

---

154 이백은 759년 3월에 巫山(무산)을 지날 무렵 사면이 되었다는 소식을 듣는다. 이백은 즉시 배를 돌려 금릉(金陵)을 향하게 된다. 이때 이백은 59세의 만년이었다. 이때 지은 시가 千古絶唱(천고절창)인 〈早發白帝城(조발백제성)〉이다. 이 시는 '歷代七絶第一(역대칠절제일)' 이라는 찬사를 듣는 명작이다.

〈새벽에 백제성을 출발하다〉	〈早發白帝城〉
아침에 붉은 구름 낀 백제성을 떠나서	(朝辭白帝彩雲間)
천리나 되는 강릉길 하루에 도착했다.	(千里江陵一日還)
양쪽 언덕에 원숭이 울음 그치지 않고,	(兩岸猿聲啼不住)
배는 가볍게 만겹의 산을 벌써 지났다.	(輕舟已過萬重山)

155 당도현(當途縣)-安徽省(안휘성) 동남부 馬鞍山市(마안산시) 관할. 江南水鄕(강남수향)으로 風光(풍광)이 수려한 지방이다. 여기 우저산 아래로 長江이 흐르는데, 험한 산이 長江으로 툭 튀여 나왔고 그곳을 采石磯(채석기, 磯는 강가의 자갈밭)라고 부른다. 李白의 〈우저에서 야박하며 회고하다(夜泊牛渚懷古)〉가 유명하다.

156 李白은 肅宗 寶應(숙종 보응) 원년(762)에 族叔(족숙)이지만 자신보다 나이가 어린 當涂(당도) 현령이며 명필로 알려진 李陽冰(이양빙)을 찾아가 의지한다. 거기서 병이 깊어 다시 일어나지 못하고 이양빙에게 시고(詩稿)를 정리해달라고 부탁한 뒤에 죽는다. 이양빙은 이백의 詩를 모은《草堂集(초당집)》의 서문에서 이백이 병사했다고 분명히 기록하였다. 그러나 중국인들은 이백의 평범한 병사를 믿고 싶지 않았을 것이다.

그때 강가에 있던 사람들은 이백이 갑자기 고래를 타고 하늘로 오르는 것을 보았다고 한다. 이것은 물론 후세 사람들이 지어낸 전설이다.

은덕에 필히 보답해야 영웅이거늘, (有恩必報推英傑)
무죄에 멀리 유배간 이백(李白)을 탄식한다. (無罪長流歎謫仙)
영웅은 가정 대신에 옛 은덕 갚으니, (英傑拼家酬昔日)

전해 오는 이야기로, 이백은 '宮錦袍(궁금포)를 입고 采石江(채석강)에 유람하면서 당당히 온 세상을 압도하듯 마음껏 흥에 겨워 술을 마셨는데, 취해서 달을 건지려 물속에 뛰어들었다가 죽었다.' 고 한다. 이를 '攬月落水(남월낙수, 攬은 잡을 남)' 라고 하며, 지금의 安徽省(안휘성) 마안산시(馬鞍山市) 采石磯(채석기, 磯는 자갈밭 기)란 곳이 바로 李白이 달을 건지려 했던 곳이라고 한다.
宋나라 洪邁(홍매)도 그의 《容齋隨筆(용재수필)》에서 같은 이야기를 기록하였는데, 다만 이야기 앞에 '世俗言' 이라는 말을 첨가하였다. 당도현 青山風景地區에 李白의 묘원(墓園)이 있다.
李白의 詩 〈月下獨酌(월하독작)〉과 〈將進酒(장진주)〉에서도 보았듯이 李白은 술을 정말 좋아했다. 밝은 대낮에 마시는 술보다 달을 보면서 마시면 훨씬 운치가 있다. 李白의 음주는 '狂飮(광음)' 이란 표현이 더 좋을 것이다. 광음은 난폭한 폭음이 아니다. 광음은 술이 너무 좋아서 또 술 마시는 자리가 정말 흥겨워서, 그리고 술을 함께 하는 사람들을 진정 좋아하기에 마음껏 크게 마시는 술이다. 그러한 李白이 어찌 달을 좋아하지 않을 수 있겠는가? 하여튼 중국인들이나 술을 좋아하는 사람들은 '객지에서 쓸쓸한 病死(병사)' 보다는 '술에 취해 물속의 달을 건지려 했던 낭만적 죽음' 으로 이백을 기억하고 싶었을 것이다.

이백은 세상 싫어서 다시 승천했다. (謫仙厭世再昇天)

이는 다시 거론하지 않는다.

숙종은 광평왕을 대원수로 봉한 후 이내 태자로 세우려고 했다.

이필이 말했다.

"폐하께서 영무에서 즉위한 것은 군무(軍務)를 빨리 처리하려는 뜻이었습니다. 그러나 태자 책립은 태상황에게 문의해야 합니다. 이렇게 하지 않으면 후세 사람들이 어떻게 폐하의 마음을 알겠습니까?"

광평왕도 사양하고 나섰다.

"폐하께서 아직 태상황을 아침저녁으로 섬기지 못하고 있는데, 신이 어찌 태자가 될 수 있겠습니까?"

그래서 숙종은 태자를 세우는 일을 잠시 뒤로 미뤘다.

그러자 건녕왕이 이필에게 말했다.

"우리 형제는 이보국과 장양제의 미움을 사고 있습니다. 두 사람은 표리가 부동합니다. 저는 일찌감치 이런 해악을 제거해 버리기를 바라고 있습니다."

"그 일은 신이 알바 아니니, 더 말하지 마십시오."

그러나 건녕왕은 권고를 듣지 않고 숙종 앞에서 여러 번 두 사람의 많은 죄악을 직접 말했다. 그러자 그들 두 사람이 서로 짜고서 건녕왕이 태자 자리를 빼앗기 위하여 광평왕을 모살하려 한다고 모함했다. 분노한 숙종은 즉각 건녕왕에게 자결하라는 어명을 내렸다. 이필이 간언을 올려 제지시키려 했으나 이미 때가 늦었다. 애석하게도 현명한 왕자가 모함을 받아 일찍 저세상으로 가고 말았다.

숙종이 태자로 있을 때 이림보가 미워하여 겪은 시련을 왜 교훈으로 삼지 못했던가? 오늘 강력한 반적을 물리치기 전에 현명한 아들을 먼저 죽이다니 어쩌면 이렇게 무지한가! 후세 사람이 시를 지어 탄식했다.

참언 믿고 아들을 죽이다니, (信讒殺其子)
나쁜 선례 태상황 만들었네. (作源自上皇)
아비 숙종 잔인한 마음이라, (肅宗心忍父)
건녕왕 가련히 목숨 잃었네. (可憐建寧王)
기억 못하나, 동궁의 시절에 (不記在東宮)
수시로 재앙 당할 뻔 했었지. (時恐罹禍殃)
어이해 전철 답습 그냥하나, (何個循故轍)
참설이 멋대로 돌아다닌다. (讒口任翕張)
군자가 듣는 말 판단 못하면, (君子聽不聰)
훌륭한 아들이 죽어 나간다. (佳兒被摧戕)
부녀와 내시의 미움 받아서 (遺恨彼婦寺)
짤막한 첩지로 어찌 족하랴. (寸牒寧足償)

지덕(至德) 2년에(757), 숙종은 봉상(鳳翔, 今 陝西省 서남부 寶雞市 鳳翔區)에 가서 광평왕과 곽자의에게 군사를 거느리고 두 수도를 수복하라고 명령했다.

곽자의는 회흘(回紇, 위그르)족의 병마가 정예한 만큼 반적과의 전투에 협력하라는 책명을 내려달라고 했다. 회흘의 가한(可汗, 칸)은 아들 엽호(葉護)에게 1만 병마를 주어 전투를 돕게 했다. 숙종은 후한 상을 주겠다고 말했다. 엽호는 장안을 수복하면 땅과 백성은 조정에 돌리고, 금과 비단, 여자는 회흘에 가져가겠다고 했다.

숙종은 난을 빨리 평정하기 위하여 수락할 수밖에 없었다. 숙종은 삭방, 회흘, 서역의 병마 15만을 모아 곧 진군하려 했다. 그러자 이필이 먼저 범양을 쳐 본거지를 들쑤셔 놓을 계책을 내놓았다.

숙종이 말했다.

"장안 수복을 위해 대군을 모았는데, 왜 고생스레 범양을 먼저 공격하자고 하오?"

"지금 모아온 병마는 모두 북방서 왔기에 추위를 타지 않고 더위를 탑니다. 금방 도착한 기세로 피로한 적을 치면 두 수도를 수복할 수 있습니다. 하지만 적병이 남은 무리를 이끌고 소굴로 돌아가면 관동지역은 더워 봄이 오면 더할 테니, 관군은 곤경에 빠질 것이고 물러서려 할 것입니다. 적은 군사를 휴식시키고 싸울 준비를 했다가 관군이 물러서면 곧 남침할 수 있습니다. 그러면 전쟁은 끝이 없게 됩니다. 차라리 먼저 추운 지역을 공격하여 소굴을 부숴버리면 적은 갈 곳이 없어집니다. 그때 대군으로 협공하면 모두 소멸할 수 있습니다."

"지당한 말이오. 하지만 짐은 태상황과 오래 헤어져 있어서 먼저 서경을 수복하고 태상황을 모셔와야 하겠소. 더 늦출 수 없소."

숙종은 이필의 말을 따르지 않고 병마를 서경으로 진군시켰다.

장안 서쪽에 이르자, 병마를 풍수(灃水, 渭水의 지류) 동쪽에 주둔시켰다. 이사업(李嗣業)이 전군(前軍)을 거느렸으며 광평왕과 곽자의, 그리고 이필이 중군을 거느리고, 왕사례가 후군을 통솔했다. 적은 풍수 북쪽에 몇만 명 병마를 주둔시켰다.

적장 이귀인(李歸仁)이 도전해오자 곽자의가 전군을 이끌고 맞섰는데, 적군이 한사코 달려드는 바람에 관군이 좀 뒤로 물러섰다. 이사업이 웃옷을 벗어젖히고 창을 휘두르며 병사들 앞에서 함성을 지르고 돌진하며, 적군 수십 명을 쓰러뜨렸다.

이리하여 사기가 오른 관군은 칼을 들고 밀고 진격하자 반적들은 당해낼 수가 없었다. 도지병마사(都知兵馬使) 왕난득(王難得)은 적의 화살에 눈을 맞았다. 적은 진지 동쪽에 매복시킨 정에 기마대로 관군의 후방을 치려고 했다. 곽자의는 이를 눈치채고 삭방의 좌상병마사 복고회은(僕固懷恩)에게 명령하여 회흘의 군사를 동원하여 급습하여 적을 모두 섬멸할 수 있었다.

정오부터 저녁 때까지 적군 6만여 명을 죽였다. 적은 패하여 성안으로 들어간 후 밤새 떠들었다. 날이 밝자 기마보초가 적장 이귀인, 안수충(安守忠), 전건진(田乾眞), 장통유(張通儒) 등이 모두 도망쳤다고 보고했다.

광평왕은 장졸을 거느리고 서경(長安)에 입성했다. 회흘의 병사들은 남녀노소를 막론하고 금은, 비단, 여자를 노략질했다. 광평왕은 말에서 내려 엽호의 말 앞에 엎드려 말했다.

"방금 서경을 수복했는데, 이렇게 대놓고 노략질부터 하면 동경 백성들은 적을 위해 성을 고수할 게 아닌가? 동경에 가서 언약대로 하는 게 좋겠소."

회흘 가한의 아들 엽호는 빨리 말에서 내려 답례하고 무릎을 꿇었다.

"전하를 위해 동경을 공격하겠습니다."

이리하여 복고회은과 함께 서역의 병마와 본부병사를 이끌고 성의 남쪽을 지나 지체없이 곧장 동경을 향해 진격했다. 광평왕이 백성을 위해 이민족에게 허리 굽히는 것을 본 사람들은 누구라 할 것 없이 모두 흐느꼈다.

백성 위해 몸을 굽히니 비굴하지 않고, (爲民屈體非爲屈)
민심을 얻으니 백성이 진심 존경한다. (贏得人人愛戴深)

변방 무리 또한 인의에 감동을 받아 (藩衆亦因仁義感)
탐욕 재물 버리고 조심하는 마음이다. (不緣貪利起戒心)

광평왕은 서경에서 사흘을 머문 후에 군사를 남겨 지키게 하고 대군을 지휘하여 동경으로 진군했다. 승리 첩보가 행재소에 이르자 백관들이 축하했다.

숙종은 그날로 중사(中使) 담정요(啖廷瑤)에게 표문을 주어 촉땅에 파견했다. 첩보를 태상황께 알리고 어서 돌아와 복위하시라고 전하게 했다. 또 궁인을 파견하여 종묘에 제를 지내게 하고 백성을 위무하는 한편, 기마관을 보내 군중에 가서 이필을 불러오게 했다.

서둘러 봉상으로 달려온 이필은 인사를 올린 후 무슨 일로 불렀는가를 물었다.

"짐은 서경을 수복했다는 첩보를 받고 이내 태상황에게 표문을 올려 어서 돌아와 복위하시고 짐은 동궁으로 물러나와 자식된 도리를 다하겠다 했소. 경의 뜻을 몰라 이렇게 불렀소."

"표문을 보냈습니까?"

"보냈소."

"뒤쫓아가 찾아올 수 없습니까?"

"떠난지 오래되었소. 왜 되돌려오게 하시오?"

이필이 한숨을 쉬며 말했다.

"태상황께서는 돌아 오려 하시지 않을 것입니다."

숙종이 놀라 까닭을 캐물었다.

이필이 대답했다.

"폐하께서 등극하여 연호를 고친 지도 2년이 지났습니다. 오늘 갑자기 이런 표문을 올리면 태상황께서 의심이 생겨 안절부절 못할텐데, 어찌 돌아올 수 있겠습니까?"

숙종은 망연자실해 자제력을 잃고 발을 구르며 말했다.

"짐은 본래 진심으로 물러 앉으려 했소. 지금 경의 말을 들어보니 실책이오. 표문을 이미 올렸으니, 어찌하면 좋겠소?"

"어서 여러 신하들의 축하 표문을 올려야 합니다. 마외파에서 백성들이 폐하를 떠나지 말라고 만류하고 영무로 갈 수 밖에 없었던 전말을 다 밝혀야 합니다. 지금 양경(兩京)을 수복하였으니 태상황을 모셔다 아침저녁으로 자식된 도리를 다해 효성하려 한다면 태상황은 안심하고 돌아오실 것입니다."

숙종은 동의하면서 이필에게 표문을 작성하게 하고 중사 곽도광(霍韜光)에게 주어 촉으로 보냈다. 며칠 지나지 않아 담정요가 촉 땅에서 돌아와 태상황의 뜻을 전했다.

"검남(劍南, 成都) 일대를 나에게 봉해준다면, 굳이 안 돌아가겠다."

숙종은 어쩔 바를 몰랐다. 또 며칠 후에 곽도광이 돌아와 복명했다. 태상황 현종은 금상이 태자로 내려앉겠다고 먼저 도착한 표문을 받고 크게 당황하여 식음을 전폐하며 돌아오지 않을 생각을 하였는데, 여러 신하들의 축하 표문을 받고는 기뻐 음식을 들고 즐거워하며 돌아올 날짜까지 정했다는 것이다.

숙종은 너무나 기뻐서 이필을 불러 알려주며 말했다.

"이 모든 것이 경의 힘이었소."

이어 주석을 차려 이필에게 권했다. 그날 밤 숙종은 이필을 궁전에 머무르게 하고 같은 침상에서 잤다.

침상에 함께 앉아 지낸 왕도(王導)[157]는 아니나, (御牀並坐非王導)
광무제와 같이 잠잔 엄광(嚴光)보다 더 낫다. (帝榻同眠勝子陵)

이필은 워낙 벼슬살이를 싫어하여 오래전부터 떠날 생각을 하고 있었다. 그래서 말할 기회가 생기자, 숙종에게 간절하게 말했다.

"신은 얼마간 폐하와 함께 일하면서 폐하의 은덕에 보답하려 했습니다. 이제는 한가한 사람이 될 수 있게 허락해 주십시오."

"경이 오랫동안 짐과 근심을 나누었소. 짐은 이제부터 경과 함께 즐겁게 지내고 싶은데, 왜 갑자기 떠날 생각을 하오."

157 왕도(王導, 276－339년)－東晉 權臣, 東晉 元帝, 明帝, 成帝를 섬겼다. 동진의 건국과 안정 발전에 크게 기여했다. 原文의 子陵(자릉)은 후한 光武帝(광무제) 劉秀(유수)와 동문수학한 벗 엄광(嚴光, 생졸년 미상, 名은 遵, 字는 子陵) 광무제가 즉위한 뒤 벼슬을 마다 하고 숨었다. 나중에 광무제가 불러 같은 침상에서 같은 이불을 덮고 잤다. 다음 날 太史가 "어젯밤에 客星이 황제 자리를 아주 급박하게 침범했습니다."라고 말했다. 《後漢書 逸民傳》 참고.

"신에게 남아 있지 못할 다섯 가지 까닭이 있습니다. 신은 너무 어린 나이부터 폐하를 만나 폐하의 총애를 받았습니다. 그리고 지금은 맡은 바 일이 너무 과중하고, 저를 너무 믿어주시고 약간의 업적을 무난히 성취하였고, 그 성취가 모두 기이하였습니다. 이제는 폐하의 곁에서 제가 할 수 있는 일이 없습니다."

그러자 숙종이 웃으며 말했다.

"이제 그만 어서 잡시다. 내일 다시 의논해 봅시다."

"폐하께서 오늘 저와 한 침상에서 주무시면서도 신의 청을 들어주지 않는데, 다른 날 항상 앞에 서게 할 수 있겠습니까? 폐하께서 놓아주지 않는다면 신을 죽이는 것과 마찬가지입니다."

숙종이 놀라며 말했다.

"경은 왜 짐을 그렇게 생각하오. 짐이 어떻게 경을 죽일 수 있겠소?"

"신을 죽일 수 있는 것은 폐하가 아니라 앞에서 말한 다섯 가지 사연입니다. 폐하께서는 줄곧 신을 믿어주지만 신은 매사에 말을 남김없이 다할 수는 없습니다. 하물며 천하가 태평해지면 꼭 폐하의 총애를 받을 것이라고 말하기 어려운데, 감히 마음놓고 할 말을 할 수 있겠습니까?"

"경이 이렇게 말하는 것은 먼저 범양을 공격하자는 경의 계책을 짐이 받아들이지 않아서 그렇게 생각합니까?"

"신은 그래서 그런 것이 아니라 건녕왕의 일을 생각해서 그러합니다."

"건녕왕이 형을 죽이려 하였기에 짐이 할 수 없이 제거해 버렸소."

"건녕왕이 그런 마음을 먹었다면 광평왕이 몹시 미워했을 겁니다. 지금 광평왕은 신을 만날 때마다 동생 죽음이 억울하다며 눈물을 흘립니다. 지난 날 폐하가 건녕왕을 대원수로 내세우려 할 때 신이 광평왕을 내세우자고 하였습니다. 건녕왕이 과연 형을 해칠 생각이 있었다면 신을 미워했을 것입니다. 하지만 그날로 신을 충성스러운 사람이라 말하며 더욱 믿어주었습니다. 이를 보더라도 그의 마음이 어떻다는 것을 살펴볼 수 있었습니다."

숙종은 그 말을 듣고 눈물을 흘리며 말했다.

"경의 말이 옳소. 짐이 잘못했소. 지난 날의 잘못을 더 따지지 마오."

"신은 지난 일을 말하자는 게 아닙니다. 폐하께서 뒷일을 경계하기 바랄 뿐입니다. 이전에 무측천이 무고한 태자 홍(弘)을 독살했을 때 둘째 아들 현(賢)이 두려워 〈황태과사(黃台瓜詞)〉를 지었습니다. 그 가운데 두 구절은 이렇게 썼습니다. 「하나 따면 오이는 좋아지나(一摘使瓜好), 두 개 따면 오이는 죽는다네(再摘使瓜希).」 폐하께서 이미 한 번 따버렸으니 다시 더 따내지 마시길 바랍니다."

이필이 이런 이야기를 말한 것은 숙종이 총애하는 후궁 장양제가 광평왕의 공훈을 시기하고 있어 늘 모함한다는 것을 알고 있었기 때문이다. 언젠가는 숙종이 그 장양제의 말에 미혹될 수 있기에 이렇게 말한 것이었다.

숙종은 이필의 말을 다 듣고 소스라쳐 놀라며 말했다.

"그런 일이 다시 생길 수야 없지. 경의 훌륭한 말에 짐은 탄복하오."

이필은 거듭 산으로 보내달라고 간청했다.

숙종이 말했다.

"동경을 수복했다는 첩보가 들어오고, 짐이 서경에 들어가면 다시 의논해 봅시다."

그 며칠 후에 동경이 수복되었다는 승전보가 들어왔다. 첩보에 의하면, 적장들은 서경에서 패한 후 무리를 이끌고 섬성(陜城)에 머물렀는데, 안경서가 엄장(嚴莊)에게 주력 군사를 내주어 도우라고 파병하였다. 곽자의가 신점(新店)에서 싸울 때, 회흘의 엽호가 본부 병마를 이끌고 그 뒤를 공격하며 협공으로 적을 대파하자 적의 시체가 들을 덮었다. 적장이 섬성을 버리고 도망치자, 곽자의가 군사를 나누어 추격했다. 엄장이 동경으로 도망쳐 가서는 동경을 버리고 다시 하북으로 돌아가자고 안경서를 설득하였다.

엄장등은 돌아가기 전에 이미 포로로 잡았던 당의 장수 가서한 등 30여 명을 참수하여 살해했고 유독 허원(許遠)만은 스스로 목을 찔러 자결했다.

곽자의는 광평왕의 명령대로 동경에 들어간 이후 회흘의 엽호에게 국고에서 꺼낸 물품을 주고 민간에서 비단 필을 거두어주었다. 노략질을 면한 백성들은 기뻐 좋아했다.

왕사(王師)가 이민족 군사를 이용했고,	(大帥用藩兵)
현왕(賢王)은 명장 곽자의를 신뢰했다.	(賢王賴名將)
강산(江山)이 다시 회복되었으니,	(土地得恢復)
대공(大功)은 나라의 창건과 같았다.	(其功同開創)

숙종은 첩보를 받고 희색이 만면하여 위견소에게 표문을 써 주어 촉 땅에 보냈다. 뒤이어 진국정과 진국모를 태상황이 머물고 있는 성도(成都)에 파견하여 태상황 현종을 모셔오게 했다.

또 날을 받아 먼저 서경으로 가서 현종의 어가를 맞을 준비를 했다. 이필은 숙종에게 약속대로 삼림에 돌아갈 수 있게 해달라는 절절한 글을 지어 올렸다.

숙종은 더 막을 수 없다는 것을 알고 잠시 이필의 은거를 허락했다. 이필은 그날로 사례하고 조정을 떠나 동남쪽의 형산(衡山)으로 갔다. 그리고 훗날 광평왕이 즉위하자(代宗, 762년),[158] 다시 부름을 받아 두 황제를 섬긴 원로가 되었다.

좋은 간언과 바른 계책을 많이 내어 놓았다는 것은 더 말할 필

158 대종〔代宗, 李豫, 726－762, 즉위－779년, 당 숙종의 庶長子(서장자). 初名 俶(숙)〕－ 廣平郡王, 廣平王, 楚王, 成王, 天可汗. 唐朝 第11代 皇帝(武則天 제외)－재위 17년(762年 5月－779年 6月).

요가 없다. 가장 안타까운 것은 먼저 범양을 공격해한다는 이필의 계책을 숙종이 받아들이지 않은 점이다.

그래서 숙종이 서경과 동경을 수복하였으나 적의 원기가 끝나지 않아서 안록산 부자의 난 후에도, 사사명(史思明, 연호 應天, 759年. 順天, 759年－761年)과 사조의(史朝義, 연호 顯聖, 761年－763年) 부자의 난이 계속되어 전투는 계속되었고 한참 뒤에 사조의가 자살하면서 안록산의 난은 종결되었다.[159]

결과적으로 안록산은 아들 안경서에게 피살되었고, 안경서는 신하 사사명에게 죽었다. 사사명은 또 아들 사조의(史朝義)한테

---

159 안록산과 사사명의 난은 천보 14년(755년)에 시작되어 代宗(대종)이 즉위하는 光德(광덕) 원년(763년)에 평정된다. 장장 9년에 걸친 난을 통하여 당의 통치 역량은 크게 약화되었다. 우선 안사의 난 이후 당에 반기를 들었던 장수들을 제거하지 못하여 절도사들의 발호가 계속된다. 당은 이들을 통제할 수가 없었으며 절도사들이 스스로 죽이고 뺏었으며 조정에서는 그대로 지휘를 인정해 주었다. 절도사가 스스로 그 관내의 관리 임명권을 갖고 있었다. 또 지역의 조세와 재정권을 절도사들이 완전 장악하게 된다. 이리하여 절도사를 중심으로 하는 지방 세력이 중앙세력과 대결 국면을 불러오게 되었다. 조정에서는 환관들에게 변경 절도사들을 감독하라고 수시로 파견하였으나 아무런 실효를 거두지도 못하고 오히려 환관의 세력만 키워주었다.
이 안사의 난 이후 주변 이민족들은 수시로 변경을 침략했다. 그럴수록 당의 군사 유지비는 계속 증가했고, 그 폐해는 고스란히 농민들에게 전가되었다. 결국 안사의 난은 당나라 번영의 끝이면서 쇠락으로 넘어가는 분수령이 되었다.

죽었으니, 반역 군신(君臣)들은 모두 천벌을 받았다. 이는 나중에 이야기 하고 현종이 장안에 돌아온 이야기를 먼저 이야기할 것이다.

전날의 피난에 갈길 험하고 힘들더니, (前日輿次行路難)
오늘의 기쁜 귀환은 수레도 편안하다. (今朝且喜回鑾穩)

무슨 일이 있을지 알 수 없나니, 다음 회를 읽어 보시라.

제97회

달해영영은 순정으로 옛님을 만나고, 매비 강채빈은 건강하게 환궁하다.(達奚女鍾情續舊好, 采蘋妃全軀返故宮.)

노래하나니,

인연이 끝나지 않았다면,
이별은 많고 만나기는 드물으니,
세월 가면은 기막힌 만남 있다.
이미 주옥이 깨졌더라도,
그래도 숨겼던 빛이 나게 된다.
명화(名花)도 오래 못간다 비웃지만,
추위속 매화 향기 오래간다.
— 곡조 〈장명녀〉

詞曰,

(緣未了)
(慢說離多歡會少)
(此日重逢巧)
(已判珠沉玉碎)
(還幸韜光斂耀)
(笑彼名花難自保)
(原讓寒梅老)
— 調寄 〈長命女〉

보통 사람의 감정은 이별을 싫어하고 만남은 좋아하나니, 이는 특히 남녀 간에 더욱 그러하다. 그러나 다사다난한 세상이라서 만남만 있고 이별이 없을 수 없지만 이별한 뒤로 영영 다시 못 만나는 경우 또는 짧은 이별에 빠른 결합, 혹은 오랜 이별에 어려운 상봉이 있다.

심지어 살아 이별한 뒤, 죽은 줄로 알고 있다가 먼 뒷날 우연히 만난다면, 이는 죽은 사람이 다시 살아난 것과 같을 것이다. 그러고 그런 상봉은 하늘의 뜻이며, 그런 상봉을 통하여 사람의 진정(眞情)을 확인하고 또 지조를 지키는 것이 얼마나 어려운가를 알 수 있다.

담장 아래 핀 꽃이나 길가의 풀꽃일지라도 정이 있어 다시 보고 싶고 잊을 수 없거늘, 하물며 황제의 은총을 받은 고귀한 비빈(妃嬪)이라면 더욱 잊지 못할 것이다.

특히나 환란을 겪으면서 어쩔 수 없이 생이별을 했었다면, 그리고 그런 난리 속에서 죽지 않고 살아 있었다면, 정말 서럽고 한스러울 것이다.

만약 건강히 자신을 지켜서 옛 주군을 다시 만날 수 있다면 더욱 묘하지 않겠는가?

그러나 총애를 받으면서 다른 사람을 시샘하고 남을 못 살게 굴다가 도리어 자신이 곤경에 빠져 헤어나지 못한 사람도 있다. 그런 사람은 시샘 받아 총애를 잃고 평소에 처량하게 보냈으나 나중에 황제의 좌우에서 시중들게 된 사람보다 못하다. 정말 이런 일이 있다면 얼마나 통쾌한 일이겠는가!

숙종은 동경이 수복되었다는 보고를 받자, 태자태사(太子太師)인 위견소(韋見素)를 촉(蜀)에 보내 상주하면서 현종에게 환도(還都)를 요청하게 했다. 또 곧이어 한림학사 진국모와 진국정 형제를 파견하여 어가를 모셔오게 했다.

진국정은 동경을 수복하였으니 조신에게 조서를 내려 현지에 가서 장졸을 격려하고 백성들을 위무(慰撫)해야 한다고 상주했었다. 숙종은 그렇게 하겠다고 받아들면서 중사(中使) 담정요(啖廷瑤)와 진국모에게 촉에 가서 현종을 모셔오도록 했다. 그리고 진국정은 한림학사의 신분으로 동경 선위사(宣慰使)가 되어 조서를 가지고 동경에 가도록 다시 명령하면서 무부원외랑(武部員外郎)인 나채(羅采)를 부사(副使)로 임명하고 그날로 함께 떠나게 했다. 나채는 작고한 나성〔羅成, 羅藝(나예)의 아들, 진숙보의 내사촌〕 장군의 후예로서 진국정과는 먼 친척간이었다.

가는 도중에 나채가 진국정에게 말했다.

"고조부 무의공(武毅公)에게 부인이 두 분이 있었는데, 두씨(竇氏)와 화씨(和氏)였소. 두 분 모두 아들을 하나씩 두었지요. 나는 화씨가 낳은 아들의 자손이오. 두씨가 낳은 자손은 작은 할아버지 대에 와서 아들이 없고 소고(素姑)라는 딸이 있었소. 멀리 하남(河南) 난양(蘭陽) 현의 백(白) 자사(刺史) 가문에 출가하였는데 자식 없이 일찍 홀로되어 수절했소. 그분이 수도(修道)를 즐겨하다 보니 선사(仙師) 나공원(羅公遠)을 만나게 되었는데, 같은 나씨 종친이라면서 열녀인 것을 기특히 여겨 선단(仙丹)을 주었소. 병이 없고 장수하여 올해 60여 세입니다. 줄곧 이 지방 백운산(白雲山)에 있는 도교의 절인 수진관(修眞觀)에서 도를 닦는데, 많은 사람들이 그를 존경하고 받듭니다. 그런데 동경이 안록산에게 점거된 이후 소식이 없습니다. 이번 공무를 마치고 여가가 있으면 찾아가려 합니다."

"형한테 삼종형제(8촌)의 윗대 항렬이니, 저한테도 먼 친척 고모뻘입니다. 나도 그분이 홀로 수절한다는 말은 들었지만 수도하면서 신선을 만났다는 기적은 모르고 있었소. 어느 날, 그곳에 이르면 형과 찾아가 보겠소."

그들은 길을 서둘러 며칠 지나지 않아 동경에 도착했다. 여러 관리들이 조서를 맞으러 나왔고 입성하자 선독(宣讀)했다.

그 내용은 대략 이러했다.

「서경 첩보가 있은 뒤에 동경이 수복되었다. 장수들이 계략을 잘 쓰고, 장졸이 모두 목숨을 내걸고 싸웠기 때문이다. 나라를 다시 일으켜 세운 것은 모두 경들의 공로이다. 이미 태상황께 알렸으니 즉시 공적에 따라 시상할 것이다. 모든 사대부와 서민을 잘 위무하라. 아직 수복하지 못한 주, 군을 빨리 수복하기를 기대한다. 수복하는 날에 나라의 창고를 열어 절반은 군사를 위로하는 데〔犒軍(호군)〕 쓰라. 백성을 괴롭혀서는 절대 안 된다. 급군(汲郡, 今 河南省 북부 新鄕市 관할 衛輝市 서남)의 은사(隱士) 견제(甄濟, 人名 미상)와 국자사업(國子司業)인 소원명(蘇源明)[160]을 찾아보라. 그들은 전에 동경에 있으면서 적도에게 굴하지 않았으니 그 절개를 치하할지어다. 견제에게 비서랑(秘書郞)을 제수하고 소원명에게 고공랑지제고(考功郞知制誥)를 제수한다. 즉시 장안으로 와서 근무케 하라. 적에게 투항한 달해순(達奚珣, 87회 주석 참고) 등 3백여 명 관원은 모두 서경으로 압송했다가 심의하여 처분토록 하라.」

견제는 워낙 강직한 사람이어서 안록산이 반란하기 전에 명성을 듣고 서기(書記)로 초빙하려 했으나, 안록산의 속셈을 알고는 미친 체하며 두문불출했다. 안록산은 반란을 일으킨 뒤에 회자수(劊子手, 처형 집행자) 두 사람을 보내 큰 칼을 가지고 가서 견제를 불러오라고 했다. 견제는 말없이 칼 아래 머리를 내밀었다. 회자수들이 옛 미친 병이 재발했다고 여겨 요행으로 살아났다.

소원명은 하남 사람으로, 벼슬자리를 버리고 귀향했다. 안록산이 반란한 후에 작위를 주려 했으나 신병을 핑계로 거절했다.

숙종은 이 두 사람의 지조를 전해 듣고 조서에서 이렇게 언급했다. 그 당시 군민들이 조서를 듣자 만세를 부른 것은 더 기록하지 않겠다.

진국정과 나채는 조서를 선독한 후 공관을 떠나 이틀을 휴식했

---

160 소원명〔蘇源明, ?－764년, 初名 蘇預(소예), 字는 弱夫(약부)〕－안사란 중에 장안에 남았다가 안록산을 섬기지 않았다. 나중에 굶어죽었다. 두보(杜甫)의 〈八哀詩(팔애시)〉에 볼 수 있다.

다. 그런 다음에 함께 나소고를 찾아가는데, 편리를 도모하자고 난양현의 역관(驛館)을 찾아 묵었다.

이튿 날, 두 사람은 각기 예물을 사서 들고 관복이 아닌 편복(便服) 차림으로 수행 관리가 아닌 하인만을 데리고 말을 타고 백운산으로 떠났다.

산 밑에 이르러 그곳 사람에게 물어 깊은 산속에 소봉영(小蓬瀛)이라 불리는 도관(道觀)이 있다는 말을 들었다. 거기에 늙은 여도사가 도를 닦고 있는데, 사람들은 백선고(白仙姑)라 부른다고 마을 사람들이 이야기하였다.

"백선고는 늙었지만 여간해서 사람을 만나주지 않지요. 근자에는 다른 사람들이 도관으로 가는 길을 막았습니다. 길손 두 분이 그를 만나러 가시지만 만나기 어려울 것이요."

나채가 말했다.

"그는 우리 집안의 고모이니 사절한다고 할 수는 없소."

그들은 말을 타고 언덕을 지나고 고개를 넘어 도관 앞에 이르자 말에서 내렸다. 정문이 굳게 닫혀 있어 하인이 문을 여러 번 두드렸다. 수진관안에서 백발이 된 노파가 걸어 나와 문을 열고 출입을 막으며 말했다.

"길손은 무슨 일로 오셨소? 주인은 늙고 병이 많아 문을 닫고 요양하기에 만나주지 않으니 돌아가시오."

나채가 말했다.

"나는 길손이 아닙니다. 장안에사는 나채라는 조카가 만나러

왔다고 알려주시면 꼭 만나보실 것입니다."

늙은 노파는 도고의 친척이라 하니 더 막지 못하고 들어오게 했다. 도관 안은 과연 그 풍치가 유심하고 정갈했으며 아늑하였다. 〈서강월(西江月)〉 곡조의 사(詞)가 묘사했다.

향로에는 향연이 가득하고,	(爐內香煙馥郁)
신좌의 신상은 단아하도다.	(座間神像端凝)
내걸린 편액은 소봉영이고,	(懸來匾額小蓬瀛)
확실히 인간세계와 달랐다.	(委實非同人境)
두 마리 학 오뚝 마주 보고,	(雙鶴亭亭立對)
커다란 늘 푸른 솔이 섰다.	(孤松鬱鬱常青)
구름 속 종각도 조용하니,	(雲堂鐘鼓悄無聲)
한정(閑靜)한 여선(女仙)의 일상이다.	(知是仙姑習靜)

늙은 노파는 관문을 닫고 급히 안으로 들어가 알렸다. 잠시 후 대청에서 잠깐 기다리면 만나러 나오신다고 전달했다.

이윽고 방울소리가 은은하게 들려오더니 푸른 남색 옷깃에 흰 도포를 입고 넓은 두건을 쓴 소고(素姑)가 파란 신발에 불진(拂塵)[161]을 들고 가볍게 걸어나왔다.

161 불진(拂塵) — 먼지떨이. 道士(도사)들이 번뇌를 물리친다는 표시로 들고 다니는 총채. 벌레를 쫓거나 옷의 먼지나 좌석의 티끌을 털며, 동자를 부르는 등 다양한 용도로 쓰였다.

소고는 화색이 만면하고 거동이 가벼워 60살 안팎의 노인 같지 않았다.

젊어 오래 화장을 멀리하였고,	(少年久已謝鉛華)
늙어 도를 연마해 도인 되었다.	(老去修眞作道家)
머리 희지 않고 건강한 신체,	(鬢髮不斑身更健)
단약(丹藥)이 세월을 밀어냈도다.	(可知丹藥勝流霞)

나채와 진국정이 함께 손 모아 읍을 하니, 백소고는 서서 답례하며 자리를 권하고 차를 대접했다. 나채가 안부를 물은 후 서로 인사를 나누었다.

백소고가 손을 들어 진국정을 가리키며 물었다.

"이 어른은 누구신지?"

나채가 말했다.

"우리 나씨 가문의 먼 외가 친척 진국정 장원입니다."

백소고가 말했다.

"원래 진씨 가문의 조카였구만."

말을 마치고 입속으로 '진(秦)' 자를 되뇌었다.

진국정이 말했다.

"저는 오래전부터 미명과 미덕을 우러러왔으나 한 번도 만나보지 못했는데, 오늘 만나게 되어 반갑습니다. 산천이 막혀 멀리 떨어져 있다 보니 소홀히 대한 것을 개의치 말아 주십시오."

이어 진국정과 나채는 하인을 시켜 예물을 올리게 했다.

백소고가 말했다.

"두 조카가 멀리서 찾아온 것만 보아도 정분을 알만한데, 예물까지 가지고 오다니!"

두 사람이 말했다.

"보잘 것 없지만 사양 말고 받아주십시오."

백소고는 재삼 사양하다가 받아 놓았다.

그런 다음 두 사람이 무슨 일로 왔는가하고 묻기에, 나채가 대답했다.

"우리는 황제 폐하의 조서를 전하기 위해가는 길입니다. 역적의 난이 있었을 때 이곳은 소란하지 않았습니까?"

"이곳은 편벽한데다가 지난 날 선사 나공원이 있었던 곳이고…, 유후(留候) 장자방(張子房, ?－前 185, 69회 주석 참고)[162]도 한때 여기에 있었는데, 이곳은 병란(兵亂)을 피할 수 있다 하였네. 두 사람은 나의 친척인데다가 내가 연장자이니 만난 김에 구속없이 기쁨을 함께 나누어도 무방하겠지!"

백소고는 늙은 노파와 몇몇 어린 도고를 시켜 차반을 차리게 하고 식사를 한 뒤, 두 사람을 내실로 데려가 여러 곳을 돌아보게 했다.

---

162 유후(留候) 장자방(張子房) 곧 漢의 개국공신 張良(장량).

구불구불 이어진 회랑 아래로 보이는 연못 물은 맑았으며, 수풀이 우거진 선경이었다. 한 뜰을 지나니 오솔길이 나오고 조용한 세 칸 짜리 건물이 있었다.

꼭 닫힌 문에는 묵직한 자물쇠가 채워져 있었는데, 좁은 문으로만 드나들게 되어 있었다. 그것마저 빗장이 걸려 있었다. 두 사람은 백소고가 정양하는 곳이라고 생각하며 살펴보는데, 진한 매화향기가 퍼졌다.

진국정이 말했다.

"안에 매화가 있습니까? 한겨울에 매화 향기가 풍깁니다. 이곳 매화는 일찍 핍니까?"

백소고가 미소를 띠며 불진으로 조용한 삼 칸 건물을 가리켰다.

"매화 향기는 안에서 나오지만, 여기서 자라는 것도 아니고 나무에 피는 것도 아니지."

나채가 말했다.

"이상하군요! 어디에서 나길래 나무에도 피지 않나요?"

진국정이 말을 거들었다.

"방안에 매화가 있다면 정말 희한한 일인데, 꼭 보고 싶습니다."

백소고가 말했다.

"방안에 사람이 있으니 조금 조심해야 하네."

두 사람이 다시 물었다.

"누구입니까?"

"말하자면 길지. 두 조카에게 자상히 알려줄테니 대청에 나가 앉자구."

세 사람이 대청에 나와 앉자, 백소고가 말했다.

"이상하고 믿기 어려운 일이어서 예전부터 누구에게도 말하지 않았네. 하지만 오늘 두 조카에게 말해주지. 내가 이곳에 왔을 때 나공원 선사께서 '얼마 뒤에 두 여인이 이곳에 와서 잠시 머물겠다면 받아주오. 그들은 여느 사람이 아니니 훗날 좋은 일이 있을 거요.' 라고 말씀하였지. 안록산 난이 일어나고 서경이 함락되었을 때 갑자기 수수한 옷차림을 한 30여 세의 여인이 흰 당나귀를 타고 들어왔지. 그때 대청에 홀로 앉아있던 나는 범상치 않게 들어오는 모습을 보고 얼른 일어나 당나귀를 붙잡았지. 그제서야 그가 당나귀 등에서 내리기에 부축해 주었네. 그러자 당나귀는 홀연히 하늘로 날아오르더니 눈 깜짝할 사이에 새처럼 서쪽으로 날아가 버렸네. 나는 무척 놀랐지. 누군가 물어도 대답을 하지 않다가 말하더군. '저는 성이 강씨(江氏)인데, 이씨 가문의 부인이에요. 서경이 재난을 당하자 죽으려 했는데 선녀가 나타나 흰 당나귀를 주며 탄 후에 눈을 감고 당나귀가 가는 데로 가라고 했어요. 몸이 하늘을 날아가는 듯 하더니 갑자기 땅에 내리더군요. 그렇게 해서 이곳에 왔어요. 그 선녀는 당나귀가 내린 곳에 잠시 있으라고 했어요. 이미 여기에 왔으니, 어떻게 해야 하는지요?' 나는 나선사의 말을 들은 바도 있고, 여자가 비범하게 생겼으므로 아까 그 집에 그 여인을 있게 했지. 밖의 사람들에게 알리지 않았을 뿐더러 도관 안의 사람들에게도 흰 당나귀가 하늘로 날아간 것도 말하지 말도록 단속하였네. 그 여인은 밖으로 나오지 않고 방안에만 있었지. 나는 그때부터 이 도관의 정문을 굳게 닫고는 일이 없으면 열지 못하게 하였네. 그 다음에 며칠이 지나 생각 밖으로 아리따운 젊은 여인이 문을 두드리고 들어와 잠시 머물겠다고 하였지. 젊은 여인은 원래 하남윤(河南尹)이었던 달해순(達奚珣, 87회 주석 참고)의 집안 질녀였네. 자(字)는 영영(盈盈)이라고 했어. 서경에서 자라 시집을 갔는데, 남편이 객사하고 부모가 세상을 뜨자 달해순을 찾아가 얹혀 살았다고 했어. 그런데 생각 밖으로 당숙 달해순이 기개가 없어 안록산에게 투항했지. 영영은 후환이 있을 것을 알고 집을 뛰쳐나와 이곳에 조용한 도관이 있다는 말을 듣고 달해순에게 알린 후 이곳으로 왔지. 난 두 여자가 찾아온다는 말을 들은 바가 있어 여인 강씨와 함께 있게 하였네. 문을 닫고 있게 하면서 협문으로 음식을 날라 주었지. 두 달 전에 다시 나선사가 신선 섭법선(葉法善)과 함께 왔는데, 강씨가 두 분 선사의 신비한 능력을 알고 있어 달해씨와 함께 나와 배알하였네. 섭도사가 공중에 손을 들어 매화 한 가지를 잡아쥐더니 강씨에게 주며 말했지. '그대가 천성적으로 매화를 좋아하기에 오늘 이 매화꽃을 주오. 사계절 내내 피면서 향기를 풍기고 지지 않을 것이오. 옛 고장에 돌아가 옛 주인과 만나 복을 다 누리면 이 꽃이 질 때 목숨도 질 것이오.' 그때부터 이 꽃을 방안 꽃병에 꽂아두었는데 지금까지 향기를 뿜어 올리지. 오늘은 한결 더 짙게 향기가 나니 이상한 일이 아닌가?"

진국정과 나채 두 사람은 놀라며 물었다.

"이처럼 희한한 일이 있을 수 있습니까? 두 선사가 달해녀를 만나본 뒤에도 준 것이 있습니까?"

"아직 내 말이 끝나지 않았네. 그때 나선사는 종이와 붓을 가져오라 하여 여덟 구의 시를 달해영영에게 써주며 말했네. '그대 앞날의 좋은 일은 다 이 시구에 들어 있소. 상봉할 시각은 강씨와 같아 옛 고향으로 갈 수 있소.' 선사는 말을 마치고 표연히 떠나버렸네."

진국정이 말했다.

"여덟 구의 시를 제가 읽어볼 수 있을까요?"

"선사의 시를 그 여인이 간직해 두고 있지만 누구에게도 보인 적이 없네. 그 시를 내가 기억하고 있으니 천천히 읊을 수는 있지. 두 조카가 그녀 대신 풀어보게나. 「세상을 피하나 진(秦)을 피하지 않고(避世非避秦), 진씨는 다름 아닌 사랑하는 사람일세(秦人偏是親). 강물은 굽이굽이 돌아 흐르지만(江流可共轉), 그림의 정경은 사실이 되리라(畫景卻成眞). 그물에 따서 넣는 걸 보면(但見羅中采), 물 위에 뜨는 부평도 보리라(還看水上蘋). 군신이 함께 상봉하나니(主臣同遇合), 옛정은 한결 더 무르익으리라(舊好更相親).」"

두 사람은 듣고 한참 생각했다.

그러다가 진국정이 웃으며 말했다.

"제 성이 진씨입니다. 이 시의 앞 연(聯)은 저를 두고 말한 듯합니다. 왜 진(秦)을 피하지 말라 했으며, 또 진씨는 사랑하는 사람이라 했을까요?"

"그러게 말이네. 아까 진씨 관원이라는 말을 들었을 때 별난 생각을 했지. 달해녀가 그날 이 시를 보았을 때 조정의 진씨와 자기 집이 혼삿말이 있었는데, 선사의 시를 보니 나에게 일후 만날 수 있을 듯하다고 소곤거렸네. 이 말을 마음속에 새겨두기는 하였으나 오늘 진씨 조카가 오기 전에는 입 밖에 낸 적이 없다네."

그러자 나채도 말했다.

"저는 더욱 아리송합니다. 지금 조정에 이름 있는 진씨는 이 두 형제뿐인데 달해녀와 혼삿말이 있었소?"

진국정이 한참 생각하다 말했다.

"이런 말을 그녀가 했다니 고모께서 한 마디 물어주십시오. 그녀가 장안에 있을 때 어디 있었으며, 조정에서 일하는 진씨 이름은 무엇이고, 어떤 관직에 있는가 물어보면 똑똑하게 알 수 있습니다."

"옳은 말일세. 내가 가서 물어보고 오겠네."

말을 마친 백소고가 안으로 들어갔다. 한참만에 희색이 만면하여 말했다.

"정말 선사의 말이 영험하네. 시에서 말한 진씨는 바로 조카였네. 그녀가 장안에 있을 때 집경방(集慶坊)에서 장원 진국정과 만난 적이 있다고 말하였네."

진국정은 얼굴을 붉히며 말했다.

"제가 전에 만난 여인이 달해영영이었군요. 몇 해 동안 그리던 여자를 여기서 만나다니!"

진국정이 만나보면 좋겠다고 말하니, 백소고가 말했다.

"잠깐, 내가 방금 자네가 여기에 있다고 하니 믿지 않았네. '출가(出家)한 사람이 이런 일을 다시 말해 뭘 하겠어요? 다시 만날 수 있겠어요? 라고 하였네."

나채가 웃으며 말했다.

"지난 날 뽕밭에서 형님과 만났고,[163] 오늘 여기에서 다시 상봉하게 되었는데, 어이하여 그 미인은 되려 내외를 하는가요? 만

163 원문 桑間之喜〔상간지희, 뽕밭의 喜愛(희애)〕 – 우리 말 속담에도 '뽕도 따고 임도 보고' 라는 속담이 있다. 그만큼 뽕나무 밭은 젊은 연인의 밀애장소로 적합하다. 계절적으로 늦은 봄, 화창한 날씨는 여인의 가슴을 기대로 채우는데, 뽕을 따러 간다는 핑계에, 민가나 마을에서 약간 떨어진 곳에 뽕나무가 적당히 가려주니, 밀애장소로는 아주 적합했을 것이다. 보통 마을의 뽕나무 밭, 물이 많은 지역의 마름(蘋) 따기는 구애와 직결된다.
李白의 〈子夜吳歌 春歌(자야오가 춘가)〉에도 이런 정경이 그려진다. 秦 땅 나부라는 여인이(秦地羅敷女), 푸른 냇가에서 뽕을 따네(採桑綠水邊). 흰 손이 파란 가지를 만지고(素手青條上), 단장한 얼굴 햇빛에 눈부시네(紅妝白日鮮). 누에 뽕을 주러 나는 가야 하니(蠶飢妾欲去), 태수는 내 길을 막지 마시오(五馬莫留連).

났을 때 아무런 언약도 없었습니까? 오늘은 언약대로 만나야지요."

그러자 진국정이 웃으며 말했다.

"말로 할 일이 아니오."

이어 종이와 붓을 달라고 하여 시 한수를 썼다.

그해 그날 집경방의 상봉을 기억하니, (記得當年集慶坊)
누각에서 다진 맹세 잊을 수 없다오. (樓頭相約莫相忘)
옛 연분에 응당 오늘 다시 이어지나니, (舊緣今日應重續)
선사(仙師)님의 말씀 제대로 적중하였소. (好把仙師語意詳)

진국정은 쓰기를 마치자, 반듯하고 네모지게 접어서 백소고에게 전해달라고 부탁했다. 그러나 달해영영이 시를 보고 생각에 잠겨 말이 없자, 백소고가 말했다.

"출가했다지만 선사의 말씀을 되새겨 보시오. 속세의 연분이 다하지 않았으니 출가하기도 어려울 것이요. 아예 옛정을 어어가는 것이 나을거요."

이 글을 읽는 분들은 영영이 정말 출가에 뜻을 두었다고 생각하시는가?

영영은 국정과 상봉이 있은 후 늘 그리며 다시 한번 보고 싶어했다. 남편과 어머니가 세상을 뜨자 의지할 곳이 없는 그녀를 달해순이 데려가 하남으로 부임하자 함께 갔으니 헤어질 수밖에 없었다. 오늘 다시 상봉하게 되었으니 어찌 다행이 아니겠는가? 하물며 달해순이 붙잡혀 장안으로 압송되었으니 관여할 사람도 없었다. 다만 출가하였기에 결혼하기가 불편하다고 생각했을 뿐인데….

백소고가 권고하자 달해영영은 두말없이 응낙했다. 국정은 아주 기뻤지만 조서를 가지고 공무를 수행 중인 사자라 부녀자를 데리고 갈 수 없어 백소고와 의론했다.

"영영을 잠시 그냥 여기 도관에 두고, 조정에 돌아가 복명하고 사람을 보내 데려가려고 합니다. 형님한테 알리는 것도 도리구요."

이어 그들은 협문에서 서로 만나보았다.

영영은 상반신만 보이고 문을 나서지 않았다. 지난 날과 다름없는 몸매에 도가(道家)의 품격이 배어 한결 선녀같이 돋보였다. 슬픔과 기쁨이 반반 어린 두 사람 눈이 서로 응시했으나 그들은 말 한마디 나누지 못했다.

그날 밤, 진국정과 나채는 미처 떠날 수 없어 도관에서 지냈다. 백소고는 등불을 켜놓고 차를 끓이며 두 사람과 집안의 이야기를 했다.

나공원의 여덟 시구절이 나오자, 국정이 말했다.

"앞 연의 시구는 검증되었으니 '그림 속 정경이 사실'이 되었습니다. 그런데 나머지 시구는 어떻게 해석해야 합니까? 영영이 지금 강씨와 함께 있지만 조만간에 떠나가겠는데, '강물은 굽이굽이 돌아 흐르지만(江流可共轉)' 구절은 무엇을 뜻할까요?"

그러자 소고가 말했다.

“강씨가 당나귀를 타고 하늘을 날아서 왔고 행동거지가 비범한 것을 보면 밀려난 선녀같네. 난 나선사가 ‘달해가 상봉할 시각은 강씨와 같아 옛 고향으로 갈 수 있소.’ 라고 하였는데, 그 뜻을 잘 모르겠네.”

이렇게 진국정과 백소고가 이야기할 때 머리를 숙이고 무엇인가 골똘히 생각하던 나채가 갑자기 무엇인가 알아낸 듯이 말했다.

“그래! 그렇습니다. 제가 알아냈습니다.”

백소고가 물었다.

“뭘 알아내었는가?”

그러자 나채가 낮은 목소리로 신이 나서 말했다.

“강씨가 자신을 ‘강씨네 딸이고 이씨네 부인이라.’ 고 했으니, 태상황의 채평비가 아닐까요? 보십시오. 시에 강(江), 채(采), 빈(蘋, 부평초 빈, 苹과 同)이라는 글자가 모두 있어요. 원래 강비(江妃)는 매화를 좋아하여 궁궐에서는 매비(梅妃)라고 불렀어요. 소문에는 역적들이 궁궐에 들어갔을 때 부패한 여인의 시신이 있었대요. 모두 매비의 시신이라 말했지요. 훗날 소문에는 매비가 죽지 않았고 민간 마을로 피했다는 이야기가 있어요. 정말 신선을 만나 이곳으로 피신했고, 이후에 궁궐로 돌아가 태상황을 모신다면 달해녀와 진형이 해후상봉한 것처럼 좋은 일이지요. 그렇지 않으면 어떻게 군신이 함께 만난다 했겠습니까?”

국정이 머리를 끄덕였다.

"맞아, 그럴만한 이치가 있어! 내 생각에는 형의 성이 나씨이니, 시에 이른바 '그물(羅)에 따서(采) 넣은 걸 보게 되리니 그 속에는 물에 뜨는 부평(蘋)도 보게 되리라.' 하였으니, 형이 그를 궁궐로 모셔가야 할 것 같소."

백소고가 말했다.

"정말 매비라면 그녀가 여기에 있고 조카가 때마침 와서 알았으니 빨리 태상황께 상주하는 게 좋을 것 같네."

나채가 말했다.

"매비라는 것이 밝혀지기만 하면 곧 표문을 올리겠습니다."

백소고가 말했다.

"밝히기야 쉬운 일이지. 달해영영이 역적에게 항복한 일족을 따르지 않았기에 강씨는 그녀를 극진히 생각하고 있다네. 그러니 강씨가 온갖 말을 다 하였을테니 속였을 리는 없지. 영영에게 물으면 알 수 있을 것이네."

소고는 이튿 날 정실(靜室)에서 영영을 보자, 여러 가지 이야기 끝에 물었다.

"아씨, 며칠 후면 강씨와 헤어지게 되오. 그런데 강씨는 이곳에 온 이후 경력을 말한 적이 없소. 두 사람은 극진하고 가까운 사이이니 많은 이야기를 했을 것이니, 아는 것이 있으면 들려주오. 도대체 어느 가문 부인이오?"

그러자 영영이 웃으며 말했다.

"내내 말하지 않다가 어제야 비로소 말했어요. 그분을 하찮게 보지 말아요. 그분은 여느 여인과 달라요. 그는 지금 태상황이 가장 총애하는 매비 강채평이에요! 저도 이걸 알려주려고 하던 참이었어요."

소고는 놀랍고 기뻐 손뼉을 치며 말했다.

"내 조카가 알아맞히었네."

워낙 매비는 상양궁(上陽宮)에서 적막하게 지냈다. 안록산이 반역하여 천하가 소란스러워지자 늘 양귀비를 화근이라고 한스러워했다. 적의 기세가 사나워져 현종이 남쪽으로 피난가며 매비를 데리고 가려 하였으나 양귀비가 방해하여 그만두었다. 온 궁궐 내 사람들이 도망칠 때 매비는 스스로 생각했다.

'지난날 은총을 받다가 소박을 맞았지. 폐하께서는 날 저버릴 수 있지만, 나도 그래서는 안 돼. 지금 자결하지 않으면 역적들에게 욕을 보게 될 거야.'

매비는 대성통곡한 뒤, 흰 능라(綾羅, 비단) 한 폭으로 뜰 안의 늙은 매화나무 가지에 목을 매었다. 숨이 거의 넘어갈 즈음, 갑자기 누가 풀어 주어 선채로 눈을 떠보니 보석 의관으로 차려 입은 한 미인이 앞에 서있었다.

매비가 급히 물었다.

"어느 궁의 사람이냐?"

"나는 궁녀가 아니라 위씨(韋氏)의 딸이며, 장과 선생의 처요.

집은 왕옥산(王屋山)에 있소. 남편의 명을 받고 구름을 타고 이곳에 와 특별히 구해준 것이오. 다시 존안을 뵙게 될 것이니 죽어서는 안 되오. 내가 보내주는 곳에 가서 잠시 있으면서 상봉할 날을 기다리오."

이어 소매에서 흰 종이로 접은 당나귀를 꺼내 땅에 놓고 불더니 흰 당나귀가 되었다.

그는 안장에 매비를 부축해 앉히며 당부했다.

"가는 대로 눈을 감고 있으면 얼마 안 가서 어떤 곳에 이르게 되고, 마중할 사람이 있을 거요."

말을 마치자 나귀를 손으로 탁 쳤다. 당나귀는 서서히 공중에 떠올랐다. 매비는 놀랐으나 내릴 수 없어 눈을 꼭 감고 고삐를 틀어 쥐었다. 귓가의 바람 소리로 보아 아주 빨리 가는듯했으나 흔들림도 없고 안전했다.

한참 후 당나귀가 땅에 내리는듯해서 눈을 떠보니 산속이었다. 당나귀는 오솔길로 접어들었다. 이리하여 소봉영 수진관으로 왔고, 백소고를 만나 머물러 있게 되었다. 그러나 감히 자신을 말하지 못했고, 소고 역시 사람을 내려놓은 흰 당나귀가 하늘로 가는 것을 보고 선녀가 아닌가 싶어 감히 묻지 못했다.

나공원이 쓴 시에 강(江), 채(采), 빈(蘋, 苹)이라는 석 자가 들어 있었으니, 다른 사람은 몰라도 매비만은 영문을 알았을 것이다. 조서를 지닌 사자나 채의 이름이 시와 맞물리고 영영과 진국정이 상봉하였으니 시의 뜻이 점점 풀려 나갔다.

매비는 두 도성이 수복되었으니 태상황이 곧 환궁할 것이라 여겨 그동안의 일을 영영에게 알려주었다.

달해영영이 이 같은 사실을 곧이곧대로 말했다. 백소고는 놀랍기도 하고 기뻐서 매비를 찾아서 알현의 예를 올렸다.

매비가 부축해 일으키며 말했다.

"보살핌을 많이 받았으나 아직 보답하지 못했어요. 나씨(羅氏) 사자에게 말하여 표문을 올리도록 해주세요."

백소고는 응낙하고 나채에게 알렸다.

나채와 진국정은 함께 의논한 뒤 먼저 광평왕에게 글월을 올리기로 했다. 광평왕은 동궁에 있었던 궁녀 몇 명을 뽑아 도관에 가서 만나보게 하고는 매비가 틀림없다는 것을 확인했다.

나채는 곧바로 상주문을 써올렸다. 상주문에서 그는 국정과 달해영영의 일을 말하면서 영영은 국정의 부인으로 옛날에 인연을 맺었지만 난리에 헤어졌다가 오늘 수진관에서 상봉했다고 썼다. 안록산에게 투항한 달해순의 족질녀(族姪女)이지만 달해순의 소행을 질시하고 끝까지 지조를 지키느라 여도사까지 되었으니 장한 일이라고 했다.

숙종은 표문을 읽고 태상황 현종에게 알리는 한편, 내시 두 사람을 파견해서 몇몇 궁녀를 데리고 백운산 소봉영에 가서 매비를 모셔오게 함으로써 현종이 환궁할 때 마중하게 했다.

백소고에게는 지방관원을 시켜 상을 후하게 주게 했으며 현종이 오면 크게 포상하려 했다. 또 조서를 내려 달해영영을 진국정의 부인으로 삼는다 하고 작위를 봉해주었다. 그때 진국정과 나채는 백소고와 작별하고 조정으로 돌아오는 길이었다.

도중에서 조서를 받고 하인을 수진관에 보내 영영에게 전달하게 했다. 달해순 집의 여비들의 시중을 받으며 매비의 의장대를 따라 함께 장안으로 올라오라는 것이었다.

그날로 매비와 달해영영은 백소고를 작별하고 길을 떠났다. 매비는 내시와 궁녀의 시중을 받으며 장식한 연(輦)에 올라 서경으로 향했다.

달해영영은 하인과 여비들을 데리고 마차에 앉아 매비를 뒤따랐다. 매비가 탄 연 앞에는 선인이 준 매화를 불가에서 불공 전에 손을 씻는 물을 담는 정병(淨甁)에 꽂았고 환관이 들고 갔다. 향기가 멀리까지 풍겨 사람마다 희한한 일이라고 놀라 말했다. 매비는 떠나기 전에 상주문을 써 궁중 사자에게 주며 한시라도 빨리 현종에게 헌상하라고 말했다.

옛날에 누각서 괜한 부(賦)를 올렸고, (昔日樓東空獻賦)
오늘은 또다시 서신을 헌상하네. (今朝重上一封書)

뒤에 무슨 일이 있을지 모르나니, 다음 회를 읽어 보시라.

제98회

비단 버선 보관했던 노파는 돈을 벌었고, 빗속 말방울소리를 악공이 노래했다.(遺錦襪老媼獲錢, 聽雨鈴樂工度曲.)

노래하기를,	詞曰,
사람은 죽었고,	(人逝矣)
머릿 장식 비녀 모두 버려졌다.	(寶髻花鈿都委地)
비단 버선 한짝 그 모습 남아	(錦襪獨留餘媚)
보는 사람 놀라며 기뻐한다.	(見者猶驚喜)
만리 먼길 돌아오니,	(萬里歸程迢遞)
지난 일은 추억으로 남았고,	(正追思往事)
빗물 소리 애간장을 태우니	(被雨滴愁腸碎碎)
악곡에 근심만 노래한다.	(愁歌曲內)
— 곡조 〈귀국요〉	— 調寄 〈歸國遙〉

세상 사람들, 남녀의 생사(生死)와 이별의 순간에 슬픔은 말할 것도 없지만, 흘러버린 세월 뒤에 남은 추억으로 마음만 더욱 아프다. 만약 사람이 떠나면서 마치 물이 흘러가 버린 듯, 아니면 눈이 녹은 듯, 또는 안개가 걷힌 듯 사라져 아무런 모습도 남긴 것이 없다면, 그저 헛된 상상만을 허공에 남겨 허무하기 짝이 없을 것이다.

만약 그리던 사람의 옷이나 평소 아끼던 물건을 한두 가지 남겼을 경우, 그런 물건을 볼 때마다 그 사람의 마음은 정말로 아플 것이다. 그리고 그런 물건들을 결코 버리거나 소홀히 할 수 없을 것이다. 만약 직접적인 관계가 없는 사람이라도 그런 사연이 있는 장소나 물건들을 보았다면 탄식이나 감흥을 불러일으킬 것이다.

그것이 만약 사랑하는 사람이 있었던 장소이고 물건이라면, 그 현장이나 물건을 보면서 느끼는 비통한 감정을 정말 어찌 말로 다 그려낼 수 있겠는가?

나중에 아픈 마음이 어느 정도 가라앉았다 하여도, 그때를 회상할 수 있는 그런 물건이나 사연, 가락을 또 듣거나 느끼려 할 것이다. 그럴 경우 그 가락은 느끼는 사람에게는 울음이며, 사연 하나하나는 모두 눈물일 것이다.

매비(梅妃)는 작은 봉래산(蓬萊山)이며 영주산(瀛洲山)이라는 뜻을 가진〔소봉영(小蓬瀛)〕 수진관(修眞觀)을 떠나 서경(西京, 長安)으로 가기 전에, 자신이 쓴 상주문을 태상황 현종에게 올리려고 내시에게 주어 촉(蜀) 땅으로 보냈다.

원래 태상황은 촉에 가서도 늘 매비를 그리워했다. 그런데 역적들이 궁궐에서 매비의 시신을 발견했다는 소문을 들은 후에는 매비가 죽었다고 믿고는 아주 비통해했다. 그 당시 촉 땅에는 장산인(張山人)이라는 방술(方術)에 능통하다는 사람이 있었다.

현종은 장산인을 궁중에 불러 저승을 뒤져서라도 매비의 혼이 있는 곳을 찾아내라고 말했다. 장산인은 제단을 만든 다음에, 아무 소리 없이 하룻 밤낮을 앉아있다가 아뢰었다.

"신의 혼령이 삼계(三界)를 돌며 죄다 찾아보았지만 종적이 아예 없습니다."

현종이 아연해하며 말했다.

"아름다운 혼령이여! 어디로 갔소? 매비의 혼령을 찾으면 태진의 혼령도 찾을 수 있으리라 예상하였는데 헛생각이었구나!"

현종은 눈물만 흘렸다. 곁에 있던 고력사가 태상황이 너무 비통해하는 모양을 보고는 매비의 화상을 그리게 하여 현종에게 올렸다.

현종은 그림을 보고 나서 탄식했다.

"매비와 그대로 닮게 그렸으나 살아날 수 있어야지!"

그리고 두 번 세 번 살펴보더니 붓을 들어 칠언절구 한 수를 그림 위에 썼다.

안타깝다 지난 날 시중들던 고운 모습, (惜昔嬌娃侍紫宸)
타고난 미모라서 화장에 조금 게을렀지. (鉛華懶御得天眞)
살결은 하얗게 살아서 모습 그대로인데, (霜綃雖似當年態)
어이해 짐에게 웃음을 주지 아니하는가? (怎奈秋波不顧人)

그 이후로 현종은 매비 화상을 자주 바라보았다. 얼마 지나지 않아 궁궐에서 그때 발견된 시신은 매비의 것이 아니며, 따라서 매비는 죽지 않고 살아있다는 소문이 들려왔다. 현종은 매비가 민가에 피해 있을 수도 있다고 생각했다.

그래서 군대와 백성에게 매비가 있는 곳을 아는 사람에게는 후한 상을 주고, 장안으로 모셔오면 6품 벼슬을 주고 금전 1만 관(貫)을 주겠다는 조서도 내렸다.

현종의 조서가 내려오자마자 숙종은 나채(羅采)가 동경에서 올린 표문을 받았다. 현종은 조서를 내린 후, 곧 숙종이 올린 표문을 받고는 그지없이 기뻐하며 돌아가서 상을 주고 매비를 궁궐에서 만나겠다고 말했다.

그리고 하루가 지나서 매비가 보낸 내시가 촉 땅으로 가다가 도중에 서경으로 환도하는 현종의 어가를 만났다. 내시는 매비가 써 올린 상주문을 현종에게 바쳤다.

그 글은 대략 다음과 같다.

「지난 날, 첩이 〈누동부〉를 올려 (臣妾白樓東獻賦)

노여움을 받았습니다. (多有觸忌)
깊은 성은을 입어 죽지 않고, 다행히, (荷蒙聖恩, 不加誅戮)
적막한 곳에서 목숨을 부지했습니다. (幸得屏處, 以延一息)
처량하지만 감지덕지한 일입니다. (淒涼之況, 甘之如飴)
작년 여름 역적이 궁궐을 범하고, (客歲之夏, 逆賊犯闕)
어가는 서행했고, 갑작스런 일에, (乘輿西狩, 事起倉卒)
성은은 첩에게도 동행을 원하셨지만, (聖心眷妾, 欲與偕行)
중간의 방해로 어명을 기다렸지만, (有言間之, 使俟後命)
급박한 형세에 어명을 못받았습니다. (事勢旣蹙, 後命不及)
그때 궁안 모두가 흩어질 때, (當此之時, 擧官駭散)
첩의 목숨은 홍모보다 가벼웠기에, (妾之一命, 輕於鴻毛)
목을 매어 거의 절명 순간에, (殉節投環, 氣已垂絶)
문득 선녀가 하늘에서 내려와 (忽有仙姫, 從空而降)
목맨 천 풀어, 기절 후 소생했습니다. (手爲解救, 絶而復甦)
연유를 물으니 왕옥산에서 왔으며 (詢厥所由, 來自王屋)
위씨(韋氏)댁 딸이고 남편은 장과(張果)인데, (韋家女子, 張果其夫)
남편 말대로 저를 피신시켰습니다. (雲奉夫言, 指妾遠遁)
소매 속 종이 당나귀를 타고, (袖出紙驢, 化爲駿騎)
하늘로 순식간에 천리를 날아와 (乘以行空, 頃刻千里)
당나귀 멈춘 곳이 난양이고, (任其所止, 則在蘭陽)
백운(白雲)이 깊은 곳 영주 도관에, (白雲深處, 蓬瀛道院)
여도사가 있는데 절부였습니다. (中有女冠, 實係節婦)

소고(素姑) 나씨는 나공원의 일족으로 (素姑羅氏, 公遠族屬)
놀라 저를 선녀라 의아해하면서, (訝妾來蹤, 疑以爲仙)
조용한 곳에 저를 환대했습니다. (引處奧密, 奉事惟謹)
깊이 생각해 저를 숨겼습니다. (妾亦韜晦, 不與明言)
함께 살아온 규수 달해영영은, (有與同處, 達奚閨秀)
진국정 장원의 부실(副室)이었는데, (秦姓所聘, 狀元側室)
남들은 우리 둘을 몰랐습니다. (二女同居, 人莫能知)
전에 나공원이 백소고에게 말해, (前此公遠, 預言羅姑)
잠시 두 여인 머물다 곧, (謂有二女, 暫來卽去)
옛님 찾아간다고 했습니다. (各歸其主, 當在異日)
두 달 전에 나선사 찾아왔고, (兩月以前, 羅師忽來)
함께 온 섭법선이 (所同來者, 葉師法善)
제게 준 매화가지 보관하니, (贈妾以梅, 從厥攸好)
낭원의 꽃이라 아니 시들고, (閬苑天葩, 常花不謝)
시를 지어 은밀히 읊었습니다. (更吟詩句, 字裡藏機)
나채와 진국정 둘이 소고를 찾았고, (羅秦二使, 訪親而來)
달해영영 통해 진공과 나공에게, (妾緣達奚, 因秦及羅)
상주하고 선사의 말 그대로 (藉以奏報, 適符仙語)
신선 행적과 내가 겪은 일을 (奇跡怪蹤, 妾所身經)
모두 적어서 폐하께 올립니다. (敢具手疏, 上達天聽)
남은 여생 심려 없게 모시려니, (殘喘餘生, 不宜再讀)
각별 은혜로 환궁 허락을 빕니다. (邀恩格外, 許歸故宮)

조석으로 매화와 함께 지내며, (旦夕之間, 與梅同落)
매화 혼령따라 아늑한 하늘에 노니, (隨逐花魂, 渺焉空際)
참사와 하늘 땅 차이 아니겠습니까? (較之慘死, 何啻天淵)
이렇듯 은총외 무얼 구하겠습니까? (是所深幸, 夫復何求)
각별히 옛날 은애 잊지 않으며, (若蒙異數, 不忘舊眷)
하찮은 몸이 다시 존안을 뵈오면, (俾茲朽質, 重睹天顔)
떨어진 꽃이 가지 끝에 다시 피니, (有如落英, 復綴枝頭)
바랄 수 없는 폐하 명령 기다리며, (非敢所期, 伏候明詔)
눈물로 상주하며, 말을 잊었습니다. (臨疏涕泣, 不知所云)」

태상황 현종은 숙종의 표문을 보고 사연을 대충 알았는데, 다시 매비가 직접 서신을 보내오자 더욱 감격했다. 현종은 매비에 대한 사랑과 그리움을 담담히 온화하게 서술했다.

「현숙한 매비가 곤경을 빠졌지만 스스로 이겨내면서 지조를 지켜 순절하려 했으니 그 뜻을 분명히 알았노라. 때마침 선녀가 구해주었으니, 이는 지성(至誠)의 절조 때문일 것이다. 천리를 날아 봉영(蓬瀛)의 별천지에 가서 머물렀고 선인(仙人)이 주는 매화를 받아 그 향을 감상한다니, 어찌 아름답지 않은가! 짐은 지금 매비의 화상(畫像)을 보면서 그대의 혼령도 못찾을 것 같은 절망을 시로 읊어 적었다. 그런데 마침 매비의 지조와 마음을 담은 글을 받아보았노라. 매비가 겪은 여러 가지 기적은 들을수록 감격스럽나니, 모두가 지성(至誠)으로 이룬 감천(感天)이며 상봉의 인연을 맺어준 하늘의 뜻이 아니겠는가! 이제 다시 궁궐로 돌아오면 이후로는 매비가 홀로 처량한 밤을 지내지 않게 할 것이다. 옛정을 그리며 새로운 은총을 기다려주기 바라노라.」

태상황의 사자가 칙서를 가지고 나는 듯이 달려가 매비에게 전했다. 매비는 그때 서경에 이르러 숙종이 권하는 대로 이전의 거처인 상양궁(上陽宮)에 머물고 있었다. 현종이 봉상부(鳳翔府)에 이르자, 수하 호위 병사들에게 명하여 갑옷과 병장기를 모두 풀어 봉상부 창고에 보관하게 했다.

이보국(李輔國)은 정예 군사 3, 4천 명을 내어 현종을 맞이하라고 주청했다. 어가가 도착하는 날, 숙종은 백관을 거느리고 도성 밖으로 마중 나갔고, 백성들은 길에 엎드려 만세를 높이 외쳤다.

숙종은 현종의 어가 앞에 엎드려 하염없이 눈물을 흘렸다. 현종도 눈물을 흘리며 아들의 노고를 치하했다. 숙종이 제위에서 물러앉겠다고 하였으나 현종은 불허했다.

그때 숙종은 감히 곤룡포를 입지 않고 자줏빛 관복을 입고 있었다. 현종은 내시에게 명하여 숙종에게 황룡포를 입혔다.

어가는 그날로 태묘(太廟, 宗廟)를 배알했다. 태묘가 형편없이 파괴된 것을 본 현종이 하늘을 우러러 통곡했고, 신하와 백성들 모두 크게 서러워하며 울었다. 종묘를 알현한 현종은 궁궐로 향했다. 숙종이 걸어서 어가를 따르자, 현종은 여러 번 말을 타라고 권유했다.

"짐이 50년 동안 제위에 있었지만 존귀한 자리인 줄 몰랐지만, 오늘 태상황이 되니 지존임을 알겠노라."

여러 신하들은 엎드려 만세를 불렀다. 현종의 어가가 궁전에 이르자 대궐로 가지 않고 편전으로 가면서 말했다.

"짐은 태상황이니 남쪽의 흥경궁에 있으면서 조정의 일을 묻지 않겠도다."

후세에 이 역사를 읽는 사람들은 태상황이 갑옷과 병장기를 왜 봉상부의 창고에 보관했는가를 생각해야 한다. 또 숙종이 부황의 어가를 맞이할 때 아들로서 3천 정병을 거느리고 나간 것은 무슨 의미인가?

이를 탄식한 시가 있다.

병장기의 보관은 아버지 깊은 배려이니, (甲兵輸庫非無意)
부자간에 내재한 혐의를 감춰야 했었다. (父子之間亦遠嫌)
환궁하는 어가를 성대히 맞으면 되는데, (迎駕只須儀從盛)
삼천정병 거느려 무엇을 보이려 했는가. (何勞精騎發三千)

현종은 흥경궁에 들어가 매비를 불렀다.

매비는 격앙된 감정을 참으며 흐느꼈다. 현종은 측은하여 좋은 말로 위로하며 시를 쓴 매비 화상을 꺼내 보여주었다.

매비가 사례하며 말했다.

"폐하의 깊고 성대한 정을 느꼈습니다. 저는 이후 죽어서라도 구천에서 감사를 드리겠습니다."

매비는 그날 목을 매었다가 선녀를 만나고 피난하여 신선을 만난 전후의 여러 일을 자세히 이야기했다.

"신선 장과(張果) 선생이 부인 위씨(韋氏)를 시켜 멀리 와서 구해주지 않았더라면 첩이 어찌 오늘 폐하를 다시 뵐 수 있었겠습니까?"

"지난 날, 짐이 옥진공주를 장과에게 시집보내려 하였을 때, 왕옥산에 위씨라는 아내가 있다며 사절하더니 뜻밖에 그대가 은혜를 입었소 그려. 그 종이 당나귀는 생각건대 장과의 두건 상자 속의 물건인듯하오."

매비는 섭법선이 준 매화를 현종에게 올렸다.

현종은 색깔이 유난히 빛나고, 향기도 진한 매화를 보고 놀라며 말했다.

"비가 신선의 매화를 받았으니 매비란 이름이 맞았소."

매비는 나공원의 읊은 시구를 외우며 말했다.

"이는 달해영영에게 준 시이지만, 신하인 나채(羅采)가 올릴 표문을 암시하였습니다."

현종도 머리를 끄덕이며 감탄했다.

"지난 날 나공원이 편안하더라도 위험을 잊지말라는(安不忘危) 글을 써주었소. 그때 안(安)은 안록산을 말했던 거요. 또 촉(蜀)

의 당귀(當歸) 약초를 보냈는데,[164] 난을 피해 촉 땅에 갔다가 뒷날 응당 장안으로 돌아온다는 뜻이었소. 선사가 하는 말 뜻을 그때는 몰랐는데, 오늘 생각하면 영험하지 않은 것이 없소. 지금도 그 사람 생각이 각별하게 나오."

---

164 여기서 중국인들이 지어낸 才談(재담)을 한 번 읽어보아도 괜찮을 것이다.
어느 날 시인 왕유(王維)가 몸이 안 좋은 것 같아 藥材(약재)를 좀 사려고 藥鋪(약포)를 찾아갔다. 점포 안에는 묘령의 아가씨가 혼자 앉아있었다. 왕유는 '젊은 아가씨가 약을 얼마나 알겠는가?' 라고 생각하면서 말을 건넸다. "잔치가 끝난 다음에 손님이 해야 할 일이 무엇인지 몰라서 그러는데, 그런 일이 있겠는가?" 그러자 아가씨가 금방 대답했다. "잔치가 끝났으면 손님들은 당연히 돌아가야 합니다. 우리 집에는 좋은 當歸(당귀)가 많이 있습니다."
왕유는 빙그레 웃으면서 "돌아갈 때, 캄캄한 밤에도 길이 헷갈리지 말아야 하는데?"라고 말했다. "늘 다니던 길은 괜찮습니다. 熟地黃(숙지황)이 필요하십니까?"
왕유는 기분이 좋았다. "아가씨는 모란(牧丹)처럼 예쁘구먼! 아가씨 여동생도 있는가?" "모란의 여동생 이름은 芍藥(작약)입니다. 오늘 좋은 작약이 들어왔습니다." "먼 길을 가야 하는 사람이 꼭 있어야 하는 것은 무엇인가?" "그것은 두말 할 것 없이 遠志(원지)입니다. 얼마나 드려야 할까요?" "百年(백년)이나 된 좋은 담비 가죽옷〔貂裘(초구)〕은 없겠지?" "우리 점포에 왜 陳皮(진피)가 없겠습니까?" "나비들은 왜 꽃 사이를 날아다니는가? 그것도 알고 있는가?" "胡蝶雙雙歸(호접쌍쌍귀)라는 시를 말씀하시는군요. 그것은 香附(향부)입니다."
왕유는 젊은 아가씨의 재담을 듣고 기분 좋게 그런 약재들을 사가지고 망천의 〈鹿柴(녹채)〉로 돌아왔다고 한다.

매비는 나채와 백소고가 친척이라는 이야기도 현종에게 아뢰었다.

현종은 명을 내려 나채의 관직을 삼급(三級) 올려주고 1백 만 냥을 특별히 하사했다. 그리고 백소고를 '정정선사(貞靜仙師)'로 봉하고 2백만 냥을 하사케 했다. 또 도관을 증수하라고 명을 내려 장과, 섭법선, 나공원의 화상을 모셔놓고 공양하게 했다.

매비는 달해영영과 한동안을 서로 같이 돌봐주어 정이 이만저만 아니라는 사실도 현종에게 아뢰어 괵국부인의 옛 저택을 달해영영에게 하사하게 했다. 이리하여 나공원의 시 가운데 「그림의 정경은 사실이 되리라(畫景卻成眞).」는 시구가 증명되었다.

달해영영이 진국정을 만났을 때, 자기 집 일을 감추기 위하여 괵국부인의 정원 그림을 보여주었었다. 그런데 지금 현종이 괵국부인 저택을 하사하였으니 거짓말이 진담으로 되지 않았는가? 진국정은 달해영영을 맞아들이며 형 진국모에게 옛날 만났던 일을 말하지 않고 수진관에서 만나 나채의 중매로 혼약을 맺었다고 말했다.

진국모는 그가 태상황 현종의 칙서를 받고 맞아들인 것이니, 더 따져 묻지 않았다. 달해영영은 하사받은 저택에서 진국정과 함께 살며 옛정을 다시 이었다. 말로는 다 말할 수 없이 애정을 읊은 〈황앵아(黃鶯兒)〉라는 사(詞)가 있다.

장원한 임을 다시 만나, (重會狀元郎)
진루에 올라 행장 풀고, (上秦樓, 卸道裝)
노독을 씻고, 상사(相思) 휘장 걷는다. (從今勾卻相思賬)
성씨는 이자(二字), 이름도 겹쳤으며, (姓兒也雙, 名兒也雙)
지난날 몸을 숨겨서 못 찾았으나 (前時瞞過難尋訪)
아가씨 소행 우습지만, (笑娘行)
지금은 귀에 속삭임만 듣는다. (今須聽我低叫耳邊廂)

본래 진국정의 부인 서씨는 서무공(徐懋公, 李勣, 懋는 힘쓸 무, 37회 주석 참고)의 후예로서 아주 현숙했다. 본처와 첩은 서로 잘 어울렸고, 그들은 후에 각각 동자를 하나씩 낳았다. 진국정과 진국모는 모두 높은 벼슬을 했다.

달해영영은 자주 궁궐에 가서 매비를 만나보았고, 늘 사람을 시켜 백소고를 찾아보게 했다. 백소고는 1백여 세를 살았고, 앉아서 승천〔昇天, 尸解(시해)〕[165]했다. 이 모두 뒷날의 일이라 더 말

165 도사들의 죽음을 보통 시해(尸解)라고 한다. 마치 매미가 껍질을 벗듯, 육신을 벗어놓았다는 의미이다. 다른 말로는 해화(解化), 시화(示化), 시졸(示卒)이라고도 한다. 《운급칠첨(雲笈七籤)》이란 책에 의하면, 시해의 종류는 매우 다양하다. 몸이 칼로 변하는 검해(劍解), 지팡이로 변하면 장해(杖解) 외에 불로 변하는 화해(火解), 물로 변화하여 모습을 감추는 수해(水解) 등 다양한 예가 있다. 그러나 같은 시해라도 한밤중의 시해보다 한낮에 승천하는 백일시해(白日尸解)를 상대적으로 높게 평가한다.

하지 않겠다.

서무공(徐懋公)

매비는 그날 태상황 현종을 만나 본 이후 상양궁으로 돌아가려 했다.

그러자 현종이 말했다.

"짐이 늙고 시중드는 사람이 없던 차에 그대를 만나 정을 나누며 나의 만년을 맡기려 하였는데, 어이하여 다시 상양궁으로 가려는가?"

"첩이 취화서각에서 폐하를 모시다가 시샘 받고 참언을 당해 영영 버림을 받는 것이 나의 팔자라고 여겼습니다. 죽지 않고 여생에 폐하를 다시 뵌 것을 천행으로 생각합니다. 곁에서 모실 젊은 비빈을 다시 고르십시서. 그전의 총애를 다시 계속하십시오. 첩은 이미 시들은 몸이라 스스로 알아 차리고 물러가야 마땅합니다."

말을 마친 매비는 눈물을 흘렸다. 그러자 현종이 다독이며 말했다.

"짐이 전에 매비와 오래 헤어져 지낸 일은 모두 짐의 잘못이오. 하지만 진주를 선사한 걸 보더라도 결코 정이 없어서가 아니었소. 지금 장과와 나공원 두 신선도 옛정을 이어가라고 말하였는데, 어찌 짐을 버리고 다른 궁에 별거하려 하오?"

매비는 현종의 고충을 듣고 뜻을 받들어 홍경궁에 남아 현종과 함께 지냈다.

버들꽃 이미 봄바람에 떨어졌지만, (楊花已逐東風散)
매화는 두루 피어나 향기 퍼진다. (梅萼偏能留晩香)

현종은 매비의 보살핌을 다시 받아 만년을 잘 지낼 수 있었다. 그러나 양귀비의 참혹한 죽음을 생각할 때마다 몹시 비통했다.

촉 땅에서 장안으로 돌아올 때, 현종은 마외파를 지나오며 제사를 지냈다. 그리고 황후의 예를 갖춰 다시 장례를 지내려 했었다.

그러자 예부시랑 이규(李揆)가 말했다.

"지난 날, 용무(龍武)의 장졸이 양국충을 죽이고 귀비까지 처단하였습니다. 오늘 돌아간 귀비를 다시 장례하면 용무의 장령들이 두려워해서 변을 일으킬 수도 있습니다."

현종은 이 말을 듣고 그만두라고 명령했다. 그리고 장안에 환궁한 이후, 고력사를 몰래 보내 귀비를 좋은 자리에 다시 안장하라고 지시했다.

"혹시 귀비가 남겨 놓은 물건이 있으면 가져오너라."

고력사는 밀지를 받고 마외역 서쪽길 북쪽에 도착하여 양귀비의 시신을 파내 다른 곳에 묻었다. 양귀비 육신은 이미 다 썩고 의복도 모두 흙으로 변해 있었다. 다만 앞가슴에 달았던 자색 능라 향주머니가 의연히 그대로 남아 있었다. 자색 능라 비단 향주머니는 외국에서 바친 공물(貢物)이었다. 질긴 실로 짠 것이라서, 주머니 속에서 향기가 여전했고 썩지 않았다. 고력사는 그것을 잘 간수했다. 또 마외산 기슭에 사는 전씨(錢氏) 집의 노파가 양귀비의 비단 버선이 한 쪽이 있다는 말을 듣고 1만 전을 주고 샀다.

원래 마외역에서 양귀비가 목을 매 죽은 후에 대충 묻어버렸었다. 그리고 어가가 떠난 뒤 역졸(驛卒)들은 역관(驛館)을 청소하였다. 그 가운데 전씨라는 역졸이 있었는데, 불상을 모시는 불당 벽 아래에서 비단 버선 한 짝을 주웠다. 양귀비의 유물이라는 것을 안 그는 남몰래 감춰 가서 늙은 어머니에게 보였다. 그 할멈은 버선에 다섯 가지 색실로 한 쌍의 연꽃을 수놓았고 아롱진데다 향기가 풍기는 것을 보고 말했다.

"죽은 귀비마마가 신던 게 틀림없어. 이렇게 좋은 건 처음봤어."

그때 이웃 할멈이 와서 한담하다가 오색실로 수놓은 버선을 보고 서로 이리저리 훑어보았다. 그 바람에 소문이 퍼져 사람들이 너도나도 보러 왔다. 처음 전씨 댁 노파는 보러 오는 사람에게 거저 보여주었으나 보러 오는 사람이 많아지자 돈을 받고 보여주었다.

돈을 많이 받아도 보러 오는 사람이 많아져 한 번에 백전을 받고 보여주었다. 그렇게 해서 받은 돈이 수만 전이 되었다. 정말 통쾌한 횡재였다. 당시 사람들은 양귀비의 버선을 우리(藕履, 藕는 연뿌리 우, 履리는 신발 리)라고 불렀다.

이는 무슨 뜻인가? 양귀비는 평소에 연꽃을 수놓은 버선을 즐겨 신었다.

그래서 현종이 자주 농담을 했다.

"그대의 버선에는 연꽃수가 딱 맞아. 연꽃이 없으면 어떻게 그 속에 흰 연뿌리가 있겠소?"

이리하여 양귀비는 버선을 자연스레 연꽃 버선이라고 불렀다. 그러나 뜻밖에도 죽으면서 한 짝을 역의 뜰에 떨구어 많은 사람들이 보게 되었고 전씨네 할멈이 그 덕을 톡톡히 보았다. 뒷날 유우석(劉禹錫, 772-842年, 79회 주석 참고)이 〈마외행(馬嵬行)〉[166]이란 시를 지어 이 일을 묘사하였다.

버선의 연둣빛 사라졌지만　(履綦無複有)
버선 댓님 빛은 그대로이다.　(履組光未滅)
산골 사람들 이제 안보이나　(不見岩畔人)
괜히 버선짝 우연 떨어졌다.　(空見淩波襪)
역졸이 행적 아쉬어 하기에　(郵童愛蹤跡)

166 본 소설의 원문에는 유우석의 〈馬嵬行〉 중 끝부분만 수록했다.

손으로 묶인 댓님을 풀렀다. (私手解鞶結)

수많은 사람 찾아와 보았고 (傳看千萬眼)

풀어진 버선 향기만 남았다. (縷絶香不歇)

남은 버선이 전씨 할멈에게 있다는 말을 듣고 고력사가 많은 돈을 주고 사려 하니, 전씨 할멈은 팔지 않을 수 없었다.

고력사는 비단 버선과 자색 능라 향주머니를 현종에게 올렸다. 현종이 그것을 보고는 그지없이 서러워하며 잘 간수하라고 내시에게 명했다. 그리고 한가할 때 생각이 미치면 자주 꺼내보며 한탄했다.

매비는 현종의 시름을 덜어주려고 고력사에게 옛 이원 악사들을 부르게 했다. 어느 날 밤 현종은 달빛을 밟으며 근정루(勤政樓)에 올랐다. 난간에 기대어 멀리 바라보니 연운(煙雲)이 한눈에 안겨와 지난날 성루의 흥성거리던 정경이 떠올랐다.

실로 세상과 동떨어진 구슬픈 생각이 들어 무망감에 목청을 뽑게 되었다.

뜨락 나무는 자라나 푸르고 무성해도, (庭前琪樹已堪攀)

서행(西行)한 사람은 아직도 아니 돌아왔다. (塞外征人殊未還)

그런데 그 노래가 마저 끝나기도 전에 멀리서 노랫소리가 들려왔다. 현종은 한참 조용히 들었으나 무엇을 노래하는 지 알 수 없었다.

하지만 노랫소리가 구성져 좌우를 돌아보며 말했다.

"노래하는 사람이 옛날 이원 악사 같지 않은가?"

고력사가 말했다.

"민간의 남녀가 우연히 노래할 수도 있습니다. 어제 듣자오니, 황번작은 이미 병으로 죽었다고 합니다. 옛 이원 악사들이 점점 줄어듭니다."

현종은 그 소식을 듣고 더욱 슬픔에 잠겨 말했다.

"짐이 근자에 지은 〈우림령(雨淋鈴, 빗속의 말 방울 소리)〉 곡을 황번작이 부르면 가장 좋겠건만, 이젠 들을 수 없으니…"

그때 이모(李謨)와 장야호(張野狐)가 곁에 있었다. 고력사가 저들 두 사람의 재능도 황번작만 못하지 않다고 아뢰었다.

현종은 장야에게 〈우림령〉 곡을 부르고 이모에게 피리를 불게 했다. 두 사람은 현종의 말을 듣고 바로 자리를 잡았다. 장야호가 목소리를 가다듬어 노래 부르고, 이모는 선옹(仙翁)이 준 피리를 불었다.

소리는 청아하여 마치 애원하는 듯 그리는 듯하고, 흐느끼는 듯 하소연하는 듯했다.

이 〈우림령〉 곡은 어떻게 해서 나왔는가?

현종은 성도를 떠나 장안으로 돌아오는 길에 양귀비를 생각하며 무척 우울했다. 사곡구(斜谷口)란 곳에 이르러 연이어 열흘이나 비가 와서 어가가 비탈길을 지날 때 빗소리와 함께 들려오는 말방울소리가 골짜기에 메아리 쳤다. 그 소리는 아주 처량한 감이 들었다.

현종이 황번작에게 물었다.

"저 방울소리가 무슨 소리 같은가? 짐이 속상하기 때문인지, 왜 이렇게 듣기 싫을까?"

황번작이 귀를 기울여 듣다가 말했다.

"방울소리가 몹시 불경(不敬)한 것 같습니다. 죄를 물어 벌을 내리십시오."

"또 익살이군! 방울소리가 어떻길래 불경스럽다고 생각하는가?"

"방울소리를 신이 가히 풀 수는 있으나 감히 아뢰지 못하겠나이다."

현종은 황번작이 또 우스갯소리를 한다고 여기고 웃으며 말했다.

"생각나는 대로 말하라. 짐이 죄책하지 않을 것이다."

"신이 자세히 들으니 분명 '삼랑이 딸랑(三郞郞當), 삼랑이 딸랑' 이라고 들립니다. 그러니, 불경스럽지 않습니까?"[167]

현종은 듣고서 그냥 허허 웃고 말았다.

여기서 어떤 사람이 〈우림영곡(雨淋鈴曲)〉을 지어 읊었다.

---

167 삼랑은 셋째 아들. 여기서는 현종. 현종은 이원자제들에게 자신을 말할 때, '三郞(삼랑)' 이라고 했다.

빗속의 말방울소리 본래 처량하지만, (雨聲鈴響本淒涼)
근심 속 듣기에 간장 끊어지는 듯하다. (愁耳聽來更斷腸)
마외파 그 사람 이미 보이지도 않지만 (歎息馬嵬人已杳)
현종은 공연히 홀로 방울소리 탓한다. (三郎空自怨郎當)

어느 날, 현종은 매비와 한담하다가 돌아오는 길에 방울소리를 듣고 느꼈던 생각을 이야기했다.

"짐은 그때 마음이 아주 산란했었소. 그런데 자네가 소봉영에서 보낸 글월을 보고 마음이 금방 개운해졌소."

"소첩은 폐하의 조서를 보고 아직도 저를 잊지 않고 계시다는 뜻을 알고 몸둘 바를 몰랐습니다."

두 사람이 한창 이야기할 때, 적에게 투항했던 조정 신하 두 사람을 특사하려 한다는 숙종의 표문을 내시가 현종에게 올렸다.

고요(皐陶)[168]의 법치를 폐하고, (欲屈皐陶法)
요제(堯帝)의 인정(仁政)을 따르네. (願施堯帝仁)

다음 뒷일은 어떠할까 알 수 없으니, 하회(下回)를 분해(分解)하시오.

---

168 고요(皐陶, gāo yào) - 皐繇, 咎陶, 咎繇. 舜帝(순제)와 夏朝(하조) 초기의 賢臣(현신). 법률을 다루는 이관(理官)은 정직한 사람이었다. 中國 司法(중국 사법)의 비조(鼻祖).

제99회

군신(君臣)의 은정에 반역자 용서하고, 꽃잎이 지듯 옛 인연도 끝났다.(赦反側君念臣恩, 了前緣人同花謝.)

노래하나니,	**詞曰,**
천왕(天王)이나 성명(聖明)한 황제도	(天王明聖)
신하의 죄는 주살한다.	(臣罪當誅)
法外의 은덕 베풀어도,	(恩流法外)
살렸다 다시 불쌍히 죽여도,	(全生更矜死)
궁궐의 은정 덕분이다.	(賴宮中推愛)
궁궐 생활 어찌 부끄러우랴,	(豈意官中人慙德)
매화 꽃잎 지는 것을 보다	(看梅花飄零)
미인이 꽃 따라 죽으니,	(無奈佳人與同謝)
아름다운 영혼 어디 있나?	(歎芳魂何在)
— 곡조 〈억소년〉	— 調寄 〈憶少年〉

옛사람이 말했다. '충신은 필히 효자 집안에서 구해야 한다(求忠臣必於孝子之門).' 또 '효의 대상을 옮기면 충성이다(移孝可以作忠).' 라고 말했다.

대체로 사친(事親)에서는 자신 한 몸을 잘 지키는 것이 중요하니 머리카락이나 살점이라도 다쳐서는 안 된다. 사군(事君)에서는 온몸을 바쳐야 하나니 생명을 돌볼 수도 없다.

사친과 사군의 그 극단에서는 전혀 다른 도리 같으나 그 이치는 다르지 않았다. 그래서 사친하지 못하는 자는 자연적으로 불충했다. 그리고 충성을 다하는 자는 역시 효도를 다했다.

옛날에 그 아비가 충신이 될 수는 없었지만 그 아들이 아비의 폐단을 바로잡아주거나 부친의 허물을 덮어주는 경우는 있었다.

그런데 명신(名臣)의 자식으로서 분에 넘치는 나라의 은택을 대대로 물려 받고서도 국난(國難)을 당하여 순절(殉節)을 생각하지 않았고, 오히려 기꺼이 반적에게 투항하여 가문의 명성과 나라의 기강을 훼손하였다. 그렇다면, 이는 가문을 망친 도적이었다. 이는 나라에 대한 불충이 곧 불효이기에 그 죄는 죽음을 면치 못할 것이다.

아무리 천자가 그 아비를 생각하여 그 아들의 목숨을 살려주더라도 그 오명은 끝내 사라지지 않을 것이니 살아있더라도 죽은 거나 다름없을 것이다.

그런 자는 주군의 총애를 잃어버린 비빈보다 못했다. 비빈은 주군의 총애를 잃더라도 주군을 배신하지는 않았다. 국난을 당하여 치욕을 당할까 걱정하여 오히려 뜻을 굽히지 않고 순절하려 했다.

매비(梅妃)는나중에 신선의 구원을 받아 죽음에서 벗어나 소생하였고, 뒤늦게 찾아온 복을 누리며 여유 속에 생활하다가 죽었으니 오히려 후세에 미담으로 전해졌다.

태상황 현종이 매비와 한담을 할 때 내시가 상주했다.

"주상(主上)의 표문을 가져왔습니다."

현종이 받아보니 역적과 내통한 관원의 처벌에 관련한 표문이었다.

숙종이 서경으로 돌아오자, 조정에서는 반역한 신하들을 엄하게 다스려야 한다고 논의가 있었다. 동평장사(同平章事)인 이현(李峴)[169]이 상주했다.

"전일, 역적이 서경을 침범했을 때, 태상황께서 창졸간에 서행했기에 조정에서는 어가가 어디로 갔는지를 몰라 각기 피난할 수밖에 없었습니다. 미처 피난하지 못하여 반적의 손안에 든 자는 성을 지켜야 할 신하가 기꺼이 아니면 싸우다 말고 적에게 투항

---

169 이현(李峴, 709-766년) - 당조의 황족. 信安郡王 이위(李禕)의 아들. 음사(蔭仕)로 入官, 경조윤(京兆尹) 역임. 天寶 연간에 楊國忠의 미움을 받아 長沙太守로 밀렸다. 永王 이린(李璘)이 江陵大都督일 때 이현을 불렀으나, 이현은 영왕의 모반 의사를 알고 병을 핑계로 떠나왔다. 代宗 재위 중에 형남절도사(荊南節度使)가 되었다.

한 것과는 다릅니다. 지금 일률적으로 반역죄를 적용하여 참수해 버린다면, 인애와 관대(寬待)는 없는 것과 다름없습니다. 하북이 아직 평정되지 않아 적의 수중에 들어있는 신하들도 많습니다. 만약 서경이 함락되었을 때, 적의 수중에 들었던 신하를 지금 모두 참수하면, 지금 적의 수중에 든 신하들은 더욱더 반적에게 의탁하려는 의향을 굳게 만들어줄 뿐입니다."

숙종은 그 말을 옳다고 여겨 적과 내통한 신하들을 잠시 관대하게 처리한다는 조서를 내렸다. 그러나 후에 국법을 집행하는 법사(法司)에서는 여러 번 반역한 신하의 죄를 다스려 국법을 밝혀야 한다고 주장했고, 현종도 반역한 신하를 가볍게 다스릴 수 없다고 말했다. 이에 숙종은 여섯 부류로 나누어 처벌하라고 명령했다.

법사에서는 달해순 등 18명을 참수한 뒤, 그들 가속은 관노(官奴)나 관비(官婢)로 몰수해야 한다고 의논했다.

진희열(陳希烈) 등 일곱 명에게는 자결을 명령했고(92회 주석 참고), 나머지는 유배를 보내거나 좌천시키기, 또는 태형을 집행하기로 결정했다. 그런데 숙종은 다른 사람은 표문대로 재가하였으나, 참형당할 죄수 가운데 두 명은 특사(特赦)하려고 했다.

그 두 사람은 이미 고인이 된 재상 연국공(燕國公) 장열(張說, 75회 주석 참고)의 아들로서, 원래 형부상서였던 장균(張均)과 태상경(太常卿)이었던 부마도위 장기(張垍)였다.

숙종은 왜 이 두 사람을 특사하려 했는가? 그것은 현종이 태자로 있을 때로 거슬러 올라간다. 그 당시 태평공주(太平公主, 예종의 여동생, 현종의 고모)는 조석으로 동궁(玄宗)의 조그마한 실수라도 알아내면, 이를 예종(睿宗, 재위 710－712년)에게 알렸다.

동궁 신변의 좌우 측근들조차 모두 태평공주의 편에 서서 암암리에 끄나풀 노릇을 했다. 그 당시 숙종은 아직 태어나지 않았었다. 숙종 생모 양(楊)씨는 동궁의 양원(良媛)[170]으로서 우연히 태자와 하룻 밤을 지냈는데, 태기가 있자 은근히 기뻐하며 이를 태자에게 알렸다. 그때 태자는 부황인 예종의 의심을 받아 위험한 처지에 있었으므로 생각을 달리했다.

'이 일이 태평공주에게 알려지는 날이면 큰일이야. 부황에게 내가 총애하는 여자들이 많다고 고자질하며 헐뜯을 것이 틀림없으니, 차라리 약을 써 태(胎)를 밀어버리는 것이 더 나을 수도 있지. 애석한 것은 사내애인지 계집애인지 모르는 것이로군.'

그러나 아무리 생각해 보아도 이 일을 의론할 사람이 없었다. 그때 장열은 시강관(侍講官)으로 동궁을 드나들었기에 태자는 남몰래 그와 상론했다.

장열이 말했다.

"용의 씨앗을 어찌 마음대로 건드릴 수 있습니까?"

---

170 양원(良媛)－女官의 직명. 唐朝(당조)에서는 太子妃(태자비) 이하 양제(良娣) 2명(正三品에 해당), 양원(良媛) 6명(正四品에 해당), 승휘(承徽) 10명(正五品에 해당)을 둘 수 있었다. (이하 생략)

"나는 젊은 나이이니 자식이 없지 않을까 근심하지는 않소. 왜 한 궁녀가 잉태한 아기 때문에 나를 미워하는 자들에게 참언을 들어야 하겠습니까? 나는 마음을 굳게 먹었소. 다른 사람 모르게 낙태약을 선생이 얻어주어야 하겠소."

장열은 응낙하고 집에 돌아와 생각했다.

'양원이 잉태했는데 태어나기만 하면 황제나 왕이 될 것이다. 지금 무턱대고 낙태시키는 것은 얼마나 아까운가? 이후에 꼭 후회하게 될 거야. 하지만 그대로 하지 않으면 참소 받기 마련이야. 더구나 태자가 결심한 이상 버티기도 어려워. 나더러 약을 얻어 오라고 한 바에야 낙태약이라며 지어 올리되, 한 첩은 낙태약이 아닌 태아를 안착시키는 안태약(安胎藥)으로, 다른 한 첩은 낙태약을 지어다 태자에게 바치는 것이 낫겠어. 어느 약첩을 쓰는가는 태자의 마음대로이지. 낙태약이 아닌 안태약을 쓴다면, 그것은 하늘의 뜻이니 거역할 수 없는 것이라고 좋은 말로 권고하면 되지.'

이튿날 장열은 소매 속에 약 두 첩을 몰래 넣어가지고 입궁해서 태자에게 올렸다.

"이건 모두 낙태 묘방이올시다. 어느 것이나 한 첩 골라 쓰십시오."

태자는 아주 기뻐서 그날 밤 좌우 사람들을 다 물리치고 방안에서 한 첩 약을 달여 손수 양씨에게 주었다. 동궁은 자신의 고충을 말하며 낙태약을 마시라고 권고했다. 양원 양씨는 내키지 않았으나 태자의 명령을 거역할 수 없어서 흐느끼며 마셨다.

태자는 양씨가 마시는 것을 본지라 태아가 떨어지리라 믿었다. 하지만 양씨 뱃속의 태아는 더 온당하게 자리를 잡았고 아무런 변화도 없었다. 양씨는 시름없이 이튿날 날이 밝을 때까지 잤다. 양씨가 마신 것은 낙태약이 아니라 태아의 안착을 위한 안태약이었다.

태자는 자못 의심이 갔으나 그날 예종이 차린 연회에 나가느라고 장열과 만날 틈이 없었다. 밤에 동궁으로 돌아온 동궁은 역시 좌우를 물리고 남은 약 한 첩을 달여 양씨에게 마시게 하려 했다.

약을 거의 달였을 때 갑자기 잠이 쏟아져 태자가 걸상에 앉아 조는데, 집안에 붉은 빛이 서리더니 그 속에서 신선이 나타났다.

그 신선은 얼굴이 대춧빛으로 붉었으며 수염이 아주 멋있었다. 눈썹은 누에 같고 키는 1장(丈, 十尺)이나 되었으며, 수놓은 목깃이 달린 녹색 비단 장삼을 입고 있었다. 허리에는 더욱 아름답게 영롱한 백옥 띠를 띠고 있었다. 자태가 늠름했으며 생긴 모습이 깨끗했다. 마치 한수정후(漢壽亭侯)[171] 같았고, 삼계(三界)[172]의

171 한수정후(漢壽亭侯) - 관우(關羽 162-219년, 字는 雲長)는 河東郡 解縣(今 山西省 서남부 運城市). 建安 四年(199年), 漢壽亭侯(한수정후, 漢의 壽亭侯가 아님, 한수정은 地名)에 봉해졌다. 관우는 忠義와 勇武의 형상으로 중국인에게 關公, 관노야(關老爺)로 추앙받으며 武聖으로 文聖인 孔子와 나란한 명성을 누리고 있다. 關聖帝, 關帝君, 關帝 등으로 불린다. 道教에서는 協天大帝, 伏魔大帝, 불교에서는 호법신장(護法神將)으로 '가람보살(伽藍菩薩)' 로도 불린

복마대제(伏魔大帝)와 같았다. 그 신선은 화로를 한 바퀴 돌아보더니 어디론가 사라졌다.

잠결의 태자가 놀라 일어나다가 약이 쏟아졌고 화로의 불도 꺼졌다. 실로 놀라지 않을 수 없었다. 이튿날 장열이 오자, 어제 저녁의 일을 말하며 약을 다시 얻어오라고 명령했다. 장열은 재배하고 축하하며 말했다.

"그것은 신선이 용종(龍種)을 보호한 것입니다. 신은 본래 용종을 함부로 낙태시켜서는 안 된다고 생각하였습니다. 하지만 전하의 뜻을 거역할 수 없어 천명이 결정하도록 하였습니다. 전번에 올린 두 첩의 약 가운데 한 첩은 낙태약이 아니었습니다. 어젯밤에 마시게 한 것이 바로 낙태약이었나 봅니다. 신은 두 가지 약가

다. 민간신앙에서 관우 숭배는《三國演義》의 영향이라고 볼 수 있다.《三國演義》에서 關羽(관우), 張飛(장비), 馬超(마초), 黃忠(황충), 趙雲(조운)은 五虎上將(오호상장)이라 했다. 關羽는 진수(陳壽)의《三國志 蜀書 6권》〈關張馬黃趙傳〉에 立傳되었다.

172 삼계(三界)－불교 용어. 욕계(欲界), 색계(色界), 무색계(無色界) 또는 天界, 地界, 水界. 중국인에게 옥황(玉皇)은 삼계(三界, 天界 · 地界 · 水界 또는 欲界 · 色界 · 無色界), 십방(十方, 동서남북 및 동남 · 동북 · 서남 · 서북 그리고 상 · 하), 사생〔四生, 태생 · 난생 · 습생 · 화생), 육도〔六道, 天道 · 神道 · 人道 · 地獄道(지옥도) · 餓鬼道(아귀도) · 畜生道(축생도). 이상은 불교의 이론을 그대로 차용한 것임〕의 모든 화복을 다스린다고 하였으니, 우주의 총체적 최고 황제이다. 道敎에서는 관우의 호칭을 마귀를 항복시킨다는 뜻에서 복마대제(伏魔大帝), 또 마귀를 소탕한다고 탕마대제(蕩魔大帝)로 부른다.

운데 어느 것을 쓰는가는 하늘의 뜻에 달렸다고 여겼습니다. 전하께서 낙태하려 하였는데 안태(安胎)가 되었습니다. 다시 낙태하자고 하였는데 신이 도우셨으니 하늘의 뜻을 어길 수 없습니다. 전하께서 아무리 비방과 참소를 두려워하신다 해도 하늘의 뜻을 어떻게 거역하겠습니까? 뱃속의 태아가 범상한 것 같지 않으니 잘 보호해야 마땅한 줄로 압니다."

태자는 그 말을 좇아 낙태할 생각을 버리고 남몰래 양씨에게 몸조리를 잘하게 했다.

양씨가 신음식을 먹고 싶어하자, 태자는 밖에서 얻으려 하지 않고 장열에게 사연을 가만히 말했다. 장열은 태자에게 글을 가르치러 갈 때 소매 속에 청매(青梅)와 모과(木果)를 감추어 가지고 와서 올렸다. 태아가 아주 정상적이어서 기뻐할 때쯤, 예종이 황위를 태자 현종에게 물려주었다. 그리고 이듬해 태평공주가 반역을 도모하다가 사약을 받았다.

바로 그런 때 숙종이 태어났다. 숙종은 어려서부터 아주 영리했다. 자라서 여러 신하들 앞에 나타나자, 장열은 태종(太宗)과 같이 생겼다고 했다.

현종도 그런 생각이어서 처음에 충왕(忠王)으로 봉했다가 태자 영(瑛)을 폐한 후에 태자로 봉했다.

잉태 되었을 때부터 태자를 보호하되, (調元護本自胎中)

낙태를 막았으니 가장 큰 공훈이로다. (欲墮還留最有功)
거기에 고조(高祖)를 빼닮았다고 칭찬하여, (又道儀容渾類祖)
은밀히 왕자를 동궁(東宮)을 대신케 하였다. (暗教王子代東宮)

이 때문에 개원 연간에 장열은 극진한 총애를 받았다.

숙종이 즉위했을 때 생모 양원(良媛) 양(楊)씨는 이미 세상을 하직하였으므로 원헌황후(元獻皇后)로 추증했다. 평소에 어머니가 임신 때의 이야기를 숙종에게 해주었기에 숙종은 장열(張說)의 은혜를 깊이 느끼고 있었다.

장열의 두 아들 장균과 장기는 숙종이 어렸을 때 형제처럼 함께 놀고 함께 식사했다. 장열이 세상을 떠난 후 그의 두 아들은 모두 높은 관직에 근무했다. 장기(張垍)는 공주와 결혼하고 부마(駙馬)[173]까지 되어 비할 바 없는 은총을 입었는데 의리를 모르고 역적 안록산을 따른 죄목으로 참수를 당하게 되었다.

숙종은 옛 은혜를 잊지 않고 특사하려 하였지만 변절한 신하를 관대하게 대우하지 말라는 현종의 칙명이 있기에 현종에게 그들을 특사하자는 표문을 올리지 않을 수 없었다. 그러면서 숙종은 태상황께서 옛 정분을 생각해 사형만은 면해주리라 생각했다.

그런데 뜻밖에도 현종은 표문을 읽고 바로 명령하였다.

173 장기는 현종의 八女 영친공주(寧親公主, 숙종의 同母女弟)와 결혼했었다. 그러니 현종이 아끼는 사위이고 숙종에게는 매제였다.

"장균과 장기는 세세대대로 나라의 은덕을 입었건만 양심을 잃고 역적을 따랐으니 변절한 신하이자 장열의 불효자이기에 참수하여야 마땅하다. 내가 늙었으니 조정의 일을 묻지 않으려 한다. 하지만 역적을 참수하고 징벌하는 일에는 국법을 중히 여겨야 한다. 올린 청원에 대해서 인정을 베풀 수는 없다. 법사 담당 관리의 처분대로 좇으라."

태상황 현종은 무엇 때문에 이 두 사람을 특사하지 않으려 했는가?

옛날 현종이 서행하며 장안성을 벗어나 함양(咸陽)에 이르렀을 때 고력사에게 말했다.

"짐의 오늘 행차를 아는 조신이 얼마 안 되어 따라온 신하가 아주 적다. 그대 생각에 누가 제일 먼저 오고, 누가 오지 않을 것 같은가?"

"오지 않을 도리는 없습니다. 신이 짐작컨대, 시랑 방관(房琯, 696-763년, 92회 주석 참고)은 모두들 재상의 재목이라고 많은 사람들이 말하지만 안록산에게 추대된 사람이라서 아마도 오지 않을 것입니다. 상서인 장균과 부마인 장기 형제는 입은 은혜가 가장 큰 데다가 황친이기에 꼭 먼저 올 것 같습니다."

그러나 현종은 머리를 저으며 빙그레 웃었다.

"사람 일이란 미지수가 많아!"

어가가 보안(普安)이란 곳에 왔을 때 방관이 뒤좇아와 현종을 배알했다.

현종이 물었다.

"장균과 장기를 보았는가?"

"신이 함께 떠나자고 하니 결단을 못하고 있었습니다. 짐작건대 말 못 할 사연이 있는듯했습니다."

현종이 고력사를 보고 말했다.

"짐은 이 두 놈이 탐욕스럽고 의리가 없다고 하지 않았는가!"

"은혜를 입은 사람이 이곳저곳 눈치를 본다는 것은 성실한 사람으로서는 있을 수 없는 일입니다."

그때부터 현종은 그들 둘을 매도하기 시작하였으니, 어찌 특사를 베풀겠는가! 숙종은 현종의 칙명을 받은 후 몹시 불안해 몸소 태상황의 거처인 홍경궁으로 가서 태상황 현종을 배알했다.

"신은 감히 사정을 봐주어 법을 그르치자는 생각은 아닙니다. 이전에 장열이 없었더라면 신이 오늘 같이 있을 수 있겠나이까? 그래서 차마 그의 아들들에게 죄를 징치하지 못하고 있습니다. 부황께 말씀드립니다만 법 밖의 은혜를 베풀어주십소서."

그래도 현종은 허락하지 않았다.

옆에 있던 매비가 아뢰었다.

"장씨의 두 아들을 다 처단하면 연국공의 제사를 지내줄 사람이 없게 되니 실로 슬픈 일입니다. 장기는 부마이니 황친에 관한 옛 법을 참조할 수 있을 것입니다."

숙종 역시 재삼 청원했다.

현종이 말했다.

"짐은 주상의 면목을 보아 장기만은 특사하노라. 하지만 장균 이놈은 소문에 의하면 역적을 끌어들여 궁궐을 수색하고 짓부수었으니 절대 살려둘 수 없노라."

숙종은 더 말을 못하고 사은한 뒤 물러 나왔다.

그날로 현종이 명령을 내렸다.

"장균과 장기는 원래 마땅히 참수해야 한다. 그러나 지금 황제의 뜻을 좇아 장균만 참수하고 장기에게는 관대하게 처리하여 오령(五嶺) 이남으로 유배토록 하라. 달해순은 역적 안록산이 말을 진상하려고 할 때 그 계책을 밝히는 밀주를 올린 바 있으니, 그 가족을 관노와 관비로 삼지 말고 달해순 본인만 참수하라. 나머지는 의논한대로 처결하라."

명령이 내리자 법사에서는 그대로 집행했다. 장균과 달해순 등은 죄인과 함께 저잣거리에서 참수되었다.

지난날, 장열이 저택을 지을 때 풍수를 잘 보는 법홍(法泓)이라는 화상이 있었다.

법홍이 와서 보고 말했다.

"집터가 아주 좋습니다. 부귀영화가 끊어지지 않겠습니다. 하지만 절대로 서북쪽의 흙을 퍼내어 옮기지 마십시오."

장열은 그 마지막 말을 새겨듣지 않았기에 집 짓는 공사 담당에게 당부하지 않았다.

며칠 후 법홍이 다시 찾아와 보고 놀랐다.

"집터가 왜 갑자기 생기가 없어지고 쓸쓸한 모양일까? 서북편의 흙을 사용한 것이 틀림없군."

급히 가보았더니 많은 일꾼들이 거기에서 흙을 퍼 나르고 있었는데, 벌써 몇 자 되는 깊이의 구덩이가 서너 개나 파여 있었다.

장열은 급히 구덩이를 메우라고 명했으나 법홍은 탄식했다.

"객토(客土)로 메워보았자, 그런 흙에는 원기(元氣)가 없습니다."

법홍은 다른 사람에게 조용히 말했다.

"장공의 부귀영화는 장공 당대(當代)뿐입니다. 20년 후 그 아들들 가운데서 제 명대로 죽지 못할 자가 있을 것입니다."

과연 법홍의 말은 그대로 적중하였다.

흙을 파내어서 흉재가 닥친 것이 아니고,	(非因取土便成災)
여러 흉재가 있기에 흙을 파낸 것이었다.	(數合凶災故取土)
터 잡기에 어찌 풍수를 보아야만 하는가?	(卜宅何須泥風水)
정직한 마음 유지가 집터 잡는 마음이다.	(宅心正直吾爲主)

현종은 흥경궁에 있으면서 조정의 일을 묻지 않았다. 다만 출정(出征)과 형벌 및 봉작(封爵) 등 대사가 있으면 숙종이 표문을 올려 알렸다.

그때 황후는 장양제(張良娣)였는데 그리 현숙한 여자가 아니었다. 일찍이 숙종과 함께 군영에 있을 때 가만히 바둑을 놀았었는데, 소리가 밖에 들리니 남몰래 바둑알을 나무로 깎아 만들고 그 소리가 밖에 들리지 않게 했다. 천성적으로 교활하고 꾀가 많아 황제가 제일 마음에 들어했다. 황후가 된 후 황제를 좌지우지하였으므로 권세 높은 내시 이보국(李輔國, 96회 주석 참고)이 장양제에게 아부하였다.

이보국은 자기와 한 패거리라 할 수 있는 어조은(魚朝恩)[174]을 천거해 들였다. 나라가 평정되지 않아 곽자의와 이광필 등 아홉 개 지역의 절도사들에게 본부의 병력을 거느리고 소탕전을 벌이라는 명령을 내릴 때 환관 어조은을 관군용사(觀軍容使)로 파견하여 군사를 통괄적으로 장악하게 하였기에 불복하는 사람이 많았다.

싸움이 벌어졌을 때 큰바람이 일어 관군이 패하자, 곽자의는 삭방 지역 군사를 시켜 하남교를 끊고 동경을 지켰다. 그러나 숙종은 어조은의 말을 믿고 곽자의를 소환하는 한편, 이광필을 대신 파견했다. 곽자의가 떠날 때 백성들은 울며 길을 막고 떠나지 못하게 했다. 하지만 곽자의는 더 지체하지 않고 떠났다.

현종은 소식을 듣고 사람을 보내 숙종에게 말했다.

"이광필과 곽자의 두 장수는 모두 큰 공을 세웠는데 곽자의 공

---

174 어조은(魚朝恩, 722-770년) - 당의 환관, 유학과 불교에 두루 박통했다. 지방 군권을 장악한 절도사를 감군(監軍)하면서 그 권력이 한때 조야(朝野)를 흔들었다. 代宗 때 사사(賜死)되었다.

이 제일 크다. 당나라가 다시 일어서게 된 것은 그의 힘에 의거한 것이다. 오늘의 실패는 통솔할 권한이 없어 빚어진 것이므로 그의 죄가 아니다."

숙종은 태상황의 명을 받들고 역적을 소멸한 이후 이광필에게 태위(太尉)에 중서령(中書令)을 가관(加官) 제수하고, 곽자의를 분양왕(汾陽王)으로 봉했다.

곽자의(郭子儀)는 부귀공명을 잘 대처할 줄 알아 사람들의 의심을 사지 않았다. 또 많은 군사를 거느렸지만 조서가 오면 그날로 떠나 비방이 들지 않게 하였다. 곽자의의 아들 곽난(郭暖)은 대종(代宗)의 딸 승평공주(升平公主)와 결혼했지만 자주 말다툼을 했다.

한번은 곽난이 말했다.

"아버지가 황제라서 그러시는가? 우리 아버지는 황제를 그리 높게 보지 않소."

공주가 이 말을 황제에게 말했다. 이런 전후 사실을 안 곽자의는 아들을 가두고 치죄를 기다렸으나 황제는 오히려 모르는 척하면서 아무런 처분도 없었다.

그리고 오히려 곽자의가 불안해 할까봐 곽자의에게 말했다.

"못 본 체 못 들은 체 하지 않고서는 시아버지 되기가 어렵소. 자식들의 말을 새겨두지 마시오."

곽자의는 이렇듯 여러 대에 걸쳐 황제의 은혜를 입었다. 말년에 물러앉아 성색(聲色)을 즐기면서 옛날 수하 장수들이 찾아오면 모두 사랑채나 안채를 마음대로 드나들게 하였으니 소탈하고 사심없는 됨됨이를 그대로 보여주었다.

8명의 아들과 7명의 사위가 모두 높은 벼슬을 하고 집에 재보가 산더미처럼 쌓여 있었다. 덕종(德宗) 건중(建中) 2년(781년) 향년 85세에 죽자 조정에서 제사를 지내고 국장을 치루고 시호까지 내렸다. 정말 수복(壽福)을 다 누렸으니 영광스럽게 살고, 죽어서 추모받는 일생이었다.

《당사(唐史)》에서는 이렇게 말했다.

「천하의 안위를 책임지면서 거의 30년 동안 몸바쳐 싸웠고, 큰 공을 세웠으나 황제의 의심을 받지 않았고, 높은 벼슬을 역임하였으나 시기를 받지 않았다. 사치하기 그지 없었으나 비난을 받지 않았다. 자고로 공신으로서 부귀영화를 누리고 장수한 이로 그를 따를 사람이 없었다.」

이것은 모두 이후의 일이니 더 언급하지 않겠다.

현종은 궁중에서 곽자의의 큰 공을 생각할 때마다 말했다.

"곽자의가 그때 이백(李白)을 만나지 못했다면[175] 목숨을 보존하지 못했을 터이니, 공훈을 어찌 세울 수 있었겠는가? 이를 본다면 이백이 영웅을 알아보거니 서생으로 글이나 쓴다고 보아서는

175 83회 내용 참고.

안 될 것이지."

그때 이백은 영왕 이린의 일에 연루되어 야랑(夜朗)으로 유배(流配) 중이었다. 현종이 특사령을 내려 돌아오게 하고 조정에서 임용하려 할 때 갑자기 이백이 작고했다는 소식이 들어와 개탄을 금치 못했다.

매비는 현종이 이백의 재능을 늘 치하했기에 옛일을 되새기며 고력사에게 슬그머니 물었다.

"내가 지난 날 1천 냥을 내걸고 〈장문부(長門賦)〉를 본떠 지으려 할 때 고태감은 세상에서 그런 재간이 있는 사람을 찾기 어렵다고 하지 않았소. (81회 내용) 그러면 이백이 사마상여(司馬相如, 31회 주석 참고)만 못하단 말인가요?"

"그때 이백은 장안으로 오지 않은 때여서 찾을 길이 없었습니다. 게다가 양귀비가 갓 총애받는 때여서 문자로 그 총애를 앗아올 수도 없었습니다. 그렇지 않았더라면 마마의 〈누동부(樓東賦)〉가 아주 묘했는데, 총애를 앗아오지 못했을 리 있었겠습니까?"

매비는 고력사의 말을 듣고 머리를 끄덕이며 말했다.

"옳은 말이에요."

그때 내시가 강남에서 매화가 헌상되었다고 아뢰었다. 매비가 다시 현종을 모신 후 여러 곳에서 옛날처럼 매화를 진상했다. 하지만 신선이 준 매화를 얻은 후 매비는 속세의 꽃을 덤덤하게 대했다.

신선이 준 매화는 사계절 언제나 꽃이 피며 짙은 향기와 함께 늘 싱싱했다. 매비는 가는 곳마다 그것을 가지고 다니며 감상했다.

어느 날 아침 일찍 일어난 매비는 매화 향기가 갑자기 줄어들고 잎이 시들어가는 것을 보고는 손으로 매화꽃을 매만져 보니 꽃잎이 맥없이 떨어졌다.

매비는 놀라 중얼거렸다.

"선사(仙師)가 나의 목숨은 꽃이 질 때 끝이라고 했었는데, 지금 매화가 지니 내 명도 다 되었나 보구나."

그때부터 매비는 마음이 어수선해져 병이 생기고 병석에 누웠다. 태의원(太醫院)의 태의가 보고 약을 처방하고 올렸으나 매비는 약을 먹으려 하지 않으면서 말했다.

"운수가 다했는데 약과 침(針)이 어찌 돌려 세울 수 있겠는가?"

현종이 몸소 병문안을 와 침대가에 앉은 후 온몸을 어루쓸다가 손을 잡고 위로했다.

"그대가 우연히 병이 생겨 수척한 것이오. 약을 복용하여야 마땅하오."

매비가 흐느끼며 말했다.

"시첩이 상양궁에 밀려 났을때 영영 버림받을 복이라 여겼습니다. 계속해 곤경에 빠져 목숨이 끝났는가 했는데, 다시 소생하여 폐하를 모시게 되었으니 정말 다행이 아니겠습니까? 오늘 복이 다하여 선사가 말씀하신 그대로 매화와 함께 진다고 하였으니 때가 온 것 같습니다. 첩이 죽은 후 선사가 준 매화꽃을 인간 세상에 남긴다 해도 가꿀 수 없고, 시첩과 함께 묻어준다 하여도 모독하는 것 같습니다. 그러니 향로에 놓고 태워버리는 것이 마땅할 것 같습니다."

현종이 말했다.

"그대는 왜 그런 말을 하오?"

"누군들 죽지 않겠습니까? 첩이 지금 죽는다 하여도 남보다 나은 것입니다. 첩이 죽은 뒤에 영혼은 사라지지 않고 선경(仙境)에 가려니 고생은 없으련만 하늘 같은 성은을 입고 보답하지 못한 채 죽으니 한스럽습니다."

"경은 슬기롭고 정결하여 신선이 되기에 남음이 있으나, 어떻게 후사가 그렇다는 걸 알았소?"

"첩이 전날 밤 꿈에 또 구름 속에 있는 장과(張果)의 부인 위씨(韋氏)를 보았습니다. 한 손에 흰 앵무새를 든 그녀가 말했습니다. '이 새도 전생의 인연으로 선행을 한 보답을 받아 궁궐에서 지금 부처님 나라의 선경에 왔어요. 사람이 어찌 새만 못할 수 있겠어요? 그대는 두 번이나 궁궐에 들어갔으니 이젠 인간 세상에 오래 머물러있지 말고 원래 제 모습을 찾아야 해요. 그대가 있던 옛 고장은 예주궁(蘂珠宮, 蘂는 꽃술 예)이니 어서 빨리 찾아가시오.' 이로 보아 지옥에 떨어질 것 같지는 않습니다."

현종은 눈물을 흘렸다.

"그대가 짐을 버리고 선경으로 가면, 혼자 남은 이미 늙어버린 짐은 어떡하오?"

매비는 베개에다 머리를 파묻으며 말했다.

"폐하의 귀체 만강(萬康)을 비나니 첩의 죽음 때문에 마음을 괴롭게 하시지 마십시오."

말을 마치자 갑자기 자리에서 벌떡 일어나 앉아 창공을 향하여 두 팔을 벌리며 말했다.

"선녀가 부르니 저는 가겠습니다!"

그리고는 눈을 감고 숨을 거두었다.

옛날에 매화 지면 죽는다 하였으니, (昔日縱教梅下死)
마외서 목매기보다 훨씬 낫도다. (勝他驛館喪殘軀)
다행히 지금 꽃을 따라 함께 죽어, (於今幸與花同謝)
매비의 혼령 선계 예주궁에 간다네. (還與芳魂到蕊珠)

매비가 죽자, 현종은 서럽게 흐느꼈다.

고력사가 정성과 진심으로 현종을 위로하자, 현종이 말했다.

"매비와 짐은 새로 태어나 인연을 맺은 것이나 다름없다. 지금 또 먼저 죽으니 통탄하지 않을 수 없다." 이어 귀비(貴妃)의 예로 장례를 지내게 하고 무덤에 매화나무를 많이 심으라 명령했다.

특별하게 제사상을 차리고 스스로 추도문을 지었는데, 대략 다음과 같다.

「매비 얼굴이여 싱싱한 꽃이로다. 매비 높은 덕은 옥처럼 온화하도다. 짐이 잊을 수 없노라. 고귀한 뜻 비기나니 진귀한 진주로다. 매비는 짐을 아니 버리고 자기 목숨을 잃으려 했나니, 그 진정은 돌처럼 굳더라. 나를 두고 떠났으니 매화 꽃잎처럼 떠났구나. 매비 잃은 이 몸은 외로이 여기서 추모하나니, 내 가슴에 그리움만 남았도다.」

태상황은 매비의 유언대로 신선이 준 매화를 향로에 넣어 그 영전에서 태워버렸다. 그러자 이상하게도 매화꽃은 불에 타자, 코를 찌르는 향기를 뿜고 수많은 불티로 변해 하늘로 날아갔다. 마치 불꽃 별(火星)을 터뜨린 것 같았다. 그 불꽃마다 매화 꽃잎처럼 보이더니 하늘 끝으로 사라졌다.

신인(神人)은 속세 오래 살 수 없어, (仙種不留人世)
기이한 옥화(玉花) 요대로 날아갔다. (琪花仍入瑤臺)

매비가 승천한 그날, 현종이 한없이 비통해 한다는 말을 들은 숙종은 직접 찾아와서 부황을 위로했다. 매비의 영전 앞에 제사상을 차리고 여러 궁의 비빈들이 모두 예를 갖추어 제사를 지냈다. 숙종의 장황후는 병을 핑계로 오지 않았다.

현종은 아주 불쾌해서 고력사를 보고 말했다.

"지금 주상의 후(后)가 버르장머리 없이 태만하기가 그지없다!"

고력사가 은밀하게 비밀을 말했다.

"환관 이보국이 황후한테 크게 아부하고 있습니다. 황후의 교만한 소행은 모두 이보국이 유인한 것입니다."

현종은 놀란 벙어리처럼 아연실색(啞然失色)했다.

"짐은 오래전부터 그놈이 몹시 날뛴다고 생각했었다. 황제가 오면 알려줘야겠다."

그러자 고력사가 귀띔했다.

"황후는 숙종을 섬긴 지 오래이고, 이보국은 군권을 장악하고 있습니다. 지금 그 기세를 놓고 볼 때 우선은 관대히 대할 수 밖에 없습니다. 그러기에 주상마저도 간여하려고 하지 않습니다. 태상황께서 말씀하신다 해도 쓸데 없겠으니, 모르는 체하는 것이 더 좋을까 생각됩니다."

이에 현종은 생각에 잠겨 말이 없었다.

미련한 아내 흉악한 종놈은	(頑妻與惡奴)
약으로 버릇 고칠 수 없도다.	(無藥可救治)[176]
만약에 애써 타일러 말해도	(縱有苦口言)
아마도 되려 이롭지 못하다.	(恐反爲不利)

이제 길고 긴 이야기는 어떻게 끝이 나겠는가? 다음 마지막 회를 읽어 보시라.

---

176 어리석은 처와 불효자는 어찌할 수 없다(不賢妻 不孝子 沒法可治). 말 안 듣는 자식, 미련한 아내를 고칠 만한 약 없다(逆子頑妻 無藥可治). 미련한 아내와 둔한 자식은 어찌할 도리가 없다(頑妻劣子 無法可治).

제100회

침궁을 서쪽으로 옮겨 부자를 이간하고, 홍도객 이야기로 수당 연의를 끝내도다.(西內離間父子情, 遣鴻都結證隋唐事全書終.)

노래하기를,	**詞曰,**
소인과 여자가 가장 미운 까닭은,	(最恨小人女子)
꼬리를 이어 연달아 나타나서	(每接踵比肩而起)
황실 부자의 정을 흔들어 놓는다.	(攪亂天家父子意)
출입문과 침소를 멀리 옮기거나	(遠庭闈, 移官寢)
어른 봉양을 하지 않는다.	(尊養廢)
늘그막에 더욱 초췌하나니,	(晩景添憔悴)
옛 사람을 떠올리며 눈물 뿌린다.	(追思舊寵常揮淚)
그냥 혼백을 찾아 헤매이다가	(魂魄還堪尋覔來)
선인(仙人)을 만나 인연을 듣고,	(遇仙翁, 說前因)

지난 일을 깨닫는다. (明往事)

— 곡조〈야유궁〉 **— 調寄〈夜遊宮〉**

사람의 모든 행실 중에 효도보다 더 중요한 일은 없다. 그리고 천자의 효도는 일반 백성의 효도와는 다르다.[177]

《맹자(孟子)》에도 기록되었다.

「효자의 지극한 도리로 어른 존중보다 더 큰일이 없으며, 어른 존중은 천하 백성을 부양하기보다 더 큰일이 없다. 그러므로 가장 큰 어른 존중은 곧 지극한 효도이다.」[178]

(舜의 부친) 고수(瞽瞍, 소경이란 뜻)는 아주 완고(頑固)하였지만 순(舜)은 부모 모시는 효도를 끝까지 다했기에 공자께서는 (순을) 대효(大孝)라고 칭송하였다.[179]

---

177 본래 효도는 事親으로 시작하여 事君에 이어지며 立身으로, 끝난다.《孝經 開宗明義章》 그리고 천자의 孝는 '愛敬으로 事親을 다하고, 백성에 德敎를 베풀며 四海를 잘 다스리는 일' 이라 했다.

178 원문 孝子之至(효자지지), 莫大乎尊親(막대호존친), ~ -《孟子 萬章章句 上(맹자 만장장구 상)》의 구절이다.

179 舜의 부친 이름 瞽瞍(고수)의 瞽는 '소경 고' 이고, 瞍는 '늙은이 수' 이나 叟는 瞍(소경 수)이어야 한다는 주석도 있다. 하여튼 고수는 소경이지만, 정말 눈이 먼 사람이라기보다는 사람을 알아보지 못하는 눈뜬 장님과 같다는 의미로 해석해야 한다.
착한 아들을 몰라보았고 완고한 아내와 버르장머리 없는 서자(庶子)를 두둔하였다. 무엇보다도 자신의 악행을 몰랐으니 눈이 없는 사람보다 더 나쁜 사람이었다. 아들을 죽이려고 셋이서 한 짓

후세에 이르러 오히려 제왕의 가문에서 부자지간에 시비와 혐의(嫌疑)가 자주 일어나고 부자간의 틈이 쉽게 벌어졌다. 이것은 꼭 아버지가 인자하지 못하거나 아들이 효도를 못하여서가 아니었다. 대체로 아내에 의해 부자지간이 막히거나 소인의 이간질 때문이었다.

당 숙종은 태상황 현종을 섬기면서 본래부터 불효한 적이 없었다. 현종 또한 숙종을 대하면서 인자하지 않은 적도 없었다.

다만 황후 장양제(張良娣)가 사악하고, 이보국 같은 환관이 행패를 부려 현종이 만년에 낙(樂)을 잃었고, 숙종의 효도에도 결함이 생기게 되었다.

어떤 사람은 이렇게 말하였다.

"현종이 당년에 참언을 믿고 하루에 아들을 셋이나 죽였고, 아들(壽王)의 왕비 양씨를 데려다가 자신의 귀비(貴妃)로 삼아 인륜을 크게 손상시켰다. 그러니 뒷날 황후와 환관의 학대를 받아 보복당한 셈이다."

그런데 어쩌면 현종과 양귀비는 전생에 어떤 인연이 있어 금세에 불륜이지만 부부로 결합된 것인지도 모른다. 기타 여러 사람들도 총애를 받지 않았으면 살육당했다. 이 모두가 어쩌면 각기

을 보면 정말 기가 막힌다. 그러나 순은 자식의 할 일을 다하고 도리를 지켰다. 《中庸(중용)》에 孔子(공자)는 「舜(순)은 大孝(대효)이다! 덕행으로는 성인이고(德爲聖人), 존귀하기로는 天子이다(尊爲天子).」라고 말했다.

전생에 맺어진 인연 때문이지, 지금 세상에서 갑자기 우연하게 일어난 일은 아닐 것이다.

이런 말은 모두 신선이 말한 것인데, 야사(野史)에 보인다. 지금 이 소설의 끝에서 이에 관한 서술로, 수 양제(隋 煬帝)와 당 현종 두 조대(朝代) 황제의 일을 마무리 지을 것이다. 독자들이 이를 읽는다면, 전생 인연과 후세의 결과를 명확히 볼 수 있을 것이다.

현종은 매비(梅妃)가 죽은 뒤부터 더욱더 적막감에 싸였다. 더군다나 숙종의 장황후가 거들먹거리고 불경(不敬)에 불공(不恭)하며 예의도 지키지 않았다.

현종은 내시 이보국이 장황후에게 빌붙어 안팎에서 권세를 부린다는 말을 듣고 크게 불쾌했다. 그래서 숙종에게 알려 엄격하게 훈계하고 단속시키라고 말을 하려 했다.

하지만 고력사가 막는 바람에 현종은 참는 수밖에 없었다. 어느날 숙종이 문안을 왔다.

현종은 연회를 차려 술을 마시는 기회에 조정의 정사에 대해 언급하며 귀띔했다.

"예로부터 천하와 나라를 안정되게 다스리자면 꼭 먼저 집안을 잘 다스려야 하느니라. 환관 이보국이 황후에게 아부하고 권력에 등을 대고 위세를 부린다는 말을 들었노라. 알고 있느냐?"

숙종이 그 말을 듣고 황송해서 일어나 대답했다.

"신속하게 조사하여 조치하겠습니다."

현종이 말했다.

"지금 금지시키지 않는다면 아마 앞으로 통제하기가 어려울 것이다."

숙종은 그러하겠다며 물러갔다. 그러나 황후는 여전히 총애를 믿고 오만하며 고약했다.

숙종은 황후를 두려워하고 있었기 때문에 나무랄 엄두도 못 내었다. 또 내시 이보국은 병권을 틀어쥐고 장황후한테 붙어서 권세를 부려 숙종이 속으로 꺼림칙하게 여겼으나 단시일에 어떻게 처리할 수도 없었다.

우습지만 군왕도 아내를 무서워한다니, (堪笑君王也怕婆)
환관조차 황후의 편이라 어쩔 수 없다. (奴乘婆勢莫如何)
소인과 여자 정말 가까이 할 수 없으니, (小人女子眞難養)
엄하게 친히 다스려야 하나 그냥 버려두네. (一任嚴親相詆河)

비록 부황(父皇)한테 엄격한 훈계를 받았지만 참으면서 아무런 조치도 취하지 않았다. 숙종은 인내하면서 가만히 있었다. 현종이 일깨워 준 몇 마디 말을 내시들이 서로 전해주다 보니 이내 이보국의 귀에까지 들어갔다. 이보국이 원한을 품고 황후에게 알려 계책을 토의했다.

"태상황은 궁궐에 깊숙이 파묻혀 있으면서 조정의 정사에 오랫동안 간섭하지 않았습니다. 지금 갑자기 불평을 말하는 것은 고력사가 망령되게 지껄여 태상황께 말했기 때문일 것입니다. 고력사는 태상황의 끄나풀이기에 방법을 써서 제거해야 합니다. 더욱이 황제께서 태상황과 만나지 못하도록 만들어야 합니다. 그러자면 태상황을 서편 궁궐로 옮기게 하는 것이 상책입니다."

그로부터 숙종이 현종을 조현하려고 할 때마다 장황후가 일거리를 만들어 막고 나섰다. 현종은 남쪽에 있는 홍경궁에 있었는데 민가(民家)와 가까웠다. 그리고 그 서북쪽에는 높이 솟은 장경루(長慶樓)가 있었다. 누각에 올라서면 시가를 내려다볼 수 있었다.

현종은 때때로 누각에 오르다 보니 지나가던 거리의 사람들이 멀리서 바라보며 인사를 올렸다. 현종은 어느 때 남은 수라를 고력사에게 명하여 거리의 노인들에게 나누어주게 했다. 사람들은 모두 기뻐서 만세를 크게 불렀다.

이보국은 기회를 엿보아 꼬투리를 만들어 숙종에게 은밀히 상주했다.

"태상황이 홍경궁에 있으면서 고력사를 시켜 날마다 밖의 사람들과 연계하고 있습니다. 폐하께 불리할까 걱정이 됩니다. 홍경궁은 민가와 밀접하니, 태상황이 계실 곳으로는 적합하지 않은 것 같습니다. 서쪽에 있는 궁궐이 한적하니 거기에 모셔다 거처케 하면서 소인들의 접근을 막는다면 아무런 탈도 없을 것입니다."

숙종이 대답했다.

"태상황께서는 촉에서 돌아오신 후 줄곧 거기에 거처하였다.

지금 아무 이유없이 옮기시게 한다면 태상황의 의사를 거역하는 것이 되니 절대 그렇게 해서는 안 된다."

숙종이 따르지 않자 이보국은 이내 장황후에게 밀주하고, 장황후로 하여금 숙종에게 여쭈게 했다. 그러나 태상황이 놀랄까봐 숙종은 따르지 않았다.

장황후가 화내며 말했다.

"이건 첩이 폐하를 위해서 드리는 말씀입니다. 오늘 이로운 말을 듣지 않다가 훗날에 가서 후회하지 말으시오!"

말을 마치고는 옷을 탁탁 털며 일어났다. 묵묵히 있던 숙종의 얼굴에는 노기가 서려 있었다. 때마침 숙종은 우연히 감기가 들어 몸이 불편하였으므로 잠시 조회를 중지하고 궁중에서 정양했다.

이보국은 이런 기회를 빌어 장황후와 계책을 꾸몄다. 심복 내시와 우림군(羽林軍)의 군사들에게 거짓 칙명을 내려 수레를 마련해 홍경궁에 가서 현종을 오늘 내로 서쪽 궁궐에 모셔다 거처하게 하라고 했다.

현종은 들이닥친 환관 무리를 보고 하도 당황하여 무슨 말을 하면 좋을지 몰랐다.

내시들이 말했다.

"폐하께서 홍경궁은 민가와 너무 밀착되었기에 태상황의 존엄에 손상이 된다고 하셨습니다. 그래서 태상황을 서쪽 궁궐로 모셔가려고 왔습니다. 폐하께서 서쪽 궁궐에서 어가를 기다리고 있습니다."

현종은 의심이 들어 기다려보려고 하였으나 변고가 생길까 두려웠다.

고력사가 말했다.

"어쨌든 폐하의 성지에 따라 맞으러 왔으니 옮기시는 것이 옳습니다. 거기에 이르러 폐하와 의논해서 옮기시든지 말든지 결정하십시오. 신이 어가를 모시고 함께 가겠습니다."

현종은 별수 없이 연(輦)에 올랐다. 고력사가 군사들에게 앞에서 안내하고 내시들에게 옹위하라고 명령을 내리자 연이 천천히 움직였다. 서쪽 궁궐에 이르니 이보국이 군복 차림에 칼을 찬 채 수백 명의 군사를 거느리고 기다렸다. 병졸들은 창과 칼을 들고 길가에 서있었다. 연에 앉아 이 정경을 바라본 현종은 아연실색했다.

고력사가 이런 모습을 보고 벌컥 성을 내며 높은 소리로 호되게 꾸짖었다.

"태상황을 서쪽 궁궐로 오시라 하고는 이보국이 군복 차림으로 군사를 대동해 맞이하는 건 무슨 뜻인가?"

이보국이 고력사의 호통에 기가 눌려 빨리 꿇어 엎드려 말했다.

"저희들은 성지를 받들고 어가를 맞을 뿐이옵니다."

고력사가 거듭 호통쳤다.

"어가를 맞으러 왔으면 병기를 놓고 어가를 모셔야지!"

보국은 허리에서 검을 풀어놓고 고력사와 함께 어가를 옹위해서 걸었다. 고력사는 군사들에게 어가를 따를 것 없으니 물러가라고 영을 내렸다. 서쪽에 있는 감로전(甘露殿)에 이르러 현종은 연에서 내려 전각에 올라가 물었다.

"폐하는 어디 있느냐?"

이보국이 대답했다.

"폐하께서 영접하려 하였으나 찬바람을 쏘여 갑자기 감기에 걸렸으므로 오시지 못하고 저희에게 모시라고 명령하였습니다. 병이 좀 나으면 이내 모시고 뵙겠다고 하셨습니다."

현종이 말했다.

"주상의 용체가 불편하다면 올 것 없다. 완쾌된 뒤에 와도 된다."

이보국은 현종의 명령을 받고 돌아갔다.

현종은 탄식하며 고력사에게 말했다.

"오늘 자네의 담력이 아니었다면 짐은 체면을 크게 손상할 뻔했다."

고력사가 머리를 조아리며 말했다.

"태상황께서 너무 놀라셨습니다. 50년간 태평세월을 이끌어 오신 황제께 누가 감히 불경할 수 있었겠습니까?"

현종이 머리를 가로 흔들었다.

"그때는 그때이고, 지금은 지금이여!"

"오늘 궁전을 옮기게 한 것도 보국의 농간이고 황후의 주장이지, 폐하의 뜻은 아닐 것입니다."

"홍경궁은 짐이 지은 궁궐이라, 거기서 만년의 낙을 누리는 게 퍽 마음에 들었는데! 이렇게 뜻밖에 이런 곳으로 갑자기 옮겨지니 외로운 늙은 몸이 편안히 지낼 곳조차 없구나! 정말 한심한 일이야!"

말을 마친 현종은 슬픔으로 눈물이 고였다.

아들 셋을 원통하고 처참하게 죽였거니, (三子冤誅最慘淒)
어찌 수왕(壽王) 처를 귀비로 맞이할 수 있나? (那堪又納壽王妻)
오늘 며느리한테 이리 무시당하면서 (今當道婦欺翁日)
지난 혼미했던 일을 괴롭게 후회하노라. (懊悔從前志太迷)

이보국은 숙종이 병석에 있는 틈을 이용하여 거짓 칙명으로 현종을 서쪽 궁궐로 옮겨가게 했기에 숙종이 문책할까 걱정하여 장황후에게 말을 해서 숙종에게 먼저 알리게 했다.

숙종이 몹시 놀라며 말했다.

"태상황께서는 놀라시지 않았소?"

장황후가 말했다.

"태상황께서는 감로전에 안거하면서 딴 말씀이 없었습니다."

숙종이 생각에 잠겨 망설이고 있을 때 문·무신과 장수들을 거느린 이보국이 소복 바람으로 어전에 엎드려 사죄했다.

숙종은 속으로 생각했다.

'일이 이렇게 된 뒤에야 따져봤자 무익하지.'

더구나 장황후 때문에 꾸짖을 수도 없었다. 또 보국이 여러 사람들을 데리고 와서 사죄하니 오히려 좋은 말로 위로했다.

"경들이 그렇게 한 것은 나라의 정권을 위해 사단(事端)을 미연에 방지하자 한 일일 것이다. 지금 태상황께서 안거하고 계신다니 의구심을 가지지 말라."

이보국과 장수들은 머리를 조아리며 만세를 불렀다.

부친이 환관에게 농락당해도 못 죽이고, (父遭奴劫不加誅)
오히려 좋은 말로 달래니 정말 나약하다. (好把甘言相向懦)
옛날에 아들 죽인 그 일 때문에 당하나니, (爲見當年殺子慣)
혹시나 오늘 다른 일을 당할지 겁을 낸다. (也疑今日有他虞)

그때 숙종은 몸이 채 낫지 않아 아직도 서쪽에 있는 감로전에 가보지 못했다. 병이 좀 나으면 알현하려 했으나 또 장황후에게 제지당했다.

숙종은 어느 날, 이당(李唐)이란 은사(隱士)를 불러 서전(西殿)에 와서 배알하라고 했다.

그전에 숙종은 어린 공주를 안고 어루만지며, 이당에게 말했다.

"짐이 어린 공주를 귀여워한다고 경은 괴이쩍게 생각 마오."

"신이 생각건대, 태상황께서 폐하를 귀여워하신 것처럼 폐하께서도 공주를 귀여워하신다고 생각합니다."

숙종은 놀라 일어서더니 즉각 서쪽에 있는 내전으로 찾아가 현종을 뵈었다. 문안이 끝나자, 현종은 연석을 차렸으나 별말 없이 한숨만 푹푹 내쉬었다.

숙종은 마음속으로 몹시 불안해 뒷걸음으로 물러나왔다. 본궁으로 돌아오니 장황후가 비꼬는 말로 톡톡 쏘는지라 숙종은 번뇌에 쌓여 병이 더욱 악화되었다.

현종은 숙종이 아프다는 말을 듣고 고력사를 황제 침소에 보내 문병하게 했다. 숙종은 현종이 사람을 보냈다는 말을 듣고 즉시 들어오게 했다.

그러나 장황후와 이보국은 고력사를 증오하던 터라 문지기에게 밀명을 내려 고력사가 들어오지 못하게 막은 다음에, 이어 어린 내시를 보내 돌아가라는 뜻을 전했다.

고력사가 돌아서서 나가려 하자, 황제가 다시 부른다고 하였다. 고력사가 황급히 다시 궁문 앞에 이르렀을 때, 이보국은 벌써 고력사를 탄핵하는 말을 하고 있었다.

"고력사가 명을 받들고 문안하러 왔다가 어명을 기다리지도 않고 돌아가려 했습니다. 이는 불경죄이니 필히 문책해야 합니다."

장황후가 숙종에게 즉시 처분을 내려달라고 핍박했다. 그래서 고력사를 무주(巫州)[180]로 유배시키고, 서쪽의 감로전에 다시는

180 무주(巫州) – 치소는 龍標縣, 今 湖南省 중서부 懷化市 黔陽 古城.

들어가지 못한다고 명령했다.

이런 사실을 사람을 보내 현종에게 알리는 한편, 법사(法司)에 알려 고력사를 무주에 압송하여 안치(安置)하게 했다.

고력사는 오래전부터 현종의 은총을 받아 마음대로 내전에 드나들고 높은 봉작을 받아 부귀영화를 누렸다.

그러나 지금 가련하게도 이외의 조치에, 장황후와 이보국에게 쫓겨 유배를 가야만 했다. 무주에 이른 고력사는 적막한 나날을 보내면서 불의의 화가 떨어질까 봐 전전긍긍했다. 후에 현종이 붕어했다는 부음(訃音)을 듣고는 황제로부터 받은 총애를 추억하며 밤낮을 통곡하다가 피를 토하고 죽었다. 그러나 이것은 뒷날의 이야기이다.

당의 환관 고력사 많이 발호했는데, (唐李閹奴多跋扈)
이 사람 현종 연모는 남보다 더했다. (此奴戀主勝他人)
비록 당말 장승업에 미치지 못했지만, (雖然不及張承業)
충직 근면한 섬김은 누구도 못따른다. (忠謹還推邁群倫)

관할 지역은 호남성 중서부 끝과 귀주성 동쪽 일부. 高力士(고력사)는 강제 유배(760년) 이후 현종을 다시 만나지 못했다. 무주에서 유배가 풀려 돌아오던 중, 숙종 寶應 元年(762년), 낭주〔朗州, 今 湖南省 북부 常德市(상덕시)〕의 龍興寺(용홍사)에서 현종의 붕어 소식을 듣고 슬피 울다가 죽으니, 고력사 年 73세였다.

현종은 이보국에게 협박받고 서쪽 내전에 있다 보니 여간 불쾌하지 않았다. 그런데다 고력사가 죄를 받아 먼 곳으로 쫓겨가 시중들지 못하게 되니 더더욱 처참한 생각이 들었다. 그 후부터 좌우에서 시중드는 사람들은 옛날 환관이 아니었다.

다만 그전의 여자 광대 사아만(謝阿蠻)과 악사 장야호(張野狐), 하회지(賀懷智), 이모(李謨) 등 서너 사람이 여전히 때때로 찾아와 시중들었다.

어느날 사아만이 홍률옥비지(紅栗玉臂支)를 올리며 말했다.

"지난 날 양귀비 마마께서 신에게 하사한 것이옵니다."

현종이 보고서 처연하였다.

"옛날 짐의 고조이신 태종 황제께서 고구려를 격파하며 보배 두 가지를 얻었지. 자금(紫金)의 옥대(玉帶) 하나와 홍옥지(紅玉支) 하나였었다. 짐이 자금 옥대는 기왕(岐王)에게 하사하고, 홍옥지는 양귀비에게 하사했었다. 이것이 바로 그 물건이다. 그 뒤에 고구려에서는 이 두 보물을 잃은 뒤부터 수시로 큰 풍우가 일어나고 백성들의 살림이 궁핍해졌다며 그 보물을 돌려달라고 청구 하였다. 그래서 이것이 나라를 수호하는 보물인 줄 알았다. 짐은 자금 옥대만 돌려주고 홍옥지는 돌려주지 않았다. 안록산의 반란 이후 사람이 죽자, 귀비의 소유물도 없어진 줄 알았는데, 네가 간수하고 있을 줄은 생각 못했구나. 지금 짐이 그걸 보니 비감한 생각만 더할 뿐이다."

그리고는 현종은 눈물을 흘렸다.

또 어느 날, 하회지가 여쭈었다.

"신이 옛일을 기억하고 있습니다. 그때는 6월 염천(炎天)이었는데, 태상황께서 기왕(岐王)과 수전(水殿)에서 바둑을 두셨습니다. 신은 옆에 앉아 혼자서 비파를 뜯었습니다. 그 비파는 돌로 통을 만들고 줄을 곤계(鵾鷄, 야생 닭)의 힘줄로 만든 것이기에 철편으로 뜯었습니다. 귀비마마께서는 강국(康國, 서역의 나라 이름)에서 진상한 개처럼 생긴 흰 고양이를 손에 받들고 태상황 뒤에 서서 비파 소리를 들으며 바둑 두는 걸 구경하고 계셨습니다. 태상황께서 바둑 알을 헤며 지게 되자, 귀비가 손에 들고 있던 흰 고양이를 놓아 바둑판으로 뛰어가도록 하는 바람에 바둑알이 뒤섞이게 되자 태상황께서 노여워하셨습니다. 그때 신이 한 곡을 채 뜯지 못했는데, 시원한 바람이 휙 불어오는 바람에 귀비의 목수건이 날려 신의 두건에 감겨 있다가 한참만에 떨어졌습니다. 그날 저녁 집으로 돌아와보니 온몸에서 향기가 풍겨 두건을 비단주머니에 넣어 두었습니다. 참 이상하게도 지금까지 향기가 풍기고 있습니다. 지금 그때 간수했던 두건을 삼가 올립니다."

현종이 말했다.

"그것은 서용뇌향(端龍腦香)이라고 부르는데 외국에서 공납한 것이다. 짐이 그걸 얼마간 난지(暖池)에 있는 연꽃 봉오리에 놓아두었다가 훗날 다시 가보니 향기가 의연히 짙게 풍겨오지 않겠나! 하물며 두건이야 부드러운 명주실로 짠 것이니, 그 향기가 더 잘 풍기게 될 것이야 뻔한 일이오."

그러면서 탄식을 금치 못했다.

"향기는 남아도 사람은 벌써 사라졌구나!"

그러면서 몹시 슬픔에 잠기더니 그때부터 더욱더 그리움이 가슴속에 응어리가 되었다.

그래서 현종은 혼자 자주 시를 읊었다.

꼭두각시놀음에 늙은이가 나오는데, (刻木牽絲作老翁)
주름 얼굴 흰머리가 너무 닮았구나. (雞皮鶴髮與眞同)
잠시 춤이 끝나고 일없이 적막하니, (須臾舞罷寂無事)
인간 한평생이 꼭두각시 한 판이다. (還似人生一世中)

그때 양통유(楊通幽)라는 방사(方士)가 있었는데 스스로 홍도도사(鴻都道士)[181]라고 했다. 제법 도술을 갖춘 자라 촉(蜀)에서 유랑하다가 서쪽 내전으로 현종을 찾아왔다. 현종이 돌아간 양귀비를 못잊어 한다고 말하자, 스스로 이소군(李少君)과 같은 도술이 있어서 망령(亡靈, 亡者의 혼령)을 불러낼 수 있다고 말했다.

이모와 장야호는 모두 그를 이전부터 잘 알고 있었다. 이리하여 현종에게 추천하고 불러들였다. 그리고 도술로 양귀비와 매비의 혼백을 불러다 만나게 해달라고 부탁했다.

181 홍도객(鴻都客) — 〈장한가〉에서는 임공도사(臨邛道士)인 鴻都客(홍도객)이라 했다. 漢代에는 도성을 鴻都라고 했다. 그리고 道士를 홍도객이라고도 하는데, '하늘에서 도성에 온 손님' 이란 뜻이다.

그러자 양통유는 궁중에 단을 쌓고 부적을 태워 망혼을 불렀다. 일곱 발자국씩 걸으며 주문을 외우고 재간껏 불렀지만 그림자 하나 얼씬하지 않았다.

현종이 불쾌해 탄식했다.

"지난날, 장도사는 매비의 혼령을 찾다가 못 찾았소. 사실은 그때 매비가 죽지 않았기 때문이었다. 지금 매비와 양귀비가 이미 죽었는데도 혼백을 불러오지 못하는걸 보면 인연이 다한 것 아닌가?"

양통유가 말했다.

"매비와 양귀비는 비범한 인물이라 선녀가 강림한 분입니다. 선녀의 영혼은 아주 먼 곳에 있어 불러오기가 어렵습니다. 꼭 찾아가 만나야 합니다. 신은 구름을 타고 선계를 골고루 찾아다니며 꼭 그들이 있는 곳을 찾아내어 복명하겠습니다."

그리고서 제단에 엎드려 신기한 기운을 운행시키더니 구름과 바람을 타고 하늘 높이 솟아올랐다.

구름 속에서 앵무새 한 마리가 날면서 사람처럼 말했다.

"사람을 찾는 이는 이리로 오시오."

양통유는 생각했다.

'이 새가 인간의 뜻을 알아맞힐 줄 아니 어김없이 선계(仙界)의 새로구나.'

그 새가 나는 곳으로 따라가 보니 저 먼 곳에 한 궁궐이 어렴풋이 나타났다. 그 새는 궁전으로 날아 들어갔다. 그 궁전은 이러했다.

요대(瑤臺)는 그림 같고 옥루(玉樓)는 하늘 높이 솟았다. 기둥은 구름 위에 떠있고 향연(香煙)이 무럭무럭 피어나는 듯 황홀했다. 주렴 앞에는 노을이 비추고 짙은 서기(瑞氣)가 솟아났다. 과연 구천에 우뚝 솟았고, 아래를 굽어보면 끝이 보이지 않았다. 그 모습이 꼭 신기루 같지는 않았지만, 그 규모가 봉래산이나 영주산(瀛州山)과 조금도 다름이 없었다.

양통유가 궁문에 이르러 보니 금색 글자로 새긴 편액에 「예주궁(蘂珠宮)」이라 쓰여 있었다. 양통유가 감히 들어가지 못하고 망설이고 있는데, 안에서 두 선녀가 나타났다.

한 선녀는 수놓은 옷을 입고 손에는 여의주(如意珠)를 들었으며, 다른 선녀는 흰옷을 입고 손에 불진(拂塵, 먼지털이개)을 들고 있었다.

수놓은 옷을 입은 선녀가 여의주로 통유를 가리키며 말했다.

"속세의 사람이 왜 여기에 왔나요?"

통유가 머리를 숙이며 말했다.

"저는 속세의 도사로 당나라 태상황의 명을 받고 돌아가신 매비의 혼령을 뵈러 왔습니다. 때마침 선계 앵무의 안내로 여기까지 와 이렇게 뵙게 되었습니다. 두 분께서 혹시 양귀비와 매비가 아니십니까?"

수놓은 옷을 입은 선녀가 웃으며 말했다.

"아닙니다. 저는 본래 곽자의의 작은딸이오. 하백(河伯)의 아내입니다."

통유가 물었다.

"하백의 부인이 왜 곽자의의 따님입니까? 그리고 어찌하여 여기 계십니까?"

"지난 날 저의 아버님이 하중(河中) 지역을 지키고 계실 때 물로 인해 큰 피해를 많이 받았지요. 그래서 아버님은 하백에게 말없이 기도를 드리며 소녀를 하백의 처로 시집보내겠다고 하셨어요. 물의 피해가 사라진 후 전 아무런 병도 없이 죽었어요. 아버님은 저를 하백을 모신 신묘 뒤에 묻었어요. 그래서 하백의 아내가 되었습니다. 이걸 세상 사람들은 모르고 있어요."

또 흰옷을 입은 선녀를 가리키며 말했다.

"이분은 어원(御苑) 능파지(凌波池)에 살던 용녀(龍女)입니다. 지난 날, 태상황의 꿈에 보였죠. 호금(胡琴)을 뜯으며 능라곡(綾羅曲)을 지었어요. 태상황은 기억하실 거예요. 그래서 못가에 용녀묘를 세웠는데, 이가 바로 그분이에요. 용녀와 하백은 친척간이라 우리는 늘 만날 수 있습니다. 후에 용녀가 예주궁에 선발되어 들어가는 바람에 저는 자주 여기에 오게 되었지요. 도사께서 찾으시는 매비 강채평은 전생에 예주궁의 선녀였답니다. 두 번이나 속세에 강림했다가 지금에야 비로소 제자리로 돌아왔죠. 속세의 인연을 마무리 지은 그녀는 지금 여기에 있지만 만나볼 수 없어요. 또 양귀비는 전생의 죄를 다 씻지 못했기에 속세에 태어나 홍진(紅塵) 세상의 인연을 마무리 짓게 했죠. 그런데 뜻밖에도 그녀는 오만불손하고 음탕해서 죄를 많이 지었어요. 아직도 보응(報應)을 다 받지 못했는데, 어찌 여기에 있을 수 있겠어요? 그녀를 찾아보려면 다른 곳에 가보세요."

"매비를 만날 수 없다면 양귀비의 종적이라도 알아봐야 하겠습니다. 그래야 태상황께 복명할 수 있으니 선녀께서 가르쳐주시기 바랍니다."

흰옷을 입은 선녀가 말했다.

"동쪽으로 가면 어떤 사람이 알려줄 거요."

말을 마치자 수놓은 옷을 입은 선녀 손을 잡고는 궁안으로 들어갔다. 양통유는 다시 구름을 타고 동쪽으로 가서 어느 높은 산에 이르렀다.

그 산의 운치는 그야말로 더 이를 데 없었다. 송백(松柏) 아래 앉아있는 세 분 신선이 보였다. 두 선옹은 마주 앉아 바둑을 두고, 한 선옹은 옆에서 구경을 하고 있었다.

양통유가 앞에 가서 배알하자, 두 선옹은 바둑을 그만두고 웃었다. 통유가 인사하고 두 분의 성함을 물으니 상좌에 앉은 선옹이 대답했다.

"나는 장과(張果)이고, 두 분은 섭법선과 나공원이오. 우리들은 모두 태상황 현종과 전생의 인연이 있어 그 좌우에서 일을 한 적이 있네. 하지만 당명황은 속세와 인연이 깊어 너무 매료된 결과 자신의 본래 면목을 다 잊고 말았소. 그래서 나는 그 옆을 떠나왔다네. 지금 그 황제도 늙었고 총애하던 여인들도 죽었으니 이제는 각성할 때가 됐소. 그런데 또 당신을 보내 혼백을 찾게 하다니 대범하지 못한 것이야."

"매비가 예주궁에 있다는 것은 소생이 방금 들었습니다. 그런데 양귀비의 혼령은 어디에 있는 지를 모르고 있으니, 신선께서 가르쳐주십시오. 꼭 한 번 만나보아야 태상황한테 가서 복명할 수 있습니다."

"현종과 양귀비의 전생의 인연과 후생의 결과를 알고 있소?"

"소생이 아둔해서 잘 모르고 있으니 상세히 들려 주십시오."

"태상황 현종은 전생에 원시공승진인(元始孔升眞人)으로서 본래 우리들과 한 부류였다네. 태극궁에서 선도(仙道)를 배우면서 예주궁의 궁인과 마주보고 웃는 바람에 계율을 어겼소. 그래서 속세로 내려보내 제왕의 비빈이 되게 책벌했소. 즉 그는 수(隋)나라 궁중의 주귀아(朱貴兒)였소. 주귀아가 환생한 분이, 곧 바로 당조의 개원 황제 현종이었소."

"주귀아는 무슨 연고로 황제로 태어났습니까?"

"귀아는 황제께 충성하고 역적을 꾸짖다가 순절했네. 조정에서는 충의를 제일 중히 여기지. 그래서 꼭 복을 받게 마련이야. 그리고 인간 세상으로 내려보내진 신선, 곧 적선(謫仙)은 다시 제자리로 돌아와야 해. 그녀는 수 양제와 본시 전생에 맺어진 인연이 있는 데다 일찍이 남몰래 맹세하고 내세에서 다시 결합하자고 했지. 그래서 황제로 태어나 그 서원을 마무리 짓게 된 것이지."

"주귀아와 수 양제는 전생에 무슨 인연이 있었는지도 알려주십시오.”

“양제는 전생에 종남산(終南山)의 괴이한 생쥐이었지. 구화궁(九華宮)에 있는 황보진군(皇甫眞君)의 단약을 훔쳐먹는 바람에 진군한테 석실에 묶여 1천3백 년이나 고생했었지. 그가 석실에 있는 동안 수양에 몰두해 사람이 될 뜻을 세우고 인간 세상의 부귀를 누리려 했네. 원시공승진인이 어쩌다 구화궁을 지나다가 괴이한 쥐가 오랫동안 묶여있었다는 것을 알고는 일심 정력을 기울여 오래 수양한 걸 어여삐 여겼소. 그래서 황보진군을 힘껏 설득시켜 잠시 인간 세상에 가도록 놓아준 게요. 그래서 부귀를 누리며 그의 숙원을 풀어주었소. 또한 내생(來生)에 잘못을 뉘우치고 수행할 생각을 격려해 주었지. 이런 연고가 있었기에 전생의 인연을 맺게 된 거야. 그런데 바로 수나라의 천수가 다하게 되었지. 독고황후가 질투심이 여간 사납지 않아 상제가 불쾌해했소. 황보진군은 괴이한 쥐로 하여금 수 양제로 태어나게 하자고 상주했기에 악운에 응하게 됐소. 마침 공승진인도 죄를 받아 주귀아로 강림했기에 전생에 맺은 인연의 장본인들이 만나게 된 거야. 뜻밖에 또 양제와 재생의 인연을 맺게 되었으므로 당나라의 황제로 태어났지. 그러나 아직 신선의 대열에 들어서지 못했소.”

“주귀아가 당나라 황제로 태어났다면, 수 양제는 무슨 사람으로 태어났습니까?”

장과는 웃으며 대답했다.

“수 양제의 후신이 누군고 하니, 바로 양귀비요. 수 양제는 제왕으로 태어났지만 괴이한 천성이 재발해 음탕하고 포악했소. 하물며 시살한 죄로 상제가 진노하고 황위에 13년 동안만 있도록 판결했소. 이로써 1천3백 년 동안 수양한 대가를 치러준 거요. 그러나 흰 명주폭으로 목매어 죽게 하여 좋은 끝장을 못보게 했소. 그를 다시 여자의 몸으로 태어나게 하고는 양씨가 되어 주귀아의 후신과 악연을 마무리 짓게 했소. 그런 후 또 음계(陰界)에 가서 시해하고 음탕했던 죄악을 결론 짓도록 기다리게 한 것이지. 그녀가 양귀비로 있을 때 총애를 믿고 죄를 지었기에 죄가 더 불어났어. 지금 그의 혼백이 마침 안절부절하고 있을 때인데, 어디에 가서 찾는단 말인가?"

"원래 이런 인과인걸 선사께서 가르쳐주시지 않았다면 소생이 어떻게 알았겠습니까? 또 지금 해주신 이러한 말씀들을 돌아가서 어떻게 아뢰어야 합니까?"

장과가 생각하며 대답하지 않자, 섭법선이 말했다.

"현종도 인간 세상에 오래 있지 못할 거야. 그가 죽으면 자연히 전생의 인연을 알게 되지. 잠시 얼버무려 아뢰어도 무방하다네."

"근거없이 얼버무리면 믿을 것 같지 않습니다."

나공원이 웃으며 말했다.

"증거물을 가져가려면 방금 만났던 두 선녀를 찾아가게. 우리들의 바둑 두는 홍취를 깨게 되니 여기서 한담할 것 없지."

그런 말을 하는 동안에 꽃구름 한 송이가 먼 공중에서 날아왔다.

섭법선이 그것을 가리키며 말했다.

"두 선녀가 벌써 오고 있구먼!"

말이 채 끝나기도 전에 두 선녀가 앞에 나타나 세 신선에게 인사하고는 양통유를 돌아보며 웃었다.

"정신 못차린 도사가 아직도 여기서 인과(因果)를 듣고 있네."

장과가 말했다.

"두 세계의 양귀비에 관한 인과를 그에게 알려주었소. 그런데도 양귀비를 꼭 제 눈으로 보겠다는군. 그래야 현종에게 복명할 수 있다나. 수고스럽지만 두 선녀가 안내하여 거기에 가서 한번 보여주오!"

두 선녀는 영을 받자 양통유를 안내해 구름을 타고 북쪽으로 갔다. 잠시 뒤에 한 곳에 이르렀다. 참담한 구름이 낮게 드리워져 있고 해는 빛을 잃었으며, 암담한 안개가 자욱하고 바람 소리는 귓가를 휘갈기며 지나갔다. 산골짜기는 어두컴컴한 것이 밤의 장막이 드리워진 듯했다. 고목과 썩은 나무뿐이라 황폐한 땅이나 다름 없었다.

갑자기 명계(冥界)에 온 듯 사람으로 하여금 혼비백산하게 만들었다. 구석에 저택 한 채가 있었는데, 문설주 위에 있는 편액에는 북음별택(北陰別宅)이란 큰 글자가 쓰여 있었다.

두 짝의 철제 대문은 꼭 닫혀 있었고 귀졸(鬼卒) 두 명이 지키고 서있었다. 두 선녀가 문을 열라고 귀졸에게 영을 내렸다.

통유가 안내를 받아 들어가 보니 냉기가 엄습하고 그 경상이 비할데 없이 처량한 느낌이었다. 겹으로 된 대문 안에 들어서니 안쪽에 한 부인이 보였다.

봉두난발에 단정치 못한 옷을 입었는데 수심에 잠긴 얼굴이었다.

탁상에 기대어 앉은 그 부인을 가리키며 선녀가 통유를 보고 말했다.

"양귀비가 저기에 있어요. 앞으로 나가 만나보세요. 우리는 그녀와 만날 수 없습니다."

양통유가 달려나가 배알하니 양귀비가 일어나 영접했다. 통유가 현종의 명을 알렸더니 양귀비는 한없이 흐느끼기만 했다. 통유가 물었다.

"마마의 방혼(芳魂)이 왜 이런 곳에 머물게 되었습니까?"

양귀비가 흐느껴 울며 말했다.

"난 전생에 죄를 짓고 악한 짓을 많이 하여 악의 보답을 받고 있어요. 죄증이 다 오기를 기다려 판결한답니다. 마땅히 지금 지옥에 갇혀 심문을 기다려야 하지만 내가 생전에 반야심경을 베껴 외운데다 내가 베푼 옛 은혜에 감격한 설의녀라는 흰 앵무새가 늘 불경을 읽고 나를 대신해 참회하였으므로 잠시 여기에 연금되어 있습니다. 저는 생전에 폐하의 보살핌을 많이 받았어요. 그러니 지금 돌아가 복명할 때 여기에 있더라고 절대 말하지 마세요. 그분 슬픔을 더해줄테니 좋은 곳에 있더라고 말하십시오."

"복명할 때 증거물이 있어야 의심을 사지 않습니다."

"나와 함께 묻은 물건으로 금비녀 두 개와 금합(金盒) 한 개가 있는데, 내가 평소에 아끼던 물건이죠. 전에 설의녀한테 부탁해서 여기로 물어오게 했어요. 지금 금비녀 한 대와 금합 반쪽을 줄 테니 증거물로 하세요."

양귀비는 말을 마치자, 비녀와 금합을 꺼내어 통유에게 주어 간직하게 했다.

통유가 생각하다 말했다.

"이 두 물건이야 다른 사람도 소유하고 있습니다. 증거물로는 부족하지요. 다른 사람이 모르는 일을 알아야만 믿어 줄 겁니다."

양귀비가 고개를 조금 숙이고 생각하다 말했다.

"한 가지 일이 있어요. 천보 10년이라고 기억돼요. 폐하를 따라 여산궁에 가서 피서했었는데, 칠월 칠석날 저녁에 폐하와 남몰래 서로 맹세를 다졌죠. 영원히 부부로 되자고 말이에요. 장생전(長生殿)에 나란히 앉아 서늘한 바람을 쐬다 보니 한밤중이 됐어요. 궁녀들이 다 잠들었기에 이 일을 아는 사람은 하나도 없었습니다. 이 일을 여쭈면 안 믿을 수 없을 것입니다."

통유가 또 물으려 할 때 귀졸이 달려와 재촉했다.

"가라, 어서 가!"

양통유는 더 머물러 있을 엄두를 못내고 급히 문밖으로 달려 나와보니 이미 두 선녀는 보이지 않았다. 일진광풍에 휘말려 양통유가 한곳에 이르러 눈을 떠보니 원래 방금 전에 올랐던 산꼭대기였다. 세 신선은 여전히 바둑을 두고 있었다.

장과가 통유를 앞에 불러다 놓고 말했다.

"양귀비한테서 증거물을 받았으니 돌아가게나!"

"선사께서 매비의 전생의 인연을 가르쳐주시면 함께 말씀하겠습니다."

"매비는 예주궁의 선녀였어! 공승진인과 마주 보고 웃는 바람에 속세의 욕념이 움직였어. 두 번이나 인간 세상에 강림해서 두 번 모두 황궁에 들어갔어. 수조 때는 후(侯)부인으로 재색이 출중했으나 황제를 만날 기회가 없어 자결해 버렸소. 다시 매비로 태어난 건 공승진언과 마주보고 웃은 인연 때문이었소. 양귀비의 투기를 받아 총애를 잃은 건 다 상제가 벌을 주자는 뜻이었어! 나중에 곤경에 빠져 순절하려 하였으니 표창할만한 충의(忠義)였지. 그래서 선녀의 구원을 받은 거야. 옛 궁전으로 되돌아가 다시 옛 주인을 섬기다 제 명에 죽었으므로 선녀가 된 것이지!"

통유가 또 물었다.

"주귀아와 수 양제는 남몰래 다진 맹세가 있어 재차 결합될 수 있었습니다. 양귀비와 현종도 그런 맹세가 있었는데, 내생(來生)에 다시 결합할 수 있겠습니까?"

"주귀아는 충의로 감동시켰기에 염원대로 됐소. 그러나 양귀비는 절개가 없고 죄를 지었소. 그 맹세도 욕정에 불과하니 어찌 그대로 된다고 보겠나? 당나라의 무후(武后), 위후(韋后), 태평공주(太平公主), 안락공주(安樂公主), 한국부인(韓國夫人), 진국부인(秦國夫人), 괵국부인(虢國夫人) 등도 마찬가지로 다 색정(色情)에 광란했지. 그들이 한량들과 욕정을 나눌 때도 어찌 굳은 맹세를 다지지 않았겠나? 하지만 그건 헛소리에 불과해."

"지금 무후와 위후, 그리고 역적 안록산 등의 혼백은 다 어디에 있습니까?"

"무후는 이밀(李密)의 후신이었기에 당조의 자손들을 살육했어. 전생의 죄를 보응 받았지만 그래도 악운을 피할 수는 없었지. 그녀는 황음무치하고 잔혹하여 가증스럽기 짝이 없는 죄를 지었다. 지금 그녀는 위후, 태평공주, 안락공주 및 그때의 간사한 신하와 혹리들과 함께 아비지옥에 떨어져 영원히 사람으로 제도(濟度)할 수 없게 되었소. 국적 안록산과 사사명 및 국적을 도운 역신(逆臣), 그리고 간악한 재상 내지 본조와 전대의 인자하지 못한 후비(后妃)와 횡포한 환관들은 모두 흉악한 요괴들로서 악운을 타고 태어났지. 전생에 큰 죄를 범하고 죽어서 모두 지옥에 떨어졌소. 만겁(萬劫) 동안 짐승으로 윤회(輪回)할 뿐이야. 이러한 일들을 몽땅 말할 수 없으니 지금 돌아가 복명하게. 양귀비에 대해서는 선녀라고 할 뿐 고생하고 있다는 말은 할 필요가 없어. 더욱이 현종이 잘 참회하고 마음을 깨끗이 하도록 권고하게나. 전생의 인연을 잘 알고 깨달을 수 있으면 임종(臨終) 때 우리들이 찾아가 모셔오려 하네."

장과가 말을 마치고 소매를 뿌리치자 양통유는 방대(方臺)에서 놀라 깨어났다. 정신을 가다듬고 소매 안을 만져보니 금비녀와 금합이 있었다. 그는 현종을 찾아가 어전에서 아뢰었다. 그러나 장과가 말한 전생의 인연은 모두 숨기고 말하지 않았다.

매비와 양귀비는 모두 예주궁의 선녀들이고, 매비는 만나보지 못했으나 양귀비는 만나보았다고 말했다.

"태상황께서는 신선으로 인간 세상에 강림하셨기에 자기와 인연을 맺고 만날 수 있었다고 하였습니다. 지금은 이별하였으나 만날 날이 있으니 슬퍼하지 말라고 말하였습니다. 태상황께서 빨리 마음을 깨끗이 수양하고 붕어하신 후 신선의 자리로 다시 돌아오시라고 권고하였습니다."

그러면서 양통유는 양귀비의 금비녀와 금합을 올려 증거물로 삼았다. 현종은 깊이 탄식했으나 완전히 믿으려고 하지 않았다. 통유는 칠월칠석날 저녁에 있었던 맹세를 여쭈었다.

"신도 금비녀와 금합만으로는 아마 믿기 어려워하실 터이니 한마디 말이라도 더 있어야 한다고 말했더니 귀비가 그 말을 해주었습니다. 그건 남몰래 다진 맹세이므로 누구도 모른다고 하였습니다. 그 일을 아뢰면 어물쩍하게 꾸며낸 거짓말이 아님을 아실 것이라고 했습니다!"

현종은 그 말을 듣자 흑흑 흐느끼며 눈물을 흘렸다. 그리고는 통유에게 후한 상금을 내리고 돌려보냈다.

후에 백락천(白樂天, 白居易)은 양통유의 일부러 꾸며낸 거짓말에 근거하여 〈장한가(長恨歌)〉[182]를 지었다.

---

182 〈장한가(長恨歌)〉는 120句 長篇이다. 唐 玄宗과 楊貴妃의 사랑과 비극을 읊은 장편서사시이다. 安祿山(안록산)의 난을 피해 蜀(촉)

양귀비가 선녀들이 거처하는 선경에서 산다고 하여 미담으로 전해졌지만 사실 그렇지 않았다.

거짓이 거짓을 전했고, 거짓이 시(詩)가 되니, (訛以傳訛訛作詩)
야사(野史)에 과보(果報)를 말한 것만 같지 않았다. (不如野史談果報)
양귀비 끝에는 신선이 된다 하였지만, (阿環若竟得成仙)
선행(善行)이 재앙, 음탕이 복이면 어찌 천도랴? (禍善福淫豈天道)

현종은 그로부터 영화를 물리치고 벽곡(僻穀, 생식)하고 정기를

으로 피난 가던 도중 馬嵬坡(마외파)에 이르자, 현종의 근위병의 요구에 귀비는 마외파 驛館(역관) 내 배나무에 목을 맨다. 그때 현종의 나이는 71세였고, 양귀비는 38세였다. 그 후 난이 진압되고 다시 환궁한 늙은 현종은 비탄에 젖어 몽매간에도 양귀비를 연모했다. 이렇듯 애절했던 현종의 슬픈 사랑이야기를 백거이가 漢 武帝와 李夫人의 고사에 가탁하여 생생하게 그렸다.
〈長恨歌〉를 읽으면, 女色으로 인하여 자신을 망친 현종을 탓하려는 생각보다 한 사랑을 찾아 靈界까지 찾아 헤맨다는 작품의 구상에 감동하게 된다. 더욱이 뭇 여성을 마음대로 즐길 수 있는 황제가 오직 양귀비 한 여성만을 그토록 철저하게 사랑하고 연모했다는 사실은 독자에게 사랑의 순수함을 공감케 해줄 것이다.
백거이가 이 시를 지었을 때는 대략 나이 35세 때로 헌종(憲宗) 원화(元和) 원년(806년), 겨울 혹은 이듬해 봄이라고 알려졌다.
〈장한가〉 첫 구절은 「漢皇重色思傾國 ~」으로 시작한다. – 漢皇 漢 武帝. 실은 玄宗(현종)이다. 唐의 신하로서 직접 황제를 거론할 수가 없어 漢皇이라고 한 것이다. 많은 시인들도 이런 표현을 즐겨 썼으니, 예를 들어 漢軍은 唐의 군사로 통한다.

들이마시며 밤낮없이 경전을 외웠다. 숙종 보응(寶應) 원년(762) 초여름, 어쩌다 현종이 자옥(紫玉) 피리를 몇 번 소리를 내어 불자 갑자기 학 한 쌍이 날아와 정원에서 배회하며 춤을 추다 날아갔다. 그때 시비(侍婢)인 궁원(宮媛)이 옆에 있었는데, 현종이 그녀를 보고 말했다.

"어젯밤 꿈에 장과와 섭법선, 그리고 나공원 세 분 신선을 보았어. 전생에 짐은 원시공승진인이었다고 말하더군. 인간 세상에 강림하여 두 세상을 지냈다네. 지금 운수가 다했기에 일부러 찾아왔다고 하였네. 짐을 수진관(修眞觀)에서 수행하게 만들어놓고 한 갑자(甲子)를 참회 수행케 한 뒤에 제자리로 다시 돌아가게 한다네. 지금 학 두 마리가 날아왔으니 때가 된 것 같아!"

현종은 향을 풀어 목욕할 수 있게 하라고 명령했다. 그런 다음 목욕을 한 뒤 태연히 누워 잠을 청하면서 좌우 사람들에게는 자기를 만지지 말라고 당부했다.

이튿날 아침 궁원과 여러 비빈들이 모두 현종이 꿈속에서 즐겁게 웃는 소리를 듣고 놀라서 살펴보니 이미 붕어한 뒤였다.

현종이 붕어했다는 말을 들은 숙종은 그때도 병상에 있었는데 놀란 한편 슬픔에 잠겨병세가 위중해졌다. 그리하여 얼마 지나지 않아 숙종도 붕어했다.[183]

---

183 唐 숙종(肅宗) – 재위 756年 8月 – 762年 5月. 5年 9개월 재위. 나

현종 숙종 번화도 모두 꿈이었나니, (兩世繁華總成夢)

오늘 세상 뜨나니 꿈을 겨우 깼구나. (今朝辭世夢初醒)

장양제 황후가 태자를 폐하고 다른 친왕을 세우려 하자, 이보국이 장황후를 죽이고 태자를 황위에 올리니 대종(代宗)[184]이다. 그뒤 이보국은 더욱 횡포해졌다.[185] 후에 이보국은 자객에게 피

이 51세.

184 唐 대종(代宗, 李豫, 726年 11月生－762년 즉위－779年 6月 붕어. 初名 俶)－唐 肅宗의 庶長子. 廣平郡王, 楚王, 成王. 재위 17년.

185 이보국－환관의 전횡(專橫)－소설 《삼국연의》의 독자라면 누구든 後漢 말기의 黃巾賊(황건적)의 난과 환관 十常侍(십상시)의 발호를 기억하고 있다. 사실 환관들의 하는 일이란 것이 궁중의 출입문을 지키고 관리하거나 황제와 大臣 간에 문서를 나르는 심부름이나 궁중 생활의 잡역을 담당하는 것이 전부였다. 당나라에서 환관이 고위직에 나가고 정치에 관여하기 시작한 것은 현종 때였다. 현종은 中宗이 독살당한 뒤 중종의 韋皇后(위황후)를 죽이고, 예종을 즉위시키는데 환관 高力士의 힘을 빌렸다. 현종이 즉위한 뒤 開元 원년에 高力士는 우감문장군이 되어 內侍省(내시성)의 일을 함께 담당했다. 그전에 태종이 만든 제도로는 내시성에 삼품 관리를 둘 수 없었지만 고력사가 三品장군을 제수받는 뒤로 삼품관도 많아지고 환관도 크게 늘어나 환관이 3천 명이나 되었다. 이후 환관의 관아를 총칭하는 北司는 조정대신들의 행정체계의 총칭인 南衙(남아)의 상대적 조직이 되었다.
안사의 난 이후 현종이 물러나고 肅宗이 즉위하면서 환관 李輔國(이보국)은 天下兵馬大元帥府行軍司馬가 되어 환관으로서 권력을 행사하였다. 安史 亂이 平定된 뒤에는 환관들이 지방의 번

살되었다. 자객을 파견한 사람은 다름아닌 대종이었다.

안사의 난을 일으킨 잔당들은 대종 광덕(廣德) 연간(763-764년)에 이르러서야 최종 섬멸되었다.[186]

진에 대한 감독관으로 파견되기 시작했는데, 결국 환관과 번진의 결탁이 이루어진다. 환관 程元振(정원진)은 代宗을 옹립하였고, 환관 魚朝恩(어조은)은 관군용선위처치사(觀軍容宣慰處置史)가 되어 수도와 황궁을 방위하는 禁軍(금군)을 장악하였다. 이후 환관에 의해 황제가 옹립되었기에, 황제는 '門生天子(환관의 문하생인 천자)' 라는 말이 생기게 되었다. 당나라 말기 어지러운 정치는 환관들의 황제 옹립과 정치 관여가 큰 몫을 차지했다.

186 安史(안사) 난 이후의 절도사－安史의 난 중 당 조정에서는 반군 세력의 확산을 방지한다는 명분으로 많은 약 40명 가까운 절도사를 두었다. 이 절도사들이 관장하는 부대를 藩鎭(번진)이라 하였다.安史 난 이전의 절도사는 지역의 軍政만을 담당하였으나 난 이후에는 관찰사와 주의 자사를 겸했기에 민생과 재정권까지 장악한 거대한 지방 세력으로 급성장하였다. 하나의 번진이 보통 2, 3개 주, 강력한 번진은 10여 주를 관장하였기에 번진은 실질적인 지방행정단위였다고 볼 수 있다. 특히 안록산의 난에 가담했다가 당에 투항했다가 절도사로 임명된 번진은 당의 통제에서 벗어나 반 독립적 성향을 띠었다. 유주(幽州)에 근거지를 둔 노룡절도사와 성덕절도사, 위박절도사는 '河北三鎭(하북삼진)'이라 하였는데, 安祿山(안록산)과 史思明을 받들며 당의 지배를 거부하였다. 이들은 절도사직을 세습하면서 중앙에 조세를 보내지 않았으며 지방관 임명권을 행사하였다. 이처럼 중앙정부에 반기를 띤 번진을 '反側之地(반측지지)' 라 하였다. 하동절도사나 삭방절도사도 당 조정에 반기를 드는 반측지지에 속했는데, 산동 일대의 군권을 장악하고 있던 淄靑(치청)절도사〔平盧(평로)절

당나라는 대종 이후 13번이나 황위를 이어갔다. 그 사이에 좋고 나쁜 일들이 수두룩하게 많았다.[187]

독자들이 번거롭게 생각하지 않는다면 계속 묶어 내어 가르침을 받으려고 한다.

지금 이책은 수 양제와 당 현종 두 황제의 전생의 인연과 후생의 결과를 말했을 따름이다. 기타 여러 가지 일들은 아직 언급하지 않았다.

이제 사(詞) 한 수로 길고 긴 이야기를 여기 끝맺으려 한다.

옛 역사 읽으며 깊이 생각하면, (閒閱舊史細思量)

도사라고도 부름, 治所는 靑州〕 또한 그러했다. 그러나 당의 지배를 받아들이는 후방의 번진은 '順地(순지)'라 하였다. 이러한 번진 체제는 안사의 난 이후 당 멸망 때까지 140여 년을 존속했고, 결과적으로 절도사에 의한 망국을 초래할 수밖에 없었다.

187 안사의 난 이후 당나라 중앙의 정치에서 용렬하거나 무능한 황제의 연속 즉위와 특히 宦官(환관)의 발호에 따라 황제권은 아주 허약해졌다. 환관과 朝官〔조관, 조정의 高官(고관)〕의 결합으로 생성된 朋黨(붕당)은 牛李(우이) 당쟁으로 그 정점을 찍는다. 그 뒤에서 조정 관리들의 南司(남사)와 환관들의 北司(북사)의 계속되는 대립이 있었고, 조관들은 지방의 번진세력과 결탁하여 환관과 맞서면서 만당의 정치는 크게 어지러웠다. 환관의 정치 간여는 날로 심해졌고 당 말기에는 환관에 의한 황제 살해와 옹립이 이어진다. 거기에 환관이 중앙의 禁軍(금군)을 장악하여 황제권은 여지없이 추락하였다.

꼭두각시 놀음과 비슷하다.	(似傀儡排常)
고금 장부에 분명 기록했으니,	(古今帳簿分明載)
야사(野史) 읽고 안목을 넓혀야지.	(還看取野史鋪張)
혹은 춘추 시대 이야기,	(或演春秋)
한(漢)과 위(魏) 시대 연의(演義)있으나	(或編漢魏)
나는 수당(隋唐) 역사 기록했다.	(我只記隋唐)
수당 지난 일 길고 길지만,	(隋唐往事話來長)
너무 상세히 묻지 말라.	(且莫遽求詳)
지금 성쇠의 고비를 대략	(而今略說興衰際)
윤회로 돌고,	(輪回轉)
남녀의 미친 꼴을	(男女猖狂)
괴이한 신선 종적,	(怪跡仙蹤)
전생 인연, 후세의 결과를	(前因後果)
수 양제, 당 현종을 풀이했다.	(煬帝與明皇)
— 곡조 〈일총화〉	— 調寄 〈一叢花〉

※ (본 소설 이후) 당(唐)의 쇠퇴와 멸망

● 안사(安史)의 난(亂) 영향

안록산(安祿山)과 사사명(史思明)의 반란은 천보(天寶) 14년(755년)에 시작되어, 현종과 숙종을 거쳐 대종(代宗)이 즉위하는 광덕(光德) 원년(763년)에 겨우 평정된다. 장장 9년에 걸친 난을 통하여 당의 통치 역량은 크게 약화되었다.

우선 안사의 난 이후 당에 반기를 들었던 장수들의 세력을 완전히 제거하지 못하여 절도사들의 발호가 계속된다. 이후, 당은 이들을 통제할 수가 없었으며 절도사들이 죽이거나 탈취하면 조정에서는 그대로 지휘권을 인정해주었다. 뿐만 아니라 절도사들은 스스로 그 관내의 관리 임면(任免)의 권한을 갖고 있었다.

또 지역의 조세와 재정에 관한 권한도 절도사들이 완전 장악하게 된다. 이리하여 절도사를 중심으로 하는 지방 세력이 중앙세력과 대결 국면을 불러오게 되었다.

조정에서는 환관들에게 변경절도사들을 감독하라고 수시로 파견하였으나 아무런 실효를 거두지도 못하고 오히려 환관의 세력만 키워주었다.

안사의 난 이후 주변 이민족들은 수시로 변경을 침략했다. 그럴수록 당의 군사 유지비는 계속 증가했고, 그 폐해는 고스란히 농민들에게 전가되었다.

결국 안사의 난은 당나라 번영의 끝이면서 쇠락으로 넘어가는 분수령(分水嶺)이 되었다.

● 安史의 난 이후의 절도사

안사(安史)의 난 중 당 조정에서는 반군 세력의 확산을 방지한다는 명분으로 많은 약 40명 가까운 절도사를 두었다. 이 절도사들이 관장하는 부대를 藩鎭(번진)이라 하였다.

安史 난 이전의 절도사는 지역의 軍政(군정)만을 담당하였으나 난 이후에는 관찰사와 주의 자사를 겸했기에 민생과 재정권까지 장악한 거대한 지방 세력으로 급성장하였다.

하나의 번진이 보통 2, 3개 주, 강력한 번진은 10여 주를 관장하였기에 번진은 실질적인 지방행정단위였다고 볼 수 있다. 특히 안록산의 난에 가담했다가 당에 투항하여 절도사로 임명된 번진은 당의 통제에서 벗어나 반독립적 성향을 띠었다.

위에 나온 유주(幽州)에 근거지를 둔 노룡(盧龍)절도사(今 河北省 북부, 北京市, 保定市 일대를 장악)와 성덕(成德)절도사(幽州 이남과 山西省 접경 지역 장악), 위박(魏博)절도사(발해만, 황하 이북, 今 河北省 남부, 山東省 북부 장악)는 '河北三鎭' 이라 하였는데, 안록산과 사사명을 받들며 당의 지배를 거부하였다.

이들은 절도사 직을 세습하면서 중앙에 조세를 보내지 않았으며 지방관 임명권을 행사하였다. 이처럼 중앙정부에 반기를 띤 번진을 '반측지지(反側之地)'라 하였다. 하동절도사나 삭방절도사도 당 조정에 반기를 드는 반측지지에 속했는데, 산동 일대의 군권을 장악하고 있던 치청(淄靑)절도사〔平盧節度使(평로절도사)라고도 부름, 治所는 靑州〕 또한 그러했다. 이에 대하여 당의 지배를 받아들이는 후방의 번진은 '순지(順地)'라 하였다.

절도사에 의해 운영되는 번진의 군사들은 절도사의 능력에 따라 모병된 병사들이었다. 이들을 거느리는 절도사 직속의 부하장수들은 자신의 뜻에 따라 출정을 거부하거나, 또는 절도사를 축출하고 스스로 절도사에 오르는 하극상(下剋上)을 수시로 감행하였다. 그러다 보니 절도사는 절도사대로 자신의 친위군이라 할 수 있는 가병(家兵)을 조직하고 운영하였다. 이 절도사와 가병들은 의제적(擬制的) 가족관계를 형성하는 경우가 많았다.

절도사들은 부하 장수들의 환심을 사기 위해 재물을 하사하거나 중앙정부에 추천하여 관직을 수여받도록 주선도 해주었다.

절도사들이 이렇듯 모병을 하고 번진을 유지할 수 있었던 근본배경은 균전제와 부병제의 붕괴, 그리고 폐정(弊政)에 따른 유민(流民)의 대량 증가를 꼽을 수 있다.

물론 당 조정에서도 이들 절도사들의 세력을 꺾으려는 시도도 있었지만 큰 성과를 거두지 못했고 절도사 간에 상호 견제도 있어 당 왕조는 겨우 명맥을 유지할 수 있었다.

이러한 번진 체제는 안사의 난 이후 당 멸망 때까지(907년) 140여 년간 지속되었다.

● 환관의 전횡

소설 《삼국연의》의 독자라면 누구든 후한(後漢) 말기의 황건적(黃巾賊)의 난과 환관 십상시(十常侍)의 발호를 기억할 것이다. 사실 환관들의 하는 일이란 것이 궁중의 출입문을 지키고 관리하거나 황제와 대신(大臣) 간에 문서를 나르는 심부름이나 궁중 생활의 잡역을 담당하는 것이 전부였다.

당나라에서 환관이 고위직에 나가고 정치에 관여하기 시작한 것은 현종 때였다. 현종은 중종(中宗)이 독살당한 뒤 중종(中宗)의 위황후(韋皇后)를 죽이고 예종을 즉위시키는데 환관 고력사(高力士)의 힘을 빌렸다.

현종이 즉위한 뒤 開元(개원) 원년(713년)에 고력사는 우감문장군이 되어 내시성(內侍省)의 일을 함께 담당했다. 그전에 태종이 만든 제도로는 내시성에 삼품 관리를 둘 수 없었지만 고력사가 三品 장군을 제수 받는 뒤로 삼품관도 많아지고 환관도 크게 늘어나 환관이 3천 명이나 되었다. 이후 환관의 관아를 총칭하는 북사(北司)는 조정 대신들의 행정체계의 총칭인 남아(南衙, 南朝)의 상대적 조직이 되었다.

안사의 난 이후 현종이 물러나고 숙종(肅宗)이 즉위하면서 환관 이보국(李輔國)은 천하병마대원수부행군사마(天下兵馬大元帥府行軍司馬)가 되어 환관으로서 권력을 행사하였다. 安史 亂이 평정된 뒤에는 환관들이 지방의 번진에 대한 감독관으로 파견되었는데, 결국 환관과 번진의 결탁이 이루어진다.

환관 정원진(程元振)은 代宗을 옹립하였고, 환관 어조은(魚朝恩)은 관군용선위처치사(觀軍容宣慰處置使)가 되어 수도와 황궁을 방위하는 금군(禁軍)을 장악하였다.

이후 환관에 의해 황제가 옹립되었기에, 황제는 '문생천자(門生天子, 환관의 문하생인 천자)' 라는 말이 생기게 되었다. 당나라 말기에 어지러운 정치는 환관들의 황제 옹립과 정치 관여가 큰 몫을 차지했다.

덕종(德宗) 때 소위 경원병변(涇原兵變, 建中 4년, 783년－784년, 경주, 원주 병력의 변란)이 일어나자, 덕종은 봉천현〔奉天縣, 今 陝西省(섬서성) 咸陽市(함양시) 관할 乾縣(건현)〕으로 피난해야만 했다.

이에 전 노룡절도사(盧龍節度使)인 주차(朱泚, 742－784년)는 칭제했고(연호 應天) 삭방절도사 이회광(李懷光)도 반란 진영에 가담하였다. 결국 중흥의 명장 이성(李晟, 727年－793年, 字는 良器)에 의해 주차, 이회광이 토벌되자 덕종은 4년 만에 환도할 수 있었다.

德宗은 재위 초기에는 문무백관을 신임하고 환관의 정치 간여를 엄금하면서 중흥의 기상을 내보였다. 덕종은 양염(楊炎, 727－781년, 字는 公南)을 재상으로 삼아 양세법(兩稅法)을 시행하고, 유안(劉晏)을 등용하여 조운(漕運)을 개혁하며 염법(鹽法)을 고치면서 국가 재정을 개선하였지만 간신 노기(盧杞)를 신임하면서 양염을 죽이고 유안을 배척하였고 대신들을 감시하기도 하였다.

덕종은 경원병변을 거치면서 피난 중 자신에게 충성을 다한 두문장(竇文場), 곽선명(霍仙鳴) 같은 환관들을 신뢰하면서 환관에게 禁軍(神策軍)의 통솔을 맡겨 환관이 호군중위(護軍中尉)로 감군(監軍)하는 제도가 자리를 잡았다.

헌종은 절도사의 세력을 억제하여 창의절도사 오원제가 중앙정부에 저항하다가 이소(李愬)에게 잡혀 죽었고 평로절도사 이사도(李師道, 李正己의 손자, 이정기 이후 54년간 절도사 지위를 독점)도 황제에 복종하면서 소위 '원화(元和, 805—820年) 중흥(中興)'을 이루기도 했다.

그러나 헌종이 원화 15년(820년)에 환관 진홍지에게 죽음을 당했고, 환관들이 목종을 옹립하면서 진홍지는 오히려 중용되었다. 목종과 경종, 문종이 모두 환관들에 의해 옹립된다 또 문종 재위중인 대화(大和) 9년(835년)에는 환관들이 조정의 문무 대신들을 대량학살이라는 '감로의 변(甘露之變)'이 일어난 뒤 문종은 환관들에 의해 연금되었다가 죽음을 당한다.

이후 환관들이 군정의 대권을 장악하고 황제의 폐위와 옹립에 간여하여 당의 멸망까지 진행이 된다. 환관이 관여한 황제의 옹립과 폐위를 정리하면 다음과 같다.

代	帝位	재위기간	환관의 간여	
14	헌종	805－820년	陳弘志(진홍지) 所殺	
15	목종	820－824년	梁守謙(양수겸) 所立	
16	경종	824－826년	劉克明(유극명) 所殺	
17	문종	826－840년	王守澄(왕수징) 所立	
18	무종	840－846년	仇士良(구수량) 所立	
19	선종	846－859년	馬元贄(마원지) 所立	
20	의종	859－873년	王宗實(왕종실) 所立	
21	희종	873－888년	劉行深(유행심) 所立	
22	소종	888－900년 901－904년	楊復恭(양복공) 所立	

● 당(唐)의 멸망

안사의 난 이후 당이 안고 있는 여러 가지 모순들이 그 모습을 속속 드러낸다. 중앙정부와 지방 번진 간의 내전(內戰)이나 번진들의 장안 침공도 있었고, 이민족의 침입과 수도 점거, 환관들의 조정의 고급 관원 배척, 그리고 백성들의 피폐와 유랑은 내재적 모순의 외부 표출이라 할 수 있다.

당의 국가적 근본이었던 균전제(均田制), 부병제(府兵制)와 조용조(租庸調)의 3대 근간인 균전제의 붕괴와 토지 사유화의 진행, 모병제로의 전환과 절도사의 발호, 780년 이후 시행된 兩稅法으로 바뀌었으나 재정지출 증가에 따라 국가에서는 증세하면서 염세(鹽稅), 차세(茶稅) 등 잡세를 더 많이 거두어들인다. 이런 과정에 편승하여 지방관의 백성에 대한 착취 등은 더 치열해졌기에 백성들의 생활은 매우 곤궁하였다.

중앙의 정치에서 용렬하거나 무능한 황제의 연속 즉위와 특히 환관(宦官)의 발호에 따라 황제권은 아주 허약해졌다. 환관과 朝官(조정의 高官)의 결합으로 생성된 붕당(朋黨)은 우이당쟁(牛李黨爭, 牛僧孺－李德裕의 당쟁)으로 그 정점을 찍는다. 그 뒤에서 조정 관리들의 남사(南司, 南朝)와 환관들의 북사(北司)의 계속되는 대립이 있었고, 조관들은 지방의 번진 세력과 결탁하여 환관과 맞서면서 만당의 정치는 크게 어지러웠다.

환관의 정치 간여는 날로 심해졌고 당 말기에는 환관에 의한 황제 살해와 옹립이 이어진다. 거기에 환관이 중앙의 금군(禁軍)을 장악하여 황제권은 여지없이 추락하였다.

결국 이러한 상황에서 874년에 왕선지(王仙芝, ?－878년)가 반란을 일으키자, 여기에 황소(黃巢, 835－884)가 호응하여 황소의 난(875－884년)으로 이어진다.

황소(黃巢)는 본래 소금 밀매업자의 아들로 지역의 큰 부자였었기에 과거에 응시할 준비도 할 수 있었고, 입신출세를 꿈꾸었다. 말하자면 처음부터 전제 정권이나 귀족의 지배 체제에 대한 반항 정신이 있었던 것이 아니라 지배 체제의 구성원이 되지 못했기에 불평불만을 품고 있었다. 그가 진사과에 급제하지 못했기에 정부에 반감을 가지는 것은 당연했다. 황소가 지은 시를 읽어보면, 불평과 반항의 기분을 엿볼 수 있다.

〈국화를 노래하다〉 〈題菊花〉

쌀쌀한 서풍에 뜰에 가득 자라났지만, (颯颯西風滿院栽)
꽃향기 차가워 나비도 오지 못한다. (蕊寒香冷蝶難來)
뒷날 내가 만약 춘신(春神) 청제(青帝)가 된다면, (他年我若爲青帝)
너를 도리(桃李)와 함께 피도록 해주리라! (報與桃花一處開)

〈낙제한 뒤 국화를 읊다〉 〈不第後賦菊〉

기다리던 가을 팔월이나 구월이 되어, (待到秋來九月八)
내 꽃이 피어나면 온갖 꽃은 죽으리라. (我花開後百花殺)
하늘에 뻗친 향기가 장안을 덮으리니, (沖天香陣透長安)
온 성에 가득 황금 갑옷으로 채우리라. (滿城盡帶黃金甲)

소금 밀매업자는 나라의 단속을 피해 활동해야만 했기에 그들은 살기 위해 뭉쳐야만 했었다. 황소는 소금밀매업자들의 조직인 염방(鹽幫)의 우두머리로 왕선지의 반란에 참여한다.

황소는 처음부터 천하(天下)를 차지할만한 웅재대략(雄才大略)이 없었고, 병법도 몰랐고 대중을 거느린다는 생각도 없었다. 불평분자들이 갖고 있는 편협한 관념으로 세상을 바라보니 더더욱 화만 치밀기에 잔인하고 포악했고 무고한 농민들을 마구 죽였다. 그러니 그 반군들에게 무슨 기강이 있었겠는가?

황소가 왕선지의 뒤를 이어 우두머리가 되어 황제를 칭하고 반란이 수년간 지속된 것은 황소의 능력이 아니라 관군의 무능이 초래한 결과였다.

황소가 장안을 차지하고서 황제라 칭했지만 그저 노략질과 죽이는 일 외에는 할 일이 없었다. 가난한 농민들을 이끌고 봉기했지만 농민들을 위해 아무 조치도 없었다. 자신도 부자였지만 부자들의 재산을 빼앗는 과정을 즐겼다. 무고한 장안 백성들을 마구 죽여 피가 성안에 가득하자 '성을 씻었다(洗城)' 고 말한 사람으로, 야사(野史)에 8백만 명을 죽였다는 악명만 남겼을 뿐이었다.

황소는 결코 대장부가 아니었고 성공한 반란자도 아니었다. 물론 당나라의 멸망을 촉진시킨 결과를 가져왔지만 수백 만의 백성들을 죽인 것조차 기의(起義)라는 이름으로 미화할 수는 없을 것이다.

황소의 난이 진압되자, 다시 번진(藩鎭) 간의 세력 싸움이 치열하게 전개되었다. 중앙 정부에서는 아무런 조치도 취하지 못했고 번진 간 세력 다툼은 주전충(朱全忠, 朱溫, 852-912년, 五代 後梁의 開國皇帝)의 승리로 귀결된다.

주전충은 본래 황소 반란의 장수였다가 당에 귀부하여 唐 희종

(僖宗, 재위 874－888년)으로부터 朱全忠의 이름을 하사받았다. 그러면서 소종(昭宗, 재위 889－904년)을 죽이고 애제(哀帝, 昭宣帝, 904－907년)를 폐위하고(당, 멸망) 자립하여(후량 太祖, 재위 907－912년) 후량(後梁, 907－923년 존속)을 건국하였다.

수·당연의(隋·唐演義) {제5권}

초판 인쇄 2023년 6월 15일
초판 발행 2023년 6월 22일

지 음 | 저인확
옮 김 | 진기환
발 행 자 | 김동구
디 자 인 | 이명숙·양철민
발 행 처 | 명문당(1923. 10. 1 창립)
주 소 | 서울시 종로구 윤보선길 61(안국동)
국민은행 006-01-0483-171
전 화 | 02)733-3039, 734-4798, 733-4748(영)
팩 스 | 02)734-9209
Homepage | www.myungmundang.net
E-mail | mmdbook1@hanmail.net
등 록 | 1977. 11. 19. 제1~148호

ISBN 979-11-91757-79-8 (04820)
ISBN 979-11-91757-74-3 (세트)
20,000원